这是个钟灵毓秀的园子。曹雪芹走后，过了一百多年，苏州织造署成了一所学校。两个像曹雪芹一般大的孩子来了，男孩是费孝通，女孩是杨绛，他们在一个班里读书，也许也是这个园子的灵动与灵气，让他们不一般，之后都成了大作家、大文豪。又过了几年，这个园子又走进来了一个女孩，她也如杨绛当年进来的时候一般大，她叫彭子冈，走出去以后，成为当时最有名的记者。这些孩子们在这个园子里是有福的，不仅有山石清流、修竹清风，更主要的是遇到了一些好老师，蔡元培会来给他们讲美，胡适会来给他们讲大观园，后来，叶圣陶也来了，张羽随后也来了，就是那个发现与编辑《红岩》的张羽，当年他自己也很年少，他与比他小不了多少的孩子们，坐在西花园的草地上，讲文学、讲人生。

西花园的雨

唐　岚 / 主编

文汇出版社

重回母校

黄会林

那一年秋天，第十六届金鸡百花电影节在苏州的金鸡湖畔举行，我作为评委又一次回到了这里。说"又"是因为苏州可以算是我的第二故乡，在苏州时，我家住在苏州有名的观前街承德里。观前街因为地处当时中国最著名的道观"玄妙观"之前而得名，当时位于苏州古城的正中间，是苏州最繁华的商业中心区。我父亲因为工作变故，去了上海谋生，让我和哥哥随同祖母和继母在苏州生活，于是我们就在苏州安顿了下来。

我又开始了学业，那年我14岁，进入了当时苏州最好的振华女中读书，即如今的苏州第十中学。记得著名教育家陶行知先生曾评价说："振华是数一数二的学校，是振兴女子教育最早的先锋。"杨绛先生在振华女中做过校长。振华女中出了许多人才，著名社会学家费孝通（该校当时招收的唯一男生）、物理学家何泽慧、建筑学家顾添籁、翻译家严维民等都是我们的学长。

振华女中校园为清顺治三年（1646）设立的苏州织造署旧址——《红楼梦》作者曹雪芹的祖父曹寅曾任织造，环境非常雅致。织造署的西花园为皇帝行宫后花园，康熙六下江南，乾隆六次南巡，都下榻在那里。记得当时校园内亭台楼阁错落有致，假山池沼相得益彰。

在振华女中，我开始接触一些进步思想。振华女中有一个规矩，就是初一年级的学生会相应配一个高一年级的学生帮助学习和生活。给我配的高中学长叫叶梅娟，她后来长期担任康克清的秘书，成为我走上革命道路的引路人。叶梅娟在振华时已经是进步青年，而且还是地下党员。当然我们是不知情的，就记得她带着我参加了许多学生爱国活动，参加演讲会、辩论会，学习进步歌曲和扭秧歌。我当时虽然只有14岁，但也懂得一些社会上的事情，开始了解时局了。可以说，振华女中是我人生道路最初的引导者。

金鸡湖电影节期间，我一直想抽空回到母校看一看，离开六十年了，对母校、对那里的一草一木，真是越来越想念。由于好友苏州大学朱栋霖教授的帮助，我终于回到了母校。

走进校园，接待我们的是柳袁照校长。对这位校长我早有耳闻，是诗人，也是作家。在他的引领下，我又走进了母校的亭台楼阁，房屋、亭子、碑石，还都在那里，只是再见到时觉得恍如隔世。柳校长很健谈，对这里的一切如数家珍，看得出来，这是一个早已经把学校当成家来珍爱的校长，这里的学生真是有幸了。

对于我，这里又何尝不是我少年时的家呢，我是寻根来了。之后回到北京，我欣然接受了担任苏州振华女校（苏州十中）北京校友会会长的重托，这对我而言是一份工作，也是我众多工作中，最为神圣的，有生之年能为母校及校友们尽自己的一点微薄之力，真是我最大的荣幸。

2012年的元旦，《中国教育报》刊登了"2011年教育文化之旅上的十件事"，"首届全国中学生校园诗会"和"第十八届大学生电影节"同列其中。令我惊讶的是，被媒体称作"校园童话"的"中学生诗会"竟是在我的母校鸣金开锣的。"首届"，就意味着还有第二届、第三届……在今天这个教育追逐功利的时代，能这样去做，多么不容易啊。

我不由得想到"大学生电影节"的初创时期。那年我58岁，还有3年退休，校领导却要我担任艺术系主任，当时，整个艺术系开创影视专业的人员，加上我这个系主任，也只有几名教师，就连基本的办学条件都十分简陋，师大北校辅仁大学旧址后院的一个化学药品小仓库就是创建专业的"大本营"。

但也就在这个时候，我们萌发了要办一个大学生自己的电影节的想法，对于刚刚成立的北师大艺术系来说，举办电影节似乎有些异想天开。为了寻找赞助单位，我到处碰壁，好不容易筹到了15万，但有了钱还不行，还要有电影和观众。于是，我又和系里的年轻同事、学生一起奔波于北京各大高校和电影公司，说服各相关部门的领导和电影界有关人士，借他们的威望去拉免费的拷贝。没想到的是，凭着一股"傻劲"，我们成功了，这一心血来潮迅速得到了全国大学生们的热烈响应，数以万计的大学生们开始重新涌进学校的大礼堂，甚至在露天操场上重温儿时看电影的幸福时光。

今天，"大学生电影节"已经20岁了，这是二十年的文化坚持与突围。从第一届开始，我们只是衷心希望为朝气勃发的青年学生们，提供一次积极参与当代电影文化建设的机会，也为举步维艰的中国电影，打开一扇了解当代青年和大学生们充满期望的窗口。

"首届全国中学生校园诗会"作为序幕，在我的母校隆重拉开了，这其中的艰辛，我不得而知，但从被媒体称作"校园童话"来看，受到的阻力以及面对的舆论压力一定不小，付出的辛劳可见一斑，我不得不说，柳袁照校长实在是一位充满人文情怀的教育家，这种文化的坚持与突围是需要勇气与意志力的。我曾说过"校园戏剧的存在意义和价值无可替代，它是承载学子青春活力和创造梦想的最佳载体"，而母校开创的诗会又何尝不是承载学子青春活力和创造梦想的最佳载体呢？大学也好，中学也罢，校园本身就是文化复兴的地方。

大学生电影节今天20岁了，是人一生中最美好的时光，我也衷心祝愿母校创办的中学生诗会能一年年走向成熟，有无数个20岁等在后面。

今年9月，柳校长打来电话，要我为这本《西花园的雨》——母校校友、校董的散文集写一篇序。打开简介，蔡元培、章太炎、于右任、叶楚伧……一个个名字如雷贯耳，让我内心充满景仰与敬畏，同时也看到一代代新生力量的崛起，真是后生可畏。这是一个学校百年来的积淀，是校园文化建设中不可或缺的一个章节，我深深地为母校感到骄傲。为了感谢母校的前辈们对我生命的滋养，也为了表达对后生的敬佩，我写下以上这些文字。姑且算"序"吧。

2013年10月12日

序二

风雨，故人来

唐岚

　　很多次，站在名人故居的门前，读其简章：某某，文学家、教育家，或者是某某，革命家、慈善家、社会活动家……我每每会被这些"家"的定语震慑住，内心无比敬畏，他们于我，好比是一个帝王年轻时用过的一个名字——曌，太阳、月亮、晴空，都浓缩在了短短一章的简介里。日月星辰，与我隔着的，何止是茫茫大荒的距离。

　　而此刻，我在编一本校友散文集，蔡元培、章太炎、叶圣陶、费孝通、杨绛、何泽慧……这些璨若北辰的名字，竟从四窗来叩，我不必从星云中去寻他们，而仿似淋漓在雨中，感知他们，如此真切。

一

　　今年夏天，穿过戈壁，我终于站在了塔克拉玛干沙漠的腹地。

　　我是来圆一个沙漠梦的。那些亿万年来此消彼长的沙丘的轮廓、酡红的夕阳、橙黄的沙海，或者，是一遍遍重复的沙涛怒吼的节拍……都是我想寻找的完全不同于江南的气息。

　　我们开着车，在沙漠公路上循迹而来。傍晚八点了，依旧皓日当空，公路两旁，是百米宽的绿化带，生长着沙棘、红柳等沙漠植物。我举着相机，一次次地试图越过它们，去捕捉我以为的沙漠景色。

　　随行的朋友是当地人，我观光客似的急切一览无遗地落在了她的眼里。

"你看到那些红顶蓝墙的小房子了吗？"她问。

"看到了。"我举着相机，回答得漫不经心。

"那是水井房，这条公路上一共有114个，里面住的都是沙漠夫妻，专门负责路旁植物的滴灌养护。从城市到这里，每一棵树都是人工种植的，关键还不能全部成活，要一遍遍重新来过，所以当地人对植物是极其珍视的。"

哦，原来如此，我开始肃容。

"但在这里，能耐得住寂寞的有几人？"她发出一声感叹。

是啊，有几人？我不过是个来寻找寂寞的过客，我欣赏着死亡逼视大化的苍凉，但当我赤足走进沙海，却被烫得落荒而逃……如果要我一生一世面对这片沙海，除非给我一个一生一世的理由。

但是，这些原住民，一株一株，竟让这些树（我们这群江南人不屑一顾的灌木）插枝重生了。

他们挖井汲水，一根根细细的水管铺设在沙棘、红柳或者是叫做莎莎的灌木下面，点点滴滴，洇润着水滴下去都会嗤一声帽起白烟的沙海，而滴水穿"沙"，生命居然落地生根、拔节生长了！

这是不是像极了儒家的"儒"字？许慎说儒的本意是"柔"，段玉裁说"儒"与"濡"相通。

何意百炼钢，化为绕指柔。

逝雨无痕，静默花开。

——多好的诠释啊！

当西部的边民为普世的大旱跪求一点甘霖而高唱《祈雨词》、质问着：苍苴行与？谗夫兴与？何以不雨至斯极也！我们却可以执着伞，走进杏坛，去接收一个子民应有的教化，日雕月琢间，我们被渐洇渐濡，不用武力的征伐，"教化渐兴，暴戾之气亦渐祛"（章太炎《原儒》）。

我又想到了那个席不暇暖的圣人，听到他喃喃自语"知其不可而为之"；然后，看到越来越多的丹漆随梦的身影，从两千年前那个万窍含风的雨夜，走到今天，大雨滂沱——你、我们，也许从没经历过这么大的一场雨，而且不必求，它就滂滂沛沛地落进了这个园子里。

二

灯下，我在看画，确切地说，是一轴苏绣——戴进的《风雨归舟图》。

长长的卷轴展开，一派远山近水。渊沉的底色上，深黛的土皋含情、湖水泼绿，泊于水湄的舟子迎来送往。骤风疾雨在细叶间穿梭，我甚至能看到怒生的水韭中的鱼跃，闻见不远的土皋上因密集的雨点砸下来泥土生腥的气息。

这里没有君王的野宴。承平的岁月里，有的是一些风雨中的斗笠、互应互答的渔歌，以及，一些里人之间的寒暄、避风而行的相扶相携……

卖绣品的女孩，一再对我强调它绢帛的质地、精美的绣工，以及种种价格不菲的理由。

可是，她没有告诉我，这是一卷平和而丰腴的田园，是被骤雨濡湿的乡愁，是离开后，再也回不去的那些单纯而美好的岁月，是当发已星星，对着稚子盎然地讲述当年草丛中的蟋蟀、秋树上的蝉蜕，换来的只是稚子莫对、垂头而睡的淡淡怅然……这些，是高价如何都不能买断的。

在这场疏狂的雨里，戎马倥偬的将军不再是将军，而是回乡剥薜洗苔、离政息心的风雨夜归人；那个坐在藤椅里的、白发苍苍的老太太，也不再是物理学界的泰山北斗，而是在一个多雨的午后，偷拿了父亲好友张善孖的画作，折成纸飞机，在自己家里——网师园的寂寂长廊里，放飞了一地的那个满不在乎的小女孩；作家们也不再是作家，是站在母亲坐过的台阶前默然凝神、不堪隔世之悲的赤子；是走过母校门口，驻足、翘首，怀着一腔爱与离愁的善感女子……我列举的"他们"，是李根源、何泽慧、柳袁照、范小青。

但何止是他们呢？在这本集子里，在焦黄的往事里，在这些大家们辉煌的履历、耀眼的光环背后，是一个少年爽飒明亮的率真，或是人到中年的自己被引渡、或者引渡别人的时候那份相扶相携的人世间必需的温暖。

是的，我在看一轴画，却听见了风雨归舟中，故人短笛的轻响。

三

一天，我上课在讲成语，我说：社会黑暗、前途艰难，但在如此黑暗的环境中，君子仍不改自己的气节，用个成语形容，叫做——"风雨如晦，鸡鸣不已"。

可是，话音刚落，好像哪里不对？

暮色四合，鸡鸣喈喈。千岩的风、万壑的雨即将倾盆而来，她扶门而立，满心是一种没顶的期待，以及，一种令人没顶的畏怯：这样的天气，他会来吗？桌上是热了又热的饭菜（管他是佳肴还是清粥小菜）和初酿的酒（还未来得及滤去酒糟啊），爱的定义原不在物质的丰裕，焦灼的顾盼里便有一种无限的延展。

最深的疲惫，是你不再来的等待。她低叹。

四乡如墨，一灯如豆，那个穿着青衫的温雅君子来了，在沾衣都不觉湿的杏花雨中，也许还骑着马。黑夜中的古道微尘轻飏，已经能看见不远处的小屋透出的那一点橘黄的灯光，一垂鞭，勒马蔓草间。近乡情更怯，前尘往事，都在那盏灯中燃烧起来。

——他终于如约而来。

"风雨如晦，鸡鸣不已。既见君子，云胡不喜"，夜霾、鸡鸣，有什么打紧？他的到来便是佳酿、炉火与晨光。——原来，所谓"晦"，未必来自风雨，而是来自心情；所谓"喜"，不论夜色如墨，只因洞见来人。

这来自《郑风·风雨》的八个字，哪里是说君子不改气节呢？分明是一种温暖的等待。

莫放春秋佳日过，最难风雨故人来。

大风大雨中若有故人来，那是一定要举樽共饮的，天气阴寒，能不顾风雨、执念而来的，必是相知相倾之人。衍而化之，姑且不论社会黑暗与否，路途艰难是必然的，在如此晦暗的环境中，君子能不负初约而来，那不曾改变的，原是他的初衷与追求吧。

咦，怎么又绕回来了？学生们偷笑。

但我忽然就相信了，一定是这样的。否则，在那个男尊女卑的时代，这个园子怎么变成了一座女校？必是有一群相知相倾相约之人，共担了一肩风雨、胼手胝足做了些什么。然后，在这一百年里，蔡元培、胡适、竺可桢、贝时璋、苏雪林、沈骊英、费孝通、杨绛、何泽慧、叶楚伧、陆璀、彭子冈、李政道、张羽、黄会林、范小青、秦兆基、陈雪春、汪婉、朱文颖……这些身影来了又往，只是，能在这园子里遇见你，云胡不喜！

花腾日暄时，你来，我不必迎你；风雨如晦时，你来，我必等你。

是的，我在编一本书，一本校友、校董的散文集。当看到这些名字以及以这些名字署名的文章——序列在这本集子里的时候，我莫名地顾盼自雄起来，因能沿着他们的足迹继续前行，并且幸运的是，所谓"众里寻他千百度"，我都不必去寻，他们就在这座园子里，从未离去。

如果说，等待雨，是伞一生的宿命，那么这个园子是一把伞吗？紫竹为柄，油纸敷面，八十四支伞骨下，等待着四季滂沛而来的雨。

是为序。

2013 年 10 月 12 日

目录

张元济

简介

张元济（1867—1959），字筱斋，号菊生，浙江海盐人。振华女校校董。中国近现代思想家、出版家、国学家。清末进士，曾任刑部主事、总理各国事务衙门章京。1897 年与人创办通艺学堂，教授英文与数学。1898 年参加戊戌变法，失败后被革职。1899 年在李鸿章的推荐下入南洋公学，任译书院院长。1902 年，加入商务印书馆。后任商务印书馆编译所所长，商务印书馆监理、董事长，主持出版了各种教科书、中外工具书、古籍影印丛书等，其中《四部丛刊》、《百衲本二十四史》、《续古逸丛书》影响最大。著有《涉园序跋集录》、《张元济书札》、《张元济日记》等。

印行《四部丛刊》启 [1]

张元济

睹乔木而思故家，考文献而爱旧邦，知新温故，二者并重。自咸同以来，神州几经多故，旧籍日就沦亡；盖求书之难，国学之微，未有甚于此时者也。上海涵芬楼留意收藏，多蓄善本，同人怂恿景印，以资津逮；间有未备，复各出公私所储，恣其搜揽，得以风流阒寂之会，成此《四部丛刊》之刻，提挈宏纲，网罗巨帙，诚可云学海之钜观，书林之创举矣！觊缕陈之，有七善焉。汇刻群书，昉于南宋，后世踵之；顾其所收，类多小种，足备专门之流览，而非常人所必需；此之所收，皆四部之中家弦户诵

---

1. 原载《四部丛刊目录》，商务印书馆排印本。

之书，如布帛菽粟，四民不可一日缺者，其善一矣。明之《永乐大典》、清之《图书集成》，无所不包，诚方鸿博，而所收古书，悉经剪裁；此则仍存原本，其善二矣。书贵旧本，昔人明训，麻沙恶椠，安用流传；此则广事购借，类多秘帙，其善三矣。求书者，纵胸有晁、陈之学，冥心搜访，然其聚也非在一地，其得也不能同时；此则所求之本具于一编，省事省时，其善四矣。雕板之书，卷帙浩繁，藏之充栋，载之专车，平日翻阅，亦屡烦乎转换；用此石印，但略小其匡，而不并其叶，故册小而字大，册小则便皮藏，字大则能悦目，其善五矣。镂刻之本，时有后先，往往小大不齐，缥缃异色，以之插架，殊伤美观；此则版型纸色，斠若画一，列之清斋，实为精雅，其善六矣。夫书贵流通，流通之机在于廉价；此书搜罗宏富，计卷逾万，而议价不特视今时旧籍廉至倍蓰，即较市上新版亦减之再三。复行预约之法，分期交付，既可出书迅速，使读者先睹为快，亦便分年纳价，使购者举重若轻，其善七矣。自古艺林学海，奚止充栋汗牛，今兹所收，不无遗漏，假以岁月，更当择要嗣刊。至于别载伪体，妙选佳椠，亦既盱衡时世之所宜，屡访通人而是正，未尝率尔以操觚，差可求谅于当世。邦人君子，或欲坐拥书城，或拟宏开邑馆，依此取求，庶有当焉。

王秉恩　沈曾植　翁斌孙　严　修　张　謇

董　康　罗振玉　叶德辉　齐耀琳　徐乃昌

张一麐　傅增湘　莫　棠　邓邦述　袁思亮

陶　湘　瞿启甲　蒋汝藻　刘承幹　葛嗣浵

郑孝胥　叶景葵　夏敬观　孙毓修　张元济　同启

缪筱珊先生提倡最先，未观厥成，遽归道山，谨志于此，以不没其盛心。己未十月（1919 年 12 月）。

致鲍咸昌[1]

张元济

弟与吾兄订交二十余年矣。自入公司后,见吾兄实心办事,公正无私,知公司必能发达,故深愿竭其愚诚以为吾兄之助,而为中国实业造一模范。故凡涉公司之事,无论大小,知无不言,言无不尽。吾兄亦无不采用,故弟更感奋以图报。弟近来主张公司重要职员子弟不宜入公司,宜在外就事养成资格一节,亦无非为公司大局起见。不料昨日晤谈,吾兄词色愤懑,甚不谓然,弟深为惶愧。嗣后友人亦多以尊见来告,弟闻之尤为抱歉。公司用人,除重要职员须经总务处会议外,其余各所进退非重要之职员,本系所长之权。昨承面告,拟招庆霖世兄再回印刷所,并声明非副所长问题,云云。弟原可以不问,惟以二十余年与吾兄既以友谊询商,弟即不能不以诚心相待,故敢本明日之主张,以为于公司不相宜。作朋友之忠告,且亦不专为公司计也。为世兄计,为吾兄办事计,亦有不相宜之处。此时吾兄气忿甚盛,弟亦不敢多言,容俟将来再行陈说。吾兄手创商务印书馆,勤劳已二十五年,弟亦追随二十年,至今日有此成绩。吾兄极爱公司,弟亦不敢不爱公司,故对于公司利害有关之事,不能不言。(今日王莲溪兄来

1.选自张元济著,张人凤、宋丽荣选编《张元济论出版》,商务印书馆2011年9月第1版。

言，亦反对弟之主张。谓鲍某某的儿子可以进来，我的儿子亦要进来，凡重要职员的儿子都可以进来，云云。弟即告以人人都有儿子，将来都要进公司，恐不成话。我驳其为争夺权利之见。莲兄点头许我。）此时言之，原属过虑。吾兄或不愿闻，吾兄必欲招世兄复回印刷所，吾兄尽可行使职权，弟亦何能阻止，但望日后遇有公司因此为难之时，追思老友之言，宽我今日之罪，则弟感幸甚深矣。冒昧陈词，惶悚无地，统祈恕宥。专此。顺颂台安。

十一年九月十日

中华民族的人格 [1]

张元济

　　孔圣人说："志士仁人，无求生以害仁，有杀生以成仁。"孟夫子说："富贵不能淫，贫贱不能移，威武不能屈，此之谓大丈夫。"这几句话，都是造成我中华民族的人格的名言。

　　我们良心上觉得应该做的，照着去做，这便是仁。为什么又会有求生害仁的人呢？为的是见了富贵，去营求它；处在贫贱，去逃避它；遇着威武，去服从它；看得自己的身体越重，人们本来的良心，就不免渐渐地消亡。贪赃枉法，也不妨；犯上作乱，也不妨；甚至于通敌卖国，也可以掩住自己的良心做起来，只要抢得到富贵，免得贫贱。倘若再有些外来的威武，加在他身上，那更什么都可以不管了。

　　有了这等人，传染开去，不知不觉受他的引诱，这个民族，必定要堕落，在世界上是不容存在的啊！

　　我们古来的圣贤，都有很好的格言，指导我们，在书本上，也有不少的豪杰，可以做我们的模范。

　　我现在举出这十几位，并不是什么演义弹词里装点出来的，都是出在最有名的人人必读的书本里。他们的境遇不同，地位不同，举动也不同，但是都能够表现出一种至高无上的人格。有的是为尽职，有的是为知耻，

---

1. 节选自张元济著《读史阅世》，新世界出版社 2012 年 10 月第 1 版。

有的是为报恩，有的是为复仇，归根结果，都做到杀身成仁——孟夫子说是大丈夫，孔圣人说是志士仁人，一个个都毫无愧色。这些人都生在二千多年以前，可见得我中华民族本来的人格，是很高尚的。只要谨守着我们先民的榜样，保全着我们固有的精神，我中华民族，不怕没有复兴的一日！

民国二十六年（1937）五月，作者自白

评论
张元济不可追

　　张元济一生经历三个朝代，从晚清、民国到新中国，参与或见闻过中日甲午战争、戊戌变法、辛亥革命、五四运动、抗日战争、解放战争及新中国成立诸多重大事件，投身过政治活动，兴办过教育，从事过实业，成就卓著，饮誉域中。他历事既多，艰辛备尝，无论新派、旧派、激进派还是保守派，对他都恭敬有加。他在近代出版界的地位，俨如泰山北斗，无人可比。像他那样既建不世之功，而又生受崇敬、死备哀荣的，实属罕见。

"第一件好事还是读书"

　　百年中国，多少人在寻找振兴中华的道路，张元济义无反顾地选择了以出版来推动教育，为中华民族的文明"续命"。读书、寻书、藏书、编书、出书、嗜书，写就了他极不平凡的一生。张元济晚年写过一副对联："数百年旧家无非积德，第一件好事还是读书"，最简单朴素的话语表达了他对读书重要性的认识。

　　戊戌变法以后，张元济将自己的聪明才智集中投放到教育与出版方面，全力在开启民智的园地里播种耕耘。他在与友人傅增湘的通信中说："吾辈生当斯世，他事无可为，惟保存吾国数千年之文明不致因时势而失坠，此为应尽之责。"抢救、整理、校勘和辑印古籍是他大半辈子苦心经营的事业。在20世纪初社会动乱的年代，张元济看到中国的文化瑰宝善本孤本古籍日渐沦亡，决心借商务印书馆的经济实力和印刷出版条件，编辑出版

《四部丛刊》。在《印行〈四部丛刊〉启》中写道"睹乔木而思故家，考文献而爱旧邦，知新温故，二者并重。自咸同以来，神州几经多故，旧籍日就沦亡；盖求书之难，国学之微，未有甚于此时者也"，表达了他对文化传承的深深忧思，也表明了他为挽救中华民族文化遗产，使其免于沦亡，解决读者求书之难，满足学习所必读之需要的决心。

为了更好地保存中国优秀的历史文化遗产，对于善本孤本、原刻珍刻，他购之坊肆，求之藏家，近走两京，远驰域外，广为搜觅。《四部丛刊》从1919 年开始出书，初、续、三编共收编了宋元明珍本孤籍经、史、子、集共四百七十五种，共一万零一百一十四卷大型巨编，为抢救保护中华文化作出了巨大贡献。

"我的事业不传代"

1902 年张元济入商务印书馆，先后任编译所长、经理、监理、董事长等职。"用人唯才"，是张元济的座右铭，他的用人之道，不是任人唯亲，而是任人唯新。其子张树年从美国留学回国，表示一不愿进政界，二不愿进洋商企业，为洋老板效劳。对此，张元济表示赞同，但他接着说："你不能进商务，我的事业不传代。"他还分析了儿子进商务有三不利：一是由于自己在商务的地位，进去后人们必然会吹捧他，使其失去刻苦锻炼的机会，浮在上面，领取高薪，毁了一生；二是对自己不利，因为父子同在一处工作，在行政上将处处受牵制，尤其是人事安排上很难主持公道，会失去威信；三是对公司不利，将开极为恶劣的风气，因为"人人都有儿子，大家都把儿子塞进来，这还像什么样的企业"。张元济还说："我历来主张高级职员的子弟不能进公司。我应以身作则，言行一致。"真是铁面无私，一身正气！为了坚持这一原则，他顶撞了首创商务的鲍咸昌，其所写《致鲍咸昌》函就是明证。其实，在当时的旧社会，封建传统尚未破除，子承父业是天经地义的。张元济的可贵正在于此，这种原则性，今天依然可说是有助于伦理建设的"正能量"。

"生命可掷而人格不可失"

抗日战争中，张元济尽己所能地为抗日救亡出力。他特为国人编撰了文言白话对照的《中华民族的人格》一书。他从《左传》《战国策》《史记》等古籍中选录了荆轲、田横等14位大义凛然的著名历史人物的传记，讲述这些英雄人物在敌人淫威面前宁为玉碎、不为瓦全的可歌可泣事迹。他在"编书的本意"中指出："他们的境遇不同，地位不同，举动也不同，但是都能够表现出一种至高无上的人格。有的是为尽职，有的是为知耻，有的是为报恩，有的是为复仇，归根结底，都做到杀身成仁——孟夫子说是大丈夫，孔圣人说是志士仁人，一个个都毫无愧色。这些人都生在两千多年以前，可见得我中华民族本来的人格，是很高尚的。只要谨守着我们先民的榜样，保全着我们固有的精神，我中华民族，不怕没有复兴的一日。"

八年抗战期间，张元济蛰居上海，拒绝与日伪任何形式的合作。他主持的商务印书馆董事会坚决不在汪伪政权下注册，为了防止汪伪势力渗透，甚至停止了股东年会。因为生活艰难，这位古稀老人只能靠卖字维持生活。但即使是卖字，他也绝不给汉奸写一个字。他曾说："孔子曰杀身成仁。所谓仁者，即人格也。生命可掷而人格不可失。"

曾有著名的出版人在张元济图书馆留下了"张元济不可追"的题词。高调说"不可追"，充分地表达了后人对于张元济的景仰与敬佩之情。时势造英雄。张元济属于他的那个时代，他所创造的业绩，他所达到的学问，他所留下的故事，我们都难以企及，只能望其项背。但是张元济的人格魅力、精神风采与广阔胸怀，是我们无比宝贵的思想遗产，值得我们好好学习、好好继承！

（顾丽君）

蔡元培

简介

　　蔡元培（1868—1940），字鹤卿，又字仲申、民友、孑民，曾化名蔡振、周子余，汉族，绍兴府山阴县（今属绍兴）人，原籍诸暨。苏州振华女中校董。青年时期，连续中举人、进士，点翰林，授编修。他的房师为王颂蔚，就是振华女中创办者校长王谢长达的丈夫。他是著名的教育家、思想家、政治家，曾任"中华民国"首任教育总长、北京大学校长、中法大学校长。他一生清廉正直，在中国新文化教育事业、建立中国资产阶级民主制度方面贡献卓越，堪称"学界泰斗、人世楷模"。曾提出"五育"等诸多教育、教学新主张，革新北大，开"学术"与"自由"之风，为我国教育、文化、科学事业的发展作出了富有开创性的贡献。代表作品有《蔡元培自述》、《中国伦理学史》、《蔡元培教育文选》、《蔡元培教育论著选》等。

黑暗与光明的消长 [1]
——在北京天安门举行庆祝协约国胜利大会上的演说词
蔡元培

　　我们为什么开这个演说大会？因为大学职员的责任并不是专教几个学生，更要设法给人人都受一点大学的教育，在外国叫作平民大学。这一回的演说会，就是我国平民大学的起点！

　　但我们的演说大会，何以开在这个时候呢？现在正是协约国战胜德国的消息传来，北京的人都高兴的了不得。请教为什么要这样高兴？怕有许

---

1. 选自《蔡元培散文》，上海科学技术文献出版社，2013 年 8 月第 1 版。

多人答不上来。所以我们趁此机会，同大家说说高兴的缘故。

诸君不记得波斯拜火教的起原么？他用黑暗来比一切有害于人类的事，用光明来比一切有益于人类的事。所以说世界上有黑暗的神与光明的神相斗，光明必占胜利。这真是世界进化的状态。但是黑暗与光明，程度有浅深，范围也有大小。譬如北京道路，从前没有路灯，行路的人必要手持纸灯。那时候光明的程度很浅，范围很小。后来有公设的煤油灯，就进一步了。近来有电灯、汽灯，光明的程度更高了，范围更广了。世界的进化也如此。距今一百三十年前的法国大革命，把国内政治上一切不平等黑暗主义都消灭了。现在世界大战争的结果，协约国占了胜利，定要把国际间一切不平等的黑暗主义都消灭了，别用光明主义来代他。所以全世界的人，除了德、奥的贵族以外，没有不高兴的。请提出几个交换的主义作个例证：

第一是黑暗的强权论消灭，光明的互助论发展　从陆谟克、达尔文等发明生物进化论后，就演出两种主义：一是说生物的进化全恃互竞，弱的竞不过，就被淘汰了，凡是存的，都是强的。所以世界只有强权，没有公理。一是说生物的进化全恃互助，无论怎么强，要是孤立了，没有不失败的。但看地底发见的大鸟大兽的骨，他们生存时何尝不强？但久已灭种了。无论怎么弱，要是合群互助，没有不能支持的。但看蜂、蚁，也算比较的弱极了，现在全世界都有这两种动物。可见生物进化恃互助，不恃强权。此次大战，德国是强权论代表。协商国互相协商，抵抗德国，是互助论的代表。德国失败了，协商国胜利了。此后人人都信仰互助论，排斥强权论了。

第二是阴谋派消灭，正义派发展　德国从拿破仑时受军备限制，创为更番操练的方法，得了全国皆兵的效果。一战胜奥，再战胜法。这是已往时代，彼此都恃阴谋，不恃正义，自然阴谋程度较高的占胜了。但德国竟因此抱了个阴谋万能的迷信，遍布密探。凡德国人在他国作商人的，都负有侦探的义务。旅馆的侍者、菌圃的装置，是最著名的了。德国恃有此等侦探，把各国政策、军备都知道详细，随时密制那相当的大炮、潜艇、飞艇、飞机等，自以为所向无敌了，遂敢唾弃正义，斥条约为废纸，横行无忌。不意破坏比利时中立后，英国立刻与之宣战；宣告无限制潜艇政策后，美国又与之宣战；其他中立等国，也陆续加入协商国中。德国因寡助的缺点，空费了四十年的预备，终归失败。从此人人知道阴谋的时代早已过去，正义的力量真是万能了。

第三是武断主义消灭，平民主义发展　从美国独立、法国革命后，世界已增了许多共和国。国民虽知道共和国的幸福，然野心的政治家，很嫌他不便。他们看着各共和国中，法、美两国最大，但是这两国的军备都不及德国的强盛，两国的外交又不及俄国的活泼。遂杜撰一个"开明专制"的名词，说是国际间存立的要素，全恃军备与外交；军备与外交，全恃武断的政府。此后世界全在德系、俄系的掌握。共和国的首领者法若美且站不住，别的更不容说了。不意开战以后，俄国的战斗力乃远不及法国。转因外交狡猾的缘故，貌亲英、法，阴实亲德，激成国民的反对，推倒皇室，改为共和国了。德国虽然多挣了几年，现在因军事的失败，喝破国民崇拜皇室的迷信，也起革命，要改共和国了。法国是大战争的当冲，美国是最新的后援，共和国的军队便是胜利的要素。法国、美国都说是为正义人道而战，所以能结合十个协商的国，自俄国外，虽受了德国种种的诱惑，从没有单独讲和的。共和国的外交，也是这一回胜利的要素。现在美总统提出的十四条，有限制军备、公开外交等项，就要把德系、俄系的政策根本取消。这就是武断主义的末日、平民主义的新纪元了。

第四是黑暗的种族偏见消灭，大同主义发展　野蛮人只知有自己的家庭，见异族的人同禽兽一样，所以有食人的风俗。文化渐进，眼界渐宽，始有人类平等的观念。但是劣根性尚未消尽，德国人尤甚。他们看有色人种不能与白色人种平等，所以唱黄祸论，行"铁拳"政策。看犹太、波兰等民族不能与亚利安民族平等，所以限制他人权。彼等又看拉丁民族、盎格鲁撒克逊民族又不能与日耳曼民族平等，所以唱"德意志超过一切"，想先管理全欧，然后管理全世界。此次大战争，便是这等迷信酿成的。现今不是已经失败了么？更看协商国一方面，不但白种的各民族团结一致，便是黄人、黑人也都加入战团，或尽力战争需要的工作。义务平等，所以权利也渐渐平等。如爱尔兰的自治、波兰的恢复、印度民权的申张、美境黑人权利的提高，都已成了问题。美总统所提出的民族自决主义，更可包括一切。现今不是已占胜利了么？这岂不是大同主义发展的机会么？

世界的大势已到这个程度，我们不能逃在这个世界以外，自然随大势而趋了。我希望国内持强权论的、崇拜武断主义的、好弄阴谋的、执着偏见想用一派势力统治全国的，都快快抛弃了这种黑暗主义，向光明方面去呵！

（1918 年 11 月 15 日演说，原刊 1918 年 11 月 27 日《北京大学日刊》第 260 号）

祭亡妻黄仲玉 [1]

蔡元培

呜呼！仲玉，竟舍我而先逝耶！自汝与我结婚以来，才二十年，累汝以儿女，累汝以家计，累汝以国内、国外之奔走，累汝以贫困，累汝以忧患，使汝善书、善画、善为美术之天才，竟不能无限发展，而且积劳成疾，以不得尽汝之天年。呜呼！我之负汝何如耶！

我与汝结婚之后，屡与汝别，留青岛三阅月，留北京译学馆半年，留德意志四年，革命以后，留南京及北京九阅月，前年留杭县四阅月，加以其他短期之旅行，二十年中，与汝欢聚者不过十二三年耳。呜呼！孰意汝舍我如是其速耶！

凡我与汝别，汝往往大病，然不久即愈。我此次往湖南而汝病，我归汝病剧，及汝病渐痊，医生谓不日可以康复，我始敢放胆而为此长期之旅行。岂意我别汝而汝病加剧，以至于死，而我竟不得与汝一诀耶！

我将往湖南，汝恐我不及再回北京，先为我料理行装，一切完备。我今所服用者，何一非汝所采购，汝所整理！处处触目伤心，我其何以堪耶！

1.选自《蔡元培散文》，上海科学技术文献出版社，2013年8月第1版。该文作于1921年1月9日，初以铅印单张在追悼会上发送，后刊于《北京大学日刊》第824号。

汝孝于亲，睦于弟妹，慈于子女。我不知汝临终时，一念及汝死后老父、老母之悲切，弟妹之伤悼，稚女、幼儿之哀痛，汝心其何以堪耶！

汝时时在纷华靡丽之场，内之若上海及北京，外之若柏林及巴黎，我间欲为汝购置稍稍入时之衣饰，偕往普通娱乐之场所，而汝辄不愿。对于北京妇女以酒食赌博相征逐，或假公益之名以鹜声气而因缘为利者，尤慎避之，不敢与往来。常克勤克俭以养我之廉，以端正子女之习惯。呜呼！我之感汝何如，而竟不得一当以报汝耶！

汝爱我以德，无微不至。对于我之饮食、起居、疾痛、疴痒，时时悬念，所不待言。对于我所信仰之主义，我所信仰之朋友，或所见不与我同，常加规劝；我或不能领受，以至与汝争论；我事后辄非常悔恨，以为何不稍稍忍耐，以免伤汝之心。呜呼！而今而后，再欲闻汝之规劝而不可得矣，我惟有时时铭记汝往日之言以自检耳。

汝病剧时，劝我按预约之期以行，而我不肯。汝自料不免于死，常祈速死，以免误我之行期。我当时认为此不过病中愤感之谈，及汝小愈，则亦置之。呜呼！岂意汝以小愈促我行，而意不免死于我行以后耶！

我自行后，念汝病，时时不宁。去年十一月二十八日，在舶中发一无线电于蒋君，询汝近况，冀得一痊愈之消息以告慰，而复电仅言小愈；我意非痊愈，则必加剧，小愈必加剧之讳言，聊以宽我耳，我于是益益不宁。到里昂后，即发一电于李君，询汝近况，又久不得复。直至我已由里昂而巴黎，而瑞士，始由里昂转到谭、蒋二君之电，始知汝竟于我到巴黎之次日，已舍我而长逝矣！呜呼！我之旅行，为对社会应尽之义务，本不能以私废公；然迟速之间，未尝无商量之余地。尔时，李夫人曾劝我展缓行期，我竟误信医生之言而决行，致不得调护汝以蕲免于死。呜呼！我负汝如此，我虽追悔，其尚可及耶！

我得电时，距汝死已八日矣。我既无法速归，归亦已无济于事；我不能不按我预定计划，尽应尽之义务而后归。呜呼！汝如有知，能不责我负心耶！

汝所爱者，老父、老母也，我祝二老永远健康，以副汝之爱。汝所爱者，我也，我当善自保养，尽力于社会，以副汝之爱。汝所爱者，威廉也，柏龄也，现在托庇于汝之爱妹，爱护周至，必不让于汝。我回国以后，必躬自抚养，使得受完全教育，为世界上有价值之人物，有所贡献于世界，以为汝母教之纪念，以副汝之爱。呜呼！我所以慰汝者，如此而已。汝如有知，其能满意否耶？

汝自幼受妇德之教育，居恒慕古烈妇人之所为。自与我结婚以后，见我多病而常冒危险，常与我约，我死则汝必以身殉。我谆谆劝汝，万不可如此，宜善抚子女，以尽汝之母之天职。呜呼！孰意我尚未死，而汝竟先我而死耶！我守我劝汝之言，不敢以身殉汝。然后早衰而多感，我有生之年，亦复易尽；死而有知，我与汝聚首之日不远矣。

呜呼！死者果有知耶？我平日决不敢信；死者果无知耶！我今日为汝而不敢信；我今日惟有认汝为有知，而与汝作此最后之通讯，以稍稍纾我之悲悔耳！呜呼！仲玉！

民国十年一月九日　汝夫蔡元培

就任北京大学校长之演说 [1]

蔡元培

　　五年前，严畿道先生为本校校长时，余方服务教育部，开学日曾有所贡献于同校。诸君多自预科毕业而来，想必闻知。士别三日，刮目相见，况时阅数载，诸君较昔当必为长足之进步矣。予今长斯校，请更以三事为诸君告。

　　一曰抱定宗旨。诸君来此求学，必有一定宗旨；欲知宗旨之正大与否，必先知大学之性质。今人肄业专门学校，学成任事，此固势所必然。而在大学则不然，大学者，研究高深学问者也。外人每指摘本校之腐败，以求学于此者，皆有做官发财思想，故毕业预科者，多入法科，入文科者甚少，入理科者尤少，盖以法科为干禄之终南捷径也。因做官心热，对于教员，则不问其学问之浅深，惟问其官阶之大小。官阶大者，特别欢迎，盖为将来毕业有人提携也。现在我国精于政法者多入政界，专任教授者甚少，故聘请教员，不得不聘请兼职之人，亦属不得已之举。究之外人指摘之当否，姑不具论，然弭谤莫如自修，人讥我腐败，而我不腐败，问心无愧，于我何损？果欲达其做官发财之目的，则北京不少专门学校，入法科者尽可肄业于法律学堂，入商科者亦可投考商业学校，又何必来此大学？所以

1.选自《蔡元培散文》，上海科学技术文献出版社，2013年8月第1版，原刊1917年4月《东方杂志》第14卷第4号。

诸君须抱定宗旨，为求学而来。入法科者，非为做官；入商科者，非为致富。宗旨既定，自趋正轨。诸君肄业于此，或三年，或四年，时间不为不多，苟能爱惜光阴，孜孜求学，则其造诣，容有底止！若徒志在做官发财，宗旨既乖，趋向自异。平时则放荡冶游，考试则熟读讲义，不问学问之有无，惟争分数之多寡；试验既终，书籍束之高阁，毫不过问，敷衍三四年，潦草塞责，文凭到手，即可借此活动于社会，岂非与求学初衷大相背驰乎？光阴虚度，学问毫无，是自误也。且辛亥之役，吾人之所以革命，因清廷官吏之腐败；即在今日，吾人对于当轴多不满意，亦以其道德沦丧。今诸君苟不于此时植其基、勤其学，则将来万一因生计所迫，出而任事，担任讲席，则必贻误学生；置身政界，则必贻误国家。是误人也。误己误人，又岂本心所愿乎？故宗旨不可以不正大。此余所希望于诸君者一也。

二曰砥砺德行。方今风俗日偷，道德沦丧，北京社会，尤为恶劣，败德毁行之事，触目皆是，非根基深固，鲜不为流俗所染。诸君肄业大学，当能束身自爱。然国家之兴替，视风俗之厚薄。流俗如此，前途何堪设想。故必有卓绝之士，以身作则，力矫颓俗。诸君为大学学生，地位甚高，肩此重任，责无旁贷，故诸君不惟思所以感已，更必有以励人。苟德之不修，学之不讲，同乎流俗，合乎污世，已且为人轻侮，更何足以感人。然诸君终日伏首案前，芸芸攻苦，毫无娱乐之事，必感身体上之苦痛。为诸君计，莫如以正当之娱乐，易不正当之娱乐，庶于道德无亏，而于身体有益。诸君入分科时，曾填写愿书，遵守本校规则，苟中道而违之，岂非与原始之意相反乎？故品行不可以不谨严。此余所希望于诸君者二也。

三曰敬爱师友。教员之教授，职员之任务，皆以图诸君求学便利，诸君能无动于衷乎？自应以诚相待，敬礼有加。至于同学共处一室，尤应互相亲爱，庶可收切磋之效。不惟开诚布公，更宜道义相勖，盖同处此校，毁誉共之。同学中苟道德有亏，行有不正，为社会所訾詈，己虽规行矩步，亦莫能辨，此所以必互相劝勉也。余在德国，每至店肆购买物品，店主殷勤款待，付价接物，互相称谢，此虽小节，然亦交际所必需，常人如此，况堂堂大学生乎？对于师友之敬爱，此余所希望于诸君者三也。

余到校视事仅数日，校事多未详悉，兹所计划者二事：一曰改良讲义。诸君既研究高深学问，自与中学、高等不同，不惟恃教员讲授，尤赖一己潜修。以后所印讲义，只列纲要，细微末节，以及精旨奥义，或讲师口授，或自行参考，以期学有心得，能裨实用。二曰添购书籍。本校图书馆书籍虽多，新出者甚少，苟不广为购办，必不足供学生之参考。刻拟筹集款项，多购新书，将来典籍满架，自可旁稽博采，无虞缺乏矣。今日所与诸君陈说者只此，以后会晤日长，随时再为商榷可也。

评论

世间再无蔡元培

蔡元培是我国近现代史上伟大的革命家、教育家和社会活动家。他虽是光绪年间的进士，却致力于反对封建专制和封建教育，主张教育救国，以民主思想和现代科学知识开启民智，最早提出德、智、体、美全面发展的系统的教育思想，是近代教育思想的奠基人和新式教育体制的开创者。他毕生提倡科学民主思想，倡导学术研究，主张新旧思想"兼容并包"，实行教授治校。其主管下的北京大学，成为五四新文化运动的策源地。

在旁观者看来，蔡元培的一生，可备称述的事件不少：少为才子，凭八股科试联捷，成进士，点翰林；戊戌变法后，在上海加盟光复会、同盟会，成为双料革命党，名列"民国四老"；作为民国第一位教育总长，他是孙中山临时政府的内阁成员；中国第一个国家科研机构中央研究院成立，他是第一任院长……但所有这一切，若比起出任北京大学校长期间的辉煌来，似乎陡然显得暗淡无色。作为蔡元培的学生、老朋友，又几度因蔡氏辞职或出国而代理过北大校长的蒋梦麟曾说："如果你将石子投入平静的水面，涟漪就会从此中心向远处扩展开去，在五朝京都的千年古城北京……维新的浪潮已经消退成为历史。在这平静的古都里，只剩下一些贝壳，作为命运兴衰的见证者。但在北大聚集着含有珍珠的活贝，它们注定要在一代人的短暂期间为文化思想作出重大贡献。把叛逆知识分子的石子投入死水的，便是1916年成为北大校长的蔡元培先生。""把北大从一个官僚养成所变成名副其实的最高学府，把死气沉沉的北大变成一个生动活泼的战斗堡垒"（冯友兰语），其功不可谓不巨。

北大的前身京师大学堂纯属是老爷式的大学堂。那时学生来上学的目的，就是为了进入仕途。在蔡元培来校以前的北京大学的确是陈腐不堪的。1916年12月，蔡元培被任命为北大校长之前，已换过五任校长，并未能改变局面。许多人劝他不要就任，以免因改造不好而于声名有碍。蔡元培在孙中山等人的支持下，毅然赴任，对北大进行了全面改革。他认为教师不热心学问，学生把大学当作做官发财的阶梯，这是北大"著名腐败的总因"。因此，他改革北大的第一步是明确大学的宗旨，并为师生创造研究高深学问的条件和氛围。1917年年初，北京大学哲学门三年级本科学生顾颉刚到校的第一天，就发现了学校的变化。顾颉刚回忆说："校工们排队在门口恭恭敬敬地向他（蔡校长）行礼，他一反以前历任校长目中无人、不予理睬的惯例，脱下自己头上的礼帽，郑重其事地向校工们回鞠了一个躬，这就使校工和学生们大为惊讶。"1月9日，蔡元培在开学典礼上发表演说。他郑重地提出了三件事：一曰抱定宗旨；二曰砥砺德行；三曰敬爱师友。抱定宗旨，即我们所说的奋斗目标。他说，大学生就是研究高深学问的人。而多数人进入法科，都是因为法科是通向仕途道路的一条捷径。而北京有不少专门学校，大可上那儿去，为什么来北大呢？所以大学生必须定好目标：我们是为求学而来的。求学四年，时间不多，若能爱惜光阴，争分夺秒，孜孜求学，则学习造诣，不可估量。有许多人不看学到多少东西，而看重分数的高低；有些人考试结束，就将书本束之高阁，永不过问；学习搪塞，敷衍了事，文凭到手，大功告成——这简直是自欺。自欺欺人不可不防，故确立奋斗的目标是头等大事。"欲求宗旨之正大与否，必先知大学之性质。……大学者，研究高深学问者也。若徒志在升官发财。宗旨既乖，趋向自异。"他认为，求学时期要"植其基，勤其学"，否则"出而任事，担任讲席，则必贻误学生；置身政界，则必贻误国家"。关于砥砺德行，他说："方今风俗日偷，道德沦丧，北京社会，尤为恶劣，败德毁行之事，触目皆是，非根基深固，鲜不为流俗所染。诸君肄业大学，当能束身自爱。然国家之兴替，视风俗之厚薄。流俗如此，前途何堪设想。故必有卓绝之士，以身作则，力矫颓俗。诸君为大学学生，地位甚高，肩此重任，责无旁贷，故诸君不惟思所以感己，更必有以励人。……"以正当的娱乐代替不正当的娱乐，"庶于道德无亏，而于身体有益"。故品行不可以不严谨。直言切中时弊，发人深省！谈到敬爱师友。他提出师生员工"应以诚相待，敬礼有加"，"同学共处一堂，尤应互相亲爱，庶可收切磋之效"，因此要"开诚布公，道义相勖"。婉言规劝相知，恳切动人！（见《就任北京大学校长之演说》）

蔡元培"仿世界各大学通例，循思想自由原则，取兼容并包主义"，并以此为不二法门加以改造北京大学，在极短的时间内，奇迹般地将这所"官僚养成所"式的半衙门机构，变成了名副其实的中国最高学府。北京大学网罗民国初年几乎所有的文化精英——连远在美国的胡适都不放过。当时北大文科教授主要有：文科学长陈独秀；国文系教授马幼渔、沈尹默、沈兼士、钱玄同、吴虞、刘文典、刘半农、周作人等；哲学系教授胡适、马叙伦、张竞生等；英文系教授陈源、林语堂、温源宁、徐志摩等（胡适兼主任）；政治系教授李大钊、高一涵等；教育系教授蒋梦麟等；经济系教授马寅初等。周作人也在稍后被聘为东方语文系教授。后来人们似乎更关注北大大师云集的教授阵容，而忽略了它天下一流的学生阵容，他们是：许德珩、杨振声：29岁；张国焘、孙伏园、傅斯年：22岁；罗家伦、江绍原：21岁；俞平伯：19岁……由于兼容各路人才，并包各种学说，保守派、维新派与激进派在北大都同样有机会争一日之短长，很像中国先秦时代，或者古希腊苏格拉底和亚里士多德时代的重演，所以蒋梦麟说，蔡元培就是古代老哲人苏格拉底，有了蔡元培的北大是北京知识沙漠上的绿洲。

作为身跨学术、政治两界的学人，蔡元培在风云变幻的中国近现代史上留下了灿烂的痕迹。他的演说词也成为极具阅读价值的文本。1918年11月，德国在第一次世界大战中战败，中国成为战胜国之一。1918年11月13日，北京城兴奋的人们将象征耻辱的克林德碑，改名为"公理战胜"碑，由东单迁移至中央公园（今中山公园）。北京大学在天安门搭台演讲数日，蔡元培校长发表了题为《黑暗与光明的消长》的演说。在演说词中，蔡先生提到了波斯拜火教的起源：用黑暗比作一切有害人类的事，用光明比作一切有益人类的事。所以世界上有黑暗的神与光明的神相斗，光明必将战胜黑暗。蔡元培先生还提出了四个例证：黑暗的强权论消灭，光明的互助论发展；阴谋派消灭，正义派发展；武断主义消灭，平民主义发展；黑暗的种族偏见消灭，大同主义发展。这篇演说的结语也是最值得注意的。他说："世界的大势已到这个程度，我们不能逃在这个世界以外，自然随大势而趋了。我希望国内持强权论的，崇拜武断主义的，好弄阴谋的，执着偏见想用一派势力统治全国的，都快快抛弃了这种黑暗主义，向光明方向去啊！"这是很明显的向当日的黑暗政治势力公开宣战了！令听众闻之热血沸腾，仿佛看到那和平的曙光正在一步步地向自己挪近。此外，《杜威六十岁生日晚餐会演说词》说到杜威的学说和东方的思想，对照比较，漂亮亲切。《全国临时教育会议开会词》论及教育方针"民国教育方针，应从受教育者本体上着想，有如何能力，方能尽如何责任；受如何教育，始能具如何能力"。《对于新教育之意见》论述公民道德，《教育之对待的发展》论及教育必须使国民个性与社会、国家的共性统一、发达等。蔡先生论教育之见，今天仍然可以遵照执行。

蔡元培一生清廉正直，耿介拔俗，被毛泽东誉为"学界泰斗、人世楷模"。他"兼容并包，思想自由"的理念对后世的中国教育产生了极为深远的影响；同时，他的"离经叛道，混淆纲常"的婚恋观念也对后世的"男女平等"起到不可忽视的推动作用。蔡元培一生经历了三次婚姻，由"六礼"到中西合璧，再到婚姻自由、平等，其间充满着传奇，也正好印证了他本人一生的思想变革及中国近代思想的变迁。

蔡元培一生先后娶了三位夫人。1889年他23岁时，与王昭女士结婚，琴瑟和谐，养育二子。1900年6月，王昭病逝，媒者纷集，蔡元培即提出自己的续娶条件：天足；识字；男不娶妾；男死后，妻可再嫁；夫妻意见不合，可以离婚。当时，"不缠足、再嫁、离婚"，这些惊世骇俗的字眼儿竟出自翰林之手，这种离经叛道、混淆纲常的做法无异在向封建陋俗开战，媒人们顿时一个个退避三舍。最终，蔡元培与认可这五个条件的黄仲玉成为伉俪。

1902年元旦，他在杭州举办了一生中的第二次婚礼。这次婚礼中西合璧，蔡元培用红幛缀成"孔子"二字，代替悬挂三星画轴的传统，以开演说会的形式代替闹洞房。他与黄仲玉相守十八年，很有感情，可黄仲玉也是中年而逝，让他悲伤不已，作《祭亡妻黄仲玉》一文以寄哀思。称颂黄夫人"善书、善画，善为美术之天才"，"孝于亲，睦于弟妹，慈于子女"，

"常克勤克俭，以养我之廉，以端正子女之习惯"；"爱我以德，无微不至"。从文章中看，蔡元培当年事业繁忙，自己身体也不好，黄仲玉非常担心，常说如果他有个三长两短，自己也不要活，蔡元培还总是安慰她，让她千万别冒那种傻念头，却万没想到她会走在自己前头（"自与我结婚以后，见我多病而常冒危险，常与我约，我死则汝必以身殉。我谆谆劝汝，万不可如此，宜善抚子女，以尽汝之母之天职。呜呼！孰意我尚未死，而汝竟先我而死耶！我守我劝汝之言，不敢以身殉汝。然早衰而多感，我有生之年，亦复易尽；死而有知，我与汝聚首之日不远矣"）。同时，蔡元培为告慰黄仲玉夫人，允诺："汝所爱者，威廉也，柏龄也……我回国以后，必躬自抚养，使得受完全教育，为世界上有价值之人物，有所贡献于世界，以为汝母教之纪念。"《祭亡妻黄仲玉》字字血泪、情真意切，后来被收入了中学课本，成为抒情散文的典范。

在蔡元培54岁时，时任北大校长的他日常事务繁多，出于工作和家庭的需要，蔡元培不得不再次续娶。他再次提出自己的条件：一、具备相当的文化素质；二、年龄略大；三、熟谙英文，能成为研究助手。由挚友徐仲可先生及夫人何墨君为介绍人，1923年7月10日，蔡元培与周峻（养浩）女士在苏州留园举行结婚典礼。周峻是蔡元培先生原来在上海成立的爱国女校的一名学生，对蔡元培先生一直抱有一种敬佩与热爱的情感，她一直到33岁还没有结婚。1923年7月10日，蔡元培和周峻在苏州留园举行了隆重的婚礼，这是蔡元培的第三次婚礼。这次的婚礼完全是现代文明式的，当时蔡元培到周峻下榻的宾馆迎接周峻，之后两人一起到苏州留园拍摄了结婚照片。周峻在相夫教子之余，攻读西洋美术课程。她把对蔡元培的爱倾注在她的作品《蔡元培半身像》中。而蔡元培则在上面题诗一首：惟卿第一能知我，留取心痕永不磨。1940年3月5日，也就是离周峻50岁生日还差两天的时候，蔡元培在香港因病逝世。一代宗师就这样静静地魂息香港。

蔡元培先后做过教育总长、北京大学校长、中央研究院院长等高官，然而却一贫如洗、家徒四壁，连一幢属于自己的房子也没有。他一生位居高官，却始终清廉如水，死后无一间屋，无一寸土，医院药费千余元，加上衣衾棺木的费用，都是由商务印书馆的人代筹的。蔡元培病逝，全中国不分政治派别，均表深切哀悼。国民政府发布褒扬令说：蔡元培"道德文章，夙负时望"，"推行主义，启导新规，士气昌明，万流景仰"。教育部北大在诔词中有"当中西文化交接之际，先生应运而生，集中西文化于一身；其量足以容之！其德足以化之！其学足以当之！其才足以择之！呜呼！此先生所以成一代大师欤？"蔡元培灵柩初厝东华义庄待运回浙江绍兴故里安葬，但因战事爆起，未能成行，遂移葬香港仔华人永远坟场，五四元老、新文化的保姆长眠于香江，墓碑"蔡孑民先生之墓"七字由叶恭绰书写。值得指出的是，他的遗言仅为两句话："科学救国，美育救国。"诚如蒋梦麟所言"大德垂后世，中国一完人"，嗟夫，斯人已逝，世间再无蔡元培！

（艾燕蕾）

感恩蔡元培

柳袁照

一

我早就想写一点有关蔡元培的文字，特别是有关蔡元培与我们学校关系的文字。这个欲望萦绕我心头挥之不去，就如酿酒时间越久越烈越醇。今年是我们苏州十中创办百年的校庆年，也是我们依托百年十中举办的振华双语实验学校首届学生毕业之年。在毕业典礼上我作了"感恩母校"的发言。我说：

"同学们，我们坐在修葺一新的'振华堂'举行首届振华双语学校毕业典礼，意义非同一般。'振华堂'原俗称大礼堂，现以我们学校前身'振华'校名命名，表达我们对百年发展历史的尊重，对学校文化精神的认同。坐在这恢复历史原貌的振华堂，我们能体验到当年学校的风采，振华堂的讲坛上曾响起蔡元培、胡适、竺可桢等演讲时的声音。"

"一个人即将离开母校的时候，那种感情是最真挚的。32 年前我也体验到这种对母校依恋、感激的情感。我与你们一样，也是十中的毕业生，我们是十中共同的校友。母校在我们成长的过程中给予我们的帮助是无法用言语表达的，我们校园有一座教学楼，是以著名的教育家蔡元培的名字命名的，这座楼叫'元培楼'。蔡元培被毛泽东称为'学界泰斗，人世楷模'，这位伟人从我们学校创办之日起，就对她倾注了满腔的关爱，如今西花园'长达图书馆'的馆名，就是蔡先生留下的，当振华三十周年校庆之时，蔡元培亲临学校演讲，对我们学校的关爱，表明他对女子教育的支持，表明他博大的教育情怀。除此以外，他是怀着一颗感恩的心而来的。振华的创始人王谢长达是蔡元培称作'师母'的人，我们中华有这样的美德：一日为师，终身为父母。我们从蔡元培对振华的一系列'感恩'的言行中，感受到他那种伟大，这种伟大是如此的亲切。同学们，作为校长，也作为你们的校友，在这即将分别之日，以'感恩母校'这四个字，作为临别赠言。"

在学校一百年的毕业典礼上，我以"感恩母校"为题致辞，我自以为是蕴含深意的。现在，离学校百年盛典还有不到一个月的时间，这种感恩的情绪在我的心里潜滋暗长，更与日俱增。

前几天语文组把一本《瑞云今雨》书稿放在我桌上，翻阅其中的一篇篇文稿，思绪却穿越时空。《瑞云今雨》是十中近10年来学生的优秀作品集，全部选自学校振华文学社刊物《瑞云》，这221篇习作虽然稚嫩，但它所散发的气息却是灵动的、清纯的。在这之前我们曾请范小青、秦兆基主编了《瑞云韵语》。《瑞云韵语》分上下两辑，上辑主要是一些知名作家、诗人的作品，记叙的都是有关十中的故事。如徐城北、范小青、范培松、唐晓玲、陶文瑜、朱文颖等，他们对十中倾注深情，正如范小青在序言中所说："现在我读了这么多与十中有关联的文章，又读了这么多名家写给十中的文章，也读了自己给十中的文章，我的感受更多更浓更重，但也更说不清楚了。我喜欢这种说不清道不明的感受，就让他在我的心里弥漫着、存留着。十中是什么？就是那一种美好的无法用语言表达清楚的感受。"下辑是十中前辈校友的作品，大多是发表在当年学校的刊物上，如苏雪林、费孝通、杨绛、何泽慧、陆璀（掌珠）、彭子冈、范琪等，这是她们人生的第一步，这第一步辉煌的足迹，如今已经永久地留在母校的土地上了。这是一本厚重的书，与《瑞云今雨》相互映衬。苏州大学文学院院长、博士生导师王尧先生，垂爱为《瑞云今雨》写了序言，读了更让我感动，他很多年前曾在十中当实习教师，就是仅此几个月的时光，竟让王尧先生铭刻在心，那种感恩之情明明白白流泻在他的字里行间。

此时此刻，也催动我拿起笔，要为《瑞云今雨》说些相关与不直接相关的话，不吐不快。

二

我想起了蔡元培，想起了蔡元培与我们十中前身振华的情缘，想起了几个月前，我们曾去上海蔡元培故居寻访蔡睟盎的情景。蔡睟盎是蔡元培最小的女儿，也已经是70多岁的老人了。那天，我们是怀着虔诚的心，来到蔡元培的故居的。蔡睟盎热情接待了我们，她个子不高，佝偻着背，乍一见，让人不由得一阵心酸。在蔡元培故居客厅的北墙上，悬挂先生一帧画像。墙下置一只老式写字台，台上陈列着各种版本的先生的著作，写字台旁的一只老式转椅，是先生生前写作用的。南墙左侧挂着一幅油画，是刘海粟的手迹，右侧墙上对称地悬挂一幅蔡先生夫人周峻为先生画的肖像油画，让我们睹物思人。在20世纪的中国历史上，蔡元培先生所产生的重大影响，是无人可比的。凡是在那个年代成长起来的知识分子，有哪个不知道蔡元培先生？美国著名哲学家、教育家杜威说过："全世界各国大学校长比较一下，牛津、剑桥、巴黎、哈佛、哥伦比亚等，这些校长之中，他们有的在某一个学科确有成就，但是以一个校长的身份而能领导那个大学，对那个民族、一个时代，起到转折作用的，除了蔡元培，恐怕还找不出第二个。"蔡睟盎虽已年迈，却依然驻守在父亲的精神领地。如此安静的老房子，如此质朴的家具，承载着如此巨大的精神力量。

冯友兰曾在一篇回忆文章中写道：每每走过蔡先生身旁，他即使不说一句话，也有如沐春风之感。这位北大学子的感言，如今在蔡元培故居中让我也有此感受。处在蔡元培故居，如同蔡先生就亲切地站在我们身边。蔡睟盎对我们饱含深情地讲述父亲的故事，讲述当年蔡元培与我们振华学校之间的往事。当时蔡睟盎虽小，但在她的记忆中王季玉的形象是如此清晰，清晰地记得当年蔡元培，受王季玉校长之邀到振华演讲的情景。下个月我们就将举行百年庆祝大典了，我真诚地希望蔡睟盎能受学校之邀，前来参加盛典，通过她圆我们感恩之梦。

蔡元培对振华的创办、发展，倾注了情感与力量。最近，古吴轩出版社出版了我们学校的百年校史《振华之路》，其中有这样一段文字，讲述了蔡元培与我们振华的渊源关系，它说："王颂蔚选拔对国家民族有用的人才。光绪十八年（1892）的会试，王颂蔚担任考官，在阅卷中见到后来成为中国现代著名教育家、北京大学校长蔡元培的考卷。他非常赏识这位年轻人的才情见识，批下了'起经据典，渊博非常'，并'咸为延誉，郑重推荐'（张一麔《纪念蔡孑民先生》）。蔡元培在后来的殿试中被取为二甲第三十四名进士，从此和王颂蔚建立了师生之谊，终身把王谢长达视为师母，对于王谢长达办学有很大的帮助。据说蔡元培初试之后，把自己的文章背给在北京任官的老师听，老师大吃一惊，说这样的文章，只有我能赏识，怎能写到考卷上去呢？蔡元培大吃一惊，吓得连榜也不敢去看。可见王颂蔚赞扬肯定蔡元培是担了风险的，他的所作所为是出以公心。"

王颂蔚是"振华"创始人王谢长达的丈夫，这也是上文提到王谢长达为蔡元培"师母"的缘由。王颂蔚有许多为后人称道之处，我以为最值得称道的是他发现了蔡元培。他为振华、为中华民族留下了永远的礼物。蔡元培感恩王颂蔚，把他对老师的爱，倾注在师母王谢长达所办的振华女校上，蔡先生为振华大声呐喊，振华一时名流云集，如国学大师章太炎、清华大学校长周诒春、大名流胡适、浙江大学校长竺可桢、东吴大学校长杨永清，以及陶行知、沈宗瀚、孟宪承等纷纷前来讲学，鼎力相助，这与蔡元培挥旗呐喊的感召不无关系。

蔡元培对于中国教育制度的贡献，现在许多人只知道他改革"北大"，其实他主张的普及女子教育，意义更不一般。鼎力支持振华，就是他追求中国女子教育理想的最好的佐证。1936 年蔡元培在振华校庆三十周年大会上演讲，他说："习惯之改革非甚难，而最要之关键，全在教育。现今教育制度，小学与大学，均已男女同校，不成问题，唯中学尚守男女分校之习，必使女子中学之数量，与男子中学相等，始可以渐达男女平等之理想。鄙人所以对于振华女学之渐廓张，不胜感幸者也。"在王谢长达先生追悼会上，蔡元培又说："先生组放足会，以为女子身体亦应一样强健；又组公益团，救济贫苦子女，或者受着不良待遇的人，是表示经济平等。然男女不平等最大原因，为受教育的不平等。古时以为女子无才便是德，虽然以前的女子，在文学上在军事上露头角的甚多，然出类拔萃的很少。先生认为应由教育入手，遂发起创办振华，先小学，而中学，因先生是尽义务，所以教职员亦愿尽义务，学生也认真用功，即对于学校帮忙亦极情愿。振华成绩很好，各地均知，毕业同学考大学，或是服务，成绩都好，这一点先生亦可以自慰的。"孔子如果说是中国古代第一教育大家，那么，我以为蔡先生则是中国近代第一教育大家。中华女子真正开始受到教育，自近代始，自中国废旧学办新学始，振华首当其冲，蔡元培的支持功勋卓著。梁漱溟评价说："蔡先生一生的成就不在乎学问，不在事功，而在开出一种风气，酿成一大潮流，影响到全国，收果于后世。"此刻，阅读《瑞云今雨》，更强化了我的"感恩"情绪。

三

《瑞云今雨》中的学生作品，都是美文。《湖光山色总怡情》、《回眸千年只一瞬》、《人生初体验》、《生活是一本书》、《谁言寸草心》、《也是思想者》等栏目中的文字，读了同样让我们像读《瑞云韵语》一样感动。本书原名叫《瑞云》，我建议改作《瑞云今雨》，一来是为了与《瑞云韵语》有个对称与呼应，二来校园中有一座"来今雨斋"，取名来自于杜甫的"旧雨来今雨不来"的诗句，反训其义。今天把这本书取名为《瑞云今雨》更赋予一些内涵。上一代校友为我们留下了《瑞云韵语》，我们这一代人也将为后人留下《瑞云今雨》。过去从校园走出了杨绛、彭子冈等大作家、大记者，当今从校园走出的朱文颖，也已经成为国内的知名女作家。近年，振华文学社的往届社友凌云出版了《铁哥儿们》，钦葳出版了诗集《少女梅》，所有过去的、现在的这一切，都是学校的宝贵财富。

1935年，蔡先生在答《时代画报》记者问时指出："我们提倡美育，便是使人类能在音乐、雕刻、图画、文学里又找见他们遗失的情感。我们每每在听了一支歌，看了一张画、一件雕刻，或是读了一首诗、一篇文章以后，常常会有一种说不出的感觉，四周的空气会变得更温柔，眼前的对象会变得更甜蜜，似乎觉得在这个世界上有一种伟大的使命。"我又联想到，《瑞云韵语》、《瑞云今雨》中的美文的产生，是不是也与我们学校这个美丽的环境有关？百年校园处处充满着灵动的气息，这所校园一开始就不平常，有着深厚的文化积淀。校园是美的世界，我们师生的作品是美的世界。在美的世界面前，所有写的人、读的人的情感，也会因此而开始美丽起来。蔡元培当年以美育代宗教的想法是有一定的道理的，美育能陶冶人的感情，克服日常生活中形成的障碍，使人们养成高尚纯洁的习惯，超越利害，融合人我，从而保持一种健康、平静的心态。蔡元培有一句名言：

"美感者，合美丽与尊严而言之，介于现象与实体世界之间，而为津梁。"今天我们学校追求"倾听天籁"、"质朴大气"、"真水无香"的教育境界，与蔡元培的教育思想与美育主张是有一定渊源关系的。大爱无言，先生之风，山高水长。

学校即将迎来百年校庆，"校庆"为什么？是以此为契机，为了加快学校的改造与建设？是以此为机遇，为扩大学校影响？还是以此为抓手，为进一步凝聚人心？都是，但不仅仅是，承继光大前人的优秀文化传统、教育传统更重要。蔡尚思说："古人以立德、立功、立言为三不朽。能有其一，已觉不易；今先生对此三者，竟能兼长，在中国历史上，实极罕见，岂仅堪称'一代宗师'而已。"行文漫延至此，让我把文字折回到《瑞云今雨》，学校筹集资金，集中人力物力，出版《瑞云今雨》，仅是为学子们立言准备了载体。对同学们而言重要的是"立德"、"立功"，做人需永远以蔡元培先生为楷模。罗家伦称蔡元培："如大海容纳众流，不厌涓滴，是先生的包含；汪汪若万顷之波，一片清光，连接天际，是先生的风度。"如今我们无限地感激蔡元培、感恩蔡元培，蔡元培在振华留下的精神，成为学校发展的不竭动力。今年教师节，我校青年教师徐寅倩代表全市受表彰的教师在"苏州市庆祝第22个教师节大会"上发言，其中有一句话说得很好，她说："好老师，是学生一生最好的礼物。"这句话得蔡元培精神之真谛。

费孝通是我们的校友。很多年以后，他回到母校，他在《念振华女校》中这样说："'振华'是四十年了，我离开振华已经三十多年了，其间又经过了抗战的八年。原已经成长的'振华'，经过打击、破坏，也似乎停顿了一期。但是我再来时，季玉先生却还是三十多年前的三先生。她伸着手拉我说：'孝通，你还是这样。'我也说：'季玉先生，你也还是这样。'她笑了，笑了，笑里流露出她的愉快，笑里也告诉我三十年前所不能了解的一切。"蔡元培是好老师，王季玉是好老师，他们为学生准备了一生用之不尽的人生礼物。

当一个人为一个人燃烧时那种情感是美丽的，当一个人为他的母校燃烧时那种情感更是美丽的。人的一生有不多的几个关键时刻，假如人生初始就能遇上理想的学校，那将是无限的幸运：从此，你无论走向哪里，永远都走不出好老师的心怀；你无论走在哪里，总带着母校的尘埃。

章太炎

简介

章太炎（1869—1936），原名学乘，后易名为炳麟，字枚叔，号太炎。世人常称之为"太炎先生"。早年又号"膏兰室主人"、"刘子骏私淑弟子"等。浙江余杭人。曾任苏州振华女中（江苏省苏州第十中学前身）校董。清末民初思想家、史学家、朴学大师、国学大师、民族主义革命者。著名学者，研究范围涉及小学、历史、哲学、政治等等，著述甚丰。著有《文始》、《新方言》、《国故论衡》、《齐物论释》等。

《革命军》序 [1]

章太炎

蜀邹容为《革命军》方二万言，示余曰："欲以立懦夫[1]，定民志[2]，故辞多恣肆，无所回避。然得无恶其不文耶[3]！"

余曰：凡事之败，在有其唱者，而莫与为和；其攻击者，且千百辈。故仇敌之空言，足以隳吾实事[4]。夫中国吞噬于逆胡二百六十年。宰割之酷，诈暴之工[5]，人人所身受，当无不昌言革命。然自乾隆以往，尚有吕留良、曾静、齐周华等[6]，持正义以振聋俗。自尔遂寂泊无所闻。

吾观洪氏之举义师，起而与为敌者，曾、李则柔煦小人[7]。左宗棠喜

1.选自《邹容集》，邹容著，人民文学出版社，2011年10月第1版，第1次印刷。

功名[8]，乐战事，徒欲为人策使，顾不问其曲非曲直[9]，斯固无足论者。乃如罗、彭、邵、刘之伦，皆笃行有道士也[10]。其所操持，不洛闽而金溪、余姚[11]；衡阳之黄书，日在几阁[12]。孝弟之行[13]，华戎之辨，仇国之痛，作乱犯上之戒，宜一切习闻之。卒其行事，乃相缪戾如彼[14]。材者张其角牙以覆宗国[15]，其次即以身家殉满州，乐文采者则相与鼓吹之，无他，悖德逆伦，并为一谈，牢不可破。故虽有衡阳之书，而视之若无见也。然则洪氏之败，不尽由计划失所，正以空言足与为难耳。

今者风俗臭味少变更矣。然其痛心疾首，恳恳必以逐满为职志者，虑不数人。数人者，文墨议论，又往往务为蕴籍，不欲以跳踉搏跃言之[16]。虽余亦不免也。嗟夫！世皆嚚昧而不知话言[17]。主文讽切，勿为动容。不震以雷霆之声，其能化者几何[18]！异时义师再举，其必瘁于众口之不俚，既可知矣。今容为是书，一以叫咷恣言[19]，发其惭恚[20]。虽嚚昧若罗、彭诸子，诵之犹当流汗祗悔[21]。以是为义师先声，庶几民无异志，而材士亦知所返乎[22]！若夫屠沽负贩之徒，利其径直易和，而能恢发智识，则其所化远矣。籍非不文[23]，何以致是也？

抑吾闻之，同族相代，谓之革命；异族攘窃，谓之灭亡；改制同族，谓之革命；驱除异族，谓之光复。今中国既已灭亡于逆胡，所当谋者光复民，非革命云尔。容之署斯名何哉？谅以其所规划，不仅驱除异族而已。虽政教、学术、礼俗、材性，犹有当革命者焉，故大言之曰"革命"也。

共和二千七百四十四年四月余杭章炳麟序[24]。

注释：

[1] 立懦夫：使懦夫振作起来。

[2] 定民志：使民众意志坚定。

[3] 得无：恐怕、莫非。

[4] 隳（huī）：毁坏。

[5] 工：巧妙。

[6] 吕留良：字庄生，号晚村。明亡后拒不出仕，出家为僧。著有《晚村文集》，宣传反清思想。死后著作被毁。曾静：因受吕留良影响，写《知新录》宣传抗清。后被乾隆帝所杀。齐周华：乾隆（1736—1795）时因作

《为吕留良等独抒己见奏稿》，被处以极刑。

[7] 洪氏：太平天国洪秀全。曾、李：曾国藩、李鸿章。柔煦：柔和恭顺。这里指奴颜婢膝的态度。

[8] 左宗棠：历任总督、军机大臣等职。

[9] 娓（wěi）：是。

[10] 罗：罗泽南，理学家。咸丰（1851—1861）时组织武装，与太平军对抗，后被太平军击毙。彭：彭玉麟，曾追随曾国藩镇压太平军。邵：邵懿臣，理学家。曾国藩的亲信，后被太平军处死。刘：刘蓉，古文家。曾国藩的亲信。曾随曾国藩参加镇压太平天国起义。

[11] 洛：洛学，北宋时程颢、程颐兄弟之学。闽：南宋朱熹之学。金溪：南宋陆九渊学派。余姚：明王守仁的学说。

[12] 衡阳之黄书：明末清初思想家王夫之的著作《黄书》，具有反清思想。

[13] 孝弟：孝悌，儒家道德。

[14] 畛戾（zhěn lì）：背离。

[15] 材者：有才能的人。宗国：本族政权，指太平天国政权。

[16] 跳踉搏跃：这里形容感情激动、文章奔放的样子。

[17] 嚚（yín）昧：愚昧。

[18] 化：感化、感动。

[19] 叫咷（táo）：大喊大哭。

[20] 惭恚（huì）：羞愧愤懑。

[21] 祇（qí）悔：彻底悔悟。

[22] 返：这里指觉悟回头。

[23] 籍：如果。

[24] 共和：指周公、召公共同行政的年代，始于公元前841年。共和二千七百四十四年四月，即公元1903年5月。因当时部分革命者不承认清朝及其年号，故以共和纪年。

原儒（节选）[1]

章太炎

　　儒有三科，关"达"、"类"、"私"之名。（《墨子·经上》说名有三种：达、类、私。如"物"是达名，"马"是类名，"舜"是私名。）达名为儒，儒者术士也（《说文》）。《太史公·儒林列传》："秦之季世坑术士"，而世谓之坑儒。司马相如言："列仙之儒居山泽间，形容甚臞。"……王充《儒增》、《道虚》、《谈天》、《说日》、《是应》，举儒书所称者，有鲁般刻鸢，由基中杨，李广射寝石矢没羽，……黄帝骑龙，淮南王犬吠，天上鸡鸣云中，日中有三足乌，月中有兔蟾蜍。是诸名籍道、墨、刑法、阴阳、神仙之伦，旁有杂家所记，列传所录，一谓之儒，明其皆公族。儒之名盖出于"需"。需者，云上于天，而儒亦知天文，识旱潦。何以明之？鸟知天将雨者曰"鷸"（《说文》），舞旱暵者以为衣冠，鷸冠者，亦曰术氏冠，又曰圜冠。庄周言儒者冠圜冠者知天时，履句屦者知地形，缓佩玦者事至而断。明灵星舞子，吁嗟以求雨者谓之儒。……古之儒知天文占候，谓其多技，故号遍施于九能诸有术者悉晐之矣。

　　类名为儒，儒者知礼、乐、射、御、书、数。《天官》曰："儒以道得民。"说曰："儒，诸侯保氏有六艺以教民者。"《地官》曰："联师儒。"说

1.选自《中国学术思想史随笔》，曹聚仁著，三联书店出版社，1986年第1版，1995年6月第3次印刷。

曰："师儒，乡里教以道艺者。"此则躬备德行为师，效其材艺为儒。……

私名为儒。《七略》曰："儒家者流，盖出于司徒之官，助人君顺阴阳明教化者也。游文于六经之中，留意于仁义之际，祖述尧舜，宪章文武，宗师仲尼，以重其言，于道为最高。"周之衰，保氏失其守，史籀之书，商高之算，蜂门之射，范氏之御，皆不自儒者传。故孔子自诡鄙事，言君子不多能，为当世名士显人隐讳。及《儒行》称十五儒，《七略》疏晏子以下五十二家，皆粗明德行政教之趣而已，未及六艺也。其科于《周官》为师，儒绝而师假摄其名。

今独以传经为儒，以私名则异，以达名、类名则偏。要之，题号由古今异，儒犹道矣。儒之名于古通为术士，于今专为师氏之守。道之名于古通为德行道艺，于今专为老聃之徒。……

评论
国学与革命

    章太炎是处于中国新旧世纪转折点上的一代通儒，其学术之精神广博，在现代学术史上占有重要的位置。对于儒、释、道，甚至名家、法家、墨家等"百家学说"，他都有自己独到的研究与发现。

    章太炎博闻强识，又素喜在文中引经据典，加之他又嗜写古体字，所以他的文章往往佶屈聱牙，艰涩难懂。这里有个掌故：1926年，振华学校副校长王佩净请章太炎作报告，题目是谈掌故。当时台上有五个人作记录，一位是王佩净，一位是民国教育家金松岑，两位国文老师，另一位就是学生杨绛。杨绛坐在台上，迟到了。章太炎演讲时，杨绛一句话也听不清楚他说什么，看着章太炎，只是傻傻地坐在台上，也不动笔。第二天，苏州报上登载一则新闻，说章太炎谈掌故，有个女孩子上台记录，却一字没记。杨绛当年虽然只是一名学生，但古文功底也非如今一般国文老师堪比。但面对章太炎的天马行空，她只字未记，可见章太炎的掌故之冷僻之艰涩。

    章太炎在其著作《国故论衡》中，有《原儒》一篇文章。他首先提出了"题号由古今异"的历史新观点，使我们明白古人用这个"儒"字，有广狭不同的三种观点。从一个广义的包括一切方术之士的儒，后来缩小到那"祖述尧舜，宪章文武，宗师仲尼"的狭义的"儒"。根据章太炎的考证与发现，孔子，士殷民族的遗民，他们那一圈子的人，都是依靠着殷民族的文化遗产在过"儒"者的生活。像这样的文章还有很多，对于我们重新认识诸子百家有很大裨益。

章太炎尝云："大国手门下，只能出二国手；二国手门下，却能出大国手。因大国手的门生，往往恪遵师意，不敢独立思考，故不能大成，如顾炎武门下，高者不过潘耒之辈；而二国手的门生，在老师的基础上，不断前进，往往能青出于蓝，如江永的门下，就有戴震这样的高足。"章太炎自己已然是大国手，想必他对门生超越自己不报奢望。但是他的门生众多，钱玄同、黄侃、鲁迅等人都是他的弟子，虽然他们中的任何一个，未必在国学学术上全面超越他，但是他们也一个个成了卓然大家。钱玄同后来成了文字音韵学家；黄侃后来成了语言文字学家，在音韵学方面，甚至已经超越了其师；鲁迅后来成了文学家，是中国的"民族魂"。他们也都是大国手，所以章太炎那番话虽然有道理，但用在自己身上却不灵验。

章太炎被尊为国学大师，但他却并不奉皇权为圭臬。为了革命，他曾三次入狱。第一次入狱是因为 1903 年的"苏报案"。章太炎应蔡元培之邀到上海推进教育会活动，并变《苏报》为江南喉舌。为驳斥康有为的保皇论，章太炎发表了《驳康有为论革命书》，并为邹容的《革命军》一书作序。最为轰动的是他在论战中，直呼当代皇帝的名字，骂以"载湉小丑，不辨菽麦"。显而易见，这种言论虽然发表在上海的租界内，也不能不引起清廷的震动和愤怒。清政府遂向租界提出控告，租界工部局（警察局）于 1903 年 6 月 30 日上午到报社捕人。章太炎器宇轩昂，明言相告："余人俱不在，要拿章炳麟，就是我！"太炎为此付出三年牢狱之苦。

第二次入狱是因为 1908 年的"民报案"。章太炎出狱后即被孙中山迎至日本，由孙中山主盟，加入了同盟会，接任《民报》主编。在章太炎的主持下，《民报》成为揭露帝国主义、封建主义，抨击改良主义和无政府主义的阵地。引起清廷的恐慌和仇视。清政府派唐绍仪与日本政府交涉，日本政府出面封禁了《民报》，将章太炎传入警署。太炎二入牢狱，时在 1908 年 10 月 20 日。11 月 26 日，东京地方法院裁判厅开庭审讯，章太炎据理辩驳，无懈可击；裁判长张口结舌、理屈词穷。但是，东京地方法院对章太炎仍作出罚金 150 元或服役 150 天的判决。鲁迅、许寿裳等人代交了罚金，太炎获释。

第三次入狱是指章太炎被袁世凯在北京禁锢三年。1913 年 3 月，宋教仁被袁世凯指使赵秉钧派人刺死于上海。章太炎怒不可遏，先在上海发表反袁文章，后又只身赴京当面讨袁。章太炎到京后，曾摇着用勋章做扇坠的折扇，径闯总统府，以示对袁世凯的反对和蔑视，大有祢衡击鼓骂曹的气概。袁世凯先将太炎拘于共和党本部，继又囚于龙泉寺，最后则禁于钱粮胡同。1916年3月，袁世凯忧惧而死，太炎才获自由，又是三年牢狱之苦。

在中国近代史上，章太炎是革命先驱，也是国学泰斗。历史学家侯外庐说："章太炎对于中国学术文化遗产的论述十分丰富。他是古经文学派最后一位大师，同时又是儒家传统的拆散者。他的思想的发展变化及其矛盾的性格，反映了中国近代历史发展的辩证法。"国学与革命，在章太炎身上，辩证地统一起来。

于右任

简介

于右任（1879—1964），汉族，陕西三原人，振华女校校董，政治家、教育家、书法家。原名伯循，字诱人，尔后以"诱人"谐音"右任"为名。于右任早年系同盟会成员，长年在国民政府担任高级官员。亦为中国近现代高等教育奠基人之一，是复旦大学、上海大学、国立西北农林专科学校（今西北农林科技大学）等中国著名高校的创办人。于右任擅长诗词、书法，所创"标准草书"，深受海内外学人欢迎，代表作品有《右任诗存》、《右任文存》、《右任墨存》、《标准草书》等，被誉为"当代草圣"、"近代书圣"。

亡国三恶因 [1]

于右任

民穷财尽，社会破产，国家破产。国有金，吝不与人，为他人藏。此其一。

善不能举，恶不能退，利不能兴，害不能除。化善而作贪，使学而为盗。此其二。

宫中、府中、梦中，此哭中、彼笑中，外人窥伺中、霄小拨弄中，国际侦探金钱运动中，一举一动，一黜一陟，堕其术中。此其三。

---

1. 选自《民立报》1910 年 10 月 23 日。

评论

见微知著　洞若观火

1910年于右任在《民立报》发表全文仅百余字的《亡国三恶因》，至今已逾百年，重读此文，深感其之远见卓识。

"民穷财尽，社会破产，国家破产。国有金，吝不与人，为他人藏。此其一。"第一，说的是老百姓贫穷，物价飞涨，社会呈败落之象。百姓为何穷苦？因为"国有金，吝不与人"，财富不往普通人手里流动，国家与民众争利，财产归权贵私有。劳苦民众虽竭尽劳作，所得不足以维持生计，两极分化严重。

"善不能举，恶不能退，利不能兴，害不能除。化善而作贪，使学而为盗。此其二。"第二，行善的不能受到褒扬，作恶的不能受到制止，社会道德急剧下滑。官员虽多，但不作为，忙于吃喝嫖赌，聚敛财富，使"利不能兴，害不能除"，所以于右任说"化善而作贪，使学而为盗"。

"宫中、府中、梦中，此哭中、彼笑中，外人窥伺中、霄小拨弄中，国际侦探金钱运动中，一举一动，一黜一陟，堕其术中。此其三。"第三，贫富不均、两极分化、财产聚于权贵之家，才会有"此哭中、彼笑中"的现象。"外人"指列强，窥伺中华大地，伺机捞起好处；"霄小"指小人、坏人，挑拨离间，出卖国家利益。搞金钱外交，用通商拉拢外国政要助纣为虐，维持其祸国殃民的统治。"侦探"渗透国外华人社区，金钱收买外国政要，甚至行为举止、罢免升迁，都以金钱利益为动因，用这样方法维持其统治岂能不使社会败亡？

于右任所说三点，清晰概括了满清覆灭的原因。任何一个政权，尽管它貌似强大，只要具备了上述三点，就逃不出灭亡的命运。诚如杜牧在《阿房宫赋》中所言："族秦者，秦也，非天下也！"清朝举人出身的作者看到了一个政权灭亡的趋势，这篇文章发表后不到一年，貌似强大无比的满清"盛世"就轰然倒台了。

"事有必至，理有固然，惟天下之静者，乃能见微而知著。月晕而风，础润而雨，人人知之。"于右任大智大慧，料时局如所亲见，洞若观火，于民族危亡之际挺身而出，笔落惊风雨，实为社会之大贤。

（艾燕蕾）

李根源

简介

李根源（1879—1965），字印泉，云南腾冲人。振华女校校董。我国民主革命的先驱者。1905年参加同盟会，1922年出任北洋政府农商总长并代国务总理。后逐渐淡出政坛，1923年隐居吴中。抗战爆发后，他奔走前线襄助军务，抵抗、遏止日军东进。中华人民共和国成立后，李历任西南军政委员、行政委员、全国政协委员、全国政协文史资料研究委员会第一副主任等职。著述等身，主编和撰写了大量的历史、考古、金石和诗歌等著作，有《吴郡西山访古记》、《曲石文录》、《曲石诗录》、《雪生年录》等。

豫定游渔洋山 [1]

李根源

初三日　十五日　晴
豫定游渔洋山，访董香光墓。

此次来光福，专为访古。流览山水，抑其次也。梅村、定宇墓，渺无踪迹，拟再入山求之。

本日先赴渔洋，访香光墓。土人云："渔洋多湖盗，掳人勒赎，不可轻

1.选自《苏州史志资料选辑·2007年刊》中的《吴郡西山访古记》，2007年苏州市史志资料选辑编辑部出版。

往。"舆夫有戒心，不敢行。余大言壮其胆，强之行。

晨七时，经邓尉东麓，走梓里，过葛氏墓庐，谒大鹤山人郑叔问先生文焯墓。途遇僧胜空者，年六十六，五云洞住持也，强余往游。至五云洞，寺虽简陋，有泉清冽，庵后石洞刻篆书"浴凤渊"三字。胜空请题寺额，余为书之。山下西麓有陆氏祠墓。

南行经桑园、吕浦口、保华庵、蒋墩，沿渔洋西麓行约五里，逾岭入坞，至渔洋里。背山面湖，里有董姓者，引至香光墓前。墓石刻"明董文敏公墓，民国己未吴中保墓会建，吴荫培书"。在乱坟中一土堆耳。

右前五六尺，为文林郎李墓。再右一丈，为康熙五十二年儒林郎书麟墓。左二三尺，为舟山钟氏墓。又后左丈余，为乐安佳城。后丈余，为马如升夫妇墓，均有碑。又后为沈氏、范氏墓，前数丈，为徐氏墓。乡人云："钟孙徐马沈范诸墓，子孙历岁祭扫不阙，李墓及书麟冢，则久已无人。"

余问："此董姓自何处迁来？住此几代？"董答："不知。"

又问："尔祖为何人？此为何人墓？"董答："不知。"

又问其先代姓名知之否？数至高祖，名则不知矣。

又问其高曾祖墓在何处？答："高曾祖坟下去数十丈村头即是，父死犹未葬也。"

又问高祖以上有坟否？在何处？答："他处无。"

余询里中有年老而明事理之人否？众称钱水金。

迓钱至，年六十五。乃问钱："此董姓确否董其昌子孙？"钱答："确是。"又问此何以知是董文敏墓？何人来树碑？答："前数年，吴探花访过一次。至前年，有塘门人徐畹清及侄天林运此碑来，里中老辈相传此坟为董家坟。徐叔侄以此既为董家，古坟必董其昌坟也。遂将此碑树立"云云。

考香光，系附其考汉儒公墓，非新辟葬地，现在葬地不能容两棺，且香光当日为达官，先人兆域必不草简如是。遂携钱董及村中诸人登山寻觅。

上行三四十丈，有龟趺一、仆地碑一，无字，石马二、石羊二、翁仲二，均仆土中，旁有大坟，一石阶数十级，罗城内左右两冢。余喜谓："香光父子之墓在是矣。"钱云："非也，此城中天官坊范氏之墓，前二年尚有子孙来祭扫。石人石马相传为沈氏之物，墓未筑成即止，今湖滨尚有多石存在。"余终不能释然遽信乱冢中之坟为香光父子之冢。恐范氏故有墓在渔洋，乱后子孙不知所在，遽认此为范氏之坟，故翁仲石马不敢自承，事近，意必亦不敢执为定说。遍寻全山，未得踪迹。

折至村中，于董姓桑园边得一碑，乃香光曾孙为山兴讼之刻石也，字半模糊，大意谓：康熙间，香光另一曾孙不肖，盗卖山地与沈某，诉吴县，批准治其曾孙及居中人潘某罪，永远保护坟山之意。

时舆夫付耳来言：惧湖盗来，求速走。余访求已得大概，恐确有危险，遂行。谆嘱钱及村人："此碑宜妥为保存。"

豫定游白马涧、登支硎中峰 [1]

李根源

十四日　二十五日　晴

豫定游白马涧、登支硎中峰，访魏丞相、王尊生墓，再访苍雪法师塔

午前七时，仍经通济庵过董氏墓至白马涧，市长约三里，以魏丞相了翁、王尊生稗登墓询市人，知魏墓在白马涧东南中峰西麓金盆坞，王墓在斜月岭下东山湾北。先至东山湾，得王墓，新造，非明坟。沿山南行，有吴氏墓坊志载湖广参议吴公子孝墓在高景山，未知即此墓否。又乐善好施坊、盛氏墓坊、陈氏墓、吴氏墓、苏□德泽坊、顾氏墓坊、归真返朴坊、宋氏墓，终无尊生墓。至金盆坞魏丞相冢，碣题：宋魏文靖公了翁墓。吴荫培建。碣前仰仆七尺三截断碑，题"先儒宋资政殿大学士参知政事赠太师秦国公谥文靖魏公了翁墓"。咸丰元年江苏布政使倪良耀重立。坐东向西，冢周约三丈，公次子嘉蕙、孙华发、曾孙英、贤均附。文靖，四川蒲江人，致仕诏赐宅第于苏州，子孙遂家焉。旧鹤山书院即其故宅今旧巡抚署址也。余幼时肄业来凤书院，先师赵会楼先生端礼服膺公学最深，尝选公文使院生读习，故余景仰公尤笃也。公长子度支金部郎中浦江县男近思

---

1. 选自《苏州史志资料选辑·2007年刊》中的《吴郡西山访古记》，2007年苏州市史志资料选辑编辑部出版。

葬贞山。前访徐武功墓时，已遍求之未获也。东登支硎中峰，再访苍雪法师塔，攀援而上至巅顶，中峰寺废基在焉。余前至中峰下院，误为中峰寺，继读李果《游支硎中峰记》、晦庐《中峰经游记》，始疑中峰寺当别有在，今获寺址，益信古人下笔之翔实。自巅东下二三十丈为苍公塔，距寺后墙址恰二百步。塔镌"中峰寺上□□贤首正宗南来徹大师之塔"。后方大石如砥，右立一石类驯象。顶礼之余，欣慨久之。吾滇名僧首推苍雪，次担当。担公葬大理班山，余昔驻军榆城，吾师赵樾村先生屡约往游，未果。今得苍公塔，樾师闻之，当谓小子寓苏为不虚也拟稍事修葺，补书牧斋所撰塔名建之。逾废墙至寺基，有隶书重修中峰禅院碑记，康熙四十六年三月翰林院检讨潘未撰。一碑仆地无字，旁佛幢清垦道人建，四级，高约丈二。于荆莽中得北宋残刻一石，方广约一尺文曰苏州吴县胥台乡（下缺）弟子吴文秀并妻（下缺）净财一贯捌（下缺）州报恩山中峰院（下缺）身位及报答四恩三右者（下缺）治平四年六月日勾（下缺）住持沙门（下缺）。再得造佛像砖二块。中蓄大池，水清冽。按方位索旧基南来堂、冬青轩、覃思室，历历可辨。全寺基广约百亩，七子、黄山、岇崿、何山诸峰罗列阶下。余评曰：华山以幽深胜，天平以秀灵胜，灵岩以轩豁胜，中峰则以雄伟胜，将来必有复兴之一日。惟寺基旁丛葬不少，因诘下院僧曰：前日何不以中峰寺基见告？僧曰：寺基百余亩，光绪十九年寺僧渊泉以百金卖与观音街人朱、范、吉三姓，今僧集资取赎，朱、范不允，既非寺产，告君何为？余为之叹戚。如此名山，如此胜迹，岂容私人占有耶！余当力任请赎之。又吾乡太仓学正文介石祖尧甲申国变，妻女投水死，孤身逃至中峰寺，依苍雪师，服僧服，隐县阳庵。问寺僧、乡人，均无知县阳庵之名。其即斜月岭之紫云庵耶？待考。下山渡桥向右岸，谒吴颖芝先生家祠，建吴嘉瀛妻王氏节孝坊，祠祀节孝王孺人栗主，额题：贞名常寿。联曰：绰楔表千秋看贞木常芳身并乔松标晚节；辨香薰一炷祝慈云永护心依寸草报春辉吴母墓在放鹤亭下。往小鱼山谒张仲仁先生祖墓。庵上村多祖姓。过张君福申祖墓，有祠，祠基旧吾与庵也。经华照堂、江墓坊、朱氏墓，有青石碑三，中康熙五十二年闰五月朱应之墓，左雍正三年四月朱德褚墓，右碑反仆。再经马、金、孙、汪、章、蒋、陈、尤各氏墓，至仲翁祖墓仲翁五世祖清附生检斋先生，讳元达，高祖嘉庆庚申举人树香先生，讳会湘，

葬此。坐小鱼山，天平石关作案，礼谒毕，登小鱼山观吴氏坟。归观音街
登舟，行经高氏祠墓，渡颜桥，过张氏墓道、孙氏墓道，复经西津桥镇，
舟泊贝氏山庄宿。

豫定游上草堂、无隐庵、金山天平山、支硎山、寒山、岞崿山、何山 [1]

李根源

十四日　二十五日　晴

豫定游上草堂、无隐庵、金山天平山、支硎山、寒山、岞崿山、何山，访朱乐圃、范文穆、毕制府、赵凡夫、余古农、舒铁云墓，暨苍雪法师塔……

至东龙池，寻寒山故迹，并访凡夫墓。岭背岩石平铺，瀑布痕数十，此必所称千尺雪也。登旁山顶察天平，过脉形迹显然，下岭，入寒山御道，经陆氏坊、毛氏坊、张氏坊、燕子坟，抵法螺寺，凡夫故宅也。旁为行宫遗址。此寺山径盘纡，僻静少游人，无寺产，寺僧无食，下山募化，数日一归。佛龛上供一和尚真身，土人以乾羓菩萨称之，法名为何，示寂何年，无人可问，憾事也。沿途长里余，皆清高宗之绿云楼、清晖楼、听雪阁旧迹，假山池桥历历可辨。道旁建石幢五级上刻梵经，下镌译文，旁数行似为跋语，字小已漶，中有居士吴咸之数字尚明。对山为吴县农场。至凡夫墓，碑刻"明高士赵凡夫先生墓"，吴荫培题。看坟人东龙池吴姓。行经行

1.选自《苏州史志资料选辑·2007年刊》中的《吴郡西山访古记》，2007年苏州市史志资料选辑编辑部出版。

宫石洞，摩崖三四段，字模糊不能辨。通至观音山，大道上为章家山，葬明右副都御史章焕墓，下为朱氏墓、张氏墓、吴氏墓章家山废寺遗址，乡民云：旧为中峰寺，章氏谋山葬坟，假火焚寺，别捐地建造，即今中峰寺址也。虽为齐东野语，记之以备参考。章墓有桥、石马、石虎、石羊，坊为看坟者卖去。墓前葬杨、宋诸姓坟。由此经放鹤亭壬戌春余来游，曾书"放鹤亭"三字摩崖。存柱础四，镌莲花石柱三，碑仆无字。过石门，有摩崖六段，一、篆书万历乙未十月望日等字；二、大佛字旁有款；三、分书大方广佛字；四、篆书山中等字似诗刻；五、吴氏慧香等字；六、无量寿佛四大字，紫岩虞宗臣敬书高丈五，下刻莲花。登中峰山，中峰古刹额道光乙酉春笠人姜渔书。中峰下院木榜，顾文彬题"看云起"三字，范允临书。壁砌嘉靖乙未六月六日汤升之元配朱孺人墓志。中峰讲院晓庵法师塔铭，康熙二十二年翰林院编修长洲汪琬撰并书晓庵名觉了，读徹再传弟子，继徹重振中峰者也。扇刻一中绘芭蕉，题识十一行。乾隆壬辰长洲吴云撰书。嘉庆四年砖刻宝藏二字。康熙二年谈明德居乔林，造中峰寺香炉一。余意在访苍雪法师塔，苍公吾乡呈贡赵氏子，名读徹，明季主此山，与文震孟、姚希孟、吴伟业、陈继儒、王时敏、郑敷教、徐波诸公交最深，著《南来堂集》。民国初元，吾师赵樾村先生藩为重刊之。苍公塔铭（钱牧斋撰，署款称弟子谓）在中峰寺后二百步，又吴梅村有《哭苍雪法师过中峰礼苍公塔》诸作，是苍公塔必在中峰无疑。唯中峰寺毁败已久，今新建者卑陋实甚，寺僧于山中故事茫无所知，余将从何访问耶？寻寺后有塔一，中造释迦文佛像，旁题"明中峰堂上讲解经律论沙门一雨大师班公之塔。岁在崇祯戊辰腊八日，门弟子慧根慧基等立石"。一雨，雪浪弟子，苍雪之师，与巢松齐名。所谓巢讲雨注，明季名僧也。瞻礼之，仍寻苍雪塔不得。下至支硎古刹，即观音寺，以寺中有石观音像也。寺旁摩虞宗臣书"寒泉"二大字，字径丈余，首刻乾隆丁丑春御笔二行，末刻乾隆壬午御书六行。旁，寒泉亭废。左上御碑亭，亭圮，碑仰仆，镌乾隆辛未御制诗。西上建四面佛塔，面各刻佛号二行，无年月，似明刻。旁大石刻乾隆御题诗，苔封模糊。寺中存碑四，一、重修支硎山范文正公分祠碑记，康熙四十四年仲秋十九世孙能濬记并篆额，二十世孙兴禾书；二、重修支硎山观音寺并建寒泉书院碑记，乾隆十一年翰林院编修蒋恭棐撰，翰林院庶吉士沈志祖书，刑部郎中周廷燮篆额；三、观音石屋壁砌心经刻石，高约五尺，虽无年月，古刻也；四、支硎山募建白衣阁功德碑。康熙四十年赐范仲淹祠"济时良相"木榜一，乾隆辛未春月赐仲淹"学醇业广"木榜一，康熙二十九年香炉一，乾隆三十年香炉一，嘉庆三年钟一，韩菼书"移来佛国"砖额一，小祇园砖额一，支公道场砖额一，寒泉书院砖额一，范文正公祠木榜一，乾隆丙寅白云禅院坊额一，乾隆丙寅支硎古刹坊额一。轮回台柱础四，花纹精美，当为宋元遗物。方丈室联：本体空明观水月，此中坚定悟风幡。范来宗题书。过皋庑吴氏墓道，吴窠斋先生大徵墓也。正葬五冢，附葬左右各一。右侧张氏墓有坊豫护抚孟球后裔，友人张雨清冕杰先茔也。访经学余古农萧客、诗人舒铁云位墓，不得。入观音街，经赵氏家祠，建赵淑英贞烈坊，堂额"贞烈流芳"，协辦大学士汤金钊题。旁福寿庵，有雍正乙酉比丘尼秀莲造钟。过支硎义社、种善分局、吴天琪继室盛氏节孝坊，至何山神社，碑二，一、重建何山土地祠碑，弘治六年王朝英撰，蔡蒙书并篆额；二、嘉庆十六年，何山老庙功德人名碑。乾隆二十七年香炉一。由是登岝崿山绝顶，俗名狮子山。去夏偕松滋韩达斋玉辰、六凉殷叔桓承瓛、族兄希白学诗、同里杨美周大华、昭通辛生丞贵、昆明张生卓元登此，达斋有登岝崿绝顶放歌百韵，今余山巅独踞，有怀故人，能无怅惘？下至祖师殿，即旧石佛寺，有咸丰七年香炉，殿后道光十七年"洗心泉"摩崖。再下至法音寺，即古思忆寺，吴王僚墓旧在寺中。寺颓败，存顾沄书"宏畅宗风"四字。登球山，访宋高宗妹寿圣公主墓，无迹可寻。便道谒执友嘉定周耘苄承春祖茔，碣题槎汉周氏之墓。索山麓得明苏州千户陶俊墓。返何山庙，登何山，访齐太子洗马何求、何点兄弟墓。经太平庵后，为宁国府太平县义冢。壁嵌乾隆间刻石十，嘉庆间刻石五，道光间刻石一。嘉庆六年香炉一。道光四年钟一。嘉庆六年侍读学士吴芳培书"大雄宝殿"木榜一，嘉庆丙子"气作山河"木榜一，冯桂芬书"自在窝"、"月映瑶居"木榜二。山顶孝隐禅院，壁嵌明吴安墓志铭，正德六年京闱乡贡进士祝允明撰文，吴奕书并篆，盖盖镌吴汝宁之墓五字。又嘉庆十五年禁盗碑一、嘉庆十八年香炉一。山西北麓，西津桥镇也，何氏兄弟墓询寺僧土人均无知者。

……

爬梳剔块 功泽千秋

辛亥革命云南起义领导人之一、国民党元老李根源，是一位德才兼备、文武双全的爱国儒将。他一生经历了反清、讨袁、抗日等曲折的革命旅程，1923 年，李根源来到苏州，居住在十全街，精心打造宅院"曲石精庐"，离政息心，奉养老母，开始了苏州十来年有声有色的生活。苏州也由此成为他的"第二故乡"。

李根源热衷访古著述，在过去戎马倥偬中，只要一有空，就寻访当地遗迹，"或为之梓其书，或为之修其祠墓"，寻访当地百姓，剥藓洗苔，辨识倒卧在野地里的字迹漫漶的碑文。苏州是多山多水之地，地势西高东低，东部湖荡棋布，而西部分布着大约 221 平方公里的低山丘陵，这些著名的山丘风景秀丽，也是充满人文景观的名胜之区，历来为士大夫和佛教、道教等宗教人士所青睐，留下了各种碑铭、墓碣，因此极具考古和欣赏价值，为历代文人所珍爱。

1926 年，他特地在胥门枣市桥买了一条小船，连续两次雇人摇到苏州西部访古。据其五子李希泌回忆，父亲当年在吴县访古的交通工具就是一叶扁舟。他从家门口上船，便可通往所访古的目的地。曾花三个月时间，遍历吴县诸山。"父亲在三个月内，白天舍舟登岸，翻山越岭，访求古文物与古墓葬，晚间返回小舟，踞促舱内，在一灯如豆的油盏下，整理记录，编写游记。"当时的西部山区因为交通不便，人迹罕至。虽然有船、有山轿代步，但在山林丛冢间是必须一步步踏勘的，很多地方棺材浮厝，尸臭扑鼻。他 1926 年 4 月 19 的日记曾写道："是日定乘船赴洞庭东山，访陆丞相逊、王文恪鳌墓，并游西山、访高少保定子父子墓。因昨日在长冈触尸臭，头昏眩，复于途中饮水不慎，深夜腹泻不止，东山之游暂罢。"其艰辛劳苦，可见一斑。

吴中的山水在李根源心中熟稔异常，并到了如数家珍的地步。像吴梅村、金圣叹、惠栋和朱柏庐这些令他钦仰的人物的墓地，都寻访了数度，尝尽了千辛万苦，屡番验证得以确定后，就如同了却了一桩久悬不决的心愿一般，虔诚地拜奠，仿佛直面古人，为之悲、为之喜，为之叹、为之扼腕。他曾冒着被湖匪绑架的危险至渔洋山考察董其昌墓，对董墓所在地提出了怀疑，首度发现了一块董氏后裔争讼的碑石。又在尧峰山见到一杨氏墓，墓道长百余丈，有三道牌坊，评价其"工作精美，所观吴西诸墓当以此为最"。写就《吴郡西山访古记》后，有识之士赞叹其"胸中掌故比吴郡诸宿尤为翔实"。

李根源的访古记述都是有情有节。而在进行搜访中，其考核、驳正，态度极为严肃。也正是由于这种认真负责的态度，成为后来考古者足以信赖的标准"词典"。在寻访考证虎丘剑池中曾有这么一段插曲，据史料记载，剑池西侧墙应该有古人的石刻，可是搜遍全壁而未得。由此，他大胆推测石刻乃是后人为了刻上自己的全部诗作而磨毁的，经过仔细的论证，此乃清人佟彭年（康熙二年任江苏布政司）和浙人王成瑞（光绪年间）所为！探源定谳，他感到十分痛心，并在卷中记述下此等罪魁。此等行为，与现今名为建设改造，实乃拆毁古建、破坏文化遗产的劣迹，如出一辙！

《吴郡西山访古记》，详实地记录了苏州郊外的古迹与文物。这是苏州历史上第一次大规模的对西部山区的文物最完整、最详尽的调查，为当时正在编纂的民国《吴县志》提供了丰富的史料，是现今考古工作者十分珍视的文献资料，也是现代人的考古"蓝本"，而且对于研究二十年代吴县农村情况和社会风尚，具有重要史料价值。

回首望去，80 年前李根源的访古之游是很有先见之明的。民俗学家蔡利民说："这真可谓是志在挖掘中国人文精神与苏州历史遗存的文化苦旅。"经过抗战、解放战争和"破四旧"、"文革"等颠簸动荡的历史，上个世纪 80 年代，吴县再一次进行文物普查时，李根源当年之所见，已经十之九不存。正是他这样的一次个人活动，为苏州保存了一份永远无法再现的昔日辉煌的图景，而当这一切一去不复时，我们就能更深切地体会到李根源当年的远见卓识以及他身体力行的意义之所在。

（瞿璐）

叶楚伧

简介

叶楚伧（1887—1946），吴县周庄（现昆山市周庄镇）人，苏州振华女中校董。原名宗源，字卓书，别字小凤，楚伧是他从事新闻工作时所用的笔名。政治活动家，国民党元老，也是报人、作家。早年加入同盟会，曾参加南社。1912年中华民国成立后，先后在上海创办《太平洋报》、《生活日报》。1916年，与邵力子在上海合办《民国日报》，任总编辑，抨击袁世凯称帝。历任国民党中央执行委员、西山会议派国民党中央常务委员、江苏省政府主席、国民党中央宣传部部长及秘书长、国民政府立法院副院长等职。公余兼职文教，创办大型《文艺月刊》，编印《文艺丛书》、《读书杂志》等，著有小说《古戍寒笳记》、《金阊三月记》等作品。抗战胜利后，奉派为苏浙皖等地"宣慰使"，1946年2月病逝于上海。

春晓回文 [1]

叶楚伧

红英落尽将春暮，燕语双招试卷帘。

风笛饧声村市早，碧纱窗暖日纤纤。

1.选自《叶楚伧诗文集》，上海三联书店，1988年1月第1版。

金陵杂咏 [1]

叶楚伧

万旌旗拥汉家营，莽荡中原未太平。
终是六朝金粉地，南城箫鼓北城兵。

1.选自《叶楚伧诗文集》，上海三联书店，1988年1月第1版。

古戍寒茄记（长篇节选）[1]

叶楚伦

第二十二回　试水性龙舟传余韵　得天助蛛网决休祥

却说分湖自大演龙舟之后，得了金抚院太太的奖赏，数百里内，那一个不说这是百年未有之奇荣。自有许多人鼓舞着凑将拢来，说这是湖上第一盛典，我们应该维持的。一人说了，千人应了，便在湖边五十四村上，立了个龙船大会，终年练习着，说要南走浙，北走淮，绵延千余里，创个赛龙大会。这个风声传到，却好有一个人落魄飘流，走到分湖上来。他这人姓瞿名三星，是个读书不成，乡里摈斥的少年。他也有父母，可怜父母不以他为子了。他也有妻子，可怜妻子不以他为夫了。他只伶伶仃仃地住在一个破屋里，那破屋是没人能住的。椽子也坏了，屋角也坍了，风也挡不住了，雨也遮不住了。独有晚上的一天星斗，却还如怜念王孙一般的，从屋角间送进一天豪气来。他每晚总对着这星斗浩叹，却是星斗虽爱他，到底隔远了，不能同他说话，只闪闪烁烁睁开了泪眼似的，向他发呆。这真是凄凉无绪之天，潦倒穷愁之日。那知自湖上发现龙舟以后，把他那公馆登时热闹起来。只可怜人来多了，乱糟糟地将这破屋里的柴哩草哩，在人家看起来不值一钱，却不知是瞿先生的公馆呢。经这样一来，把他公馆

1.节选自《叶楚伦诗文集》，上海三联书店，1988年1月第1版。

蹈个干净。谁做了他，也该不快活，自然闹出了事情来。他初也不声不响，只痴痴癫癫地沿着湖走。到了一个地方，见有三四条才卸装的龙船，泊在湖干，正吃喝着说节边盛事。他慢慢地将身子坐在滩上，背倚着一枯古树，直着眼望着船上。船上的人不去理他，只管笑着喝着。他看了一回，拾起块瓦爿，向水里一丢，水便随瓦起了个花。船上人还是个不理。他又看了一回，忽然指着湖中骂道："你是个甚么鸟神，敢见了瞿大人不迎接，还钻在个龟洞里装聋作哑的。你敢上岸来同瞿大人斗三百合，便算是好汉。"那知船上人听了他这几句话，微微地对他看了看，还是个不理。他这可没法了，将手拈着一撮牛粪，向船上掷去，怪笑道："好下酒物啊！"登时杯儿碟儿都淋淋漓漓地沾着粪屑，那可有几人忍不住了，跳上岸直奔三星。三星暗暗说了声"惭愧"将身子向湖中一跃，喊："救命呀！龙船上人逼着人投河哩！"登时水花不作，不知到那里去了。跳上来的那几个人见了，不觉一楞。有一个道："横竖是个乞儿罢了，他自己情愿投河，干我们甚事，喝酒是正经呢。"说完大家还到船上真个重洗杯盘，欣然再酌起来。正高兴着，忽听见船旁有个人喊道："好乐啊！"众人齐向船旁看时，却一个人影也投有。众人再喝时，不多一刻，却又听得喊了一声道："清酒有甚么趣的，我们猜拳罢。"众人听了不觉一惊。便有个人知道多半是个不好惹的了，忙探首向水中道："猜拳么？很好。朋友，你上来才猜得成拳啊！"水中人在船底下笑道："你们又诓我呢。一上来时，又该给你们攒着打哩。"众人道："朋友，你也太多心了。即刻偶然在船坐得闷了，跳到岸上舒舒筋骨罢了。谁又肯来打你呢？"船底下笑了一声道："可是牛粪吃闷了？对不起得狠，恕我冒昧罢。"众人听了这几句话，动起气来，各举着篙子向水中乱戳。船底下笑道："这篙太直了，要转个弯就戳着了。"众人狠狠地只向船底下搠去，那知这船忽然像有人推着的一般，渐渐离岸向湖心淌去。众人停了篙，面面相觑着。忽见船头前探出半个人身来，向着众人道："怎不喝酒了？可是恼着吾不来陪着么？"内中有一个性子躁一点的，扑上去想拉他起来，那知反被他向胁下一拉道："好朋友，我们湖底下去玩一回罢。"众人要抢早被他把这个人拉下去了。便有几个识水性的说："林这可了不得了，这厮简直太欺负了我们哩。"说完，扑咯咯跳下了三个去，其余都在船头上望着。那知不到一刻，隔着三四丈路的湖面，水花一激，钻出一个人，手里举着一人，双足踏波，飞一般走近船来，堪堪要傍船，便把手中举着的人向船上一掷道："可怜没会水便爱洗湖浴了，浸得什么似的，快替他控肚子里的水罢！还有三个人在那里，累你家瞿大人去搭救哩。"说毕没身便不见了。船上的人看了大惊，忙将这人倒提着控水。不多几时，这瞿三星早将以外三人连一连二地送上船来。船上人见了，这才将半天怒气，化作十分敬佩。忙挽住他的手道："好汉，我们是老鸦啄了眼珠的，得罪了好汉，还请好汉包含着。我们这里也有几个奇男子呢。现正要结识好汉这一般的人。要是好汉愿意时，我们载着你去见识见识罢。"三星笑了一笑道："谁不知道你们鬼鬼祟祟的事呢？我瞿三星从没上门求见过人的。你们还去说。"说时，指着岸上一个破庙道："这便是我的公馆。他们要认识我，尽管叫他们到庙里来，我在那里等着呢。"说完，踏着平湖，高唱着似歌非歌的去了。船上人待了一会儿，见那从水中捞起来的三人已醒了过来，只得开船走了。到第二天朝上，便见胡石声轻舸打桨，向破庙前停下，一个人慢慢地走到庙前，将庙门一推，是虚掩着的，轻轻走了进去。见窗欹槛折，蛛网纵横，似久没有人住的。那满地的鸟粪，侵阶上槛的，被微风吹动着，自有一缕荒落屋宇的气味，荡漾出来。一个从人跟着进来道："多分是说谎呢。这种地方也像有人住的么？"石声叫他不要开口，自己抠衣上殿，听神橱背后似有人在那里打鼾声的一般。石声放轻脚步，转过神橱，突见一堆稻草中卧着一人，像梦见甚么似的，剑眉倒竖，须发戟张，忽然发着梦话道："你们这辈骚奴，死在头上还装着甚么主圣臣忠的丑脸，俺瞿三星胸中有十万甲兵，看几天里便要旗鼓北行，擒王擒贼。"说时忽然手脚乱舞，像同人撑拒的一般。不多一刻，又听他放声大笑道："子章髑髅血模糊，手提掷述崔大夫。呵呵，你这臭贼也有今日呀！"说完又酣声大作地睡了。石声不住点头叹息，一声不出地候着。又好一回，忽见他蓦地坐将起来，拭着眼突然问道："你是谁，硬来看人家睡觉？"石声肃然一揖道："还恐扰君清梦，所以立候在这儿。瞿先生你好睡啊！"三星睁眼将石声上下打量了一回，忽横身躺下，头向着里道："恕我放肆，还想多睡一会儿。你贵姓呀大名呀？尊府在那里呀？"石声见他这样，也觉得有些愤愤，却和颜悦色地道："姓胡，字石声，便住在这湖边。"三星道："恍惚我也听得有个姓胡的，似是做了个甚么官的，可不就是你么？"石声听了这句话，不觉倒抽了一口气，却又勉强忍着道："乔列枢垣，未尽臣节，及今河山破碎，乃欲卷土重来，愿足下有以教之。"三星慢慢地翻转身，笑道："你要我指教么？"石声点了点头。三星突然立起身来，执着石声的手大哭道："不想天下还有胡先生这人！胡先生，我瞿三星佯狂半生，未逢知己，从今愿忏除前恨，敬随鞭镫了。"石声不觉大喜，抚着肩头道："我们下船去坐罢。"三星止哭道："胡先生，你不恨我即刻的放肆么？"石声道："恨你也不受你了。我胡石声虽书生，袖中匕首还能辨别恩仇，苟不先听见你梦中杀贼之语，早在你重复缩下时，手刃你胸际了。"说完，执着他手大笑道："瞿君，你今天得遇胡石声，算不负此一生哩。"两人便携手转出殿前。那从者原在殿上抱怨着道："一个乞儿罢了，便识些水性，也不过多捉得几条鱼；有甚么呀？却巴巴地刘备请诸葛亮似的呢。"正说着，忽见石声携了三星的手出来。一个是露肘捉襟，遍体褴褛，一个是疏髯朗目，轻裘风巾。在一起还不要紧，偏偏互携着手儿，把从人看得呆了。他们却坦然不觉地走下殿来。风过处，一个蜘蛛掠面而下。三星举手一拄，便向地上掷下。石声笑道："蟢儿报喜，正是我二人订交的佳祝，你怎掷起他来？"三星慨然道："先生不知蛛儿是逆性虫类。居必背阳，是处逆也；行必倒悬，是性逆也。吐丝而不能衣被苍生，是才逆也；织网而垄断屋角，是志逆也。愚者不知，见其皤然之腹，谓必有经纶在，而实则败家之先兆，罗织之奸雄，不掷何为？"说完，将那蛛儿一脚蹴死，笑顾石声道："他日除逆之功，始于今日哩。"石声扼掌大笑道："快人快语，得未曾闻。我们下船去罢。"从者见主人这样，心里虽纳闷着，却不敢多言，随着两人上船。船家暗暗纳罕着，自下桨载着两人，荡将过去。这时正村中上市去买办归来时候，分湖里橹声相应，人语遥传，正泼泼地把满湖水光日影，划个粉碎。大家见石声同一个乞儿相对坐着，并且有笑有说地，都停着橹议论。两人一些不知，只催着船家快摇。不多一刻，转入个港里，忽见旌旗一色，有许多船排列在两岸，像迎接甚么似的。一见小船过来，都立在船上欢呼起来。真是：

自古英雄出袴下
会看旗鼓震寰中

小说杂论（节录）[1]

叶楚伧

　　小说势力，与教育有骖靳之功。而陇亩耕织之流，置身不及于庠序，时论不与乎坛坫。瓜棚豆架，皆教忠教孝之言；酒后茶余，系世道人心之运。故普遍之力为教育所弗及。遒人振铎，太史采风，古之圣帝贤王，有深知其故者矣。而谓许狷薄少年，下流文士，操是以为衣食之借箸哉。

　　一代盛衰，可求于小说者多矣。《宣和遗事》，汴京灯火之盛，即帝后行酒之征。《板桥杂记》，河房文会之豪，是党祸亡国之史。子曰：礼失而求诸野。柱下之书不可见，其所以窥察今古，引绳作准者，惟此而已。至于《金瓶梅》、《石头记》等文人附会之说，犹其末焉者耳。虽然此治史者之言，而未及于移风易俗之说者也。

　　文字之道吾略识其径矣。以文为文而能以文传者，代不过数人，如韩欧苏柳，屈指可数，则其难尽于善可知已，而况以语为文乎？余尝曰，施耐庵、王实甫之才，使治纵横便散之文，必不许前有古人，而其终为施耐庵、王实甫者，性也，命也，非文之罪也。由是以观小说，岂狷薄少年之事哉。虽然，此治文者之言，而亦未及于移风易俗之说者也。

　　至于小说与风俗关系，则吾愿长言之矣。三国亦一割据之局耳，正统闰运之说为史家争论之资，而非读演义者所问也。然惟其有演义，故习凿

---

1. 节选自《叶楚伧诗文集》，上海三联书店，1988 年 1 月第 1 版。

齿所毕生经营而仅得与陈寿对峙者，毛氏以俚俗之语，夺帜而登，其力百倍于习，小说入人之深观于此而知矣。然《三国演义》之独有千秋，绝不在俚俗易解也。其一为融贯史册，不由杜撰，采典籍之真珠，出穿扎之妙技，与满纸荒唐，迥然有别，其一长也。文情之茂，不假做作，如赤壁之战，武侯曰"看今夜周郎成大功也"一语；如曹丕南下，写江上雾合一段；如武侯将亡时，"西风吹面，彻骨生寒"八字，"再不能临阵讨贼矣"一语，皆天声人语，绝妙好辞，令文人词客、农夫牧童，一齐闭目神驰者，其二长也。书中于一人之死，一事之末，每缀以一诗，其诗绝非诗人之诗，而堂皇冠冕，渊然有雅颂之声，褒贬之义极严，村妇野叟，不待解而自知，其三长也。虽然，此特举其最著者而言之耳。其肤理停匀，举止明畅，经重疾徐，动必有则；则触处皆是，不胜言也。《水浒》之妙，在辞微义严；《三国演义》之妙，在辞义俱严。辞微义严者，必待善读者之探索；辞义俱严者，则无待于是。此宋江之所以犹或幸免于人口，而曹操之终为元奸大恶乎！

旧学深厚　文思深邃

掀开中国近现代历史，一段飘摇动荡的岁月即刻呈现在我们眼前。随着清王朝的腐朽衰落，甲午战争、日俄战争、戊戌变法、义和团运动、八国联军入侵、辛亥革命、民国成立、袁世凯窃国、巴黎和会……如同一幅幅历史画卷从人们眼前翻过。清末民初，封建王朝的余威还在作祟，帝国主义的侵略日益猖獗，军阀割据，租界林立，内忧外患，完全是一副"乱象"。随着新文化、新思想的传播，一批忧国忧民的进步知识分子不断觉醒，他们被时势塑造着，同时也参与、推动和改变着时势。

叶楚伧就是清末民初进步知识分子的代表之一。叶楚伧家祖上经商，但到他父亲叶凤巢时家境已经衰落，一家人靠凤巢先生开馆授徒、作幕僚维持生计。叶楚伧既受过私塾教育，又曾在上海南洋公学、浔溪公学、苏州高等学堂等新式学校读过书，这使他既有深厚的旧学功底，又接受了新思想的影响。在父亲的影响下，叶楚伧不作八股文，也从未参加科举考试。1907年苏州高等学堂的官吏考场舞弊，引发了一场学潮并牵连到叶楚伧，又使叶楚伧对清政府彻底绝望，从此，他热心社会改革，甘冒风险响应孙中山先生的革命号召，并在1909年加入了同盟会，终其一生为中国的强大与发展竭能尽智。

叶楚伧的一生主要可以分为求学、办报和从政三部分，此外还有一小段投笔从戎的历史。其撰文写作的主要时间为南京民国临时政府成立后，他离开军队回上海，与于右任、邵力子等人创办《民报》，并且历主《民立报》、《中华新报》、《大风报》、《太平洋报》、《民国日报》笔政。无论是做主编还是写政论，他都干得非常出色，举凡诗词、散文、小说、评论等各种文体，他都能拿得起，放得下；擅写章回体小说，无论长篇、短篇，还是历史题材、现实生活，他都能涉笔成趣，有不俗的表现。他是著名的南社的成员，很早就以诗鸣，翻翻《南社丛稿》，几乎每一集都少不了署名"叶叶"（叶的笔名）的诗词。因名气大噪，1923年以后开始从政，他历任中国国民党宣传部部长、中央政治会议秘书长、江苏省建设厅长、江苏省主席、中央执行委员会秘书长等职。抗战胜利后，由于国民党政府接收大员的贪腐引起民愤，叶楚伧被委任为苏浙皖三省京沪两市宣慰使去安抚民心，因政务繁忙肺病复发而病逝于上海。

叶楚伧与十中的联系虽然不多，但却非常重要。原来，十中所在的旧织造署本为政府"公产"，民国时产权划归振华女校作为"私产"，当中还有叶楚伧等人的功劳呢。从王季玉先生担任校长以来，振华女校日渐发展，规模扩大必然带来硬件设施的不足，原有校舍不敷应用。于是，王季玉校长向吴县第一医院借织造府署为校舍（1920年此地划拨给吴县第一医院），以女校向吴县教育局所借的沧浪亭旧提学使署之部分作为交换。两家交换地方"一举两得"，实为双赢，因为振华和旧织造署邻近，而吴县第一医院与旧提学使署比邻。1928春，江苏省政府批准双方交换。到了1937年春，吴县教育局经省政府核准，将振华女校借用旧提学使署改为拨给。随后，省政府、教育厅与财政厅也确立了旧织造署全部基地与校有旧提学使署基地的产权归属。叶楚伧曾致函王季玉："经与各该主办人员接洽，佥以贵校校誉甚佳，均愿为之助力。"同年八月，振华女校校长王季玉与吴县县立医院院长杨和庆签约交换，"所有权分别登记，以维产权而垂永久"。至此，苏州织造署才名正言顺地成为了振华女校的校址，当年的这个决定造就了今日苏州十中"最中国学校"和"园林式"学校的美名。

本集所选的四篇作品正体现了叶楚伧文学功力深厚、思维严谨周密的特点。他早年受过私塾教育，古文功底深厚，其诗歌、杂论、小说等大多咬文嚼字，佶屈聱牙；虽然没有参加过科举，但其思想仍然较为保守正统，为此还曾受到胡适的批评。其正统士大夫的潜质，同时又受到新文化、新思想的熏陶，这一特点正符合了国民政府对官员的要求，因而走上从政之路，并担任国民政府要职也是势所必然，人尽其才！

《金陵杂咏》应该创作于北伐军围攻南京之时。"万旌旗拥汉家营"交代了全诗的写作背景：战旗飘飘，大军压城，正是北伐军队与清廷军队决一死战的关键时刻。金陵城尚未攻下，所以大片的中原地区还未经受北伐革命的洗礼，人民并不太平。然而，金陵毕竟是金粉繁华之地、温柔宝贵之乡，在这多事之秋一边是大兵压境战事激烈，一边却是歌舞升平极尽享乐！"终是六朝金粉地，南城箫鼓北城兵"是全诗的诗眼，把革命军的浴血奋战与封建旧势力的奢靡享乐放在一起，对比极其强烈！《春晓回文》虽然没有高深的思想，但作者巧妙地将落英、燕子、纱窗、暖日等景物组成一体，格调清新自然，根据回文诗的要求无论顺读还是倒读，都音韵和谐、别有意境，显然不是一般人所能为，显示了作者横溢的文学才华和高雅的审美情趣。《小说杂论》全篇两万余字，系统阐述了小说对教育的补益、小说对现实的记录作用、小说与风俗的关系等，杂论中评判和分析了《三国演义》、《石头记》、《金瓶梅》、《官场现形记》、《水浒传》、《西游记》等众多著名小说，显示了作者渊博的学识和鲜明的正统士大夫阶层的价值观。从节选部分关于《三国演义》的论述中，我们可以体会出这一点。

在小说创作方面，虽然叶楚伧写小说的日子不过十余年，却创作了四部章回体长篇小说和一大批短篇作品，是南社这个革命文学团体中较著名的小说家，当时曾与吴门大小说家包天笑齐名。柳亚子有诗赞他"青儿文场旧霸才，登坛曾敌万人来"。长篇小说《古戍寒笳记》，是他历史小说的代表作，刊于《小说丛报》。小说歌颂了明末江南抗清义师风起云涌的壮举，揭露了贰臣降将出卖民族屈辱求荣的丑态，全书四十六回，"凡事皆有所本，兼可补史乘所阙疑，殊非一般空中楼阁所可比"，其中孤臣烈士，名将美人，穿插得宜，波澜起伏，极富情致。叶楚伧非常重视人物形象的塑造，他在《小说杂论》中指出，"曲摹一人之仪容性情，为小说家第一难事"。指出了人物形象刻画在小说中的重要性。《古戍寒笳记》中就有不少这样的人物，例如第二十二回刻画的赤贫渔民瞿三星即堪称与《水浒传》中"三阮"相媲美的人物典型。

……

从报人、军人，到政治家，无论身份如何变化，叶楚伧骨子里都还是一个文人。他办报以文人而论政，慷慨激昂多书生意气；他从政、从军也不脱书生本色，不论地位多高，权力多重，数十年保持平易风度。如今阅读和研究叶楚伧留下的文字，我们可以体会他的深邃文思，学习他的书生本色，也更能认识他在近现代史上的价值！

（周玫）

王謇

简介

王謇（1888—1969），字佩诤，江苏吴县人。苏州振华女中教务长、副校长，版本目录家和考古学家，同时也是藏书家和书法家。历任《吴县志》协纂，江苏省立苏州图书馆编目主任，苏州振华女中教务长、副校长，国学会副主任干事，章氏讲习会讲师。历任震旦大学、大同大学、东吴大学教授。解放后任华东师范大学教授，上海文物保管委员会编纂。著述甚丰，已成稿者（校注本）有《山海经》、《韩诗外传》、《穆天子传》、《说苑》、《新序》、《焦氏易林》、《齐民要术》等20余种。另外，《宋平江城坊考》、《盐铁论札记》已刊印问世。王謇对保护古籍更是不遗余力。

《宋平江城坊考》撷采 [1]

王謇

富仁坊 （东有塔。）《吴郡志》："鱼行桥东。"《祥符图经》、《吴地记》古坊著录。

花月楼 《吴郡志·官宇门附市桥》下：花月楼，饮马桥东北。淳熙十二年郡守邱崈建，雄盛甲于诸楼。案：《吴郡志》又载："清风楼在乐桥南。黄鹤楼在西楼之西。"今是图失载。

迁善坊 《吴郡志》："草桥。"《姑苏志》："草桥头。"

庆善桥 《吴郡志》以下均不载。

---

1. 选自《宋平江城坊考》，江苏古籍出版社1999年版。

西斋 《吴郡志》:"双瑞堂旧名西斋。绍兴十四年郡守王唤建。前有花石小圃便坐之佳处。绍熙元年长洲有瑞麦四岐及后池出双莲。郡守袁说友葺西斋以'双瑞'名堂以识嘉祥。"卢《志》:"嘉定十三年又改思政。至宝佑中作新堂于其地因并废焉。"《姑苏志》:"王唤字显道华阳人太师歧国公珪之孙也。为秦桧妻之兄。(或云妻弟。)绍兴中知郡事。时兵火之余公署学校靡不兴葺。又录入城小舟出必载瓦砾以培塘人以为便。石之碎者积而焚之以泥官舍不赋于民而用有余。其规为多可取者。然峻于聚敛用刑尤酷。尝于黄堂前熔钱制大士像而人不敢言。每刺鹿血入热酒饮之。疽发背死。"

望云馆 《吴郡志》:"望云馆在阊门河南。"卢《志》:"望云馆在阊门里河南。绍定二年李寿朋创。相传即金昌亭故地。"

土地庙程桥 《姑苏志》:"程桥二:一近娄门一近齐门。"《吴郡志》仅载程家桥一与栈桥相次。

徐鲤鱼桥 范、卢、王三《志》均著录。熙《志》:"张香桥西南。"今讹麒麟桥。《吴门表隐》:"库塔在徐鲤鱼桥北。康熙初圮下有古井。"

南胡家桥 范《志》著录。卢《志》:"南胡家桥在放生池。"《姑苏志》:"延寿桥放生池头。"疑即此。《吴门表隐》:"葑门内放生池地名浮墩一阜突起池中。宋熙宁时曹偯建醒心亭于其上。傍有双松甚灵。建炎兵欲伐之忽陨石如雨乃止。"卢《志》:"醒心亭熙宁间曹偯履中所葺在葑门里。有土阜对峙水中虽巨浸弗没因号浮墩后避讳改名浮邱。相传此地昔有双松竦然参天。建炎之难有溃兵欲伐之陨石如雨。今放生池即其地也。"案:放生池即结草庵址今浮邱犹存。有舶象方塔二雕刻极精丽而古朴旧志均未著录。宋胡瑗为苏州教授因家焉。又有胡元质、胡舜申或以学著或以艺著。

西长桥 范、卢、王三《志》均著录。《姑苏志》:"葑门营内。"乾隆《元和志》:"俗名西烧香桥。"烧香桥巷(未见著录。)

红鸭桥 范、卢二《志》均著录。康熙《志》作"杨矮子桥"在木杏桥东。乾隆《元和志》讹"红杏子桥"。《格古要论》曰:"鸭雄者录头文翅雌者黄斑色。"无言红鸭者。案:王建诗有"马上唤遮红觜鸭,船头看钓赤鳞鱼"之句。此条旧志作"红杏子桥"而本图则云"红鸭桥"则当时口传音变耳。俗又书"杨矮子桥"而近世口传则称"杨匣子桥"疑莫能明矣。

为振华女校三十周年作[1]

王謇

　　清室之季，苏州女子学府，蔚然群起，风发而云涌，若兰陵，若苏苏，若大同，若双桐，若振吴，或昙花一现，或亦谨经十余稔，从未有再接再厉，绵绵延延。若振华女学校之久且著者，则以王谢太夫人奠基之巩固，季玉令媛之善继善述也。太夫人秉殊特之姿，奋臂一呼，去数千年女子之緘縢而泽以诗礼，余杭大师名其华表，谓足跻于蒙以养正之圣功，不其伟欤。季玉归自重洋，既肩斯重任，惟日孜孜，无敢佚豫，中夜以兴，思免厥愆。其治事也，朝乾夕惕，兀兀穷年，事无巨细，未尝假于人，即假亦必躬亲督促之，终必自为之而后已。湘乡曾氏之美邓湘皋，所谓如饥渴之于饮食，如有大谴在其后驱迫而为之者，季玉有焉。三十年来，智者创法，巧者述之，述之方，矢以勤，矢以慎，而坚定强毅之才，又足以纬之，是以一编独断。媲美伯喈，诸女受箴，追踪班史，鼓钟于宫，声闻于外，令闻广誉之遍布遐迩，有由来也。不佞樗散之姿，于乐育英才之道，瞪瞪而无所知。殆蒙漆园吏所谓瓠落无容，且以无用而全其天年者，乃季玉不以中行氏之众人遇我，谬许之以为得与于大雅之林，偶贡臆见，辄见包容，十年如一日。而不佞则深惭壤流之细，不足为高明之助也，则序三十年集刊而汗愧无地矣。

1.选自《百年讲坛》，古吴轩出版社，2004年4月出版。

稽古钩沉，呕心沥血

1915 年，王謇从东吴大学文科毕业后，即从事教育工作，曾任苏州振华女校教务长（教务主任）、副校长，兼授国语课。他知识渊博，口若悬河，引经据典，深入浅出，妙趣横生。且热爱昆曲，在课堂上大胆引进这一"国粹"，他对学生说："不懂昆曲艺术，就不是真正的读书人。"为此，王謇身体力行，经常带领学生在振华校园内排练昆曲。

王謇对文物情有独钟。振华女校初创时，他曾写信给当时的国民党省政府，要求借用织造署旧址办学，一可以解决办学场所，二可以借机保护织造署旧址和著名的瑞云峰。如今，保护完好的织造署旧址和瑞云峰已列为国家文物保护单位。文脉悠悠，被誉为"苏州三绝"之一的瑞云峰，更成为苏州十中的镇校之宝。此外，灵岩山脚下的韩蕲王巨碑补缀后得以重新矗立，一代名园沧浪亭的修复，他不但带头捐款，还四处奔波募捐，出谋划策。还和吴荫培、李根源等名士发起组织了"吴中保墓会"这一类似文保机构的民间组织，对制止乱掘乱盗古墓葬，保护地面地下文物古迹起了积极作用。

王謇嗜书成癖，曾卖掉家中田产买书，为此遭到妻子反对，弄得夫妻一度不睦。他的藏书多为乡邦历史文献、清人词集和传记、金石拓片等，他不遗余力，通过各种途径搜求罗得。民国时期的苏州护龙街、景德路、观前街牛角浜一带，有四十余家书肆，他是店中常客，就连街头书摊，也常能见到他的踪影。有些珍稀版本价格昂贵，他买不起就抄，所藏之书，并不密藏而束之高阁，而是经常借给友人，促进学术研究。其间还有一段鲜为人知的爱国轶事。日本学者吉川幸次郎是著名的汉学家。他慕王謇之名，经友人介绍，经常去借阅。卢沟桥事变后，王謇对吉川幸次郎说："现在我们两国交战，我不能再和你交往，请你不要再来看书了。"对方多次低下头求情，但无法打动具有拳拳赤子之心的王謇。

教书、觅书和藏书之余，王謇潜心苏州史志文献的考订研究。稽古钩沉，呕心沥血，著书立说，在文献史和方志史上建树颇丰。著书等身，堪称一代大家。著名历史学家顾颉刚在《苏州史志笔记》中称"其搜罗近人整理古籍之著作及论文丰富之甚"。他实地考查，遍找有关实物。常常乘坐小船，随身携带笔墨毡子，遍访古城内外，徘徊于废桥荒寺之间。遇到新见的碑碣，就铺展毡子，解开衣衫，盘坐抄录。甚至引起群众的围观，觉得其行动古怪可笑，叽叽喳喳地说他"痴"。终于集录到了大量前人未经著录的金石文字，辑成《吴中金石记》一书。

1925年，王謇辛劳多年的传世之作《宋平江城坊考》终于出版了。在全国重点文物保护的"四大宋碑"中，《平江图》就是其中一块。王謇根据这块石刻地图上的文字和图作，一一详加考证，撰写出这部弥足珍贵的方志。全书洋洋32万余字，分为卷首、卷一至卷五以及附录多篇，该书对苏州古城内的各条街巷、里坊、桥梁的称谓、方位、沿革及名胜古迹等，一一加以考订。对城外诸山、城门、寺观，对吴中氏族、风物和故市也详加考证："务使语不离宗，证据确凿，无一语无来历，无一字之杜撰而安。"

从外表看，王謇是一位谦谦君子，一介文弱书生，但是骨子里却是性情耿介的铮铮硬汉。"文革"中备受侮辱与摧残，于1968年7月16日，在上海含冤去世，享年80岁。

王謇虽然离开了人世，然而留下了丰厚的文化遗产。他的业绩犹如丰碑，令人赞叹仰望。

（瞿璐）

竺可桢

简介

竺可桢（1890—1974），又名绍荣，字藕舫，汉族，浙江省绍兴县东关镇人（今属上虞县）。振华女中校董。地理学家、气象学家和教育家，中国近代地理学的奠基人。1921年在南京大学的前身南京高等师范学校建立了中国第一个地学系，1929年至1936年任中央研究院气象研究所所长，1936年至1949年担任了13年的国立浙江大学校长，被尊为中国高校四大校长之一。竺可桢被公认为中国气象、地理学界的"一代宗师"。代表作有：《远东台风的新分类》、《中国气候区域论》、《东南季风与中国之雨量》、《物候学》（1963，与宛敏渭合著）、《中国近五千年来气候变迁的初步研究》等。

大自然的语言[1]

竺可桢

立春过后，大地渐渐从沉睡中苏醒过来。冰雪融化，草木萌发，各种花次第开放。再过两个月，燕子翩然归来。不久，布谷鸟也来了。于是转入炎热的夏季，这是植物孕育果实的时期。到了秋天，果实成熟，植物的叶子渐渐变黄，在秋风中簌簌地落下来。北雁南飞，活跃在田间草际的昆虫也都销声匿迹。到处呈现一片衰草连天的景象，准备迎接风雪载途的寒冬。在地球上温带和亚热带区域里，年年如是，周而复始。

1.根据竺可桢发表在《科学大众》1963年第1期的《一门丰产的科学——物候学》改写。

几千年来，劳动人民注意了草木荣枯、候鸟去来等自然现象同气候的关系，据以安排农事。杏花开了，就好像大自然在传语要赶快耕地；桃花开了，又好像在暗示要赶快种谷子。布谷鸟开始唱歌，劳动人民懂得它在唱什么："阿公阿婆，割麦插禾。"这样看来，花香鸟语，草长莺飞，都是大自然的语言。

这些自然现象，中国古代劳动人民称它为物候。物候知识在中国起源很早。古代流传下来的许多农谚就包含了丰富的物候知识。到了近代，利用物候知识来研究农业生产，已经发展为一门科学，就是物候学。物候学记录植物的生长荣枯，动物的养育往来，如桃花开、燕子来等自然现象，从而了解随着时节推移的气候变化和这种变化对动植物的影响。

物候观测使用的是"活的仪器"，是活生生的生物。它比气象仪器复杂得多，灵敏得多。物候观测的数据反映气温、湿度等气候条件的综合，也反映气候条件对于生物的影响。应用在农事活动里，比较简便，容易掌握。物候对于农业的重要性就在这里。下面是一个例子。

北京的物候记录，1962年的山桃、杏花、苹果、榆叶梅、西府海棠、丁香、刺槐的花期比1961年迟十天左右，比1960年迟五六天。根据这些物候观测资料，可以判断北京地区1962年农业季节来得较晚。而那年春初种的花生等作物仍然是按照往年日期播种的，结果受到低温的损害。如果能注意到物候延迟，选择适宜的播种日期，这种损失就可能避免。

物候现象的来临决定于哪些因素呢？

首先是纬度。越往北桃花开得越迟，候鸟也来得越晚。值得指出的是物候现象南北差异的日数因季节的差别而不同。中国大陆性气候显著，冬冷夏热。冬季南北温度悬殊，夏季却相差不大。在春天，早春跟晚春也不相同。如在早春3、4月间，南京桃花要比北京早开20天，但是到晚春5月初，南京刺槐开花只比北京早10天。所以在华北常感觉到春季短促，冬天结束，夏天就到了。

经度的差异是影响物候的第二个因素。凡是近海的地方，比同纬度的内陆，冬天温和，春天反而寒冷。所以沿海地区的春天的来临比内陆要迟若干天。如大连纬度在北京以南约1°，但是在大连，连翘和榆叶梅的盛开都比北京要迟一个星期。又如济南苹果开花在4月中或谷雨节，烟台要到立夏。两地纬度相差无几，但烟台靠海，春天便来得迟了。

影响物候的第三个因素是高下的差异。植物的抽青、开花等物候现象在春夏两季越往高处越迟，而到秋天乔木的落叶则越往高处越早。不过研究这个因素要考虑到特殊的情况。例如秋冬之交，天气晴朗的空中，在一定高度上气温反比低处高。这叫逆温层。由于冷空气比较重，在无风的夜晚，冷空气便向低处流。这种现象在山地秋冬两季，特别是这两季的早晨，极为显著，常会发现山脚有霜而山腰反无霜。在华南丘陵区把热带作物引种在山腰很成功，在山脚反不适宜，就是这个道理。

此外，物候现象来临的迟早还有古今的差异。根据英国南部物候的一种长期记录，拿1741到1750年十年平均的春初七种乔木抽青和开花日期同1921到1930年十年的平均值相比较，可以看出后者比前者早九天。就是说，春天提前九天。

物候学这门科学接近生物学中的生态学和气象学中的农业气象学。物候学的研究首先是为了预报农时，选择播种日期。此外还有多方面的意义。物候资料对于安排农作物区划，确定造林和采集树木种子的日期，很有参考价值，还可以利用来引种植物到物候条件相同的地区，也可以利用来避免或减轻害虫的侵害。中国有很大面积的山区土地可以耕种，而山区的气候、土壤对农作物的适应情况，有很多地方还有待调查。为了便利山区的农业发展，开展山区物候观测是必要的。

物候学是关系到农业丰产的科学，我们要进一步加强物候观测，懂得大自然的语言，争取农业更大的丰收。

大自然物候现象的优美解读

　　《大自然的语言》是根据竺可桢发表在《科学大众》1963年第1期的《一门丰产的科学——物候学》改写的。以"大自然的语言"为题，显得新颖别致，引人入胜。语言是人们交流思想、传递信息的工具，大自然怎么会有语言？我们读了文章才恍然大悟，原来大自然的物候现象，如草木荣枯、候鸟去来等，实际上起着预报农时的作用，从这一点上说，物候现象仿佛就是传递信息的"大自然的语言"。题目标作"大自然的语言"，其实是"物候现象"的形象化的说法。

　　文章开头从"立春"写起，以文学语言、拟人的手法叙述了一年四季的气候变化与花果的生育成长和鸟虫的活动出没，这些就是物候现象。作者写春天，"大地渐渐从沉睡中苏醒过来。冰雪融化，草木萌发，各种花次第开放。""燕子翩然归来。不久，布谷鸟也来了。"这里按时序选取了一些具有特征的自然现象，说明了问题。接着写夏天，强调气候是"炎热的"，又是"植物孕育果实的时期"。到了秋季，主要选取"果实成熟"，"叶子渐渐变黄""簌簌地落下"，"北雁南飞"，昆虫"销声匿迹"等特征来写。而写冬天，则是从深秋"到处呈现一片衰草连天的景象"，过渡到"准备迎接风雪载途的寒冬"，一句话就成了。其中，"萌"字准确地反映了草木开始生长的状况；"次第"，贴切地表现了花开的次序，渲染了春天的气息；"渐渐"，确切地表达了叶子枯黄的过程；"簌簌"，模拟风吹落叶的声音，使人感到秋天的肃杀；"载"，是充满的意思，恰当地描写了风雪飘落的程度。

可以看出作者在写四季时，既抓住了各季节不同的特征，又力求写法上有变化，词语丰富，句式多样，并恰当地运用拟人的修辞手法和一些成语，使文章显得形象生动。在普及科学的读物里，这种写法很重要。作者将大自然一年四季的物候景观写得如此生动形象，寓说明于描写之中，如同展现一幅四季风光画卷，既引人入胜又使人浮想联翩，激发了读者的阅读兴趣。生动优美的语言令文章摆脱了一般科普作品枯燥乏味的阐述说教嫌疑，老一辈科学家扎实的文字功底委实令人情不自禁击节赞赏不已。

此外，文章语言准确、严谨，体现了作者谨慎求实的科学态度。如第三段中"古代流传下来的许多农谚就包含了丰富的物候知识"一句中的"许多"一词说数量，有范围，不一概而论，措词严谨。在说明物候现象的时候，先分说"植物"和"动物"，再概说"生物"，用词处处都经过推敲。

竺可桢通过对大自然物候现象的优美解读来丰富大众的科学知识，激起探索科学奥秘的志趣，同时也告诉读者科学就在身边，科学的距离并不是那么遥远。

（艾燕蕾）

汪懋祖

简介

汪懋祖（1891—1949），字典存，江苏吴县人。振华女校校董。教育家。1916年留学美国哥伦比亚大学教育学院，获硕士学位。1919年受聘美国哈佛大学研究员。1920年回国，历任国立北京师范大学教授、教务长、代理校长。1926年任国立东南大学教授、教育系主任、江苏省督学。1927年7月回家乡苏州，创办苏州中学，1931年任中央政治学校教授、教育系主任。1938年创办大理师范学校。1942年筹设丽江师范学校。1942年底至1945年西南联大任教。1944年兼任东方语文专科学校校长。

发扬苏州人的优点 [1]
——在振华女校的演讲

汪懋祖

我以苏州公民资格上来说说苏州话。一般办教育的目的是根据国策的，而我更应该把特殊的优点发扬出来，特别坏的地方取消。一般人以为苏州人的懦弱和懒惰是坏的地方，我以为苏州人并不是如此，楚国将女儿嫁给齐国，这根本是封建制度的话。苏州之五人反对魏忠贤，这种精神我们应该恢复起来，苏州人的弱点是不劳而获，其实是很少的。人类便总说全体了，科举时代苏州的秀才是很多的，在康熙五年如此，女子方面只注意家

1.选自《百年讲坛》，古吴轩出版社，2004年4月出版。

庭的服务，还有苏州人做事各归各，不合作，我以为这是受封建的关系，因此没有团结的观念。但这一点有好有坏，因为中国往往因结了团体而行事所以无忌了。如果一个人得发了便全体好了，若一个人失败了便影响到全体。我在南京的时候，常说起。不过在学术方面说起来，应该团结。从前苏州也有很多科学家如王先生，便是苏嘉路的构造者，着实对于国家有极大的贡献，不过国家没有切实的统计调查，苏州的科学家也很多呢！而苏州人自己不知道，这都因单独不团结的，所以这点在苏州教育界方面是应该奋斗的，这便很呈现王三太太创办精神。有三十年的经过，有如此伟大光明的成绩，尤其希望行政当局爱护这学校，使其前途更上进上去。

与阮乐真先生书 [1]

汪懋祖

披诵大著，于近时中学国文教学及课程标准之弊病，批析精详；无任快佩。鄙见在高中方面与尊旨多同；而在初中方面则于足下主张，尚多怀疑。弟非专攻斯业，不揣谫陋，就平日留意所及，率陈臆说，以资商榷。

一、初中方面　尊意鉴于高小毕业生白话文多未通顺，特主张初中一年级须完全教授浅近语体文，俾能"完全学通"。第二年始进授文言，"可免文白夹杂之弊"。所以调整补救之法，似在顺其流而疏导之，与鄙意欲正其本以清理之者，适相佐也。盖多数高中学生，国文未能通顺，其病皆在初中时代，不能认真学习适当之文言作品。好高骛远者，将荀子《性恶》、《劝学》等篇，曹丕《典论·论文》，鲍照《大雷岸与妹书》等篇，亦选作初中教材。（往年为正中书局编辑初中教本，及主持京市会考时，调查各校教材殊极驳杂参差，自教部课程标准颁布，初中所选教材较为合度。）其为不合程度，不能得益宜矣。至于语体教材，尤多驳杂：往往文字冗蔓，词意晦涩，或意境太深，不能领悟；或语法欧化，读解费力。试翻阅当代文选，三年前江苏各校作为教本者，其驳杂穷滥为何？幸而不久改编，否则贻害实深。又如新文学家多喜授小说文艺，其描写人情，刻画物态，良足

1.选自《中学国文教学法》，正中书局1936年出版。

欣赏，学生亦就好阅读。惟习皮毛，命笔作文，只能描叙。遇任何文题，率假想一物以描写之，堆砌一大串状词、形容词而不能达意，离题甚远。所见高中学生之文，每多如此。夫教授国文，一面须整理学生之思想，使其所欲发表之思想，有结构，有条理，一面训练使用文字之能力，使之语气贯出，文从字顺。今日之青年，常识不可谓不多，思想亦较前丰富，何以不能类化各科所得之智识，而表达之于国文，而仍有思路枯窘之苦，语气不贯之病？其所以不能通顺者，因素虽多，而教材驳杂，教法不合，实为要端。（今夏赴北平，闻友人痛骂国文教学，言其文理尚未通顺，而教师乃教之研究甲骨文，余为辩论教部课程标准中并无此项规定，大概此教师偏好致古，乃于中学教书时，欲炫其所长，而学生苦矣。）

正本之计，初中阶段，宜多选读熟读平易清浅之文言文。

一年级文白比例，约为文六白四，并练习文白互译，俾作一种过渡。二年级文八白二，三年级则全授文言，先从记叙文入手，由具体的记述，导入抽象的描写，并主张高小或第六年级起即宜分为两组——升学的及不升学的。升学组宜参教清浅之文言文，在拙著《强令读经与禁习文言》一文中，已详言之。此文发表后，虽备受抨击，而与弟同情者亦非少数。既而中大教育学院院长艾险舟君，发表十年来全国国文教学测验之结果；结论与鄙见相符。声明初中宜增加文言教材之分量。因初中三年级文言发表之能力，尚不及小学六年级白话发表之能力，故须及早学习。倘一年级尚专习语体，则学习文言文又迟一年。白话文似可增进，而文言文之读作，更难进步。循是以往，一年不足，增至两年，两年不足，延至三年，势必驱除文言于课程之外，势必养成青年厌弃文言之习惯。上之则先民所遗留之精神遗产，无复留恋，从此只供少数人之展玩。下之则应用方面，白话亦复笨重，不及文言文之为敏捷也。盖弟所主张之文言，非必古文，实已近于白话，谓之净化而能诵读的语体亦无不可。

先生谓初中一年级"完全学通语体文"，完全二字，似亦须有分寸。今报章杂志中所见语体论文乃至宣言，每多层次不清，文法不协，语言不顺者，苟如尊论完全学通，则此辈率尔操觚者，宜将回至初中学通白话，而后为文也。鄙意小学毕业生之文字，只须达到相当的顺适，说一句，是一句，无格格不吐，扭扭捏捏之病，即算甚佳。否则小学之职责，未为完成。

不能以责于中学。（任鸿隽先生前著为全国小学生请命一篇，批评小学国语教科书，有设境不自然，文字不通顺之语。而有"将来国民连话都不会说了"之慨叹。）如中学尚须补习小学之教科，则学年势必延长矣。鄙意初中第一年级，宁可不读英文，未可降低国文标准以就小学之缺陷。国联教育团报告中中等教育章，亦谓外国语时间太多，"绝不愿见英文在中学课程中占如此重要之位置"。鄙人亦有初中分组之主张，惜皆格而不行，缓拟文早畅论之。

二、高中方面　依教部规定国文教学目标有四：

（1）使学生能应用本国语言文字，深切了解固有的文化，以期达到民族振兴之目的。

（2）除继续使学生能自由运用语体文，并养成其用文言文叙事说理表情达意之技能。

（3）培养学生读解古书，欣赏中国文学名著之能力。

（4）培养学生创造新语新文学之能力。

以上"深切了解固有的文化"用"培养创造新语新文学之能力"皆大学文学系之目标，而有所未逮者。期诸中学，实远而不切。对于中学之职能，可谓毫未体会。故就课程标准观之，小学与初中尚能衔接；初中高中间，则裂隙甚大。且一般所谓国学大师之主张，往往自相矛盾；即一而主张语体，废作文言，而一面又注重学术思想之演变，而《庄子·天下篇》、《韩非子·显学》、《荀子·非十二子》等篇，不可不教。其间文学家则注重文学之源流，哲学家则注重学术思想之体系，现行课程标准，乃调和之，欲使学生于两年之间，略窥其全，以作专修国学准备。且皆依演变之次序，自古代至现代，难易倒置，学生程度，愈不能衔接。结果则所学茫无头绪，甚至普通国文，不能通顺。皆此种极端矛盾之思想作祟。夫既废习文言，而又好高骛远。文学源流也，学术思想也，皆大学文学系之观点，中学生基本国文，尚未清楚，则于学术思想与文学，又何能通乎？至今始悟中学生国文程度之不足，大学尚有基本国文之训练，可叹也。

鄙意高中国文课程标准应修正如次：

第一年选授（或节选）纪传之文。关于史事及时事的议论文、抒情文，间选诗词。

第二年关于政治的议论文，关于学术的说理文（阐义理者）论文之文，间选诗词。

第三年照原定标准，第一年以体制为纲，案高中一年级国文对于修辞造句、思想之条理及章法方面，仍须多加讲求，若骤进以各种文章之体制，则所讲自必重各体之渊源及其流变。各类体制，细别甚繁，苟一体未熟，又进一体，樊然杂陈。教师既穷于应付，学者亦茫然无头绪。而于文字之内容及作文之义法，反形忽略矣。至第三年级学生民学既多，方可进授各种体制，且第三年标准原有应用文一项，亦可包括于各种体制之内。若难于学术思想内或附于其末，殊觉不伦。经子中易解之文，自一年级至三年级，按学生程度，编入教材。

弟非国学家，亦非国文教师，自知疏陋，但根据积年办学及阅卷之经验，聊贡愚见，是否有当，尚乞高明正之。

从历史上探讨云南土族的统系 [1]

汪懋祖

　　余前在滇西推进边地教育并研究滇边问题，抗战胜利，重返故乡。有人问及云南边地土族究竟有多少种，因何形成如此的琐散，其生活及性情之大概又如何，特作此篇。

　　按《云南续通志》载有一百二十余种，《南诏野史》列举六十条，又追溯《新唐书·南蛮传》（列传一四七下）所记两爨蛮之支派部落乃至永昌徼外之黑齿、金齿、银齿、等蛮，种落尤伙。《唐书》已有"群蛮种类，多不可记"之叹。但倘寻其源流，约之亦不过四五种。历时愈久，生齿愈繁，地方愈远，部落愈多，此乃自然演进之理。故往往同一族内数度移徙，山谷深阻，风气隔绝，因定居地环境之不同，而生活习惯亦发生殊异。即在同一区域各部落，因女子装束略有不同，或因饮食上有特殊的嗜好，风俗上有略异的色彩，遂加上一种殊名，以资识别者。或有与他族混合而滋生种种新聚落，或因与本支隔远，语音遂变，而其名称亦讹者。且汉人记载，其音多系汉译，往往本系一种名称，而衍成数种者。故必须实地调查，根据人类学、民族学、语言学之研究，庶可明其系统。但此种研究，若过于分析，不免要引起分化民族之嫌，以致有损无益。盖我中华民族，本由多

1.原载于《东方杂志》第43卷，第5号，29～34页。本文转抄时，标点符号稍有更改。

元而化成一元，其混合之方式，或由交互的兵争，或由天灾而移徙，或异时各因不堪其上所施之虐政而流亡；彼来归化，此往逃亡。如秦始皇时筑长城，而民多流亡塞外，唐太宗时远人慕化，四夷种人来归甚多。血统上已难指出一种原始单纯血液之种人，即有留剩之一小部落退居山中，必长久闭关而不与外界相通。如大凉山一带有所谓"独立保保"之类，其族性甚强，且自视甚高。耻与汉人通婚，又常掠人充奴隶，闻有美国兵阑入其地，亦被迫为奴，至今仍在交涉释放。相传澜沧江南之葫芦王地，亦是神秘地带。地理环境之限制，为其主要原因。

中华民族凝结之因素，尤在其文化之力量。其中自以汉族文化为特高，且具有甚大之弹性。一方面能常把握其文化领导权，一方面能吸收四围文化之优点而融化于大文化体系之内。孔子作《春秋》："夷狄进于中国，则中国之。"意即文化较低之别族，能来受我文化之陶镕，无不一视同仁，不分畛域。所以自古代蛮夷戎狄，以至五胡乃至契丹、女真乃至蒙古、满州与我角逐中原，或帝王一方，或入主中华，无不加入大文化之体系之内，而成为今日大中华民族也。

余从历史以研究滇边各部族之类别，贵与一般民族学家之研究不甚相差。明代迤西巡道谢肇淛曾大别为两种：谓黑水以内为爨，黑水以外为僰，此两大族诚为云南土族中最老最大之主干。但其东、南及西南、西北四边上主要之部族，似犹未能为所概括，兹分别条理之：

一、爨系 《新唐书》载：

"两爨蛮自曲州、靖州西南昆川、曲轭、晋宁、喻献、安宁距龙和城，通谓之西爨白蛮，自弥鹿、升麻二川（今马龙）南至步头（今建水）谓之东爨乌蛮。西爨自云本邑人。七世祖晋，南宁太守。中国乱，遂王蛮中。"

"阁罗凤遣昆川城使杨牟利，以兵胁西爨，徙户二十余万于永昌。东爨以言语不通，多散依林谷，得不徙。自曲靖州、石城、升麻、昆川南北，至龙和皆残于兵，日进等（两爨大鬼主崇道之弟）子孙居永昌，乌蛮种复振，徙居西爨故地。"

"乌蛮与南诏世昏姻，其种分七部落。一曰阿芋路，居曲州、靖州故地。二曰阿猛。三曰夔山。四曰暴蛮。五曰卢鹿蛮。六曰磨弥敛。七曰勿邓。土多牛马，无布帛……大部落有大鬼主，百家则置小鬼主。勿邓地方千里，有邛六姓……又有初裹五姓……又有粟蛮……雷蛮……梦蛮散处黎隽戎数州之鄙，皆隶勿邓。勿邓南七十里有两林部落，有十低三姓，阿屯三姓，亏望三姓隶焉。其南有丰琶部落，阿诺二姓隶焉……勿邓、丰琶、两林皆谓之东蛮。"

（以上见《新唐书·南蛮列传》一四七下）

由上文可知爨族之分布最广，纵的方面由曲靖以北，至川康间宁属、雅属，至于邛徕。南至滇南蒙自、开远、建水，以至元江流域。且经阁罗凤移徙二十余万户西去，以实永昌，所以西部种落愈繁。至今黑白夷家外有妙〇〇、海〇〇、乾〇〇、撒弥〇〇、阿者〇〇、鲁屋〇〇、撒完〇〇、阿竭〇〇、葛〇〇、普拉〇〇、大〇〇、小〇〇。此外如窝泥、摩察、苦葱、披沙夷、扯苏等，皆其别支，栗粟亦为乌蛮旁支，以上七部落中，卢鹿一部为倮倮名词所由来，殆为倮人之嫡系，其他各部为旁支。但广义通称倮属。（〇〇代倮倮字）

二、僰系　僰之名称，有狭义、广义之别。

狭义专称白子，即白手国之遗裔，后称民家；但民家已数度与外来诸族大混合。明洪武初，大军入驻滇西，因有军家民家之称。五百年来浸润汉化，而环洱海各大城镇，已与内地无甚差别（见拙著《苍山洱海之间》）。且其种人实多优秀而健硕，所出人才亦不少，乡村妇女多能手艺，知礼貌。但多数尚不通汉语，知识落后，尚停滞于神权时代。

广义的僰是概括澜沧江外一般夷人。故谢肇淛言明"黑水以外"，殆尤以摆夷为主要，因此有人以摆夷与民家同一族，其实不然（见下）。

以上"爨属"与"白子"为云南最古之土著。大概姚州以东多爨家及加入爨系之部众，其西则为"白子"及加入白子系之部众。此外尚有：

三、苗系　苗与诸夏接触最早，自长江中部渐渐移处湘西及贵州，由贵州入滇，散布迤东各县，乃至武定，以花苗、白苗为多。

现在苗胞青年入学校者渐多。石门坎教会学校为苗胞教育努力有年。抗战期间，教育部开设之国立西南师范（在昭通）及榕江师范皆以苗胞作教育之主象。

四、羌系　云南西北部丽江一带之那希（即磨些），其来源及其社会风尚文化，详见拙著《丽江观风》，其濡染汉化，虽不及民家之深，而市镇上层社会已融合一致。乡村上虽不通国语，而其父老领袖向化之心甚切。那希来源有谓自蒙古，有谓自西藏，似皆不合。按《后汉书》及《华阳国志》所载以推求之，则那希族实出于越巂羌，即牦牛羌。羌为古氏族姜姓之别支，与中原接触最早而最久。《商颂》："昔有成汤，自彼氏羌，莫敢不来享，莫敢不来王。"自三代至唐，不断加入于中原族姓之体系，如五胡中之姚氏，即自称出于虞舜之后也。

古宗系吐蕃后裔，居丽江之北，自中甸至德钦等处，多崇喇嘛教文化，语言及其生活习惯与西藏大同小异。至古宗与那希两种人之体格，凭吾等直觉即能辨知其不同。试观其青年男女，尤为显著。古宗人体格魁梧，面庞阔扁而现酱褐色。那希多较矮小而清秀。其外表古宗颇犷悍，那希则多温文。那希呼古宗为蛮子。但古宗亦同出自羌族，其文化上之差异，由于环境之不同，固无论已。至其体格亦发生显著的差异者，我的解说，照以下《后汉书》记载一段：

"忍季父卬畏秦之威，将其种人附落而南出赐支河曲西数千里，与众羌绝远，不复交通。其后子孙分别各自为种，任随所之。或为牦牛种，越巂羌是也。或为白马种，广汉羌是也。或为参狼种武都羌是也。忍及其弟舞独留湟中，并多娶妻妇，忍生九子为九种，舞生十七子为十七种，羌之兴盛从此起矣。"

大概羌人本来半含中原血液，忍季父以后即分两大支：一支向西南移植，是旧支。其独留湟中，多娶妻而繁殖之子孙为新种。新种与西部土族相配合。因此远祖遗传方面发生差异。近自明初经营云南，兵队驻扎丽江，而外省人到丽江者亦渐多，每就地结婚成家，输进新血液，其遗传渊源之差别盖如此。至于贡山之怒子，求江流域之求子，可概为羌人之别支远裔。

五、掸族　西南部分在澜沧江夹谷至萨尔温江以外，为摆夷分布之地。其人习惯暑热，能耐瘴气，所居多为低洼之坝子。因此聚落或傍山或傍水，遂有旱摆夷、水摆夷之分。摆夷文化较高，其青年男女多白皙美秀，女子有少似观音，老似猴子之谚。摆夷为古掸族之后裔，考《后汉书·南蛮传》：

（永元）九年徼外蛮及掸国王雍由调遣重译奉国珍宝，和帝赐金印紫绶，小君长皆加印绶钱帛。永初元年，徼外僬侥种夷陆类等三千余口举种内附，献象牙、水牛、封牛。永宁元年掸国王雍由调复遣使者诣阙朝贺献乐及幻人能变化、吐火、自支解、易牛马头，又善跳丸数乃至千，自言我海西人，海西即大秦也，掸国西南通大秦。明年元会安帝作乐于庭，封雍由调为汉大都尉，赐金银、印绶、彩缯各有差也。

掸国通海道，固已甚明。大概自下缅甸以至暹罗之西南，肯掸人播殖之范围。故至今摆夷语与暹罗语相通。其人一面向东蕃殖于腾龙及思茅沿边。一而经安南，入广西为侬家，为龙人。迨侬智高叛乱失败，逃入大理，其徒众亦散入贵州及云南东部，称仲家，又有种家，皆属一系。

暹罗改称"泰"国，当系牵附"掸"字音。殊不知其祖先早已归化中朝，接受荣封。有人以摆夷民家同称僰为同族，有以摆夷为南诏之遗族，其实非也。前见某报载有《逻罗与南诏》一篇论文，大意谓："该族人曾创建两国：一为过去之南诏，一即现在之暹罗云云。"而日本人煽动逻罗"打回老家"即是根据此种论说，不可不辨。南诏王族为乌蛮别种，与其所统治之白子当非一系。至于摆夷之称"摆"乃由其土俗歌舞摆动之姿态而得名，非"僰"字或"白子"字之音转。惟南诏强时，兵力控制缅甸，曾移边民三千到拓东，而南诏兵民流驻其地者当亦颇多。再则滇西自祥云以西，一遇天灾饥荒，每向腾越以外移徙。俗称"穷走夷方"，由来已久矣。即桂王入缅，随从官兵亦有数千人，流落于木邦等处，称为"桂家"（亦作贵家）。所以他属被掸人同化，亦非无有，而谓其与南诏或民家同族，似无可征。

掸人以东，当澜沧流域南部，有蒲蛮，又称蒲僰，亦非与掸人同系，有人以为澜沧流域各部为古之"百濮"。即《牧誓》庸蜀羌髳微卢彭濮人中之"彭濮"，曾参加周武王时之王会。但以地理考之，从澜沧夹谷南端赶到孟津大会，实未可能。如其有此事实，则西南夷道，早已可通，何必待至汉武帝时，唐蒙、司马相如等而始发现可以通道耶？

案《左传·文公十六年》：

"庸人帅群蛮以叛楚，麇人率百濮聚于选，将伐楚。楚人谋徙于阪高。蔿贾曰：'不可我能往，寇亦能往，不如伐庸。夫麇与百濮谓我饥不能师，故伐我也。若我出师，必惧而归。百濮离居，将各走其邑，谁暇谋人。'乃出师，旬又五日，百濮乃罢。"［注］庸，今郧阳府竹山县。

又文公十一年春，楚子伐麇。成大心败麇师于防渚。潘崇复伐麇，至于锡穴。防渚及锡穴均郧阳府治。据《春秋左传杜注补辑》增注。或说：湖广、常德、辰州府境即古百濮地。

由此可证《牧誓》上之庸与濮，即在楚国境内，皆在郧西左近。庸与麋具有国家的组织，而百濮则系群星聚落，故由麋人统率，与庸联合攻楚。苟非与楚相近，则楚师一出，又何能"各走其邑"也耶？然则古之百濮与滇西南之蒲蛮渺不相关，亦已明甚。然则蒲蛮究属何系，曰原出哀牢夷而为东爨、白蛮所混化。据《后汉书》载：哀牢夷者……乃分置小王，往往邑居散在溪谷、绝域荒外，山川阻深，生人以来未尝交通中国……永平十二年，哀牢王柳貌遣子率种人内属，其称邑王者七十七人，户五万一千八百九十，口五十五万三千七百一十一。西南去洛阳七千里，显宗以其地置哀牢博南二县，割益州群西南都尉所领六县，合为永昌郡，始通博南山，渡兰仓水，行者苦之，歌曰：汉德广，开不宾，度博南，越兰津，度兰仓，为它人。(《后汉书列传》第七十六西南夷)

《明史云南土司传》："顺宁府本蒲蛮地，宋以前不通中国。"《新唐书》有扑子蛮，并未提大濮人，可见蒲蛮并非《牧誓》之"彭濮"，前古未尝通中国也。

又考南诏阁罗凤以兵胁西爨、白蛮三千万，移之永昌。由是白蛮蕃衍与该区哀牢土人混合，其部人即混称蒲蛮，是则蒲蛮之称由白蛮汉译之转音，非"濮"字之音转。

卡瓦亦蒲蛮别种，集中于葫芦王地澜沧县境内，西有沧源设治局。有班洪银矿，其地土著聚落中有杀人祭谷之举。西教士永怀礼父子在该区传教多年，颇着成绩，势力极大。

闻凌纯声氏言永怀礼在糯佛地方传教，设立礼拜堂学校，编成《罗马标音土语读本》以教土民。男女兼收，毕业后配成夫妇，令回原村组织小学。除薪俸外，并拨给田地一方，由村民代种，归教员收入。土人习俗改革不少，种烟改种棉花，迷信亦多销除。土民对永氏极其崇拜。又闻永怀礼初到该地，冒险深入，被土人捉住，几充作祭谷之牺牲，后用金钱货品运动，得以释出。出后仍在该地外围学习卡瓦语，一年后学习纯熟，并谙悉土俗习，知土人之需要；再入传教，能说一口流利的土语，土人遂信仰如神。

六、百越系　云南东南部与广西及越南接壤，其土民除原有俅族分布各县外，多由广西及越南移入。如交人、土獠、侬人、沙人、喇嘿徭人、普盆等等，名目亦殊繁多。惟其中侬人、沙人均与掸人同系，徭人为苗之别支，亦自称系槃瓠之后，想最初自湖南西移，即分为两支，大部分入黔，而一小部分入广西。

越南人原出自骆越，上古即通中国。越史首称少昊金天氏，其为我宗支之一，决无可疑。迨秦汉开郡，交广并称。后汉马援征交趾，任延、锡光分守九真、交趾：教其耕稼，制为冠履，指导婚姻，设立学校，教以礼义。于是越南文化大启，举种慕化内属。逮及明初永乐时，改设布政司。府厅州县，一同内地。治理二十年，仍还与自治，其时贵州尚未建省也。越南与中国关系之亲如是。余于二十六年岁尾出镇南关，于河内，见越南婚丧及年节风俗，乃至寺庙香火陈设，均与中国相仿。又目击法国驻兵之行为，不觉流涕赋诗一首："溶溶一水暖流长，残腊清郊正布秧。上国风华非渺远，五洲铁血数兴亡。槟榔嚼赤遗民泪，鴂舌啼寒南海霜。我亦有家归未得，况堪遥夜和吟商。"

凌纯声氏说明云南土族之分布与地势垂直高度之关系。云南地兼温带及亚寒、亚熟三带之气候，自澜沧及怒江流域南部至其北端，地高自拔海七八百公尺到三千余公尺，动植物亦各有其特产。人类定居于高度不同之地，因适应自然的背景，形成不同的生活习惯。故同一族类之移动，在横的平面移动易，在纵的方面移动难。前见《云南日报》刊行之《云南边疆问题研究》一书中，记述山头人（卡庆）的话说："老祖生三子。长为山头人，最能吃苦，故派其居住高山；次为摆夷，亦能耐苦，派其居住炎热的瘴地；三子为汉人，身体最弱，派其居住高燥的平坝。"颇有意味。

抗战以后建设边疆，推广边疆教育及增进边胞福利之呼声，时有所闻。欲推进边地教育，必须与改善边政同时并进。一、须废除土司制度；二、须选择贤良热心的地方官吏；三、须有洞悉边情、热心服务的干部。但人力往往为自然所限制，如交通不便，即有热心之士，埋头苦干，而因耗人力太多，收效不过点滴。若交通一便，则风气自开。边疆富源，因以开关，而教育亦易于发展。今单就教育论之，则热心边教之青年甚少甚少，且往往原系生长边地，一旦出而就学，毕业后多不愿回乡服务，一若脱离关系者然。此因其所受教育，概为都市式之教育，余已数数指陈其弊。余前在大理创边学，标揭三义：

一、学校不但收教边人子弟，且须推广教育于边地民众。

二、教师不但教育学生，且须自加训练，同心合力，期成为边疆服务之志愿团。政府如求人才，随时可以效力。

三、学校设施不但须具边疆地方之特色，及体合边民生活需要，尤须作为边疆问题研究之中心。

余在滇西五年，招到各部族青年人数虽不甚多；但各族皆有区域分布颇广，已竭尽筹措。所堪自慰者，则中华民族团结之观念，已发生小小效力。至于教育的方案与其细节，见著者《抗战期间在滇西推进边疆教育追记》（《教育通讯》复刊第二卷第四期）。今须重言申明者：边疆服务人员亟须特别训练，其人必须具备下列条件：（1）强健的体格；（2）宗教的精神；（3）政治的识略；（4）教育家的修养及施教的技术；（5）科学的头脑及随事研究的兴趣。至于学习方言，尤为敲开门户之初步，无庸再述。抑更有言者：传教士之精神，吾人极端崇佩，对之极端惭愧。惟传教士之事业，有教会团体的鼓励，有其国内社会的称崇，甚至王家及政府的奖助。有经济的后援，有外交的保障，故能安心工作。吾国边疆教育，于抗战期间，已发生萌芽，固自可喜。但愿勿以某地某处已有学校，有人肯去办理，为已足。次则，勿再以内地学校的成规，移用于边地。至如何取得边胞的信仰，发生实效而避免发生反作用，则又从事边疆工作者所应战战兢兢者。余自惭病且老矣。请以在大理时，所拟学校礼堂楹联作结：

主义崇三民，万年建极。
光风被四表，九边来同。

丁宁训戒皆足垂范百世

汪懋祖从小读书聪明，13虚岁考中秀才（最后一期科举考试）。说起来好笑，当时考场的门槛很高，而他实足仅11岁，个子长得又小，两腿够不到，只能先坐到门槛上再跨进去……县考官不相信这么小的孩子能考得如此之好，唤来"面试"，果真是不错，中了秀才。

汪懋祖早年留美，回国后便怀着"教育救国"的理想，于1927年回家乡创办苏州中学，并立志把苏中办成一所"实验中学"，探索"现代中等教育"实践的新模式，对当代教育的发展，做出指导性、方向性的示范。

在教育实践中，汪懋祖坚持中西结合的方针。他根据中国国情，借鉴外国经验，对教学方法、教材选编、课程设置、师资素质、管理制度等，进行了系列、全面的改革和创新，力求使学生既可学到中国的传统文化，又能掌握先进的科技知识，德、智、体全面发展，并具有独立思考、勇于创新、改变生活、服务社会的才能。

他主张教育应源于生活而改造生活，并对教材、德育、学生身心发展规律等方面加以研究，著有《美国教育彻览》、《教育学》等。汪懋祖发展了恩师杜威的"教育生长说"，并创造性地提出了"教育化成说"。杜威认为教育的目的在于使人能得到更好的教育，让教育有连续性。他认为人生活动的归向是"最高的善"，此"最高的善"为众善之所由出，亦即为众善之所归。人生在不断冲突的情景中奋斗创造，为的是企图发展此理想的至善。所谓善，即是社会生活美满的境地。而汪懋祖在此基础上则提出：教育就是生活。不仅是要学生能应对现实环境，而且要发展自己的理想。其理想"不但生长于现实社会活动之中，且孕育陶镕于一种社会理想之中，而逐步化成"。所以，"一方面要尊重儿童自发的活动，是谓'率性'，一方面要将其自发的活动陶镕于此理想体系之中，是谓'修道'"。这些思想是汪懋祖长期学习、思考、研究和实践的结晶，它们对于21世纪的语文教育有启迪意义，对文化的繁荣和发展也有促进作用。

20世纪30年代中期，一些提倡白话文的急先锋要全盘否定古文，提出禁习文言的主张。汪懋祖积极维护文言，引发了一场规模较大的有关文言文教育的争论，相继发表了《禁习文言与强令读经》、《中小学文言文运动》、《关于小学国语教材疑问之进一步的探讨》等论文，它们基本反映了汪懋祖有关文言文教育的思想。他认为，古文传播了中国几千年的优秀文化，怎能被全盘废除？今天看来其打笔仗时的用语虽不免有些偏激，但其拳拳之心真真可鉴！他指导自己的子女学习文言时，要"取其精华，去其糟粕"，在写作白话文时，若要获得公众的好评，收到更好的表达效果，应注意选用高雅、简洁的语言，避免冗长、无味的文句。所以，他认为白话文易写、易读，最大的优点是可以使更多人看得懂，喜欢接受，但是要写出一篇白话文的好文章，必须有文言文的基础。翻开当今中学的语文课本，其中文言文所占比例和篇章选取，很多都与八十年前汪懋祖的观点不谋而合。由此也可见其这一教育观点的前瞻性。

汪懋祖为人谦逊，克己奉公。为师教导谆谆，以德服人。他为"教育救国"而走南闯北，治学办校。抗战期间，创办大理师范，策划办丽江师校，历尽艰辛。从事教育事业34年，长期超负荷地工作，积劳成疾。鞠躬尽瘁，死而后已。在弥留之际，还叮嘱要"救中国文化！努力教育！人格教育！"闻此遗言，作为一名教育工作者，我不禁为之动容，唏嘘不已，潸然而泪下。汪懋祖的爱国精神、精诚敬业的崇高品德，是我们后人最为珍贵的精神财富。

（瞿璐）

叶圣陶

简介

叶圣陶（1894—1988），原名绍钧，字圣陶，江苏苏州人。振华女中国文教师。现代作家、教育家、编辑家。幼年在私塾接受封建传统的文化教育。1907年进入苏州公立第一中学堂，中学毕业后开始了10年乡镇小学教师的生活，广泛接触社会底层的知识分子、小市民和劳动人民。1919年，在五四新文化运动的影响下，加入北京大学学生组织的"新潮社"，开始发表小说、新诗、文学评论和话剧剧本。1921年与周作人等人发起成立以"为人生"为宗旨的"文学研究会"。1923年任商务印书馆编辑。1930年任开明书店编辑。1949年任华北人民政府教科书编审委员会主任。建国后，担任过出版总署副署长、人民教育出版社社长、教育部副部长。他还是第六届全国政协副主席、第五届全国人大常委委员、第五届全国政协常委委员、民进中央主席。

叶圣陶创作极为丰富。主要作品有短篇小说集《隔膜》，童话集《稻草人》，长篇小说《倪焕之》等。他还创作了大量的散文作品和针砭人情事态的杂文，有《没有秋虫的地方》、《藕与莼菜》、《五月卅一日急雨中》等名篇。

藕与莼菜[1]

叶圣陶

同朋友喝酒，嚼着薄片的雪藕，忽然怀念起故乡来了。若在故乡，每当新秋的早晨，门前经过许多乡人：男的紫赤的臂膊和小腿肌肉突起，躯

1.选自《叶圣陶散文》，浙江文艺出版社2000年第1版。

干高大且挺直，使人起健康的感觉；女的往往裹着白地青花的头巾，虽然赤脚，却穿短短的夏布裙，躯干固然不及男的这样高，但是别有一种健康的美的风致；他们各挑着一副担子，盛着鲜嫩玉色的长节的藕。在产藕的池塘里，在城外曲曲弯弯的小河边，他们把这些藕一再洗濯，所以这样洁白。仿佛他们以为这是供人品味的珍品，这是清晨的画境里的重要题材，倘若涂满污泥，就把人家欣赏的浑凝之感打破了；这是一件罪过的事，他们不愿意担在身上，故而先把它们洗濯得这样洁白，才挑进城里来。他们要稍稍休息的时候，就把竹扁担横在地上，自己坐在上面，随便拣择担里过嫩的藕枪或是较老的藕朴大口地嚼着解渴。过路的人就站住了，红衣衫的小姑娘拣一节，白头发的老公公买两支。清淡的甘美的滋味于是普遍于家家户户了。这种情形差不多是平常的日课，直到叶落秋深的时候。

在这里上海，藕这东西几乎是珍品了。大概也是从我们的故乡运来的。但是数量不多，自有那些伺候豪华公子硕腹巨贾的帮闲茶房们把大部分抢去了；其余的便要供在较大一点的水果铺里，位置在金山苹果吕宋香芒之间，专待善价而沽。至于挑着担子在街上叫卖的，也并不是没有，但不是瘦得像乞丐的臂和腿，便涩得像未熟的柿子，实在无从欣羡。因此，除了仅有的一回，我们今年竟不曾吃过藕。

这仅有的一回不是买来吃的，是邻居送给我们吃的。他们也不是自己买的，是从故乡来的亲戚带来的。这藕离开它的家乡大约有好些时候了，所以不复呈玉样的颜色，却满被着许多锈斑。削去皮的时候，刀锋过处，很不书爽利。切成片送入口里嚼着，有些儿甘味，但是没有一种鲜嫩的感觉，而且似乎含了满口的渣，第二片就不想吃了。只有孩子很高兴，他把这许多片嚼完，居然有半点钟工夫不再作别的要求。

想起了藕就联想到莼菜。在故乡的春天，几乎天天吃莼菜。莼菜本身没有味道，味道全在于好的汤。但这样嫩绿的颜色与丰富的诗意，无味之味真足令人心醉。在每条街旁的小河里，石埠头总歇着一两条没篷的船，满舱盛着莼菜，是从太湖里捞来的。当然能得日餐一碗了。

而在这里上海又不然，非上馆子就难以吃到这东西。我们当然不上馆子，偶然有一两回去叨扰朋友的酒席，恰又不是莼菜上市的时候，所以今年竟不曾吃过。直到最近，伯祥的杭州亲戚来了，送他几瓶装瓶的西湖莼菜，他送给我一瓶，我才算也尝了新了。

　　向来不恋故乡的我，想到这里，觉得故乡可爱极了。我自己也不明白，为什么会起这么深浓的情绪？再一思索，实在很浅显的：因为在故乡有所恋，而所恋又只在故乡有，就萦系着不能割舍了。譬如亲密的家人在那里，知心的朋友在那里，怎得不恋恋？怎得不怀念？但是仅仅为了爱故乡么？不是的，不过在故乡的几个人把我们牵着罢了。若无所牵系，更何所恋念？像我现在，偶然被藕与莼菜所牵系，所以就怀念起故乡来了。

　　所恋在哪里，哪里就是我们的故乡了。

1923 年 9 月 7 日

五月卅一日急雨中 [1]

叶圣陶

从车上跨下，急雨如恶魔的乱箭，立刻打湿了我的长衫。满腔的愤怒，头颅似乎戴着紧紧的铁箍。我走，我奋疾地走。

路人少极了，店铺里仿佛也很少见人影。哪里去了！哪里去了！怕听昨天那样的排枪声，怕吃昨天那样的急射弹，所以如小鼠如蜗牛般蜷伏在家里，躲藏在柜台底下么？这有什么用！你蜷伏，你躲藏，枪声会来找你的耳朵，子弹会来找你的肉体：你看有什么用？

猛兽似的张着巨眼的汽车冲驰而过，泥水溅污我的衣服，也溅及我的项颈。我满腔的愤怒。

一口气赶到"老闸捕房"门前，我想参拜我们的伙伴的血迹，我想用舌头舔尽所有的血迹，咽入肚里。但是，没有了，一点儿也没有了！已经给仇人的水龙头冲得光光，已经给烂了心肠的人们踩得光光，更给恶魔的乱箭似的急雨洗得光光！

不要紧，我想。血曾经淌在这块地方，总有渗入这块土里的吧。那就行了。这块土是血的土，血是我们的伙伴的血。还不够是一课严重的功课么？血灌溉着，滋润着，将会看到血的花开在这里，血的果结在这里。

1.选自《叶圣陶散文》，浙江文艺出版社 2000 年第 1 版。

我注视这块土，全神地注视着，其余什么都不见了，仿佛自己整个儿躯体已经融化在里头。

抬起眼睛，那边站着两个巡捕：手枪在他们的腰间；泛红的脸上的肉，深深的颊纹刻在嘴的周围，黄色的睫毛下闪着绿光，似乎在那里狞笑。

手枪，是你么？似乎在那里狞笑，是你么？

"是的，是的，就是我，你便怎样！"——我仿佛看见无量数的手枪在点头，仿佛听见无量数的张开的大口在那里狞笑。

我舔着嘴唇咽下去，把看见的听见的一齐咽下去，如同咽一块粗糙的石头，一块烧红的铁。我满腔的愤怒。

雨越来越急，风把我的身体卷住，全身湿透了，伞全然不中用。我回转身走刚才来的路，路上有人了。三四个、六七个，显然可见是青布大褂的队伍，中间也有穿洋服的，也有穿各色衫子的短发的女子。他们有的张着伞，大部分却直任狂雨乱泼。

他们的脸使我感到惊异。我从来没有见到过这么严肃的脸，有如昆仑之耸峙；我从来没有见到过这么郁怒的脸，有如雷电之将作。青年的清秀的颜色隐退了，换上了北地壮士的苍劲。他们的眼睛将要冒出焚烧一切的火焰，抿紧的嘴唇里藏着咬得死敌人的牙齿……

佩弦的诗道，"笑将不复在我们唇上！"用来歌咏这许多张脸正合适。他们不复笑，永远不复笑！他们有的是严肃与郁怒，永远是严肃的郁怒的脸。

青布大褂的队伍纷纷投入各家店铺，我也跟着一队跨进一家，记得是布匹庄。我听见他们开口了，差不多掏出整个的心，涌起满腔的血，真挚地热烈地讲着。他们讲到民族的命运，他们讲到群众的力量，他们讲到反抗的必要；他们不惮郑重叮咛的是"咱们是一伙儿！"我感动，我心酸，酸得痛快。

店伙的脸也比较严肃了；他们没有话说，暗暗点头。

我跨出布匹庄。"中国人不会齐心呀！如果齐心，吓，怕什么！"听到这句带有尖刺的话，我回头去看。

是一个三十左右的男子，粗布的短衫露着胸，苍黯的肤色标记他是在露天出卖劳力的。他的眼睛放射出英雄的光。

不错呀，我想。露胸的朋友，你喊出这样简要精练的话来，你伟大！你刚强！你是具有解放的优先权者！——我虔敬地向他点头。

但是，恍惚有蓝袍玄褂小髭须的影子在我眼前晃过，玩世的微笑，又仿佛鼻子里轻轻的一声"嗤"。接着又晃过一个袖手的，漂亮的嘴脸，漂亮的衣着，在那里低吟，依稀是"可怜无补费精神！"袖手的幻化了，抖抖地，显出一个瘠瘦的中年人，如鼠的觳觫的眼睛，如兔的颤动的嘴唇，含在喉际，欲吐又不敢吐的是一声"怕……"

我如受奇耻大辱，看见这种种的魔影，我愤怒地张大眼睛。什么魔影都没有了，只见满街恶魔的乱箭似的急雨。

微笑的魔影，漂亮的魔影，惶恐的魔影，我诅咒你们！你们灭绝！你们消亡！永远不存一丝儿痕迹于这块土地上！

有淌在路上的血，有严肃的郁怒的脸，有露胸朋友那样的意思，"咱们一伙儿"，有救，一定有救，——岂但有救而已。

我满腔的愤怒。再有露胸朋友那样的话在路上吧？我向前走去。

依然是满街恶魔的乱箭似的急雨。

1925 年 5 月 31 日

两法师 [1]

叶圣陶

　　在到功德林去会见弘一法师的路上，怀着似乎从来不曾有过的洁净的心情；也可以说带着渴望，不过与希冀看一出著名的电影剧等的渴望并不一样。

　　弘一法师就是李叔同先生，我最初知道他在民国初年；那时上海有一种《太平洋报》，其艺术副刊由李先生主编，我对于副刊所载他的书画篆刻都中意。以后数年，听人说李先生已经出了家，在西湖某寺。游西湖时，在西冷印社石壁上见到李先生的"印藏"。去年子恺先生刊印《子恺漫画》，丏尊先生给它作序文，说起李先生的生活，我才知道得详明些；就从这时起，知道李先生现在称弘一了。

　　于是不免向子恺先生询问关于弘一法师的种种。承他详细见告。十分感兴趣之余，自然来了见一见的愿望，就向子恺先生说了。"好的，待有机缘，我同你去见他。"子恺先生的声调永远是这样朴素而真挚的。以后遇见子恺先生，他常常告诉我弘一法师的近况：记得有一次给我看弘一法师的来信，中间有"叶居士"云云，我看了很觉惭愧，虽然"居士"不是什么特别的尊称。

---

1. 选自《叶圣陶散文》，浙江文艺出版社 2000 年第 1 版。

前此一星期，饭后去上工，劈面来三辆人力车。最先是个和尚，我并不措意。第二是子恺先生，他惊喜似的向我颠头。我也颠头，心里就闪电般想起"后面一定是他"。人力车夫跑得很快，第三辆一霎经过时，我见坐着的果然是个和尚，清癯的脸，颔下有稀疏的长髯。我的感情有点激动，"他来了！"这样想着，屡屡回头望那越去越远的车篷的后影。

第二天，就接到子恺先生的信，约我星期日到功德林去会见。

是深深尝了世间味，探了艺术之宫的，却回过来过那种通常以为枯寂的持律念佛的生活，他的态度该是怎样，他的言论该是怎样，实在难以悬揣。因此，在带着渴望的似乎从来不曾有过的洁净的心情里，还搀着些惝恍的成分。

走上功德林的扶梯，被侍者导引进那房间时，近十位先到的恬静地起立相迎。靠窗的左角，正是光线最明亮的地方，站着那位弘一法师，带笑的容颜，细小的眼眸子放出晶莹的光。丏尊先生给我介绍之后，叫我坐在弘一法师的侧边。弘一法师坐下来之后，就悠然数着手里的念珠。我想一颗念珠一声"阿弥陀佛"吧。本来没有什么话要向他谈，见这样更沉入近乎催眠状态的凝思，言语是全不需要了。可怪的是在座一些人，或是他的旧友，或是他的学生，在这难得的会晤时，似乎该有好些抒情的话与他谈，然而不然，大家也只默然不多开口。未必因僧俗殊途，尘净异致，而有所矜持吧。或许他们以为这样默对一二小时，已胜于十年的晤谈了。

晴秋的午前的时光在恬然的静默中经过，觉得有难言的美。

随后又来了几位客，向弘一法师问几时来的，到什么地方去那些话。他的回答总是一句短语；可是殷勤极了，有如倾诉整个心愿。

因为弘一法师是过午不食的，十一点钟就开始聚餐。我看他那曾经挥洒书画弹奏钢琴的手郑重地夹起一荚豇豆来，欢喜满足地送入口中去咀嚼的那种神情，真惭愧自己平时的乱吞胡咽。

"这碟子是酱油吧？"

以为他要酱油，某君想把酱油碟子移到他前面。

"不，是这个日本的居士要。"

果然，这位日本人道谢了，弘一法师于无形中体会到他的愿欲。

石岑先生爱谈人生问题，著有《人生哲学》，席间他请弘一法师谈些关于人生的意见。

"惭愧,"弘一法师虔敬地回答,"没有研究,不能说什么。"

以学佛的人对于人生问题没有研究,依通常的见解,至少是一句笑话,那么,他有研究而不肯说么?只看他那殷勤真挚的神情,见得这样想时就是罪过,他的确没有研究。研究云者,自己站在这东西的外面,而去爬剔、分析、检察这东西的意思。像弘一法师,他一心持律,一心念佛,再没有站到外面去的余裕。哪里能有研究呢?

我想,问他像他这样的生活,觉得达到了怎样一种境界,或者比较落实一点儿。然而健康的人不自觉健康,哀乐的当时也不能描状哀乐;境界又岂是说得出的。我就把这意思遣开;从侧面看弘一法师的长髯以及眼边细密的皱纹,出神久之。

饭后,他说约定了去见印光法师,谁愿意去可同去。印光法师这个名字知道得很久了,并且见过他的文抄,是现代净土宗的大师,自然也想见一见。同去者计七八人。

决定不坐人力车,弘一法师拔脚就走,我开始惊异他步履的轻捷。他的脚是赤着的,穿一双布缕缠成的行脚鞋。这是独特健康的象征啊,同行的一群人哪里有第二双这样的脚。

惭愧,我这年轻人常常落在他背后。我在他背后这样想:

他的行止笑语,真所谓纯任自然,使人永不能忘,然而在这背后却是极严谨的戒律。丐尊先生告诉我,他曾经叹息中国的律宗有待振起,可见他是持律极严的。他念佛,他过午不食,都为的持律。但持律而到达非由"外铄"的程度,人就只觉得他一切纯任自然了。

似乎他的心非常之安,躁忿全消,到处自得;似乎他以为这世间十分平和,十分宁静,自己处身其间,甚而至于会把它淡忘。这因为他把所谓万象万事划开了一部分,而生活在留着的一部分内之故。这也是一种生活法,宗教家大概采用这种生活法。

他与我们差不多处在不同的两个世界。就如我,没有他的宗教的感情与信念,要过他那样的生活是不可能的,然而我自以为有点儿了解他,而且真诚地敬服他那种纯任自然的风度。哪一种生活法好呢?这是愚笨的无意义的问题。只有自己的生活法好,别的都不行,夸妄的人却常常这么想。

友人某君曾说他不曾遇见一个人他愿意把自己的生活与这个人对调的，这是踌躇满志的话。人本来应当如此，否则浮漂浪荡，岂不像没舵之舟。然而某君又说尤其要紧的是同时得承认别人也未必愿意与我对调。这就与夸妄的人不同了；有这么一承认，非但不菲薄别人，并且致相当的尊敬，彼此因观感而潜移默化的事是有的。虽说各有其生活法，究竟不是不可破的坚壁；所谓圣贤者转移了什么什么人就是这么一回事。但是板着面孔专事菲薄别人的人决不能转移了谁。

到新闸太平寺，有人家借这里办丧事，乐工以为吊客来了，预备吹打起来，及见我们中间有一个和尚，而且问起的也是和尚，才知道误会，说道，"他们都是佛教里的。"

寺役去通报时，弘一法师从包袱里取出一件大袖僧衣来（他平时穿的，袖子与我们的长衫袖子一样），恭而敬之地穿上身，眉宇间异样地静穆。我是欢喜四处看望的，见寺役走进去的沿街的那个房间里，有个躯体硕大的和尚刚洗了脸，背部略微佝着，我想这一定就是了。果然，弘一法师头一个跨进去时，就对这位和尚屈膝拜伏，动作严谨且安详，我心里肃然，有些人以为弘一法师该是和尚里的浪漫派，看见这样可知完全不对。

印光法师的皮肤呈褐色，肌理颇粗，一望而知是北方人；头顶几乎全秃，发光亮；脑额很阔；浓眉底下一双眼睛这时虽不戴眼镜，却用戴了眼镜从眼镜上方射出眼光来的样子看人，嘴唇略微皱瘪，大概六十左右了，弘一法师与印光法师并肩而坐，正是绝好的对比，一个是水样的秀美、飘逸，一个是山样的浑朴、凝重。

弘一法师合掌恳请了，"几位居士都欢喜佛法，有曾经看了禅宗的语录的，今来见法师，请有所开示，慈悲，慈悲。"

对于这"慈悲，慈悲"，感到深长的趣味。

"嗯，看了语录。看了什么语录？"印光法师的声音带有神秘味，我想这话里或者就藏着机锋吧。没有人答应。弘一法师就指石岑先生，说这位先生看了语录的。

石岑先生因说也不专看哪几种语录，只曾从某先生研究过法相宗的义理。

这就开了印光法师的话源。他说学佛须要得实益，徒然嘴里说说，作几篇文字，没有道理；他说人眼前最紧要的事情是了生死，生死不了，非常危险；他说某先生只说自己才对，别人念佛就是迷信，真不应该。他说来声色有点儿严厉，间以呵喝。我想这触动他旧有的忿忿了。虽然不很清楚佛家的"我执""法执"的涵蕴是怎样，恐怕这样就有点儿近似。这使我未能满意。

弘一法师再作第二次恳请，希望于儒说佛法会通之点给我们开示。

印光法师说二者本一致，无非教人父慈子孝兄友弟恭等等。不过儒家说这是人的天职，人若不守天职就没有办法。佛家用因果来说，那就深奥得多。行善就有福，行恶就吃苦。人谁愿意吃苦呢？——他的话语很多，有零星的插话，有应验的故事，从其间可以窥见他的信仰与欢喜。他显然以传道者自任，故遇有机缘不惮尽力宣传；宣传家必有所执持又有所排抵，他自也不免。弘一法师可不同，他似乎春原上一株小树，毫不愧怍地欣欣向荣，却没有凌驾旁的卉木而上之的气概。

在佛徒中，这位老人的地位崇高极了，从他的文抄里，见有许多的信徒恳求他的指示，仿佛他就是往生净土的导引者。这想来由于他有根深的造诣，不过我们不清楚，但或者还有别一个原因。一般信徒觉得那个"佛"太渺远了，虽然一心皈依，总不免感到空虚；而印光法师却是眼睛看得见的，认他就是现世的"佛"，虔敬崇奉，亲接謦欬，这才觉得着实，满足了信仰的欲望。故可以说，印光法师乃是一般信徒用意想来装塑成功的偶像。

弘一法师第三次"慈悲，慈悲"地恳求时，是说这里有讲经义的书，可让居士们"请"几部回去。这个"请"字又有特别的味道。

房间的右角里，装订作坊似的，线装、平装的书堆着不少：不禁想起外间纷纷飞散的那些宣传品。由另一位和尚分派，我分到黄智海演述的《阿弥陀经白话解释》、大圆居士说的《般若波罗蜜多心经口义》、李荣祥编的《印光法师嘉言录》三种。中间《阿弥陀经白话解释》最好，详明之至。

于是弘一法师又屈膝拜伏，辞别。印光法师颠着头，从不大敏捷的动作上显露他的老态。待我们都辞别了走出房间，弘一法师伸两手，郑重而轻捷地把两扇门拉上了。随即脱下那件大袖的僧衣，就人家停放在寺门内的包车上，方正平帖地把它折好包起来。

弘一法师就要回到江湾子恺先生的家里，石岑先生予同先生和我就向他告别。这位带有通常所谓仙气的和尚，将使我永远怀念了。

我们三个在电车站等车，滑稽地使用着"读后感"三个字，互诉对于这两位法师的感念。就是这一点，已足证我们不能为宗教家了，我想。

1927 年 10 月 8 日

"为人生"著文章

　　叶圣陶作为散文家，早期和周作人、朱自清共同成为文学研究会散文创作的中坚，后来又成为开明派散文的代表，其散文被1935年出版的《中国新文学大系》选录的篇数仅次于周作人、鲁迅和朱自清。郁达夫在《中国新文学大系·散文二集》导言中给予叶圣陶散文这样的综合评价："叶绍钧风格严谨，思想每把握得住现实，所以他所写的，不论是小说，还是散文，都令人有脚踏实地，造次不苟的感触。所作的散文虽则不多，而他所特有的风致，却早在短短的几篇文学里具备了。"叶圣陶的散文作品虽然不多，但是内容丰富、构思精巧、文笔精致、内蕴深厚、风格恬淡，充分显示了叶圣陶深厚的文学功底及丰富的人生阅历，非常值得一读。

　　他的散文，有借景抒情、托物言志的，像《没有秋虫的地方》、《藕与莼菜》、《牵牛花》等；有针砭人情事态的，如《五月卅一日急雨中》等；有叙事记人的，如《与佩弦》、《两法师》等。这些作品不论是状物抒情、叙事记人，议事说理，一般都有着较为厚实的社会人生内容和脚踏实地的精神，实践着文学研究会"为人生"的创作宗旨。

　　早期散文如《没有秋虫的地方》、《藕与莼菜》等，着笔于眼前的景与事，想念"鄙野的乡间"秋虫的鸣声，想念故乡苏州的藕与莼菜，读罢是闲情逸致，回味是哲理人生，再沉默时还能体会到五四落潮时期一部分知识分子苦闷而又有所追求的心境。叶圣陶的散文没有仅仅抒写闲情逸致的。《五月卅一日急雨中》是一篇杂文。在文中，作者带着"满腔的愤怒"，冒着"恶魔的乱箭似的急雨"，以历史见证人的身份，写下了自己在赶往"老闸捕房"途中的所见所闻、所思所感。表现了他对制造惨案的帝国主义的强烈仇恨，对冒雨进行爱国宣传的青年和满怀胜利信心的劳动者的热情歌颂，以及对胆小自私者的鄙视。这篇文章体现了他一贯的文学作品应该被用来唤醒青年对社会的关心与敏感的作家责任。《两法师》一文中，作者娓娓道来，用善描摹的笔将两位法师的外貌、神情、形态活现文中，通过细节描写和适时的抒情、议论，将眼中看到和心中感受到的两位法师的渊博学问、高深境界表现得淋漓尽致，人物形象跃然纸上，一个飘逸，一个凝重，可叹叶圣陶的大家手笔。同时，对法师的敬仰，对人生况味的体悟也贯穿文章。直面现实，关注人生，努力于社会的观察、思考与发现中探索人生的意义，于体验感悟中揭示生命存在的价值，这就是叶圣陶散文的写实与"为人生"。

叶圣陶有"优秀的语言艺术家"之称。叶圣陶做了多年的教师，长期从事编辑工作，再加上他深厚的古典文学修养和严肃踏实的写作态度，他的语言简练而感人，在散文创作上显出平朴隽永的风格。他的文学作品为中国现代汉语的规范、纯洁、健康做出了巨大贡献。叶圣陶的散文，文字平稳流畅、布局严谨有序，从语言表达到文章写法都堪称典范，因而经常被收入教材作为语文教学的经典篇目。像《苏州园林》、《多收了三五斗》、《藕与莼菜》等收入过教材，像《没有秋虫的地方》、《牵牛花》等常常作为阅读材料。

以《藕与莼菜》为例。文章开篇扣题，"与朋友喝酒，嚼着薄片的雪藕，忽而怀念起故乡来了"，以藕及乡，由乡及藕，再由故乡的藕写到城里的藕，由藕联想到莼菜，由故乡的食物联想到故乡的人，将怀乡之情层层渲染，末了一句"所恋在哪里，哪里就是我们的故乡了"，一网收住了藕与莼菜，紧紧系于一个"恋"字，尽含怅然无奈。其次，成功地运用了联想和对比的手法。通过家乡与此地，往昔与今日的对比，作者表达出了浓烈的思乡之情，以及离乡背土之后的隐微的感叹。第三，语言流畅，风格朴实自然，宁静淡泊。文中没有华丽辞藻，很少直抒胸臆，但是朴实自然的语言，宁静淡泊的氛围，却让简简单单的一句"忽而怀念起家乡来了"撩拨了思乡的情绪，甚至深深地陷入，难以自持。这大概就是叶圣陶语言的魅力了。

（阙红芳）

苏雪林

简介

苏雪林（1897—1999），女，原名苏小梅，字雪林，笔名绿漪。安徽太平县（今黄山）人。振华女中国文教师。她的童年和少女时代在阅读中度过，对古今中外书籍的广泛涉猎为她后来的创作及学术研究打下了坚实基础。1915年苏雪林考入安庆省立初级女子师范，1919年考入北京女子高等师范学校国文系。苏雪林在北京高等女子师范读书期间，正值五四运动发生不久。她的思想深受新文化运动影响，同时，对写作产生浓厚兴趣，并开始用白话文写作。1921年，苏雪林前往法国留学，学习西方文学及绘画艺术。回国后，先后在景海女师、东吴大学、沪江大学、安徽大学、武汉大学等学校任教。1957年赴台南任成功大学教授。文坛奇女子苏雪林集作家、学者、教授、画家于一身，一生执教五十年，笔耕八十载，著述六十五部，创作两千余万字。她的作品涵盖小说、散文、戏剧、文艺批评，在中国古代文学和现当代文学研究中成绩卓著。主要作品有《绿天》、《归鸿集》（散文集），《青鸟集》、《屠龙集》（文艺批评），《棘心》、《蝉蜕集》（小说），《鸠那罗的眼睛》（话剧），《诗经杂俎》、《屈赋论丛》、《唐诗概论》、《玉溪诗谜》（文学史研究）等。

喝茶[1]

苏雪林

读徐志摩先生会见哈代记，中间有一句道："老头真刻啬，连茶都不教人喝一盏……"这话我知道徐先生是在开玩笑，因他在外国甚久，应知外

1.选自《苏绿漪创作选》，上海新兴书店1936年版。

国人宾主初次相见，没有请喝茶的习惯。

西人喝茶是当咖啡的，一天不过一次的，或于饭后，或于午倦的时候，余是口渴，仅饮气蒸冷水，不像中国人将壶泡着茶整天喝它。他们初次见面，谈话而已，也不像中国人定要仆人捧出两杯茶来，才算敬客之道。这是中西习惯不同之处，无所谓优劣，我所连带要说的，是外国人对于应酬的经济。

我仅到过法国，来讲一点法国人的应酬罢。法人禀受高卢民族遗风，对于"款客之道"（Hospitalite）素来注重，但他们的应酬，都是经过艺术化的，以情趣为主，物质为轻，平常酬酢，不必花费什么钱财，而能尽实际之乐。

中国人朋友相见不久，便要请上馆子吃饭，法人以请吃饭为大事，非至亲好友，不大举行，而且也不大上馆子，家中日常蔬菜外添设一两样便算请了客。至于普通请客，就是"喝茶"（Ptendreauthe）了。每次茶点之费不过合华币一元，然而可同时请四五客。初交不请，一定要等相见三四次，友谊渐熟之后再请。他们无论男女自小养成一种口才，对客之际，清言娓娓，诙谐杂出，或纵谈文艺，或叙述故事，或玩弄乐器，或披阅名画，口讲指画，兴会淋漓，令人乐而忘倦，其关于国家社会不得意的问题，从不在这个时候提起。他们应酬的宗旨，本要使客尽欢，若弄得满座欷歔，有何趣味呢？

法人无故不送人礼物，送亦不过鲜花一束，新书一卷而已，而且亦必有往有来，藉以互酬雅意。中国人不知他们习惯，每每以贵重礼物相送，不但不能结好，反而引猜嫌。我有一个同学，他有一个法友，是书铺的主人，平日代他搜罗旧书，或报告新出版著作的消息，甚为尽心，这位同学便送他一个中国古瓷花瓶，谁知竟将他弄得大不自在了，以后相见虽照常亲热，而神宇之间，颇为勉强，则因为他们素不讲究送礼，忽见人送值钱的东西，便疑心人将大有求于他的缘故。

人生在世，不能没有亲朋的往来，有之则应酬原所不免，但应酬本旨在增加交际间的乐趣，使人快乐，也要使自己快乐；若为应酬而弄得财力两亏，疲于奔命，那就大大的无谓了。

中国是以应酬为最重要的国家，而百分之九十九的应酬都是无谓。朋友虽无真实的感情，亦必以酒肉相征逐，婚丧呀，做寿呀，生日呀，小孩出世呀，初次见面呀，礼物绝不可少，而以政界应酬为最多。我有一个本家在北京做官，每年薪俸不过二千余元，而应酬要占去八九百元。虽说我送了人家的礼，人家也送我的礼，但现钱可以买各项东西，礼物不能变出现钱来。这种应酬，等于拿金钱互相抛掷，究竟有什么意思呢？而在应酬太繁，不能维持生活，不免要于正当收入之外想其他方法。中国官吏寡廉鲜耻，祸国殃民之种种，不能说与应酬无关。

绿天 [1]

苏雪林

康的性情是很孤僻的，常常对我说："我想寻觅一个水木清华的地方，建筑一所屋子，不和俗人接见，在那儿，你是夏娃，我便是亚当。"

我的脾气，恰恰和他相反，爱热闹，虽不喜交际，却爱有几个知心的朋友，互相往来，但对于尘嚣，也同他有一样的厌恶，因为我的祖父，都是由山野出来的，我也在乡村中生活了多少时候，我原完全是个自然的孩子啊！

康因职务的关系，住在 S 埠 [2]，我和他同居在一处，他每天到远在二三十里外的工厂里去上工，早上六点钟动身，晚上六点钟才得回家，只有星期日方得自由。

他上工去后，我就把自己关闭在一个又深又窄的天井底，沉沉寂寂，度过我水样的年华。偶然出门望望：眼只看见工厂烟囱袅袅上升的黑烟，耳只听见隆隆轧轧的电车和摩托卡，我想念着我从前所爱的花、鸟、云、阳光……但这些东西不但闪躲着，不和我实际相接触，连我的梦境里都不来现一现了，于是我的心灵便渐渐陷于枯寂和烦闷之中。

---

1. 选自散文集《绿天》，上海北新书局 1928 年初版，台湾光启出版社 1956 年增订本。
2. "S 埠"指上海。

我曾读过都德《磨房文牍》，最爱那《西简先生的小羊》那一篇。咳，现在我也变成这小白羊了，虽然系在芳草芊芊的圈子里，却望着那边的崇山峻岭，幻想那垂枝的青松，带刺的野参花，银色的瀑布，晚风染紫了的秋山，鼻子向着遥天，"咩！"发出一声声悠长的叫唤。

某年，即 S 埠为五十年未有之大热所燃烧的一年；某月，即秋声和鸿雁同来之一月，我们由 S 埠搬到 S 城[1]里来了。

起先，康接着 S 城某大学[2]的聘书，请他为该大学理科主任，并允由学校赁给我们屋子一所。那时我们并不知新屋是怎样一个形式，想象那或是几间平房，有一个数丈长宽的庭院，庭中或者还有一二棵树，但这于我已经很好，我只要不再做天井底的蛙，耳畔不再听见喧闹的车马声，于愿已足，住屋就说狭小，外边旷阔清美的景物，是可以补偿这个缺点的。所以康接到聘书之后，心里尚在踟蹰不决，我却极力地怂恿，呵！西简先生的小羊，已经厌倦了栅和圈，它要毅然投向大自然的怀抱里去。

康于是决定了赴 S 城教书的计划。

行李运去之后，康先去布置，我于第二天带了些零杂的东西离开了 S 埠。

我虽然在 S 城住过半年，但新屋的路却不认识，同车夫又说不明白，我便到 H 女学校请校长洛女士引导，因为我曾在这个学校授过课，和洛女士颇有交情。

洛女士是美国人，性情极为和蔼，见我来很高兴；听见康也来 S 城教书，更为欢喜。她请我坐了，请出她朋友沙女士来陪我，又倒给我一杯冰柠檬水。两个钟头在火车里所受的暑热，正使我焦渴呢，喝了那杯水真有甘露沁心的爽快。

我谈起请她引导去看新居的话，洛女士说："那屋子很好，我常常想住而不可得，你们能够赁到这样的屋，运气真不错呀！"

---

1. "S 城"指苏州。
2. "某大学"指东吴大学。

"她们住在这样精雅的屋子里还羡慕我们的屋么？"我暗想。

喝完冰水后，她和沙女士引我走出学校，逆着刚才来的道路，沿着河走了十分钟，进了一堵墙，我们便落在一片大空场之中，场中只有一个小茅庐余无别物。我正在疑惑，洛女士指着屋后一道矮墙和一丛森森的树木说：

——你们的屋子在这墙里。

推开板扉，走近那园，才发见了一座极幽蒨的庭院。

呵！这真是"山穷水尽疑无路，柳暗花明又一村"！

走到屋前，康听见我们的声音，含笑由屋中走出，洛女士和他寒暄了几句话，便作别去了。

等她转过身去，我就牵着康的手，快乐得直跳起来：

——有这样一个好地方，我真做梦也没有想到！

我们牵着手在园里团团地走了一转，这园的景物便都了然了。

园的面积，约有四亩大小，一座坐北朝南半中半西的屋子，位置于园的后边，屋之前面及左右，长廊团绕，夏可以招凉风，冬可以负暄日。

这园的地势颇低而且杂树蒙密，日光不易穿漏，地上有些潮湿。所以屋子是架空的，离地约有六七尺高，看去似乎是楼，其实并不是楼。屋子下面不能住人，只好堆煤，积柴，或者放置不用的家具。

园中尚有一个丈许高的土墩，土墩上可以眺望墙外广场中青青的草色，和那一双秀丽的塔影。

园中的草似乎多时不曾刈除了，高高下下长了许多杂草，草里缠纠着许多牵牛花，和茑萝花，猩红万点，映在浅黄浓绿间，画出新秋的诗意。还有白的雏菊，黄的红的大理花，繁星似的金钱菊，丹砂似的鸡冠，也在这荒园中杂乱地开着。秋花不似春花，桃李之秾华，牡丹芍药的妍艳，不过给人以温馥之感，你想于温馨之外，更领略一种清远的韵致和幽峭的情绪么？你应当认识秋花。

讲到树，最可爱的莫如那几株合抱的大榆树了，树干臃肿丑怪，好像画上画的古木，青苔覆足，常春藤密密地蒙盖了一身，测其高寿至少都在一二百岁以上。西边一株榆树已经枯死了，紫藤花一株，附它的根蜿蜒而上，到了树巅，忽又倒挂下来，变成渴蛟饮涧的姿势。可惜未到春天，藤花还没有开，不然绿云深处，香雪霏霏，手执一卷书，坐在树下，真如置身于华严界里呢。

有一株双叉的榆树最高。天空里闲荡的白云，结着伴儿常在树梢头游来游去，树儿伸出带瘿的突兀的瘦臂，向空奋拿，似乎想攫住它们，云儿却也真乖巧，只永远不即不离地在树顶上游行，不和它的指端相触，这样撩拨得树儿更加愤怒，臂伸得更长，好像要把青天抓破！

春风带了新绿来，阳光又抱着树枝接吻，老树的心也温柔了。它抛开了那些讨厌的云儿，也来和自然嬉戏。你看，它有时童心发作，将清风招来密叶里，整天缥缥缈缈地奏出仙乐般的声音。它又拼命使叶儿茂盛，苍翠的颜色，好像一层层的绿波，我们的屋子便完全浸在空翠之中。在树下仰头一望，那一片明净如雨后湖光的秋天，也几乎看不见了。呀！天也给它们涂绿了！绿天深处，我们真个在绿天深处！

"这园子虽荒凉，却富有野趣，"康笑着对我说道，"如果隔壁没有别人搬来，便可以算做我们的地上乐园了啦！"

我没有答他的话，只注视着那些大榆树，眼前仿佛涌现了一个幻象：

杲杲秋阳，忽然变得眩目强烈了，似乎是赤道下的日光。满园的树，也像经了魔杖的指点，全改了样儿；梧桐亭亭直上，变成热带的棕榈，扇形大叶，动摇微风中，筛下满地日影，榆树也化成参天拔地的大香木，缀着满树大朵的花和累累如宝石如珊瑚如金黄的果实，空气中香气蓊勃，非檀非麝，令人欲醉。

长尾的猴儿，在树梢头窜来窜去，轻捷如飞。有时用臂钩着树枝，将身子悬在空中，晃晃荡荡地打秋千顽玩。骄傲的孔雀，展开它们锦屏风般大尾，带着催眠的节拍，徐徐打旋，献媚于它们的雌鸟。红嘴绿毛的鹦鹉和各色各样的珍禽异鸟，往来飞舞，不住地唱出妙婉的歌声。

树下还有许多野兽哩，但它们都驯扰不惊的。毛鬣壮丽的狮子抱着小绵羊睡觉，长颈鹿静悄悄在数丈高的树梢上摘食新鲜叶儿，摆出一副哲学家的神气，金钱豹和梅花鹿在林中竞走，白象用鼻子在河中汲水，仰天喷射，做出一股奇异的喷泉，引得河马们，张开阔口，哈哈大笑。

这里没有所谓害人的东西，鳄鱼懒洋洋地躺在岸边，做它们沙漠之梦去了。一条条红绿斑斓的蛇，并不想噬人，也不想劝人偷吃什么智慧的果子，只悠闲地盘在树上，有时也吱吱地唱着它们蛇的曲子，那声音幽抑，悠长，如洞箫之咽风。

这里的空气是鸿蒙开辟以来的清气，它尚未经过市场尘埃的溷浊，也没有经过潘都兰箱中虫翅的扰乱，所以它是这样澄洁，这样新鲜，包孕着永久的和平、快乐，和庄严灿烂的将来。

树木深处，瀑布如月光般静静地泻下，小溪儿带着沿途野花野草的新消息，不知流到什么地方去，朝阴夕晖，气象变化，林中的光景也是时刻不同的，时而包裹在七色的虹霓光中，时而隐于银纱的雾里……

流泉之畔，隐约有一男一女在那里闲步。这就是人类的始祖，上帝用黄土抟成的人，地上乐园的管领者。

……

"你又痴痴儿地想什么呢？我们进屋里去吧。"康用手在我的肩上一拍，啊！一切的幻象都消失了，我们依然在这红尘世界里。

世上哪有绝对的真幸福呢？我们又何妨将此地当做我们的"地上乐园"。

一切我们过去生命里的伤痕，一切时代的烦闷，一切将来世路上不可避免的苦恼，都请不要闯进这个乐园来罢，让我们暂时做个和和平平的好梦。

乌鸦，休吐你不祥之言，画眉，快奏你新婚之曲！

祝福，地上的乐园，祝福，园中的万物，祝福，这绿天深处的双影！

我的父亲 [1]

苏雪林

每个人都有父亲，可以在每年的 8 月 8 日也就是爸爸节，叙说一番话。可是，这多半是小孩子的事，像我这样一个景迫桑榆的老年人，竟学小孩子娇声憨气的口吻谈爸爸，未免太滑稽。不过迫于记者先生的雅意，一定要我写几句，就写一篇来应应景吧。

我和父亲虽属父女，承欢膝下时间并不算长。当我幼小时，父亲和诸叔同住祖父县署中，他们都在外面或读书，或各干各的工作，必到深夜始回女眷所居所谓"上房"者，那时我们小孩早已被大人赶上床深入黑甜乡了。翌日，我们起身，父亲又早已外出，一年中难得见父亲一两次面。所以我小时父亲所留于我脑中的印象，并不深刻。只知道父亲是面孔圆圆，身体胖胖，颇为壮硕的一个人。他见我们小孩从不正眼相觑，见女孩更显出讨厌的神色，别说提抱，连抚摸都没有一次。我们只觉得父亲威严可畏，从来不敢和他亲近，甚至一听见他的声音，便藏躲起来。

及我稍懂人事，祖父替父亲捐了一个道员，签发山东候补。他把我母亲和二哥三弟接去，留大哥大姊和我于祖父母身边，一别便是五年。这五年里，祖父在外边为诸叔及大哥设立家塾，延师课读，祖母也在上房设塾一间，请一位名虽县署幕僚、实吃闲饭的老族祖来教大姊三妹和我。读仅

1.原载 1982 年 6 月 6 日《中华日报》副刊。

年余，族祖以老病辞去，祖母又叫一位表叔教我和三妹，因每日走读于外边，大姊便失去了读书的权利。

父亲自山东回来，闲住祖父县署约一年，对我始渐加注意。他见我受私塾教育不及二年，居然能读《聊斋志异》和当时风行的林译小说，并且能胡诌一些五七绝诗，大为惊异，想加意培植。他每日拨出一二点钟的光阴，亲教大姊和我的书。古文用的是《古文观止》，诗歌用的《唐诗三百首》，后又加《古诗源》。他见我好读林译，凡有林译出版，便买了给我。记得《红礁画桨录》、《橡湖仙影》、《迦茵小传》、《撒克逊劫后英雄录》、《十字军英雄记》都是那时读的。他见我好画，又买了若干珂罗版的名家山水，后来还买了一部吴友如的画谱。他对我益处最大的是，给我买了一部附有注解的《小仓山房诗集》。以后他又替我买了《杜诗镜诠》以及唐宋各名家诗集，我之为诗乃渐有进境。

父亲教我姊妹为期也短，为的是他要出门求官，后来又在外做事，赚钱赡家。在家里和我们团聚日子少。

父亲在前清也算有个起码的功名，就是进学做了秀才。以后想再上进，屡下秋闱，举人总没他的份。不久清廷废科举，再也莫想图什么正途出身了，想做官，只有出于纳捐的一途。父亲的资质原很聪明，无奈幼时所从村塾师学问太浅陋，教书每多讹音也多别字。父亲常说他曾见别塾一位老师教学生念苏东坡《赤壁赋》，把"水波不兴"，念作"水波不与"，"俛而笑"，念作"免而笑"，可见《镜花缘》唐敖等三人到白民国，见一塾师把"幼我幼，以及人之幼"念作"切我切，以及人之切"，"求之与，抑与之与？"念作"永之兴，柳兴之兴"并非完全笑话。他所从塾师虽尚不至此，也高明不多少。那些村塾老师也算秀才出身，竟这样的不通，说起来真叫人难以相信。

我父亲后来自己苦学，我记得他从山东回来后，在祖父县署里收拾一间书房，每日限定自己点《资治通鉴》多少页，读《皇朝经世文编》多少页，写大字数张，小楷一张。他得意地说："《资治通鉴》这部卷帙浩繁的大书，听说从来没有人能读个通编，我几年前便点起，便算已通盘点过。"父亲并非博学鸿儒，只写得一笔简练周密的公文文字。不能吟诗，也不擅为文，对中国文字却富于欣赏力。所惜者幼时为村塾塾师所误，若干字常读讹音。字典上注不出同音字，每用反切，他反了又反，切了又切，总定不出一个准确的声音来。我从前跟那位老族祖认字，认了些别字，现从父亲读书，又学了许多讹音，儿童纯洁的脑筋有如一幅白纸，着了污点再也拂拭不去。我后来教书，拥青毡五十年，误人子弟实也不少。这固由于自己读书未遇明师，在文字学上又未受严格的训练；但我国文字实也难学，音读变化之多，不可诘究，并且大都无理由可说。每个字都须师授或凭硬记，这种文字还有人说"最科学"，岂不侮辱科学二字？

我父亲还有一端短处，就是口舌太笨拙，学习语言的能力差，他一辈子在官场上混，连蓝青官话都学不会，满口浓厚的乡音。这当是由于我祖母的遗传。我祖母在江浙一带做了二十多年的县长太太，依然满口太平县乡间土话。我学习语言的能力也甚低，这双重的遗传定律真可怕！

父亲在山东候补虽未得署实缺，差委倒始终不断。后来那个对他颇垂青睐的上宪改调，他才回家。回来后坚要远征云南，一则认云南是个偏远省份，官场竞争少；二则云南巡抚——或云贵总督，记不清——李经羲是安徽人，以为或会念同乡之谊加以提挈，谁知去未久便遇着辛亥革命的爆发，又仓皇遁归。民国成立，他已无法做官，靠北平同宗的支援，做个公务员，所署多为厘卡，所入也颇不恶，可是大家庭吃重的负担又开始压到他的肩上。

我祖父生有七个儿子，除六叔尚在读书，庶出的七叔在安庆奉母另住外，其余均已成家并有子女，一家共有二十多口，加各房佣人和长短工共有三十多。都住在太平乡下祖宅里。二叔在外谋了一差，以儿女众多，家累烦重，接济大家庭也不过象征性。我父亲身为长子，自祖父去世，他必须独力挑担起这个家。想推辞也推辞不了。因诸叔动辄以祖父当年替他捐那个道员，花了万把两银子，这个账非算不可为说，父亲只好按月汇款赡家。事实上，当年二叔就婚山东，祖父责成我父亲出钱办理。女方爱场面，大肆铺张，我父那笔捐官的钱差不多已花掉三分之二了。

父亲每月汇家的钱，并不算多，各房又任意滥费，也亏得那时当家的我母亲，调度有方，宁可她自己一房极力节省，省出几文，总叫各房满意。这有限的钱，祖母还要克扣一部分，终日托人在外求田问舍，说为将来几个小儿子打算。人家来报，某处有几亩地，某处有一莲塘，出息均不错，某家有条怀孕的母牛，买下来不日便是两条了。她自己又不能亲自去察看，就凭中人三言两语成交。价款交了，契约也立了，她又认不得字，契上说些什么，一概不知，后来始发现大都受人欺骗。为的是秘密交易，无法声张，只有哑子吃黄连，苦在心里。

民初几年，军阀混战，都市萧条，农村破产；但民间失业问题还不十分严重。这就是我国大家庭的好处。因一家几十口都靠较有力量的一房负责，一混也就混了过去。欧美人讲究独立，以依赖人为大耻，可是他们接受政府失业救济金又视为当然。中国家庭，身为长房或其他义不容辞的负责人独苦。欧美则全国纳税人流血流汗来供养许多好吃懒做的闲人，说起来，二五还不是一十。我说这话并非赞美旧式大家庭，我是这种家庭出来的人，深知其害，不过它在救济失业这一端，倒算替社会尽了不少的义务。我父亲不过是个平平庸庸的旧官僚，一生对社会毫无贡献，对维持这个大家庭勋劳却也不少，若如我上文所言，则也有功于社会。

父亲对儿女，少年时并不知道慈爱，渐入中年，慈爱日深。他见我能诌几首诗，能画几笔画，更另眼相看，常说："小梅是我家的不栉进士，她似禀有异才，前途不可限量。"于是逢人即夸，竟把我说成道蕴复出，清照第二，这也不过是他老人家"誉儿癖"太强，实际我又何尝能如他所称许之万一？但他虽非常爱我，基于当时重男轻女的观念，只自己随便教教，或买书让我自修，从不送我入学校念书，只把几个儿子送去京沪有名学校。我后来得入文风落后的安庆女子师范，还是自己拼了命争来的。

我曾艳羡前辈女学人像曾宝荪、陈衡哲等早岁便能远游国外，接受高深教育，使我一生自嘲只是个"粗制滥造品"；但这也是各人的运命使然，能有什么话可说呢？

父亲在世时，我对他未尝有一日尽孝养之责，他晚年景况甚窘，我以已嫁未知接济，及闻他病逝宜城，始大悲悔而为时已晚，无法补救。今日写这篇短文对他老人家实在疚心无限。若有所谓来生，他老人家对我的慈爱和恩惠，只有来生报答了！

评论

独特人生　魅力散文

苏雪林是现代文坛的散文大师。她102年丰富的人生和独特的个性，中国古典文学、现代文学、西方文学等多种文化的滋养，学者、教授、画家多种身份的背景，更是对于文学的执着，使得她的散文内容丰富、情感饱满、才情洋溢而独具魅力。

1925年，苏雪林赴法留学归来，1928年由上海北新书局出版了散文集《绿天》。这是苏雪林的处女作，也是成名作。在书中，苏雪林以清新、流畅、童真的笔触，描写了女主人公的婚后生活。一幅幅充满诗情画意的图景，与丈夫相处时的温馨，别离时的思念，还有对于亲人、朋友、生活的回忆与思考，情景交融，流露了对自然的热爱，对人情的珍惜，耐人回味。苏雪林古典文学造诣深厚，她的文笔带着一种繁华落尽见真淳的晶莹清丽，宛若皎皎月光，匆匆清泉，流动着不食人间烟火的清俊神韵。她的散文中四六句式俯拾皆是，音节和谐，琅琅上口，随意撷取的古诗辞藻，贴切自然，妙趣天成。精通绘画的苏雪林，她笔下的景物描写讲究布局，疏密有致，色彩协调，画面感极强，常常给人身历其境的印象。她的散文至精至美，达到了炉火纯青的艺术境界，在当时彻底打破了美文不能白话的迷信。《绿天》中的《扁豆》被选作《初中国文》的范文，今天中国台湾《中学国文》也一直把她的散文《秃的梧桐》作为中学课本的保留篇目，《溪水》也被选入沪教版初中七年级语文教材。这里，我们选登了《绿天》一文以供品读，去领略苏雪林散文的精美。

20 世纪三四十年代，苏雪林经历了战时颠沛流离的生活和如火如荼的全民族抗战运动，她的生活道路和艺术视野也因此而开拓，作品题材已由过去歌咏自然、抒写个人遭遇和命运，转向对社会、对现实的热切关注，还写了大量文艺批评方面的文章。这一时期作品收在《青鸟集》、《屠龙集》中。苏雪林到台湾后，陆续出版了十多部散文集，如《归鸿集》、《欧游揽胜》、《闲话战争》、《遁斋随笔》等。她将人情世事与学问写进文章，或中外比较，古今勾连，才情洋溢，或娓娓道来，深情款款，念念不忘。深厚的学养、坦荡的襟怀、豪迈的才情流于笔端，文章洋溢着高雅的情趣和浓郁的书卷气，足显学者散文的智慧，女性散文的温丽。这里选登的《喝茶》可略见一二。

　　苏雪林晚年写了大量的个人生活及写作回忆录，大部分收在《我的生活》、《归鸿集》等书中。她的回忆，以女性的视角和感受，写童年，写生活，写家人，写师友，笔法细致入微，曾经的那些人、那些事写得真真切切、栩栩如生，令人看后，觉得苏雪林确是一位记忆超常的人，更是一个用心生活、懂得感恩的人。这里选登了《我的父亲》。

　　人生跨越了两个世纪的苏雪林，她的散文将更长久地留存于世。读她的散文，有一种故友重逢，促膝而谈的亲切感；读她的散文，世态风情与况味人生扑面而来。时间无情，文章有情，今天读苏雪林的文章也毫无过时之感，魅力永恒。这就是散文创作的最高境界。

（阙红芳）

六十年以后致函"十中"的苏雪林

柳袁照

胡适的弟子苏雪林曾经在振华女校教书,那是 1930 年代的事情。10 多年前,苏雪林从台湾致函苏州十中,即她曾经工作过的十中前身振华女中:"六十年前我是在振华学校兼过几小时的功课,教的是什么今已不忆,那时校长是王季玉先生,留学美国,一生以办学为职志,振华就是她独立经营的,管理严格,功课认真,造就人才蔚然称盛。"我们查阅历史档案,当年苏雪林在振华女校,担任学生社团"国文研究会"新文学组指导教师。她与杨荫榆在振华共过事。一个曾经是北京女师大的校长,一个曾经是北京女师大的学生,命运让她们曾一起在西花园栖息。

苏雪林是一位有争议而富有个性的中国现代最著名的女作家之一,她执笔时间之长,在中国新文学史上也是少有的。她的作品几乎涉及所有题材。天地万物全部囊括其中。她很长寿,活到 102 岁。她一生无子嗣,婚姻生活也颇为不幸,在振华教书期间,住在天赐庄附近。她为 1930 年 5 月的《振华女校校刊》作序。序中说:"振华者,余向向学校之一也。创办以来于今十余载,校长王季玉先生苦心擘画,不遗余力,校务蒸蒸日上,声誉卓著。其管理严密,教授认真。师生朝夕所孳孳者惟研究学问而已,砥砺品行而已,于时下之恶习,一无所然。学成而升学者十九录取,其出而任事者亦大得社会欢迎。"苏雪林对振华女校评价极高,一生都是如此。

杨荫榆去世的第二年,苏雪林得悉死讯后,写就了著名的《悼女教育家杨荫榆先生》一文，在对好友杨荫榆的怀念中，仍不忘说"7月间我回苏州度夏，会见了我最为钦佩的女教育家王季玉先生"。苏雪林对振华校长王季玉评价极高，一生也都是如此。

苏雪林曾与鲁迅论争。她从对鲁迅钦佩，走向反对。一个重要的缘由就是北京女师大风潮，苏雪林与鲁迅对杨荫榆女士的看法截然相悖。1938年7月苏雪林回到苏州："我特赴杨宅拜访荫榆先生。正值暑假期内，学生留校者不过寥寥数人，一切规模果然简陋。谈起女师大那场风潮，她原原本本地告诉了我。"

苏雪林1949年去了台湾。

在苏雪林身上体现了多元性。但她对老师有一颗敬仰、感恩之心，这一美德，无论如何却是我们应该景仰的。苏雪林对她的老师胡适，真的是情有独钟，"由钦敬而至于崇拜"，拿她自己的话来说"老而弥笃，痴心一片"。

1959年，胡适在台湾师范大学毕业生典礼上演讲。当时苏雪林适在台湾师范大学任教，她也在场，坐在前排。胡适先生讲为人师之道，讲着讲着，忽有感慨。他说，为人师不易，他自己教书三十年，不知自己究竟给了学生多少好处，听人称自己为老师，总会惭愧。胡适随即举例说，如我在北京女师大教书，出过几个人才，女作家苏雪林，至今还"老师"、"老师"地称呼自己，真叫人难以承担。这个细节，是苏雪林自己在《适之先生和我的关系》一文中披露的，可以想象，当时，坐在台下的苏雪林心里是怎样的高兴。

随着年事渐高，苏雪林对胡适的师生情谊有增无减，她把胡适称为"现代圣人"。在胡适面前，总有某种近贤近圣的感觉。她自述：孔子、朱熹、苏格拉底、柏拉图等哲人学者俱往矣，都不可见，而我现在竟能和与那些古人同样伟大的人共坐一堂，亲炙他的言论风采，而感幸运不已。

由于历史的原因，苏雪林一度不被人们所知。

苏雪林的作品《溪水》，现在已编入七年级第二学期语文新教材。

在学校西花园的长廊里，在杨荫榆、胡适之后，也为苏雪林镌刻了一块石碑，上面写着：苏雪林（1897—1999），振华女校教员，作家、诗人和学者，被誉为20世纪30年代"女性作家中最优秀的散文作者"。1930年—

1934 年，在振华担任学生社团"国文研究会"新文学组指导教师。1995 年 10 月 7 日，先生从台湾致函学校，称振华"管理严格，功课认真，造就人才，蔚然称盛"。

2009 年 5 月 1 日

费孝通 ▬▬▬▬▬▬▬▬▬▬

简介

费孝通（1910—2005），江苏吴江人。1920年进入苏州振华女校读书。社会学家。1924年考入东吴大学附属一中。1928年就读于东吴大学医学预科。1930年考入燕京大学社会学系。1933年成为清华大学社会学系及人类学系研究生。1936年获公费留学资格赴英国伦敦大学政治学院学习人类学。1938年获哲学博士（社会人类学）学位。

回国后，先后在云南大学、清华大学任教授。1942年加入民盟。中华人民共和国成立后，历任第三、第四届全国政协委员，第五届政协常务委员，中央民族事务委员会副主任，中央民族学院教授、副院长，国务院专家局副局长，第六届政协副主席，第七、第八届全国人大常委会副委员长，民盟中央副主席、主席，中国社会科学院社会学研究所所长，中国社会学会会长，国家民委顾问等。

著有《江村经济》（英文，即《中国农民生活》）、《生育制度》、《乡土中国》、《初访美国》、《重访英伦》、《乡土重建》、《美国人的性格》、《皇权与绅权》、《民主、宪法、人权》、《我这一年》、《大学的改造》、《兄弟民族在贵州》、《花蓝瑶社会组织》、《访美掠影》、《关于我国民族的识别问题》，译有《人文类型》、《世界史》、《文化论》、《工业文明的社会问题》等。

一封未拆的信——纪念老师沈骊英先生 [1]
费孝通

从我们魁阁走上公路，向北，约摸半个钟点的路程，就到三叉口。中央农业实验所有一个分站疏散在这村子里。疏散在附近的文化机关时常有往来，大家用所在地的名称作各个机关的绰号。三叉口的徐季吾先生上下

1.选自《逝者如斯：费孝通杂文选集》，苏州大学出版社，2005年5月第1版。

车站，便道常来我们魁阁，我们星期天有闲也常去三叉口看望他。在一次闲谈中徐先生讲起了沈骊英先生。

"沈先生是我的老师，"我这样说，"我在小学时，最喜欢的老师就是她。"

我停了一忽，接着说：

"说来这已是二十多年前的事了。最后一次我见着她是在东吴的校门前，那时我就在这大学的附中里念书。我母亲去世不久，她是我母亲的朋友。一路和我说了许多关于我生活细节的话。中学时代的孩子最怕听这些，尤其像我这种乱哄哄的人，一天到晚真不知干些什么，她那时所说的，听过也就忘了。但是，我一闭眼，还记得这位老师的笑容。一副近视眼镜，一个拖在脑后梳得松松的髻。那时看来算是相当时髦的。至少，她所穿的那件红方格子西装带裙子的衣服，在我印象里是件标准的西装——"

我一面说着，二十多年前的印象似乎愈来愈逼真：天赐庄夹道的两道红墙，东吴大门口的那棵大树——在这地方我们分手了。本来是路上偶然相逢。你想。一个十五六岁的男孩子在路上遇着了他幼年的女教师，怎么会说得上什么清楚的话？手插在裤袋里，脸红红的，眼睛潮润润的，只怕有哪个同学看见，多不好意思！

徐先生打断了我的回忆："沈先生不是在苏州那个女子学校里教过书的么？怎么教得着你的呢？"

十多年前，我如果听到这话，一定要脸红，绝不会接着说："是呀，我是在女子学校里长大的呀。"徐先生好奇地听我说下去："那个学校名叫振华。苏州人大概都知道这学校。现在的校址是织造府。苏州的织造府谁不知道，这是曹雪芹住过的地方，据说他所描写的大观园就依这个织造府作蓝本的。"

我在中学里时，最怕是有人提起我的来历，愈是怕，愈成了同学们取笑的把柄。"女学生！"——在这种心理压力之下，我怎么会有勇气在我女教师的身边并排着走？校门救了我，我飞跑似的冲进铁门，头也不敢回，甚至连"再会"两字也没有说。可是，虽则这样鲁莽，我却并没有这样容易把这事忘却，二十多年后，还是这样清楚地记得：那副眼镜，那件红方格的西装和温存的语调。

我进高小刚十岁，初次从小镇里搬到苏州。羸弱多病使我的母亲不敢把我送入普通的小学。振华靠近我们所住的地方，是我母亲的朋友王季玉先生所办的，而且是个女学。理论上说女孩子不像男孩子那样喜欢欺负人，至少欺负时不太动用武力。不久，我成了这女学校里少数男学生之一。入学时，我母亲还特地送我去，那时校址是在十全街，就在那时我被介绍给这位沈先生。以后她常常带我到她的房里去，她房里的样子现在已模糊了，只记得她窗外满墙的迎春花，黄黄的一片。当时，沈先生，我后来总是这样称呼她，其实还是和这一片黄花一样的时代，但是在我却免不了认为她已经属于"什么都懂，什么都能"的伟大人物那一类了。我当初总有一点羞涩，也有一些异样：在四年的小学中，老师在我心中是一个可怕的人物，打手心的是他，罚立壁角的也是他，一个似乎不太讲理，永远也不会明白孩子们心情的权威。可是这个老师却会拉着我的手，满面是笑容，是个手里没有戒尺的人，这使我不太明白。我想，我那时一定没有勇气望着她的眼，不然，我怎会现在只记得满墙的迎春花呢？

　　沈先生教我算学，每次做练习，我总是第一个交卷，习题做快了，又不重看一遍，不免时常把 6 写成 8，2 写成 3。"这样一个粗心大意的孩子！"其实我的心哪里是在做算学，课堂外的世界在招惹我。可怪的是沈先生从来没有打过这个小顽皮的手心，或禁闭过这个冒失的孩子。她望着我这匆忙的神色、忙乱的步伐，微微地摇着头："孩子们，你们什么时候才会定心做一道算题？"

　　过了有十年的一个暑假，我在沪江的暑期学校里选了三门算学课程。天气热得像是坐在蒸笼里，我伏在桌子上做题解；入晚靠窗眺望黄浦江的烟景，一个个还是几何的图形。我不知为什么，一直到现在还是记不住历史上的人名、地理上的地名，而对于数字并不怎么怕；若是有理由可说的，该是我高小里历史和地理的教师并不是姓沈的缘故罢。多少孩子们的兴趣在被老师们铲除送终！等大学毕业，一个人对于学术前途还没有全被封锁的，该算是很稀少的例外了。

　　我的性格也许是很不宜于算学的，可是为了有这个启蒙的教师，我竟为了它牺牲了一个可以夏游的暑天。

　　从那天偶尔在街上见面之后，我一直没有见过这位老师。我也没有去想着她的理由。天上的雨，灌溉了草木，人家看到苍翠，甚至草木也欣然自感茂盛，雨水已经没入了泥土，没有它的事了。多少小学里的教师们，一天天，一年年把孩子们培养着，可是，培养了出来，向广阔的天地间一送，谁还记得他们呢？孩子们的眼睛望着前面，不常回头的。小学教师们的功绩也就这样被埋葬在不常露面的记忆之中了。

一直到徐季吾先生说起了沈骊英先生在中央农业实验所服务，我才引起了这一段内疚。其实，如果不是我当时也在教书，也许这段内疚都不会发生。人情原是这样的，我问起沈先生的生活，徐先生这样和我说："她已是一个一群孩子的好母亲，同时也已成了我们种麦的农民们的恩人了。华北所种的那些改良麦种就是她试验成功的。她从南京逃难出来，自己的衣服什物都没有带，可是，她却把我们所里那些麦种一粒不漏地运到了重庆。我们现在在云南所推广的麦种，还不是她带进来的种子所培植出来的？所里的人都爱她。她是所长的太太，但是，她的地位并不是从她先生身上套取来的，相反的，她帮了她先生为所里立了这一项最成功的业绩。"

我听着了，不知为什么心跳得特别快，皮肤上起了一阵冷。一个被认为早已"完成"了的小学里的老师，在我们分离的二十多年中，竟会生长得比她的学生更快。她并没有停留，她默默地做了一件中国科学界里罕有的大事。改良麦种，听来似乎很简单，可是，这是一件多繁重的事！麦子的花开得已经看不清楚，每朵花要轻手轻脚地包好，防止野蜂带来野种。花熟了，又要一朵朵地把选择好的花粉加上去。如果"粗心大意"，一错就要耽搁一年。一年！多少农民的收入要等一年才能增加！

家务、疾病、战争，在阻碍她的成功，可是并没有击倒她。她所改良的麦种已经在广大的华北平原，甚至在这西南偏僻的山国里，到处在农民的爱护中推广了。

我从三叉口回来，坐在魁阁的西窗边，写了一封将近五张纸长的信给我这二十多年没有见过面、通过消息的老师。我写完这信，心上像是放下了一块石头。我想，任何一个老师在读着他多年前学生的信，一封表示世界上还没有把老师完全丢在脑后的学生的信，应当是一件高兴的事。我更向她说："当你在试验室里工作得疲乏的时候。你可以想到有一个曾经受过你教育的孩子，为了要对得起他的老师，也在另一个性质不同的试验室里感觉到工作后疲乏的可贵。我可以告慰你的不过是这一些。让我再加一笔，请你原谅我，我还是像在你班上时那样粗心大意，现在还没有定心做过一道算题。"

我把这信挂号递给呈贡的邮局，屈指数日子，盼望得到一封会使我兴奋的回信。

不到一个星期，徐季吾先生特地到魁阁来报告我一个消息：沈骊英先生脑充血死在她的试验室里了。我还是坐在靠西窗的椅子上，隔着松树，远远是一片波光，这不是开迎春花的时节，但是波光闪烁处，还不是开遍了这黄花？

又过了一个星期，我寄出的信退了回来，加了一个信封，没有夹什么字。再没有人去拆这封信了，我把它投入了炉子里。

1935 年 1 月 11 日

《爱的教育》之重沐——振华女校四十周年纪念献给校长王季玉先生 [1]

费孝通

> 一种春声忘不得，长安放学夜归时。
>
> ——龚自珍

每逢有人问起我最喜欢读的是什么书时，我总是毫不犹豫地回答是《爱的教育》。有时我也自觉可怪，为什么这本书对我会这样亲切？当我经了多年远别，重返苏州，踏进母校的校门时，这问题的答案蓦然来到心头：这书里所流露的人性，原来本是我早年身受的日常经验。何怪我一翻开这本书，一字一行，语语乡音，这样熟悉。我又怎能不偏爱这本读物？

二十五年前，我和几个小朋友在操场角里，浪木旁的空地上闲谈。那时振华还在严衙前。住宅式的校舍里，孩子们下了课，只有一角空地可供他们奔跑或闲坐。这些孩子们中间有人这样说："我将来总要做一番惊天动地的事业，我不喜欢张良，项羽才是英雄。"

"我不稀罕这些，我要发明个飞机，一直飞到月亮上去探险。"

另外一个孩子却说："我是想做三先生。"（我们那时称王季玉先生作三先生，因为她在家里是老三。）

---

1. 选自《费孝通散文》，浙江文艺出版社，1999 年 4 月第 1 版。

很快的有人笑了："教书？教孩子们书？我不干！有什么意思？"

"可是三先生为什么不去发明和探险，不去做项羽和张良，而在教我们书呢？"

我就说："她该去做大事业，留了学回来，在这小学校里看着孩子们拼生字，真是——"

"你真的愿意她离开我们么？"有位小朋友急了。

没有人再说话了。孩子们被问住了。没有人能想象三先生会离开我们这些孩子的。如果她真的要去做项羽、张良，到月亮上去探险，孩子们也不会放她。孩子们话是不说了，但是谁都感觉到一种彻悟：看孩子们拼拼法似乎比到月亮上去探险更值得我们的爱好。谁也说不出这是什么原因，可是这彻悟却使他们靠近了人性。在这把人性愈抛愈远的世界里，大家在想做项羽、张良，或是上月亮去探险时，我回忆起了二十五年前操场角落里所领悟的一种模糊的感觉，虽则我还是不知道应当怎样去衡量人间的价值，我总好像又重温了一课《爱的教育》。

苏州的冬天是冷冽的，在艰苦中撑住的学校，当然更不会有温室的设备。孩子们穿得像泥菩萨般供在课桌旁，有太阳时晒太阳，没有太阳时烘手炉。"拜拜天，今天不要上黑板罢。"孩子们在私语。果然，三先生没有叫我们上黑板，她自己在台上抄字给我们读。这天的字可写得特别大，而且没有往日那样整齐了。再看时，三先生的手肿得好像只新鲜的佛手。

"三姨每天早上自己洗衣服，弄得这一手冻疮。"坐在我旁边的她的侄女偷偷地和我这样说。话里似乎责备这位老人家不知自惜。我听着也觉得这是大可不必的。第一是大清早不必老在冷水里洗衣服，第二是既洗了衣服，生了冻疮，又大可不必在黑板上写字。学生们袖着手，老师却忙着抄黑板，这又何苦呢？

那天放学，她的侄女和我一路回家，又告诉我说："人家请三姨到上海去做事，她不肯去。"

"上海去了，不是可以不必自己洗衣服了么？"我还没忘记那只冻疮的手。

"可是三姨不肯去。"她侄女又加重地说了一句。

三先生在孩子们心目中总是个不大容易了解的教师。我们那时不知怎么的想起了要出张壁报，怕学校不允许我们张贴。我们去告诉三先生，三先生没有说什么话，点点头，在书架里拿出一叠纸给我们。这真使我们有一点喜出望外，因为三先生自己是从来没有浪费过一张纸，这次却这样慷慨；原来她不放松足以教育孩子们的每一个机会。

我们那时的壁报贴在小学部进门处的走廊里，走廊相当狭。我们那时通行着一种"捉逃犯"的游戏，一个人逃，一个人追。我有次正当着"逃犯"，一直从操场那边冲进走廊，想绕进小学部回"巢"。这一冲却正撞在站在走廊里转角处看我们壁报的三先生的怀里。我站住了，知道闯了祸。可是抬眼一看，在我面前的却并不是一个责备我的脸，而是一堆笑容："孝通，你也能做诗，很好。"她拍着我的小肩膀，"留心些，不要冲在墙上跌痛了。"我笑了一笑就跑了。直到这次回到母校，看见季玉先生的笑容时，才重又想起了这一段事。二十五年了，时间似乎这样短，还是这个老师，还是这个孩子。

振华是四十年了，我离开振华已经二十多年了，其间又经过了抗战的八年。原已经成长的振华，经此打击、破坏，也似乎停顿了一期。但是我再来时，季玉先生却还是二十多年前的三先生，一个看孩子们拼拼法，清早洗衣服，被孩子们撞着会笑的老师。她伸着手拉住我说："孝通，你还是这样。"我也说："季玉先生，你也还是这样。"她笑了，笑里流露出了她的愉快，笑里也告诉了我二十五年前所不能了解的一切。我明白为什么我爱读《爱的教育》了。

1946 年

肺腑之味——苏州木渎鲃肺汤品尝记 [1]

费孝通

　　荷风方息，桂香初飘，正是这中秋时节，我有事于苏州。苏州是我20年代就学之乡。事毕，有半日暇，主人建议作天平山之游。天平山是吴中胜景。山不高也不奇，以范公祠而得名。范公祠是为纪念北宋范仲淹而建立的，我在小学时，每逢春秋"远足"常到此地。

　　苏州滨太湖，多沼泽平地，惟靠湖边有一溜小山，系天目余脉，水乡人士视如奇景，七紫、灵岩、天平、虎丘皆其属也。天平在诸山中以岩石竖立，颇多暴露地面，嶙峋有致，为其特色。有传说称：当范公晚年营谋墓地时，一反常人以风水求福的观念，特指定这一片被认为最不吉利的荒山为其永息之所，范公死后，子孙遵嘱在此辟旷埋葬。当晚，突然地震天摇，山翻石袭。次日早晨一看，整个山坡面貌大变。一块块岩石迎天树立，形似"万笏朝天"。大地震的故事不见经传，这传说却表达了历代群众对这位念念不忘人民、无半点私心的先贤的崇敬。这种世代相传的崇敬心情也很早沁入我幼小的心灵。后来，我读到出于这位贤人之手的《岳阳楼记》，豁然醒悟：没有那种无私境界，哪里会有这种动人肺腑的文章。范仲淹、天平山、岳阳楼记三者，浑然地刻入了我的心中。去年（1989）正是范仲淹诞生的一千周年，苏州举行了一次隆重的纪念会，我因事没有去成，心有余憾。这次回乡，一

1.选自《言以助味：费孝通杂文选集》，苏州大学出版社，2005年5月第1版。

听上天平之议，当即欣然从命。补此一课，得之偶然。

巧事总是无独有偶的。天平之游出于意外，此行能品尝到木渎鲃肺汤更是非我所料。木渎是从苏州去天平或灵岩的必经之镇，我幼时远足，往返途中总在此休息。木渎是我早就熟悉的。到过木渎的人，也不会不听到当地人所说："不吃碗鲃肺汤算不得到过木渎。"鲃肺汤是木渎著名的地方特色菜。那时我还是个小学生，哪里谈得上到馆子里去点菜吃。但是，自从听到了这句话，我是馋劲一生难消。怎会料想到，年过八十，这次游天平山的返程上在木渎竟能还清这个多年的夙愿？

为什么这样不容易喝上鲃肺汤呢？说来话长。

鲃鱼原是一种普通的小鱼，身长不过三寸，体形扁圆，背黑肚白，但在乡人口上却说得够神的。其来也无由，其去也无迹，成群结队出现在桂花开时的太湖里，桂花一谢就没有影踪了。有人说这种鱼去了长江，到翌年清明时节前后再出现时，被人称做河豚。乡间传说，不足为证，但是也反映了几点事实：一是鲃鱼形似河豚，只是大小不同，前者小，后者大；二是两者都是产区很狭小而名声很广，鲃鱼在太湖边木渎一带，河豚在长江的扬中段两岸。太湖和长江相通，小可长大，鲃鱼和河豚也就易被混为一谈。相混的实质，却在这两种鱼都是我们三吴的美味。其所以出名，大概也和它们出现的季节性有关。物以稀为贵。清明和中秋都是重要节令，但时间短促，前后不过二十多天。像我这种行动上身不由己的人，不可能特为尝新而千里奔波，难于在这种特定的时空交叉点上与鲃鱼相逢，只有巧遇才能享受得到此种口福。

鲃鱼究竟是什么鱼？上面这些话并没有说清楚。我为此特地向饭店主人请教，他为我说了一段故事。他说，鲃鱼不是这种鱼的土名，土名叫斑鱼，原因是这种鱼背上有斑纹。斑讹作鲃，有个来历。

饭店主人姓石，店于乾隆年间已经开业，名"顺叙馆"。斑鱼是当地的土产。太湖东岸的乡人多捕斑鱼作为菜肴，是很普通的家常菜。这家饭馆在经验中发现斑鱼的鲜味集中在它的肝脏。斑鱼的肝脏在中秋前后长得特别肥嫩，大的有如鹌鹑蛋。他们就在这时期把斑鱼肝取出，集中煮汤，称斑肝汤。一碗汤要几十条鱼的肝，所费不赀。这可能是这家饭馆的首创。当时木渎还是个湖滨小镇，饭馆的顾客主要是春秋两季从苏州来天平和灵岩的游客。这个名菜和旅游结合而传到了苏州，看来已有相当长的一段历史了。

1929年秋，有一位当年的社会名流于右任先生来苏州放舟游太湖赏桂花。傍晚停泊在木渎镇，顺便到顺叙楼用餐，吃到了斑肝汤，赞不绝口。想来当时已酒过三巡，于老颇有醉意，追问汤名，堂倌用吴语相应，于老是陕西籍，不加细辨，仿佛记得字书中有鲃字，今得尝新，颇为得意，乘兴提笔写了一首诗："老桂花开天下香，香花走遍太湖旁。归舟木渎犹堪记，多谢石家鲃肺汤。"石家是饭馆主人之姓，鲃系口音之差，而肺则是肝之误，但"石家鲃肺"一旦误入名家诗句，传诵一时，也就以误传误，成了通名。

过了两年，另一名流，当时退居姑苏的李根源先生来到店里，也喝上了这种汤，连连称绝。店主人出示于老之诗。他叹服于老知味，遂即提笔挥毫写了"鲃肺汤馆"四字。又觉得顺叙楼太俗，不如径取诗中石家之名，因题"石家饭店"四字为该店招牌。于、李二老先后唱题，雅人雅事，不胫而走，一时传遍三吴。乡间土肴，一跃而为名声鹊起的名菜。以误夺真，斑讹为鲃，肝成了肺，连顺叙楼旧名也从此湮没无闻，石家饭店成了旅游一帜，应了早年土谚，不喝此汤不算到过湖边名镇木渎了。近十年来，木渎也成了吴县乡镇企业的标兵，电视广告中常见的骆驼牌电扇厂址即在此镇。

上述故事并非民间传说而是有书法作证的史实，但是如果认为鲃肺汤的盛名来自名流吹捧，却非尽然。于、李二老不能视为美味的创造者，但不失为知味的好事者。他们不愿独尝此味，而愿助以东风，使乡间美肴为广大游客所普享。创味者实是饭店主人石家几代烹饪能手。

我已说过斑鱼原是太湖东岸乡间的家常下饭的土肴，各家有各家的烹饪手法，高下不一。大多也知道这鱼的鲜味出于肝脏，但一般总是把整个鱼身一起烹煮。顺叙楼的主人却去杂取精，单取鱼肝和鳍下无骨的肉块，集中清煮成汤，因而鱼腥全失，鲜味加浓。汤白纯清澈，另加少许火腿和青菜，红绿相映，更显得素朴洒脱，有如略施粉黛的乡间少女。上口时，肝酥肉软，接舌而化，毋庸细嚼。送以清汤，淳厚而滑，满嘴生香，不忍下咽。这种烹调自有奥妙，由于专利向不外传，我亦不便追问。

斑肝汤到了石家饭店主人的手里，实际上已起了质变，如果沿用旧名也就抹煞了烹饪上的创造性了。更名才能起到艺术上的肯定作用。这样看来，于右任之诗、李根源之题，固然都受到了美味的启发，是即兴之作，但一经名家品题，顿然推俗为雅、化技入艺了。我们不能不说斑讹为鲃，肝误为肺正是点化之妙，真是："顺叙反朴石家店，多谢于李笔生花。"

写到这里我本打算交卷了，可巧来了一位朋友，看到我说"斑讹为鲃"，笑我汉字都识得不多，误信了店主人的介绍，委屈了于、李二老。这种鱼在俗称斑，在文称鲃，不是出于地方口音之讹。为了这场文字官司，我们当场翻出书架上的字典来作证。

先看最早的《康熙字典》，翻遍鱼部并无鲃字，音近的有个鲅字，释文里有"似鲤而赤"，颜色不合。再查新近再版的《辞海》，找到了鳃字，但释文里有"常栖息水流湍急的涧溪中……常具口须。背鳍有时具硬刺，臀鳍具五分枝鳍条……主要分布于中国华南和西南"，这些都不合。

这时我的外孙在旁，翻出了他在学校里常用的《新华字典》。鲃和鲌两字用括弧附在鲅字之后，释文中说"背部黑蓝色，腹部两侧银灰色"，体色很合，但是却又说"生活在海洋中"，不合。又查鲌字，"身体侧扁，嘴向上翘"，而说"生活在淡水中"，却又相合。又查《现代汉语词典》，鲃字释文是"体侧扁或略呈圆筒形，生活在淡水中"，但鲅字的括弧中有鲌字，释文却说"生活在海洋中"。

综看所查各本字典中，只有《现代汉语词典》支持了于、李二老：体形既合，又生于淡水。其他字典多数不合，不是体形有别，就是生在海洋。这场官司让文字学家去宣判吧，我不再啰唆了，但是以肺代肝在动物学上是很难说得过去的。鱼不是用肺而是由鳃呼吸的。诗人不求逼真务实，那是可以体谅的，而且在艺术上常常妙在失实处。烹饪是艺术，不应以科学相求。

不论是斑肝还是鲃肺，其味早已从物质基础上升华了。我尝到的是十足的"石家饭店鲃肺汤"，不是乡间斑肝汤了。当我离店时，店主人强我也要题个字。我想还是将错就错为好，写下了"肺腑之味"了事。其意不过想与范仲淹的肺腑之文相呼应而已。

1990年10月3日补记

自在圈外

　　社会学家费孝通被称为"文学圈外文章高手"。浙江文艺出版社出版《费孝通散文》一书，费孝通自序题为"圈外人语"，可见他对于"圈外"一说，倒颇有些自喜。

　　费孝通是振华女校里的男学生，据他自己说，因为从小体弱，被送入女校以免遭欺负。而据和他同班的杨绛先生回忆说，有一次体操课跳民间舞蹈，费孝通不跟她跳，杨绛就生气了，跟他吵架说你比我高，你排到前头去，之后还画了他一张丑化的像，"张着嘴巴"。想来费孝通在振华没受多少武力的"欺负"，却多少也是女生们被当成"圈外人"的。

　　《〈爱的教育〉之重沐》、《一封未拆的信》两篇均是纪念振华时期师长的文章。前者忆童年旧事——

　　　　这些孩子们中间有人这样说："我将来总要做一番惊天动地的事业，我不喜欢张良，项羽才是英雄。"
　　　　"我不稀罕这些，我要发明个飞机，一直飞到月亮上去探险。"
　　　　另外一个孩子却说："我是想做三先生。"
　　　　很快的有人笑了："教书？教孩子们书？我不干！有什么意思？"
　　　　"可是三先生为什么不去发明和探险，不去做项羽和张良，而在教我们书呢？"
　　　　我就说："她该去做大事业，留了学回来，在这小学校里看着孩子们拼生字，真是——"
　　　　"你真的愿意她离开我们么？"有位小朋友急了。

没有人再说话了。

小学生们终究舍不得三先生离开自己"去做项羽、张良"，天真的对白使情境跃然纸上，纸背透出学生对老师深深的爱与眷恋。

后者抒尊师深情，——

　　她那时所说的，听过也就忘了。但是，我一闭眼，还记得这位老师的笑容。一副近视眼镜。一个拖在脑后梳得松松的髻。那时看来算是相当时髦的。至少，她所穿的那件红方格子西装带裙子的衣服，在我印象里是件标准的西装——

即便时过境迁，已在实验室工作的学生对老师的仰慕之情依旧，提笔写信，无奈造化弄人，退回一封再没有人拆的信，那位温存的满面是笑容的沈先生病逝了。

振华对费孝通的滋养，如同费老对振华的感念，大概是相互交织而到无尽的。费孝通除了从王季玉先生、沈骊英先生那里感受到"爱的教育"，还学到做人做事的道理。

王季玉先生为了振华的孩子们，抛开做"大事业"的机会，人家请她"到上海去做事"，"她不肯去"。"在这把人性愈抛愈远的世界里，大家在想做项羽、张良，或是上月亮去探险时，我回忆起了二十五年前操场角落里所领悟的一种模糊的感觉，虽则我还是不知道应当怎样去衡量人间的价值，我总好像又重温了一课《爱的教育》。"费老焉是不知道怎样衡量人间的价值？

沈骊英先生婚后协助丈夫沈宗瀚事业，对于小麦品种的改良"有着历史上不可磨灭的伟大的贡献"（陶行知语）。"一个被认为早已'完成'了的小学里的老师，在我们分离的二十多年中，竟会生长得比她的学生更快。她并没有停留，她默默地做了一件中国科学界里罕有的大事。"费孝通为了中国社会学和人类学，不也是穷其一生吗？

费孝通治学严谨，生活又不乏情趣。他说自己"本是个贪嘴馋食之徒"，到各地调查农民生活，每到一地，必访尝当地乡味土肴以为一乐。食毕提笔，也就有了不少以酒肉蔬菜等为主题的文章。《肺腑之味》写他回乡偶遇鲃肺汤，消了馋劲还了夙愿，还历数鲃肺汤之来历，追究动物学之根底，色香味俱全，境史趣同文。

费孝通是社会学家，自在于"文学圈外"，不必煞费苦心写那些"圈内"被拘束的文章，倒更可以随性挥洒，使见其学养、见识、才调、文笔、境界于其中。唯其如此，远刻意而近自然，方更是文章之道。

（孙洁）

附

费孝通的师生情

柳袁照

早就想为费孝通先生写一点文字。他是我们的校友。

今天是我国第 24 个教师节。我却想到了费孝通，以及他的两篇回忆老师和母校的文章：《一封未拆的信——纪念老师沈骊英先生》和《念振华母校》。前一篇写于 1946 年 1 月 11 日，后一篇写于 20 世纪 80 年代后期。沈骊英先生是费孝通先生的启蒙老师之一。1941 年新年伊始，费孝通给恩师写信，但沈骊英终于没有收到。费孝通寄出信后，就屈指数日子，盼望能收到会使他兴奋的回信。但是，不到一个星期，就得到沈骊英脑溢血死在实验室的噩耗。然后，又过了一个星期，寄出的信便被退回来；只是加了一个信封，其他什么也没夹，费孝通悲愤地说："再没有人去拆这封信了，我把它投入了炉子里。"

沈骊英是苏州振华女校 1922 年的学生，后来留学美国。回来以后曾经在振华当老师。是我国著名的小麦专家，被称作麦子女圣。1946 年 10 月陶行知曾到振华演讲，他向同学介绍自己崇拜的伟大的女性，其中一位就是沈骊英。他说："我知道振华的精神一向是很好，尤其是女子教育一项，振华是数一数二的学校，是苏州第一个学校，也是振兴女子教育最早的先锋。"沈骊英先生由于得到王季玉校长的推荐，她出国研究植物的种植及品种改良。陶行知说：她已是三个孩子的母亲，但是她没有放弃她的学问，同时做着贡献国家的工作及农业的研究。终于她是成功了，她苦心的研究，获得了一种不怕狂风暴雨的麦子。有一天，正当狂风暴雨的时候，沈先生冒着暴风雨，在麦地中实地观察，当时发现有一坨麦子不能被暴风雨所残毁，她把这一种麦子种名做"中晨二十八"。对于品种的改良方面，她有着历史上不可磨灭的伟大的贡献。

费孝通对这样一位老师，无限地怀念。1946 年的费孝通意气风发，但他却惦念着他的沈老师。他说："我一闭眼，还记得这位老师的笑容。一副近视眼镜，一个拖在脑后梳得松松的髻。那时看来算是相当时髦的。至少，她所穿的那件红方格子西装带裙子的衣服，在我印象里是件标准的西装。"又说："我最喜欢的老师就是她。"

他回忆 1941 年的一天，坐在窗边，写了一封将近五张纸长的信给他这位二十年没有见过面、没有通过消息的老师。当他写完这信，心上像是放下了一块石头。他说："我想，任何一个老师在读着他多年前学生的信，一封表示世界上还没有把老师完全丢在脑后的学生的信，应当是一件高兴的事。我更向她说：'当你在试验室里工作得疲乏的时候，你可以想到有一个曾经受过你教育的孩子，为了要对得起他的老师，也在另一个性质不同的试验室里感觉到工作后疲乏的可贵。我可以告慰你的不过是这一些。让我再加一笔，请你原谅我，我还是像在你班上时那样粗心大意，现在还没有定心做过一个算题。'"令人扼腕叹息的是，他的沈老师竟没有等到看到这封信，就突然以身殉职了。

1935 年是费孝通先生从清华大学毕业的年份。这一年，也是费孝通与王同惠结为伉俪之年，他取得了清华公费留学资格。出国前偕王同惠赴广西实地调查，在瑶山迷路失事，王同惠身亡，费孝通受伤。翌年，费孝通回到家乡吴江休息，准备出国。在此期间，去吴江县庙港乡开弦弓村参观访问，在该村进行了一个多月的调查。秋天，费孝通抵英，师从布·马林诺斯，他根据其在吴江的调查结果，写出论文《江村经济》，开始了他的宏伟的事业之旅。但在费孝通心中，永远抹不去的是他对沈骊英老师的记忆，是启蒙老师给了他起步的力量。他总是这样清楚地记得：那副眼镜，那件红方格的西装，和温存的语调。

一个好老师，是孩子们终身受用的宝贵财富。为什么费孝通对他的沈老师这样一往情深？是因为他感受到了老师对他的爱。他说：沈先生教我算学，每次做练习，我总是第一个交卷，习题做快了，又不重看一遍，不免时常把 6 写成 8，2 写成 3。"这样一个粗心大意的孩子！"其实我的心哪里是在做算学？课堂外的世界在招惹我。可怪的是沈先生从来没有打过这个小顽皮的手心，或禁闭过这个冒失的孩子。她望着我这匆忙的神色，忙乱的步伐，微微地摇着头："孩子们，你们什么时候才会定心做一个算题？"

费孝通记着他的老师一辈子。这位著名的社会学家、人类学家、民族学家、社会活动家，曾担任民盟中央主席、第六届中国人民政治协商会议全国委员会副主席和第七届全国人民代表大会常务委员会副委员长等职。60 多年过去了，在他五访江村后，再一次走访母校苏州市第十中学，即当年的振华女校。回到北京，他撰写了《念振华母校》，文中这位慈祥的老人说道：当年的师长俱已下世，欢忆童年往事，纵谈难已。此情此景，一如定盒诗句："一种春声忘不得，长安放学夜归时。"

费孝通一生最喜欢读的书是《爱的教育》。他说：有时我也自觉奇怪，为什么这本书，对我会这样亲切？当我经历多年远别，重返苏州，踏进母校的校门时，这问题的答案蓦然来到心头。这书里所流露的人情，原来本是我早年身受的日常经验。何怪我一翻开这本书，一字一行，语语乡音那样熟悉。他说："那个学校名叫振华。苏州人大概都知道这学校。现在的校址是织造府。苏州的织造府谁不知道？这就是曹雪芹住过的地方，据说他所描写的大观园就依这个织造府作蓝本的。"是的，母校是学生永远的幸福家园。当说到母校、说到老师的时候，费孝通总是这样自豪、这样兴奋。

杨绛

简介

　　杨绛，原名杨季康，生于 1911 年 7 月 17 日，祖籍江苏无锡，1928 年振华中学部第七届毕业生，女作家、文学翻译家和外国文学研究家。1932 年毕业于苏州东吴大学，获文学学士学位，当年考入清华大学研究生院，为外国语言文学研究生。1935 年与钱锺书结婚，同年夏季与夫同赴英国、法国留学。1938 年秋回国，曾任上海震旦女子文理学院外语系教授、上海振华女校校长、清华大学外语系教授。1949 年后，调任中国社会科学院外国文学研究所研究员。1970 年下放河南省息县干校，在菜园劳动。1972 年回北京。1982 年起任中国翻译工作者协会理事、名誉理事。1986 年获西班牙国王颁发的西班牙智慧国王阿方索十世勋章。主要文学作品有《洗澡》《倒影集》、《干校六记》、《将饮茶》、《称心如意》、《弄真成假》、《风絮》，另有《堂吉诃德》、《斐多》、《小癞子》、《一九三九年以来英国散文作品》、《吉尔·布拉斯》等译著，2003 年出版回忆一家三口数十年风雨生活的《我们仨》，96 岁成书《走到人生边上》。

"小趋"记情 [1]

杨绛

　　我们菜园班的那位诗人从砖窑里抱回一头小黄狗。诗人姓区。偶有人把姓氏的"区"读如"趣"，阿香就为小狗命名"小趋"。诗人的报复很妙：他不为小狗命名"小香"，却要它和阿香排行，叫它"阿趋"。可是"小趋"

1.选自《干校六记》，生活·读书·新知三联书店，2010 年 7 月第 1 版。

叫来比"阿趋"顺口，就叫开了。好在菜园以外的人，并不知道"小趋"原是"小区"。

我们把剩余的破砖，靠窝棚南边给"小趋"搭了一个小窝，垫的是黍秸：这个窝又冷又硬。菜地里纵横都是水渠，小趋初来就掉入水渠。天气还暖的时候，我曾失足落水，湿鞋湿袜捂了一天，怪不好受的；瞧小趋滚了一身泥浆，冻得索索发抖，很可怜它。如果窝棚四围满地的黍秸是稻草，就可以抓一把为它抹拭一下。黍秸却太硬，不中用。我们只好把它赶到太阳里去晒。太阳只是"淡水太阳"，没有多大暖气，却带着凉飕飕的风。

小趋虽是河南穷乡僻壤的小狗，在它妈妈身边，总有点母奶可吃。我们却没东西喂它，只好从厨房里拿些白薯头头和零碎的干馒头泡软了喂。我们菜园班里有一位十分"正确"的老先生。他看见用白面馒头（虽然是零星残块）喂狗，疾言厉色把班长训了一顿："瞧瞧老乡吃的是什么？你们拿白面喂狗！"我们人人抱愧，从此只敢把自己嘴边省下的白薯零块来喂小趋。其实，馒头也罢，白薯也罢，都不是狗的粮食。所以小趋又瘦又弱，老也长不大。

一次阿香满面忸怩，悄悄在我耳边说："告诉你一件事。"说完又怪不好意思地笑个不了。然后她告诉我："小趋——你知道吗？——在厕所里——偷——偷粪吃！！"

我忍不住笑了。我说："瞧你这副神气，我还以为是你在那里偷吃呢！"

阿香很担心："吃惯了，怎么办？脏死了！"

我说，村子里的狗，哪一只不吃屎！我女儿初下乡，同炕的小娃子拉了一大泡屎在炕席上；她急得忙用大量手纸去擦。大娘跑来怪她糟蹋了手纸——也糟蹋了粪。大娘"呜——噜噜噜噜噜"一声喊，就跑来一只狗，上炕一阵子舔吃，把炕席连娃娃的屁股都舔得干干净净，不用洗，也不用擦。每天早晨，听到东邻西舍"呜——噜噜噜噜噜"呼狗的声音，就知道各家娃娃在喂狗呢。

我下了乡才知道为什么猪是不洁的动物：因为猪和狗有同嗜。不过猪不如狗有礼让，只顾贪嘴，全不识趣，会把蹲着的人撞倒。狗只远远坐在一旁等待，到了时候，才摇摇尾巴过去享受。我们住在村里，和村里的狗不仅成了相识，对它们还有养育之恩呢。

假如猪狗是不洁的动物，蔬菜是清洁的植物吗？蔬菜是吃了什么长大的？素食的先生们大概没有理会。

我告诉阿香，我们对"屡诫不改"和"本性难移"的人有两句老话。一是："你能改啊，狗也不吃屎了。"一是："你简直是狗对粪缸发誓！"小趋不是洋狗，没吃过西洋制造的罐头狗食。它也不如其他各连养的狗，据说他们厨房里的剩食可以喂狗，所以他们的狗养得膘肥毛润。我们厨房的剩食只许喂猪，因为猪是生产的一部分。小趋偷食，只不过是解决自己的活命问题罢了。

默存每到我们的菜园来，总拿些带毛的硬肉皮或带筋的骨头来喂小趋。小趋一见他就蹦跳欢迎。一次，默存带来两个臭蛋——不知谁扔掉的。他对着小趋"啪"一扔，小趋连吃带舔，蛋壳也一屑不剩。我独自一人看园的时候，小趋总和我一同等候默存。它远远看见默存从砖窑北面跑来，就迎上前去，跳呀、蹦呀、叫呀、拼命摇尾巴呀，还不足以表达它的欢欣，特又饶上个打滚儿；打完一滚，又起来摇尾蹦跳，然后又就地打个滚儿。默存大概一辈子也没受到这么热烈的欢迎。他简直无法向前迈步，得我喊着小趋让开路，我们三个才一同来到菜地。

我有一位同事常对我讲他的宝贝孙子。据说他那个三岁的孙子迎接爷爷回家，欢呼跳跃之余，竟倒地打了个滚儿。他讲完笑个不了。我也觉得孩子可爱，只是不敢把他的孙子和小趋相比。但我常想：是狗有人性呢？还是人有狗样儿？或者小娃娃不论是人是狗，都有相似处？小趋见了熟人就跟随不舍。我们的连搬往"中心点"之前，我和阿香每次回连吃饭，小趋就要跟。那时候它还只是一只娃娃狗，相当于学步的孩子，走路滚呀滚的动人怜爱。我们怕它走累了，不让它跟，总把它塞进狗窝，用砖堵上。一次晚上我们回连，已经走到半路，忽发现小趋偷偷儿跟在后面，原来它已破窝而出。那天是雨后，路上很不好走。我们呵骂，它也不理。它滚呀滚地直跟到我们厨房兼食堂的席棚里。人家都爱而怜之，各从口边省下东西来喂它。小趋饱吃了一餐，跟着菜园班长回菜地。那是它第一次出远门。

我独守菜园的时候，起初是到默存那里去吃饭。狗窝关不住小趋，我得把它锁在窝棚里。一次我已经走过砖窑，回头忽见小趋偷偷儿远远地跟着我呢。它显然是从窝棚的黍秸墙里钻了出来。我呵止它，它就站住不动。

可是我刚到默存的宿舍，它跟脚也来了；一见默存，快活得大蹦大跳。同屋的人都喜爱娃娃狗，争把自己的饭食喂它。小趋又饱餐了一顿。

小趋先不过是欢迎默存到菜园来，以后就跟随不舍，但它只跟到溪边就回来。有一次默存走到老远，发现小趋还跟在后面。他怕走累了小狗，捉住它送回菜园，叫我紧紧按住，自己赶忙逃跑。谁知那天他领了邮件回去，小趋已在他宿舍门外等候，跳跃着呜呜欢迎。它迎到了默存，又回菜园来陪我。

我们全连迁往"中心点"以后，小趋还靠我们班长从食堂拿回的一点剩食过日子，很不方便。所以过了一段时候，小趋也搬到"中心点"上去了。它近着厨房，总有些剩余的东西可吃，不过它就和旧菜地失去了联系。我每天回宿舍晚，也不知它的窝在哪里。连里有许多人爱狗，但也有人以为狗只是资产阶级夫人小姐的玩物。所以我待小趋向来只是淡淡的，从不爱抚它。小趋不知怎么早就找到了我住的房间。我晚上回屋，旁人常告诉我："你们的小趋来找过你几遍了。"

我感它相念，无以为报，常攒些骨头之类的东西喂它，表示点儿意思。以后我每天早上到菜园去，它就想跟。我喝住它，一次甚至拣起泥块掷它，它才站住了，只远远望着我。有一天下小雨，我独坐在窝棚内，忽听得"呜"一声，小趋跳进门来，高兴得摇着尾巴叫了几声，才傍着我趴下。它找到了从"中心点"到菜园的路！

我到默存处吃饭，一餐饭再加路上来回，至少要半小时。我怕菜园没人看守，经常在"威虎山"坡下某连食堂买饭。那儿离菜园只六七分钟的路。小趋来作客，我得招待它吃饭。平时我吃半份饭和菜，那天我买了正常的一份，和小趋分吃。食堂到菜园的路虽不远，一路的风很冷。两手捧住饭碗也挡不了寒，饭菜总吹得冰凉，得细嚼缓吞，用嘴里的暖气来加温。小趋哪里等得及我吃完了再喂它呢，不停的只顾蹦跳着讨吃。我得把饭碗一手高高擎起，舀一匙饭和菜倒在自己嘴里，再舀一匙倒在纸上，用另一手送与小趋；不然它就不客气要来舔我的碗匙了。我们这样分享了晚餐，然后我洗净碗匙，收拾了东西，带着小趋回"中心点"。

可是小趋不能保护我，反得我去保护它。因为短短两三个月内，它已由娃娃狗变成小姑娘狗。"威虎山"上堆藏着木材等东西，养一头猛狗名

"老虎"，还有一头灰狗也不弱。它们对小趋都有爱慕之意。小趋还小，本能地怕它们。它每次来菜园陪我，归途就需我呵护，喝退那两只大狗。我们得沿河走好一段路。我走在高高的堤岸上，小趋乖觉地沿河在坡上走，可以藏身。过了桥走到河对岸，小趋才得安宁。

幸亏我认识那两条大狗——我蓄意结识了它们。有一次我晚饭吃得太慢了，锁上窝棚，天色已完全昏黑。我刚走上西边的大道，忽听得"呜——wu wu wu wu……"，只见面前一对发亮的眼睛，接着看见一只大黑狗，拱着腰，仰脸狰狞地对着我。它就是"老虎"，学部干校最猛的狗。我住在老乡家的时候，晚上回村，有时迷失了惯走的路，脚下偶一趔趄，村里的狗立即汪汪乱叫，四方窜来，就得站住脚，学着老乡的声调喝一声"狗！"——据说村里的狗没有各别的名字——它们会慢慢退去。"老虎"不叫一声直蹿前来，确也吓了我一跳。但我出于习惯，站定了喝一声"老虎！"它居然没扑上来，只"wu wu wu wu……"低吼着在我脚边嗅个不停，然后才慢慢退走。以后我买饭碰到"老虎"，总叫它一声，给点儿东西吃。灰狗我忘了它的名字，它和"老虎"是同伙。我见了它们总招呼，并牢记着从小听到的教导：对狗不能矮了气势。我大约没让它们看透我多么软弱可欺。

我们迁居"中心点"之后，每晚轮流巡夜。各连方式不同。我们连里一夜分四班，每班两小时。

第一班是十点到十二点，末一班是早上四点到六点。这两班都是照顾老弱的，因为迟睡或早起，比打断了睡眠半夜起床好受些。各班都两人同巡，只第一班单独一人，据说这段时间比较安全，偷窃最频繁是在凌晨三四点左右。单独一人巡夜，大家不甚踊跃。我愿意晚睡，贪图这一班，也没人和我争。我披上又长又大的公家皮大衣，带个手电，十点熄灯以后，在宿舍四周巡行。巡行的范围很广：从北边的大道绕到干校放映电影的广场，沿着新菜园和猪圈再绕回来。熄灯十多分钟以后，四周就寂无人声。一个人在黑地里打转，时间过得很慢很慢。可是我有时不止一人，小趋常会"呜呜"两声，蹿到我脚边来陪我巡行几周。

小趋陪我巡夜，每使我记起清华"三反"时每晚接我回家的小猫"花花儿"。我本来是个胆小鬼，不问有鬼无鬼，反正就是怕鬼。晚上别说黑地里，便是灯光雪亮的地方，忽然间也会胆怯，不敢从东屋走到西屋。可是

"三反"中整个人彻底变了，忽然不再怕什么鬼。系里每晚开会到十一二点，我独自一人从清华的西北角走回东南角的宿舍。路上有几处我向来特别害怕，白天一人走过，或黄昏时分有人作伴，心上都寒凛凛地。"三反"时我一点不怕了。那时候默存借调在城里工作，阿圆在城里上学，住宿在校，家里的女佣早已入睡，只花花儿每晚在半路上的树丛里等着我回去。它也像小趋那样轻轻地"呜"一声，就蹿到我脚边，两只前脚在我脚跟上轻轻一抱——假如我还胆怯，准给它吓坏——然后往前蹿一丈路，又回来迎我，又往前蹿，直到回家，才坐在门口仰头看我掏钥匙开门。

小趋比花花儿驯服，只紧紧地跟在脚边。它陪伴着我，我却在想花花儿和花花儿引起的旧事。自从搬家走失了这只猫，我们再不肯养猫了。如果记取佛家"不三宿桑下"之戒，也就不该为一只公家的小狗留情。可是小趋好像认定了我做主人——也许只是我抛不下它。

一次，我们连里有人骑自行车到新蔡。小趋跟着车，直跑到新蔡。那位同志是爱狗的，特地买了一碗面请小趋吃，然后把它装在车兜里带回家。可是小趋累坏了，躺下奄奄一息，也不动，也不叫，大家以为它要死了。我从菜园回来，有人对我说："你们的小趋死了，你去看看它呀。"我跟他跑去，才叫了一声小趋，它认得声音，立即跳起来，汪汪地叫，连连摇尾巴。大家放心说："好了！好了！小趋活了！"小趋不知道居然有那么多人关心它的死活。

过年厨房里买了一只狗，烹狗肉吃，因为比猪肉便宜。有的老乡爱狗，舍不得卖给人吃。有的肯卖，却不忍心打死它。也有的肯亲自打死了卖。我们厨房买的是打死了的。据北方人说，煮狗肉要用硬柴火，煮个半烂，蘸葱泥吃——不知是否鲁智深吃的那种？我们厨房里依阿香的主张，用浓油赤酱，多加葱姜红烧。

那天我回连吃晚饭，特买了一份红烧狗肉尝尝，也请别人尝尝。肉很嫩，也不太瘦，和猪的精肉差不多。据大家说，小趋不肯吃狗肉，生的熟的都不吃。据区诗人说，小趋衔了狗肉，在泥地上扒了个坑，把那块肉埋了。我不信诗人的话，一再盘问，他一口咬定亲见小趋叼了狗肉去埋了。可是我仍然相信那是诗人的创造。

忽然消息传来，干校要大搬家了。领导说，各连养的狗一律不准带走。

我们搬家前已有一队解放军驻在"中心点"上。阿香和我带着小趋去介绍给他们，说我们不能带走，求他们照应。解放军战士说："放心，我们会养活它，我们很多人爱小牲口。"阿香和我告诉他小狗名"小趋"，还特意叫了几声"小趋"，让解放军知道该怎么称呼。

我们搬家那天，乱哄哄地，谁也没看见小趋，大概它找伴儿游玩去了。我们搬到明港后，有人到"中心点"去料理些未了的事，回来转述那边人的话："你们的小狗不肯吃食，来回来回地跑，又跑又叫，满处寻找。"小趋找我吗？找默存吗？找我们连里所有关心它的人吗？我们有些人懊悔没学别连的样，干脆违反纪律，带了狗到明港。可是带到明港的狗，终究都赶走了。

默存和我想起小趋，常说："小趋不知怎样了？"

默存说："也许已经给人吃掉，早变成一堆大粪了。"

我说："给人吃了也罢。也许变成一只老母狗，拣些粪吃过日子，还要养活一窝又一窝的小狗……"

回忆我的姑母 [1]

杨绛

　　中国社会科学院近代史所给我的信里说："令姑母荫榆先生也是人们熟知的人物，我们也想了解她的生平。荫榆先生在日寇陷苏州时骂敌遇害，但许多研究者只知道她在女师大事件中的作为，而不了解她晚节彪炳，这点是需要纠正的。如果您有意写补塘先生的传记，可一并写入其中。"

　　杨荫榆是我的三姑母，我称"三伯伯"。我不大愿意回忆她，因为她很不喜欢我，我也很不喜欢她。她在女师大的作为以及骂敌遇害的事，我都不大知道。可是我听说某一部电影里有个杨荫榆，穿着高跟鞋，戴一副长耳环。这使我不禁哑然失笑，很想看看电影里这位姑母是何模样。认识她的人愈来愈少了。也许正因为我和她感情冷漠，我对她的了解倒比较客观。我且尽力追忆，试图为她留下一点比较真实的形象。

　　我父亲兄弟姊妹共六人。大姑母最大，出嫁不久因肺疾去世。大伯父在武备学校因试炮失事去世。最小的三叔叔留美回国后肺疾去世，二姑母（荫枌）和三姑母都比我父亲小，出嫁后都和夫家断绝了关系，长年住在我家。

　　听说我的大姑母很美，祖父母十分疼爱。他们认为二姑母三姑母都丑。两个姑母显然从小没人疼爱，也没人理会；姊妹俩也不要好。

1.选自《将饮茶》，生活・读书・新知三联书店，2010 年 7 月第 1 版。

我的二姑夫名裴剑岑，是无锡小有名气的"才子"，翻译过麦考莱（T.B.Macaulay）的《约翰生传》（Life of Johnson）这个译本锺书曾读过，说文笔很好。据我父亲讲，二姑母无声无息地和丈夫分离了，错在二姑母。我听姐姐说，二姑母嫌丈夫肺病，夫妇不和。反正二姑母对丈夫毫无感情，也没有孩子，分离后也从无烦恼。她的相貌确也不美。三姑母相貌和二姑母完全不像。我堂姐杨保康曾和三姑母同在美国留学，合照过许多相片，我大姐也曾有几张三姑母的小照，可惜这些照片现在一张都没有了。三姑母皮肤黑黝黝的，双眼皮，眼睛炯炯有神，笑时两嘴角各有个细酒涡，牙也整齐。她脸型不错，比中等身材略高些，虽然不是天足，穿上合适的鞋，也不像小脚娘。我曾注意到她是穿过耳朵的，不过耳垂上的针眼早已结死，我从未见她戴过耳环。她不令人感到美，可是也不能算丑。我听父母闲话中讲起，祖母一次当着三姑母的面，拿着她的一张照片说："瞧她，鼻子向着天。"（她鼻子有上仰的倾向，却不是"鼻子向天"）三姑母气呼呼地说："就是你生出来的！就是你生出来的！！就是你生出来的！！！"当时家里人传为笑谈。我觉得三姑母实在有理由和祖母生气。即使她是个丑女儿，也不该把她嫁给一个低能的"大少爷"。当然，定亲的时候只求门当户对，并不知对方的底细。据我父亲的形容，那位少爷老嘻着嘴，露出一颗颗紫红的牙肉，嘴角流着哈拉子。三姑母比我父亲小六岁，甲申（1884）年生，小名申官。她是我父亲留学日本的时期由祖母之命定亲结婚的。我母亲在娘家听说过那位蒋家的少爷，曾向我祖母反对这门亲事，可是白挨了几句训斥，祖母看重蒋家的门户相当。

　　我不知道三姑母在蒋家的日子是怎么过的。听说她把那位傻爷的脸皮都抓破了，想必是为自卫。据我大姐转述我母亲的话，她回了娘家就不肯到夫家去。那位婆婆有名的厉害，先是抬轿子来接，然后派老妈子一同来接，三姑母只好硬给接走。可是有一次她死也不肯再回去，结果婆婆亲自上门来接。三姑母对婆婆有几分怕惧，就躲在我母亲的大床帐子后面。那位婆婆不客气，竟闯入我母亲的卧房，把三姑母揪出来。逼到这个地步，三姑母不再示弱，索性拍破了脸，声明她怎么也不再回蒋家。她从此就和夫家断绝了。那位傻爷是独子，有人骂三姑母为"灭门妇"，大概因为她不肯为蒋家生男育女吧？我推算她在蒋家的日子很短，因为她给婆婆揪出来的时候，我父亲还在日本。1902年我父亲回国，在家乡同朋友一起创立理化会，我的二姑母三姑母都参加学习。据说那是最早有男女同学的补习学校；尤其两个姑母都不坐轿子，步行上学，开风气之先。三姑母想必已经离开蒋家了。那时候，她不过十八周岁。

三姑母由我父亲资助，在苏州景海女中上学。我亲戚家有一位小姐和她同学。那姑娘有点"着三不着两"，无锡土话称为"开盖"（略似上海人所谓"十三点"，北方人所谓"二百五"）。她和蒋家是隔巷的街坊，可是不知道我三姑母和蒋家的关系，只管对她议论蒋家的新娘子："有什么好看呀！狠巴巴的，小脚鞋子拿来一剁两段。"末一句话全无事实根据。那时候的三姑母还很有幽默，只笑着听她讲，也不点破，也不申辩。过了些时候，那姑娘回家弄清底里，就对三姑母骂自己："开盖货！原来就是你们！"我记得三姑母讲的时候，细酒涡儿一隐一显，乐得不得了。

她在景海读了两年左右，就转学到上海务本女中，大概是务本毕业的。我母亲那时曾在务本随班听课。我偶尔听到她们谈起那时候的同学，有一位是章太炎夫人汤国梨。三姑母1907年左右考得官费到日本留学，在日本东京女子高等师范学校（现"茶水女子大学"的前身）毕业，并获得奖章。我曾见过那枚奖章，是一只别针，不知是金的还是铜的。那是在1913年。她当年就回国了，因为据苏州女师的校史，我三姑母1913至1914年曾任该校教务主任，然后就到北京工作。

我听父亲说，三姑母的日文是科班出身。日本是个多礼的国家，妇女在家庭生活和社交里的礼节更为繁重，三姑母都很内行。我记得1929年左右，苏州市为了青阳（青旸）地日本租界的事请三姑母和日本人交涉，好像双方对她都很满意。那年春天三姑母和我们姐妹同到青阳（青旸）地去看樱花，路过一个日本小学校，校内正开运动会。我们在短篱外略一逗留，观看小学生赛跑，不料贵宾台上有人认识三姑母，立即派人把我们一伙人都请上贵宾台。我看见三姑母和那些日本人彼此频频躬身行礼的样儿，觉得自己成了挺胸凸肚的野蛮人。

三姑母1914年到北京，大约就是在女高师工作。我五周岁（1916年）在女高师附小上一年级，开始能记忆三姑母。她那时是女高师的"学监"，我还是她所喜欢的孩子呢。我记得有一次我们小学生正在饭堂吃饭，她带了几位来宾进饭堂参观。顿时全饭堂肃然，大家都专心吃饭。我背门而坐，饭碗前面掉了好些米粒儿。三姑母走过，附耳说了我一句，我赶紧把米粒儿拣在嘴里吃了。后来我在家听见三姑母和我父亲形容我们那一群小女孩儿，背后看去都和我相像，一个白脖子，两橛小短辫儿，她们看见我拣吃了米粒儿，一个个都把桌上掉的米粒儿拣来吃了。她讲的时候笑出了细酒涡儿，好像对我们那一群小学生都很喜欢似的。那时候的三姑母还一点也不怪僻。

女高师的学生有时带我到大学部去玩。我看见三姑母忙着写字，也没工夫理会我。她们带我打秋千，登得老高，我有点害怕，可是不敢说。有一次她们开恳亲会，演戏三天，一天试演，一天请男宾，一天请女宾，借我去做戏里的花神，把我的牛角小辫儿盘在头顶上，插了满头的花，衣上也贴满金花。又一次开运动会，一个大学生跳绳，叫我钻到她身边像卫星似的绕着她周围转着跳。老师还教我说一套话。运动场很大，我站在场上自觉渺小，细声儿把那套话背了一遍，心上只愁跳绳绊了脚。那天总算跳得不错。事后老师问我："你说了什么话呀？谁都没听见。"

我现在回想，演戏借我做"花神"，运动会叫我和大学生一同表演等等，准是看三姑母的面子。那时候她在校内有威信，学生也喜欢她。我决不信小学生里只我一个配做"花神"，只我一个灵活，会钻在大学生身边围绕着她跳绳。

1918年，三姑母由教育部资送赴美留学。她特叫大姐带我上车站送行。大姐告诉我，三伯伯最喜欢我。可是我和她从来不亲。我记得张勋复辟时，我家没逃离北京，只在我父亲的一个英国朋友波尔登（Bolton）先生家避居几天。我母亲给我换上新衣，让三姑母带我先到波尔登家去，因为父亲还没下班呢。三姑母和波尔登对坐在他书房里没完没了地说外国话，我垂着短腿坐在旁边椅上，看看天色渐黑，不胜焦急，后来波尔登笑着用北京话对我说："你今天不回家了，住在这里了。"我看看外国人的大菱角胡子，看看三姑母的笑脸，不知他们要怎么摆布我，愁得不可开交，幸亏父母亲不久带着全家都到了。我总觉得三姑母不是我家的人，她是学校里的人。

那天我跟着大姐到火车站，看见三姑母有好些学生送行。其中有我的老师。一位老师和几个我不认识的大学生哭得抽抽噎噎，使我很惊奇。三姑母站在火车尽头一个小阳台似的地方，也只顾拭泪。火车叫了两声（汽笛声），慢慢开走。三姑母频频挥手，频频拭泪。月台上除了大哭的几人，很多人也在擦眼泪。我虽然早已乘过多次火车，可是我还小，都不记得。那次是我记忆里第一次看到火车，听到"火车叫"。我永远把"火车叫"和哭泣连在一起，觉得那是离别的叫声，听了心上很难受。

我现在回头看，那天也许是我三姑母生平最得意、最可骄傲的一天。她是出国求深造，学成归来，可以大有作为。而且她还有许多喜欢她的人为她依依惜别；据我母亲说，很多学生都送礼留念；那些礼物是三姑母多年来珍藏的纪念品。

三姑母1923年回苏州看我父亲的时候，自恨未能读得博士，只得了美国哥伦比亚大学的硕士学位，我父亲笑说："别'博士'了，头发都白了，越读越不合时宜了。"我在旁看见她头上果然有几茎白发。

1924年，她做了北京女子师范大学的校长，从此打落下水，成了一条"落水狗"。

我记得她是1925年冬天到苏州长住我家的。我们的新屋刚落成，她住在最新的房子里。后园原有三间"旱船"，形似船，大小也相同。新建的"旱船"不在原址，面积也扩大了，是个方厅（苏州人称"花厅"），三面宽廊，靠里一间可充卧房，后面还带个厢房。那前后两间是父亲给三姑母住的。除了她自买的小绿铁床，家具都现成。三姑母喜欢绿色，可是她全不会布置。我记得阴历除夕前三四天，她买了很长一幅白"十字布"，要我用绿线为她绣上些竹子做帐围。"十字布"上绣花得有"十字"花的图样。我堂兄是绘画老师。他为三姑母画了一幅竹子，上面还有一弯月亮，几只归鸟。我来不及把那幅画编成图案，只能把画纸钉在布下，照着画随手绣。"十字布"很厚，我得对着光照照，然后绣几针，很费事；她一定要在春节前绣好，怕我赶不及，扯着那幅长布帮我乱绣，歪歪斜斜，针脚都不刺在格子眼儿里，许多"十"字只是"一"字，我连日成天在她屋里做活儿，大除夕的晚饭前恰好赶完。三姑母很高兴，奖了我一支自来水笔。可惜那支笔写来笔画太粗。背过来写也不行。我倒并不图报，只是看了她那歪歪扭扭的手工不舒服。

她床头挂一把绿色的双剑——一个鞘里有两把剑。我和弟弟妹妹要求她舞剑，她就舞给我们看。那不过是两手各拿一把剑，摆几个姿势，并不像小说里写的一片剑光，不见人影。我看了很失望。那时候，她还算是喜欢我的，我也还没嫌她，只是并不喜欢她，反正和她不亲。

我和二姑母也不亲，但比较接近。二姑母上海启明女校毕业，曾在徐世昌家当过家庭教师，又曾在北京和吉林教书。我家房子还没有全部完工的时候，我曾有一二年和她同睡一屋。她如果高兴，或者我如果问得乖巧，她会告诉我好些有趣的经验；不过她性情孤僻，只顾自己，从不理会旁人。三姑母和她不一样。我记得小时候在北京，三姑母每到我们家总带着一帮朋友，或二三人，或三四人，大伙儿热闹说笑。她不是孤僻的。可是1925年冬天她到我们家的时候，她只和我父亲有说不完的话。我旁听不感兴趣，也不大懂，只觉得很烦。她对我母亲或二姑母却没几句话。大概因为我母亲是家庭妇女，不懂她的事，而二姑母和她从来说不到一块儿。她好像愿意和我们孩子亲近，却找不到途径。

有一次我母亲要招待一位年已半老的新娘子。三姑母建议我们孩子开个欢迎会，我做主席致辞，然后送上茶点，同时演个节目助兴。我在学校厌透了这一套，可是不敢违拗，勉强从命。新娘是苏州旧式小姐，觉得莫名其妙，只好勉强敷衍我们。我父亲常取笑三姑母是"大教育家"，我们却不爱受教育，对她敬而远之。

家庭里的是非非确是"清官难断"，因为往往只是个立场问题。三姑母爱惜新房子和新漆的地板，叫我的弟弟妹妹脱了鞋进屋，她自己是"解放脚"，脱了鞋不好走路，况且她的鞋是干净的。孩子在后园玩，鞋底不免沾些泥土，而孩子穿鞋脱鞋很方便，可是两个弟弟不服，去问父亲："爸爸，到旱船去要脱鞋吗？"我父亲不知底里，只说"不用"。弟弟便嘀咕："爸爸没叫我们脱鞋，她自己不脱，倒叫我们脱！"他们穿着鞋进去，觉得三姑母不欢迎，便干脆不到她那边去了。

三姑母总觉得孩子不如小牲口容易亲近。我父亲爱猫，家里有好几只猫。猫也各有各的性格。我们最不喜欢一只金银眼的纯白猫，因为它见物不见人，最无情；好好儿给它吃东西，它必定作势用爪子一抢而去。我们称它为"强盗猫"。我最小的妹妹杨必是全家的宝贝。她最爱猫，一两岁的时候，如果自个儿一人乖乖地坐着，动都不动，一脸称心满意的样儿，准是身边偎着一只猫。一次她去抚弄"强盗猫",挨了猫咪一巴掌,鼻子都抓破,气得伤心大哭。从此"强盗猫"成了我们的公敌。三姑母偏偏同情这只金银眼儿,常像抱女儿似的抱着它,代它申诉委屈似的说:"咱们顶标致的!"她出门回来,便抱着"强盗猫"说:"小可怜儿,给他们欺负得怎样了?"三姑母就和"强盗猫"同在一个阵营,成了我们的敌人。

三姑母非常敏感,感觉到我们这群孩子对她不友好。也许她以为我是头儿,其实我住宿在校,并未带头,只是站在弟弟妹妹一边。那时大姐在上海教书,三姐病休在家,三姑母不再喜欢我,她喜欢三姐了。

1927年冬,三姐订婚,三姑母是媒人。她一片高兴,要打扮"新娘"。可是三姑母和二姑母一样,从来不会打扮。我母亲是好皮肤,不用脂粉,也不许女儿搽脂抹粉。我们姐妹没有化妆品,只用甘油搽手搽脸。我和三姐刚刚先后剪掉辫子,姐妹俩互相理发,各剪个童花头,出门换上"出客衣服",便是打扮了。但订婚也算个典礼,并在花园饭店备有酒席。订婚礼前夕,三姑母和二姑母都很兴头,要另式另样地打扮三姐。三姑母一手拿一支管子,一手拿个梳子,把三姐的头发挑过来又梳过去,挑出种种几何形(三姑母是爱好数理的):正方形、长方形、扁方形、正圆形、椭圆形,还真来个三角形,末了又绕上一个桃儿形,好像要梳小辫儿似的。挑了半天也不知怎么办。二姑母拿着一把剪子把三姐的头发修了又修,越修越短。三姐乖乖地随她们摆布,毫不抗议,我母亲也不来干涉,只我站在旁边干着急。姐姐的头发实在给剪得太短了,梳一梳,一根根直往上翘。还亏二姑母花样多。当时流行用黑色闪光小珠子钉在衣裙的边上,或穿织成手提袋。二姑母教我们用细铜丝把小黑珠子穿成一个花箍,箍在发上。幸亏是三姐,怎么样儿打扮都行。她戴上珠箍,还顶漂亮。

三姐结婚,婚礼在我家举行,新房也暂设我家。因为姐夫在上海还没找妥房子。铺新床按老规矩得请"十全"的"吉利人",像我两位姑母那样的"畸零人"得回避些。我家没有这种忌讳。她们俩大概由于自己的身世,对那新房看不顺眼,进去就大说倒霉话。二姑母说窗帘上的花纹像一滴滴眼泪。三姑母说新床那么讲究,将来出卖值钱。事后我母亲笑笑说:"她们算是怄我生气的。"

我母亲向来不尖锐,她对人事的反应总是慢悠悠的。如有谁当面损她,她好像不知不觉，事后才笑说："她算是骂我的。"她不会及时反击，事后也不计较。

我母亲最怜悯三姑母早年嫁傻子的遭遇，也最佩服她"个人奋斗"的能力。我有时听到父母亲议论两个姑母。父亲说："扮官（二姑母的小名）'莫知莫觉'（指对人漠无感情），申官'细腻恶心'（指多心眼儿）。"母亲只说二姑母"独幅心思"，却为三姑母辩护，说她其实是贤妻良母，只为一辈子不得意，变成了那样儿。我猜想三姑母从蒋家回娘家的时候，大约和我母亲比较亲密。她们在务本女中也算是同过学。我觉得母亲特别纵容三姑母。三姑母要做衬衣——她衬衣全破了，我母亲怕裁缝做得慢，为她买了料子，亲自裁好，在缝衣机上很快地给赶出来。三姑母好像那是应该的，还嫌好道坏。她想吃什么菜，只要开一声口，母亲特地为她下厨。菜端上桌，母亲说，这是三伯伯要吃的，我们孩子从不下筷。我母亲往往是末后一个坐下吃饭，也末后一个吃完；她吃得少而慢。有几次三姑母饭后故意回到饭间去看看，母亲忽然聪明说："她来看我吃什么好菜呢。"说着不禁笑了，因为她吃的不过是剩菜。可是她也并不介意。

我们孩子总觉得两个姑母太自私也太自大了。家务事她们从不过问。三姑母更有一套道理。她说，如果自己动手抹两回桌子，她们（指女佣）就成了规矩，从此不给抹了。我家佣人总因为"姑太太难伺候"而辞去，所以我家经常换人，这又给我母亲添造麻烦。我们孩子就嘀嘀咕咕，母亲听见了就要训斥我们："老小（小孩子）勿要刻薄。"有一次，我嘀咕说，三姑母欺负我母亲。母亲一本正经对我说："你倒想想，她，怎么能欺负我？"当然这话很对。我母亲是一家之主（父亲全听她的），三姑母只是寄居我家。可是我和弟弟妹妹心上总不服气。

有一次，我们买了一大包烫手的糖炒热栗子。我母亲吃什么都不热心，好的要留给别人吃，不好的她也不贪吃，可是对这东西却还爱吃。我们剥到软而润的，就偷偷儿揣在衣袋里。大家不约而同地"打偏手"，一会儿把大包栗子吃完。二姑母并没在意，三姑母却精细，她说："这么大一包呢，怎么一会儿就吃光了？"我们都呆着脸。等两个姑母回房，我们各掏出一把最好的栗子献给母亲吃。母亲责备了我们几句，不过责备得很温和。她只略吃几颗，我们乐呵呵地把剩下的都吃了，绝没有为三姑母着想。她准觉得吃几颗栗子，我们都联着帮挤她。我母亲训我们的话实在没错，我们确是刻薄了，只觉得我们好好一个家，就多了这两个姑母。而在她们看来，哥哥的家就是她们自己的家，只觉得这群侄儿女太骄纵，远不像她们自己的童年时候了。

二姑母自己会消遣，很自得其乐。她独住一个小院，很清静。她或学字学画，或读诗看小说，或做活儿，或在后园拔草种花。她有方法把鸡冠花夹道种成齐齐两排，一棵棵都杆儿矮壮，花儿肥厚，颜色各各不同，有洋红、橘黄、苹果绿等等。她是我父亲所谓"最没有烦恼的人"。

三姑母正相反。她没有这种闲情逸致，也不会自己娱乐。有时她爱看个电影，不愿一人出去，就带着我们一群孩子，可是只给我们买半票。转眼我十七八岁，都在苏州东吴大学上学了，她还给买半票。大弟长得高，七妹小我五岁，却和我看似双生。这又是三姑母买半票的一个理由，她说我们只是一群孩子。我们宁可自己买票，但是不敢说。电影演到半中间，查票员命令我们补票，三姑母就和他争。我们都窘得很，不愿跟她出去，尤其是我。她又喜欢听说书。我家没人爱"听书"，父亲甚至笑她"低级趣味"。苏州有些人家请一个说书的天天到家里来说书，并招待亲友听书。有时一两家合请一个说书的，轮流做东。三姑母就常到相识的人家去听书。有些联合作东的人家并不欢迎她，她也不觉得，或是不理会。她喜欢赶热闹。

她好像有很多活动，可是我记不清她做什么工作。1927年左右她在苏州女师任教。1929年，苏州东吴大学聘请她教日语，她欣然应聘，还在女生宿舍要了一间房，每周在学校住几天。那时候她养着几只猫和一只小狗，狗和猫合不到一处，就把小狗放在宿舍里。这可激怒了全宿舍的女学生，因为她自己回家了，却把小狗锁在屋里。狗汪汪地叫个不停，闹得四邻学生课后不能在宿舍里温习功课，晚上也不得安静。寒假前大考的时候，有一晚大雪之后，她叫我带她的小狗出去，给它"把屎"。幸亏我不是个"抱佛脚"的，可是我实在不知道怎样"把屎"，只牵着狗在雪地里转了两圈，回去老实说小狗没拉屎。三姑母很不满意，忍住了没说我。管女生的舍监是个美国老姑娘，她到学期终了，请我转告三姑母：宿舍里不便养狗。也许我应该叫她自己和我姑母打交道，可是我觉得这话说不出口：我不记得自己是怎样传话的，反正三姑母很恼火，把怨都结在我身上，而把所传的话置之不理。春季开学不久，她那只狗就给人毒死了。

不久学校里出了一件事。大学附中一位美国老师带领一队学生到黑龙潭（一个风景区）春游，事先千叮万嘱不许下潭游泳，因为水深湍急，非常危险。有个学生偷偷跳下水去，给卷入急湍。老师得知，立即跳下水去营救。据潭边目击的学生说：教师揪住溺者，被溺者拖下水去；老师猛力挣脱溺者，再去捞他，水里出没几回，没有捞到，最后力竭不支，只好挣扎上岸。那孩子就淹死了，那位老师是个很老实的人，他流涕自责没尽责任，在生死关头一刹那间，他想到了自己的妻子儿女，没有舍生忘死。当时舆论认为老师已经尽了责任，即使赔掉性命，也没法救起溺者。校方为这事召开了校务会议，想必是商量怎么向溺者家长交代。参与会议的大多是洋人，校方器重三姑母，也请她参加了。三姑母在会上却责怪那位老师没舍命相救，会后又自觉失言。舍生忘死，只能要求自己，不能责求旁人；校方把她当自己人，才请她参与会议，商量办法，没要她去苛责那位惶恐自愧的老师。

她懊悔无及，就想请校委会的人吃一顿饭，大概是表示歉意。她在请客前一天告诉我母亲"明天要备一桌酒"，在我家请客，她已约下了客人。一桌酒是好办的，可是招待外宾，我家不够标准。我们的大厅高大，栋梁间的积尘平日打扫不到，后园也不够整洁。幸亏我母亲人缘好，她找到本巷"地头蛇"，立即雇来一群年富力强的小伙子，只半天工夫便把房子前前后后打扫干净。一群洋客人到了我家，对我父母大夸我，回校又对我大夸我家。我觉得他们和三姑母的关系好像由紧张又缓和下来。

三姑母请客是星期六，客散后我才回家，走过大厅后轩，看见她一人在厅上兜兜转，嘴里喃喃自骂："死开盖！""开盖货！"骂得咬牙切齿。我进去把所见告诉母亲。母亲叹气说："嗐！我叫她请最贵的，她不听。"原来三姑母又嫌菜不好，简慢了客人。其实酒席上偶有几个菜不如人意，也是小事。说错话、做错事更是人之常情，值不当那么懊恼。我现在回头看，才了解我当时看到的是一个伤残的心灵。她好像不知道人世间有同情，有原谅，只觉得人人都盯着责备她，人人都嫌弃她，而她又老是那么"开盖"。

学校里接着又出一件事。有个大学四年级的学生自称"怪物"，有意干些怪事招人注意。他穿上戏里纨绔少爷的花缎袍子，镶边马褂，戴着个红结子的瓜皮帽，跑到街上去挑粪；或叫洋车夫坐在洋车上，他拉着车在闹市跑。然后又招出一个"二怪物"；"大怪物"和大学的门房交了朋友，一同拉胡琴唱戏。他违犯校规，经常夜里溜出校门，半夜门房偷偷放他进校。学校就把"大怪物"连同门房一起开除。三姑母很可能吃了"怪物"灌她的"米汤"而对这"怪物"有好感，她认为年轻人胡闹不足怪，四年级开除学籍就影响这个青年的一辈子。她和学校意见不合，就此辞职了。

那时我大弟得了肺结核症。三姑母也许是怕传染，也许是事出偶然，她"典"了一个大花园里的两座房屋，一座她已经出租，另一座楠木楼留着自己住。我母亲为大弟的病求医问药忙得失魂落魄，却还为三姑母置备了一切日常用具，而且细心周到，还为她备了煤油炉和一箱煤油。三姑母搬入新居那天，母亲命令我们姐妹和小弟弟大伙儿都换上漂亮的衣服送搬家。我认为送搬家也许得帮忙，不懂为什么要换漂亮衣裳。三姑母典的房子在娄门城墙边，地方很偏僻。听说原来的园主为建造那个花园惨淡经营，未及竣工，他已病危，勉强坐了轿子在园内游览一遍便归天去了。花园确还像个花园，有亭台楼阁，有假山，有荷池，还有个湖心亭，有一座九曲桥。园内苍松翠柏各有姿致，相形之下，才知道我们后园的树木多么平庸。我们回家后，母亲才向我们讲明道理。三姑母是个孤独的人，脾气又坏——她和管园产的经纪人已经吵过两架，所以我们得给她装装场面，让人家知道她亲人不少，而且也不是贫寒的。否则她在那种偏僻的地方会受欺，甚至受害。

三姑母搬出后，我们才知道她搬家也许还是"怪物"促成的。他介绍自己的一个亲戚叫"黄少奶"为三姑母管理家务。三姑母早已买下一辆包车，又雇了一个车夫，一个女佣，再加有人管家，就可以自立门户了。她竭力要拼凑一个像样的家，还问我大伯母要了一个孙女儿。她很爱那个孩子，孩子也天真可爱，可是一经她精心教育，孩子变成了一个懂事的小养媳妇儿。不巧我婶母偶到三姑母家去住了一夜，便向大伯母诉说三姑母家的情况，还说孩子瘦了。大伯母舍不得，忙把孩子讨回去。

三姑母家的女佣总用不长，后来"黄少奶"也辞了她。我母亲为她置备的煤油炉成了她的要紧用具。她没有女佣，就坐了包车到我家来吃饭。那时候我大弟已经去世。她常在我们晚饭后乘凉的时候，忽然带着车夫来吃晚饭。天热，当时还没有冷藏设备，厨房里怕剩饭剩菜馊掉，尽量吃个精光。她来了，母亲得设法安排两个人的饭食。时常特地为她留着晚饭，她又不来，东西都馊掉。她从不肯事先来个电话，仿佛故意捣乱。所以她来了，我和弟弟妹妹在后园躲在花木深处，黑地里装作不知道。大姐最识体，总是她敷衍三姑母，陪她说话。

她不会照顾自己，生了病就打电话叫我母亲去看她。母亲带了大姐同去伺候，还得包半天的车，因为她那里偏僻，车夫不肯等待，附近也叫不到车。一次母亲劝她搬回来住，她病中也同意，可是等我母亲作好种种准备去接她，她又变卦了。她是好动的，喜欢坐着包车随意出去串门。我们家的大门虽然有六扇，日常只开中间两扇。她那辆包车特大，门里走不进——只差两分，可是门不能扩大，车也不能削小。她要是回我们家住，她那辆车就没处可放。

她有个相识的人善"灌米汤"，常请她吃饭，她很高兴，不知道那人请饭不是白请的。他陆续问我三姑母借了好多钱，造了新房子，前面还有个小小的花园。三姑母要他还钱的时候，他就推委不还，有一次晚上三姑母到他家去讨债，那人灭了电灯，放狗出来咬她。三姑母吃了亏，先还不肯对我父母亲讲，大概是自愧喝了"米汤"上当，后来忍不住才讲出来的。

她在一个中学教英文和数学，同时好像在创办一个中学叫"二乐"，我不大清楚。我假期回家，她就抓我替她改大叠的考卷；瞧我改得快，就说，"到底年轻人做事快"，每学期的考卷都叫我改。她嫌理发店脏，又抓我给她理发。父亲常悄悄对我说："你的好买卖来了。"三姑母知道父亲袒护我，就越发不喜欢我，我也越发不喜欢她。

1935年夏天我结婚，三姑母来吃喜酒，穿了一身白夏布的衣裙和白皮鞋。贺客诧怪，以为她披麻戴孝来了。我倒认为她不过是一般所谓"怪僻"。1929年她初到东吴教课，做了那一套细夏布的衣裙，穿了还是很"帅"的。可是多少年过去了，她大概没有添做过新衣。我母亲为我大弟的病、大弟的死，接下父亲又病，没心思管她。她从来不会打扮自己，也瞧不起女人打扮。

我记得那时候她已经在盘门城河边买了一小块地，找匠人盖了几间屋。不久她退掉典来的花园房子，搬入新居。我在国外，她的情况都是大姐姐后来告诉我的。日寇侵占苏州，我父母带了两个姑母一同逃到香山暂住。香山沦陷前夕，我母亲病危，两个姑母往别处逃避，就和我父母分手了。我母亲去世后，父亲带着我的姐姐妹妹逃回苏州，两个姑母过些时候也回到苏州，各回自己的家（二姑母已抱了一个不认识的孩子做孙子，自己买了房子）。三姑母住在盘门，四邻是小户人家，都深受敌军的蹂躏。据那里的传闻，三姑母不止一次跑去见日本军官，责备他纵容部下奸淫掳掠。军官就勒令他部下的兵退还他们从三姑母四邻抢到的财物。街坊上的妇女怕日本兵挨户找"花姑娘"，都躲到三姑母家里去。1938 年 1 月 1 日，两个日本兵到三姑母家去，不知用什么话哄她出门，走到一座桥顶上，一个兵就向她开一枪，另一个就把她抛入河里。他们发现三姑母还在游泳，就连发几枪，见河水泛红，才扬长而去。邻近为她造房子的一个木工把水里捞出来的遗体入殓。棺木太薄，不管用，家属领尸的时候，已不能更换棺材，也没有现成的特大棺材可以套在外面，只好赶紧在棺外加钉一层厚厚的木板。

1939 年我母亲安葬灵岩山的绣谷公墓。二姑母也在那公墓为三姑母和她自己合买一块墓地。三姑母和我母亲是同日下葬的。我看见母亲的棺材后面跟着三姑母的奇模怪样的棺材，那些木板是仓促间合上的，来不及刨光，也不能上漆。那具棺材，好像象征了三姑母坎坷别扭的一辈子。

我母亲曾说："三伯伯其实是贤妻良母。"我父亲只说："申官如果嫁了一个好丈夫，她是个贤妻良母。"我觉得父亲下面半句话没说出来。她脱离蒋家的时候还很年轻，尽可以再嫁。可是据我所见，她挣脱了封建家庭的栓结，就不屑做什么贤妻良母。她好像忘了自己是女人，对恋爱和结婚全不在念。她跳出家庭，就一心投身社会，指望有所作为。她留美回国，做了女师大的校长，大约也自信能有所作为。可是她多年在国外埋头苦读，没看见国内的革命潮流。她不能理解当前的时势，她也没看清自己所处的地位。如今她已作古人，提及她而骂她的人还不少，记得她而知道她的人已不多了。

冒险记幸 [1]

杨绛

　　在息县上过干校的，谁也忘不了息县的雨——灰蒙蒙的雨，笼罩人间；满地泥浆，连屋里的地也潮湿得想变浆。尽管泥路上经太阳晒干的车辙像刀刃一样坚硬，害我们走得脚底起泡，一下雨就全化成烂泥，滑得站不住脚，走路拄着拐杖也难免滑倒。我们寄居各村老乡家，走到厨房吃饭，常有人滚成泥团子。厨房只是个席棚；旁边另有个席棚存放车俩和工具。我们端着饭碗尽量往两个席棚里挤。棚当中地较干，站在边缘不仅泥泞，还有雨丝飕飕地往里扑。但不论站在席棚的中央或边缘，头顶上还点点滴滴漏下雨来。吃完饭，还得踩着烂泥，一滑一跌到井边去洗腕。回村路上如果打破了热水瓶，更是无法弥补的祸事，因为当地买不到，也不能由北京邮寄。唉！息县的雨天，实在叫人鼓不起劲来。

　　一次，连着几天下雨。我们上午就在村里开会学习，饭后只核心或骨干人员开会，其余的人就放任自流了。许多人回到寄寓的老乡家，或写信，或缝补，或赶做冬衣。我住在副队长家里，虽然也是六面泥的小房子，却比别家讲究些，朝南的泥墙上还有个一尺宽、半尺高的窗洞。我们糊上一层薄纸，又挡风，又透亮。我的床位在没风的暗角落里，伸手不见五指，

1.选自《干校六记》，生活·读书·新知三联书店，2010 年 7 月第 1 版。

除了晚上睡觉，白天待不住。屋里只有窗下那一点微弱的光，我也不愿占用。况且雨里的全副武装——雨衣、雨裤、长统雨鞋，都沾满泥浆，脱换费事，还有一把水淋淋的雨伞也没处挂。我索性一手打着伞，一手拄着拐棍，走到雨里去。

我在苏州故居的时候最爱下雨天。后园的树木，雨里绿时青翠欲滴，铺地的石子冲洗得光洁无尘；自己觉得身上清润，心上洁净。可是息县的雨，使人觉得自己确是黄土捏成的，好像连骨头都要化成一堆烂泥了。我踏着一片泥海，走出村子。看看表，才两点多，忽然动念何不去看看默存。我知道擅自外出是犯规，可是这时候不会吹号、列队、点名。我打算偷偷儿抄过厨房，直奔西去的大道。

连片的田里都有沟；平时是干的，积雨之后，成了大大小小的河渠。我走下一座小桥，桥下的路已淹在水里，和沟水汇成一股小河。但只差几步就跨上大道了。我不甘心后退，小心翼翼，试探着踩过靠岸的浅水；虽然有几脚陷得深些，居然平安上坡。我回头看看后无追兵，就直奔大道西去，只心上切记，回来不能再走这条路。

泥泞里无法快走，得步步着实。雨鞋愈走愈重；走一段路，得停下用拐杖把鞋上沾的烂泥拔掉。雨鞋虽是高统，一路上的烂泥粘得变成"胶力士"，争着为我脱靴，好几次我险地把雨鞋留在泥里。而且不知从哪里搓出来不少泥丸子，会落进高统的雨鞋里去。我走在路南边，就觉得路北边多几茎草，可免滑跌；走到路北边，又觉得还是南边草多。这是一条坦直的大道，可是将近砖窑，有两三丈路基塌陷。当初我们菜园挖井，阿香和我推车往菜地送饭的时候，到这里就得由阿香推车下坡又上坡。连天下雨，这里一片汪洋，成了个清可见底的大水塘。中间有两条堤岸，我举足踹上堤岸，立即深深陷下去，原来那是大车拱起的轮辙，浸了水是一条"酥堤"。我跋涉到此，虽然走的是平坦大道，也大不容易，不愿废然而返。水并不没过靴统，还差着一二寸。水底有些地方是沙，有些地方是草，沙地有软有硬，草地也有软硬。我拄着拐杖一步一步试探着前行，想不到竟安然渡过了这个大水塘。

上坡走到砖窑，就该拐弯往北。有一条小河由北而南，流到砖窑坡下，稍一停洄，就泛入窑西低洼的荒地里去。坡下那片地，平时河水蜿蜒而过，雨后水涨流急，给冲成一个小岛。我沿河北去，只见河面愈来愈广。默存的宿舍在河对岸，是几排灰色瓦房的最后一排。我到那里一看，河宽至少一丈。原来的一架四五尺宽的小桥，早已冲垮，歪歪斜斜浮在下游水面上。雨丝绵绵密密，把天和地都连成一片，可是面前这一道丈许的河，却隔断了道路。我在东岸望着西岸，默存住的房间更在这排十几间房间的最西头。我望着望着，不见一人，忽想到假如给人看见，我岂不成了笑话。没奈何，我只得踏着泥泞的路，再往回走；一面走，一面打算盘。河愈南去愈窄，水也愈急。可是如果到砖窑坡下跳上小岛，跳过河去，不就到了对岸吗？那边看去尽是乱石荒墩，并没有道路，可是地该是连着的，没有河流间隔。但河边泥滑，穿了雨靴不如穿布鞋灵便，小岛的泥土也不知是否坚固。我回到那里，伸过手杖去扎那个小岛，泥土很结实。我把手杖扎得深深的，攀着杖跳上小岛，又如法跳到对岸。一路坑坑坡坡，一脚泥、一脚水，历尽千难万阻，居然到了默存宿舍的门口。

我推院进去，默存吃了一惊。

"你怎么来了？"

我笑说："来看看你。"

默存急得直骂我，催促我回去。我也不敢逗留，因为我看过表，一路上费的时候比平时多一倍不止。我又怕小岛愈冲愈小，我就过不得河了。灰蒙蒙的天，再昏暗下来，过那片水塘就难免陷入泥里去。

恰巧有人要过砖窑往西到"中心点"去办事。我告诉他说，桥已冲垮。他说不要紧，南去另有出路。我就跟他同走。默存穿上雨鞋，打着雨伞，送了我们一段路。那位同志过砖窑往西，我就往东。好在那一路都是刚刚走过的，只需耐心、小心，不妨大着胆子。我走到我们厨房，天已经昏黑。晚饭已过，可是席棚里还有灯火，还有人声。我做贼也似的悄悄掠过厨房，泥泞中用最快的步子回屋。

我再也记不起我那天的晚饭是怎么吃的；记不起是否自己保留了半个馒头，还是默存给我吃了什么东西；也记不起是否饿了肚子。我只自幸没有掉在河里，没有陷入泥里，没有滑跌，也没有被领导抓住，便是同屋的伙伴，也没有觉察我干了什么反常的事。

入冬，我们全连搬进自己盖的新屋。军宣队要让我们好好过个年，吃一餐丰盛的年夜饭，免得我们苦苦思家。

外文所原是文学所分出来的。我们连里有几个女同志的"老头儿"（默存就是我的"老头儿"——不管老不老，丈夫就叫"老头儿"）在他们连里，我们连里同意把几位"老头儿"请来同吃年夜饭。厨房里的烹调能手各显奇能，做了许多菜：熏鱼、酱鸡、红烧猪肉、咖喱牛肉等等应有尽有；还有凉拌的素菜，都很可口。默存欣然加入我们菜园一伙，围着一张长方大桌子吃了一餐盛馔。小趋在桌子底下也吃了个撑肠拄腹；我料想它尾巴都摇酸了。记得默存六十周岁那天，我也附带庆祝自己的六十虚岁，我们只开了一罐头红烧鸡。那天我虽放假，他却不放假。放假吃两餐，不放假吃三餐。我吃了早饭到他那里，中午还吃不了饭，却又等不及吃晚饭就得回连，所以只勉强啃了几口馒头。这番吃年夜饭，又有好菜，又有好酒；虽然我们俩不喝酒，也和旁人一起陶然忘忧。晚饭后我送他一程，一路走一路闲谈，直到拖拉机翻倒河里的桥边，默存说："你回去吧。"他过桥北去，还有一半路。

那天是大雪之后，大道上雪已融体，烂泥半干，踩在脚下软软的，也不滑，也不硬。可是桥以北的小路上雪还没化。天色已经昏黑，我怕默存近视眼看不清路——他向来不会认路——干脆直把他送回宿舍。

雪地里，路径和田地连成一片，很难分辨。我一路留心记住一处处的标志，例如哪个转角处有一簇几棵大树、几棵小树，树的枝叶是什么姿致；什么地方，路是斜斜地拐；什么地方的雪特厚，哪是田边的沟，面上是雪，踹下去是半融化的泥浆，归途应当回避等等。

默存屋里已经灯光雪亮。我因为时间不早，不敢停留，立即辞归。一位年轻人在旁说，天黑了，他送我回去吧。我想这是大年夜，他在暖融融的屋里，说说笑笑正热闹，叫他冲黑冒寒送我，是不情之请。所以我说不必，我认识路。默存给他这么一提，倒不放心了。我就吹牛说："这条路，我哪天不走两遍！况且我带着个很亮的手电呢，不怕的。"其实我每天来回走的路，只是南岸的堤和北岸的东西大道。默存也不知道不到半小时之间，室外的天地已经变了颜色，那一路上已不复是我们同归时的光景了。而且回来朝着有灯光的房子走，容易找路；从亮处到黑地里去另是一回事。我坚持不要人送，他也不再勉强。他送我到灯光所及的地方，我就叫他回去。

我自恃惯走黑路，站定了先辨辨方向。有人说，女同志多半不辨方向。我记得哪本书上说，女人和母鸡，出门就迷失方向。这也许是侮辱了女人。但我确是个不辨方向的动物，往往"欲往城南往城北"。默存虽然不会认路，我却靠他辨认方向。这时我留意辨明方向：往西南，斜斜地穿出树林，走上林边大道；往西，到那一簇三五棵树的地方，再往南拐；过桥就直奔我走熟的大道回宿舍。

可是我一走出灯光所及的范围，便落入一团昏黑里。天上没一点星光，地下只一片雪白；看不见树，也看不见路。打开手电，只照见远远近近的树干。我让眼睛在黑暗里习惯一下，再睁眼细看，只见一团昏黑，一片雪白。树林里那条蜿蜒小路，靠宿舍里的灯光指引，暮色苍茫中依稀还能辨认，这时完全看不见了。

我几乎想退回去请人送送。可是再一转念：遍地是雪，多两只眼睛亦未必能找出路来；况且人家送了我回去，还得独自回来呢，不如我一人闯去。

我自信四下观望的时候脚下并没有移动。我就硬着头皮，约莫朝西南方向，一纳头走进黑地里去。假如太往西，就出不了树林；我宁可偏向南走。地下看着雪白，踩下去却是泥浆。幸亏雪下有些黍秸秆儿、断草绳、落叶之类，倒也不很滑。我留心只往南走，有树挡住，就往西让。我回头望望默存宿舍的灯光，已经看不见了，也不知身在何处。走了一会儿，忽一脚踩个空，栽在沟里，吓了我一大跳；但我随即记起林边大道旁有个又宽又深的沟，这时撞入沟里，不胜欣喜，忙打开手电，找到个可以上坡的地方，爬上林边的大道。

大道上没雪，很好走，可以放开步子，可是得及时往南拐弯。如果一直走，便走到"中心点"以西的邻村去了。大道两旁植树，十几步一棵。我只见树干，看不见枝叶，更看不见树的什么姿致。来时所认的标志，一无所见。我只怕错失了拐弯处，就找不到拖拉机翻身的那座桥。迟拐弯不如早拐弯——拐迟了走入连片的大田，就够我在里面转个通宵了，所以我看见有几棵树聚近在一起，就忙拐弯往南。

一离开大道，我又失去方向；走了几步，发现自己在黍秸丛里。我且直往前走。只要是往南，总会走到河边，到了河边，总会找到那座桥。

我曾听说，有坏人黑夜躲在黍秸田里，我也怕野狗闻声蹿来，所以机伶着耳朵，听着四周的动静轻悄悄地走，不拂动两旁黍秸的枯叶。脚下很泥泞，却不滑。我五官并用，只不用手电。不知走了多久，忽见前面横着一条路，更前面是高高的堤岸。我终于到了河边！只是雪地又加黑夜，熟悉的路也全然陌生，无法分辨自己是在桥东还是桥西——因为桥西也有高高的堤岸。假如我已在桥西，那条河愈西去愈宽，要走到"中心点"西头的另一个砖窑，才能转到河对岸，然后再折向东去找自己的宿舍。听说新近有个干校学员在那个砖窑里上吊死了。幸亏我已经不是原先的胆小鬼，否则桥下有人淹死，窑里有人吊死，我只好徘徊河边吓死。我估计自己性急，一定是拐弯过早，还在桥东，所以且往西走；一路拢去，果然找到了那座桥。

过桥虽然还有一半路，我飞步疾行，一会儿就到家了。

"回来了？"同屋的伙伴儿笑脸相迎，好像我才出门走了几步路。在灯光明亮的屋里，想不到昏黑的野外另有一番天地。

1971年早春，学部干校大搬家，由息县迁往明港师部的营房。干校的任务，由劳动改为"学习"——学习阶级斗争吧？有人不解"学部"指什么，这时才恍然："学部"就是"学习部"。

看电影大概也算是一项学习，好比上课，谁也不准逃学（默存因眼睛不好，看不见，得以豁免）。放映电影的晚上，我们晚饭后各提马札儿，列队上广场。

各连有指定的地盘，各人挨次放下马札儿入座。有时雨后，指定的地方泥泞，马扎儿只好放在烂泥上；而且保不定天又下雨，得带着雨具。天热了，还有防不胜防的大群蚊子。不过上这种课不用考试。我睁眼就看看，闭眼就歇歇。电影只那么几部，这一回闭眼没看到的部分，尽有机会以后补看。回宿舍有三十人同屋，大家七嘴八舌议论，我只需旁听，不必泄漏自己的无知。

一次我看完一场电影，随着队伍回宿舍。我睁着眼睛继续做我自己的梦，低头只看着前人的脚跟走。忽见前面的队伍渐渐分散，我到了宿舍的走廊里，但不是自己的宿舍。我急忙退回队伍，队伍只剩个尾巴了，一会儿，这些人都纷纷走进宿舍去。我不知道自己的宿舍何在，连问几人，都说不知道。他们各自忙忙回屋，也无暇理会我，我忽然好比流落异乡，举目无亲。

抬头只见满天星斗。我认得几个星座；这些星座这时都乱了位置。我不会借星座的位置辨认方向，只凭颠倒的位置知道离自己的宿舍很远了。营地很大，远远近近不知有多少营房，里面都亮着灯。营地上纵横曲折的路，也不知有多少。

营房都是一个式样，假如我在纵横曲折的路上乱跑，一会儿各宿舍熄了灯，更无从寻找自己的宿舍了。目前只有一法：找到营房南边铺石块的大道，就认识归路。放映电影的广场离大道不远，我错到的陌生宿舍，估计离广场也不远。营房大多南向，北斗星在房后——这一点我还知道。我只要背着这个宿舍往南去，寻找大道，即使绕了远路，道路却好走。

我怕耽误时间，不及随着小道曲折而行，只顾抄近，直往南去，不防走进了营地的菜圃。营地的菜圃不比我们在息县的菜圃。这里地肥，满畦密密茂茂的菜，盖没了一畦畦的分界。我知道这里每一二畦有一眼沤肥的粪井；井很深。不久前，也是看电影回去，我们连里一位高个儿年轻人失足落井。他爬了出来，不顾寒冷，在"水房"——我们的盥洗室——冲洗了好半天才悄悄回屋，没闹得人人皆知。我如落井，谅必一沉到底，呼号也没有救应。冷水冲洗之厄，压根儿可不必考虑。

我当初因为跟着队伍走不需手电，并未注意换电池。我的手电昏暗无光，只照见满地菜叶，也不知是什么菜。我想学猪八戒走路的办法，虽然没有扁担可以横架肩头，我可以横抱着马扎儿，扩大自己的身躯。可是如果我掉下半身，呼救无应，还得掉下粪井。我不敢再胡思乱想，一手提马扎儿，一手打着手电，每一步都得踢开菜叶，缓缓落脚，心上虽急，却战战兢兢，如临深渊，一步不敢草率。好容易走过这片菜地，过一道沟仍是菜地。简直像梦魇似的，走呀、走呀，总走不出这片菜地。

幸亏方向没错，我出得菜地，越过煤渣铺的小道，越过乱草、石堆，终于走上了石块铺的大路。我立即拔步飞跑，跑几步、走几步，然后转北，一口气跑回宿舍。屋里还没有熄灯，末一批上厕所的刚回房，可见我在菜地里走了不到二十分钟。好在没走冤枉路，我好像只是上了厕所回屋，谁也没有想到我会睁着眼睛跟错队伍。假如我掉在粪井里，几时才会被人发现呢？我睡在硬帮帮、结结实实的小床上，感到享不尽的安稳。

有一位比我小两岁的同事，晚饭后乖乖地坐在马扎上看电影，散场时他因脑溢血已不能动弹，救治不及，就去世了。从此老年人可以免修晚上的电影课。我常想，假如我那晚在陌生的宿舍前叫喊求救，是否可让老年人早些免修这门课呢？只怕我的叫喊求救还不够悲剧，只能成为反面教材。

所记三事，在我就算是冒险，其实说不上什么险；除非很不幸，才会变成险。

我一个人思念我们仨 [1]

杨绛

自从迁居三里河寓所，我们好像跋涉长途之后，终于有了一个家，我们可以安顿下来了。

我们两人每天在起居室静静地各据一书桌，静静地读书工作。我们工作之余，就在附近各处"探险"，或在院子里来回散步。阿瑗回家，我们大家掏出一把又一把的"石子"把玩欣赏。阿瑗的石子最多。周奶奶也身安心闲，逐渐发福。

我们仨，却不止三人。每个人摇身一变，可变成好几个人。例如阿瑗小时才五六岁的时候，我三姐就说："你们一家呀，圆圆头最大，锺书最小。"我的姐姐妹妹都认为三姐说得对。阿瑗长大了，会照顾我，像姐姐；会陪我，像妹妹；会管我，像妈妈。阿瑗常说："我和爸爸最'哥们'，我们是妈妈的两个顽童，爸爸还不配做我的哥哥，只配做弟弟。"我又变为最大的。锺书是我们的老师。我和阿瑗都是好学生，虽然近在咫尺，我们如有问题，问一声就能解决，可是我们决不打扰他，我们都勤查字典，到无法自己解决才发问。他可高大了。但是他穿衣吃饭，都需我们母女把他当孩子般照顾，他又很弱小。

他们两个会联成一帮向我造反，例如我出国期间，他们连床都不铺，

1.选自《我们仨》，生活·读书·新知三联书店，2003 年 7 月第 1 版。

预知我将回来，赶忙整理。我回家后，阿瑗轻声嘀咕："狗窠真舒服。"有时他们引经据典的淘气话，我一时拐不过弯，他们得意说："妈妈有点笨哦！"我的确是最笨的一个。我和女儿也会联成一帮，笑爸爸是色盲，只识得红、绿、黑、白四种颜色。其实锺书的审美感远比我强，但他不会正确地说出什么颜色。我们会取笑锺书的种种笨拙。也有时我们夫妇联成一帮，说女儿是学究，是笨蛋，是傻瓜。

我们对女儿，实在很佩服。我说："她像谁呀？"锺书说："爱教书，像爷爷；刚正，像外公。"她在大会上发言，敢说自己的话。她刚做助教，因参与编《英汉小词典》（商务出版），当了代表，到外地开一个极左的全国性语言学大会。有人提出凡"女"字旁的字都不能用，大群左派都响应赞成。钱瑗是最小的小鬼，她说："那么，毛主席词'嫦娥捧出桂花酒'怎么说呢？"这个会上被贬得一文不值的大学者如丁声树、郑易里等老先生都喜欢钱瑗。

钱瑗曾是教材评审委员会的审稿者。一次某校要找个认真的审稿者，校方把任务交给钱瑗。她像猎狗般嗅出这篇论文是抄袭。她两个指头，和锺书一模一样地摘着书页，稀里哗啦地翻书，也和锺书翻得一样快，一下子找出了抄袭的原文。

1987年师大外语系与英国文化委员会合作建立中英英语教学项目（TEFL），钱瑗是建立这个项目的人，也是负责人。在一般学校里，外国专家往往是权威。一次师大英语系新聘的英国专家对钱瑗说，某门课他打算如此这般教。钱瑗说不行，她指示该怎么教。那位专家不服。据阿瑗形容："他一双碧蓝的眼睛骨碌碌地看着我，像猫。"钱瑗带他到图书室去，把他该参考的书一一拿给他看。这位专家想不到师大图书馆竟有这些高深的专著。学期终了，他到我们家来，对钱瑗说："Yuan you worked me hard."但是他承认"得益不浅"。师大外国专家的成绩是钱瑗评定的。

我们眼看着女儿在成长，有成就，心上得意。可是我们的"尖兵"每天超负荷地工作——据学校的评价，她的工作量是百分之二百，我觉得还不止。她为了爱护学生，无限量地加重负担。例如学生的毕业论文，她常常改了又责令重做。我常问她："能偷点儿懒吗？能别这么认真吗？"她总摇头。我只能暗暗地在旁心疼。

阿瑗是我生平杰作，锺书认为"可造之材"，我公公心目中的"读书种子"。她上高中学背粪桶，大学下乡下厂，毕业后又下放四清，九蒸九焙，却始终只是一粒种子，只发了一点芽芽。做父母的，心上不能舒坦。

锺书的小说改为电视剧，他一下子变成了名人。许多人慕名从远地来，要求一睹钱锺书的风采。他不愿做动物园里的稀奇怪兽，我只好守住门为他挡客。

他每天要收到许多不相识者的信。我曾请教一位大作家对读者来信是否回复。据说他每天收到大量的信，怎能一一回复呢。但锺书每天第一事是写回信，他称"还债"。他下笔快，一会儿就把"债"还"清"。这是他对来信者一个礼貌性的答谢。但是债总还不清；今天还了，明天又欠。这些信也引起意外的麻烦。

他并不求名，却躲不了名人的烦扰和烦恼。假如他没有名，我们该多么清静！

人世间不会有小说或童话故事那样的结局："从此，他们永远快快活活地一起过日子。"

人间没有单纯的快乐。快乐总夹带着烦恼和忧虑。

人间也没有永远。我们一生坎坷，暮年才有了一个可以安顿的居处。但老病相催，我们在人生道路上已走到尽头了。

周奶奶早已因病回家。锺书于1994年夏住进医院。我每天去看他，为他送饭，送菜，送汤汤水水。阿瑗于1995年冬住进医院，在西山脚下。我每晚和她通电话，每星期去看她。但医院相见，只能匆匆一面。三人分居三处，我还能做一个联络员，经常传递消息。

1997年早春，阿瑗去世。1998年岁末，锺书去世。我们三人就此失散了。就这么轻易地失散了。"世间好物不坚牢，彩云易散琉璃脆。"现在只剩下了我一人。

我清醒地看到以前当作"我们家"的寓所，只是旅途上的客栈而已。家在哪里，我不知道。我还在寻觅归途。

评论
与世无争　睿智幽默

　　杨绛生于清末民初，几经朝代更迭，饱览世事风云。加之随父南北徙居，经历战乱和出国留学，阅历丰富，学养深厚，对人生的体验与悟解十分独特和透彻，以致能笑迎苦难人生，并以出世的达观对待世俗的生活。《回忆我的父亲》既让人领略到父辈的人格魅力和传统家教对其人生观的影响，又给人以世事变幻、沧海桑田的历史感受。她同情《老王》、《林奶奶》和顺姐等社会底层的小人物，痛恨并不《客气的日本人》，厌恶市井泼皮，关心佣人，怀念可爱的小猫《花花儿》和小狗"小趋"……感情不可谓不丰富、细腻而深沉。然而，她叙述起来极为平静沉着，心游万仞却如月穿潭底，水波不惊。细细品味，如饮陈年佳酿，愈发使人感到真切、自然而深刻。

　　缄默的智慧、旷达的胸襟和哲人的风度，使杨绛能既人性化又理性化地观察社会发展的态势和大千世界的芸芸众生。面对苦难和不平遭遇，杨绛既能入乎其内，痛切体验，又能出乎其外，客观再现。其文字朴实自然，风格清新细腻，内容耐人寻味，可谓温柔敦厚而又不失机智幽默，貌似平淡而又饱含人生哲理，充满浓郁的生活气息和撼人的艺术张力。尤为感人的是其作品凸现了一个极具代表性的东方知识女性人格深处那坚韧刚强、虚怀若谷、与世无争、波澜不惊的优秀品质。

　　《干校六记》叙述了她从社科院专家沦为干校劳动改造者的一系列经历。《"小趋"记情》写道："我本来是个胆小鬼，不问有鬼无鬼，反正就是怕鬼。"而《学圃记闲》则又写道："我喜欢走黑路。"因为"我常记起曾见一幅画里，一个老者背负行囊，挂着拐杖，由山坡下一条小路一步步走入自己的坟墓；自己仿佛也是如此。"无须赘言，在那人格、自由乃至生命都无法得到保障的年代里，"鬼"又算得了什么呢！人生的最大痛苦莫过于生离死别。《干校六记》开头和结尾都写了送别的场面，而女婿自杀后、女儿孤身送母下干校的场景比当年学生送三姑母赴美留学时那种"把'火车叫'和哭泣连在一起"的感受还要凄惨，但作者只是"合上眼，让眼泪流进鼻子，流入肚里"。这里没有悲伤，没有夸张，没有愤怒，甚至也没有抱怨命运的坎坷与不公，而是让读者去思索、去体味、去领略一代知识分子在"文革"中的不幸命运。大音希声，此时无声胜有声。

解读杨绛苦难的生命之旅，令人不时惊奇于她的睿智幽默。《丙午丁未年纪事》中，她与丈夫在挨斗前，自己精制写有罪状的牌子挂在胸前相互欣赏，她把高帽子和地平线的角度尽量缩小，形成自然低头式，并把"眉眼都罩在帽子里"，"站在舞台连上，学马那样站着睡觉"。诸如此类，让人欲笑如哭。作者用幽默的自嘲表达生存的无奈和辛酸，用一种含泪的笑，去抚慰结满老茧的感情创伤。这种深刻的平淡、凄楚的幽默，令读者动容，并长久回味其丰富而深邃的内涵。

杨绛的散文浸透着浓郁的悲喜剧因素。具体地说，是充满了一种力图以喜剧精神压倒悲剧精神的努力。她尽量用喜剧语言冲淡残酷的岁月记忆，减弱沉重的精神压力。她喜欢用短句子，像讲故事似的又穿插一些轻松的评论和独白，还包括生活中的奇闻轶事、对话情态、闲趣琐状，充分表现了一个家庭的和乐风范，而对生活中存在的悲剧，却只是用淡淡的语调平实地叙来，丝毫看不到抱怨和泄愤的企图。杨绛不希望读者随受她的痛苦，而读者却恰恰能从她的作品中读到无需言喻的生活体验。

从整体的美学效果上来看，杨绛的散文和与她同一时期的多数作家一样，呈现出一种活淡、平和、睿智的风格。在艺术上，语言表达简洁、凝练、幽默，结构安排比较机智，开合自如，技巧运用娴熟，不着痕迹，处处"随心所欲"，又处处颇具匠心地洒脱与严谨。总是在冷静的叙述中，给读者以思考的余地。与世无争，方能处变不惊；心底无私，便可藐视秽俗。读杨绛散文，令人坚定苦其心志、守住精神家园的信心。

（陈卫华整理）

附

我们的杨绛

柳袁照

杨绛是我们的骄傲，我们"振华"校友的骄傲。她不见媒体、不见外人，无论是官是商，是名人，还是其他有关无关的人，一概不见。这是她的性格，也是她的心境。但我们几乎每年都去看望她，像亲人见面。2005年12月我们第一次去看望杨绛，北京振华校友会的几位校友也一起前往，她们自己都是很有建树的名人，也都是七十多岁的老人，杨绛住在三楼公寓，老校友登上三楼都已经气喘吁吁，到了门前，一个个站定脚步不敢贸然进入，说要先定定心，定定神，然后再轻轻地敲门，可见杨绛在我们心中的分量。

杨绛是苏州振华女校的毕业生，振华女校是江苏省苏州十中的前身。如今，我们校园到处有杨绛的气息，校园从西到东，分三区域，西部是文化区，中部是教学区，东部是运动区，西部即西花园，西北有梅岭，梅岭上有一座己巳亭，与瑞云峰默默相望，俯视乾隆曾经的正寝宫，那上面就有杨绛的踪迹。杨绛是苏州十全街旧校址老振华毕业的最后的学生，那些同学毕业后，学校就迁到清代织造署遗址新校舍来了。杨绛来拔过草、捡过砖。我们每次去杨绛家，她都要说此事，说"己巳亭"是他们这届留给母校的纪念物。如今在校园的最高处，散发着感恩的气息。我们的校园，每一届都留有纪念物的传统，就是从杨绛他们那一届开始的。

2005年12月那一次拜访杨绛。我们说的全是吴侬软语，一片乡音。

我们还带去了苏州百年老店采芝斋的苏式糖果糕点和苏州淡雅的丝绸围巾。杨绛似乎回到了少年，我们把围巾围在她的脖子上，给她拍照，一张拍完，拿着数码照相机给她看，问：好不好？还没等她回答，我们又不由分说地要给她重新拍。她却笑呵呵的，随我们一一摆布。在去她家之前，她曾与我们"约法三章"：不拍照，不带记者，不写文章。然而这些却被我们一一突破。现在我的办公室里，端端正正放着我与杨绛老校友的一张合影，杨绛微笑着，我也微笑着，这是上苍给我的最好礼物。照片拍了，文章也写了，出了书，登了报，我也寄给了这位传说很难见面、很难沟通的杨绛。其实，在我眼里真不是传说的样子，就像我们苏州小巷中常常见到的和蔼、慈祥的祖母或外婆。

刚坐下，杨绛就向我们回忆起《振华校歌》，并轻轻吟唱了起来。保姆告诉说，我们下午拜访，早晨她就坐在书桌前，回忆当年振华的校歌，把歌词端正地默写在纸上。杨绛唱完当年的振华校歌，还问我们唱得对不对。杨绛说振华有一种特有的味儿，她说，这是可意会而难以叙说的那么一种味儿，学生们带着这种味儿离开母校，无论到哪里，干的是什么工作，无论是荣是辱，无论是贫是富，这个味儿一直没有变，会伴随一生。

杨绛到振华读书，是她的三姑妈杨荫榆的意思。杨荫榆受杨绛父亲的委托，让她给杨绛姐妹推荐学校，起初杨荫榆推荐的是她自己的母校景海女中。可是几天以后，三姑妈偶被振华女校校长王季玉先生请到学校去演讲，她从此改变了主意，说振华比景海更好。于是杨绛从此就进了振华女校。那时的振华校舍很破旧，杨绛开始很是不习惯，她是从上海的"启明"这所基督教学校转来的，"启明"的办学条件要比振华好得多，但振华的种种好处，随后她就慢慢体会到了。她说："王季玉先生办学有方，想方设法延聘名师来校任教，教科书采用外国教科书最新的版本，学业成就是一流的，学风朴实务实。"

西花园有一处廊亭，为"季康亭"，是以杨绛的字"季康"命名的。长廊上镌刻着十多位学校名人的名字，其中有著名文史学家王佩净、中国油画大师颜文樑等等，这两位都曾是她的老师。说到王佩净，杨先生想到一段往事。杨绛的个性，是本真的个性，在振华读书时就呈现了。1926年振华学校的副校长王佩净请了章太炎做报告，题目是谈掌故。当时台上有五个人做记录，一个是王佩净，一个是金松岑，两个国文老师，另一个就是扬绛。杨绛坐在台上，迟到了才上去，章太炎演讲时，杨绛一句话也听不清楚他说什么，看着章太炎，只是傻傻地坐在台上，也不动笔。第二天苏州报上登载一则新闻，说章太炎先生谈掌故，有个女孩子上台记录，却一字没记。杨绛后来回忆道："我出的洋相上了报，同学都知道了。开学后，国文班上大家把我出丑的事当笑谈。马先生点着我说，'杨季康，你真笨！你不能装样儿写写吗？'我只好服笨。装样儿写写我又没演习过，敢在台上尝试吗！"这在杨绛《记章太炎先生谈掌故》里，有很详细的记载。杨绛在 1927 年《振华女学校刊》第一期发表五古诗《斋居书怀》，云："松风响飕飕，岑寂苦影独。破闷读古书，胸襟何卓荦。有时苦拘束，徘徊清涧曲。……世人皆为利，扰扰如逐鹿……今日有所怀，书此愁万斛。"早在振华读书时，就开始铸造了杨绛这种"清水芙蓉"般的倔强性格。杨绛毕业以后，去清华读书、去欧洲留学，1939 年苏州沦陷期间，振华搬迁到上海，杨绛担任了振华校长。

"季康亭"面南有杨绛为母校题写的"实事求是"纪念石碑，也是那一次拜访，临别的时候，我们要求杨绛为母校百年校庆题词。写什么好呢？她想起在振华学习时，季玉校长每天朝会向同学训话，开头第一句就是："昵（苏州方言，我们）振华要实事求是。"于是，她走进书房，在一张大红纸上恭恭敬敬地写下了"实事求是"四个字，书明"季玉先生训话"，题款"杨绛敬录"。我记录了杨绛为我们题词的珍贵镜头，一组系列照片，从开始的凝视纸张，到低头书写，再到慢慢抬起头，细细地品味自己的字，凝神、专注，到了忘记周边还有人在的境界。在杨绛题词的这个罅隙，我才有时间认真环视杨绛的家，特别是接待我们的这个客厅：简朴的家居，极普通的水泥地面，简陋的大书桌，壁上满是书，桌上安放着钱锺书与钱瑗的两幅照片。

闻道廊是十中的圣廊。像一条历史的时空隧道，缓缓地从西向东，溯流而上，李政道、彭子冈、何泽慧、杨绛、费孝通、竺可桢、蔡元培等校友校董，然后是王谢长达、王季玉的碑刻。王谢长达、王季玉母女俩办学，王谢长达创办，王季玉继承母业，把振华真正办成了一所名校。从 1917 年当校长，一直到 1956 年，王季玉是最喜爱杨绛的人，杨绛与季玉先生经常同桌吃饭。季玉先生每次从家里带来菜肴，分给分坐各桌的老师每人一勺，季玉先生自己也一勺，同学同桌各一勺，剩下的全给杨绛吃。在每一块的碑刻后面，可以讲出许多动人的故事。

闻道廊东口，是君山亭。是为纪念沈宗瀚、沈骊英的长子沈君山而建，沈宗瀚是我国近代著名农学家，1941年至1949年期间，是我们振华校董会的董事长。沈骊英是称作为"麦子女圣"的人，先是振华的学生，后成为振华的老师，她是杨绛的老师。沈君山说，母亲的母校就是他的母校，他曾为台湾新竹清华大学的校长。与君山亭相对的是学校新世纪建造的大型文体馆，我们又以"季康"命名，称之为"季康馆"。我去杨绛家那次，她说了与费孝通在体操课上一段趣事。上体操课时，因为杨绛个儿最小，排在靠队尾，费孝通因为是男孩，排在最后。老师教大家跳土风舞，双人跳的时候需挽着舞伴的胳膊转圈，费孝通不肯跳，杨绛就说，你比我高，排前面去。听杨绛讲些可爱的往事，我们都会忍不住笑出声来，杨绛也是边说边笑。

今年杨绛百岁，8月5日，母校与北京校友会去杨绛家为她过百年寿辰。我因为全国有六十个校长在学校举行活动未能前往。杨绛还问年轻的柳校长怎么没来？对我仍是惦念，令我感动。老师们回来说，百岁老人仍然思维敏捷，笔耕不辍，这真是我们母校的荣幸。杨绛说，她现在正在做"打扫战场"的事情——整理钱锺书、钱瑗父女两人的文稿，用不多的有生之年为"我们仨"再做些事情，真令人动容。杨绛生日的喜庆照片，我们放在校园的橱窗内，那是那几天学校一道最美的风景。我为是杨绛的后辈校友而自得与自豪，她所热爱的母校也是我的母校，她所担任过的校长，我正在担任，那是任何人都无法得到的快乐。杨绛是从我们校园走出去的人，她是我们学子中的的一分子，我们把她称作"我们的杨绛"，那是我们的自豪和荣光。

2010年11月17日

何泽慧

简介

何泽慧（1914—2011），祖籍山西灵石，生于江苏苏州。1932 年毕业于苏州振华女校。中国核物理学家，中国科学院院士。1936 年毕业于清华大学物理系。后去德国柏林高等工业大学研究弹道学，首次提出精确测量子弹飞行速度的方法。1940 年获博士学位，后在柏林西门子工厂实验室，1943 年起在德国海德堡皇家学院（KWI）核物理研究所，研究正负电子几乎全部交换能量的弹性碰撞现象。1946 年起在法国巴黎法兰西学院核化学实验室从事研究工作，与钱三强等首先发现并研究了铀的三分裂和四分裂现象。1948 年回国，在北平研究院原子学研究所工作。

新中国成立后，在中国科学院原子能研究所、中国科学院高能物理研究所工作。20 世纪 50 年代初期，与陆祖荫、孙汉城等研制成对粒子灵敏的原子核乳胶探测器。50 年代后期，领导建立了中子物理和裂变物理实验室，完成了大量的核参数测量任务并开展了相应基础学科的研究，进而培养了一批具有基础科学研究素质的人才。70 年代后主要从事空间科学方面的工作，推动发展了科学高空气球的研制。在西藏建立了高山宇宙线观察站，充分发挥和利用中国山高地广的有利条件，花少量的经费，在高能天体物理、宇宙线物理和超高能核物理等领域，取得了具有中国特色的科研成果。

洪君传顺追悼会 [1]

何泽慧

明媚的春光，草木欣欣向荣，一岁的新首，人们嘻嘻忘倦，年老的人，好似回复了他的青春！

---

1. 选自《馆藏名人少年时代作品选》，古吴轩出版社，2005 年 8 月第 1 版。原载 1930 年《振华女学校刊》。

洪君传顺的死耗，竟来破裂了我们的嘻笑，她是我们学校里少有的学生，她的品性、学问、仁爱、尽责，全校的同学——两百余人——没有一个不洞悉、敬重。

三月廿九日，是黄花岗七十二烈士殉难的一天，全国的各机关、娱乐场都停止工作，我校也遵了国府命令，停课纪念。

我们趁了这个机会，也为洪君开了一个追悼会，表示对于洪君的悲哀，不知道洪君在九泉之下，能领受我们的悲哀不能？

这会是由高三的诸同学发起，因为洪君是她们的同班生，她们感到洪君的情义，当然比他人来得多，所以这会的主席是由高三任的。

全校的师长、同学都是忧容满面地坐在洪君遗像的前面，四壁蓝色的**挽**对、呢帐，不知加了几成的忧愁、悲哀。在这种沉寂的空气中，主席报告了开会宗旨，以后便由各位师长各级代表轮次地演讲。所讲的，终不外乎洪君在时的为人，她的品学和仁爱尽责，都可做我们的模范。她最可被人所钦佩的，就是在将死时，她还说校中有一笔款子在她那儿，请家人送校。她说的时候，言语已不能清楚了，可知她对于公事的尽责，至临死时，还以"公"为先。唉！这种人在现代可有多少呢？在各位师长、同学讲的时候，都是眼睛红红的，泪珠儿一滴一滴地从青黄色的脸上滚下来，甚至发出唏嘘的呜咽声，台下的同学们也起了同情心，将手帕不住地擦她们的眼。呜咽的声，不断底发出自人群中。方砖地上，将要被泪珠儿洗净了。啊，振华的同学，不可谓无热心吧！

洪君是近世的奇人，是我们青年的模范，而竟不能久留世上，弃了一切而归天，恐怕是天帝因洪君是世上的奇人而招去了。这种虽是迷信的言语，但也有研究的价值。为什么奇人的命运，终是较常人短些？这虽不是所有的奇人都如此，不过我所知的已不止洪君一人了。

这种的思想翻翻覆覆地在我脑海中浮荡着，直到散会，受了同学们的喧哗声，方始将这种波浪打平了一些。

抬头看看同学们，都是两眼红红，脸上的泪痕，还隐隐约约可以瞧见。啊！洪君，对于同学们深刻的影像（影响），可想而知了。

旅行杭州记 [1]

何泽慧

　　余尝爱姑苏之灵岩、天平，以为此外遂无奇秀，第闻浙江之杭州，名胜甲天下，然至今未尝一游也。庚午秋，与同学百余人，作杭州五日游，湖山灵秀，胜吾灵岩、天平远矣。

　　西子湖以其位于杭城之西，故又名西湖，为诸胜之冠，浩浩荡荡，平浪无纹，湖水团集，群山纠纷，画舫点点，若秋叶之于大海，浮荡其上，诚仙境也。岳坟，武穆王埋骨地也，在西子湖畔，筑大殿于其外，以表雄壮。游人过此，敬叹生矣。苏堤白堤，纵横湖中。余等去岳坟而就孤山，放鹤亭在焉。夫鹤之为物，清远闲放，超然于尘埃之外，故易诗人以比贤人君子隐德之士。今孤山之鹤，已入其冢，而隐士亦已不复有矣。蓬断草枯，荒景满目。孤山之梅，有名于世，仅存者百株而已，良可惜也。

　　舍湖光之胜，而登北高峰。又由灵隐而上，至韬光，于此即能远眺。然所谓观海者，钱塘而已。经韬光而上，凡石级若干数，曲折至其巅，北高峰至矣。于是俯仰徘徊，纵览六合，见夫天垂如盖，日悬如燧，众山断续环拱，如砺如拳，川海萦回，若带若线。东海、钱塘、天目、武林诸胜，亦无不历历在目焉。盖昔日所传闻其概者，今乃目极之，久欲见而无从者，

1.选自《馆藏名人少年时代作品选》，古吴轩出版社，2005年8月第1版。原载1930年《秋日旅行刊丛载》。

今乃不求而尽获之。快意适观，于斯为极。辞北高峰而至紫云、水乐、烟霞等洞，皆天然之奇胜处也。紫云若广厦；水乐则奇深，洞尽处有一泉，汩汩作声；烟霞则奇石倒悬，皆成奇观。惜非闲人，不得坐卧十日，招太白、梦得辈于云雾间相共语耳。

质朴大气

又是秋风起了，1994年何泽慧走进十中校园，找寻壬申级石刻的时候，也是这样起着秋风吧？

何泽慧这个名字，对十中学子来说，不仅因著名物理学家的头衔而熟悉，她的名字是刻在学校西花园石上，印在校本教材里的。何泽慧的母亲王季山是王谢长达的四女儿，王季玉先生的妹妹。何泽慧6岁进入振华女校，从一年级一直读到1932年高中毕业。32届的同学们按学校的传统要为母校留下一点念想，遂建茅亭三匝，并摩岩勒铭，碑文上的级训"仁慈明敏"四字，落款就是何泽慧。这块石头被叫做壬申级石刻。

学校编写《校园碑文选读》作校本教材，壬申级石刻言近旨远，自当入选。高一的学生在秋天找一个风和日丽的好日子，到校园里兜兜转转，寻着这块形制古朴的石头，手指着碑文，口念着韵辞，心也就连着振华的先辈了。他们再看《选读》里的资料，学生时代的何泽慧，扎两条长辫子，站在当时获得省冠军的排球队里，特别显眼。再看，还有她临的曹全碑，画的梅花……学生惊呼："她是个全才啊！"

当年振华的学生，真是全才！

何泽慧在高中时代的两篇作文，亦是明证。《洪君传顺追悼会》悼念亡友，不单写个人哀恸，而从师长、同学群体写来，侧写出对亡者的敬佩。《旅游杭州记》是文言，记游活泼灵动。游前"尝爱姑苏之灵岩、天平，以为此外遂无奇秀"，是对乡土的热爱，然而作杭州五日游后，并不拘于故乡外地之分，直言"湖山灵秀，胜吾灵岩、天平远矣"。"惜非闲人，不得坐卧十日，招太白梦得辈于云雾间相共语耳。"开阔大气的风度，体现在少女的文字中了。

心态开放，言行率直，何泽慧一生求学、治学，都是如此。

读书的时候，她以优异成绩考入清华大学物理系，固执的老先生不要女学生，她顶住压力，偏要学好这个专业。谈起老先生，她依然气鼓鼓地说"那个老封建"。

为了"不让日本人欺负我们"，她远赴德国学习弹道学。通过争取，她成为德国柏林高等工业大学当时技术物理系唯一一个外国学生。

她说："我没为了荣誉而学习，没为了什么成功而学习。"

记者采访，反复追问她当时是"怎么"发现铀的三分裂的，她说："怎么发现的？看见了么就发现了。"神气自若，仿佛那是多么简单的一件事。

谈起在陕西干校的日子，她说"很有意思"，她负责敲钟，敲得很精准，时间甚至可以用来对表。"我一点也没有觉得什么苦。我觉得不管什么环境都可以。不至于老是愁眉苦脸的，我觉得愁眉苦脸才冤枉呢，是不是？"

86岁时，何泽慧每周还要坚持到高能物理所上班。她家住在中关村，所里想派车接送，但她坚决不要，还是挤公共汽车。女儿钱民协说："我妈这一辈子不讲吃、不讲穿、不讲住，从来不计较什么条件。"

这样一位德高望重的科学家，宠辱不惊，一定源自她心底的纯净。一位画家形容何泽慧："她是一块纯白的玉，非常质朴。"十中"质朴大气"的学校精神，大约可以借来画何泽慧的一生吧！

（孙洁）

附

　　我们最敬爱的校友何泽慧先生，于 6 月 20 日上午 7 点 39 分去世了，一个小时以后，我接到了噩耗，心情十分沉重。何泽慧一生只有两个母校，一个"振华"，一个"清华"。小学、初中、高中 12 年都在"振华"度过。她一生也只为两个母校题过词，一个"振华"，一个"清华"，题的都是"爱国奋进"四个字。如今，她的题词石刻静静地矗立在西花园内。近年来，我们几乎每年都要北上，去看望她。给我的感觉，她就是我的祖母或外婆，亲情浓浓。2006 年是苏州十中百年校庆之年，我们去探望她，听老人讲往事，如沐春风。回来，正遇那一年的毕业典礼。我以《像何泽慧那样做校友》为题作了演讲。今天，睹文思人，情不能已。抄录于下，表达我们深深的怀念。

像何泽慧那样做校友

柳袁照

　　今天我们坐在这里举行 2006 届高三毕业典礼，意义非同一般。你们走过了三年，即将完成你们的学业，学校走过了 100 年，即将送走 100 届学生，这是一个无限庄重的时刻，是一个里程碑的时刻。

　　同学们，我们在这所古典的、具有深厚历史文化韵味的校园，真正学到了什么？我们弘扬了什么？我们为母校留下了什么？ 72 年前，1932 届同学当他们离开母校的时刻，在西花园勒石纪念，何泽慧篆书壬申级训"仁慈明敏"。他们把学校传予的中华传统"仁义"、"慈爱"、"聪明"、"敏捷"等美德带向社会，把他们对母校的眷念、感恩之情永恒地留在了母校。11 年前，已是 80 多岁高龄的何泽慧来到苏州，一个人匆匆地走进校园，匆匆地来到西花园来寻觅当年她与同学们亲手留下的一块"壬申级训"

纪念物，老人手抚石刻，感慨万分。一位朴素、极平常的老人走在西花园，很快就被我们老师发现了：何泽慧，我们敬爱的老校友，一个响亮的老校友。随即学校请她为同学作演讲，由此，就有了我们学校宣传册上那张何泽慧回母校访问专门题词的经典照片。宣传册更新了一次又一次，但这幅照片却一直被保留着。

何泽慧，1932届振华毕业生。父亲何澄，早年追随孙中山，是同盟会会员，长期担任振华校董。母亲王季山，我们学校的创始人王谢长达的四女儿、王季玉先生的妹妹。何泽慧从振华毕业以后，以优异的成绩考入清华大学物理系，1936年毕业，成绩名列当年物理系第一。以后远赴德国留学。在德留学期间，她首先发现并研究了正负电子几乎全部交换能量的弹性碰撞现象。1946年，何泽慧与丈夫钱三强一起在法国巴黎法兰西学院核化学实验室（约里奥·居里实验室）从事研究工作，与丈夫钱三强一起首先发现并研究了铀的三分裂和四分裂现象，被称为中国的"居里夫人"，新中国物理教材书上，第一个出现的中国物理学家的名字，就是"何泽慧"。今天学校的实验室，取名"泽慧楼"就是以她的名字命名的，南校区有一片"泽慧园"，也是以她的名字命名的。"闻道廊"上有"何泽慧"的石像、石刻。何泽慧是我们学校的骄傲，也是我们每一位十中学子的骄傲。

上星期，我们赴山西太原灵石县参加何氏文化广场的落成仪式，这里是何泽慧父亲何澄的故乡。何澄6岁离开故乡，再也没有回去，长期居住在苏州，苏州"网师园"就是他的家。画家张大千就是受何澄之邀居住网师园，为网师园、为美坛留下了一段佳话。1994年何泽慧回母校，就是来苏州参加何家向苏州市人民政府捐赠网师园的仪式的。

这次山西灵石何氏文化广场落成典礼，何家八位兄妹，来了三位，何泽慧因骨折未能成行。"何氏文化广场"为纪念何澄与他的八位儿女而建，这八位何氏子女，都是从"振华"走出去的科学家。八位儿女，何泽慧是中科院资深院士；何怡贞是著名金属物理学家，中国第一位留美女博士；何泽庆是长春地质学院资深教授，曾为温家宝总理的老师；何泽明是北京钢铁学院院长；何泽涌是山西医科大学著名教授；何泽瑛是南京植物院有声望的研究者；其他，还有何泽源、何泽诚等均有建树。何澄的三女何泽瑛，在落成仪式上深情地说："两渡是我父亲的家，今天我们寻根而来。父亲 6 岁离家以后，他再也没回来，但他的心是系在故乡的。原来我不明白，他为何把自己书屋取名为'两渡书屋'，现在我明白了，因为他心中一直想着家乡。"何泽瑛又说，"我从小在苏州长大，吴文化浸润了我，影响了我的一生。今天，我母校苏州十中的校长也来了，他是代表我苏州的娘家来的。我希望苏州的文化能够走进两渡。"当时，我在主席台上，听了真是感动万分。这次太原之行，我们走进了何家，走进了学校的一段历史。

同学们，你们即将离去，母校不会忘记你们，就像我们不会忘记何泽慧等校友一样，对母校的学子而言，每一个学生都是平等的，都占有学校历史的一席之地。今年 10 月即将举行百年校庆，你们为母校准备的纪念物，已经呈现在我们面前：在红楼之西，在桂花园中，已耸立一块"泰运石"。这块石是一幅《童子读书图》，展示了一位挽着高高发髻的学子，双手似乎捧书在读的场景。百年校园培养了百年的学子，漫延成一道灿烂的风景。石上的纹理寓意着"发展"，落款为第 100 届毕业生、第一届振华双语学校毕业生毕业留念，这是一块富有历史意义的纪念碑。记得在 70 年前，在母校 30 周年纪念会上，竺可桢先生说："我希望七十年以后，那时振华女校已是规模大为扩充，创办人服务的精神已充满全国，在座的同学已近九十之年，到那时，再来此地庆祝母校百年上寿。"竺老期望的时刻已经成为现实。这个时刻由我们在座的各位来见证是何等的幸运啊！

同学们，你们即将离去，离别之前，请记住我们学校的文化精神，这就是"质朴大气"、"真水无香"、"倾听天籁"的精神。质朴大气就是浩然之气，是一种实而厚重、素而无华、纯而不杂、真而简明的精神。"真水无香"就是要我们返璞归真，学做真人，不雕琢，不作假，淳朴一生。"倾听天籁"，就是倾听自然之声，就是要按照世界万物发展的规律而做人、办事，保持自然真诚之本性。同学们，我以这 12 个字为临别赠言，希望与你们共勉，希望我们都像何泽慧那样做校友。

在 2006 年 6 月 5 日高三毕业典礼上的讲话

彭子冈

简介

彭子冈（1914—1988），原名彭雪珍，新闻记者。1914年生于苏州，1930年就读于苏州振华学校，1934年毕业。1938年加入中国共产党。抗战时期，彭子冈与其夫徐盈双双活跃在重庆新闻界，是《大公报》的记者。解放战争时期，任《大公报》驻北平记者。她是当时后方新闻界著名的"四大名旦"之一——"四大名旦"就是四位女记者：彭子冈、浦熙修、杨刚、戈扬。新中国成立后，彭子冈创办《旅行家》杂志，发表了不少歌颂新社会的通讯、散文。著有通讯集《苏匈短简》、《子冈作品选》、《时代的回声》、《驰骋疆场的女战士》等。

虎丘纪游 [1]

彭子冈

春天，人们都似乎特别高兴，又是一个新生，浑身换了一身新细胞似的那么活啊。血液是电流般的循环，心与脉搏都显着例外的剧跳，这欢忻呀！

春天才有这异常的欢忻，这新生的季节！绿草萌芽，人们的心里萌芽：全是希望，全是真挚的快乐！

虎丘山，像个迷人的狐狸精似的等着人们，然而，它没有狐狸精的妖

---

1. 原载1934年《振华女学校季刊》第一卷第二号。

媚，它是质朴而又古老的。在春天，古老却又一度苏醒了。

沿途的人们脸上挂着笑，在爬上山的人也笑，到了山巅上的人更不用说啦。

除非是半疯狂的诗人，他才会傻子似的对着山水蹙眉，唉声叹气地。

女人们的娇脆的嗓子，孩子们的尖锐的喊叫，这春山不寂寞了。

我们绅士模样地在冷香阁喝起茶来，占据了一大排桌子。不过我们不是品茗，我们是牛饮，再也不能慢声慢气的了，天是多么热哟，简直在出汗！

在那里，王先生给我们讲邑志虎丘山的话。

一个怪腔怪调的女人吸引人们的视线，可怜的灵魂啊！女人没有社会的谅解与职业时，便不惜整个地出卖。

我喜欢那松林，人迹少，地方也僻静。坐在碎石上，按膝远望春天的原野，再好不过。

虎丘塔真凋残得可悲，没人管的孤独的老人般的。站在塔底下有点害怕，倾斜的度数已很可以了，每一块塔石上都有着书画的雕塑，非寻常塔可比。

过塔走去，迈下一层泥泞的阶石，那里残留着几块假山石，据说已被僧侣卖去，只剩下这点了。由这儿穿过一些田垄，就是那松林，往往名胜只有其虚名，而隐藏着的胜迹却永不被人发现。也许美好是应该沉默的吧？同样被大家推戴的名流，也许还不及一个无名的小书记！

宇宙间有许多事是玄秘而不可解的。留着它们吧，谜的世界应该让人啄不破的。

照了两张合影，一张是痴笑，一张是我的常态：皱眉，在太阳地上我不容易睁开眼。

我揣着重回旧地的心情，找寻着旧日的痕迹，那时候，熟识里夹着陌生啊！

慰心地笑了，那楼的一角我找到了，那新建的山亭我找到了，我找不到那半相识的影子，无边的忆念抓住我。

归来，依然是坐马车到阊门，身上怪热。王先生坐另一辆马车，依然是倒坐，和来时我们同一样车。我不安，这是不该的；虽说我平日有点倔强，冷淡得使人发恼，其实我心里觉得过意不去的事也正多，不过是沉静着而已，因为我不是爱把每一件事情都摆在脸上的人。

人 [1]

彭子冈

就是人们自身，也存在着绝大的矛盾。

这并不稀罕，本来这世界就是错综的、复杂的，每一处织着错误，每一处藏着缺陷。没有矛盾，不会有现在的所谓 20 世纪。

人也一样，会有两种绝不相同的性格或嗜好。人可以同时是硬的或软的，倔强的或驯顺的，绝端情感的或理智的。

这个人，像棉花又像铁。

但无论如何，人还是真纯、朴质，也许是固执和顽强，很难随波逐流。有意无意间，她保持着她自有的风格。很可以学一点"人"事，譬如说，一点处世的手腕，一些必需的机智；但她不爱戴这虚伪的面幕，好像和这些东西无缘，她喜欢走自己的路。

路有时候通，有时候碰了壁。碰了壁她不知道懊悔，即使有一些追悔，她也暗暗地将它们埋了，送走了，不让这弱根性染上。并不是胸有成竹的精悍与厉害，她只想沉默着打主意，什么事都不求人意见地独干——但遇着她所心折的人是例外。如果值得心折的人太少，她就宁可埋头看一些她认为该看必看的书。

书，对于她并不是老朋友。过去的那些岁月，她在淘气与孩子气中度

---

1. 原载 1934 年智仁勇级高中修业期满纪念特刊《新声》。

过，一味地玩、玩、玩。再不然，就是懵懂的梦，白天的、晚上的。好像是一个迅雷，打在空中，落在她头上，并且直透到心里。她似乎是有一点觉醒，对人，对人生。她从散漫的人群里找到人生的真谛，找到一种新的状态。从人与人之间，人与社会之间，她找到了联系，这密切的联系。

她开始知道人们有散沙的生活，同时也有凝聚的水门汀的生活；有苦脸，有笑颜；有奋斗，也有光明。

简单的心房里装满了疑问与思绪，像个黄鹂偷吃野宴上的杯酒似的，又甜又辣又苦，说不出的那阵滋味。

这滋味不会使她惊奇多久，用不了多少时候她就会安静下去，从无底无终止的步伐里她将会尝到不少苦酒与甜水。

有六分自傲，常常笑着对自己说：这自傲是要得的，是人的骨头架子，没有它人就抬不起头，站不起身子来。只要傲而不骄，对自己，在心里。自傲使自信力增强，自尊心增长，她这般相信。

不贪得虚名与荣誉，在她"不在心"的事情上，她不需要一分的成功与名誉，但在她"在心"的事情上，百分之百的成绩她嫌不满足，她要"百尺竿头，再进一步"地迈上去。新的梦来到，她又计划第二个、第三个，简直不相信人力是有限的。

功课锁不住她，母亲的眼泪劝不住她，朋友的闲言拘不住她，爱人的抚慰留不住她。她有她的梦、她的理想、她的前途。

她不需要双料儿的柔软，如果在豆腐汤里撒上点辣椒，也许可以暖热一颗冰凉的心，胜似一床野鸭毛。

这家伙，越软越不行，但硬了也不一定能制得住这野马，她要看牵的人是谁，要怎么牵她，牵到哪里去。

马虎，同时可也认真。她可以在衣食住行各方面稀里糊涂，但人格与灵魂受不了一点拘束。

怪吗，这姑娘！

她在矛盾中前进，她知道如何从脚跟上推翻小的自我，建设大的自我。

她不走溃灭的路，准备着吃一些苦。

毛泽东先生到重庆 [1]

彭子冈

人们不少有接飞机的经验，然而谁也能说出昨天九龙坡飞机场迎接毛泽东先生是一种新的体验。没有口号，没有鲜花，没有仪仗队，几百个爱好和平自由的人士却都知道这是维系中国目前及未来历史和人民幸福的一个喜讯。

这也许可以作为祥和之气的开始罢。

机场上飞机起落无止尽，到三点三十七分，赫尔利大使的专机才回旋到人们的视线以内。草绿的三引擎巨型机，警卫一面维持秩序，一面也没忘了对准了他的快镜头。美国记者们像打仗似的，拼着全力来捕捉这一镜头，中国摄影记者不多，因此强调了国际间关心中国团结的比重。塔斯社社长普金科去年曾参加记者团赴延安，他们也在为"老朋友"毛泽东先生留影。昨日下午六时有重庆对莫斯科广播的节目，普金科看看表，慰心地笑了。

第一个出现在飞机门口的是周恩来，他的在渝朋友们鼓起掌来，他还是穿那一套浅蓝的布制服。到毛泽东、赫尔利、张治中一齐出现的时候，掌声与欢笑声齐作。延安来了九个人。

毛泽东先生，五十二岁了，灰色通草帽，灰蓝色的中山装，蓄发，似

1.原载 1945 年 8 月 29 日重庆版《大公报》。

乎与惯常见过的肖像相似，身材中上，衣服宽大得很，这个在九年前经过四川边境的人，今天踏到了抗战首都的土地。

这里有邵力子、雷震两位先生，这里有周至柔将军，这里有张澜先生，这里有沈钧儒先生，这里有郭沫若先生……多少新交故旧，他们都以极大的安定来迎接这个非凡的情景。

"很感谢"，他几乎是用陕北口音说这三个字，当记者与他握手时，他仍在重复这三个字，他的手指被香烟烧得焦黄。当他大踏步走下扶梯的时候，我看到他的鞋底还是新的。无疑这是他的新装。

频繁的开麦拉镜头阻拦了他们的去路，张治中部长说："好了罢。"赫尔利却与毛泽东、周恩来并肩相立，抚着八字银须说："这是好莱坞！"

于是他们作尽姿态被摄入镜头，这个全世界喜欢看的镜头。

张部长在汽车旁边劝："蒋主席已经预备好黄山及山洞两处住所招待毛先生，很凉快的。"结果决定毛先生还是暂住化龙桥十八集团军办事处，改日去黄山与山洞歇凉。

毛、张、赫、周四人坐了美大使馆二八一九号汽车去张公馆小憩，蒋主席特别拨出一辆二八二三号的篷车给毛先生使用，也随着开回曾家岩五十号了。侍从室组长陈希曾忙得满头大汗。

记者像追着看新嫁娘似的追进了张公馆，郭沫若夫妇也到了。毛先生敞了外衣，又露出里面的簇新白绸衬衫。他打碎了一只盖碗茶杯，广漆地板的客厅里的一切，显然对他很生疏。他完全像一位来自乡野的书生。

他和郭先生仔细谈着苏联之行，记者问他对于中苏盟约的感想时，他说：

"昨天还只看到要点，全文来不及看呢，"我以为他下飞机发的中英文书面谈话甚为原则，因此问他：

"你这谈话里没有提到党派会议与联合政府，这次洽谈是否仍打算在这两件事上谈起呢？"

他拍着中文书面谈话说："这一切包括在民主政治里了。还要看蒋先生的意思怎么样。"

对于留渝日期，他说不能预料。他翻看重庆报纸时说："我们在延安也能读到一些。"他盼望有更多的记者可以到延安等地去。

张部长报告蒋主席电话里说：八点半在山洞官邸邀宴毛周诸先生，因此张公馆赶快备办过迟的午宴，想让毛先生等稍事休息后再赴晚宴，作世界所关心的一次胜利与和平的握手。

评论

名如其人，文亦如其人

博大精深的吴文化孕育了一代又一代才俊学人，其中不乏优秀的女性。彭子冈就是其中之一，她不仅才华横溢、温文尔雅，而且具有与吴侬软语截然不同的刚直不阿的性格，以高洁的人品、出众的才识获得人们的尊重。

"苏州是她的故乡，可是总脱不掉刚毅任性北蛮子的神气，她不爱太有规律的生活，她有特别精彩的头脑，常在杂志上发表她的豪爽思想。"这是1934年《新声》（振华智仁勇级毕业特刊）上对子冈的一段描述，也印证了她日后的性格特征。

斯人已去，典范永存。当我们细细阅读子冈年少时的作品，仿佛见到了当年那个豪爽洒脱、聪慧过人、端庄秀丽的姑苏才女。《虎丘纪游》是彭子冈发表在1934年《振华女学校季刊》上的一篇优美的散文。在绿草萌芽的春天游览古老而又质朴的虎丘是让人愉快的事，子冈她们在冷香阁品着茶，欣赏着秀丽的虎丘春色，听着王先生讲解虎丘的故事，看着欢笑的踏春人，多么惬意。然而倾斜的虎丘塔又让子冈感慨，觉得它似个孤独的老人。

小说《人》刻画了一个固执顽强又自傲的女性形象，描述了人物的心理历程、做人准则及对人生真谛的探索。主人公是个"不贪得虚名与荣誉"，"可以在衣食住行各方面糊里糊涂，但人格与灵魂受不了一点拘束"的女性，并且认为人"自傲是要得的，是人的骨头架子，没有它人就抬不起头来，站不起身子来。只要傲而不骄"。子冈以"她"之口，表明自己为人处事的原则。

名如其人，文亦如其人。年少的子冈写了一篇篇文章，这些精彩的文章初露出子冈的才华，反映了子冈对祖国前途、人民命运的忧虑，更是子冈坦率豪爽、自强独立的真实写照。

1938 年，彭子冈加入中国共产党。抗战期间，彭子冈与其夫徐盈双双活跃于重庆新闻界，是《大公报》的名记者。她思维灵敏、文笔犀利、语言泼辣、畅快淋漓、直抒胸臆，频频揭发国民党政府的昏庸、腐败，深受读者的喜爱，被当局认为是"不好对付的人"。1945 年 8 月，毛泽东到重庆，作为 1938 年秘密入党的地下党员，当子冈在重庆机场见到她所崇拜的领袖时，心情之激动可想而知，她在第一时间写出了《毛泽东先生到重庆》，短短 1000 余字，朴实无华，却把毛泽东的形象活生生地勾了出来。这是她第一次见到毛泽东，在她的描绘中，这个人物衣着很普通，相貌很平凡，有一口陕北口音，面对这个热烈的欢迎场面，他似乎有些不适应，反复地重复着"很感谢"这三个字。随后，子冈敏锐地捕捉到两个细节："他的手指被香烟烧得焦黄"，"他的鞋底还是新的。无疑这是他的新装"。这两个细节充分展现了毛泽东的朴实，传达给读者一个真实、可信的领袖形象。36 年后，子冈回忆起这段经历时说："我作为一个白区的地下党员，在长期热烈的向往之后，终于平生第一次，却又是在敌窟中见到自己的领袖——这种复杂的激动之情是难以抑制的，然而又是必须抑制的，因为我的身份是国共之外的'民营'报纸记者，新闻第二天就得见报，何况还得通过国民党的检查！所以，我只能借助于敌后广大民众渴望和平的心情在字里行间轻轻跃动，来吐露自己深藏心底的兴奋和担忧了。"

"记者像追着看新嫁娘似的追进了张公馆，……毛先生敞了外衣，又露出里面的簇新白绸衬衫。他打碎了一只盖碗茶杯，广漆地板的客厅里的一切，显然对他很生疏。他完全像一位来自乡野的书生。"选择这样的细节，暗含着深意，正如作者所说："在国民党反共宣传中，一向把中共领导者形容得如洪水猛兽，或者粗野非凡。于是我在新闻中特别写到毛主席在张治中公馆中广漆地板客厅里的拘谨行动，甚至打碎了一个盖碗茶杯。'他完全像一位来自乡野的书生'我写道。让大家看看，这位革命者是来自民间的一个读书人，这难道不是事实吗？""他完全像一位来自乡野的书生"被后人称为神来之笔，使人们对毛泽东顿生好感，无形中击破了国民党炮制的反共宣传。她所写的不仅合乎历史的真实，而且确实蕴涵了她"当时对于主席的诚挚感情"。

1988 年 1 月 9 日，彭子冈在北京悄然病逝。在送去的挽联中，有一副称她是"握一管神笔"，"有两只慧眼"，这确是对她一生的精当之誉。

（顾丽君）

陆璀

简介

陆璀，原名陆掌珠，振华二〇级（1931 年）毕业生。先考入东吴大学，一年后转入清华大学。"一二·九"运动时，她是清华大学学生领袖之一，她带领同学上街宣传抗日，进城抗议，被邹韬奋主编的《生活周刊》作为封面人物。在反动军警紧闭大门，阻拦学生进城抗议的时候，她勇敢地钻进城门去打开城门，当即被捕。当时在北京的美国著名记者埃特加·斯诺看到这一幕，采访了陆璀，将她的事迹发表在国外的报刊上，称她为"中国的贞德"。以后，陆璀参加革命，向世界宣传中国革命，一生致力于妇女运动和对外交流，离休前为中国对外友好协会副会长。

"一二·九"中的一段插曲[1]

陆璀

1935 年 12 月 16 日的下午。

我们清华、燕京等校的游行队伍，在用我们年青的血肉之躯，轮番排队，撞倒了已经有点腐朽的西便门之后，便欢呼着直奔天桥。在那里，和城内部分学校的同学和市民一起，召开了一个万人群众大会。然后，我们又排起整齐的队伍，浩浩荡荡地游行到了正阳门（即前门）。只见正阳门前有重兵把守，个个荷枪实弹，如临大敌。我们派代表前往交涉。几个站在

1.原载《觉民报》第 2 期，1935 年 12 月 27 日。

前面神气活现的军官模样的人一口咬定，正阳门内是外国使馆区，就是不能让学生队伍进入。因学生队伍坚持不撤，他们最后佯称：如果我们分成几队，从不同的城门进入，那就可以答应。没有旁的办法，代表们只好告诉同学们，并决定分队。我们清华和燕京等校，是分配从顺治门（即宣武门）进城的。

但是，从前门走到了宣武门，看到那两扇紧闭着的铁皮包着的城门，我们方明白受了欺骗。很多同学愤怒了，叫着："代表出卖了我们！""我们根本是示威来的，讲什么交涉，谈什么妥协！"群众的情绪沸腾了。然而，面对着那两扇巨大的坚固的城门，大家只有愤怒，毫无办法。

我是站在队伍的前面的。我看到了群众的愤怒，也看到了代表们的苦脸。我明白我们受了统治者的欺骗，我恨透了他们，我尤其恨他们那"各个击破"的策略。然而现在应该怎么办呢？我焦急地想。

突然，我看到有几个同学伏在地上往门里张望。我也伏到地上去望了一下——呵！原来城门底下有那么一条缝！那是原来有个门槛的地方，现在门槛没有了，留下一条缝，和城门一样宽，但上下很窄。

"我可以从这儿爬进去开门！"简直是哥伦布发现新大陆似的惊喜了。我回过头来问前面同学：

"如果我能爬进去，这城门开得开？"

"那当然啦！"

"那我就从这儿爬进去，把城门打开，让大家进去，好不好？"

"好！"

兴奋极了。虽然我已从门下缝隙中望见城门里面大街上有成群的军警巡逻，但这时我心里只有一个念头，就是爬进去，把城门打开，让同学们进去。想象着大队冲进城时的热烈的欢呼，我心里暗自充满狂喜。我毫不踌躇地就把身子伏到地上，平贴着地往里爬，后面一位同学帮助把我的身子往里推。我爬进去了！迅速地跳起来一看，两扇铁门是给一根不粗不细的铁闩拴着的。我极快地就把它抽掉往地下一掷。就在这个时候，我看见背后一二十个巡警已在向我飞奔过来；同时我又在极快的一刹那中，看到那两扇门的铁环上还牢牢地纠缠着一根铁丝。我已没有一丝念头来想到自己的危险，只是一面极快地用手去解铁丝，一面竭力对着两扇城门中间的缝隙叫喊："冲呀！冲呀！冲进来呀！"

巡警的脚步已经奔近了，我全身像一根拉紧的弦。我唯一的希望，不，应该说是我全生命的渴求，就是：那两扇城门往我这儿推动了，大队同学在震撼天地的呼声中冲了进来。然而——杂乱的脚步声已猛逼过来——我用尽我所有的力气对着门缝再叫一声："冲呀！"

"硼！"沉重的拳头已打到我后脑上。我往旁边一跳，第二拳，第三拳，前后左右……数不清的黑色的人直奔过来……硼！硼！眼前迸着金星……

"都是中国人，干吗打中国人？"我对他们怒喝。没有搭理，只有沉重的拳头和枪柄。我又叫：

"别打！你们这么多人，打我一个女子，不觉得可耻吗？有本事，打日本鬼子去！"

"走！"后领一把，往前就一推，我眼前一晕，"托！"一记枪柄打到我左边太阳穴上。我忍住疼痛，被推拉到派出所。

无数雄赳赳的军警在屋子里，都用轻蔑的眼光望着我，我也用轻蔑的眼光冷冷地望着他们。到屋子里，我被命令站在靠窗墙角。一眼看到在前门对我们横行霸道的那个家伙——一个巡警头儿，正扬着脸打电话。

"不是你答应我们进顺治门的吗？"我大声责问他。

猛的就是一腿，"你撒谎！"他吼着。

"你才撒谎！"我说。

要不是他手里拿着电话机，准得又是一拳了。我愤愤地咬着嘴唇站着。

城门外的骚动隐隐可以听到，我想象着同学们的焦急，谁知道我要在警察局呆几天呢！

就在这时，一位外国记者（后来知道他就是美国著名记者埃德加·斯诺），尾随着被警察推搡着的我，也来到了派出所，在警察的包围中，对我进行了采访。（关于这次采访的过程，我已在《斯诺与"一二·九"》一文中写了，这里不再重复——作者注）

……

"走，出去！"几个警察吆喝着，把我推出门去。斯诺无可奈何地跟在后边。

在警察所门前，我给推上了一辆敞篷大卡车。三个特警看守着，一个拿大刀站在我对面，两个拿枪，站在我左右。怕我跳车，命令我坐下。车动了，站在车旁的斯诺向我挥手致意。我举起右手向斯诺叫道："再见！"右手马上被抓住了；我又举起左手，左手也马上给抓住。我轻蔑地笑了。我昂起头对斯诺喊："再见！"车开动了，它载着我迅速地离开了顺治门，也就离开了城外的同学们。我不知道他们要把我带到哪里去，我不去想这，反正都一样。我只望到那热闹的西四牌楼，望到我身边那三个如临大敌的特警，我被高高举起双手——这情形严重而又滑稽，我傲然地笑。

到了，一看，是内二区所。

问过姓名、地址等等（当然，我用的是假名），就叫我在一个屋子里呆着。几个警察看守着我。一坐三四个钟头，慢慢地跟那几个巡警聊上天，居然在那儿谈了半天话。我从学生和巡警并无仇恨讲起，讲到当局的卖国，讲到日本鬼子的可恶，讲到社会的不公平，讲到他们的爸爸妈妈劳苦了一辈子还吃不饱饭的事实。慢慢地，那些巡警们的脸也不长了。先是连走近他们办公桌烤烤火都不让的，后来是一再地请我喝开水了。

"你讲的话呢，是没有错，"他们说，"可是，我们有什么办法呢？"

"有办法！只要我们老百姓团结起来干，什么日本鬼子，什么卖国贼，都得完蛋！"

我又给他们讲到清朝帝制怎么会变成中华民国。

"你们都是卅岁光景的人，这是你们亲眼看见的，不是？"又讲到民国十六年（即 1927 年）的时候，老百姓又怎么起来把洋鬼子和军阀赶跑……

"你来吧！你来吧！"这次是更加宏大的一片呼唤了。那呼唤是那样的热烈，那样的亲爱，我突然眼中涨满了泪："你来吧！你来吧！"这呼声一直黏在我的心坎上。

迅速地，我爬过去了。立刻，我被拉了起来；只听见一声"陆璀回来了！"四处起了欢呼。泪水已蒙住了我的眼，我只看见在模糊的光线里，极目都是我们自己的人，我们自己的人。我被挟着往前跑了几步，然后被举了起来。除了把手举起来挥着以外，就只有感谢的泪和笑来回答这热烈的欢迎了。……

增补：

一个个凝神地听着，有时点头，似有所悟。

被欺骗着的人呵！

七点钟光景，我又被用敞篷卡车送回顺治门派出所。在玻璃窗上，我照见我自己脸上焦红，而且眉心间破了皮，有干了的血。把手一摸脸，这才感觉到从颊部到额部、头部，没一处不痛，身上也痛。挨了打，人似乎更倔强了。我用眼冷静地望着屋里每一个人，想要记住他们每一个脸。

那时候，我已知道大队还在城门没有散。我把耳贴到玻璃上，努力要听取他们一些声音，即使是一些极微小的声音，只要是从我们自己队伍来的，对我都显得非常亲切，非常需要。

"现在你走吧！"听到这句话，我站起身就走。押到城门边，只见二十几个巡警围在那儿。我一眼看到城门底下已填上石块，其中一块大的搬在一边，我明白了他们要我怎么回去。

"你照原来的样子回去！"巡警对我说。

"那不行，"我说，"刚才我从这儿爬进来，你们把我毒打一顿，现在你们自己怎么也叫我那么干了呢？"

"你不想走？"不耐烦的回答。

我听到城门外我们的队伍的声音了！一个马上要见到他们，马上加入自己队伍的强烈的愿望在我心中燃烧起来。我用拳头捶着铁门，叫："陆璀回来了，你们听见了吗？"

那边寂静了一下，于是几个声音抢着从下面传过来：

"是陆璀吗？你回来了？"

我迅速地伏到地上去，叫：

"他们还是要我那样爬过来，你们赞成不赞成？"

万里探故友 [1]

——访与白求恩一起来华的护士尤恩

陆璀

今年（1979年）11月12日开幕的《白求恩生平事迹展览》上，我在一幅珍贵的照片前驻足凝视了很久。那是白求恩大夫和他率领的加美援华医疗队1938年1月8日来中国前，在加拿大温哥华码头上的合影。在白求恩左边，敞开的大衣领里，露出白色的围巾。

凝视着照片上的这位青年妇女，我眼前又出现了不久前访问加拿大时，特地去探望过的一位老太太的形象：她已经67岁，脸上的皱纹刻划着流逝的岁月；半身瘫痪，只能在轮椅上活动，但仍然精神矍铄。

那位半身不遂的加拿大老太太，和那幅照片里站在白求恩大夫身旁的那个年轻妇女，是同一个人。她，就是当年曾经随白求恩大夫一起到中国来援助中国抗战的加拿大护士琼·尤恩。

在中国，谁都知道白求恩大夫，可是知道琼·尤恩的人却很少。其实，琼·尤恩也曾在中国同我们一起生活和战斗过，同中国人民共过患难。她和白求恩一起，冒着生命危险，到延安和晋绥解放区工作过。后来，她又到（过）皖南新四军（根据地）。那是她才20多岁，是加拿大一位老共产党员的女儿，性格开朗，富有朝气，能吃苦耐劳，适应战争环境，被人称

1.原载1979年12月9日《人民日报》。

赞是一位出色护士。1938 年 10 月她从延安来到汉口。当时，广州已经沦陷，武汉危在旦夕。在非常紧急的情况下，尤恩随着李克农同志率领的八路军办事处和《新华日报》最后一批撤退人员，乘轮船离开汉口。路上遭到日机的猛烈轰炸，历尽艰险。她和另一位同行的德国女作家王安娜一起，在沿途运用非常简陋的工具、土药，尽力救护和医治遭受日机轰炸扫射的伤病员。经过多天的徒步或舟行，好容易才打到长沙，找到了周恩来同志；可又碰上国民党放火烧起来的一场大火。他们在周恩来同志的沉着指挥下，从火海里逃生。经过曲折艰辛，尤恩才辗转来到了苏皖边界的新四军地区。是新四军卫生部部长沈其震从上海亲自把她带去的。她在新四军军部的后方医院工作了半年，于 1939 年春末离开中国，返回加拿大。

中华人民共和国成立后，尤恩曾两次满腔热情地给敬爱的周总理来信祝贺和问候，并寄来了一些有关白求恩的图片资料。根据周总理的指示，为了感谢在我国人民困难时期曾经援助过我们的老朋友，中华医学会和中国人民对外友好协会曾先后邀请她来华访问，可惜她都因病未能成行。但她热爱新中国，常常带病参加加拿大人民对中国人民的友好活动。1976 年 8 月，白求恩故居建成白求恩纪念馆时，她以有病之身，不远千里，从加拿大东边赶去，坐着轮椅，参加揭幕典礼。可是，后来由于生活的变迁，我们跟她失去了联系。给她去信也因"查无此人"而退回。一度传闻她已因重病去世。

琼·尤恩是不是还活着？她在哪里？这是她的许多中国老朋友所关心的，也是我们对外友好协会代表团今年 9 月到达加拿大访问时，到处打听的一个问题。费了很多周折，直到最后一站的温哥华，我们才确切地了解到，原来她还活在人间，但已半身瘫痪，迁到维多利亚同她的女儿住在一起了。

这使我们喜出望外。王炳南团长和我立即决定，要在原定日程安排之外，专程去拜访她。原来，41 年前，当白求恩和尤恩来到中国时，正是王炳南同志受周恩来同志的委托，第一个去接待他们的。尤恩后来从汉口撤退时，也和王炳南同行。他们是共过患难的老战友。

维多利亚位于温哥华岛南端，和温哥华市隔着一道海峡。为了争取时间，我们决定乘坐快速的水上飞机来回。

那是 9 月 25 日下午 2 时，王炳南同志和我，由维多利亚加中友协的狄隆先生陪同，从温哥华前往维多利亚。那天正值天气晴朗，风和日丽，小巧玲珑的飞机在离水面仅几百米的高度飞行。俯瞰绚丽的海岸，枫叶如丹，层林尽染，浩瀚的碧波上，岛屿片片，白帆点点，风景之美，令人心醉。

炳南同志却一直在沉思，似乎在追忆往事。他关照我们，见到尤恩时，先不要介绍他的姓名。

在维多利亚僻静的天鹅湖路上，我们终于找到了尤恩的住所—— 一幢简朴的小楼。按铃后，一个女孩子来给我们开门。就在大门左边一间不大的屋子里，临窗的一张靠椅上，瘫坐着一位老妇人。下身覆盖着一条毯子，头发几乎全白，但却梳理得很整齐，脸色微微发红，看上去还很精神。她用又惊又喜的眼光打量着我们这两位来自远方的中国客人。

我们走上前去同她亲切地握手，没有通报姓名，只说是对外友协代表团派来探望她的，并送给她一束鲜花和一个中国传统的工艺品钧瓷花瓶，表示对她的敬意和慰问。

她让我们在沙发上坐下。我们首先关切地询问她的病情。

她安详地回答说，由于脊椎骨结核和风湿性关节炎，她的双脚已不能走路，肾脏也已因病切除了一个。有这样严重的疾病，却仍如此泰然自若，不能不使人感到她是一位坚强的人。

"看你的精神还不错。脑子怎么样，还好吗？"炳南同志亲切地问。

"还好！"尤恩微笑着回答。

"你是什么时候到中国，什么时候到延安的？"炳南同志试探地问，尤恩都准确地回答了。

"还记得你第二次到汉口时的情形吗？"

"记得！那时汉口已快陷落了。我和八路军办事处的人一起坐船离开汉口的。"

"和你一起撤退的有谁？你还记得他们的名字吗？"

"记得，有个王炳南！"她迅速地回答。接着，她又一面回想，一面断断续续地举出另外一些人的姓。

"后来你还听到过关于王炳南的消息吗？"

尤恩略显窘迫地回答："噢，很少。只听说他当过大使。"

"你还记得他长的什么样吗？"

"记得，"她一面回答，一面用一种疑问的眼光探索着对方的脸。

"那末，如果他出现在你面前，你还能认出他来吗？"

"啊，你……你就是王炳南！"她惊喜地喊了起来。炳南同志呵呵大笑着走过去，再一次和她紧紧握手，久久地不放。真是故友重逢，倍感亲切。

炳南同志这才把我介绍给她，并说，40年前，我曾经到过加拿大的27个城市，向加拿大人民介绍中国人民抗日战争的情况，并为白求恩援华医疗队和国际和平医院募款。尤恩高兴地说："我见过你的！你在多伦多那个群众大会上讲话时，我也在场。那个会是麦克劳德主持的。"（麦克劳德当时是加拿大和平民主同盟的主席和加拿大援华运动的重要领导人之一，10年前不幸去世。）

辛弃疾有诗云："白发多时故人少。"40年的岁月，像流水一样逝去。多少战友、亲人和与我们共患难、同生死的外国朋友，已经献出了生命，离开人世了。在这远离中国的白求恩大夫的故乡，我们又跟别离了40年的老战友琼·尤恩会面了。这是多么难得的、珍贵的会见啊！

他们深有感慨地回忆起当年从武汉一起撤退那一段同甘共苦的战斗历程。

"我写了一本书，"尤恩说，"名叫《高山是可以攀登的》，内容写我在中国的经历，出版后我将寄给你们。"

"那太好了，谢谢你！"炳南同志说，"你知道，我们中国人民是最重视友谊的。凡是在我们困难时候帮助过我们的人，我们永远都不会忘记他们。我们曾多次邀请你访问中国，可惜你都没有来成。现在中国和你当年见到的中国已经大不相同了。我们正在进行四个现代化的新的长征。欢迎你恢复健康后再到中国来看看。"

"我也这样希望。可是……"她说不下去了。

时间已到，我们不得不和她紧紧握手告别，并祝她早日康复。尤恩的眼里闪着泪花，我的眼睛也感到热辣辣的。

我走到门边，又回身望她，看到她那瘫痪的身体和依依惜别的目光，我忍不住又回去紧紧地拥抱了她。

献给级友 [1]

陆璀

在初中里最眼热的毕业，现在是快临到了。我已不复是欣羡，我心中怅惘而又兴奋：一方面，我更深地体味出中学生时代的甜蜜，而对于行将永远失去的中学生活，起了极度的依恋；一方面我又梦想着未来新奇而豪迈的生活，以及学问和事业上的奋斗与荣光，而兴起一种不分明的愉快的憧憬。

何独是我呢？朋友，从你们的言谈举止中，我知道，你们是深深地和我表着同情。

但这种美妙的情意与憧憬，往往不过是暂时的一闪；那渐渐迫近来的许多现实的问题，常使我们心中烦乱，而皱眉，而深思。

现在已是中学最后学年的后期，当然，我们个人已停当了个人应走的大路——服务或是升学。我是个幸运儿，我的环境允许我可以安然地升学！（所谓"安然"，当然是指我家庭中的不生问题。）我现在就从升学方面讲起。

选校一层，在我们大概不成问题：因为，一方面既有师长的指导；一方面我们自己也已有了相当的判别力，关于自己的性之所近，和学校之良否。真真我们所觉得困难的是第一重难关——入学考试。

1.选自陆璀《星星集》，人民日报出版社，1995年11月第1版。

在平日相聚时的谈话中，我常常可以听见这样的话：

"不想去了，愈想愈是怕的，临时去碰运气，考得取最好，考不取拉到！"

"我恨起来，不高兴去考了！回家去享我的庸福不好吗！？"

"玉师叫我去试试看去考某某校；唉，我真怕，考不取不丢脸吗！？"

"唉！……"

诸似此类的话。这就代表着我们种种不同的态度：畏怯、自馁、消极、自暴、自弃……（少数积极者当然不在内）

不瞒你们说，朋友，我是弱者，我以一身兼有了这一切！原因是，由于因将来问题的迫切而起的反省中，我深深地觉得自己智能方面的缺乏，于是我深深地恐怖了！我先天的懦弱，把我拉向消极和自暴自弃……的路上去；但同时，我后天的理性又在大声地呼醒我，想引导我走向积极之途。

由是我深思。朋友，我所得的结论，就是：我们目下最缺少的是一种勇气，一种毅力！

理性告诉我的话是不错的，朋友，我勉励自己这样做，同时我希望你们也用以自勉：

"朋友，若是你发现你自己有一分的畏缩、自暴自弃，或是消极，你应该觉得像做了件坏事般羞耻！为什么你，一个充满热血的青年，不能去战胜困难，而反被困难所屈服呢！？"

你若是真正觉得自己应有智识的缺乏，那末，朋友，你就该在这短时间内，努力用功！！

决不要"自馁"，自馁将消失你前进的勇气！

但也决不要"自满"，自满将使你不知道自己的缺点！

那末怎样呢？这就是予自己以相当的自信。

别存着侥幸之心，存侥幸之心，就等于做投机事业，失败者占八九！

对于你想做到的一件事，我愿你知道他的难！然而决不要畏怯，朋友！你知道他的难，然后你可以小心地准备全副精神去征服他！

若是你志愿要去考一个学校，同时又为了他是极难而胆怯，犹恐失败了被人耻笑，这是你大错了，朋友！人生之途上，失败是难免的，努力而失败，非但不是一件可耻的事情，你那不为困难慑服的奋斗精神已是胜过一切的光荣！若是你志立得坚，而又能始终不挠地努力，成功是一定的，我可以预祝！

努力，朋友！然而你要得到最后的胜利，第一件你的心先要把握得住！

这不仅是指我们的投考了，若是我们能这样做去，这就是我们未来事业成功的先声！

朋友！若是你同意，我愿去除我弱者的态度，和你们一同勉励。我们来努力！努力！试试看以我们大无畏的精神，去征服困难！

记着，朋友！我们目下需要的是切实的努力！

少数的级友，毕业后，是将服务于社会了。这原不过是迟早的事，我们每一个人将来总要献身于社会，为社会服务的。我们第一须先认清，服务是一种神圣的事业，同时也是人生重大的使命！我们要以服务的精神去服务，以创造的精神去服务！一方面，更实际些，我们各以能力所及，管我们独立的生活，这是很光荣的事！

朋友，新奇的世界将展开在我们面前，我们各自认清了目标，勇敢地，奔向我们无限开展的前途吧！

评论

璀璨如晨星

她是"一二·九"运动中的勇士。她高擎起纸糊的话筒，在群众集会上坚定有力地高呼：打倒日本帝国主义！她代表中国学生救国联合会在第一届世界青年大会的讲坛上慷慨陈词，那是1936年，她的一袭白旗袍和一口漂亮的英语在几千人的聚会上璀璨如晨星。她作为第一届中国人民政治协商会议的代表在天安门城楼上幸福地聆听毛主席那句震撼世界的呼声：中国人民从此站起来了！她作为中国妇女出色的代表在1951年柏林的国际民主妇联理事会群众大会上讲话，铿锵有力的语言和典雅的丰采倾倒了听众。她曾经以柔弱的身体爬进城门想为游行的同学打通前进的道路而被军警枪棍乱击——这是英雄的陆璀、青春的陆璀、美丽的陆璀，那个被美国著名记者埃得加·斯诺比作"15世纪法国女民族英雄贞德"的陆璀。

中学时代的陆璀就是一个热血青年。《献给级友》是陆璀在中学毕业前夕写给振华二〇级毕业生的一篇珍贵文字。她细腻地关注到了同学们在毕业前夕内心的彷徨和矛盾，用自己的文字鼓励大家自强、自信、自勉。一方面是对母校的依恋和不舍，一方面是对未来的新奇与憧憬；一方面是对升学考试的怯懦和自馁，一方面是挡不住的青春的热血。陆璀用同伴真诚的语音告诉大家不要"畏缩、自暴自弃，或是消极"，"热血的青年"应该"战胜困难"；"决不要自馁，自馁将消失你前进的勇气！但也不要自满，自满将使你不知道自己的缺点！"她还强调"我们每一个人将来总要献身于社会，为社会服务"，我们要"以创造的精神去服务"。字字句句都能感受到她发自内心的热情和自信。

1935年，陆璀还是一个年仅21岁的清华大学学生。面对日本帝国主义对祖国疯狂的侵略，她忧心如焚。她满怀悲愤地在女生宿舍壁报上挥笔写下"华北的丧钟响了！"呼吁同学们奋起挽救危亡中的中华民族。她积极投身到中国共产党领导的抗日救国的革命洪流之中，和爱国同学们一道，"掀起民族自救的巨浪"。她被大家推选为清华大学学生救国委员会的委员，成为"一二·九"运动的中坚分子。《"一二·九"中的一段插曲》真实地记录了陆璀参加"一二·九"运动的经历和感受。其中回忆她爬城门、被捕的事件经过写得非常详细，好像把我们也一起带到了历史的现场，被青年学生满怀的激愤和爱国人士的勇毅深深感染。在钢枪和铁拳之下，我们的"贞德"没有一丝的胆怯和畏缩，反而高声呵斥"都是中国人，干吗打中国人？"在警察所和特警面前，她更没有屈服，反而借机向巡警们宣讲抗日救亡的道理，争取革命的力量。她的勇敢和机智值得我们每一个人钦佩和致敬。面对外国记者的采访，她更表现出了极度的镇定和坚定。"我们相信人民大众，只要把人民大众唤醒起来，中国就不会亡！"这位参访陆璀的记者就是《西行漫记》的作者、美国著名记者埃得加·斯诺。斯诺采访陆璀后，立即向美国纽约的大报发了专电，用了一个引人注目的标题："中国的贞德被捕了！"在美国引起轰动，为中国学生的抗日救亡运动作了有力的宣传。

新中国成立以后，陆璀一直致力于妇女运动和国家对外交流活动。1979年，陆璀参加中国人民友好访问团赴美、加等国访问。她和王炳南专程到维多利亚访问了1938年初随白求恩大夫一起到中国来援助中国抗战的女护士琼·尤恩女士。此时，尤恩已年近七旬，半身瘫痪，只能坐轮椅活动。但她依然思维敏捷，清楚地回忆起40年前陆璀在多伦多群众大会上的讲话，向加拿大人民介绍中国人民抗战的情景。陆璀等不远万里来看望她，使她激动得热泪横流。在中国，白求恩大夫是家喻户晓的，但知道尤恩女士的却很少。陆璀回国后，撰文《万里探故友——访与白求恩一起来华的护士尤恩》，介绍了尤恩当年同白求恩一起在延安和晋绥抗日根据地救治八路军伤病员，后来又到皖南新四军医院工作的事迹，发表在《人民日报》上。1985年，尤恩女士不顾半身瘫痪和年事之高，在女儿陪同下坐轮椅飞越太平洋，重访了她眷恋的中国。离休后陆璀仍经常同对中国人民革命事业作出过贡献的外国老朋友们保持着联系，给处于困境中的老朋友送去友情和温暖。

正如她的老伴，著名作家、诗人朱子奇先生在为她的《晨星集》一书题诗所写的那样："拂晓时分举头仰望苍穹，蓝蓝天幕闪烁点点晨星。/ 数读晨星似乎寥寥稀疏，谁知却是颗颗璀璨晶莹。/ 闪闪星光深知来自太阳，只报黎明不与朝晖相争。/ 同度黑夜几多凄风苦雨，悄然离去迎来红日东升。/ 日月星辰飞旋无穷无尽，生命悠久希望之光永恒。"这首诗，不仅对陆璀的文集作了恰当的评价，也是对这位革命老战士朴素人生的真实写照。

（顾丽君）

桂秉权

简介

桂秉权（1914—2010），安徽石埭人。自上世纪30年代至40年代任南京《新民报》编辑、《南京人报》编辑、编辑主任。在《读书生活》等报刊发表小说、散文多篇。20世纪50年代至80年代在苏州一中、八中任职。退休后应聘高校任教11年。

上世纪80年代后期，虽退出教坛，但笔耕不辍，所创作的散文小品高密度地在诸如《人民日报》（海外版）、《团结报》、《新民晚报》、《扬子晚报》……这些全国著名的报刊登录。在他90华诞之际，出版个人散文集《此情未已》。

母亲的怀念 [1]

桂秉权

我童年时，父亲随前赈济会委员长许世英世丈工作，长年在外。由吾母以养以教。初入家塾，先生为一老贡生，课徒三四人。"三、百、千"等念毕，又教《四书》，每天以红笔点授若干行。我很快就能背诵，先生以为聪慧。其实当日上的生课，前夕母亲已经教读，所以能很快成诵。

母亲课读，对于《论语》讲授尤详，她还手纂有《论语训撷华》，皆摘录《论语》20篇中精语，督教熟读深思。她说："《论语》上的'四勿'有深意存焉。"并对我提出四个"不"：不乖僻，不刻薄，不褊狭，不暴躁。

1.选自《此情未已》，桂秉权著，古吴轩出版社，2004年11月第1版。

四个"无"：无忤于人，无争于人，无羡华美，无愧于心。

我读初中时，课文有《陈情表》，母亲加授了同类思想内容的文章，《泷冈阡表》、《项脊轩志》、《鸣机夜课图记》等，印象最深。后我在皖南故乡中学、师范教书，食宿于学校，每晚饭后必回家探母，冬日，母常以荸荠（又名地栗）、小芋头置小红泥炉炭烬中，煨熟授儿食，坐谈一二小时后返宿舍。建国后余请画师杜重划先生为绘《寒夜煨栗图》，悬挂于堂上。同事郑学弢先生宠之以诗，奖溢逾分，虽经装裱，只能慎重珍藏。

母教习字，先习欧阳询、颜鲁公。后见家存《表忠观碑》，大版拓本，心喜之，母亲允许学习，并告之曰："练习书法，是读书人必修之课，但更须见贤思齐，学其为人，端品正行，以期可以成才。"

北伐后，蒋介石驻南京。父亲靠韩紫石老（国钧）衔署挂名津贴，家中人口多，生计日艰，有表伯开印刷厂，母亲参加管理工作，有时下车间折纸，众女工围坐工作。一日坐北窗下，一女工对母亲说："大妈，我想跟你调个位子。"母亲见她瘦小，似弱不禁风，慨然与之换位。不料自己因风受寒而致痰疾，终身受累，但从无怨言。

我从小爱京剧，常跟留声机学唱段。进报社工作后，一天母亲说："这个月少交点钱，去买一架留声机玩玩吧。"于是大约花了十几元钱，买了一架留声机和几张唱片，其中有一张《战樊城》，后来一直爱唱的"一封书信到樊城，拆散兄弟两离分"这段余派戏就是打这儿学的。

"七七"事变后，8、9月间，日寇飞机一天96架次狂炸南京城，母亲便随同房东离开南京，到了对江的安徽和州，我还要到报社上班，父亲陪我留在南京。直到沦陷前不多日，父子才仓皇搭乘一辆敞篷货车逃出，到和州与母团聚。次年春，日寇又窜到和州，当时慈亲坚令我同邻居少壮人逃到乡下。敌军入城后大肆抢掠，凌辱妇女。父亲病卧在床，敌寇到家来，抢掠金表衣物。母亲从后门逃出，直奔郊外。过了两天，鬼子撤退，我入城回家探望。吃惊的是只见父亲躺在床上，母亲竟不知去向。我四出寻找，不得音讯。一夜未眠，惶急万分，次日中午忽有一农民送我母亲回家，才脱了这场劫难。

担心日寇卷土重来，父母决定迁居乡下，是年冬，到了离城十几里外的叫马家集的小村，农户主人绰号马二鞭子。小屋容身，一木床一地铺，三人相依为命。

一天，马二鞭子进屋对母亲说："大妈，我儿子下个月成亲，想问你借件东西。"母亲说："要什么马大哥只管说。"他笑颜满面地道："就是想借一件棉袍子，让做新郎的儿子穿一穿，满月后就归还。"母亲说："这是喜事，拿去穿。算一小礼物不用还了。"随即拿给了他。这是一件蓝绸面灰绸里子的丝绵袍，新缝制不久，他见我穿过的。

过了不多日子，一天晚上，马二鞭子紧张地进屋说："听说鬼子们要到前边镇上去，我们这里是必经之路，赶快跟我们进圩。"他还叫儿子帮我们把棉被放在箩筐挑着，连晚逃到圩里，许多人同住一间大屋，次日鬼子铁蹄在马家集践踏一番。如果不是马二鞭子给信，后果不堪设想。

1938年春，我们父子三人决计经巢县，冒险渡江而南，回到皖南故乡。次年春，父亲不幸病故，母子相依为命。是时，我在离城较远的师范学校教学，因避轰炸，母亲独居城郊村中。1943年秋，母亲宿疾复发，我赶回去时，见母面肿，她流泪说："俗云：男怕穿靴，女怕戴帽，我病恐难愈。"又泣曰："母去，儿孤身一人了。"我心如刀割。由于医疗条件极差，当晚服一庸医中药后，次晨竟口不能言，只能喊"权儿"二字，十分痛苦。两天后，竟躺在我肘膀上溘然离去，此情此景，终身悲伤。后我刻了"权儿读书行文之印"一方印章，边款刻"权儿者慈母弥留之慈音也"，然并不忍钤用。

"清明又是雨纷纷，无母思母实断魂。梦绕亲前三顿首，承欢菽水再难温。"谨志孺慕之思，白首难忘，罄竹难写先德之万一也。甲申年清明前。

腰里转 [1]

桂秉权

　　"腰里转"者，是抗战中我母亲所亲手缝制的一只钱袋，用土机老布缝制而成，上端有管状套口，可以穿在腰带上自由移动，前后有明袋。母亲在套管及夹层里暗藏较软旧的中中交农四大银行 10 元纸币三四张；两面敞口明袋里放上几枚一两角小银币和铜元，以供零用。

　　1943 年秋母亲逝世后，平日供奉的佛菩萨像，所诵经书，遵遗命送往山中一庵内供奉，其他遗物散失，剩下这只"腰里转"珍藏了 50 余年，我在袋中放了些格言、单片小札和纪念母亲百年诞辰的 10 首小诗，长年置于枕边。里面也储存些日常备用金和待去领取的稿费汇单等等，不仅便于储存，也常引起绵绵的亲子之情。

　　近见人们围在腰上的钱袋很多，有的鼓鼓的凸现脐部，有的阔带系腰，三三两两结伴过市。平时偶逛商场，也见形形色色钱包皮夹，有的价格很昂，我想这些货色总有些迎人之处，但是从未动容，因为自有"腰里转"在。搞财会工作的外孙女，一天以钱袋一条贺我生日，上端有口，拉链开关，当中放钞票，也是可以在腰里转的，我说："领你的情，但你看看我的钱袋。"她将"腰里转"放在眼前，笑嘻嘻地读出袋上的题字来："先慈遗物。"接着一拍手道："阿爹就是喜欢老古董！"我也笑嘻嘻收过"腰里转"，仍放在枕边。这本不是老古董，可这娃儿怎明白它远远超过任何老古董的涵义啊。

1.选自《此情未已》，桂秉权著，古吴轩出版社，2004 年 11 月第 1 版。

文星永耀　德泽长存 [1]

—— 缅怀张友鸾先生

桂秉权

1990 年 7 月 31 日，张友鸾先生隆重的追悼会在南京石子岗殡仪馆举行，弹指一挥间，已历十年。忆 20 年代末，我以十五六岁少年从先生学，亲炙五十载，如今，先生虽仙逝，但他当年的音容笑貌一直浮游在我记忆的长河中，我的感慕之情，白首难已！先生地下有知，当知白头弟子心头的凄惘里也藏有回忆的甜蜜。我的话是说不完的，值此纪念先生文集出版之际，谨以此点滴片段的回忆，表达我对殒落了十年的文星的缅怀。

一

张友鸾先生是中国新闻界的泰斗，当年，我们都称他"大先生"。30 年代初，在先生任《新民报》总编时，我以一个投稿青年受其重视，并录用于报社，先是学编辑新闻，几个月后，转至副刊做主编施白芜先生（以后是卜少夫）的助手。大先生曾说："综观报业史，有的报纸偏于头（指新闻、评论），有的偏重尾（指副刊）。要办好一张报，应首尾俱重。"这正是先生办报的一贯方针之一端，即新闻版与副刊版并重。

抗战胜利后，《南京人报》在南京复刊，这是一张四开版面的报纸，先生任总经理，我编"本市新闻"版，先生说："这一版是重点版，多努力。"副刊有《南华经》、《新南京》等，《新南京》辟于 1947 年，篇幅不到半版，

1. 选自《此情未已》，桂秉权著，古吴轩出版社，2004 年 11 月第 1 版。

版面设有六栏，每天长短文章需保证六七个题目，大先生亲自主编，我为助编。有"南京史话"、"风俗民情"、"风物世象"、"南京特产"等等栏目，还组织"人名征对"、"问题征答"，揭晓之时都由大先生亲自撰文详加说明，版面颇紧凑多趣。我曾将这一时期的副刊单独剪存，偶尔翻阅，仍有回味。

二

我初入报社，大先生关爱甚深。我到《新民报》副刊部不久，即写了随笔《寒宵漫写》，先写了两篇，大先生亲自为我润色，并加了一个副题"……之一、之二"，这分明是鼓励我连续写下去。在大先生的鼓励下，我一口气写了10余篇，连载于《新民报》副刊，从此引发了我写散文随笔的莫大兴趣（所写散文中多篇经过白芜先生精心修改，此情难忘）。

约在1933年前后，有一天我在雨花台见有人哭祭烈士，深有所感，就写了一篇散文《清明祭》，大先生看了，把题目改为《野哭》，意味更加深沉了。他还高兴地对我说："你有空就到新街口、夫子庙去看看，那里芸芸众生，百态毕陈，要留心观察，定会有好东西写出来。多观察，多写多练，才能练出功夫来。"还说："浮文必删，陈言务去。"在他的教诲之下，我又学写短篇小说，当时我读了《彷徨》、《呐喊》、《故事新编》，又读了《茅盾短篇小说集》、《巴金短篇小说集》等，先生叫我读契诃夫、莫泊桑。后来我发表了《某木匠》（刊李公朴主编《读书生活》）、《二童》（刊大公报《小公园》）等，都缘先生的引导。

大约是1947年，京剧演员顾正秋到金陵演出，也许她见我年轻，颇显傲慢，我很不喜欢她。看了演出后，就写了一篇短评，大先生看到评论，对我说："好像她得罪了你啦？"又说："为文可不能个人意气用事呀！这篇东西不想用。"我有点脸红。但这篇稿子终于刊登出来，内容依旧，而措辞语气大不相同了，显然是经过了大先生的笔削。类此教诲，让我在做人、做学问上都有了不少长进。

先生自己为文，惯用方格稿纸，手中一支派克金笔，直书不辍，成文甚速，我问他："您写文章为什么能写得这么快？"先生说："这要靠腹稿。就是肚子里先要有，如肚里空空，是'稿'不起来的！"他的书桌一角，置《辞海》一部，他常说："勤查免误。"还说："要尽量吸收词汇，词汇好比兵，多多益善。司令手下无兵，怎么能打仗呢？有了兵，一招而至，就任你调动了。"大先生就常常这样，虽语出平凡，却在有意无意之间，让人受到启迪，终身受用。

<h2 style="text-align:center">三</h2>

大先生平易近人，幽默风趣，与他相处能使人感到温馨愉悦。

《新民报》的资深编辑黄近青，别号"黄甘草"，是大先生同学好友，爱作打油诗，闲来吟诵，很有韵味。一日，大先生随手录了一首诗："诗家清景在新春，绿柳才黄半未匀，若待上林花似锦，出门尽是看花人。"然后笑着对我说："给黄甘草，请他吟诵。"当时，黄甘草正在屋的另一角，喝着一种叫"含几怪"（由"几阿苏"和"怪阿冠"两种西药合成）的治咳药水。我走近前去传话，黄甘草欣然应允，以那带有安庆口音的语调抑扬有致地唱了起来，逗得满屋掌声。这是大先生即兴向老朋友逗趣，不意我竟把黄甘草吟唱的声调学会了。日后我在中学、大学教语文，讲到古诗，也常在课堂上吟唱几句，并在课外语文小组上让学生跟着唱，引起学生很大兴趣。

1948年报社困难重重，压力很大，经济窘迫，大先生生活也很拮据，常常叫我替他卖书。一次把不少报纸合订本拿了出来要我去"处理"。联系下来，要称斤计价，我因不舍，想另换受主，却一时又难以如愿，不觉拖了些日子。大先生即邮来一信曰："前托之事，未见回音，俟西江水至，将索我于枯鱼之市矣！"我心中不觉漾起了一丝哀伤，只得贱价出售，将微资送去。

大先生的幽默也常表现在他撰写新闻标题上。他说过："标题，尤其是新闻的标题，一定要引人入胜。"《新南京》副刊一次"征答"，先生拟的标题是："你是南京人，应知南京事，下面十个题，填来试一试。"这是先生所说"标题如人之眉目，有吸引力才能引人注意"的一个实例。他所撰写或改写的标题，有一种特殊的魅力。如有一次，南京阴雨连绵，先生根据气象台提供的阴雨消息，他拟的标题是"潇潇雨，犹未歇，说不定，落一月"。

先生幽默风趣，而又高雅，特别讲求语言的纯洁与健康，忌庸俗，戒危言耸听。约在1947年，南京白鹭洲发生一件堂兄枪杀堂妹案，不少报纸标题用了"艳尸"字样，先生说："人已惨死，成了尸首，还说什么艳，是何居心？"当时我正担任本市新闻版编辑，遵先生之教，所发新闻，标题都是堂堂正正的。先生还叫我于案件庭审时去旁听；回来写了专稿，先生审阅润色刊发。

又有一次编发警察所一篇来稿，我作标题为"少男少女旅社巧遇，居然一拍即合"，先生说："庸俗不堪。"教我改作。一次命案新闻，我拟标题"十七刀血淋淋，杀人如屠鸡犬"，先生改"十七刀杀人，凶残无人性"。

四

大先生平时待人谦和，温文尔雅，但在强权暴力面前却坚强不屈，大义凛然。1947年5月20日，南京市大中学校爱国学生举行了反饥饿、反内战、反迫害的大规模示威游行，反动当局一面加以镇压，一面通知报纸只许采用中央社的稿子，并禁止使用"血案"、"惨案"等字样。在大先生指示下，《南京人报》不理睬中央通讯社的稿子，只刊登自己的专访新闻，还用了"昨日珠江路血案"的主标题，副题是"宪兵警察用带钉的棍子打人"，消息是我编的，标题为先生所改作。这类新闻都安在头版重要位置上发表。次日晚上，报社就接连有军警和国民党国防部官员的吉普车光顾，他们查东问西，气势咄咄逼人，责令"限期更正"，并点名要和总经理张友鸾先生"谈话"，编辑部负责人去电文昌宫宿舍告知大先生，国防部的人说："登一条'更正'的消息就可以了。"大先生闻知非常愤怒，在电话中严正地大声说："新闻是让事实说话，学生游行，军警打人，这是事实，谈不上更正！"那些人只得悻悻而去。事后，大先生更不顾个人安危，和反动当局展开面对面的斗争。

五

大先生事父母至孝，日常博双亲欢心的事，多成佳话。最使我难忘的是大先生知我也有年老双亲，每逢发薪之日，先生常嘱咐我："可以买点好吃的孝敬父母咯!"一年冬日，先生见我母亲穿着旧棉袍，显得单薄，就对我说："市上有好丝绵，给老母做丝绵袄吧。外面再罩上件布罩衫，是很暖和的。"我就照办了。大先生知我亲老家贫，就设法给我补助。一天，他对我说："我的小说《胭脂井》用的是章节式，没有回目，你代我编个回目来，让我看看。"拟好后，我父亲修改了一遍，送给他过目，大先生看了说："可以。"后来再经他稍加润色，就照用了。当时报社经济条件尚好，为此，大先生特批了一笔津贴，似有二百元吧，不是一笔小数目，我拿了这笔津贴，就买了一身西装，一双皮鞋，一块手表，其余给了母亲。事后告诉大先生，他听了很高兴。

六

解放初，我住在南京升州路斗门桥徐家巷，内外两间小屋。有一年夏天某日午后，我正在里屋翻书，忽见一个身影正在外房门口向里望。我举首一瞧，惊喜地见是大先生，他穿着一身纺绸裌裤，飘然洒脱。他屋子里外看了一下，见我有小竹书架二，小竹床一，写字台后圆桌上有花一瓶，小摆件两三种，说："你的居处环境还不错嘛!""不错不错，人就要会生活。"那时我的邻屋亲戚家藏书不少，打算卖掉，其中有一部商务馆的《丛书集成》，约有千册，我和大先生谈起，大先生说："此书你可以买下，除了四书五经著作之外，可供你做学问的史、地、志、笔记、诗文都不少。做新闻记者、新闻编辑的必须知识面广，一定得多读书，趁年轻读书，一直读到老。"后来，母亲说："宁可节衣节食，这书可以买。"大约花了五六十元吧，这钱在当时还可派点用场。此书除散失者外，现在还保存了有关文史方面的约一二百册，颇有可观。

他喝着我给他泡的茶，顺便看了正放在写字台上的稿子，见题目下面还未署名，知我正在斟酌笔名，便说："起笔名也得有点意思，我给你取一个。"他说着顺手写下了"徐斗门"三个字（切寓处斗门桥徐家巷），50年代初，我就用此名在沪上《新民报》晚刊和其他报纸上发表过一些散文小品。

喝了会茶，先生起身走了，我恭恭敬敬送出大门。步行到斗门桥上，先生不要我送了。他说还要去看望附近巷中的卢冀野，说完径自前行，凉风吹拂着他的纺绸衫裤，飘飘若仙，我目送着他的背影，直到在前方消失。

先生的背影使我日久难忘，以后，我常常会想起这难忘的一刻。50年代后期，他含冤负屈，境遇坎坷，他的背影一直浮现在我眼前，我想他那坚实的背，一定能够抗得住任何压力。"文革"中，我自己落难了，这背影又伴着我渡过了重重难关。拨乱反正后，我托《解放日报》转给大先生一信，且喜他竟收到了。1978年11月16日，他回了我一函，读着他的手函，确乎"恍若隔世"，禁不住老泪纵横了。

尚小云谈戏 [1]

桂秉权

久在北方的尚小云先生，于 1950 年 3 月 17 日率领着他的旅行剧团到南京演出，受到热烈的欢迎。

尚在解放前以仗义疏财驰名于梨园界，对日抗战前后以创办科班荣春社几乎倾家，解放后改戏编戏，争取进步表现积极，有皮簧嗜者，敬其艺，尤重其人。他这次南来，我有机会与之长时间过往，闲来谈戏，他诚恳谦和，有问必答，提供了不少的戏剧史料和梨园掌故，现在把它稍加整理，记录在下面。

一、坐科与师门

尚先生说："我生于清光绪二十四年，肖犬（此与习见的记载不同）和荀慧生同为三乐班的学生。我入科的那年是光绪三十四年，到民国三年八月十七日出科，习艺期间共历 7 年。"

"出科以后，在'三庆'、'吉祥'、'福寿堂'诸戏院演唱，戏码是倒第二。民国三年十一月第一次南下献艺，演出地点在上海丹桂茶园，卖座尚好，连演 4 个月，到第二年 3 月才回北京。后来曾多次南下，直到民国二十五年从上海回北京，自创办荣春社科班以后，即未南来。"

---

1. 选自《此情未已》，桂秉权著，古吴轩出版社，2004 年 11 月第 1 版。

"三乐班的创办人李继良，是慈禧太后总管李莲英的继子，有的是银子。7年坐科，学艺受足了煎熬磨练，但生活上并不苦，冬天穿皮袍，热天有夏布大褂，从光绪三十四年起科班，到民国三年，李共费银不下10万两。"

"三乐班共毕业学生有多少人？"我问。

"我们的同学，生旦净丑末各行共108人，成名的有荀慧生、芙蓉草，不才也薄有浮名，其他生净末丑各行，也造就了些人才，不过后来散居各省，久失联络，现在常联系的，也就是我们同行（旦行）3个人了。"

"李继良也教戏吗？'三乐班'旦行老师有哪些人？"

"李先生是外行，光负责校务。礼聘名师，旦行的老师有：孙怡云先生。还有戴韵芳、吴凌仙两位先生，这三位都是教青衣的。教花旦戏的是路三宝先生，梅的花旦戏醉酒等就是他教的，教昆曲的是乔蕙兰先生，畹华和砚秋的昆曲也是乔先生教授。

"还有练功，打武把子，按板如规，天天苦练。累得站不住才下课。练不好，要挨打，打了还得练。"

我插嘴问："练跷工，恐怕要更苦了，听荀慧生和小翠花讲，常常倚墙连宵鹄立，那个苦真够瞧的。"

"靠墙站着，还是乍练呢，练到相当时期之后，要站在长板凳上，手里捏着香，等香烧完了，才能下来。"尚先生微笑着，比划着手持线香的样子，接着说，"像到长麟（尚之次子、工旦行）他们手里，比我们就轻松多了。"

二、从祖师爷不给饭到改旦行

人们熟知尚小云是"四大名旦"之一，尚派创始人，而不知道尚先生当初在"三乐班"坐科时，是学武生，后又改过花脸，最后学旦行，这冤枉吃了多少苦。关于这段经过，据尚先生跟我谈："我在少时坐科，入学时习武生，演过《拿谢虎》、《白水滩》一类的戏；后因身体薄弱，又一度改演花脸，那时我才12岁。同科老生，有个赵凤鸣，我与他演唱对儿戏，《失街亭》我演马谡，《捉放曹》我演曹操，嗓子是跟体格走的，我的身体既不好，嗓子也不见佳，上台唱起来，甭想捞个好，自己暗地里常伤心落泪。班子里有位于先生，有天把我叫过去，说：'孩子，不成啦。这戏饭祖师爷没给你吃的啦！'他说话时的态度很表同情，可口吻很郑重，我那时也懂事了，自己本已很苦闷，听他话说得那么绝，更加灰心失望。对于自己的前途黯淡，感到莫大的悲伤。

"苦恼的鬼混生活中，救星来了，有位徐先生，名天元，是班中教武旦的，他这天对我说：'我看你的长相、身材，都挺不错，演旦角倒很相宜，喊喊小嗓子吧。'一喊可还耐听，徐先生说：'你改改行瞧瞧吧！'于是改学了旦行。起先叫我跑个宫女，扮出来还真不错，答两句白：'何人叩环？'、'稍站'，声音也挺受听，于是就改工旦行，这是宣统二年的事。一晃40年了。

"自改旦行以后，总算没有受什么挫折，好在腰腿功夫是已经练了两年，不过是学身段、吊嗓子，进步还不太慢。成绩哩，据一般人的批评，都还不太坏。出科以后，渐渐唱开来，常言说，一分耕耘，一分收获，不是一番寒彻骨，怎得梅花扑鼻香，这话实在是没错的。我很感谢多年来观众对我的爱护。但是直到今天，我仍然深深感觉自己贡献不够，还得力求进步，来报答观众。"

我听尚先生讲话，已听入了神，这时才缓了一口气说："想不到尚先生当年坐科还有这一段曲折，要不是那位徐先生指点明路，先生不是埋没了？"

尚先生笑了一笑，接着说："所以我后来自起科班，对于量材施教，非常注意，决不愿意学生多绕冤枉弯，白费力气多吃苦。"顿了一顿，又说："不过话说回来，就是先生量材施教，带你上了路，总还得自己下功夫练，所谓'师傅领进门，修行在各人'。不下个三冬五夏的苦功，要想有造就是不成的。"

坚持苦练，这真是成功之路。这儿我又想起尚先生"三乐班"出科演出后，还有一次刺激。有一次，他演《六月雪》扮窦娥，想邀请著名老旦演员龚云甫饰蔡母，以壮声势，剧场后台管事到龚家去约请，不料龚云甫冷冷地说："他尚小云叫我去傍着他？我的调门他该知道吧！"尚小云闻听此言，气得什么也没说，从此发奋练"嗓子"，每天一大早出门喊嗓子，回来上胡琴调嗓子，三九三伏，风雨无阻，坚持不懈，这样足足苦练了两冬两夏，练出一条好嗓子，二次出演，获得了"金嗓子"美誉，不用请龚云甫来帮场，照样卖大满堂。

三、和孙菊仙配戏

四大名旦的成名，固由于艺术超人，而其振翩之始，则前辈伶工提携之功不可没，如谭叫天之与梅兰芳合唱《桑园寄子》《汾河湾》，王长林之与荀慧生合唱《小放牛》，当时都是提携性质，而为同时唱旦的角色求之弗得的。尚小云先生最初也是得到名伶孙菊仙的提携，他提起了这一节，还很肃然地说："谈起我与名伶合演的往事，我首先忘不了老乡亲，那时他老人家已80岁的老人了，论辈分，长两辈，论声望，我初出茅庐，差得远。他要我跟他配旦角，完全是认为'孺子可教'，存心提携的意思。我第一次是陪他唱《三娘教子》，虽然那么大的年纪了，老薛保一出台还是赢得哄堂好。前辈艺术的精湛，真令人景仰佩服。后来又唱过《战蒲关》和《珠砂痣》，一共合演过3个戏。"

"您和言菊朋，好像在南京同唱过的，那时我还在小学念书，隐约记得这么回事。"我问。

"对啦，"他微笑着回答，"那是民国十三年，我们在下关南京大戏院，住在大方旅馆。那个时候，言菊朋还在玩票时期，本身职业是在北洋政府下属的某机关干办事员一类的差事，每月挣18块钱。我约他到南京去唱戏，他答应了，咱们在下关唱了一个月，生意不坏，戏打住后，结下账来，除去开支，我挣了80块钱，言菊朋赚了60块钱，要抵他几个月的薪俸，打那回起，他就正式'下海'啦！"

"后来还同哪些人同过台？"

他说："刘鸿声、王凤卿、王又宸，我们都合演过。"

他还说："多与名角同台，多看人家的戏，能学到许多东西，同时还得自己多磋磨，体验生活，像他演《失子惊风》，就曾多次观察过一些疯妇的情态，有所体会，加以提炼吸取。"

四、办科班卖掉九所房

尚小云说："我感觉到，京戏艺人自个儿力争上游，出类拔萃是好的，但是同时还得致力于培养人材。我打1936年从上海回北京以后，即自起科班'荣春社'，一共办了3科。小儿长春、长麟，也入科学习，一个是头科学生，一个是二科学生。私人起科班，经济力量究竟有限，初办的时候，颇费张罗，后来，学生们有些能上台了，就靠戏馆子营业收入来补偿。临解放这一年，最为艰苦，关城的时候，上百人的伙食发生问题啦，个人为了支持这科班，曾陆续卖掉了9所房子，到这时候也实在支持不住，不得已于1950年停办，我想，假如北京早解放半年，我的科班还能存在哩。

"教师方面，生旦净丑各行，总共有30来位，教老生的有王凤卿（义务教授）、蔡荣贵（马连良的老师）、王少芳、孙锦泉。教青衣花旦的有王瑶卿（义务教授）、李凌枫、于连泉和我自己。还有一位老前辈戴韵芳先生，也来教过一段时期。戴先生是三乐班的教师，也是我的先生，1939年9月里故去的，活了80岁。教武生的有尚和玉、沈富贵、丁永利、刘砚芳（义务教授，杨小楼之婿）。教小生的有萧连芳、韩金福，还有程继先也来过。教花脸的有金少山（义务教授）、郝寿臣、孙盛文、宋富亭、范宝亭。教丑的有郭春山（70余岁老教师，专教昆曲）、萧长华、马富禄（二位皆义务教授）、贾多才、孙小华。教老旦的有罗文奎、孙甫亭。教武旦的有九阵风、朱盛富。这许多位教师，有教的时间长的，也有教了一个时期就走了的。所授课程，完全是艺术方面的，文化知识方面，学生们多只有小学程度，在乎他们自己学习提高。

"我日常对他们讲话，都是希望他们要下决心苦练，持之以恒，绝对是有出息的，所谓'师傅领进门，修行在各人'。学生们也都能受教。对于他们的品行方面，也特别注意，每天午后和晚上收工以后，我亲自查学，有些学生也顽皮得很，但不犯大规的，就说说他们了事。有时也遇着些可笑的事件。像有一次，我瞧见一个学生，脖子上挂着汗巾在上吊，地下还跪着一个，旁边有两个扮做老头和婆子的在哭，嘿，原来是装的一出戏，我瞧见了，就没说什么。可是查到晚上偷着赌钱这类事，就不行，得责罚。还有一次，有两个学生拿了邻舍人家的东西，失主瞒着我，叫人把东西查回去了事，意思是不让我知道。但是我知道啦，还是把二人开除掉了。

"对于学生的饮食起居，不敢疏忽，身体是事业的本钱，嗓子、功夫都是跟身体走的。初办的两三年，学生都吃大米，沦陷时期，买米困难，才改吃杂粮。遇有学生生病的时候，我就担心啦，像杨荣环有一年病得很厉害，从医治到调养，都注意照顾，别误了人家孩子，一直到他好啦，才算放了心。

"荣春社从 1936 年起开办，直到 1950 年结束，总共办了 15 年，毕业同学 570 余人，大部分现在都在东北演唱，1950 年农历二月十二日，我率领剧团南下作旅行公演。随着我走的也有 10 来个人。"

五、给孩子们请的老师可"阔"啦

也许由于尚小云在科班先后学过武生、老生、花旦三个行当的原因，尚的 3 个儿子分别学武生、旦、花脸，都得到名师传授，勤学苦练，功底不凡。

尚小云原配为李寿山之女，名淑清，生长春，续弦夫人王蕊芳，一位贤淑内助，老伶工王聚宝之女，30 年前"兰蕙齐芳"的王蕙芳之妹，生长麟、长荣，聚宝是梅兰芳的亲姑父，所以算起来小云和梅是表郎舅。长春、长麟艺事有相当造诣，社会上业已知名，长荣是学大花脸的，童年除了跟父亲、哥哥配戏外，也不时登台表演，唱《御果园》大段摇板，能够上正宫半的调门。

小云重视教子，在孩子小的时候就让他们投名师习艺，学本领，据尚先生谈其二子的习艺经过："长春习武生，开蒙的老师是沈富贵。沈为富连成科班出身，艺事甚精，毕生精力，大半耗于授徒。沈富贵替长春的艺事打了一个初步根基，后来又让他拜名伶尚和玉和李桂春（艺名小达子）为师，尚和玉亲授他《四平山》，又教他《艳阳楼》、《铁笼山》两戏的后部开打。这两出戏的前部则为刘砚芳、丁永利两人所说，师法杨小楼。他的猴戏和全部武松则是小达子教授。长麟他的第一个老师是小翠花，教了《战宛城》诸戏，后来又拜荀慧生，学了《红娘》、《红楼二尤》，再拜砚秋，砚秋教了他《牧羊卷》。而《汉明妃》、《雷峰塔》则是我自己教的，孩子学得不错，有我一点味道。至于梅派戏，那当然要仰仗梅大舅的。"尚先生朗笑着结束他的谈话："我给这两个孩子请的老师可真是阔极了！"

尚小云又告诉我："他们弟兄两个都是 5 岁那年唱杨宗保，开始粉墨生涯。长春小时候还跟我唱过《汾河湾》的薛丁山。锻炼了几年，两人都是 11 岁正式登台。"当然，长春、长麟都是科班出身，长春是"荣春社"头科学生，长麟是二科学生。坐科时，得到众多名师的传授，功底十分扎实，为他们后来的成就打下坚实基础。

六、尚剧旅行团轶事

尚小云旅行剧团在宁演出，很受欢迎，因而连演数月，长春、长麟主演。长荣配演，尚先生亲题"十二龄童"上海报。

每晚开锣前，尚先生父子照例不吃晚饭，进水潽鸡蛋等点心，即乘车上戏院。尚氏弟兄出演时，尚先生亲自"把场"（立在上场门口督察），有时尚上台播"南堂鼓"一通，场内气氛更为热烈。剧场天天满座，每遇好戏连台，观众天不亮就排队买票。尚对此非常感动，要求孩子们极为严格，曾对儿子们说："咱们必须勤学苦练，练出真玩意儿，才对得住广大观众，观众也才乐于掏腰包买票。"又说："各人都要有拿手戏，露真本领，自挣乾坤，不能老让老爷子为你们站班（指把场）。"

自1950年冬演至1951年4月，由南京转道上海演出。尚约我到沪看戏，他告诉我，一到上海，父子4人，整整齐齐着好服装，登门拜访老友周信芳（周时任华东局戏改处处长），请他多多照拂。有一年春节，周在北京没有场子唱戏，尚曾让了两个晚场给他，过了一个愉快的年，有此一段感情，当然周是热诚接待的。

尚长春、长麟兄弟在上海天蟾舞台连演《汉明妃》、《雷万春》、《珊瑚》等剧，一连10天满座，为10余年来未有之盛况（见尚给我的信）。以后又到苏州，苏州天赐庄钟楼居委会开了欢迎会，尚买了文武场乐器相赠，然后率团北返，任陕西京剧院院长多年。10年罡风乍起，在劫难逃，德艺双馨，长令人思。后继有人，可以无憾矣。

始于离者，终于和

—— 漫谈桂秉权先生散文

　　翎子翻飞旗杆挑枪，金盔跌落银靴生根。散板、哭板、叠板如雨点急急砸下，关羽唱："水涌山叠，年少周郎何处也？不觉的灰飞烟灭，可怜的黄盖转伤嗟。破曹的一时橹绝，鏖兵江水犹然热，好教我心情惨切！"再唱："这也不是江水，二十年流不尽英雄血！"（《单刀会》）……

　　是的，我在说戏，读桂秉权先生的散文，如读一出人生长戏，激越时唱拔子，低回处唱吹腔，虚实交缠，形式纷呈，但"始于离者，终于和"——最后完美落幕。

　　桂秉权先生早年在《新民报》、《南京人报》任社会新闻编辑、副刊编辑，并追随新闻界"三张"——张友鸾、张慧剑、张恨水闻达于报界，他有一个老报人的博学、敏锐与犀利，他写名人轶事，典故信手拈来，在那个没有搜索引擎的时代，需要瀚海翻检多少载我们不得而知，但若无"衲被"的功夫是断然做不到的。

　　所以，他要感谢一个人："母亲课读，对于《论语》讲授尤详，她还手纂有《论语训撷华》，皆摘录《论语》20篇中精语，督教熟读深思。"（《母亲的怀念》）平实的字句里，是一个母亲要酿造一坛好酒的心情，把糯米洗净、焖蒸、摊凉……直至成品，这个过程，是一番心力的倾注，而非参天地之化育。

　　桂秉权先生笔下的母亲，克己严谨，但也是温情脉脉的，她会在寒夜"以荸荠、小芋头放置小红泥炉碳烬中，煨熟授儿食"，同时，她更懂得"立身先立人"的道理，她不仅亲授《论语》中的精语，即便儿子习书法，她也会不失时机地告诫他："练习书法是读书人必修之课，但更须见贤思齐，学其为人，端正品行，以期可以成才。"

这样的文字，如满山的芒草柔软地舒开，轻柔中尽是暖意，但更让人怃然自惕，清醒地选择长程的劳瘁去安身立命。

曾有一位母亲蹲在地上，凭一根树枝，一堆沙子，教出了一个欧阳修；这里，也有一位母亲纂着《论语训撷华》，对儿子"提出四个'不'：不乖僻，不刻薄，不褊狭，不暴躁。四个'无'：无忤于人，无争于人，无羡华美，无愧于心"（《母亲的怀念》）。

朝花夕拾，当桂秉权先生重拾这些童年往事的时候，是如何的一番慨叹啊！他善于在真实的生活中捕捉情感的碎片，在时间的纵深里表达人生的感悟，所以，我们能从《腰里转》这样精悍的短文中感知到亲情的温度，从《文星永耀　德泽长存》这样恭谨的文字间同享师生的情谊。同时，他写生活、写养生、写养花种草，这样的小品文也可谓涉笔成趣，充满了对生活的追求。

先生还是一个地道的京剧票友，当年的四大名旦他几乎无不交往。他们在一起说戏，他不时也会给尚小云、荀慧生等名角编写或改动唱词，他熟知他们的艺术风格、流派内涵，更了解梨园的甘苦。他写尚小云："人们熟知尚小云是'四大名旦'之一，尚派创始人，而不知道尚先生当初在'三乐班'坐科时，是学武生，后又改过花脸，最后学旦行，这冤枉吃了多少苦。"淡淡几笔，在两人对话中将一代名伶的悲喜际遇宣于纸上。

梨园一行，哪一个粉墨登场不是从严酷的历练与辗转开始？

但这样的人生辗转，他何尝没有遇到，在经历了北伐、七七事变之后，"1938年春，我们父子三人决计经巢县，冒险渡江而南，回到皖南故乡。次年春，父亲不幸病故，母子相依为命"。这时，他已退出报界，在师范学校教书。20世纪50年代，他又到了中学担任语文老师，80年代从中学语文老师岗位上退休，即被高校邀请去上课十多年。他只是一个普通的中学语文老师，没有高级职称，等到我们国家评定中学教师高级职称的时候，他退休了。他虽然在高校讲坛上耕耘了十多年，却始终只是个兼职临时受聘。

世事如棋、人生如戏，都有不可触犯的规则。戏里要求玉带不许反上，上场要先出将后入相……而在生活设定的规则里，始于离者，终于和，无论以哪种形式登场，以哪种形式腾挪合纵——即使马战、行船、翻台、滚火都——来过，都终将归于尘土，但有些东西留下了，就是爱与文化。这些，在已经落幕的人生里、在桂秉权先生的文章里，我都读到了。

（唐岚）

附

桂秉权老师

柳袁照

我的桌上一直放着《此情未已》这本书，这是桂秉权老师的一本文化随笔，我不时会翻阅它。他是我们学校的退休语文老师，虽然没有教过我，但我从心底里敬重他，认他为我的老师。

桂秉权老师原先是一位报人。早年就追随新闻界著名的"三张"：即张友鸾、张慧剑、张恨水。他在 20 世纪 20 年代末，就跟从张友鸾在《新民报》学编辑新闻，长达五十年。张友鸾是李大钊的学生，曾奉老师之命主办《国民晚报》，后又任《世界日报》、《民生报》、《新民报》、《立报》总编辑，是我国新闻界泰斗。桂秉权老师在其身边，耳濡目染，1933 年，有一天桂秉权老师在南京雨花台有人哭祭烈士，很有感触，回去就写了一篇《清明祭》，张友鸾看了把题目改成了《野哭》，意味就不一样了，桂秉权老师 60 多年以后还记得这件事，著文怀念。他一直记住张友鸾对他说过的话："你有空就到新街口、夫子庙去看看，那里芸芸众生，百态毕陈，要留心观察，定会有好东西写出来。"抗战胜利以后，《南京人报》在南京复刊，张友鸾任总经理，而桂秉权老师则负责编辑"本市新闻"版。《南京人报》辟有"南华经"、"新南京"等副刊，张友鸾亲任主编，桂秉权老师作为助编参与其事。70 多年后，桂秉权老师还有自己单独剪存的该副刊，不时翻阅。

桂秉权老师曾说他与张慧剑是三代世交，追随受教诲近 40 年。张慧剑有"副刊圣手"之称，为著名的老报人。主编副刊数十年，其中长时间主编《新民报》"五地八版"。1946 年，蒋介石 60 岁生日，国民党正为之隆重做寿，张慧剑在《新民报》日刊编出了"西太后 60 寿辰"。1947 年国民党"总统"大选，蒋介石获胜，正紧锣密鼓筹备庆典，张慧剑又在《新民报》晚刊《夜航船》编出了"袁世凯"专辑，这种胆魄为桂秉权老师钦佩。2004 年，张慧剑百岁诞辰，90 岁的桂秉权老师著文纪念，撰文讲到此事。夏衍很喜欢张慧剑编写的文章，并以此缔交。解放后夏衍曾任华东局宣传部长，张慧剑在上海编辑《新民报》晚刊。夏衍的支持下，张慧剑创作了电影剧本《李时珍》，并投入拍摄。1968 年张慧剑受到冲击，进入牛棚。桂秉权老师几度欲去探望，被张慧剑阻止。1970 年张慧剑病故。桂秉权老师说："我闻耗后赶往南京，到时，先生遗体已在太平间，缘吝最后一面。徒留音容笑貌，永远在沁人的温馨中夹杂着催肝裂肺的悲悼。"

写出《啼笑因缘》的小说家张恨水，也是桂秉权老师的老友，一度编撰他的稿件。桂秉权老师在《"三张"的写作习惯》一文中，饶有趣味地记叙了张慧剑、张友鸾和张恨水在稿纸上的不同写作习惯，他说，张恨水"创作的小说，都是写在长毛边纸上的，一行要写几十个字，密密匝匝，涂改也不多，字是长长的，稿纸也是长长的，看来别有风味"。退休多年以后，桂秉权老师还常常打开记忆的闸门，写出这些有情感的珍闻趣事。

桂秉权老师是一位地道的京剧票友，当年菊坛巨星"四大名旦"梅兰芳、尚小云、程砚秋和荀慧生，都无不与之交往。1936 年梅兰芳在南京演出，盛况空前。一天下午，桂秉权老师跟随张慧剑去访问梅兰芳，梅兰芳不摆架子，准时在寓所等候。桂秉权老师在《此情未已》中说："当时梅年逾不惑，丰神甚俊，他在客厅里，正身端坐于座椅前沿，操极纯粹之京音。虽然是平常交谈，也有悦耳的韵味，态度尤其和蔼可亲。"

桂秉权老师对程砚秋的评价是四个字"荡气回肠"，他说，程砚秋在四大名旦中年龄最小而辞世最早，但是他的程派唱腔和精湛演技常使人记忆犹新。1953 年，程砚秋到苏州演出《英台抗婚》，桂秉权老师与程砚秋重逢，多年以后，桂秉权老师还记住两人的一席谈话。程砚秋对桂秉权老师说："要唱腔优美，就得在继承上创新；要台上演得帅，一招一式都带劲，干净利索，给人美感，就要扎扎实实练好功夫。"桂秉权老师留下了研究程砚秋的宝贵资料。

仗义疏财的尚小云，与桂秉权老师尤为熟悉。1950年3月尚小云带着儿子长春、长麟、长荣到南京演出，后又去上海。在上海连演《汉明妃》、《雷万春》、《珊瑚》等剧，一连十天满座。尚小云很兴奋，给桂秉权老师写信，说：宁地一别，不觉旬日，此次我们在南京蒙兄帮忙一切，弟甚感。二十一日长春、长麟出演《天蟾》一出《汉明妃》轰动沪上。……目睹此情况，现在上海街谈巷论、茶馆酒店，无一处不谈论尚剧团演戏之盛况。上海演出成功，尚小云父子又到苏州，专买了文武场乐器相赠给天赐庄钟楼居委会，居委会为此召开了欢迎会。是不是桂秉权老师安排，已不得而知，但我相信桂秉权老师肯定是做了工作的。此事在桂秉权老师《尚小云谈戏》中有详细记载。

四大名旦之一的荀慧生，开创了"荀派"，桂秉权老师说荀慧生"长于闺门旦，演天真活泼，聪明机灵，又稚气可掬的少女，惟妙惟肖，楚楚有致"。桂秉权老师30年代就熟悉荀慧生，到了50年代初期，荀慧生常在上海南京一带演出，桂秉权老师有机会常见面，两人会"情绪热烈，侃侃而谈"。荀慧生的代表作是《红娘》，50岁以后演出还是"每贴必红"，"一开场，只听幕内一声京白：'小姐，随我来！'全场为之一静，接着红娘披红插翠，手执宫扇，微侧着身子，体态轻盈地一下子就到了观众面前"。桂秉权老师这一段文字栩栩如生，让我们今天读了仍然感受到那个场景。

桂秉权老师与四大名旦等名人相识，他的意义在于他了解他们的创作背景、创作过程，以及艺术风格、流派的来龙去脉，并不只是一个旁观者，还参与其中，桂秉权老师的旦和老生行唱腔也都有板有眼，桂秉权老师热爱京剧，有很高的艺术修养，深得这些名人的器重，他不时也会给尚小云、荀慧生等名角编写或改动唱词。我以为，桂秉权老师给我们留下的不仅仅是文化随笔，还具有文化史的意义。

桂秉权老师50年代到了中学担任语文老师，80年代从中学语文老师岗位上退休，即被高校邀请去上课十多年。他只是一个普通的中学语文老师，没有高级职称，等到我们国家评定中学教师高级职称的时候，他退休了。他虽然在高校讲坛上耕耘了十多年，却始终只是个兼职临时受聘。解放前他的那一段老报人的经历，自然会落到边缘人的地步，但他淡定，默默无闻，做好本职工作之外，勤于写作，即使退休十多年以后，仍然自得其乐地撰写他所知道的文化"旧事",在《人民日报》(海外版)、《新民晚报》、《扬子晚报》上,不时发表,一直到他去世前的几个月。

我原来不认识桂秉权老师、也根本不知道他。桂秉权老师原来是苏州八中的老师,八中与苏州十中在2000年合并,自然桂老师成了十中的退休教师。2002年我回到十中,2003年春节领导走访老教师,学校办公室安排我去走访桂老师。他家就在学校不远处,从十中大门出来,走出孔副司巷,穿过凤凰街,走进对面的醋库巷,走过幽深的数百米,即到。到了他家门口,让我惊讶。那个地方我十年前曾居住过,我搬走以后,街坊改造,拆了老房子,在原地盖了新公寓,桂老师的家就在我家原址。进门以后,更让我吃惊:90高龄的老人,清瘦、干练、思维敏捷、彬彬有礼,得悉我要来,已等候有时。一间客厅、两间内室,里里外外全是书报,堆得整整齐齐,多而不乱,两张旧藤椅,分主宾坐下,端茶送水,有章有法。客厅的墙上挂着名人字画,桌上放着文房四宝。一席交谈,已明白:我发现了学校之宝,内心很自责自己孤陋寡闻,直觉告诉我,桂老师是一个有文化品位的人,一定有故事,他会吃过许多苦,他可是一位"鸿儒"。

2004年是桂老师90诞辰。他告诉我,有一家出版社,要为全国五位像他这样的文化老人出版一套丛书,他已准备了几年,后来不知何原因,一直没有落实,决定自己找出版社,那是我们百年校庆前夕,正在梳理学校的文化和历史,我很愿意资助他一部分经费。那是我来到十中,第一个由学校资助的老师出版项目,几年来虽然已经编撰出版了三十多部教师专著,但是我一直认为,桂老师的这部《此情未已》是文化含量最高的,很少超越,虽然有人会说这不是一部纯粹意义上的教育教学类著作,但我不这样认为,桂秉权老师以自己的博学获得同行和学生的普遍尊敬,功夫在诗外,教师的专业发展,是要拓宽视野的时候了。

我敬重桂秉权老师,不仅仅是他的学识、他的经历,更让我感动的是他对母亲的那份爱、那份情感。桂秉权毕业以后,曾到皖南老家的中学教书,食宿于学校,但他每晚饭后必回家探母。冬天,他母亲常常以荸荠、小芋头放置小红泥炉碳烬中,"煨熟授儿食,坐谈一二小时后返宿舍"。桂秉权老师一直珍藏着杜重划先生精绘的《寒夜煨栗图》,就是取材此故事。1943年桂秉权老师的母亲病重垂危,她泣曰:"母去,儿孤身一人了。"后竟口不能言，只能喊"权儿"二字，头枕儿的肘膀潸然离去。自书"幽明永隔，情谊绵绵"条幅，落款"权儿"。他还镌刻了"权儿读书行文之印"一方印章，边款刻"权儿者慈母弥留之慈音也"，据说，桂秉权老师从未忍心使用。

　　去年，桂老师 96 岁。在这个春天，桂秉权老师竟走了。那一天，我得到噩耗，怅然不已。因为春节前，我去看，他身体还健朗，怎么说不行就不行了？客厅里还是放着两张藤椅，我们先坐着，谈往事、谈趣事。然后，我邀桂老师合影，他坐着，我站到他的身后，一派温情。很惭愧，我去看望桂老师次数不多，每隔一两年才去一次，每次去都让我正襟危坐，很惋惜，这样的时光不会再有了。

2011 年 3 月 17 日，于华盛顿

范琪

简介

范琪，出生于 1915 年，江苏苏州人。1934 年毕业于苏州振华女校，同年 10 月考入燕京大学预科，1937 年进入协和医科大学，1943 年毕业，获美国纽约大学医学博士。毕业后从事公共卫生研究。协和医科大学资深教授。曾任中国医学科学院情报所副所长。第四、五、六、七届全国政协委员。

A Soul of Humanity[1]

范琪

When M. Myriel was young, he was the most diligent boy ever seen. His diligence often brought him high grades in his class, but the highest grade did not make him proud. He was very kind, even to little animals. Once he saw a rider was cruelly whipping a horse. The horse groaned and struggled under the saddle, almost exhausted. This horrible sight was like a painful arrow which pierced M. Myriel's heart. He burst into tears and went away.

Gradually he grew old, and he became the Bishop of D.Everyday he saw the poor people, like the beaten horse, laboring and torturing all the time. He recognized this sight, but did not go away as before. He eagerly helped the poor

---

1.选自《馆藏名人少年时代作品选》，古吴轩出版社，2005 年 8 月第 1 版。原载苏州振华女中 1934 年智仁勇级高中修业期满纪念特刊《新声》。

with all his heart to try to bring them up from the terrible dungeon. He had a salary of fifteen thousand francs, but only one thousand francs were spent for his personal living. He had a simple dwelling place with simple furniture, which was arranged in orderliness and cleanliness. He had a white-washed bed room, so very pure as was his own heart. The other part of his salary was wholly given up to charities. So the neighbors used to say that the Bishop dispensed warmth and light when he passed along. Old people and children would go to their doors for the Bishop as for the sun. Moreover, the Bishop's house was unlocked, day and night. Anyone who was in want might go into this house to ask for help. Even Jean Valjean was received with great love.

Jean Valjean was a convict. He stole the Bishop's silver ware and ran away in the morning. When passing through the city he was caught by the gendarmes. He was taken to the Bishop's again. But the Bishop smiled gently, and said, " I give you the candlesticks also. Why did you not take them along with your plates?" After a while he whispered, "Jean Valjean, never forget that you have promised me to use this silver to become an honest man!" by these words he saved a criminal.

Many people like Jean Valjean were saved by his kindness; and society would likely be a paradise if there were other persons who had the same character as the Bishop's. But, alas! The Bishop of D is the only man who has had a soul of humanity, and his likeness can hardly be found again in this profane world.

【附译文】
人道的灵魂
范琪

M. 米里埃尔年轻时就是最用功的孩子。他在班级里总是得到高分，但他并不因为成绩好而骄傲。他心地仁慈，即便对小动物也是如此。有一次，他看见一个骑马人残忍地抽打马，那匹马在鞍下呻吟和挣扎着，几乎耗尽了力气。这残酷的一幕就像一支利箭刺痛了 M.米里埃尔的心。他流着眼泪走开了。

他慢慢长大了，成为 D 地区的主教。他每天都去看望穷人，那些就像被抽打着的马一样、整天辛劳、受尽煎熬的人们。他见到这景象，并没有像从前那样走开。他热情地、全身心地帮助他们摆脱困境。他的薪水是一万五千法郎，但他用于自己个人生活的只有一千法郎。他的住所及家具都很简陋，但布置得井井有条、干干净净。他的卧室是粉刷的，就像他的心灵一样洁白。他薪水的其余部分全部用于了慈善事业。邻居们都说，主教走到哪里，哪里就充满了温暖和阳光。老人和小孩都会来到门前，像迎接太阳那样迎接主教。不仅如此，主教的住所不论白天黑夜都从来不上锁。任何需要帮助的人都可以进入住所，请求帮助。即便像冉·阿让那样的人也在这里得到慈爱的接待。

冉·阿让是个罪犯。他偷了主教的银器，一早逃跑了。他在经过城里时被警察抓住。他被带回主教家里，但主教微笑着说："我还给了你那只烛台，为什么你没有和那银盘一起带走呢？"过了一会儿，他悄声道："冉·阿让，别忘了你答应过我，有了这银盘，你将做一个诚实的人！"他这一席话救了冉·阿让。

许多像冉·阿让那样的人都被他的仁慈所拯救。如果有更多的像主教的人，我们的社会将如同天堂般地美好。可悲啊，D 区主教只是唯一的一个拥有人道灵魂的人，而在这被人亵渎的世上，再也找不到像他那样的人了。

（沈仲辉　译）

Some Chinese New Year Customs[1]

范琪

According to Chinese customs, the busiest day in a whole year is the New Year's Eve; and the most leisurely day is the New Year's Day. It is worthwhile and also interesting to study those customs, because they all have real good meanings though seeming superstitious on the outside.

On the New Year's Eve, we must offer our sacrifice to our ancestors. The portraits of our forefathers and foremothers are hung on the wall, and before the portraits there is set the alter. Many special dishes and meals are cooked for this ceremony, because it is the most solemn sacrifice in the whole year. When the candles and incense are lighted up, we all bow deeply to the portraits, and worship them or thank them for the kindness and good fortune they give us. As the rite is over, we usually have a great big dinner, instead of an ordinary supper, for ourselves. Eggs and shrimps are the two necessary things to eat, because they resemble the yuan bao (a kind of Chinese money), and we will be richer next year if we eat them. We also eat peanuts, which have a Chinese name meaning "Long Live Fruit" since we all wish our elder generations to live long. After this dinner, we have so many things to do that we almost do not sleep in that night. We have to

---

1.选自《馆藏名人少年时代作品选》，古吴轩出版社，2005 年 8 月第 1 版。原载苏州振华女中 1934 年智仁勇级高中修业期满纪念特刊《新声》。

cook some more food for the next several days so that we may not be busy in kitchen in the new year. We also have to clean house, because it is believed that as soon as the New Year comes, the rooms are full of gods and can be swept no more. As all rooms are cleaned, we decorate them as well as we can, for many guests will come during the New Year. After that, we put some delicate food on the table to receive the Kitchen Gods who has gone to heaven some days ago and who is supposed to come back this night.

It is usually three or four o'clock when all the things are done.Thus we go to bed.

The next morning, the New Year's Day, we get up very late. We light up the candles before the Kitchen God, the God of Mercy, and the God of Old Age. We bow to those gods, and then bow to our father and mother to congratulate them on the good fortune of the coming year. After that, nothing is expected to be done on that day, except eat, drink, gamble, and do all sorts of enjoyments. We go to bed before night fall, supposing we can hear the wedding march of the mice in that night.

From the second day of the New Year to the fifteenth day, we will go to our friends' or they will come to us, with the congratulations of the New Year. After the fifteenth day, the New Year is over, and everyone must work hard as before.

The sacrifice to the ancesters indicates our faith; the ceremony to the kitchen god excites our kindness; the leisure of the New Year's Day gives us rest after a whole year's labor; and the visits to the others make a good friendship between one another. The ancient wise men had already thought of such lessons about humanity; since it was hard to make the people understand those principles and act accordingly, they made up those lessons into some stories of god, that is, they founded a religion. In regard to gods, people made their livelihood more harmonious. Now if the people already know what they should know and act what they should act, we are better to abolish those religious customs so as break our superstition. But, are the people humane enough to live without religion? Are those customs ridiculous and should be abolished, or better to keep them on?

【附译文】

中国新年的习俗

范琪

　　根据中国习俗，一年中最忙的一天要数除夕，而最轻松的一天是大年初一。了解这些习俗是有趣和值得的，因为这些风俗表面上带有迷信色彩，但它们却都有着吉祥的意义。

　　除夕夜我们必须祭祀祖先。先是在墙上悬挂祖先的画像，前面再摆上一张供桌。举行这仪式还要烧许多特殊的饭菜，因为这是全年最重要的祭祀活动。点上香和蜡烛后，全家人对着祖先画像叩拜，感谢他们的恩德和带给我们的好运。仪式结束后，我们通常要享受一顿不同于平常饭菜的大餐。蛋和虾是必不可少的两个菜，因为他们形状像元宝，吃了会在下一年更加富有。我们还要吃花生，人称"长生果"，祝愿老一辈长寿。饭后还有很多活动，几乎是通宵不睡。我们必须烧好多的菜，足够未来几天所用，这样便不至于新年里忙着下厨房。我们还必须打扫屋子，因为据说一旦新年一到，房间里都住满了神灵，不能再扫地了。所有房间都打扫干净后，我们尽量把房间布置得漂亮，以接待新年里来访的客人。接下来我们将精致的点心摆到桌上，迎接灶神，因为灶神前几天去了天上，今晚要回来了。

　　等到事情做完，已是三四点钟了，大家这才去睡觉。

　　第二天早上，即大年初一，我们起床都很晚。我们在灶神、观音菩萨和古代神灵面前点上蜡烛，向他们鞠躬，然后向父母亲鞠躬，祝愿他们新的一年里交好运。此外，那天便几乎没事可做了，只有吃、喝、赌和各种各样的玩法。我们天黑前便去睡觉，因为我们相信可以听到老鼠婚礼的进行曲。

　　从初二到十五，我们会去拜访朋友，或是朋友上门来，互致新年祝福。十五以后，新年活动便告结束。大家都必须像过去那样努力工作了。

　　祭祀祖先反映我们的信仰。祭灶神可激发我们的同情心。新年的闲暇给我们一年工作后一个休息的机会。拜年使友谊得以增进。古代的智者早就想到这些对人类有用的教诲了。由于很难使人们理解并付诸行动，他们便编造了那些神的故事，将这些教诲通过故事讲出来，也就是说，他们建立了宗教。有了神，人们的生活更加和谐。如果现今的人们懂得了他们应该知道的东西，并去做应该做的事情，我们便可以废除那些宗教习俗，从而破除迷信了。但是，人们真的有那末仁慈，可以不需要宗教而生活吗？这些习俗真的是荒谬可笑而应该被废除吗？或是最好保留它们？

（沈仲辉　译）

归途中 [1]

范琪

人和行李都上了洋车，冒着雪，出了校门，开始向家中进行，突然地，一阵怅茫，袭上了我的心头。车声辘辘中，眼前白茫茫的雪景，隐约地涌现了一片草地。左旁墙边，还堆着几块玲珑的假山石，阳光温和地照到这世界的一角时，我们正安闲地聚在那里谈天：

"L的表情真好。"我说。

"只是有时究竟也太过火了，而且衣饰也太触目。"她说。

"其实能像她那样儿的真也难得了。"另一位说。在空暇的时候，我们几个人常会谈到电影上去。

阳光散了，逼着眼的是火焰，是在课室中，人却仍是我们这几个；围着一只大炉子，急急地温着书。

"唉！快吃晚饭了，历史还温不完，怎办？"一个同学说。

"可不是吗？日耳曼民族的迁移顶难记，我再也弄不清！"另一人叹说。

大考时期一到，我们全努力地温书；游戏，简直完全停止了，可是每一个心还是急，还是跳！

1.选自《馆藏名人少年时代作品选》，古吴轩出版社，2005年8月第1版。原载苏州振华女中1934年智仁勇级高中修业期满纪念特刊《新声》。

还是这间课室，大考时的紧张，已一变而为缓和、欢欣，可怕的大考完了！接着的是季昭先生请我们的一顿聚餐，吃的东西，俭朴得很：只花生米、豆腐干、烘山芋和热腾腾的茶罢了，自然比不上山珍海味，但是已甜甜蜜蜜的了！我们纵身谈着已往，预计着将来，窗外片片雪花，埋没了几多衰草、落叶，却何曾埋没了我们丝毫兴趣！待到"肴核既尽"的时候，季昭先生宣布散会。我们都喊着"谢谢季昭先生……"

心幕重重地拉开，快乐的学校生活，次第复现到脑膜上来。我正体会着过去的一切，不道车子突然停下，家门已耸立在眼前了，我只得付了车资，又高兴又不高兴地踏进大门。

仁心仁术济苍生

1934年，19岁的范琪从振华女校毕业了。翻看校友的毕业照片，但见她面带微笑，光彩照人，仿佛带着十分的机灵和三分的羞涩，活脱脱一幅邻家女孩模样！她着民国时期学生装，额前留着一抹流海，头发非常茂密，显示出旺盛的生命活力。这位出生于知识分子家庭（其父是一位当地闻名的开业医生），经受过振华女中系统教育的女学生走进了人们的视线。

振华女校的教育质量如何？这不仅要看其办学宗旨、师资力量、硬件设施和管理水平等，更重要的还得考察学生的能力水平究竟如何，后者理应更具说服力。翻看有关资料，我们惊奇地发现：民国时期的教育不一般，十中的前身——振华女校不一般，女校的学子也不一般，无愧于"振华是数一数二的学校"这一论断（陶行知语）！且不说蔡元培、叶圣陶、章太炎、竺可桢、费孝通、杨绛、李政道……一串串响亮的名字如雷贯耳，他们曾经是苏州十中的老师或学子，他们的思想和言行一定曾经照亮这片沸腾的校园，并且像星星之火一样从振华传播开去；再看看十中的传奇历史，首倡办学的先生竟是一位女子，而且裹着小脚，1906年办学之初仍然是清朝末年，这在"女子无才便是德"的封建社会是如何的不可思议！范琪——振华女校的一位优秀毕业生，从她的作品中，我们看到了振华的学子不仅学习了文史哲、数理生，以及传统典籍，而且学习了英文，英文水平之高已足以写出很长的英文作品（这与当代学子高考时才被逼着写英语短文似有本质的不同）；振华的学子已对古今中外均有涉猎，思想之开明，见识之广博已超越了我们对民国学子的想象！屈指算来，这时振华女校的办学时间也才有短短的 28 年历史。

本集共选取了范琪的三篇作品,创作时间都是在 1934 年她从振华毕业时。《归途中》从离开校园写起,很自然地过渡到校园的记忆。接着,作者选取了学校生活的几个片断——有冬日暖阳下的聊天、火炉旁的迎考复习、大考过后的简单聚餐等等,这些场景就像是电影的蒙太奇,体现的正是团结紧张而又活泼有趣的校园生活。聚餐一段很自然地插入了"肴核既尽"一语,典故引用非常恰当,自然地提升了吃的层次!末尾走下洋车踏进家门,做到了首尾呼应。《人道的灵魂》系作者的英文作品(沈仲辉译),显然是在认真阅读了雨果的《悲惨世界》后,作者把米里埃尔—— 一个拥有人道灵魂的主教的事迹抽取出来,单独成篇进行写作,显示了作者对爱和仁慈的颂扬,也是对这一难得品质的真诚呼唤和希望。根据资料,范琪因成绩优异而考入北京协和医学院,并和吴阶平、林巧稚等同学一起成为学院的优秀毕业生。刚进大学,一些人觉得学医后,当开业医生很好,治病救人,又可以获得很高的报酬,比留在协和当教员的报酬肯定高得多,但她自述,"由于受老师们的影响和协和学术空气的熏陶,在学生时代就逐步明确:毕业后不能仅当一名开业医师。这个想法,在当时的学生中是很普遍的。"由此看来,她的崇高的人生追求是不是也受到了米里埃尔的影响呢!《中国新年的习俗》也是一篇英文作品(沈仲辉译)。作者简洁叙写了自己所熟悉的新年习俗(中国各地的新年习俗似有所差异),如祭祀神仙和祖宗、做年夜饭、打扫屋子、接待客人、走亲访友等,末尾一段指出这些活动的实际意义,比如新年的闲暇给我们休息的机会,拜年使友谊增进等。笔者认为,一个 19 岁的学生已认识到宗教习俗的意义,而非人云亦云的"破除迷信",这才是难能可贵的!

从振华学子到协和医学院的优秀毕业生,从临床施治的杏林名医到术有专攻的医学院教授,不仅体现了范琪教授天资聪颖、智慧过人的潜质,更体现了她全心全意、大医仁爱的专业素养,以及为发展祖国医学事业放弃个人私利的高贵品质。所有这些,我们不都能从她 19 岁时的作文中充分体会到吗?

(周玫)

张羽

简介

张羽（1921—2004），原名张甲，字贯一，曾用名张振寰，河南灵宝人。苏州振华女中教师。1940年肄业于河南省洛阳师范。1938年参加革命工作，历任中共中央长江局党训班学员，中共卢氏县委青运委员，灵宝小学教师、校长，中山中学、县立中学教务主任，开封《正义报》编辑，上海青年中学、苏州振华女中教师，华东《青年报》文艺组长，华东青年出版社文艺组组长，中央党史研究室革命烈士传编委、二编室主任，中国青年出版社编辑、编审。1937年开始发表作品。1962年加入中国作家协会。著有人物传记《恽代英传》、《王孝和》、《碧血红花》、《阿穆尔风雪》、《摇面工锄奸记》，回忆录《我与〈红岩〉》，报告文学《萧也牧之死》、《曾家岩的婚礼》等。散文《高山与小溪》获1987年《中国老年》优秀作品奖。

窗[1]

张羽

我的窗子，开向着北方。

早晨，我打开了它。朝着北方的漫漫的原野，仅看见一团团迷迷蒙蒙的晓雾，看不清远方的景色。

阳光从我的背后慢腾腾地爬过，我的身子还沐浴在尖峭的破晓的寒风里。

1.选自《张羽文存》，中国青年出版社2007年第1版。

我拉开了很久都没有动过的尘封的抽屉，取出了萧洛霍夫的《被开垦的处女地》。我又看见了那些熟悉的农民的面孔。我看见他们在絮絮地低语着，在谈着家常话，在倾听着灾难，在探讨着切身的问题，在计划着明日的课程。他们，好像都站在我的面前，都围绕在我的身旁。我的身子也好像又回到那多难的故乡。

那些人都坐上了雪橇，走上了冰封的原野，在凛冽的寒风里哆嗦着。马儿喷着鼻子嘶吼着，摇落了满身的风雪，向着草原的边沿前进。我读着读着，望着这北方的原野出神了。料峭的风，使我不自禁地打了个寒噤。

春天来迟了一点儿，鸟儿也知道受了骗，虽然还像往年一样拍着翅膀跳上了枝头，可是，破晓的劲风，终于封锁了她的歌喉，没有歌，像是在哀啼，有的仍飞回了南国，有的被风雪吞噬了生命。

田间的黑而发绿的粪缸，像宣传家的嘴巴，向晴朗的天空说谎。寒风跨着夜步，没认清伙友，冻结了大地的动脉，也封紧了臭气的门户，把臭气和蛆虫关在缸底。蛆虫是知天安命的，它合上了眼睛，在温室里假寐了，不再蠕动，也不再在粪世界里游泳。

阳光拖着缓缓的步子，爬上了小河。小河的冰块，摩擦着嗤嗤的激励的喝斥声，像一队溃退了的兵士，后面的埋怨着前面的跑得太慢了。那闪闪的冰屑，像弃甲曳兵的断刀残箭，对着滚来的春潮叹气："再会吧！冬天。"

小河，从我的窗外静静地滚过。在退去了的冰块的后面，流水，被微风吹起了涟漪，像被压断了腰的受难者，虽然，得到了畅流无阻的良机，还伸不直硬朗的腰杆。那涟漪，不像诗人笔下所描绘的微笑、浅笑、媚笑，那是怀春的少女所紧锁的双黛呵！

在眼前的报纸上，充满了火药气，它好像失望的饿狼，慨叹那挽不回来的冬天。那种咄咄逼人的腥臭，真会窒息了一个有洁癖的人。

放下报纸，我更用力地推开了窗子。风从窗外吹来，拂乱了我的散发，我感到了轻松，我从怅惘中清醒了过来。

穷了我的眼力，向北方，那块广袤的原野，望呵！望呵！

贞女般的娘娘山，被雾遮没了。那一脚可以踏出油来的肥沃的土地，被雾掩盖了。那汩汩的涧水，那人民的小提琴师呵，再也听不见你的声音。

雾控制了原野。赶路的人，都像幢幢的鬼影。我的视线，被扬子江上的浓雾遮断了。

燕子从我的屋角飞过去，没有声音，像一阵疾风，穿过浓雾，飞向了北方。呵！燕子，你们是去迎接春天吗？我分明看见，你们的翅膀上，已经放出了春天的和暖，你们的嘴上，也衔着春天的芳草呵！

不要呢呢喃喃了，我的窗子，就看着你的方向。我将驾万里长风，从我这窗户飞出去。

是春天了，然而，春天来得太迟了。

花草等着你，虫鱼等着你，人民眼巴巴地望着你啊！

窗外的雾，还是浓得化不开。

夜幕渐渐地张开了，我们将度过这冬天的最后的一个黑夜。明天，定是个晴朗的好天气。

我关起了窗子，将黑暗与寒冷关在外面。

1947 年除夕

春到大观园 [1]

张羽

    1948 年 9 月，在金风送爽的季节，我离开了已带着肃杀之气的上海，来到宁静安闲的苏州，进了人们称之为大观园的振华女校。这是一所办学认真、久负盛名的女子中学。当时王校长尚在美国，校务由陈浣华女士主持。她分派我担任高一乙班语言和高中五个班的公民课、初三两班的外国地理。从此我又开始了在全国解放前夕最后一段的教书生涯。

    教公民课我还是第一次。那时的公民课又叫党义课，一般是由国民党员来担任的。这个时候，济南战役已经展开，在国民党军队节节败退、战局急转直下的日子，谁也不想担任公民课自找麻烦。但我认为这门课程教时虽不多，可和更多的同学见面，把时代的信息告诉她们，这不但是一个战士的责任，也是教师的责任，我欣然同意了。

    当时学校课外活动大都通过各种研究会进行，我承担辅导社会科学研究会。学校把活动计划公布后，同学报名参加社会科学研究会的达七八十人之多。第一次开会时，正当济南战役结束、国民党第二绥靖区司令官王耀武被俘之后，研究会变成了时事座谈会，与会者远远超过报名人数，很自然地，参加的成员就成了振华女中学生运动的骨干力量。

---

1. 选自《张羽文存》，中国青年出版社 2007 年第 1 版。原载《苏州市第十中学建校 80 周年纪念专刊》。

为了把课内课外教学联系起来，我改变、补充了当时很不理想的课本，讲自己认为该讲的东西。语言课除讲了少数课文外，补选了毛泽东的《沁园春·雪》（用润之名）、瞿秋白的《鲁迅杂感集序言》（用何凝名）；还选了艾青的诗、赵树理的小说、孙犁的散文，让学生了解解放区的情况；还介绍学生阅读《铁流》、《钢铁是怎样炼成的》等苏联作品。公民课本我基本弃而不用，只在考试时出几个题目应付一下，课堂上就只讲政治形势，分析战局。这方面，由于我以前在上海编辑学联机关报《学生报》时，使用新华社电讯撰写每周军事述评积累了大量资料，又由于给浙大同学作过形势报告，每晚又收听解放区新闻，所以每天都有新鲜材料可以评述。在辽沈、淮海、平津三大战役开始后，敌我双方力量消长明显，战局瞬息万变，更加扣人心弦，学生、老师、家长都在注视着战场的变化，所以我担任的公民课成了高中各班学生最感兴趣的课程。

　　这个原来有点封闭式的、凝滞状态的、专攻学业不问窗外事的女子学校，在举国动荡、天翻地覆的剧变中开始活跃起来了。来自不同阶层的学生不论是出生在地主家庭的小姐、资产阶级的闺秀、国大代表的千金，或知识分子、小职员、小工商业者的女儿，一无例外地都在考虑着她们的前途和出路——大时代的女儿应该做怎样的抉择？在社会科学研究会上，我们适时地提出了女学生所关心的问题，即家鸽和海燕的问题。是做笼中鸟呢，还是做搏击风浪的海燕？我们又请吴石牧老师在外语课上朗诵了高尔基的《海燕》，"让暴风雨来得更猛烈些吧！"同学中普遍地议论着："不做让人喂养的家鸽，不做金丝鸟，不做少奶奶，要到大风大浪中去，和时代同呼吸，同祖国共命运！"

　　一向被关在大观园中的女儿们，思想境界从禁锢状态中解放出来，和剧变的社会联系了起来。在蒋介石的谋士陈布雷自杀身死后，我们又提出了知识分子的道路问题：是为人民谋解放呢，还是为反动统治者的孤家寡人做帮闲和帮凶？通过一些社会现象，通过个别人物的命运，讨论了妇女解放问题、社会解放问题，为反动派效劳还是为人民服务的问题，使大观园的女儿们的思想觉悟大大提高了。

　　随着淮海战役的胜利结束，刘邓大军和陈粟大军都逼临长江。在国共和谈声中，南京发生了屠杀爱国学生的"四·一一"惨案，再一次擦亮了人们的眼睛，青年们再也不能忍受蒋介石的反动统治了。振华女中的学生们，终于举起了反叛的旗帜！学生会代表参加了社会教育学院的会议回来，高一学生就在午饭的饭桌上提出：为了支援南京学生的斗争，我们只吃酱油汤，省下菜金捐赠南京同学。学生们热烈响应，在校内校外的活动中，社会科学研究会的叶梅娟、余知新、张德安、孙君伟、王育德，以及高三的"四君子"（即沈剑霞、陈思妘、叶应芳、仲培玉）等一直站在斗争的最前列。

国共和谈破裂，解放军百万雄师横渡长江，南京解放了。4月23日，苏州城内已闻炮声，眼看就要解放了，我忽然收到发自上海的加急电报，要我去筹办报纸迎接解放。在兵荒马乱时刻，我搭上军车扶手冒险去了上海。抵沪后，因为解放上海时间推迟，在孤城住了难耐的半个月。5月9日又冒险越过火线回到苏州。我进入学校时，学校已完全变了样子。全校师生都兴致勃勃地陶醉在解放的热潮中，解放军的工作人员在学生中展开活动。昔日寂静无声的大观园，现在到处洋溢着欢笑和歌声。学生中一批积极分子奔赴南京去投考军事干校。6月上旬，上海《青年报》发来正式通知，要我返沪参加报纸工作，我离开了朝夕相处的、共同度过难忘岁月的老师和同学们，走上了新的工作岗位。

高山与小溪 [1]

—— 记我和翻译家曹靖华的忘年交

张羽

今年 5 月 7 日，我在北京大学临湖轩参加了我国文学界、翻译界的耆宿曹靖华教授九十寿辰学术讨论会。最近苏联驻华大使受苏最高苏维埃主席团主席葛罗米柯委托，在北京授予曹靖华各国人民友谊勋章，以表彰他在传播俄罗斯、苏联文学方面所作出的卓越贡献。

回顾我和曹老四十余年的亲密交往，可谓源远流长。

那是 1946 年 10 月中旬，我想去延安，因封锁线过不去，辗转到了上海，带着郑伯奇的信，拜访了郭沫若、茅盾、冯乃超、叶以群几位知名作家。我还想见到曹靖华。他是豫西伏牛山深处卢氏县五里川人；我家则在山区北沿一条小溪旁，名叫尹溪村。我在学生时代读过他翻译的《铁流》。抗战初期，我被党派到他的家乡做建党工作，深知他在群众中的影响，更加崇敬和仰慕。但只闻其声，未见其人。叶以群热情地告诉我："曹先生的工作单位在南京。后天是鲁迅逝世 10 周年，文艺界要在辣斐戏院开纪念会，他准来。"

10 月 19 日午后，来到辣斐戏院。当时内战已经爆发，上海形势也很

---

1. 选自《张羽文存》，中国青年出版社 2007 年第 1 版。原载《中国老年》1987 年第 10 期。

紧张。说话间，结伴而行的丰村同志对我说："曹先生来了。"我循声朝门口望去，一位面容和善的彬彬长者，步履刚健地走了过来。丰村作过介绍，曹先生含笑说："你是灵宝人，来自父母之乡啊！你出来时，那里的情况咋样？"我说："我临走时局势很紧，还没打。我到开封不久就打了起来。离开开封时，听说李先念的部队从宣化店突围出来，已到了伏牛山。"曹先生惊喜地说："哦，哦，已到了伏牛山，已到了伏牛山。"

这时开会的铃声响了，我们依次进了会场。叶圣陶在会上侃侃而谈鲁迅常说的"相濡以沫"。郭沫若大声疾呼"反内战，要和平"。当大会主席邵力子宣布请周恩来先生讲话时，随着雷鸣般的掌声，周恩来同志匆匆从幕后走出来，悲愤而激动地说："鲁迅先生逝世那年也在谈判，到今天足足谈了十年了，还不能为中国人民谈出一个和平，我个人也很难过。"恩来同志畅谈了要学习鲁迅"横眉冷对千夫指，俯首甘为孺子牛"的精神，而后激昂地讲道："过去历史上有多少暴君皇帝、独裁者，都一个个地倒下去了，人民的世纪到了。""鲁迅和闻一多都是我们的榜样。"

随着阵阵热烈的掌声，我望了望曹先生，他正凝神注视着周恩来同志。之后，我们在高昂的战斗激情鼓舞中离开会场，依依话别。12月29日，收到曹先生给我的回信："前周在《文汇报》上读到你的'洛阳通讯'并知已谋得工作，至为欣慰。我十月离沪时，曾再三托友人代谋工作，返京后亲自又多方进行，以未得结果，现知有栖身之地，至喜。望在工作中奋力学习，前程定无量也，故乡遭遇之惨，实难形容……"

曹先生对我的关心和鼓励，我一直铭记在心。不久，曹先生移居北平，仍有通信。1951年夏天，中央组织老根据地访问团，我和曹先生又在武汉聚首。曹先生是跟随总团长谢觉哉从北京南来，我则是以记者身份，从上海来汉，目的地都是中央根据地。我的具体目标是上杭县才溪乡，即毛泽东当年做过农村调查的英雄村庄；曹先生则是要到长汀去凭吊在那里牺牲的老友瞿秋白。

我们这个队先行赴闽，到达长汀，在那里找到当年秋白就义时刑场的见证人、抬棺人，对就义地及埋葬地进行了现场访问，作出了详细的文字记录。《战士画报》社摄影记者陈伯华对就义地点、埋葬地点及见证人拍了照片。回沪以后，我把情况写信告诉了曹靖华，他于9月30日夜从北京发来一信，说："长汀照片，如有可能，希见寄，访瞿亦希能见寄。"他接着说：他曾去长汀专访，召集当时目击者座谈，请当地小庐山照相馆对几个有关地点拍了照片……

收信后，我立即把手头访问材料及照片寄给他。不久，曹先生的怀念文章《罗汉岭前吊秋白》即在《人民日报》上发表，后来收进《曹靖华散文集》中。

两年以后，我从上海调来北京，经常到他家去请教、谈业务、谈思想、叙乡情。在三年困难时期，国际国内形势剧变的日子，在他的花木扶疏、整齐清洁的庭院里，从他亲切精辟的教诲里，使我头脑清醒，是非分明。两代人之间推心置腹的言谈，年龄的距离缩短了，心和心更贴近了。1961年底，我担任责任编辑的长篇小说《红岩》正式出版前夕，刚领到样书，我就请曹先生指正，受到他和家人子女的赞赏和鼓励。他在这个时期写的优美的散文集《花》出版后，也立即签好名，盖了章，亲手送给我。书，传递着老一代革命家和他的晚辈的发抒理想、激励斗志的心声。

可惜为时不久，发生了"文化大革命"，我有点担心曹老的安全，到原址找他，他已经搬家。我受到隔离审查，去"五七"干校劳动，和曹先生整整十年没有见面。这场浩劫结束时，我已妻离子散、家破人亡、孑然一身，在偌大的北京城里，举目无亲，居无定处。我多次到西颂年胡同打听，未得曹老下落。一次，从老友王亚平处获悉，曹老从东华门迁出，新址是朝外工体东路。我立即从西城乘汽车直奔东城，在雄文路下车，徒步找寻。一位白发老者，拄着拐杖，迎面而来。定睛一看，巧极了，正是八十高龄的曹老。他精神矍铄，宛如正和寒风搏斗的雪松，我喊了声"曹先生"。他凝目一望，惊奇地说："是你，从哪里来？""我在固安中组部'五七'干校，是放假回京过节的。"曹老说："上车一起回家吧！"

一进他家，我们很快就转到那个时期最大的话题：丙辰年清明节。眼前又出现了花的海，诗的海，人的海。周总理是曹老多年来的直接领导，抗战时期曾亲自安排并领导了曹老在重庆的工作。缅怀三十年前我和曹老在上海初见那天，正值鲁迅逝世十周年纪念会，在总理号召下，共同在鲁迅像前宣誓：团结战斗，推翻蒋家王朝。三十年后再相逢时，总理却逝世一周年了，我们悲愤地为总理的溘然长逝，同声一哭。当我谈起被搞得满城风雨的《红岩》事件，《红岩》作者罗广斌被迫害致死，我也被搞成"文艺黑线人物"时，曹老愤愤地说："胡闹，胡闹，完全是在瞎胡闹！"

接着，又由鲁迅谈到宋庆龄。曹老说："宋庆龄是一个坚强的杰出的人。对鲁迅的纪念，她出力最多。她和杨杏佛、蔡元培以及她的秘书廖梦醒，都做了旁人无法做到的事。"

"文革"那史无前例的动乱，是对人际关系的严峻的检验；对同志、战友、师生，甚至亲人，也淘去了浮在生活表面的虚饰的东西后获得了新的认识。我和曹老之间经久不渝的感情共鸣和相互理解有了更深的发展。

不久，曹老根据人大、政协的安排，要去四川、重庆访问，我们一起谈起了重庆，谈起了红岩村，谈起了南方局、八路军办事处，彼此的感触很多。他要我帮他搜集一些有关红岩及南方局纪事的材料，说他此行想写点回忆文章，抒发他对大后方生活的怀念。我及时地找了些材料送去。他访渝回京后，写了篇《红岩归来》。不久我也去了趟重庆，觉得他赞扬咏歌枇杷山的诗句写得很美，我就请他写了条幅，作为纪念：

枇杷山上夜登临，

万家灯火闹黄昏；

此景只能天上有，

遍历人间无处寻！

近十年来，在环绕体育场周围的林荫道上，在他搬到木樨地那幢现代化的住宅里，以及他晚年不幸骨折长期卧床的医院里，我们的谈话涉及更广阔的领域，我们的共同语言更多了。在我担任了《革命烈士传》编委会的工作以后，每逢见面，总有说不完的话。甚至从家乡送来的、由他父亲收存的《靖华手札》（家书集），也交给了我。我见他身体不好，怕影响他休息，但他的兴致总是很高，常常留住不让走。

第一个教师节前夕，他的故乡卢氏县委准备为曹老的父亲曹植甫老人树碑。他同我研究把鲁迅亲笔为曹植甫题的教泽碑文勒石纪念，教育后代。我责无旁贷地参加了筹备工作。行前，到医院，特地用录音机录下了他带给伏牛山故乡亲人的问候、关怀和致意。我作为来自北京的曹老的代表，探望了他的亲人、朋友。我访问了他出生的小屋、求学时的火神庙，参观了他跟父亲认字受教的磨盘和石垒，了解了他青少年的活动，在乡亲中播放了他在病床上的讲话录音。他那充满思乡之情的感人话语，引起普遍的思想共鸣和感情交流。人们无不敬仰这位老革命家。

他，在我心中，像一座挺拔奇伟的高山，我则是一条绕着他回环流淌的小溪。高山垂青小溪，给小溪以乳汁，以颜色；小溪伴随高山，奏鸣着生命的乐章。

评论

情浓笔端

1921 年，中国共产党成立的那一年，张羽诞生在豫西的农村，抗战开始，这个热血少年就投身了抗日救亡斗争。解放后致力于编辑工作，采写、编辑、参与主持出版的图书，大部分是宣传革命者特别是第一代中国共产党人不怕牺牲的事迹和精神。这些传记作品，因为大量调查、访问获取了历史细节以及后期细致严谨的工作，不仅是优秀的青少年革命传统教育书籍，还具有历史文献性的价值。

从事编辑工作的同时，张羽更热爱写作。16 岁发表了处女作《同胞们，冲！》，之后大量发表散文、小说、杂文、评论、通讯、报告文学、人物传记等。他的作品，总是洋溢着革命的激情，回荡着奉献、牺牲、理想、爱国的主旋律。

写于不同时期的散文，为我们勾勒了张羽的人生道路和心路历程，也让我们深深感受到了他对党、对人民的炽热情感，对敌人、对恶势力的强烈痛恨。这里，我们选登了张羽的几篇散文。

《窗》于 1948 年 1 月 1 日发表于上海《时代日报》。文章写了"我"打开窗户，望向北方时的所见、所想、所感。冬去春来之际，破晓的寒风、弥漫的浓雾好像在极力封锁春的消息，但是小河里正在消融的冰块，像疾风一样穿过浓雾的燕子，却隐喻着漫长的寒冬即将逝去。作者用形象的语言描写所见，又由所见联想到北方的原野、苦难的民众，通过马儿、鸟儿、粪缸、蛆虫、小河、饿狼、燕子等等物象暗示冬去春来的必然，表达了对恶势力的憎恶，对人民的同情，对即将到来的胜利的渴望、信心和欢欣。结尾"窗外的雾，还是浓得化不开"是黎明前的黑暗的象征，"明天，定是个晴朗的好天气"是胜利必将来临的信心。文章多用具体形象说话，很少直抒胸臆，但却情感炽烈，很鼓舞人，这就更体现作者语言的功力了。

《高山与小溪》获 1987 年《中国老年》优秀作品奖。文章回忆了作者和翻译家曹靖华的忘年交。从内战时期的相识写起，一直写到曹靖华的晚年。作者写了学生时代读译作《铁流》，第一次见面，书信往来，"文革"前的往来，"文革"后的见面，曹靖华晚年时的往来。通过这些回忆，一方面是表现了曹靖华的品德，长辈对晚辈的提携、鼓励，一方面是表现晚辈对长辈的敬仰和受到的影响。虽然有年龄的差异，时间和种种变故的考验，但是共同的理想和信念，一样的对事业的执着和奉献，使得这段忘年的交情如高山小溪，鸣奏着动人的生命乐章。文章语言平实，选取典型事例，以情动人。人物描写时注重细节，从语言、神态、动作等方面生动地刻画了人物的性格，阅读时请仔细品味。

《春到大观园》原载《苏州市第十中学建校 80 周年纪念专刊》。阅读此文，我们可以了解张羽与十中的那份情缘，看到母校曾经的一些模样，更让我们看到了一位投身革命的热血青年，感动于他的理想、他的热情、他的勇敢。

（阚红芳）

历史是属于每一个人的（节选）

柳袁照

我最早是从叶梅娟的来信中知道张羽的，如上文所说，叶梅娟曾给我寄来了纪实性文学作品《没有情节的故事》，该书由季羡林主编，为回忆录，其中收录了张羽的《萧也牧之死》。遵叶梅娟之嘱，我阅读了该文，在阅读《萧也牧之死》的同时，我也第一次认识了张羽。萧也牧是什么人？他是小说《红旗谱》、《白洋淀纪事》以及丛书《红旗飘飘》等名著的责任编辑，在"反右"、"文革"中连续遭到迫害，最后被残害致死。《萧也牧之死》中的满腔悲愤，读之无人不扼腕叹息。

张羽是萧也牧在中国青年出版社的同事，当时与他志同道合的同事还有叶至善、周振甫等人。在上世纪40年代末的振华学生中，张羽的形象是高大的。我到北京，老校友们向我们讲得最多的，除了何泽慧、杨绛、陆璀之外，就是张羽了。张羽何许人？河南灵宝人，1921年5月1日出生，1938年2月加入中国共产党，同年5月赴中共长江局党训班受训，亲耳聆听了周恩来、叶剑英等同志的教诲。1946年5月灵宝县国民党县党部以"煽动农民暴动"罪名对张羽进行追捕，经组织同意后辗转上海从事学运和工运。不久，又因国民党追捕而赴苏州振华女中教书，并继续宣传革命，启发、引导学生投身革命。

如上文所述，张羽曾任苏州振华女中的教员，时间是1948年前后。简慧曾著文回忆："当时我正患病在家，同学们常来看望我，几乎所有的同学都兴奋地告诉我从上海来了个张老师，讲课得人心。还辅导同学们课外参加'社会科学研究会'，鼓励大家看进步文学作品等等。我病愈上学后，也参加了这个'研究会'。我和张老师接触以后，认为他在课堂、课外等活动中与同学们说说笑笑很亲切，和其他老师不大一样。"

不一样在哪里呢？因为他是一个革命者。张羽因为躲避敌人的追捕，到苏州振华做老师。解放前夕，他又突然消失，党组织调他回上海秘密筹办报纸，迎接解放军的到来。在振华做老师的时候，张羽在课堂上大讲解放战争的形势。每次上课，都能给同学思想上以启迪，他的课成了当时最受欢迎的热门课。在张羽的鼓动下，振华女中的进步势力像滚雪球一样壮大起来。"大观园并非世外桃源"，正如校友回忆，当时，"校内的进步力量已形成一堵人墙似的，少数坏人才不敢轻举妄动，我们胜利地保护了校园，迎接解放"。张羽是"大观园"里的一位革命者，在他的影响下，振华学生叶梅娟、沈剑霞、简慧、王育德等一大批同学，走上了革命的道路。沈剑霞后来成为新中国研究基因的第一人，王育德长期在我国外交、安全领域工作，简慧成为了一个革命者、一个作家。张羽影响的不是一个人、两个人，而是影响了那个时代的振华整整一代人。

张羽是振华的骄傲。离开振华以后，这位做过振华教员的"革命者"，历任华东青年报文艺组长，华东青年出版社文艺组长。1953年调任北京任中国青年出版社编辑、编审。他是小说《红岩》的主要编辑，经他之手编辑出版的还有《风雷》、《不能走那条路》、《最后的报告》、《中国新诗选》、《中国文学创作选集》等100多部书籍。除此之外，张羽还坚持写作数十年，主要代表作有长诗《奴隶之歌》，通讯《豫西的地下火》，传记文学《爱与死的搏斗》、《曾家岩的婚礼》、《永鳏痴朗的爱情》，文学回忆录《我与红岩》，长篇文学传记《恽代英传》，散文《高山与小溪》，中篇文学传记《王孝和》等。2004年10月21日病逝，享年83岁。

2006年9月，在北京振华校友会上，我曾见到张羽的爱人、新华社原记者、《瞭望》杂志编辑杨桂凤女士。校友对待张夫人，像对待自己的老师一样，十分尊敬。杨桂凤女士给我的印象，同样不事张扬，沉默寡言。我们握手、交谈、合影，淡淡地像一杯清茶。我心中想着《萧也牧之死》中的那个叙述者张羽，望着眼前这位张夫人，心中感触良多。一位老师，多少年过去了，在学生心目中依然如此高大、伟岸，甚至移情到他的家人，可见这位老师对学生的影响不是一般的影响。

现在，知道张羽的人并不多，即使在我们学校也是这样。但他所负责编辑出版的《红岩》这本小说，却成为新中国的革命经典作品，知道的人、读过的人、被它影响激励的人，则是无法计算的。在《红岩》的背后，有一个默默无闻的张羽，他为《红岩》的诞生所作出的贡献，乃至所承受的屈辱，惊天地、泣鬼神。我记得张羽在《萧也牧之死》中有这样一段话："深夜，宁静的夜，安谧的夜。当我的笔尖写下'萧也牧之死'这个题目的时候，我久已淡漠的心又一次失去了平静。用不着回忆，也不必找寻记录，只要稍一闭目，十六年前的往事，马上就会涌现眼前。一切都那样清晰，那样真切，那样撕裂人的肺腑，那样震撼人的心弦。"此刻，我也有这样的感觉，虽然我与张羽从未谋面，但他的故事深深地打动了我。张羽又接着说："我仿佛看到了少年时读过的辛克莱笔下的屠场，但丁描写的地狱；仿佛看到黄世仁闯进杨白劳家肆虐；看到从黑非洲押送出来的鹄形垢面的奴隶队伍，而走在这支黑奴队伍最前面的就是作家萧也牧。"这段话张羽写的是萧也牧，其实也是张羽自己为真理而奋斗的生生写照。

一个学校的历史，不仅仅是名人书写的。支撑一个历史底蕴深厚的学校，要有名人，但更要有许多平常人作为基石。张羽是名人，还是平常人、平凡人？其实这已不重要，重要的是他们身上所代表的一种精神。最近，我们在校园里建造了一条振华廊，确切地讲这更像是一堵纪念墙，上面镌刻着一百年来学校的所有教职员工的简介。在这些绵长的人名中，我找到"张振寰"这个名字，他就是张羽在振华的曾用名。现在，我还有一个愿望，在校园里寻找一堵更大更长的墙，把百年来所有振华学生、附中学生、十中学生的名字，全部镌刻在上面，以资纪念和感恩。

2007 年 6 月 5 日

仇春霖

简介

仇春霖，生于 1930 年，笔名舸夫。江苏省建湖县人。江苏师院附设工农速中 1953 年毕业生。教授，研究员，作家。原北方工业大学校长、北京市东方大学名誉校长、四川师范大学艺术学院名誉院长，为享受国家一级特殊津贴的专家。

20 世纪 50 年代开始发表作品。1988 年加入中国作家协会。主要文学著作有《叶绿花红》、《群芳新谱》、《绿色的宝石》、《帆和舵》、《形形色色的植物》等；主编出版的著作有《简明文学原理》、《简明美学原理》、《美育原理》、《德育原理》、《大学美育》、《当代中国寓言大系》、《古代史国寓言大系》、《外国寓言大系》等书。其中《叶绿花红》被评为全国优秀畅销书，荣获首届国家图书提名奖、中国图书奖一等奖。传略被收入《中国作家辞典》、《中国当代名人大辞典》和英国剑桥《国际名人辞典》，以及香港《世界名人录》、《当代世界名人传》，并授予《世界名人证书》，美国名人传记中心授予"1994 年风云人物"荣誉称号。

甘露的秘密 [1]

仇春霖

甘露在我国古代人们的心目中，是一种了不得的"神物"，被认为是"神灵之精，仁瑞之泽"，"天下升平而甘露降"，就像龙、凤、龟、麟一样，一向作为吉祥的瑞征。有些帝王听说域中喜降甘露，连当时的年号也以甘露命名。汉宣帝刘询、吴国的归命侯孙皓、西晋前秦的苻坚等，都曾以甘

---

1. 选自鄂教版初中《语文》（七年级）下册。

露作过年号。

传说甘露还是一种延年益寿的"圣药","其凝如脂，其甘如饴"，吃了能使"不寿者八百岁"，所以称为"天酒"、"神浆"。于是，它便成为那些妄想长生不老的封建帝王、贵族豪强们所梦寐以求的珍宝。

太初元年（公元前104年），汉武帝为了吃到甘露，在长安城外的建章宫内建造了一座高二十丈、大七围的承露盘。清朝的乾隆皇帝梦想"长生久视"，也效法汉武帝建造了一座铜仙承露盘。一尊铜仙塑像，立于四米多高的蟠龙石柱之上，手托铜盘，祈求上天赐露。如今这尊承露盘，仍坐落在北京北海公园琼岛西北面的半山之上。

汉武帝和乾隆究竟得到天赐的甘露没有？古书上没有明确的记载。但是，我可以断定，在他们的承露盘里，永远也不会得到什么"天酒"、"神浆"。因为所谓的甘露，根本就不是什么天降的"神灵之精"，说起来实在可笑，它不过是一种蚜虫的排泄物。

蚜虫是一种附生在草木枝叶上的小虫，又名蟢蚁、地蚤、木虱、油虫，种类很多，全世界已发现的有两千多种。其中除五倍子蚜虫外，都是庄稼的大敌。危害庄稼、蔬菜、果木的麦蚜、豆蚜、菜蚜、桃蚜、柑蚜、苹果绵蚜、葡萄瘤蚜、甘蔗绵蚜等，都是蚜虫家庭中的成员，它们专靠吸取植物的汁液为生，是农业的害虫。蚜虫在觅食的时候，先用那唇端的短毛，向四周探索一番，一旦发现了可以猎食的目标，便将那根尖细的刺吸式口器刺进植物组织内部，不停地吸取植物体内的浆汁。植物遭到蚜虫的危害，有的发生卷叶病、黄萎病，有的发生肿瘤病、黑霉病，不仅影响正常生长，严重的还会大片地枯死，千万灾害。法国昆虫学家莱拉特和凡拉在1880年曾作出一个估计，法国葡萄园受葡萄瘤蚜为害而造成的损失，每年达1000万法郎。1951年，我国东北和华北地区的棉田，一度遭到了棉蚜的侵害，结果使籽棉减产1.5亿斤。蚜虫给人类带来的损失实在惊人。

蚜虫吸取了植物汁液，经过消化系统的作用，吸收了其中的蛋白质和糖分，然后把多余的糖分和水一起排泄出来，洒在植物的枝叶上，有的"其凝如脂"，有的"皎莹如雪"，这就是所谓甘露。宋代文豪苏东坡在《物类相感志》中记载说："此露天降，着草木上，如饴糖。"蚜虫的排泄物确实含有较多的转化糖、甘蔗糖和松子糖。据分析，其中碳水化合物占70%

左右，糖精占 20% 以上，蛋白质占 3%。说它有滋养作用，确是诚言不谬。但是，在科学不发达的时代，人们实在想不到这东西竟来自小小的蚜虫。

最早揭穿甘露秘密的是我国明代学者杜镐，他说："……此多虫之所，叶下必多露，味甘，乃是虫之屎也。"一泡虫尿，竟被那些昏庸的封建帝王当做天赐产"天酒"、"神浆"，实在荒唐得可笑！

蚜虫的排泄物俗称蚜蜜。对于人们来说，蚜蜜非但不是什么瑞征，而且为害不浅。它不仅会诱致菌类，使植物发生各种病害；还会招引昆虫，糟蹋庄稼的茎叶。

对于蚜虫的排泄物最感兴趣的是蚂蚁。你可以注意一下，凡是蚜虫多的地方，就会发现成群结队的蚂蚁，熙熙攘攘，忙作一团。它们紧紧地跟踪在蚜虫的后面，不时用触角轻轻拍打着蚜虫的屁股。蚜虫受到拍打，感到十分快意，便翘起屁股，随之排泄出一滴一滴的蚜蜜，使小蚂蚁痛痛快快地饱餐一顿。

蚂蚁这些贪吃的小东西为了能吃到甜笑的蚜蜜，主动为蚜虫担当警卫，千方百计地保护蚜虫，给人类造成不少危害。七星瓢虫是专门歼灭蚜虫的能手，据说一只七星瓢虫一天大约能吃 270 只蚜虫。于是，瓢虫便成了蚂蚁的冤家。小蚂蚁一看到瓢虫来捕捉蚜虫，就会一拥而上，群起而攻之，直到把瓢虫赶走。

蚂蚁和蚜虫的关系简直可以说是亲密无间的。有时候，你会看到一群蚂蚁背着蚜虫川流不息地跑来跑去，那是蚂蚁在给蚜虫搬家。当蚜虫在一片植物上大肆蚕食，只剩下残茎败叶之后，蚂蚁就把这群祸害转移到另一处食物充足的地方去，使蚜虫能够饱食终日，好排泄出更多的蚜蜜来。在蚂蚁搬家的时候，也不会丢下为它提供美餐的好朋友不管。确定了新居之后，小蚂蚁就会把蚜虫一个一个搬到附近的植物上去。蚂蚁不仅是蚜虫的"卫士"，还是蚜虫的"保姆"。冬天临近了，雌蚜排出了一个个越冬卵。蚂蚁很担心这些卵会被冻坏，便不辞劳苦地把它一个个搬到蚁巢里收藏起来。在天气晴和的日子里，还把蚜卵搬到外面晾晒，晒完后再搬回巢去。到了次年早春，蚜卵孵化了，这下又忙坏了小蚂蚁，它又主动承担了喂养小蚜虫的任务。直到春暖花开，蚂蚁又把小蚜虫一个个搬出洞来，放到植物上，让它去啃食鲜嫩的茎叶，以便自己从它的屁股后面捞取一点蚜蜜。

万紫千红的花 [1]

仇春霖

春天来了，东风把大地吹得绿油油的。娇黄的迎春花，鲜红的山茶花，还有粉红的桃花，雪白的李花……把大自然打扮得万紫千红。

看到那些光彩夺目的鲜花，你一定会感到振奋。

这时候，你的脑海里也许会闪过这样一个问题：植物为什么要开花呢？

这个问题说起来很简单。花是种子植物的生殖器官，植物开了花，就能够结出果实和种子，繁殖后代。但是这样简单的问题，古时候谁也说不清楚，甚至有人认为花是上帝造给人们观赏的。直到几十年前，德国的植物学家斯普林格尔才发现了花的真正的功用。

地球上的任何一个生物都要经过出生、生长、衰老等几个阶段而最后死亡。但是，每一个生物的死亡并不会导致整个种族的绝灭，因为生物都有繁殖后代的能力。在生物中，植物的繁殖能力很强，一株植物常常产生几十粒、几千粒甚至几十万粒种子，每粒种子都是一个幼小的生命。种子是由花结出来的，所以凡是种子植物都有花。

花有各式各样的形状：有的像喇叭，例如牵牛花；有的像小蝴蝶，例如蝴蝶花和豌豆花；倒挂金钟的花像小吊钟，仙客来的花像兔子耳朵。世

1.选自《叶绿花红》，仇春霖著，中国少年儿童出版社，1963年9月北京第1版。

界上开花的植物已经知道的就有二十多万种，它们开的花究竟有多少不同的形状，简直没法说清楚。

花的大小也很不一样。在我们常见的花当中，牡丹算是大的了。可是在整个花的世界中，它不过是一个小弟弟。世界上最大的花要数印度尼西亚的硕蒟蒻。这是一种与我国南方的芋差不多的植物。它的花高达 6.2 尺，宽达 4.5 尺。在印度尼西亚的苏门答腊，还有一种寄生的藤蔓植物，叫做纳夫来亚（大花草）。这种植物的花有五个花瓣，每个花瓣的直径有 1.2 尺，厚 6 寸多。五个花瓣的中间还有个直径一尺左右的花盘，整个花冠的直径在 3.5 尺左右。如果你第一次看到它，恐怕还不敢相信它是花呢。

世界上最小的花，你也许以为是水稻、小麦的花吧？其实比起最小的花来，它还是大哥哥哩。无花果的花就比它们小多了，只有用放大镜才能看得清楚。

这些丰富多彩的花是怎样形成的呢？有人给花下了一个定义："花是适应繁殖的一种变态的叶和枝。"这就是说，花是由叶和枝变化来的。

花怎么会是叶和枝变来的呢？你也许会怀疑这种说法。那么，且请你取一朵花来，仔细观察一下。

一朵典型的花，是由花萼、花瓣、雄蕊和雌蕊四部分组成的。花的最外一层有几个绿色的小萼片，同叶子几乎一模一样，这就是花萼。花瓣的形态和构造，同叶片也很相似。虽然花瓣的颜色是各种各样的，可是牡丹、菊花等花卉，有的品种花瓣也是绿色的。雄蕊、雌蕊变化比较大，但是，仔细看，雄蕊的花丝相当于叶片的中肋，雌蕊的心皮也是叶片变态折卷而成的。有些雄蕊和雌蕊还会转变成花瓣。例如：重瓣花中心几缕的花瓣，就是由花蕊变成的。这些现象都证明，花的各部分确实是由叶变化而来的。

那么，叶和枝又是怎样转变成花的呢？这是植物由低级到高级，由无性繁殖到有性繁殖，长期进行演变的结果。

好，我们对植物的花有了一个大概的了解，现在再来看看花是怎样结出果实和种子的。

花要能结出果实和种子，必须进行授粉，就是要把雄蕊的花粉传给雌蕊，使雌蕊受精。

有一些植物的雄蕊和雌蕊长在一朵花上，雄蕊上的花粉很容易落在雌蕊的柱头上。这叫做"自花授粉"。像小麦、稻子、棉花、菜豆、高粱等，都可以进行自花授粉。自花授粉虽然简单，但是并不太好。因为同一株植物的雄性细胞和雌性细胞的遗传性是一样的，所以生成的后代适应环境的能力不强，生活力比较弱。

还有一些植物的雄蕊和雌蕊不长在一朵花上，甚至不长在同一株植物上，这样就避免了自花授粉，雌花必须受到了雄花上的花粉，才能结出果实和种子，这叫做异花授粉。如果雄花和雌花长在同一株植物上，雌花受到的花粉，还可能是同一株植物的。如果雄花和雌花不长在同一株植物上，那么雌花受到的花粉一定是另一株植物的。异花授粉的植物，由于雄性细胞和雌性细胞的遗传性不一样，生成的后代对于环境有比较大的适应能力。

那么，花粉怎样由一朵花传递到另一朵花上去呢？说起来十分有趣，原来还有"媒人"来帮它们的忙哩。有些花有美丽的颜色，有强烈的香气和甜的蜜汁，能够招引蜜蜂、蝴蝶、飞蛾等昆虫来替它们传送花粉。这一类花叫做虫媒花。虫媒花的蜜汁通常都藏在花冠的深处。昆虫要想吃蜜，就得钻进花冠去，这样就粘了一身的花粉。当它飞到另一朵花上的时候，就把花粉带到另一朵花的雌蕊上，起了传粉的作用。虫媒花的花粉颗粒比较大，而且有粘性，容易粘在"媒人"的身上。你平常看到的那些美丽的花朵，大多是虫媒花。

花怎么会有各种美丽鲜艳的色彩呢？这是由于花瓣的细胞液中存在着色素的缘故。有一些花的颜色是红的、蓝的或紫的。这些花里含的色素叫"花青素"。花青素遇到酸就变红，遇到碱就变蓝。你可以拿一朵喇叭花来做试验。把红色的喇叭花泡在肥皂水里，它很快就变成蓝色，因为肥皂是碱性的。再把这朵蓝色的花泡到醋里，它又重新变成红色，因为醋是酸性的。

还有一些花的颜色是黄的、橙黄的、橙红的。它们的花瓣含的色素叫"胡萝卜素"。胡萝卜素最初是在胡萝卜里发现的，有六十多种。含有胡萝卜素的花也是五颜六色的。

那么，白色的花含有什么色素呢？白色的花什么色素也没有。人们所以看来是白色的，那是因为花瓣里充满了小气泡的缘故。你拿一朵白花来，用手捏一捏花瓣把里面的小气泡挤掉，它就成为无色透明的了。

各种花含有的色素和酸、碱的浓度也不一样，随着养料、水分、温度等条件经常在变化。所以花的颜色有深有浅，有浓有淡，有的还会变色。

会变色的花很多。例如红喇叭花，它初开的时候是红色，开败的时候就变成紫色了。杏花含苞的时候是红色，开放以后逐渐变淡，最后几乎变成白色了。最有趣的要数"弄色木芙蓉"了。它的花初开的时候是白色，第二天变成了浅红色，后来又变成了深红色，到花落的时候又变成紫色了。这些变化看来很玄妙，其实都是花内色素随着温度和酸、碱的浓度的变化玩的把戏。

我国有种樱草，在普通温度下花是红色，在摄氏三十度的暗室里就变成白色了。八仙花在有些土壤中开蓝色的花，在另一些土壤中开粉红色的花。还有一些彩蓼花，受精以后也会变色。比如海洞花，起初是黄色，受精后就变成白色了；红锦带花受精后也会变成白色。

有人统计了四千一百九十七种花的颜色，作了如下的分类：

颜色	白	黄	红	蓝	紫	绿	橙	茶	黑
种数	1193	951	923	594	307	153	50	18	8

从这个统计可以看出，白色、黄色和红色的花最多。这三种颜色的花有个好处，配着绿叶非常鲜艳，容易惹昆虫注意。

昆虫对花的颜色也是有"选择"的。比如蜜蜂就不大喜欢黄色，而喜欢红色和蓝色。更有趣的是有些花还"选择"昆虫呢。例如金鱼草，它的花平时闭合着，等到它所喜爱的一种小蜂飞来的时候，花就立即开放了。别的小昆虫来"扣门"，它理也不理。还有待宵草，它的花到夜间才张开笑脸。这时候，有一种白天躲在阴暗的地方的小蛾，就飞来帮它传送花粉。夜间开的花，大多是白色或黄色的，否则在黑暗中就不容易被昆虫发现。

在植物中，有好些花是由特殊的虫类作"媒人"的。它们在长期的生活中，与某一种昆虫也就难以生存。比如，从英国移植到新西兰去的红三叶草，虽然长得很好，但是那里没有替它传送花粉的丸花蜂，所以不能结实。人们把丸花蜂运到了新西兰，红三叶草才结种子。又如丝兰，给它传送花粉的是一种蛾。如果没有这种蛾，丝兰的花就不能结实；而这种蛾除了生活在丝兰里面，别的地方都不适合生存。所以丝兰一枯萎，它们就死亡了。

南美洲有一种叫罗里杜拉的捕蝇树，专由蜘蛛给它传送花粉。这种树的枝叶能发出强烈的香味，叶子能分泌胶质的液体。蝇子嗅到树的香味纷纷从四面八方飞来，一来就被粘在叶子上了。不过罗里杜拉自己并不吃蝇子，它是捕来给蜘蛛吃的，作为蜘蛛给它传送花粉的报酬。

也有些花对小虫一点也不客气。简直是强迫小虫为它们传送花粉。例如萝摩类的花，昆虫一飞到花上就陷到花冠深处。等它拼命挣扎出来的时候，它的脚上已经粘满了花粉。

马兜铃类的花更厉害了。它们的花像个小瓶子，雌蕊和雄蕊都生在瓶子底部，雌蕊比雄蕊成熟早。瓶子里有蜜汁，瓶口生了毛。昆虫在瓶口嗅到又香又甜的蜜，便想大吃一顿，渐渐从瓶口爬进瓶子里，但是进去以后再想出来就不容易了，因为瓶口的毛都是尖儿向下的。这时候，贪吃的小家伙着急了，便在瓶内乱撞乱蹦，这么一来便把别处带来的花粉粘到了雌蕊上。雌蕊受精以后，花还不把昆虫放走，一直要等两三天以后，雄蕊成熟了，粘了小虫一身花粉，才把瓶口张开，让昆虫逃出去。你看看，马兜铃类的花多坏呀！可是那些昆虫并不计较，它们一会儿就把这种上当的事忘光了，又钻进另一朵花里去吃蜜，结果又被关住了。

除了蜜蜂、蝴蝶、蛾子以外，能传送花粉的还有许多小动物。我们在南瓜的花里常常可以看到许多蚂蚁，它们能把雄花的花粉搬运到雌花里去。虎耳草、天南星等都是依靠蝇子传粉的。蜗牛也是花的"媒人"。在万年青和白菖的花里，就常常可以发现蜗牛。

美丽的花可以引诱昆虫为它传粉，但是花并不是都长得很美丽的，有许多花又小又丑，像玉蜀黍的花、杨树的花就是。它们不能吸引昆虫，只得由风来做"媒人"了。这一类花叫风媒花。

由风来传播花粉实在是非常不经济的。有人计算过，两朵相隔五里的花，要靠风力传播花粉，平均一千四百四十粒花粉只有一粒能够传到雌蕊的柱头上，其余的都浪费了。为了增加受粉的机会，风媒花的花粉就特别多。一株玉米就可以散出两千万到五千万粒的花粉。在庄稼地里，玉米雄花成熟的时候，一阵风吹来，会飏得满天都是花粉，简直跟下雾一样。风媒花的花粉不仅多，而且很轻，所以飞得很远。银杏的花粉能飞到三十里以外，松树的花粉能飞到一百里以外，这样就使得雌蕊很容易受精。

还有些花是靠水力传送花粉的。例如苦草，它生在小河里，雌花和雄花不生在同一株上。雄花开放后就离开茎到处飘流，等到碰上了雌花，花粉便掉落在雌蕊的柱头上，完成了受精作用。靠水力传粉的花叫水媒花。

稀奇的是还有鸟媒花。在拉丁美洲的特立尼达和多巴哥有一种世界上最小的鸟，名叫蜂鸟，只有黄蜂那么大。它喜欢吸吮花蜜，能够帮助搬运花粉。那里有一种叫梭南得那的植物，就是专靠蜂鸟来做"媒人"的。在东南亚地区还有一种蝙蝠，也能传送花粉。

但是，依靠虫、风、水传粉，有时候是不可靠的。下雨天，昆虫就不能飞了。有时候，风媒花的花粉已经成熟，但是停偏几天不刮风，雌蕊受精的机会就少了，所以庄稼常常会有瘪粒。现在农业上常常采用人工辅助授粉的办法，这样可以增加庄稼受粉的机会，使产量增加，并且能提高果实和种子的质量。

花对于太阳光也非常敏感。例如蒲公英的小黄花，太阳一露脸，它就开放了；傍晚太阳落山了，它又闭合了。在阿尔卑斯山有一种龙胆草的花，它对太阳光的敏感竟达到这样的程度：在多云的日子，只要太阳一钻出云层，它就张开了花冠，等到云把太阳遮住，它马上又闭合了。

不过，很多的花并不像蒲公英一样日出就开，日落就闭。例如蛇麻花、牵牛花，它们黎明三四点钟开。上午九十点钟就闭了；睡莲早上七点钟左右开，下午四点钟左右就闭了；烟草花、待宵草、晚香玉则是白天闭合，夜间开花。花的开放和闭合，都有一定的时间。

各种花开放的时间不相同，有人就利用它做成一个花的时钟。这个花的时钟是 18 世纪瑞典植物学家林奈发明的。他把开放时间不同的各种花有次序地种在园子里，只要一看现在开的是什么花，就知道大约是几点钟了。这真是一座非常有趣的时钟。

这里，我列出几种植物开花的时间，你们如果有兴趣，也不妨试验试验。

花　名　　开放时间
蛇麻花　黎明三时左右
牵牛花　黎明四时左右
野蔷薇　黎明五时左右
龙葵花　清晨六时左右

芍药花　清晨七时左右
半枝莲　上午十时左右
鹅鸟菜　正午左右开放
万寿菊　下午三时左右
紫茉莉　下午五时左右
烟草花　下午六时左右
丝瓜花　晚上七时左右
待宵草　晚上八时左右
昙　花　晚上九时左右

同一种植物，在不同地区，开放的时间也不同。一般地说，在南方开得早一些，在北方开得迟一些。

植物的花在一定的时间开放，是适应外界生活条件而形成的一种习性。这样便可以防止被阳光灼伤，被霜露冻坏，或者遭到昆虫的伤害。例如牵牛花，它那小喇叭形的花冠非常娇嫩，清晨空气比较湿润，光线比较柔和，它在这种环境中开放很适宜。临近中午，太阳光强烈了，空气也比较干燥，这个环境就不适宜于它开放了。如果它不卷合起来，就有被灼伤的危险。要是把它放到一个阴凉、湿润的环境中，它就可以延长开放时间。

"昙花一现"常被人们看作奇异的现象，其实道理也很简单。昙花的花瓣又大又娇嫩，需要有一定的气温条件才能开放。白天温度过高，空气干燥，深夜里气温又过低，对昙花的开放都不利，只有晚上九十点钟左右最适宜，所以它总是在晚上开。而且只开两三个小时，这样就可以避免低温和高温的伤害。

植物开花的时间不同，花的寿命也长短不一。你也许以为昙花是寿命最短的花吧？不是。昙花能开两三个小时，还算是长的了。世界上寿命最短的花恐怕要算小麦的花了，它只开五分钟到三十分钟就谢了。南美洲的亚马逊莲花（王莲），在清晨的时候露一下脸，半个小时就枯萎了。世界上寿命最长的花要算热带的一种兰花，它能开八十天。

有些植物的花跟叶子一样，到一定的时间就闭合起来，好像"睡觉"了。

人要睡眠，动物要睡眠，植物也要睡眠，这多有意思呀！可是你得弄清楚，植物的睡眠和动物的睡眠作用是不同的。植物的花和叶发生闭合现象，并不是真正地睡觉了，只是由于周围光线的明暗不同，温度的高低不同，空气的干湿不同而引起的。这也是植物适应外界生活条件而形成的一种习性。例如睡莲的花，它在太阳下山的时候就闭合起来，好像睡着了似的。这样可以防止娇嫩的花蕊被冻坏。第二天清早，它又迎着阳光张开了，好像从梦中醒来似的，好让昆虫来给它传播花粉。

前面所说的是每一朵花的寿命，至于每一种植物开花时期的长短又不同了。例如棉花，它的每一朵花只开一天就谢了，但是这朵花谢了，另一朵花又开了，整株棉花可以开花好几个月。植物开花期的长短也有很大的悬殊。桃花、杏花开半个月左右；丁香、紫荆能够开花一个多月；茄子、番茄能够开花三四个月；玫瑰、月季能连续开花半年多；有些热带植物像可可、柠檬、桉树等终年开花不断。植物开花期的长短与生长条件有很本的关系。如果我们培育得当，就可以延长它们的开花期。

美丽的花朵对人们有很大的吸引力，意大利的伟大诗人但丁在他的名著《神曲》中写道：

"我向前走去，但我一看到花，
脚步就慢下来了，……"

不正是这样的么！你走过开满鲜花的庭园，就会不由自主地停留下来，看看那些可爱的花朵。恐怕世界上没有人不喜爱花的。人们用它来点缀生活环境，用它的形象来装饰服装和用具，把它作为美丽、纯洁和幸福的象征。

我国的花卉品种极多，劳动人民还积累了十分丰富的栽培经验。我们伟大的祖国，一向享有"世界园林之母"的盛誉。解放以来，由于园林工作者的精心培育，花的品种更加繁多了。历来生长在温暖的南方的梅花，在北京也能露天开放了；一向是夜间开放的昙花，白天也能开放了；在阳春时节开花的牡丹，经过园丁们的培育，竟能在雪中怒放；现在你要赏菊，并不要等到秋天，几乎一年四季都可以在公园里看到。在花的世界中，今天又出现了多少奇迹呀！

这只是说观赏的花，至于研究果树的花，农作物的花，对我们的生活就更有意义了。如果我们充分认识了它们的秘密，知道怎样才能使各种作物的花开得茂盛，使它们及时得到花粉，结出更多更好的果实和种子，我们的收获就会更加丰富。

评论

诚言不谬谱自然

在仇春霖先生的诸多作品中，科学小品文深受广大小读者的喜爱。其中以《叶绿花红》和《群芳新谱》为其代表书籍。二者皆以散文笔法普及生物知识，前者介绍了常见花木的分布与特征、栽培与应用等知识，后者介绍了三十三种花木的分布、品种、特征、栽培、应用等方面的知识，节录有关诗词曲赋、文献、掌故，穿插个人感想。其中《万紫千红的花》、《甘露的秘密》两篇文章更是直接录入初中语文课本。

《万紫千红的花》一文用平实的语言，揭示了美丽花朵背后的奥秘。其间阐明了花色形成、深浅浓淡及变色的原因、不同花色的统计，以及花色与昆虫的关系、花与人的关系。这些内容，无论是五颜六色形形色色的花，还是与之相关的生物世界里的奥秘，都深深地吸引着读者。文末，作者还引用意大利的伟大诗人但丁名著《神曲》中的话："我向前走，但我一看到花，脚步就慢下来了……"来表现美丽的花朵对人们的巨大吸引力。文章融知识性与趣味性、科学性与文学性于一体，可以说是寓教于乐。

而《甘露的秘密》则更有意思，选取的是中国古代典籍中经常被提到的"甘露"作为说明对象。

题目设置悬念，吸引读者。文章开头，如同讲故事一般，描述两位帝王，指出他们造承露盘将永远得不到甘露，为下文揭秘作了铺垫：在古代，由于科学发展水平对人们认识水平的局限，存在着种种对甘露的错误认识和荒唐可笑的奉崇行为，文章以古代人对甘露的态度，渲染了甘露的神秘光环，为它披上神秘的面纱。介绍了汉武、乾隆等帝王筑承露盘以求上天赐露的事迹，进一步表明甘露在古人心目中神化了的地位。文化气息十足，一般的科普文读起来略显枯乏，而作者笔下的小品文则借用历史文化，增添了许多趣味，激发读者的兴趣。

紧接着作者笔锋一转，一句"所谓的甘露，根本就不是什么天降的'神灵之精'，说起来实在可笑，它不过是一种蚜虫的排泄物"，揭开了甘露的神秘面纱，而且这个结论让人有点啼笑皆非。

然后作者详细地介绍了蚜虫的名称、种类、生活习性和危害。语言平实、准确，用分类别、列数字的说明方法，使文字言之凿凿，的确是"诚言不谬"。较为详细地说明了蚜虫吸取、吸收、排泄的生理过程，并科学地说明了排泄的成分，证实了其确实有营养成分。然后从明代到现代进一步说明了蚜虫排泄物的危害，照应了前文中昏庸帝王的荒唐可笑。

文章最后集中笔墨写了蚂蚁与蚜虫的关系。分别写了蚂蚁与蚜虫形影不离，担当警卫、搬运工、保姆等。指出蚂蚁与蚜虫的生物链关系，发人深思。

文章通过揭示甘露的秘密，通过古今对甘露的态度和行为与之形成的强烈的反差，揭示这样的道理：对事物的认识不能只停留在表面，要独立思考，不迷信古人，不迷信权威，不迷信书本。要经过不断探索，逐渐认识本质。蚂蚁是蚜虫的保护神则引发了人们的思考：这是正常生物链现象，世界上的生物都是这样环环相扣，互相依存，所以要排除蚜虫危害并不能以消灭蚂蚁为前提，这也给我们提出了新问题，如何在尊重自然规律的前提下，解决对人类生活有危害的问题。借此说明科学的探索是无止境的。

文章的易懂和耐读，不仅在于巧设悬念、借用历史故事展现的浓郁的人文特色，更在于准确、形象、生动的语言特色。体现了作者扎实的语言功底。

比如从成分、颜色几方面对甘露的阐释准确形象。"蚜虫……把多余的糖分和水一起排泄出来，洒在植物的枝叶上，有的'其凝如脂'，有的'皎莹如雪'，这就是所谓的甘露。"

"七星瓢虫是专门歼灭蚜虫的能手，据说一只七星瓢虫一天大约能吃270只蚜虫。于是，瓢虫便成了蚂蚁的冤家。小蚂蚁一看到瓢虫来捕捉蚜虫，就会一拥而上，群起而攻之，直到把瓢虫赶走。"数字准确，形象地表现出瓢虫是蚜虫的天敌，也成了蚂蚁的天敌。

写蚜虫吸取植物汁液，"蚜虫在觅食的时候，先用唇端的短毛，向四周探索一番，一旦发现可以猎食的目标，便将那根尖细的刺吸式口器刺进植物组织内部，不停地吸取植物体内的浆汁"，蚜虫觅食的过程如画面一般地呈现在我们面前，特别是小心地"刺入"，迅速地"刺进"，"不停吸取"的畅快，形象生动。

特别是写蚜虫与蚂蚁的关系，可以说观察细致入微，描写栩栩如生。"它们紧紧地跟踪在蚜虫后面，不时地用触角轻轻拍打蚜虫的屁股。蚜虫受到拍打，感到十分快意，便翘起屁股，随之排泄出一滴一滴的蚜蜜，使小蚂蚁痛痛快快地饱餐一顿，"跟踪"、"拍打"、"快意"、"翘起屁股"、"痛痛快快"、"饱餐"一连串拟人化动作，何等生动！在蚂蚁搬家的时候，也不会丢下为它提供美餐的好朋友不管，"蚂蚁是蚜虫的'卫士'，还是蚜虫的'保姆'"。

（张慧琪）

秦兆基 ━━━━━━━━━━━━━━━━━━━━━━━━━

简介

秦兆基，男，江苏镇江人，出生于1932年2月。教师、作家。中外散文诗学会副主席，中国散文诗作家协会副主席，中国散文诗研究中心学术顾问，苏州大学出版社特约编审。早年毕业于江苏省镇江师范学校，做过几年小学教师。后就读于南京师范学院中文系。20世纪60年代起，长期于江苏省苏州第十中学任语文教师。

研究方向为文学评论，主要关注诗歌、散文诗、报告文学和苏州地方文化。

文学论著，有散文集《错失沧海》、《苏州记忆》、《红楼流韵》，长篇人物传记《范仲淹》，文学评论集《时代的脉搏在跳动》、《报告文学十家谈》、《散文诗写作》、《永远的探寻》、《诗的言说》等；编选的文学读物，有《现当代抒情散文诗选讲》、《中外散文诗作品评赏》、《文学艺术鉴赏词辞典》、《宋诗选读》、《苏州文选》等。在国内外报刊发表文学评论和散文、诗歌一百多篇。部分作品收入《中国散文诗七十年》、《当代世界华人诗文精选》和"中国人民大学复印资料"等。有十一部作品入藏美国国会图书馆。

退休以后参加国家课程标准初高中语文教科书的编写，另有教育论著多部。

何泽慧和她的中学[1]

秦兆基

何泽慧与丈夫钱三强同为我国第一代核物理学家，被称作中国的居里夫妇。何泽慧原籍山西灵石，生于江苏苏州。1936年毕业于清华大学。

━━━━━━━━━━━━━━━━━
1.选自《大地》杂志2007年8月15日第16期。

1940 年获德国柏林高等工业大学工程博士学位。中国科学院高能物理研究所研究员。在德国海德堡皇家学院（K.W.I）核物理研究所期间，首先发现并研究了正负电子几乎全部交换能量的弹性碰撞现象；在法国巴黎法兰西学院核化学实验室工作期间，与合作者首先发现并研究了铀的三分裂和四分裂现象；建国初期，与合作者自力更生研制成功对粒子灵敏的原子核乳胶探测器；在领导建设实验室、高山宇宙线观察站、高空气球、开展高能天体物理等多领域研究方面，作出了重要贡献。

8 月 3 日下午，国务院总理温家宝看望我国第一代核物理学家，92 岁的何泽慧老人。新华社的报道中写道："'我知道，坐在这里（指何泽慧家）就想起很多事来。'温家宝说，'这里留下了记忆，也留下了精神。钱三强和您，中国人都不应该忘记，也不会忘记。'"报道中还写道："温家宝关切地询问何泽慧的生活情况，嘱托钱民协照顾好老人，也叮嘱老人保重身体："希望明年看您时仍然这么健康。''一定会的，说不定身上坏的东西都修好了呢。'何泽慧幽默地说。"何泽慧的母校苏州十中的师生们见到这篇报道，为何泽慧这位老校友的健康而高兴，他们也像共和国总理那样，从心底里说：不应该忘记，也不会忘记，我们的老校友——何泽慧。

1994 年 10 月 22 日，秋天，黄昏时分，一位穿着灰色两用衫的老年妇女走进了苏州市第十中学，边走边问，穿过中心教学区，来到了学校的西花园。她环视了一下园内的景色：小山、亭子和耸立在水池之中的假山瑞云峰，似乎在温习什么，寻找什么。略微迟疑了一下，就沿着一条环绕中心草坪的道路，走过去，又走回来。在花园西北边的一座紫藤架旁停下来，端详着路旁一块摩崖石刻，弯下身子，伸出手去抚摸，辨认上面镌刻的文字。

石刻盖上了些青苔，但字迹仍能依稀辨认得出。石块顶部的篆刻和后边的题款是：

仁慈明敏　壬申级训　何泽慧篆石刻

正面文字小了一些，要俯下身子去看，辨认起来很有些困难，然而老人似乎很熟悉，低声在念叨着。

课余时，师生们在这里散步、谈天、看书。老人的风度和行为举止，引起了教师和学生们的注意，有人去告诉校长。

学校领导出场了。经过一番交谈，弄清楚这位老人就是这块石刻的篆额者何泽慧，振华女子中学——这所中学的前身壬申级的毕业生。壬申年，公元 1932 年。

何泽慧记得自己从这所学校毕业时，才 18 岁，此次重来已经 82 岁。岁月无情，改变了人的容颜；岁月有情，剥夺不了对青春的记忆。

64 年来，何泽慧经历了太多的事。从这所中学毕业后，以优异成绩考取了清华大学物理系。1936 年，抗日战争爆发的前夕，从清华大学毕业，名列前茅。她原想毕业后到南京军工署去工作，制造和改进武器去打击敌人，但因为是女性受到歧视，教师不肯举荐，壮志难酬。于是只能远赴德国，学习弹道学，待学成后再报效祖国。不意在留德学习期间，第二次世界大战爆发，战争隔断了她与祖国亲人的联系，更不必说回到祖国。于是只能抓紧一切机会努力学习，准备将来能为祖国作出贡献。1940 年，从德国柏林高等工业大学毕业获得工程博士学位。1940 年以后，在柏林西门子工厂实验室、德国海德堡皇家学院核物理研究所工作。于此期间，她首先发现并研究了正负电子几乎全部交换能量的碰撞现象。二战结束后，1946 年，何泽慧与钱三强结婚。婚后，两人一起在法国巴黎法兰西学院核化学实验室（居里实验室）从事研究工作。他们共同发现并研究了铀三分裂和四分裂现象，被誉为中国的"居里夫妇"。1948 年，夫妇俩谢绝了师友的挽留，回到了祖国，从事物理研究。一位科学家能在某个方面取得进展已经很了不起，但何泽慧在很多领域中，都取得开拓性的研究成果，引起科学界的注意。

1932 年，离开振华女子中学时，何泽慧还是一个稚气未脱扎着两个小辫子的姑娘；1994 年重返母校，已是鬓发星星，行动迟缓的老人。当年她带着青春的梦想走出校门，而今带着丰硕的成果和荣誉归来。何泽慧早已是著名物理学家、中国科学院院士。她在物理学上的研究和发现，已经记入世界科学史；她和丈夫钱三强为我国的"两弹一星"研制所作出的贡献，也彪炳于共和国的史册。

何泽慧，是这所学校引为骄傲的名字，是这所学校的校长和教师们经常用来激励学生的名字。母校一直记住从这里走出去的这位女学生，注视着她每一点的成就。

故园母校

何泽慧老人，这次是参加苏州市人民政府受赠网狮园仪式而来的，网狮园原是何家的产业，解放初期就献给国家了，但一直没有办手续，这次是补办。难得的机会，分散在国内外的何氏家人都来了，聚首于昔日的家园。网狮园与苏州十中只有一河之隔，于是在仪式举行过之后，她一个人悄悄地来到了母校。

这次重访母校，如果她向地方政府表述自己的意愿，或者进入学校时透露一下自己的身份，必然会引起全校轰动。可是她只想以一个普通学生的身份，重温 62 年前的情景：看着刚点上朱红色的篆额、才抹上绿色碑文的石头，走上花园里新铺好的煤屑环道，扶着竖立没有多久的紫藤架，看着初绽的紫藤花，同全班少女们一起跳着笑着。欣慰终于能用自己的汗水和心血装点母校，用摩崖石刻、紫藤架和环道作为献给母校的礼物，完全忘却即将分手的感伤。

可是仍旧被认出来了，自然免不了被邀约去和师生们座谈。在会上，何泽慧简单地说了几句开场白："……我自己的孩子也快五十岁了。所以我不知道你们有什么要求。要我谈六十年前的事情，是不是？我们那个时候哪有这样。我今天进来就都不认识了。那时候我们住宿舍，在后边那个宿舍。住楼上，楼上可以看楼下，楼板有那么宽的缝的。所以你要我讲多少年前的事……你们有什么问题，你来问，我来解答。"

她和像当年自己一样的年轻人交谈，要帮这些半大的孩子，跨越时间之流，进入自己生活过的年代。

孩子毕竟是孩子，所提的问题，离不开他们自己的经验范围。诸如你那时的课业负担是不是像今天这样重，你当时有没有什么远大理想，又是如何争分夺秒学习的，等等。孩子们是想从何泽慧老人这里找到一本学习金典。

然而，何泽慧最想告诉他们的是，自己人生航船最早的一段历程，个人和这所学校结下的情缘。

江南清华预科班

何泽慧和这所中学的情缘，需要从她的上一辈人说起，要追溯到上世纪初年。她的父亲何澄是一位文物鉴赏家，早年参加同盟会，追随孙中山从事革命活动，后来就买下了苏州网师园，在那里定居，并担任振华女子学校的校董。何澄的妻子王季山是振华女子学校创始人王谢长达的四女儿，王季山的三姐就是后来继其母担任校长的王季玉。王氏母女都是中国近现代史上的教育家和妇女活动家。何澄敬仰王氏母女纾家办学的热忱，特别信服王季玉的办学观念，把自己的八位子女都陆续送到振华就读。这八位子女后来都事业有成，现在都是国内外享有盛誉的科学家。

1920年，6岁的何泽慧进入振华女子学校。此时已是姨妈王季玉掌校。她在振华女子学校前后待了12年，从小学一年级读到高中毕业。

振华女子学校很重视理科教学和英语教学，数理化都是应用国外原版教材，要求也比教会学校和公立中学高。何泽慧就是在振华女校打下很好的理科和英语学习基础的。正如何泽慧在回答学生提问时所说：那时候"除了国语，还有地理什么的，这些都是中文的。数学啦，物理啦，反正高中的好些课本都是英文的。""英文么也是选读什么名著……一本小说，就叫我们写它的大概，写摘要。"何泽慧学习英语的方法，也有些特别。她说："那时候一本厚书，我还得从头看起来？不看的。我就看它后面，看它的索引或生词表，我就用它的单词编成一个故事。"

振华女子学校，也并不是把西方教育简单地搬用到中国来。在向自己母校蒙特豪里尤科女子学院一次书面汇报中，王季玉引用了母亲王谢长达的话："我们不能让西方教育完全替代东方文明，而是应该让它成为一种有益的补充。"在振华女子学校课程中，中国传统文化占有相当重要的位置，女学生们仍然要读中国儒家经典《论语》、《孟子》。国文科的教师都是一时之选，如著名版本学家王謇，现代作家叶圣陶、苏雪林等。何泽慧在振华女校受到中国传统文化的濡染，从她"仁慈明敏"篆额的几个大字看，苍劲有力，有着很好的汉篆功底。学校里至今还保存着何泽慧高中时代的几篇作文：一篇是纪念亡友的悼文，一篇级史，一篇杭州游记，一首记游的律诗。从这些文字中可以看出，少女时代的何泽慧，胸襟开阔，很重感情，积极参加集体活动。不管是用文言写的，还是用语体写的，都理畅词达，涉笔成趣。如《旅游杭州记》一文中写登北高峰所见所感：

……北高峰至矣。于是俯仰徘徊，纵览六合，见夫天垂如盖，日悬如燧，众山断续环拱，如砺如拳，川海萦回，若带若线。东海、钱塘、天目、武林诸胜，亦无不历历在目焉。

观察体物的贴切，联想想象的奇妙，文笔的活泼灵动，令人击节称赞。玩味一番，觉得文章似乎得到韩愈《画记》的神韵，很难想象这是出自一位 17 岁的少女之手。何泽慧在这所女子中学中理科和文科都得到了长足的发展。

抗日战争以前，有一年振华女子学校高中毕业班，二十多个女生中就有五名考入了清华大学。当时有个说法，"北有清华，南有振华"，振华女子学校一时被认为是江南的清华"预备班"。在振华这所女子学校走出去的，不仅有像何泽慧一样的科学家，如物理学家李政道、王明贞，农学家沈骊英，还有社会学家费孝通、记者彭子冈、作家杨绛等。

振华女校校长王季玉认为女子教育不应该忽视现在的社会状况和现代的潮流，应该具有国家观念。她让学生接触社会，认识当时日本侵略日益深入、祖国危在旦夕的严峻形势，引导学生参加救亡运动，带领她们出去为抗日战士募捐，去医院看护伤员。何泽慧在《级史》也记下了一笔：高三"这一年为了注重抗日工作的缘故，对于级会没有什么特别的进展"。王季玉自己也是一个很有民族气节的人，她拒绝日寇汉奸的诱降，甘守清贫，在孤岛时期的上海坚持办学，作家杨绛一度担任过上海振华分校校长。

何泽慧从清华大学物理系毕业以后，去德国柏林工业大学学习弹道学，乃至她把毕生奉献给祖国的科学事业，正是基于她在中小学所受到的爱国主义教育。她在答苏州十中学生问中说，自己倾情于物理学，要出国去学习弹道学，就是"因为日本人欺负我们，我想回来打日本"。

何泽慧师从过许多世界级的大师，也曾于一些世界名校就读或从事研究，但是最难忘却的还是在振华女校的那段日子，那些与自己朝夕相处的老师同学，那经常流连于其中风景秀丽的西花园。

故人星散，师长也想必大多过世，何泽慧重回母校，能够寻到的也许只有故园中的一些留痕。

何泽慧在座谈会上曾表示有生之年还要再来。她与苏州市十中师生订下了百年之约，就是说，在 2006 年母校百年校庆的时候再回访母校。

2006 年 10 月，校庆的日子快到了，苏州十中人期盼着何泽慧的归来，可是人们失望了，何泽慧因为跌坏了腿，行动不方便，不能践约。可是她家的兄弟姐妹子侄都来了，从国内外各个地方汇聚到苏州十中，一共十七人，俨然是一个庞大的代表团。何泽慧也为母校献上了自己的题词："爱国奋进。"用的是楷书，遒劲有力，仍镌刻于石上，置放在西花园的东南面，与西北部的"仁慈明敏"的篆刻遥遥相应。从"仁慈明敏"到"爱国奋进"，这是一个从这所学校走出去的女学生的人生领悟，是她要告诉现在和将来的校友们要记住的话，也道出了她和这所普通中学的毕世情缘。

普林斯顿随想 [1]

秦兆基

拿莎堂侧影

徜徉在建筑丛林之中，就像步入人类文明史。普林斯顿大学校园里，风格各异、背景各异的建筑物，谱就了这所名校的历史。

哪里是咄咄书空、喋喋不休、缄默不语、茫然无主、边幅不修的纳什教授终年徘徊的林荫小道？哪里又是他摘取诺贝尔经济学奖桂冠，成为博弈论大师以后发表讲演的殿堂？

哪里是发型怪异、衣冠不整、谈吐幽默的爱因斯坦教授曾经休憩过的石凳？哪里又是他讲授广义相对论、狭义相对论的课堂？"任何事都是相对的"，"上帝不掷骰子"，琅琅的话语还在廊宇之间回响。

去叩开哪一扇门？千门万户紧闭着，来的不是时候，暑假，学子们早像鸟一样飞散了。

台阶上留下过华盛顿、杰克逊、富兰克林足印的拿莎堂，像慵倦的老人在初夏并不太热的阳光下闭上双眼，身边蹲伏的一对铜虎——普林斯顿大学的标志，依然桀骜不驯地护卫着大楼。

拿莎堂，这座普林斯顿大学最老的教室大楼，小镇仅存的最为古老的建筑，见证了历史，演绎出普林斯顿人的光荣和梦想。

---

1. 选自《三角洲》2010 年第 3 期。

陌上暖熏，鸢尾花、相思草和野燕麦在广野平畴上随风摇曳；尖嘴的掠鸟在沼泽地觅食，呼唤着失散的伴侣；跃动着霓虹灯、飘出萨克斯乐音的酒吧，发散出醉人的咖啡香气的恬静的星巴克；绿苔斑驳的红墙，常青藤披拂的百叶窗，成为城堡式老屋的年轮。古典与现代并存，西欧的贵族气息与英国的新教精神交融弥散，普林斯顿大学严谨学术氛围见容于小镇的宽松。

进入拿莎堂——朝圣，叩问，去默诵一本美国版的《心经》。不得其门而入，伫立，沉思，接下去将是转身而去。

也许是金石为开的精诚，也许是久久等待后的机缘，侧边的小门开了，两个人进去了，教师模样的。想必不是禁地，随着他们推开虚掩的门，步入了拿莎堂。

没有询问，没有安检，也没有热情过头的导游的介绍，拿莎堂就是这样默默地接纳了我。

宽宽的长廊，暗暗的，向前延伸着……大理石的地面，粉墙，原木的椅桌放置在门边，昏黄的白炽台灯，陈旧而颓败，时光在这里凝滞。

办公室，走动的脚步声、低低的话语声、电脑键盘的敲击声，还有门上的铭牌提示了我。

医院，病房？走动的脚步声，撕心的叫喊，时断时续的呻吟，弥散在空气中的酒精味，历史的介绍从记忆中苏醒：独立战争中英军和义军都曾经用的。

指挥所，司令部？争执，叫嚷，躁动不安的步履往来，刀剑的撞击，火药的微香。浮雕上的华盛顿告诉我，橡树战役，或者说普林斯顿战役，扭转了历史的走向。

斗室之外，长廊之中，跌进历史的隧道，沉思，默想。

没有渲染，没有营造，没有修旧如旧地整治，让历史的沉积浮泛出历史，让每一个来到这里的人们自己去品鉴历史。

走廊的尽头，敞开着一个厅堂，没有家具、陈设。不同图案和色彩的旗帜围成一个半圆，旗帜低垂着，无风，没法张扬开来。每一面旗代表一州，十三面旗帜镟聚着，铸就一段历史：1873年第一次美国国会会议，记录人的觉醒的独立宣言。

这里也许是一个大的厅堂的背后，一个纪念坛，从这里也许可以进入会场——被称为教师室的礼堂，可是我不能够，门紧闭着……

不是时候，不合礼仪的造访，但我只能选择这样的时间，这样的方式。一个来自大洋彼岸的风尘倦客。

但也满足了，尽管见到的是你的侧影，拿莎堂。

寻找爱因斯坦

提到普林斯顿大学，人们就会想起科学家爱因斯坦；说起爱因斯坦，就不会不话及他在普林斯顿的那段岁月。

从 1935 年爱因斯坦离开纳粹德国决定在美国长期居住起，到 1955 年离开人世为止，二十多年来，他大部分日子是在普林斯顿这个小镇度过的。普林斯顿大学和普林斯顿高等研究院是他长期工作的地方。小镇确乎很小，仅有 7 平方公里，用脚步丈量也不用多久。

美国城镇的格局一般不会有大的变动，不像中国大陆，几个月一个样，三年大变样。爱因斯坦在普林斯顿该是屐痕处处，到处都会留有他的塑像、照片、题字。名人效应，古今中外概莫能外，都会不遗余力地加以利用。地方上出了个名人，尽管不大不小，不为太多的人知道，也会作为一个宝物来炫耀。何况是大名鼎鼎的爱因斯坦！

想象中，于普林斯顿大学寻找爱因斯坦的塑像，不会是什么难事，也许还可以找到爱因斯坦曾讲课的教室，在图书馆坐过的椅子。这些物品也许会像某些纪念馆一样，作为圣物供起来，用绳子拦住，不让人们接近。可是找来找去，整个学校跑遍了，找不到一样有关爱因斯坦的纪念品。塑像有几尊，都是学校的创始者、开拓者的，到处可见的是作为普林斯顿标志的老虎雕塑。纪念碑也有，但那是纪念参加美国军队的学校教职员的。

是学校名人太多了，无法一一张扬，还是人们把他遗忘了，抑或我们没有找对地方？在我们彷徨、困惑的时候，遇到一位来看望女儿的中国家长。她常到这个小镇来，镇里的历史、风情，知根知底。她向我们指点了爱因斯坦故居和塑像的所在。

爱因斯坦的故居就在大学附近，梅塞街 112 号。一幢普普通通的小屋，很难说有什么特色。1935 年至 1955 年，爱因斯坦就住在这里。小屋依旧，时空却已经轮回了半个多世纪。

小屋前的栅栏门上挂着"私人属地"的牌子，物是人非，主人早已不是爱因斯坦。门口连一个关于前主人介绍的标志都没有。

不得其门而入，只能隔着栅栏相望。想象之中，爱因斯坦也许正在书房里读书，疲倦的时候，会站到窗前呼吸一口带着花木香味的空气。说不定还会走到小园里。不要惊动他，爱因斯坦挺憎恶生人来访这类俗务的。

再去找找爱因斯坦的塑像如何？

塑像就在小镇西南的城市公园里，顺着拿莎路这条主干道走下去，尽头就是了。公园没有太多的布置，几尊雕塑似乎无意绪地凑合在一起。一尊是一个孩子用嘴去接呷从上面洒落下来的水，但总是接不到，嘴张得大大的，一脸的无奈。一尊是爱因斯坦的头像，底部呈半弧形，仅有那么一点切着底座，看上去有点摇晃。一尊是一个在林荫处看报的人，椅子边上放着一叠报纸，凑到他身后去看，报纸上刊登着尼克松总统水门丑闻的消息。公园尽头耸立着一座纪念墙，墙上的大幅浮雕，表现的是1777年欢庆普林斯顿战役胜利时的场景，华盛顿在高处，士兵和欢呼的民众簇拥着他。浮雕三面都有，很有些气势。虽然不像法国巴黎香舍丽榭凯旋门那样高大，但因为周围没有什么高大建筑物，反显得巍峨挺拔。

无意绪的甚至错乱的塑像群似乎是在营造一种氛围，也似乎揭示小镇人乃至美国人的文化性格：小孩饮水，象征着永无止息的追求，也许这正是把它放在爱因斯坦塑像边上的缘故。爱因斯坦说过："我只是狂热地好奇而已，并没有什么特殊的才能。"他的成功也许就基于其像孩子一般的好奇。纪念碑和读报者的组合，也许是象征着美国人的光荣与梦想，争取民主与自由，不仅要战胜外部敌人，也要战胜自己，正视自己身上的癣疥。

大概因为是阴天，有时还飘一阵雨，园里除了我们一家人以外，再没有别的人了。

公园寂寞，斯人寂寞，我们在爱因斯坦塑像前留个影就走了。

爱因斯坦是喜欢寂寞的，也是乐意为人们所遗忘的。他在生命的最后时光，叮嘱周围的人，说："我死后，切不可把梅塞街112号变成人们'朝圣'的纪念馆。我在高等研究院的办公室，要让给别人使用。除了我的科学理想和社会理想，我的一切都将随我死去。"将他的塑像放在寂寞的一角，大概也符合他弥留之际的愿望。

爱因斯坦在人世间，除了他的思想外，没有再留下什么。他的遗体化成灰，这灰又撒在普林斯顿的空气之中。

在城市公园弥散的清气之中，有没有大师的体味呢？我深深地吸了口气。

鱼藏剑与一寸干将 [1]

—— 专诸巷人物志

秦兆基

  专诸巷是西中市的一条支巷，往北去，一里多路，就可以走到金门。巷西就是原来的城墙，街巷傍城墙而建，很有点气势。巷里没有什么可称道的古建筑的留存，但是巷子的名气远播，为众多的典籍所话及。这大概因为巷子与两个历史名人有关。其中一位声名显赫，为极大多数苏州人和许多熟悉一点历史的中国人所了解，那就是以匕首刺王僚，改写了吴国历史的专诸；另一位就是仅在少数文人圈子里话及，被称为"砚神"的顾二娘。

  历史总是喜欢和人开玩笑。这两个同在专诸巷里人，反差竟然如此之大。专诸是堂邑（今南京六合）人，客居在苏州，就住在专诸巷，死后也葬在专诸巷。据民国《吴县志》引《乾隆县志》"专诸宅在阊门内专诸巷，今为石塔庙"。巷就是因其住宅和坟墓而得名的。专诸是趄趄武夫，以一搏获得其人生价值，用的是鱼藏剑；顾二娘弱不胜衣，以刻砚奉老养亲，用的是"一寸干将"。

  解构主义的历史研究也许会从比较中发现他们的相似点和承袭关系。专诸与顾二娘的行为差异，曲折地反映了吴地民风从轻死易发、争勇好斗

1.选自《苏州记忆》，南京师范大学出版社，2010 年出版。

嬗变为风流儒雅、彬彬有礼的过程；吴人的专长也实现了从以兵刃打造见长到以攻玉、琢砚为工的演变；或者还可以加一条，就是以占据历史舞台中心的男性逐渐让步给女性。但是其核心价值观并没有改变，专诸和顾二娘都有其相同的一面：两人用的都是刀，所要征服的对象都是坚硬的——犀甲和端溪石，这点表现出吴人内骨子里的刚强，虽经两千年的历史风霜并没有消退，不过扮演者由壮士化身为红颜而已。

专诸的故事，《史记》《吴越春秋》都有记载。将两本史书的记载相比较，《吴越春秋》写得更为详细，更富有戏剧性，也添入了不少细节描写。书中最有意思的一段，就是伍子胥从楚国逃亡到吴国的途中发现专诸才能的故事。"专诸方与人斗，将就敌，其怒有万人之气，甚不可当。其妻一呼即还。"伍子胥当时感到很奇怪，这样一个男子汉，怎么如此怕老婆，于是就去问他是什么道理。不意专诸的一番回答，使伍子胥觉得此人很不寻常。"夫屈一人之下者，必伸万人之上"，就是说，臣服于一个人，对一个人效忠，必定能够舒展于万人之上。伍子胥觉得这话很有道理，打量了一下他的身躯、体型，觉得此人可以作为一个人才储备，记在心里。不过《史记》中没有这样的记载，材料的来源有点可疑，也经不住推敲。

如果他后来打算有所作为，妻子一声怒吼不就会放弃了吗？老婆也许比君王更有权威。

不管这段故事真实与否，专诸总是由伍子胥推荐给公子姬光的。此时公子姬光正酝酿用阴谋手段夺取君位，缺少一个刺客，见到专诸，可谓正中下怀。他礼贤下士，厚待专诸。在一次推心置腹的谈话以后，找到刺杀王僚的突破口。专诸在了解到王僚喜欢吃烤鱼之后，就到太湖边上去学烤鱼，如今苏州胥口镇有座炙鱼桥相传就是专诸学艺的地方。一次，姬光就以品尝专诸厨艺为名宴请王僚，事先策划好，"使专诸置鱼肠剑炙鱼中进之"，宴会上，鱼盘进献到王僚面前，专诸用手掰开了烤鱼，接着就拿了匕首向前刺去，站着的侍卫手中拿交错着横刃的长戟刺到了专诸的胸膛上，专诸的胸骨断了，胸膛刺开了，但是匕首还是像原来那样刺向王僚，穿透了王僚的铠甲直刺到背脊上，王僚立刻死了，专诸也成了王僚卫士的刀下之鬼。这场宫廷政变以后，姬光即位，就成了吴王阖闾。他厚葬了专诸，并封其子为上卿。相形之下，王僚执政以后，没有太大的作为，而阖闾为一代雄主，对吴国的隆兴作出了巨大的贡献。从这个意义上看，专诸的死也许是"有重于泰山"的。

专诸刺王僚的一段，读起来确实惊心动魄，无怪乎《战国策》中唐雎说："夫专诸之刺王僚也，彗星袭月。"以天象来说人事，写出了这个吴国汉子的胆魄和气势。《史记·刺客列传》把他放在五大刺客之列，在篇末的赞语中说："自曹沫至荆轲五人，此其义或成或不成，然其主意较然，不欺其志，名垂后世，岂妄也哉！"就是说，从曹沫到荆轲五个人，他们的侠义之举有的成功，有的不成功，但他们的志向意图都很清楚明朗，都没有违背自己的良心，名声流传到后代，这难道是虚妄的吗！

对于专诸和众多的刺客们，南朝梁代文人江淹《恨赋》中有一段描述，写了他们赴死前与亲人告别时的情景，"乃有剑客惭恩，少年报士。韩国赵厕，吴宫燕市。割慈忍爱，离邦去里。沥泣共决，拉血相视。驱征马而不顾，见行尘之四起。"还曲写出这类人心理的深层活动，"方衔恩于一剑，非买价于泉里。"前面一组句子中，"韩国赵厕，吴宫燕市"，分别指聂政、豫让、专诸和荆轲四大刺客，他们是死士，但也有生的留恋，也有骨肉亲情。他们要用一剑来感恩报德，全不为死后声名的昭彰。这些刺客他们的人生追求仅止于感恩图报而已，似乎和司马迁唱了点反调。

千古但留侠骨香，似乎也是一句空话。专诸墓在明代万历年间还在，清人张霞房追记了毁幕后文物出土的情况，"明万历年间，阊门内专诸墓坏，居民起出石幢一座，高仅三尺许，四面刻毗卢遮那像，三面并作思忆相，一面撒手，不知何代物也。今归寒山。"（《红兰逸乘》）专诸墓里藏佛像，看来墓早已被人动过了。此后，专诸的宅、墓均无迹可寻。

随着苏州经济的发展，处于金阊之间的专诸巷成了一条手艺街，明清时攻玉与治砚的艺人云集于此，清末民初，转而化为眼镜店的专业市场，极盛时有眼镜店二十多家。旧时苏州有两句歇后语："专诸巷配眼镜——各人眼光不同"，"专诸巷配眼镜——对光"。在众多收购艺人中最值得称道的，无过于前面述及的砚神顾二娘。

砚台与笔、墨、纸共称为文房四宝。砚用于研墨，盛放磨好的墨汁和搁笔。汉代刘熙《释名》中解释："砚者，研也，可研墨使之濡也。"砚台由于其性质坚固，传百世而不朽，被历代文人作为珍玩藏品之选。随着工艺的发展和文人审美要求的变化，砚台早已不是单纯的文具，而成了集雕刻、绘画于一身的精美工艺品。宋朝权臣、书法家蔡襄有诗赞砚："相如闻道还持去，肯要秦人十五城。"把名砚与价值连城的和氏璧相提并论，可以想见到这砚的身价。

顾二娘砚是砚中极品，传世的相当稀少，文人墨客极为珍视。清代大臣高江村收藏了一千余方砚台，在皇宫里值班准备撰写诏书，每次都只带一方顾二娘砚。退居林下以后，他在砚背刻铭，曰："丁巳、己巳，凡十三年。夙夜内直，与尔周旋。润色诏敕，诠注简编。行踪聚散，岁月五迁。直庐再入，仍列案前。请养栝上，携旧林泉。勋华丹房，劳勩细斿。惟尔之功，勒铭永传。"当代艺术家许姬传先生，他曾经担任过梅兰芳先生的秘书并帮助其整理《舞台生活四十年》，藏有三十多方古砚，其中有四方最名贵，因自号其书斋为"四砚斋"，四砚中最名贵的一方就是顾二娘刻的菌砚。当代散文家张中行先生，在苏州小作勾留时，徘徊于专诸巷间。他在《姑苏半月》一文中写道：

> 我没有能力和机缘得（真）顾二娘制砚，可以临渊羡鱼，路过顾二娘故居，纵使不能确认门巷依然，也总愿意东瞧瞧，西看看，得其仿佛。总之，就算作慰情聊胜无吧，我还是由北口走入，到南口，向后转，回到北口，往返都慢慢走，注视两旁的人家，心里想，虽然不能指实，顾二娘的旧住地总是留在眼中了。

为什么一方砚台能使无数须眉尽折腰呢？下面就将这位女匠师作较详细的介绍。顾二娘，亦称顾青娘，疑其名"青"。娘家姓邹。苏州人。生卒年不详，约活动于雍正至乾隆之际。顾家世代以刻砚为业，她的公公顾德麟是姑苏城里有名的制砚高手，他将琢砚的技艺传给了儿子顾启明，就是顾二娘的丈夫。顾二娘那时只能在家刺绣做点家务活，可是顾启明不幸早逝，为了撑立门户，顾德麟已年老力衰，只好让儿媳抛头露面了，于是顾二娘走向前台了。

中国的手工艺人，历来是传媳不传女的，顾德麟向儿子传习技艺时并不故意回避顾二娘。他看到媳妇聪慧，有时还听听她的意见。在这种环境之中，耳濡目染，对于制砚的美学规范和操作要领，有了大体的了解。说不定在丈夫的指点下也曾小试身手。

如今，顾二娘正式得到顾德麟的指点，她心灵手巧，很快掌握了制砚的操作技能，第一件独立完成的砚台放在案桌上，让顾德麟看呆了，以后治砚的事连同整个店铺完全交给了顾二娘。顾二娘的名气远播，声誉远在当时苏州的一些砚师之上。

顾二娘琢砚有着自己的理论，但流传下来的不多，归结起来，主要的一点为："砚为一石琢成，必圆活而肥润，方见镌琢之妙。若呆板瘦硬，乃石之本来面目，琢磨何为？"就是说要使自己所制的砚品通体圆活。她制砚不多雕琢，以清新质朴取胜。有时虽也镂剔精细，然而也秾纤合度。出于女性的艺术灵感，她喜欢利用上好端石多活眼的特点，以石纹的"眼"作为凤尾翎来构图，别出心裁。她自己承认，琢砚"效明代铸造宣德香炉之意"，以期达到古雅而华美的境地。顾二娘很善于鉴别砚料，据说她对砚料的优劣，只要用小脚踢一下就能弄明白了。有诗述及这件事："玉指金莲为底忙，墨花犹带粉花香。"

顾二娘虽是闺阁中人，但是识大体，重大局，很有点侠气。她与黄任的交往，被传为砚林佳话。

黄任（1683—1768），字干莘，又字莘田，福建永福（今永泰）人，出身于书香之家。幼承家学，诗、书、画兼长，尤工诗。嗜砚如命，为著名的藏砚家。曾任广东四会县令兼高要县事务，后为他人诬陷而去职。离职时，他以全部积蓄二千两银子购得老坑端石多片。归田后，仰慕顾二娘才艺，不远千里，携石来苏州，请顾氏为其琢砚。顾二娘感其诚意，又发现砚料绝佳，于是为黄任精心雕砚。黄任《香草斋诗》记青花砚一事，云及"余此石出入怀袖将十年，今春携入吴，吴门顾二娘见而悦焉，为制斯砚"。在砚背，黄任亲自运刀镌刻铭文，铭曰："出匣剑，光芒射人；青花砚，文章有神。与君交，若饮醉；纪君寿，如千春。"从砚铭中，可以看出黄任对顾二娘的技艺和人品推崇备至。

为了感谢顾氏的省情，他还写了一首诗《赠顾二娘》，诗云："一寸干将切紫泥，专诸门巷日初西。如何轧轧鸣机手，割遍端州十里溪。"

黄任可算是顾二娘琢砚生涯里最大的客户。顾二娘操业前后20余年，但"生平所制砚不及百方"。北京故宫博物院内藏"洞天一品"砚，为椭圆形，上部有长方形的墨池，中部为砚堂，砚池的四周刻有夔龙盘绕纹图，砚池一侧刻有"吴门顾二娘造"篆字款。据考证，此砚确系顾二娘为黄莘田所作之一。

黄任可算是顾二娘难得的知己，顾二娘逝世以后，他非常感伤，写了一首诗，寄托自己的哀思。诗云："古款遗凹积墨香，纤纤女手带干将。谁倾几滴梨花泪，一洒泉台顾二娘。"

黄任的两首诗中都把顾二娘治砚的刀具比作"干将"，在砚铭之中，说"出匣剑，光芒射人"，他极为赏识顾二娘这位巾帼而丈夫的侠士。

专诸巷，作为手工艺作坊密集场合的时代不再了，玉器铺、琢砚坊不再，连眼镜店也不再了。专诸巷几乎是纯一的民巷，间或有一两家理发店、烟杂店，但是巷名及其历史所包蕴的，仍会久久昭示于人。

把《红楼梦》当作小说来读 [1]

—— 读俞平伯《乐知儿语说〈红楼〉》

秦兆基

《乐知儿语说〈红楼〉》，是俞平伯先生晚年的论红札记。写作时先生已是八十高龄，自是以后，他就再没有写过比较系统的论红文字，在某种意义上，可以看成是一代宗师对于自己五十多年研究《红楼梦》学术生涯总结性的反思，俞先生毕生学术研究，涉及面很广，但于《红楼梦》一书，致力最深，贡献也最大。

然而由于种种原因，特别是 1954 年声势浩大的"《红楼梦研究》批判"运动以后，他不得不违心地放弃自己某些观点，不便或者不敢提出自己学术研究的新发现，只能阿时趋俗，人云亦云。上世纪 70 年代的思想解放运动，使他有了足够的学术勇气，自我否定，主张在《红楼梦》研究中说真话。

《乐知儿语说〈红楼〉》，在俞先生生前没有发表，身后五年，刊登于 1995 年 4 月南京师大的《文教资料》上，其后收入 1997 年花山文艺出版社出版的《俞平伯全集》第六卷。两种本子，比较起来没有大的区别，唯全集本增入《七九年六月九日口占》、《秦可卿死封龙禁卫（外二章）》两篇。这份札记篇幅不长，仅有一万八千字左右，没有单独出版过，流传不

1.选自《都市文化报·山脉周刊》2012 年 3 月 1 日。

广，没有引起足够的重视。

《乐知儿语说〈红楼〉》，是一个意味深长的题目，札记首篇有个解释，苏州马医科俞氏旧家有座大厅，名曰"乐知堂"，俞平伯在此接受了启蒙教育，度过了自己的童年。很值得怀念。更为重要的是，他喜欢"乐知"这个提法，以求知为乐。"儿语者言其无知，余之耄学即蒙学也"，俞先生认为这份札记如同"儿语"。"儿语"可以有两种理解，一是无知之语，二是全无顾忌，说的是真话，就像安徒生童话《皇帝的新衣》中孩子的话。

《乐知儿语说〈红楼〉》十二篇文字的中心意思是，破《红楼梦》研究的种种迷障，把《红楼梦》当作小说来读。

《红楼梦》是小说家言，是作家的艺术想象，不能把它看成历史书、作者自传，也不能把它看成某种哲学思想形象阐述——禅家公案。把它当作历史看待，就会"以某人某事实之"，把它作为作者的自传看待，就会"以曹氏家事比附之"，这两种研究方法就成了《红楼梦》研究中两大流派——索隐派和考证派。这两派实际上是殊途同归，"虽偶有触着，而引申之便成障碍，说阮（指曹雪芹）不能自圆，舆评亦多不惬"。形成评红中特有的局面：红学愈昌，《红楼》愈隐，亦即你不说我还明白，你愈说愈糊涂。俞先生认为形成这种解读方式，是由于作品本身的特性所决定的："秘密性"，"非传世小说"，"中有碍语是也"。俞先生是"新红学"的重要奠基人，对红学研究的种种积弊，早已心知肚明，只是不能说破而已。札记中引了他自己 1963 年吊曹雪芹一诗中有："脂妍芹溪难并论，蔡书（蔡元培《石头记索隐》）王证（王梦阮《红楼梦索隐提要》）半胡诌。商谜客自争先手，弹驳人皆愿后休。"

俞平伯先生认为《红楼》妙在一'意'字"，阅读时不必深究。采取陶渊明所说的"不求甚解"的态度去读。对于"不求甚解"，他做了阐释，"夫不求甚解，非不求其解也。曰不即不离着，亦然浮光掠影，以浅尝自足也"。还提醒一句，"追求无妨，患在钻入牛角尖"。当下《红楼梦》研究的著述林林总总，可谓汗牛充栋，大都离不开"索隐派"和"考证派"两途。昔闻红学中人言曰，所谓红学，可谓"红外学"，斯言得之。

俞先生提醒我们立足于对文学作品的本文研究，而不能当作密码本来破解，老人语重心长。

更为感人的是作者以个中人迷途知返的情怀道出，"我自中其毒，又屡发为文章，推波助澜，迷误后人，这是我生平的悲愧之一。"《乐知儿语说〈红楼〉》袒露了学术大师的勇气和率真的诗人情怀。

他是小巷里的桥

——小析秦兆基散文的特色

柳袁照

　　苏州的小巷是很有特点的，幽深曲折，一条连着一条。幽深邃远之处，往往有一座小桥。苏州小巷最让人流连、最让人念想的，是街河相傍的蜿蜒，宽宽窄窄，像姐妹，又像兄弟，姐妹与兄弟的最柔软处，就是小巷子里的桥。我说桥，只是在打比方，我要用桥来说秦兆基先生的散文。秦先生是一个既当语文老师，又当作家的人，他当语文老师的时候，带领着同学在课堂上剖析作品，剖析之后，整理一下，就是文学评论；他当作家，写散文，也写诗。教书、读书、编书、写书和评书。这些行当中间，总有一座桥——这座桥是什么呢？是情怀，秦先生是一个有情怀的人。他的散文最饱满之处，就是他的情怀。

　　秦先生的散文，像他上课，有时微笑着，有时严肃着，给孩子们上课，会不厌其烦，也会循循善诱，一个长辈，在告诉孩子那些人生如要绚烂所必须要记住的道理、知识或掌故，他说话的时候，是俯首的，是低下身子的。秦老师，是一个带着语文老师特点的文学批评家，因而，他的散文，总是有推介的特质，他努力着阐述他认为必须说出的话，态度是诚恳的，透过文字就能感受到他内心的善良，严肃而令人不容置疑。秦先生还是一个诗人，诗人的情怀，也就很自然地流露在他散文的字里行间。秦先生的散文也像一座桥，带着苏州小巷体温的桥，它连接着历史与文化，现实生活与历史生活，甚至视野从小巷投射到小巷之外遥远的世界。

我读秦先生的散文《把〈红楼梦〉当作小说来读》、《鱼藏剑与一寸干将》、《何泽慧与她的中学》与《普林斯顿随想》时，就有这样的感受。学校正编一本校友散文读本，费孝通、杨绛、何泽慧、彭子冈、黄会林……长长一大串名字，秦先生也在其中。秦先生在他们之间也是一处风景——桥的风景。《把〈红楼梦〉当作小说来读》是他读俞平伯《乐知儿语说〈红楼〉》的心得，（俞氏旧家就是苏州马医科的曲园，有座大厅就叫"乐知堂"，所谓"乐知"，即为以求知为乐），我们读秦先生此文，正如当年坐在课堂，言简意赅，三五句话就把我们带入课文要害之处，"《乐知儿语说〈红楼〉》十二篇文字的中心意思是，破《红楼梦》研究的种种迷障，把《红楼梦当作小说来读》。"秦先生竭力推崇俞平伯"《红楼》妙在一'意'字，阅读时不必深究"的观点，不由得想起当年他做我语文老师时的情形，课文反复诵读之后，常常不了了之，原来是一种正当的阅读方式啊？读《红楼梦》，可以不求甚解，读其他书时何尝不可这样？现在，每当听语文老师讲析课文，句句字字都要阐明奥义，惭愧之余，总不以为然。读书不求甚解，我还以为是我读书的毛病，原来不尽如是。

桥的风景，就是引渡的风景。读秦先生的散文，多少有可以坚定我们的文化自信的意义。苏州的小巷，本身就是文化，而小巷里的小桥，本身更是有着深厚积淀的文化承载物。秦先生是一个博学的人，对中华文化，特别是在中华文化与世界文化的交汇点上，尤见功力。在《鱼藏剑与一寸干将》一文中，竟用解构主义来阐述中华古典文化，以此观点来讲述苏州专诸巷的人物、故事，可又是从《史记》、《吴越春秋》说起。专诸与顾二娘反差之大，似乎是一个历史的玩笑，专诸以匕首刺王僚，改写了吴国历史；"砚神"顾二娘，只在文人圈子里被话及。"专诸是起起武夫，以一搏获得其人生价值，用的是鱼藏剑；顾二娘弱不胜衣，以刻砚奉老养亲，用的是'一寸干将'。"与其说秦先生以专诸巷为线索，把专诸与顾二娘串在一起了，还不如说秦先生以自己的情怀为桥梁，把历史中的偶然联系成为必然。阅读了《鱼藏剑与一寸干将》，内心有一种冲动，何时能在一个傍晚，最好是深秋，最能引发人怀旧的时刻，心里默念着秦先生的句子，以秦先生的情怀，去走走专诸巷，感伤一回？

有类似的情思的时候，还有在阅读了《普林斯顿随想》的时候，也会有一种冲动。在华盛顿、杰克逊、富兰克林留下足印的校园，秦先生走着走着，为眼前的美景所感染，他这样写着，"陌上暖熏，鸢尾花、相思草和野燕麦在广野平畴上随风摇曳；尖嘴的掠鸟在沼泽地觅食，呼唤着失散的伴侣；跃动着霓虹灯、飘出萨克斯乐音的酒吧，发散出醉人的咖啡香气的恬静的星巴克；绿苔斑驳的红墙，常青藤披拂的百叶窗，成为城堡式老屋的年轮。古典与现代并存，西欧的贵族气息与英国的新教精神交融弥散……"

　　其实这是铺垫、是渲染，他要引出爱因斯坦。他到了科学家工作过的处所，这样感怀："爱因斯坦是喜欢寂寞的，也是乐意为人们所遗忘的。他在生命的最后时光，叮嘱周围的人，说：'我死后，切不可把梅塞街112号变成人们"朝圣"的纪念馆。我在高等研究院的办公室，要让给别人使用。除了我的科学理想和社会理想，我的一切都将随我死去。'……爱因斯坦在人世间，除了他的思想外，没有再留下什么。……"这是一个圣地，人类科学精神的圣地，何其令人向往？秦先生的文字，分明是一座桥，把我们从古老的小巷，又引入了弥散异域文化的彼岸。

2013 年 9 月 14 日

唯有敬意

柳袁照

秦兆基先生又要出集子了。这次是出诗歌评论集，那天，已近年底了，天气寒冷，他满脸春色，兴冲冲地跑到我办公室，刚坐下，就对我说，我已把文稿发给你了，书名叫《诗的言说》，你给我写序吧。接着，又对我说，该集子收录了两篇谈论你诗的评论。言下之意，我一定要写。秦先生出书是常事，我并不惊讶，惊讶的是他让我写序。他六十岁退休，到今年恰巧二十年，这二十年越活越有劲，隔三差五就是一篇文章，一年两年就是一部著作，而且常是约稿，评论、诗歌、散文，几乎什么都写，佳作不断，又能频频得奖。八十岁的高龄，思维还是那样敏捷，情感还是那么饱满，真是少有。每当我读他的文字，或与他交流时，常常会遐想，想什么？想我的未来，想我退休以后会是什么样子？我到了他这个年龄，会不会也像他一样啊，像他一样幸福？一生做自己愿意做的事、希望做的事情。我会像他那样幸运吗？也许不到那个年龄早露老年痴呆状啦，我能为我的学生写评论吗？我的学生需要我为他们写评论吗？

我是秦先生的学生

我是秦先生的学生，那是正宗的。他是我高中时的班主任和语文老师，师生之谊已近四十年了。他是我的恩师，我的生活道路、职业道路，乃至兴趣爱好，或多或少受过他的影响。几年前，我曾写过《秦兆基老师》一文，对此有过交代。那是我为秦先生做的令他满意的一件事，他几次到我办公室来，都笑眯眯地说，许多人都写过他的文章，自己最喜欢的还是这篇。我说，我是你的学生啊，我最了解。在《秦兆基老师》中我如实叙述，有褒有"贬"，还不忘对他调侃几句。秦先生肚量大，都不在意。我少年读书时，秦老师为我批改作文，我自己做了老师，他仍然还会为我修改作文，对有些比较满意的，给我推荐出去发表，对一些他较欣赏的，还会为我写评论。这本集子里的《游走：在小众与大众之间——柳袁照诗歌创作的寻求与探索》《诗的言说——读柳诗'西花园'札记》就是这样的产物。秦先生为我写推介的文章远不止这两篇。我正儿八经开始诗歌创作，是那年去了西藏后，写了散文诗《走进梦一般的西藏》，秦先生看到后，写了一篇《裸露灵魂的对语——读柳袁照〈走进梦一般的西藏〉》，洋洋洒洒，字数大大超过我的原文。我的原作与他的评论，同期在《散文诗世界》上发表。他说："柳袁照在青藏恢复了童真之心，拂去了心灵上的某些污垢。在紫陌红尘中待久了，在官场里跌打滚爬过来，谁能永葆其赤子之心呢？西藏呈现的是一种纯而又纯的境界，弥散在天地空气间，'一种朝圣的感觉，挥之不去'，圣洁、虔诚、信仰。诗人在西藏的自然中得到了诗意，'有一种诗意在我心中荡漾，我不知它为何而来为何而去'。柳袁照道出了诗兴袭来难以自抑的心态。'一颗异域的种子，留在我心原上，生长出茂密的森林'。这组散文诗也许只是其中的一棵，最初的、最为瘦小的一棵。"当初，我读到这段文字的时候，心曾为之一怔，与其是对我的肯定，不如说更蕴含了对我的诚勉。我曾做过十一年的公务员，在我所处的小小的官场，是不是沾上了尘世的污垢？如何做一个如西藏那般澄美那般纯粹之人？作文与做人，应该是"双面绣"的两面。人们常说，遇到一个好老师，是上帝赐给一个人最丰厚的礼品，遇到一个能引领自己不断前行的老师，无疑是拥有了一生最宝贵的财富。我何尝不如此呢？2012年我被中国作协吸纳为会员，同批的苏州还有范琬，她是我小几届的校友，竟也是秦先生的正宗学生，秦先生得悉后，很是喜欢，立即写了一篇《偶生的欣喜》在媒体上发表。

秦先生很早就是江苏省作协会员，但他没有再申请加入中国作协。我没有专门问过他为什么。他的著作等身，还是国内著名的散文诗评论家，为许多知名与不知名的作者写过书评。有一次闲聊，他说，人到了六十岁心态就平稳了，到了七十岁功名就更不想了，写作就是纯粹的一种喜欢，有话就说，没话就不说。他说，这几年越发自由，难怪秦先生的文章，越写越流畅，越写越老辣。作为学生，为自己的先生的文集写序，这是莫大荣幸。我不敢贸贸然下笔，越是拘谨，越是怕下笔，怕写不好。

秦先生是一座桥梁

我感觉，秦先生虽然是当代人，但更接近民国人。看到他，总会让我想到民国的一些教授、先生。我们这个校园是有些历史的，办学一百多年，来来去去，许多名人都留下过踪迹。比如蔡元培、章太炎、于右任、胡适等等，那些都是气息，经久不散，还一直都弥散在这个园子里。有趣的还有，虽然有些名人，特别是民国的一些名人虽然没有亲历此园，但都或多或少与这个园子有些联系。

我一直敬仰的沈从文，他的岳父岳母家，即妻子张兆和的娘家，就离我们这个园子不远，而张兆和的亲侄女就与我做了十多年同事，常与我们说起她姑母、姑父的趣事：那年，1934 年，沈从文写信给新婚的妻子张兆和："说句公道话，我实在是比某些时下所谓作家高一筹的。我的工作行将超越一切而上。我的作品会比这些人的作品更传得久，播得远。我没有方法拒绝。"多自信的一个人。

章太炎，人称"章疯子"，他可是一个真正的国学大师，他曾是我们的校董，如今的校园里还留有他的历史踪迹。章太炎对"师生"这个话题，有过自己的阐述，他说："大国手门下，只能出二国手；二国手门下，却能出大国手。因大国手的门生，往往恪遵师意，不敢独立思考，故不能大成，如顾炎武门下，高者不过潘耒蕴辈；而二国手的门生，在老师的基础上，不断前进，往往能青出于蓝。如江永的门下，就有戴震这样的高足。"什么叫"大国手"？什么叫"二国手"？我理解就是国家的"一流大师"与"二流大师"，章太炎的见解是有道理的，不过也有"变式"，章太炎所说，在自己身上也不尽应验，自己的弟子黄侃音韵学方面，就超过了他，大国手门下出了大国手。我从章太炎的话中，悟出的道理是：老师要有学问，大国手不是，至少要是二国手、三国手，无论多有潜力的学生，遇上不是"国手"的先生，必将被误前程。

熊十力，一代宗师。他的弟子牟宗三也了不得，被人称之为最具"原创性"的"智者型"哲学家。牟宗三说起熊十力也是满脸的虔诚，他曾追诉过与老师第一次见面的情景，那是发生在北京的"来今雨轩"（为何我记得这个故事？因为我们的校园也有一间"来今雨斋"），牟宗三说"我之得遇熊先生，是我生命中一件大事"，"我在轩中吃茶，不一会看见一位胡须飘飘，面带病容，头戴瓜皮帽，好像一位走方郎中，在寒风萧瑟中，刚解完小手走进来，那便是熊先生"。两人交谈之间，熊十力忽然一拍桌子，很严肃地叫了起来："当今之世，讲晚周诸子，只有我熊某能讲，其余都是混扯。"牟宗三耳目为之一振，抬头，再看熊十力，目光清而锐，前额饱满，口方大，颧骨端正，笑声屋宇，直从丹田发。如此率真的一个人，难怪牟宗山会这样说，"我始嗅到了学问与生命的意味"。

　　我为秦先生写序，说秦先生其人，为何却说章太炎、熊十力、牟宗三、沈从文？熊先生的博学，为学生所爱戴，不仅仅是因为他的学问，而是他的为人。熊十力早年投身辛亥革命，后来从事学术研究。1968年，反对"文革"绝食身亡。做老师的做人第一、本真第一。章太炎的一席话，我们其实可以读出许多层意思，我们做老师的不仅仅要求自己有真学问，还在于善教，善引导学生青出于蓝而胜于蓝。沈从文的故事，告诉我们做学问或创作的高度，取决了自信的高度，自信对一个人的成长或成功至关重要。我一直以为今天教育的出路，要到优秀的传统中去寻找，包括从民国那些名教师、名教授身上去寻找，因为在他们身上还存在着我们民族自己的优秀文化的特质。走向传统，路还很长，而秦先生的意义在于：他是一座桥梁，他是连接现代与传统的桥梁。章太炎、熊十力、牟宗三、沈从文的特质，在秦先生身上或多或少都留有影子。

　　中华历史上，有三个时期，是需要我们格外关注的：春秋战国、魏晋南北朝和民国，这三个时代，或出思想，或出风度，或出人物，或兼而有之。我们要研究他们，才能知道我们自己真正是谁，我们真正从何处走来，我们还能向哪里去。春秋战国是动乱年代，魏晋是一个动乱的年代，民国也是一个战乱的年代，但都是思想活跃的时代。春秋战国的诸子百家的思想影响了中华千秋万代的子子孙孙，魏晋那时的人"烟云水气"而又"风流自赏"，儒道互补，精神超俗。民国那个文化纷杂奔放的年代，如文化批评家何三坡所说："在天才云集的晴空里，所有的鸟都在鸣叫、飞翔，它们巨大的羽翼给一个动荡的国度带来了夺目的光辉。"

古人有言：取乎上，得乎中；取乎中，得乎下；取乎下，无所得矣。秦先生就是一个取乎上的人，但不能说他仅得乎中。他无论在哪一方面都取得了很可喜的成就。他的学识、才华、视野、风度，也不是我们这些学生可以随便比拟的。他弘扬了教育与文化相通、与文学相通的民国传统，做老师与做文人、作家兼而任之，一会儿是教师，一会儿是作家、诗人、评论家，自由进出、自由往来。

秦先生的意义

秦先生的人生道路，对今天的教师发展是有启发意义的。我们今天有太多的功利行为，学校为教师提供的是发展的人文环境，但是不能仅注重"专业发展"，何况这个"专业发展"在实际推进层面，又是常常被窄化了的。教师不能短视、不能狭窄，更不能萎缩、沾有小市民气息。教师的发展，首先是人的发展，要把教师放在其人生的历史长河的背景中来发展，而不能把他们圈养在"校园"、"教室"，仅仅去发展他们的学科专业专长、提升他们的教学能力。教师只有实现了真正人的意义上的发展，也才会有学生真正意义上的发展。因此，我认为，"教师发展"这个问题，需要重新思考，教师的专业发展，其概念在实际运用中更不能异化。

把秦兆基先生定位在一个文艺评论家的角色来评价他，还是把他作为一个语文老师的角度，来阐述他的意义？这部《诗的言说》，是一部文学评论类著作，秦先生自己也是以一个文学评论者的身份在其中出现的，但我仍然愿意把秦先生当做一个教师来看待，仍然愿意把这部著作当作是一个语文老师写的书来看待。至于这部书的文学成就，明摆在那里，引经据典，字字珠玑，微言大义，深入浅出，读者自可领会，我大可不必赘叙。做怎样一个老师？一个老师应该具备怎么的素养？我们如何对待历史？我们如何在历史中汲取养料？教师发展，如何拓宽我们的视野？秦兆基先生这个人，以及他所呈现的包括《诗的言说》这部书在内的著作、文章，会给我们诸多启示的。中华的优秀传统，也包括民国的优秀的教育、文化传统，是必须给予弘扬的。而秦先生身上多少还保留着"民国"遗韵，有章太炎、熊十力、沈从文的影子，他像民国时期的老师一样，博学，涉足之广，在我看来，秦先生无所不能；自信，越老越挺直腰板，常常标新立异。看他走在校园里，步履矫健，不输少年，为他高兴并更愿意为他奋力鼓掌。

我能在我读书的母校当校长，是我一生的幸运，这个校园是有深厚的文化历史底蕴的，民国时，苏雪林、杨荫榆、叶圣陶，都曾在这里做过老师，《红岩》的主要责任编辑张羽也在这里做过老师。杨绛是这里的学生，还曾在这里做过老师，后来她走了，成了大翻译家、大作家。秦兆基先生更是一生都在这个园子里，一直在坚守着，他的坚守是他自身的性格、情趣，以及学识涵养使然，也是这个园子赋予他的使命使然。在即将结束我的这篇文字的时候，允许摘录我的《秦兆基老师》中的一段，作为结束语，并作为我再次对秦先生表达的敬意：

秦老师是一个书生意气的人。他一生著作等身，但是荣誉几乎与他无缘，我不记得他获得过什么荣誉称号。他是一个博学的人，他对语文教学的理解，即使现在学校也少有人超越他，他是我们江苏省乃至全国其他省份正在使用的初中和高中语文苏教版教材的主要编写者之一，但是语文特级教师与他无缘。他是一个"布衣"，身上没有"光环"。但他的人生高度，却是我们这些"上苍恩宠"有一点荣誉的人所无法企及的。我曾与他很诚恳地探讨这个问题。是去年冬天吧，那一天，他坐在我的办公室，靠在藤椅上，阳光很好，照在他的身上，也照在我的身上。他对我说："你现在提出的'诗性教育'得到了大家的认可，真生逢其时啊。你写诗作文，没有人反对你，还支持你，你是校长，有这个空间。假如你是一个一般的老师，你遇到了一个视野狭窄的校长，你非但得不到鼓励，还会说你不务正业。"他说："有一年我教的高三毕业班，那一年所教的班级语文高考成绩在全市是最好的，校领导很高兴，表扬之后，又笑着说：'假如你不写那些文章，或许你的高考成绩还会更好呢！'"我觉得幸运而又有些惭愧，而秦老师却说："这可不怪谁，那是时代的局限。"

2013 年 1 月 12 日草稿，13 日改定

黄会林

简介

黄会林,女,出生于1934年。江西吉安人。振华女中1947—1948年学生。中共党员。北京师范大学教授、博士生导师,国家教育部艺术教育委员会常务委员。1950年参加中国人民解放军,后为中国人民志愿军入朝参战,获朝鲜民主主义共和国银质军功章。1954年回国,1958年毕业于北京师范大学中文系并留校任教。她学术造诣深厚,成果斐然。1978年以来,公开发表关于文学、戏剧、影视诸领域著作、文章约250万字;合作创作论著约210万字;编集或主编出版约1190万字,共约1700万字。主要著作有《夏衍传》、《中国现代话剧文学史略》、《艺苑咀华》、《艺苑论谭》、《黄会林影视戏剧艺术论集》、《中国影视美学民族化特质辨析》等。主编《影视艺术教程》、《电影艺术导论》、《影视艺术学科基础教程系列》(14种)、《中国艺术美学丛书》(8种)等。合作戏剧影视创作集《爱的牺牲》、长篇小说《骄子传》、《黑洞、炼狱、流火——母亲三部曲》等。

风范永存 [1]
—— 追念唐弢师

黄会林

每个时代的青年都需要良师的教诲,渴求寻找到指点人生、训教学业,以至终生受益的导师。唐弢师曾满怀深情地忆念他少时受业的几位老师:"他们教我识字、发音,告诉我做人的道理,指导我怎样获得生活必须的知

1.选自《鲁迅研究月刊》1992年第5期。

识。他们都是平凡的人，诚恳严肃，循循善诱，希望我很快成为一个有用的人，我至今还感激他们。"当年，年轻的唐弢师有幸得到了文化巨人鲁迅先生的关怀、指导，凭着自己锲而不舍的苦学，终于由一株幼苗长成参天大树。为此，30年代报上说他是鲁迅的学生，叫做"鲁门弟子"。他却那么真诚而谦虚地表示："能够做鲁迅先生的学生是幸福的、光荣的，但我还不配，因为从来没有听过他讲课。""虽然曾经向他请教，他也的确指导过我。"为此，又被称为"私淑弟子"。若干年之后，在文学园地作出卓越贡献、已成为卓然大家的唐弢师，又踏着鲁迅先生的足迹，扶持着一批又一批后来者、后学者，为了他们的成长甘当人梯，呕心沥血，无私奉献，堪称楷模，令后学无限钦佩、敬爱。

我有幸于60年代初拜识唐弢师，但未敢贸然向他求教。70年代初期却侥幸得到了机缘。那是"四人帮"肆虐的岁月，大学校园里除去浓重的火药味，知识领地几乎成为一片空白。一日，我悄悄去琉璃厂中国书店，逡巡于旧书间。忽然发现了唐弢师，他也正在店内浏览，连忙趋前问候，他亲切地询问起学校的情况。交谈之中我鼓起勇气冒昧地提出请求：能否就现代文学专业惠予后辈以较系统的指导？他竟欣然允诺，只是叮嘱不要声张，以免招来"横祸"。从此，便荣幸地经常到唐弢师府上受教了。虽然到今天仍没有资格列为"唐门弟子"，却确实从唐弢师那里得到一生受用不尽的指导与帮助，在内心里把他当作自己最敬爱的师长，以老师称之，以师礼敬之。

与鲁迅先生一样，唐弢师对后学者的指导是那么循循善诱，关怀又是那么无微不至。对于专业学习，从最初占有资料，到最后完成文稿，每一环节皆不放过。他指出：做学问必须重视第一手材料，必须学会动脑筋深入思考。为此，他提出要求、开列书目、检查笔记、解答疑惑，耳提面命，一丝不苟。他严格地要求我从二三十年代的原始期刊入手，一本本、一期期阅读，认真作出札记。今天随便翻开其中一本，便录有25种杂志、275篇文章的笔记。这里面渗透了唐弢师多少宝贵的心血！现在，我还珍藏着他亲自开列的刊物名称，并以"正"、"反"、"中"等字样标明它们的性质。还有他回答疑问的记录，对所写习作逐字、逐句、逐段的指导意见，具体到引文的长短、段落的划分、例证的列举、小标题的使用，乃至几页几行应加注，"冲决网罗"词组的特定含义，不要随便使用……正是由于唐弢师的指引，才使我得以进入"中国现代文学"的学术大门。至今使我感到歉疚的是，在乌云压顶的处境中，还曾给他找了麻烦。有一次，与一位青年老师外出公务。时间有余，又恰恰在唐弢师家附近，便与她一起去看望了老师。不料，下周再去受教时，他郑重地告诉我，工宣队为此找他谈话，"批判"了他。见到我懊悔、沮丧的神色，他又慈祥地安慰道：不要紧的，以后注意不要和人同来就是了。唐弢师在《回顾》一文中无限眷恋地赞颂道："青年们无论怎样幼稚，怎样浅薄，只要老老实实，不流于浮夸和虚伪，狂妄和无聊，鲁迅先生总是愿意培植他们的，这体现了他'俯首甘为孺子牛'的精神。"对于一批又一批后学者，唐弢师不也正是这样的身体力行的吗！

我的爱人绍武热爱文学创作，我们也曾就此向唐弢师求教。自1972年初试文笔，创作描写陈毅将军赣南三年艰苦生涯的《梅岭记》（后改名《梅岭星火》）起，他不厌其烦地审读我们每份幼稚的习作，一次又一次以工整的字迹写下长篇指导信件。为《梅岭记》写的长达五页纸的五点意见，是在春节前夕手头积压多项任务的情况下"发个狠心，一口气读完"后草就的；为《彭德怀在西线》写的三大篇纸，更是忙得在"连看病理发也免了"的情况下"花了两天时间一口气读完"后草就的。他的每封来信，字里行间充满了对年轻人的深情爱护与殷切期望；又无保留地对习作提出深刻、中肯的批评、指点，条分缕析，入木三分。翻出我们在1972年1月27日给唐弢师信的底稿，上面发自内心地写到全家的感激之情，"很自然地使我们想起了鲁迅先生。我们这一代也同样需要他啊！"

1978年2月，《梅岭星火》修改本又送给唐弢师。4月20日中午，突然收到一封信，笔迹是陌生的，中式红格信封下端写着"夏缄"二字。当时我们根本未敢想象这竟是影坛宗师夏衍同志的亲笔信。夏公对两个素不相识的初学者给予热情鼓励，并指出缺欠不足之处。以后，又亲自对作品作了逐字逐句的修改，连标点符号也未放过。洒满夏公点点汗水的剧作终于与广大观众见了面，但夏公是如何看到剧本的呢？原来又是唐弢师的一手提携。他审读此稿后认为："剧本已修改到一定水平，可以请权威长者予以评判了。"于是在参加全国人大、政协会议期间找到夏公，请他关心一下。如此，才有了后来的一切。

1982 年，我们受出版社之邀编辑一套《夏衍剧作集》。几经周折后，又去拜请唐弢师为之作序，而时间已极急促。蒙他慨然承诺。手边有一封唐弢师为此事而写的信：

会林、绍武同志：

　　我因家里找的人多，住在外边赶写序文，即可完稿。（大约星期六回家），但下星期一（28 日）即去桂林开会，无法亲自送给夏公，当面请他指正。这样，只得不客气地请你们两位中有一人于星期日（27 日）来寓，我把稿子当面奉托。

不情之请，尚乞鉴谅。

即颂

日绥

唐弢　83.2.23

他就是这样为了后辈的请托而不辞辛劳，赶工加班，挥笔写下近万言的长序《沁人心脾的政治抒情诗》，以独到的见地、精辟的论述，抓住了夏公戏剧之精魂。其中蕴含的精神不必多著一字，令人遐思无限。

正如他的老师那样，唐弢师不仅教我们怎么学习，如何创作，而且"告诉我们做人的道理，指导我们获得生活必须的知识"。他在 1983 年 2 月手书条幅惠赠，录的是一首书怀诗："平生不羡黄金屋，灯下窗前常自足，购得清河一卷书，古人与我话衷曲。"这首诗既可视为他高洁品格的自况，也可体味到他对后辈做人处世之嘱望。他一生不谋名利、安贫乐道；他博古通今，追求创作与学术之至境，承继了中国文化传统之优长；他对青年人更是期待殷切、一片至诚。其间，可以感受到鲁迅先生的深刻影响，更可以捕捉到唐弢先生的毕生探求。他无私地奉献自己，直到最后一息，诚可谓"鞠躬尽瘁，死而后已"！回想起来，我们这些后学者消耗了唐弢师多少无可估量的珍贵生命啊！

记得前年年初去看望唐弢师和师母，谈得兴浓时当场约定，待春暖花开日，由女儿和我去接唐弢师和师母到北师大家中小憩一日，尽情地放松一下。万万没有想到，不久他便因风寒而生病、而住院。病情迅速恶化，却又奇迹般好转。盛夏，去医院看望，竟能认出并高兴地示意，一时顿觉希望之光照亮了病房，连周围的空气都充满了生机。

但，唐弢师终于走了！他的辞世，对中国文学界、学术界造成的损失确是无法弥补的。二十余年来给予我们的指导与帮助更是刻骨铭心、永远难忘的！

他留下的作品、论著浩瀚如海，他留下的精神财富——思想、品德将永恒存在！

1992 年 3 月

力求新径　薪尽火传 [1]
—— 悼俞敏师

黄会林

俞敏师走了。他走得那么突然，又那么洒脱！

就在几天之前，我还为了一个古汉字的用法趋府请教。俞敏师一如既往，热情、细致地为我讲解、指点；之后又一起说天道地、谈笑风生，直到不忍再耽误他的宝贵时间，我才告辞而去。怎么也没想到，几天之后竟得到了老人家遽然仙逝的消息，让我愣在那里，半晌无法相信。

初识俞敏师，是在1955年大学新学年开始以后。当时，我从北京师范大学工农速成中学毕业，被保送到北京师大中文系学习。初入国家高等学府，心中充满憧憬与兴奋。中文系名师云集，声名赫赫，有黄药眠师、钟敬文师、穆木天师、陆宗达师、李长之师、启功师……当然，还有在国内外有重大影响的语言学大师俞敏先生。我们这些莘莘学子，能受教于这么多大家名师，实在福份非浅。大学的学习生活自成格局，对于我们，一切都那么新鲜，诸如课与课之间在不同的大楼"跑"教室、晚饭后到图书馆阅览室抢座位……还有就是要为每门课程准备一个小小的辅导本，有了问题仔细地记在上面，交给课代表，转给任课的老师。然后，课代表就会通知同学：某日某时某人到某教研室由老师专门答疑辅导。第一次单独面对

1.选自《文教资料》1997年第1期。

俞敏师，正是由于这一特殊机缘。因为汉语课堂上有些听不懂的问题，我交了辅导小本。得到通知后，当天晚自习时我按时到系里的汉语教研室，俞敏师正在等着我。他端坐桌前，态度和蔼慈祥，翻开我的辅导答疑本，问道："这是你写的吗？你的字有'游击习气'啊！"接着就耐心、细致地为我解答需要辅导的疑难问题，直到我真的明白了，才放我离去。回到自习教室，我仔细地端详着小本上的字迹，觉得字体确实很幼稚，不规范不工整。这一指点使我警醒，从此注意练字和写字，下决心改正这个缺点。以后，我的字逐渐有了进步，这和俞敏师第一次当面给予的指导有着直接的关系；而且，这句师训一直影响着我，直到如今仍言犹在耳。

在"史无前例"的"十年浩劫"之中，尽管我只是青年教师，和许多同事一样也在劫难逃，毫不例外地被造反派实行了"专政"，其中包括下令让我们和几位老先生一道种菜改造自己。这一次，我又有幸与俞敏师同处一组，每日清晨便到学校开辟的菜地劳动，直到日落方许离开。在此期间，虽然身处逆境，遭受极不公正的待遇，俞敏师却依然泰然自若，不仅安详如昔，而且或在锄草、间苗时，或在小息片刻时，不断以风趣的语言论古谈今，讲故事、说笑话、论方言、解俗语，宽慰大家的情绪，让众人暂时忘却险恶的环境而破颜一笑。他那睿智的头脑与学者的风度。给我们留下了终身难忘的记忆。

"四人帮"终于覆灭，神州大地充满阳光。党中央确立了"改革开放"的方针路线，广大知识分子能够挺起腰杆干"四化"了，俞敏师以其博大精深的学识，与在语言学领域之卓越成就，率先招收博士生，直至逝世前夕，七九高龄，仍课徒不辍。这个时期，因为专业区别过大，更因为俞敏师担负着校内、校外众多学术工作，任务过于繁重，不敢无事打扰，只是每年春节到来时必趋府拜望，恭祝他和师母在新的一年中万事顺遂、健康长寿！每次也必得到俞敏师与师母的热诚关怀与热情款待。

自然，一旦遇到语言学方面的疑难问题，我仍会立刻拿起电话，得到俞敏师同意后，前去排难解疑。不但每次我都能得到俞敏师和师母的热情欢迎，而且能一如既往地获得指点而走出迷津。就在夏衍同志逝世的当天，一家刊物紧急约稿，力嘱一定要在很短时间内完成一篇超过万字的长稿，不仅要有怀念的内容，同时要有具体实在的事实。这个任务无论如何是不能推卸、不敢怠慢的啊。执笔展纸，感慨万千，第一句话想了很久，最后落在纸上八个字："哲人长逝，唯余德馨。"意在表述对夏公仙逝的深切缅怀与深长敬仰。写下后反复斟酌，"唯余"二字虽说表明哲人逝去，留下的是无尽的德馨，但还似不够份量；再换个说法，又恐不合规范，贻笑大方。于是，很自然地又到俞敏师家去请教。听我详细地阐述了想法及疑虑后，俞敏师笑着说：这"唯余"二字，不如换为"千载"，"千载德馨"，不就把你心中所想更好地表达出来了吗？这句指点，真个是举重若轻，又一次让我恍然大悟，又一次获得了遣词达意的飞跃。这篇早已面见读者的拙文，起始第一句便是："哲人长逝，千载德馨。"它记载着我的老师俞敏先生对后学、后辈的悉心指导与关怀爱护。也许，它正是俞敏师一生实践的座右铭"力求新径，薪尽火传"的一个小小佐证。

俞敏师走了！他走得那么突然，又那么洒脱。他的形象将永远活在我的记忆之中！

1997 年 1 月

民族化：中国电视艺术的现实与未来[1]

黄会林

20 世纪中叶以来，继电影之后，电视已成为当今世界传媒中传播最广最快、对人们的思想意识、生活方式影响最大的艺术创造和文化传播方式之一，它的发展取向和层次，直接关系着社会的进步。高质量的、民族风格浓郁的电视艺术作品，对于增强本民族在世界舞台上的思想文化影响力度、塑造本民族在国际社会中的美好形象，有着不可替代的重要作用。在我国，各类电视节目以其非凡的影响力，成为培植良好的民俗民风、塑造独特的民族性格、推进社会主义精神文明建设的利器，这已是不争的事实。而当我们回眸中国电视的发生与发展时，却不禁有着太多的感慨。

大家知道，在世界有了电视 22 年之后，中国的电视才开始起步（港、澳、台的电视事业也在此前后起始）。面对着世界性的封锁，依靠着"自力更生"的精神，1958 年 5 月 1 日，北京电视台（如今的中央电视台）试播成功；并于 6 月 15 日直播了中国第一部电视剧《一口菜饼子》，这标志着中国电视艺术的发轫。以后历经 60 年代的艰难创业、"文化大革命"的摧残零落，中国电视可谓命运多舛、举步维艰。直到 1979 年，中国迎来了"改革开放"的春天，中国电视也获得了腾飞的机遇，与新时代同行，开始了飞速发展的进程。短短 20 年，如今全国已拥有经国家、政府有关部门批

1.选自《世纪汇流中的沉思》，重庆出版社 2001 版。

准成立的无线、有线、教育电视台 3000 有余，观众覆盖面达 10 亿人以上，电视机销售量超过 3 亿台，成为名副其实的世界电视第一大国，并向着电视强国疾进。回眸 42 年风雨历程，中国电视艺术走过了一条曲折发展的道路，各种类型、体裁、风格的电视剧与电视文艺、综艺节目以及艺术性的专题片、纪录片等等，相继取得了令人瞩目的成就，业已深入到千家万户，成为中国百姓生活中重要的精神食粮，从咿呀学语的幼儿，到耄耋之年的老人，都与之结伴而行。这个庞大的存在，对我国的政治、经济、思想、文化产生着不可估量的影响；特别关系着青少年一代的成长，对他们的心理素质、思维方式、精神状态、道德品质的培养，发挥着不可忽视的作用。同时，有些电视艺术精品之作，已走出国门远涉海外，为展示中华民族的美好形象做出了重要贡献。正是鉴于电视艺术巨大的、奇妙的魅力，中国电视人以极大的努力提高电视制作的生产力，力求以高质量、高品味、高格调的电视作品覆盖中华大地，进而叩响世界文化大门，将中华文明融入世界潮流之中。

中国电视艺术走过的道路，是一条具有鲜明的中国社会主义特色的民族化之路；中国电视艺术的成功与成就，正是民族化探索与追求的成功与成就。坚持"改革开放"的中国社会主义制度，使得我国经济获得迅猛发展；也正是它造就了中国电视艺术的迅猛进展，令世界为之瞠目。而其根本恰在于中国电视艺术从起步即已明确的宗旨："为中国亿万大众服务。"为实现这一目标，就必须从中国老百姓的"喜闻乐见"出发，使电视节目富有中国特色、中国气派、中国风格。中国电视艺术发展的事实已经证明，坚持民族化道路，电视艺术便得以枝叶繁茂、花果丰实；如若背离民族化的道路，盲目地食洋不化，一味地妄自菲薄，我们的电视艺术终将被时代抛弃。

国有国格，人有人格，电视艺术也有自己的品格；回眸中国电视艺术的成长过程，我以为，她的最高品格便展现在"民族化"之中。

首先，民族化的题材资源，为中国电视艺术提供了无限的宝藏。在广袤的中华大地上，五千年的文化传统，十三亿的黎民百姓，男女老少居于沃土，工农商学兵奋力拼搏，五色缤纷的生活，给予电视文化无穷尽的创作灵感，艺术创造的世界是如此丰厚，不论哪种电视艺术节目，都面对着取之不尽用之不竭的源泉。仅以电视剧为例，深植于民族土壤中无比丰富的题材，供给创作者随时开发，如今，我国电视剧年产量已达万部（集）以上。成功者有古典名著改编的如《红楼梦》、《西游记》、《三国演义》等，有现代名著改编的如《四世同堂》、《围城》、《南行记》等，有重大革命题材的如《中国命运之决战》、《开国领袖毛泽东》、《秋白之死》等，有历史题材的如《努尔哈赤》、《末代皇帝》、《雍正王朝》等，有现实题材的如《今夜有暴风雪》、《渴望》、《和平年代》等。多年来数以千计的电视剧、电视节目精品，获得了国家"五个一工程"、"飞天"、"星光"、"金鹰"等重要奖项。

民族化题材资源，给予电视创作者极其宝贵、丰沃的营养，解决了创作中首当其冲的"拍什么"问题；这本是一个十分简单的道理，却时常遭到忽视，或者缺乏理解，乃至因为不够珍惜而被忽略。其实，只要我们能够面对璀璨的民族文化瑰宝，经常思之，踏实学之，不断地从中探寻、体验、提炼，自可得到并保持长久的优势。

其二，民族化的思想情感特征，赋予了中国电视艺术以独特的人文内涵。中国电视艺术蕴藉着民族的性格与民族的气质，深入地表现了当代电视艺术家对生活的观照与思考。仔细体会我们的电视艺术，不论是文艺性节目，还是电视剧作品；不论是再现历史，还是展示现实，往往充盈着伦理化的思想判断与情感诉求，并体现在种种富有民族特色的艺术创造意识之中，如浓郁的宣教意识、忧患意识、苦难意识、团圆意识等等。强烈的是与非评判，鲜明的真善美与假恶丑对照，"情"与"理"的二元对立，发生在一个巨大的抒情文化传统之内，造就了"主情"的民族文化精神。在众多长短篇电视剧、各类综艺晚会及文艺节目（包括春节晚会及庆祝香港回归、澳门回归等专题晚会）中，都可以清晰地辨别出这一悠久民族传统美学的身影，任凭世纪风云变幻，难以动摇千年民族所形成的审美意识与情感方式。我们有理由认为，这正是中国老百姓所习惯接受、乐于体味的一种审美需求，自然也就理应成为我们电视人的创作原则，并自觉地运用最现代化的电视手段，去展现民族精神在新的时代条件下的发展与创新。

其三，民族化的艺术表现特质，成就了中国电视艺术独有的美学范畴，确立了自己的审美方式、美感构成和审美价值取向，也已深刻地体现在我国的电视创作和观众评价之中。试举一二以观之。

如"气韵"的贯注。以我的理解，这一特质关系着电视艺术的魂魄。"气韵"，是中国古典美学的重要范畴，是"审美对象的内在生命力显现出来的具有韵律美的形态"，"熔铸在艺术手段中的事物生命力的律动"（韩林德《境生象外》）。在中国的电视荧屏上，从电视剧到电视片，从电视综艺节目到不同类型的电视主持人，似乎都可以运用"气韵"的贯注加以观照，并以此把握他们的民族特色与神韵。例如北京电视台的著名栏目《荧屏连着我和你》，至今已历时十年而长盛不衰，其重要原因之一就是始终坚持潜心深入生活，熟悉与理解不同人群的思想、情感，以民族化的内容与形式，着意营造亲切、温馨、和谐、欢快的"家园"氛围，将现场串联成为一个有机的、洋溢着鲜活生命感的整体，从而"气韵生动"地与荧屏内外的观众融为一体，构成栏目内在的艺术魅力。

如"情趣"的传达。情趣，既包含着电视艺术作品中借助媒介手段传达的人生情味，也蕴涵着受众在审美活动中被唤起的主观的美感享受。回顾我国成功的电视作品，无不活跃着若干充满情趣的细节，不仅在深得观众喜爱的电视剧里经常出没着它的踪迹，即使在广受观众欢迎的电视栏目里也不乏绝妙细节的身影。例如在一期关于警察的节目中，主持人追问：第一次"顶上国徽"时的感受时，现场出现了坦诚、率真、独特的回答："牛！""精神光荣！""神圣庄严！""好奇，累！""照相，帅！""成熟了，我是一个兵！"而消防警察在电影院里听到开场铃响时，观众们都安静地坐下，他却会猛然站起，条件反射地以为是火灾报警。这个富有情趣的小小细节，使观看者在笑声中体尝到他们为人民服务的艰辛。电视艺术通过这些"举重若轻"的巧妙情趣传达，却能达到震动观众心灵的强力艺术作用。

如"境界"的追求。王国维曾为之定义为："写情则沁人心脾，写景则在人耳目，述事则如其口出是也。"他提出著名的"古今之成大事业、大学问者，必经过三种之境界"之说，几乎尽人皆知。是否可以认为，在中国电视的艺术创造过程中，也完全对应着由"寻觅"到"苦思"再到"顿悟"三阶段苦苦追求的不同境界。其中既有作者的艺术苦心，也有观者的艺术感悟，从而才会出现一部电视作品播出时万人空巷的盛况，或一场晚会、一档节目播出后众口夸赞的景象。皆因其贴近观众的身心，使人从中获得一种人文的关怀与审美的愉悦。

其四，民族化的理论与批评的建设，使中国电视艺术进入了自觉的理性思考阶段。总体看来，中国的电视理论与批评，在数十年中面对实践、关注现实，重视中国电视艺术经验的总结，并努力加以提升以期再发挥作用于实践。但相对于电视事业的飞速发展，电视理论建设却显得薄弱，主要凭借外来理论的借用，而忽略本土文化的支撑。中国电视发展的历史表明，它虽然属于典型的舶来品，但作为一个文化品种，却不能只是欧美电视的翻版，而应具有鲜明的中国文化特征。因为，它不仅是科技工业，也是美学和艺术；科技手段固然没有民族和国家的界限，美学和艺术却有着明确的民族性格；换言之，电视的语言是国际的，电视的语法却是民族的。它的每一种功能的发生，都离不开民族文化的土壤，电视艺术输入中国的历史，正是它逐步本土化的过程。由于未能及早建立起富有中国特色的、与中国文化相匹配的、能够有效地指导中国电视实践的电视理论体系，在一定意义上制约着中国电视的健康发展。

近年来，中国的电视文化工作者，日益认识到理论建设的迫切性，自觉地批评当今电视理论与评论存在的急功近利、盲目迎合以及各种西化现象。事实上，一些电视理论或评论，不管中国文化的特点，不论民族传统的继承，奉行"只要是流行的就是合用的，只要是存在的就是合理的"理念，而脱离社会与观众的需要，影响着具有中国本土特色的电视文化主体精神的确立，造成了目前中国电视文化面临的深层困惑与某些实践难点。一个不善于研究和总结本土艺术与文化的民族，不可能独立于世界民族之林；甚至不能很好地吸收其他民族的艺术及文化经验，因为它缺少立足的根基。因此，向悠久的中国文化传统寻求滋养，建立富有民族特色的电视文化主体，将是中国电视今后的发展轨迹。如何在未来的信息竞争和文化传播领域里确立中华民族的文化形象，应当成为我们特别关注的命题。

世纪的钟声即将敲响，世纪的曙光已喷薄于东方。中国电视与中国的经济、文化一起，面临着无限的机遇与挑战。加入"WTO"，媒体面对新的生存环境，新型的产业化经营，机制与体制的创新，电视节目—栏目—频道的大发展时期来到眼前……凡此等等，无不检验着中国电视的现实状态与发展潜力。毋庸讳言，中国电视因其实践超速而存在良莠不齐现象，因其理论滞后而存在后劲不足问题；而其背后则是人才、文化、思想等根本性的建设与提高。中国电视任重而道远，应始终不忘自己最重要的使命："为中国百姓服务"、"为子孙后代负责"，为此必须坚持自己的民族化道路，用中国人的眼睛、头脑与文化，去拥抱世界；汲取世界文明的优秀成果以丰富自己。党中央提出了"科教兴国"的战略国策，而全面提高青少年的素质，包含着中小学生欣赏品位的提高。电视艺术直接关系着全民的审美教养，属于不可忽视的、亟待进一步开发的领域。电视艺术工作者、电视教育工作者们殷切期待着中国电视在新世纪的全面腾飞。

2000 年 12 月

学习启功先生 发扬启功精神 [1]

黄会林

有学者提出：教育的价值核心是"铸人铸魂"。我想这可以作为我们每个教育工作者认真体现的理念。今天是启功先生的"百日忌辰"，大家在这里追思先生，纪念先生，也要以先生为榜样，以铸人铸魂为己任，以实际行动发扬启功精神。

如何认识启功先生的精神，长期以来，特别是百日以来，在报刊、广播、电视、网页上，有着大量论说与品评，个人深感从中受益匪浅。现在仅以自己的体会集中为四点。

其一，热爱祖国的赤诚之心。先生身为皇族，历经磨难，从幼年的贫穷，到少年的艰难，到青年的坎坷，到壮年的苦难，"小乘巷"的清寒岁月，"右派"的乌云压顶，"文革"的突发厄运——没来由地被打成"牛鬼蛇神"，于是，从牛棚到劳改队，从种菜地到抄大字报，先生经受的折磨非同一般。但当"改革开放"之初，先生赴港访问，在当时引起外界极大关注。而他以其赤诚之心，对于祖国母亲依旧怀抱着眷眷深情，将所受极不公正待遇置于脑后，胸怀大局，大气凛然。几十年过去，我们未尝听到先生"先天下之忧而忧"的豪言壮语，但确体会到先生以国家、民族兴亡为己任的宝贵精神。

1.选自《世纪汇流中的沉思》，重庆出版社2001版。

其二，严谨求实的治学精神。先生穷其一生锲而不舍地探究学术，如他在诗句中所言："一字百推敲，一义千反复。"这正是他皓首穷经的真实写照。钟敬文先生有诗精辟概括先生的治学："诗思清深诗语隽，文衡史鉴尽菁华。先生自富千秋业，世论徒将墨法夸。"同时，只要有可能，先生就会无私忘我地培育学子。作为他的学生，我曾亲眼看见先生孜孜不倦地笔耕，也曾亲身感受先生循循善诱的教诲。有两个事例可为见证。一是60年代初，我和爱人绍武感到自身文化底蕴有欠缺，请求先生带领去故宫参观学习。当时他已被打成"右派"，境况不好，但却欣然答应。那天他手提一个明黄色的小布袋，领着我们在故宫转了一天。中午，他打开布袋，掏出的竟是几个窝头。我们心里十分歉疚，又特别感动。这启蒙的一课，我们收获的不仅是先生的言传，更有他尽心竭力、传道授业的精神。又一是80年代去拜望先生，正值他伏案书写。我冒昧提出学习书法的心愿，先生立即悉心指导，给我讲解写字的道理，亲切地说："其实写字并不难，不过就是排列组合，也就是间架结构的问题。"见我求教心切，当即将所书部分《千字文》（计480字）惠赠作为临摹之本，告辞时又特地给我一叠宣纸。经过一段时间练习，我的字有了进步，这是先生赐予的关怀所致。但后因工作日益繁重，未能按照先生的期望坚持下去，于今想来实为莫大憾事。这半篇墨宝一直珍藏于书柜之中，成为我和家人珍贵的精神财富。

其三，为人至善的赤子情怀。众所公认在先生身上尽显人间美德。他事母至孝，爱妻至深，敬师至上，交友至诚，育才至切。从先生身上渗透出的爱心与真情，如春风化雨，润物无声。几十年间问道于先生，谈天说地，在诙谐风趣中领悟世事人生。看先生尽兴挥毫泼墨，与先生同观精巧玩具，多少次走出先生家门，或拜别先生之时，心中充满了温暖的亲情。先生书赠毕业学生的词句："入学初识门庭，毕业非同学成。涉世或始今日，立身却在生平。"其深刻的寓意，深厚的情意，特别是最后一句，足以让人咀嚼、思考一生。

其四，旷达自重的品格操守。先生留有两首砚铭，一曰："直如矢，道所履，平如砥，心所企。"二曰："一拳之石取其坚，一勺之水取其净。"我想，这正是先生的做人原则，是他毕生凝聚的人格魅力写照。人多言先生心胸宽广，言谈风趣，应对机敏，出语幽默；与人相交，无论多高地位、多重的权，抑或凡夫俗子、引车卖浆，先生皆一视同仁，绝无偏向。许多为他服务过的厨师、司机，都会拥有老人家赠予的墨宝。但是，在经意或不经意之间，却又能感受到先生的爱憎分明。如1978年2月，在为绍武和我创作的电影剧本《梅岭星火》题写"梅花国"三字后，又作诗一首书赠我们："是非当日已分明，创业奇勋久策成。一事元戎犹有恨，未能亲见捉江青。——书陈毅元帅梅岭诗后一首。"他对忠诚于国家民族的元帅陈毅的赞颂，对祸国殃民的罪人江青的鞭笞，是非如此分明，爱憎如此分明，真情实感充溢于字里行间。

先生已化为一缕清风飘然远去。哲人长逝，德馨永存。今日追思先生，纪念先生，于我辈最重要的莫过于学习先生、继承先生，要以自己的努力去靠近先生，以先生为榜样，在神圣的教育岗位上，坚持"铸人铸魂"，才不致愧对先生的教诲之恩。

建议学校党委结合"保持共产党员先进性教育活动"，在全校师生中提倡学习启功先生，发扬启功精神，以"铸人铸魂"的实践，再振我北京师范大学雄风！

2005 年 10 月 8 日

反映人民心声，讴歌时代精神 [1]

—— 纪念中国话剧诞生一百周年

黄会林

1907 年，源于欧洲的话剧，作为"舶来品"传入我国，至今正是百年华诞。百年来走过一条艰难、曲折的道路。它以现实主义为主流，同时也存在着浪漫主义的潮流，并各有其辉煌的代表人物；两者统一于一点：为人民而呐喊，与时代同呼吸。今天回顾历史，中国话剧的百年历程，一直和人民的苦乐、和时代的发展紧密结合在一起。将百年中国话剧的艺术里程与百年中国的历史进程交相对应，我们可以从中体味其深厚的生命内涵、宝贵的创作经验和丰富的艺术发展规律，迈入戏剧与时代与人生深刻交响的多重境界，无疑是一件富有意义的事情。

如果我们把中国现代话剧的发生、发展大致划分为播种期（或可称为"史前期"）、萌芽期、生长期、成熟期，那么综观中国现代话剧每一幕风云历程，都刻印着中国话剧人辛勤求索的轨迹——

一

1907 年到 1917 年，是中国现代话剧的播种期。日俄战争的阴云还在中国上空笼罩。"话剧"自西方"舶来"，有其时代的与艺术的必然性，也有来自西方的艺术样式与民族本土艺术具有内在联系的必然性。当"春柳

---

1. 选自《求是》2007 年第 10 期。

社"第一次比较正规地搬演西方戏剧的时候，在中国本土已经具备了使这一"舶来品"得以生根、开花、结果的不可或缺的条件和相应的土壤。正是西方戏剧形态与民族传统因素在我国现实土壤上的结合，催发了中国早期话剧的艺术之花。

1906年，中国留日学生曾孝谷、李叔同，醉心于能够逼真地表现现代生活的新型戏剧艺术，成立春柳社，宣告"以开通智识、鼓舞精神"为宗旨，"以研究新派演艺（以言语动作感人，仅欧美所流行者）"为目标。翌年初，首次演出《茶花女》选场，使中国开始有了"写实的、模仿人生的、废除歌唱全用对话的新戏"；同年夏，第二次演出《黑奴吁天录》，因其强烈的反对民族压迫的剧情和对于种族歧视的反抗精神，引起很大反响。戏剧家张庚评价为："这次演出，是中国话剧史上十分值得纪念的一次演出。这是春柳社第一次的正式演出，也是中国完整的话剧第一次演出。无论从内容、从形式、从技术上来说，都有相当的成功，给当时观众以及后来剧运的影响都是很大的。"

这一历史时期，还有天津南开学校蓬勃的新剧活动。校长张伯苓坚持倡导新剧，以"改良人心，全化风俗"为指向。1914年周恩来与同学一起组织新剧演出活动，建立"南开新剧团"。他作为一员活跃的骨干分子，担任布景部副部长，并粉墨登台，以饰演女角见长。"南开"的演出在津京一带引起强烈反响，培养出一批优异的戏剧人才。此后，比周恩来小12岁的曹禺就读南开学校时，同样成为南开新剧团的骨干分子，同样以擅演女角著称。南开剧团不仅自创新剧，而且重视戏剧理论建设，"对戏剧改革、话剧艺术本质特征、表演艺术、戏剧发展潮流以及剧本创作方法、编写原则等重要问题进行了广泛的研究和探讨"。周恩来于1916年在《校风》上作为社论连载的《吾校新剧观》即为典型代表。

被国外研究者称作"中国现代戏剧之父"的欧阳予倩，是中国话剧创始人之一，是中国话剧运动名副其实的启蒙者与奠基者。自1907年参加春柳社登台演出《黑奴吁天录》，他一生投身于中国话剧运动，被誉为"春柳社的台柱，民众剧社的骨干，戏剧协社的灵魂，南国社的导师"，作为功勋卓著的著名剧作家、戏剧艺术家、戏剧活动家、戏剧教育家，在不同的历史时代，为中国话剧的萌生、起步、发展与腾飞鞠躬尽瘁，作出了巨大贡献。

二

五四新文化运动掀起的风潮，使中国现代话剧的萌芽期（1917—1927）熠熠生辉。中国话剧运动从对传统旧戏的论争起始（1917.1—1918.12），一时之间，钱玄同、刘半农、宋春舫、胡适等文化巨子纷纷将视野转向戏剧。论争的实质在于：把崭新的文化观念：反对封建主义，提倡民主与科学精神注入新型戏剧之中；并从而导致西洋戏剧在我国的传播。据宋春舫统计："20年来汉译欧美剧本印成单行本的约有一百七八十种。"宋氏于1918年选刊近代西洋百种剧目，包括13个国家、58位剧作家；1921年他又介绍欧洲戏剧36种，包括6个国家、25位剧作家。另据阿英所编《中国新文学大系·史料索引集》的统计，五四时期仅中华书局、商务印书馆、泰东书局三家出版的外国戏剧集就有76种、115部。其中尤以易卜生的影响最为强烈、深入、持久。从提倡小型的、业余的、不以营利为目的的"爱美剧"运动兴起，到话剧理论的初步建立，话剧开始作为一种具有体系性的文化形态引发社会瞩目，引起诸多有识之士现实关注和理论思考。洪深曾经指出的"重视戏剧娱乐性、主张舞台的戏剧、强调剧本创作、加强剧场管理、提高戏剧从业人员社会地位、改革商业弊病"等主张，显示了刚刚萌芽的中国现代话剧界脱俗的认识水平和对新事物的驾驭能力。

一批优秀剧作随之出现。1922年以后，话剧从生活的故事化展现到重心移向人的本身。前者如陈大悲的《幽兰女士》、汪仲贤的《好儿子》、熊佛西的《一片爱国心》、余上沅的《兵变》等；后者如田汉的《获虎之夜》、欧阳予倩的《回家以后》、丁西林的《压迫》、郭沫若的《卓文君》等。英国著名戏剧理论家威廉·阿契尔提出的"有生命力的剧本和没有生命力的剧本的差别，就在于前者是人物支配着情节，而后者是情节支配着人物"，普遍被话剧创作者们重视。优秀的剧作家深入体察和研究戏剧艺术，在戏剧创作和戏剧观念上取得了一系列成就。从满足观众好奇心向满足人的情感需要演进，戏剧的审美价值有了很大发展。

作为中国话剧创始人之一的洪深，从1912年在清华学校演剧，开始其戏剧生涯。数十年中，他参加了中国话剧运动主要过程，创作了《赵阎王》、《农村三部曲》等在中国话剧史上有相当影响的代表作品。特别是对于中国的话剧理论，在戏剧的时代性和戏剧家的使命，戏剧艺术的特征、戏剧创作要素等方面，较早进行了全面、系统、深入的研究与建设，他在这方面的贡献独树一帜，无人逾越，成为中国话剧的宝贵财富。

三

伴随着中国社会大变革、大进退的历史性流程，中国现代话剧发展史册掀开了崭新的一页，进入生长期（1927—1937）。风靡全国的现代话剧运动是带着鲜明的目的性和少年般意气风发的气息向前发展的。正如郑伯奇所描绘的那样："中国的戏剧运动现出了空前未有之盛况"，"社会的前进分子对于戏剧运动都抱有特别的兴会，学生大众更表现出热烈的情趣"。此盛况出现"有它不得不发生的社会的根据"，第一"中国的文学运动已经达到要求戏剧的程度"，第二"最近社会的激变"。从"南国戏剧"到"左翼戏剧"，再到"大众化戏剧"等规模较大的戏剧创作演出活动如火如荼。这一时期的戏剧创作与戏剧实践活动紧密结合，在总结以往创作实践经验的基础上尝试方式的转变，力争在被现实政治环境既定的话语空间内推动话剧事业，故多以历史剧、世界名著等面世。以往多表现为业余、零星、游击式的戏剧演出开始发展成为具有职业化、正规化、阵地式的规模性公演，扩大了观众面，增强了影响力。此时的中国话剧界从创作到演出，普遍呈现出较高的艺术水准和对舞台艺术技术的综合驾驭能力，为戏剧运动深入发展提供了坚实的基础。

活跃繁盛的中国话剧演出实践，激发了众多作家的创作热情，催化了一批上乘佳作问世。除前期欧阳予倩、丁西林等继续推出重要作品之外，又有夏衍、田汉、李健吾等推出代表作《上海屋檐下》、《名优之死》、《这不过是春天》等。戏剧题材进一步扩展，戏剧人物进一步鲜活，主题开掘进一步深化，舞台表演形式进一步丰富，综合艺术表现力走向成熟，作家作品逐渐形成独特的风格品质。

在戏剧作品百花争艳英才辈出的年代里，曹禺以三部重量级剧作横空出世，强烈地震撼了戏剧界。处女作《雷雨》以其艺术力量深深激动了第一个读者巴金："感动地一口气读完它，而且为它掉了泪。""觉得有一种渴望，一种力量在我身内产生了。我想做一件事情，一件帮助人的事情，我想找个机会不自私地献出我的微少的精力。《雷雨》是这样地感动过我。"

《日出》则以主人公陈白露为多棱镜，仅仅撷取社会生活的两个场景就揭开了"借投机和剥削而存在的整个寄生的社会机构"的本相，其内容之丰富，含量之浩大，在同时期或以后的剧作中不可多见。当时燕京大学西洋文学系主任谢迪克教授评价道："在我所见到的现代中国戏剧中是最有力的一部。他可以毫无羞愧地与易卜生和高尔斯华绥社会剧的杰作并肩而立。"曹禺的创作视野还延伸到农村题材，话剧《原野》描绘青年农民仇虎向焦阎王一家讨还血债的故事。主人公仇虎和金子以其鲜明的生命律动，至今仍然活在中国戏剧舞台上。这三部具有代表性的剧作，足以成为中国文学发展的里程碑而载入史册。

中国话剧另一创始人田汉，自五四时期开始，以毕生精力献身于中国戏剧运动。他在 20 年代开创南国戏剧运动，成为中国话剧界一代宗师；创作近百部戏剧作品，代表作《名优之死》、《丽人行》、《关汉卿》等堪称世界艺术精品；经聂耳谱曲的《义勇军进行曲》，传唱华夏大地，1983 年被定为中华人民共和国国歌。他对于我国的戏剧艺术，特别是现代话剧的萌生与发展，有着巨大而深远的影响。

四

七七事变之后，中国现代话剧步入成熟期（1937—1949）。从气壮山河的抗日战争到慷慨激烈的解放战争，中国现代话剧以前所未有的创作激情和社会责任感蓬勃发展，终于迈入黄金时代。正像司马长风所说的那样："抗日战争之后，戏剧竟在漫天烽火的大地上，万卉齐放，成为最灿烂的文学品种。"在血与火的殊死斗争之中，在民族生死存亡的命运抉择之中，中国话剧运动激发了强大的生命力。从救亡演剧队到抗敌演剧队，从名震敌后三大剧社（中华剧艺社、中国艺术剧社、新中国剧社）到历时 90 天的西南剧展，以及著名的"孤岛"戏剧运动等等，进步的戏剧运动在民族解放战争中灵活作战，此伏彼起。迂回曲折，乘虚伺隙，冲破罗网，迅速成熟起来。话剧文学创作在艺术质量和作品数量上更加表现出旺盛的活力。首先，现实主义创作方法有了新的突破，对于现实中国的题材覆盖和主题发掘都达到了相当的深度。其次，话剧编剧技巧趋向圆熟化，人物塑造趋向典型化，语言运用趋向生活化性格化，像《好一计鞭子》这样的短剧作品，都能表现出较为精湛的艺术水准。其三，大批重要剧作与剧作家集群涌现，如夏衍的《法西斯细菌》、陈白尘的《升官图》、宋之的《雾重庆》、吴祖光的《风雪夜归人》、丁西林的《三块钱国币》、袁俊的《万世师表》、于伶的《长夜行》、郭沫若的《屈原》、阳翰笙的《天国春秋》、阿英的《李闯王》等等，以丰富的创作视角和成熟的综合艺术水平，为公众展示了一个时代的风云和悲喜。

作为中国话剧大师的曹禺，此时贡献了《蜕变》、《北京人》、《家》等重要剧作。《北京人》，以深沉动人的艺术风格，在"沉闷"的舞台氛围中，着力展现了曾氏大家庭内部的深刻矛盾，以艺术的形象深刻阐释了社会发展的规律性和腐朽制度毁灭的必然性。它的格调，既不同于《雷雨》的暴烈，也不同于《日出》的嘈杂，而是呈现了一种灰暗与窒息，像是一口大棺材即将盖上的末日情景。但是它的戏剧冲突仍然尖锐、激烈。不见电闪雷鸣，没有剑拔弩张，而是在将要闷死人的环境里，描绘出人们的挣扎与死亡的到来，从而产生独特的震撼人心的艺术力量。它的不朽生命力是迄今为止许多剧作家难以逾越的。它不仅可作为曹禺的三大代表作之一永存史册，而且可作为中国话剧第一个黄金时期最优秀的剧作之一而永存史册。深受中国及世界人民喜爱的、中国百年话剧标志性的领军人物曹禺，更与中国文化、艺术、文学乃至百年中国社会文化心理血肉相连。其作其人久已成为中国话剧艺术、文学艺术的经典文本与风范坐标。

五

关山万里，一身征尘。黄金时代落幕以后，中国话剧走过的历程曲折起伏。从 1907 年到 2007 年，可谓百年风雨征程，一条光荣道路，现实主义是他的主流和传统，其中也活跃着浪漫主义、现代主义的潮流。整部中国话剧发展历史，丰富充实，色彩斑斓，具有悠久的生命力。随着它的不断跃动，流向了社会主义时代。

从新中国成立后"17 年"到"改革开放"新时期，中国的戏剧家们在每一个历史时期都坚持自己的艺术使命，面对各种机遇与磨难，开拓进取，与时俱进；中国话剧继续着自己艰辛的路程，奉献出大量的优秀作品。如20 世纪 50 年代的《红旗谱》、《龙须沟》、《在新事物面前》、《战斗里成长》、

《万水千山》、《马兰花》、《茶馆》、《蔡文姬》、《关汉卿》等等；60年代的《霓虹灯下的哨兵》、《第二个春天》、《兵临城下》、《七月流火》、《李双双》、《豹子湾战斗》、《丰收之后》等等；70年代，主要是改革开放新时期开始的《于无声处》、《丹心谱》、《报春花》、《大风歌》、《西安事变》、《未来在召唤》等等，80年代的《陈毅市长》、《小井胡同》、《绝对信号》、《谁是强者》、《一个死者对生者的访问》、《红白喜事》、《天下第一楼》、《狗儿爷涅槃》、《桑树坪纪事》等等，各自以其独特的艺术魅力征服了爱好话剧的万千观众。90年代以后，中国话剧创作则进入到与演出实践更紧密地交融，因而剧作形态更加多姿多彩的时代。大剧场与小剧场，传统剧与探索剧，中西相融与西西相融等等交互因应，呈现出一幅幅五光十色、绚丽眩目的舞台景象；但也毋庸讳言，话剧演出的萧条，票房收入的低落，正是困扰当今中国话剧人的要害所在，也是我们无法回避的根本问题。

在半个多世纪给观众留下深刻印记的剧作之中，必然包括了曹禺50年代的《明朗的天》、60年代的《胆剑篇》、70年代的《王昭君》。这些作品无不与时代、与社会、与艺术紧密相连，在新的时代畅想江山激扬心灵，留下了无穷宝贵的精神财富。直到生命最后一息，曹禺始终在关注着中国话剧。他无与伦比的艺术伟绩与独树一帜的艺术特质，润泽着中国剧作家直到永远。尤为可贵的是，前辈曹禺始终如一地积极支持大学生们的戏剧创作和演出活动，多次亲身指导学生排演话剧，出席校园话剧演出活动，他曾经为北京师范大学北国剧社题写条幅："大道本无我，青春常与君。"对戏剧青年提出殷切的期望。一代宗师对于中国校园戏剧的眷眷深情屡屡被传为佳话，感染了校园每一个热爱戏剧的学子和教师，成为后来人投身戏剧的原动力。

六

往事潇潇，今又换了人间。扑面而来的时代已经是以有线电视网络、移动通讯网络、互联网互相整合为特征的信息时代、多媒体时代、文化产业时代。从戏剧艺术的消费主体看，以现代商业为杠杆的营销手段已经将观众规模从城市舞台扩展到社区舞台乃至全球舞台；从戏剧艺术的表现空间看，信息高速公路的延伸已经将传统意义上的剧场舞台直通千家万户的电视屏幕和电脑；从戏剧艺术的创作主体看，团队的规模和多领域、多工种的互相协同已经大大超越以往；从戏剧艺术的表达方式看，今天的戏剧演出已经是一个可能借用声、光、电等多媒体手段和现代数字媒体技术支持的系统工程；从戏剧艺术的运营观念看，戏剧已经不再是百年之前空旷舞台上演的暂短数幕，而是一个包含立体宣传、消费动员、版权交易和后产品营销在内的大戏剧战略体系。但是，无论时代如何转换，经济怎样发展，都不能从根本上改变戏剧艺术"内容为王"的真理。从经典名作《巴黎圣母院》在人民大会堂演出到著名景观歌剧《阿依达》登陆北京工人体育场，从小剧场里上演的《青春禁忌游戏》到《足球俱乐部》，一系列舶来名作在中国成功地进行市场运作，这深刻地说明：优秀的艺术作品是没有国界、超越时空的，经典的魅力就在于它能在不同的时间和空间里开掘出崭新的时代价值，持续获得一代又一代人们的尊重和喜爱。近年来，曹禺的经典名作《雷雨》、《北京人》、《日出》等经常在各地公开场合和民间上演，有的还不止一次地被改编为影视形态。在公众被其艺术境界和多重主题感染的时候，一个不能回避的现实问题，是当前话剧乃至艺术领域中存在的重形式、轻内容，重明星、轻团队，重商业炒作、轻质量建设的怪现象，以至于可同曹禺等诸位大师、与《雷雨》等众多名作比肩并列的作品不是越来越多，而是越来越少。这不能不使对中国戏剧艺术寄予厚望的观众们感到深深的遗憾和忧虑。

物换星移之后，《雷雨》的人物原型、叙事模式仍然在今天的电影银幕延续，这既是经典的振奋，又是经典的悲情。在社会愈加进步、观念日趋多元的大时代中，如何传承经典中包含的深刻生命意识和艺术创造规律，如何在不同的时代演绎经典所揭示的人类共通的遭遇和处境，并解读为今天时代人生的现实参照，是今天艺术领域需要迫切思考的命题。更为重要的是，学习大师直面时代的勇气和卓越的艺术创造力，以质朴的心灵投入今天千帆竞发、群星璀璨的时代洪流，为公众奉献越来越多的艺术经典，是我们戏剧界不可推卸的历史职责。身处欣欣向荣的时代，追求创新、勤于思考，是这个时代的共同精神气质，让我们向大师学习，热忱地观照和抒写时代，启迪未来。

中国电影·中国梦

黄会林

一、"中国梦"与电影

中国文化曾遭遇过大大小小的危机，但是我们中华民族的文化品格就是在困难中寻求自己的文化出路，凸显一种历史不败精神，构成了源远流长的文化传统。在中华民族历时 5000 年悠久的文明传承中，从礼崩乐坏的春秋战国时代的子学兴起，就是在寻找一种文化变革，一种文化转型，这是对历史发声，也是对民族未来的走向发声。在近代以来的 170 年发展历程中，从 1840 年至 1919 年五四运动，面对严重的民族危机和深重的民族灾难，中国大批知识分子如饥似渴地寻找救国救民的真理。他们历经艰难，上下求索，虽然历尽艰辛，但是愈挫愈奋，彰显出坚持抗争、不屈不挠的爱国主义精神。新中国成立后 60 年来持续探索，经历了从走"苏联的道路"到"走自己的路"，寻找我们自己的文化生命力，寻找我们自己的出路。直到改革开放 30 年来，从伟大实践中最后得出结论：马克思主义必须结合中国实际，只有走中国特色社会主义的道路。

这就是中华民族的文化品格，是中华民族的文化传统，是中国知识分子在文化上历经艰难、上下求索的"中国梦"。2012 年 11 月 29 日，习近平总书记发表了关于中国梦的重要讲话："每个人都有理想和追求，都有自己的梦想。现在，大家都在讨论中国梦，我认为，实现中华民族伟大复兴，就是中华民族近代以来最伟大的梦想。这个梦想，凝聚了几代中国人的夙愿，体现了中华民族和中国人民的整体利益，是每一个中华儿女共同的期盼。"

"中国梦"，深刻描绘出中国历史发展的主线，以及中华民族生生不息、不懈奋斗的历史，凝聚了广大人民为实现国家富强、民族复兴和人民幸福的力量。

改革开放以来，建立社会主义市场经济体系，我国综合国力显著增强，对国际社会的贡献和影响越来越大，极大地影响世界经济增长格局。随之而来我国的国际地位不断提高，国际交往也日益频繁，大量西方文化进入，我们面临的各个方面的诸多社会矛盾也日益突出，如何在当今实现我们文化的"中国梦"？尤其是如何实现电影文化的"中国梦"？

我们都知道电影诞生于欧洲，并在欧美形成了世界电影的主流发展模式，二者在电影形态和影响力方面各有特色，也互有交织，共同构成了世界电影的主流模式，在电影文化格局中形成了两个既相互关联又彼此区别的"极"。如果说欧洲电影在艺术理念与文化表现性方面居于重要的一极，那么美国电影则在电影产业与文化影响力层面居于最为重要的一极。在欧美为代表的主流电影文化之外，尽管亚洲有印度、日本、韩国、伊朗，以及南美一些国家的电影发展，但从文化和艺术影响力层面还很难构成独立的一极。我们认为，依托"第三极文化"，拥有一百多年历史的中国电影文化，可以构成欧洲电影文化和美国电影文化之外的"第三极电影文化"。

电影是一种技术手段、一种艺术形式、一种传播媒介，更是一种文化。任何一个时代、任何一个国家的电影都是特定时代、特定文化的表征和反映，同时也反作用于它所产生的时代和文化。

我认为，对于文化来说，尤其是对于电影文化来说，实现"中国梦"主要应该是两个方面。1. 坚守住自己民族性的优势并发扬光大。吸收欧美电影文化特长是为自己所用，要探求有自己特点的电影文化个性。如今面对着内在和外在的困难：内在有自己的痼疾，外在有西方的挤压，我们要突围，要寻求民族自己的电影文化出路。我们的民族电影文化，有自己的文化品格、文化源流、文化个性和文化精神。需要展现出我们民族电影文化的不可替代性。2. 实现中国电影走出去，使中国电影文化与欧洲电影文化、美国电影文化及所有其他电影文化相互影响、相互吸收、相互借鉴，共同构成丰富多彩的人类电影文化图景。也就是实现电影文化的"美美与共"。

二、坚守并发扬中国电影自身的优秀特性

1. "第三极"电影文化

电影，是文化的载体和表征，同样也呈现出与当今世界文化格局相适应的分野。在世界多元文化格局中，秉赋着华夏文明数千年之传统，又阅尽百年沧桑而充沛着现代变革活力的中国电影文化，恰恰可以构成与欧洲电影文化、美国电影文化并肩而立的"第三极"电影文化。

"第三极电影文化"是针对世界电影发展格局提出的带有一定战略性思考的学术构想。在2012年10月27日中美电影学术论坛中，我发表了主题为"中国镜像与现代性"的学术发言，首次将"第三极文化"、"第三极电影文化"的学术观点带到了美国，并对此做了比较充分的说明与论证，得到多位美方专家的赞许。

"第三极"电影文化，其核心要素是代表中国几千年来优秀传统的人文精神，首先是将尊重和维护人的价值与尊严放在最突出的位置。这也正是中国电影的魅力之所在——凸显人的尊严，表现对人的尊重。中国的电影创作，应该发轫于中国文化中"以人为贵"的传统，透过人物的性格与命运来反映历史或现实的独特性与多样性，从而与世界展开对话。其次是展现"义以为上""仁义礼智信""己所不欲，勿施于人"的道德品格、精神气节。再次是"先天下之忧而忧，后天下之乐而乐"，倡导个人对社会、对国家、对民族的道义担当。以及"天人合一"的宇宙观等等。可以说只有充盈着民族文化、民族精神与民族气性，才能成为中国电影史乃至世界电影史上不朽的经典。

2. 民族化电影的魅力

中美电影学术论坛我们选送了五部具有独特气质、饱含民族风情的中国电影作品，它们是《可可西里》、《骆驼客》、《喜马拉雅王子》、《额吉》和《碧罗雪山》，得到了美方专家的一致好评。这也有力地证明了中华民族文化在跨文化与世界的交流中享有的得天独厚的优势。

北京电影学院的黄式宪教授在发言中说：我们需要从新的现代视角，在人物塑造这个基本命题上，做出新的探索，而中国的少数民族电影，尽管尚处于电影市场的边缘，却以其独特的人文原生态及其现代美学风采，

为中国银幕增添了一道绚丽多姿、异彩纷呈的风景线。其独特的艺术魅力，以其清新的文化内涵和底蕴，心灵与心灵的对话感动人心。就中国电影未来的发展而言，这些少数民族电影，必将在中国与世界电影的对话中焕发出一股清新并且鼓舞人心的"文化软实力"。我国民族电影的创作，要具有"世界眼光"，以海纳百川的包容性，不断吸纳世界上现代人文演进的优秀成果，借以丰富并拓展我们民族文化的现代内涵，不断拓宽中国文化在国际传播中的影响力。

坚守民族文化本性，是"第三极电影文化"的根本所在，但同时"第三极电影文化"并不排斥外来电影文化。相反，它认为，只有在坚持民族文化主体性的基础上，根据时代发展和社会需要不断吸收、借鉴、融合外来电影文化，才能进一步丰富、发展和创新真正植根民族文化传统的、具有鲜明民族特色的电影文化，这种电影文化反过来会更有利于民族文化的传播和弘扬。

三、对中国电影"走出去"实现"中国梦"的思考

2012 年，中国电影业迎来新的挑战和机遇。2 月，国家副主席习近平访美期间宣布将进口美国大片的数量提高到 34 部。中国电影产业势必面临更大的压力。5 月，大连万达与全球第二大院线集团 AMC 签署并购协议，大连万达一跃成为全球最大院线运营商。这条消息在中美两国都产生了巨大反响，甚至引发了一些美国媒体对中国文化入侵的想象和猜疑。当今世界文化交流越来越密切，随之产生的文化碰撞也越来越强烈。即使是美国这样在文化领域拥有超强实力的国家也对文化安全问题绷着一根弦。中国文化国际传播任重道远。

2012 年是中国入世的第十个年头。在这十年中，中国电影政策始终是保护与开放并存。保护的最终目的不是让中国电影产业躲在国家力量的羽翼下苟延残喘，而是为了让它成长为能够与好莱坞正面竞争的强大力量。十年之后的今天，我们欣喜地看到，中国电影业直面好莱坞的竞争非但没有消亡，反而茁壮地成长起来。不但国内票房屡创新高，国产影片成为不少影迷追逐的热点，而且一些国产影片走出国门，在国际上产生了一定的影响。

我们北京师范大学中国文化国际传播研究院所做的 2012 年中国电影文化的国际传播研究问卷调研，不仅是对 2012 年中国电影国际影响力的梳理，也是对入世十年来中国电影文化国际影响力的总结。

本项研究在问卷设计、调研方式、样本容量等方面更具国际化视野，取得了数量巨大的数据。在数据分析基础上得出一些有益、有趣的结论。我将简单地与各位分享这次调研的结论：

1. 美国电影最受欢迎，大多数受访者对本国电影充满感情。**电影除了商品属性之外还有文化属性，体现民族情感。**

美国电影能够在全世界取得成功因素是多方面的。可以归结于由资本控制的英语媒体的成功。对中国电影业而言，一方面中国电影应当认真学习美国电影取得成功的经验；另一方面应看到美国模式存在的问题，我们只能借鉴不能模仿。中国电影应当避免美国模式产生的负面影响，创造出文化传播中的"中国模式"。增强中国电影的国际影响力是一个系统工程，需要在资本运作、国际合作、制度改革、文化创新等各个方面进行探索，建立科学的体系，才能为中国电影文化国际传播提供理论依据。

2. 电影故事是中国电影最受欢迎的因素，也是观众感到最难理解、最需要改进的因素。故事是传播信息的有效载体，好故事具有超越国界的作用，能够在思想和文化层面上进行交流，在交流的过程中潜移默化地展现文化的影响力。

在"中国电影需要改进的方面"这个问题中，"字幕"被选为中国电影难以被理解的重要因素。大部分外国观众只有通过字幕才能理解故事，但是中国电影字幕存在许多问题。造成这种情况的原因有两个：一是文化隔阂。汉语蕴含着中国独特的文化传统，在翻译为外语的过程中，一些深层文化内涵很难被翻译清楚。还有一个原因是中国电影故事传达本身有不小的问题。在发掘和整理传统故事方面，这几年电影界做了可贵的努力。但是，在以现代的观点阐述和表达传统文化等方面，中国电影还存在明显的不足。如何在保持传统的同时与现代社会主流相适应，是摆在中国电影人面前的一道难题。

3. 中国电影音乐是中国电影的重要特征，具有较高辨识度。

音乐，是重要的艺术品类，与影视文化的关系非常密切。中国音乐具有独特的传统、高度的辨识度，这种明显的民族风格从两个方面影响着中国电影音乐的发展。一方面，民族风格被世界接受需要一个过程，这个过程不仅与推介有关，还与国家的文化影响力有关；另一方面，中国电影音乐在国际化的过程中，存在着盲目模仿所谓的西方流行音乐，缺乏独立创新精神的问题。音乐产业不仅仅是影视的周边产业，它对影视产业本身也有巨大的推动作用。中国音乐的创新与中国电影的创新是息息相关的。

4. 中国电影中的哲学思想，能够对外国观众的世界观产生一定的影响。

通过调研我们得知，中国电影能够在很大程度上影响外国观众对中国的看法。中国电影人不应满足于太极这样古老的哲学符号，而是应当讲述富于哲理的中国故事，创造更多代表中国古典哲学和现代文明的文化符号。

5. 网络能够对外国观众观看中国电影的意愿产生重要影响，也是观看中国电影最主要的渠道。

通过 2012 年数据调研发现，观众接受信息和观看中国电影的主要渠道是网络。中国在网络设施建设上走在世界前列。但是，在以网络为阵地的宣传、推广活动上，尚未能抢占制高点。

网络是中国电影被外国观众观看的主要方式。一方面是因为中国电影在国外进入院线的机会相对较少；另外一方面，中国电影有许多免费资源，选择网络观看能够自由控制时间又减少花费。如何充分利用网络有效传播中国文化，是摆在我们面前的重要课题。

6. 华语电影作为一个整体被接受。

在"请写下一个关于中国电影的关键词"这个题目中，占第一位的是"功夫"，占第二位的是影星的名字，占第三位的是近期电影的名字。"功夫"是中国电影最引人注目的标签，功夫片作为中国电影的一个独特片种，在国际上久盛不衰。被广泛认识的中国明星也基本是功夫明星，如李小龙、成龙、李连杰等。充分利用功夫元素，创作更多、更好的功夫片，是中国电影国际传播的重要途径。

同时，我们也应该意识到，中国是多民族国家，每个民族都是传承中国文化的重要力量，这些文化共同构成了中国文化的宝藏。中国电影是多民族共同的电影，在推广华语电影的同时，应当对少数民族电影、少数民族语言电影予以扶持。中国在提倡世界文化多极化、多样性的同时，不应该忽视本国文化多样性建设问题。

根据数据调研结果，我认为中国电影走出去实现"中国梦"，可以在以下四个方面采取有效对策：

1. 中国电影国际影响力的扩大，需要将中国文化的精神和精髓注入电影创作中，立足本土，面向世界。

首先，文化走出去，要在战略的高度上操作，电影是整体文化战略的一部分。中国电影国际影响力的扩大，不是收购几个院线，或者设置进口障碍就可以解决的，最重要的是发掘中国文化中先进的部分，并将其传播到全世界。外国观众对中国电影是感兴趣的，中国的独特文化吸引着世界的目光。但是，一味强调中国文化中古老的、神秘的部分，将会对中国文化影响力的扩大产生不利的影响。创造中国文化中先进的、现代的符号，是我们文化走出去至关重要的一个环节。

其次，中国文化国际影响力的扩大，要解决自我认知的问题。调研可知，外国观众对中国文化的理解障碍，大部分源于中国人自己对中国文化的认知混乱。比如，中国武术的精髓并非击倒对手，而是蕴含在武术中舍己为人的侠义精神。李小龙曾经作为中国的一个符号走向世界，他身上蕴含的不屈于暴力、追求尊严、行侠仗义的精神，曾经成为一种思想资源影响了世界。直到今天，好莱坞、日本、韩国等国电影中，还经常能够看到李小龙的影子。事实上，中国文化并非缺乏吸引力，而是缺乏发掘这种吸引力的智慧。

中国电影人不应该皈依于欧洲的人文之神，或者美国创造的以科技和民主为号召的资本之神的脚下，而应该在放眼看世界之后，重新关照自身，充分发掘和利用中国的文化和思想资源，才能为世界所关注和敬仰。

2. 中国电影国际影响力扩大，需要加强传播理论的研究。

中国电影在宣传上还应加强。此问题在很多论文及著述中都曾提到，不少学者以好莱坞电影为例进行说明。美国电影的宣传经费，一般是整个预算的三分之一，甚至二分之一。电影是特殊商品，它创造的是精神享受，自然应当在影响人们的判断上做足功课。在建立品牌过程中，类型片是一个非常重要的内容。学术界已经对类型片理论展开了很多讨论。从信息传播的角度考虑，类型片是创造一种有效的、惯性的传播力量，对培养观众的观赏习惯具有重要的作用。电影的生产者，同时也是信息的生产者，应该将精力投入到制造有效信息上。所谓制造有效信息，是指能够引起观者兴趣，激发观者传播欲望的信息。

3. 中外合拍片应突出中国文化特征，在中国特色与国际视野之间寻找平衡点。

合拍电影是世界电影产业发展的重要趋势，也是中国电影发展的重要方面。现在，许多国家制定了鼓励合拍片的政策，许多电影已经分不清国家甚至模糊了地域特征。好莱坞公司近期越来越多地与中国公司合作，在中国拍摄电影。于中国电影而言，合拍片是中外电影交流的一个重要方式，是中国电影学习、吸收国外电影优秀制作经验的重要渠道。但是，在具体操作过程中保持中国电影的独特身份的问题应该引起电影从业者注意。

合拍片通过中外合作的方式将中国电影更加方便地输出，也令外国电影更加方便地输入。出与入是相对统一的。我们应当在出和入之间保持清醒的头脑。当前，有不少合拍片是中国的面孔、中国的风景，中文夹杂着英文却讲着欧美的故事。中国文化沦为背景或者远景，甚至成了装饰好莱坞故事的东方元素。除了语言、演员这些表层的因素之外，蕴含着中国文化精神的故事才是中国电影创作的重要指标。

4. 汉语的传播与中国电影国际影响力扩大相互影响，应建立以汉语为先导，以电影为工具的中国文化国际传播策略。

在数千年世界文明史上，中国以其山环海抱的独特地域特征，孕育了"大一统"的文化精神，形成了自身的文化气质。其强大的文化生命力来自强烈的主体精神。实现文化的"中国梦"就是建设文化强国。对于电影文化来说，我们既要坚守发扬本民族电影文化的个性特点，努力学习西方电影文化中优秀的因素，又要坚持走出去，让中国电影在世界上具有自身应有的影响力。即使面对再多困难，我们必须自强不息，走出自己的电影文化之路，并从而实现世界电影文化从"各美其美"到"美美与共"！

评论

一棵山顶的树
——小记黄会林教授及她的写作特色
柳袁照

  黄会林是我尊敬的前辈校友。她曾在上世纪 40 年代末，在苏州振华女中读书，毕业前即转到上海去了。很长一段时间，我们都不知道她曾是振华的学生。百年校庆过后不久，她主动找上门来了。苏州有一口金鸡湖，也许因为这个，苏州作为电影金鸡奖的永久评奖之地。黄会林是评审委员，她来到了苏州。那一年，她来了。她说，离开了六十年，很想念，越来越想念。我陪她走在校园里，感觉是那样的亲切，老屋，老亭子，老碑，老石，她还有记得，尽管有些迷糊，但她还说得出与之相关的人与事。从此，我知道，我们优秀校友名录中，还有一个黄会林。她是北京师范大学的资深教授，是一个学者与作家双重的人。她创办了大学生电影节，影响了几代人。于丹在她所任院长的艺术与传媒学院当老师，尽管她在全国的讲坛叱咤风云，但对黄会林，总是毕恭毕敬地叫老师。

  黄会林教授，我把她比作一棵山顶上的大树。同样的一棵树，生长在不一样的地方，就会完全不一样。山顶的树，是最接近天穹日月星辰的人。黄教授，我与她初次相遇，就感觉她到了她的博学、睿智、大气。以后读了她的几本书，特别是《风范永存——追念唐弢师》、《学习启功先生 发扬启功精神》、《力求新径 薪尽火传——悼俞敏师》、《金秋十月粤东行——记"田家炳工程庆典"活动》等篇目，更坚定了我的认识。黄教授是有幸的，耳提面命，曾亲受夏衍、唐涛、俞敏、启功等大师的教诲：

"我有幸于60年代初拜识唐弢师。一日，我悄悄去琉璃厂中国书店，逡巡于旧书间。忽然发现了唐弢师，他也正在店内浏览，连忙趋前问候，他亲切地询问起学校的情况。交谈之中我鼓起勇气冒昧地提出请求：能否就现代文学专业惠予后辈以较系统的指导？他竟欣然允诺，只是叮嘱不要声张，以免招来'横祸'。从此，便荣幸地经常到唐弢师府上受教了。"（《风范永存——追念唐弢师》）

"几十年间问道于先生，谈天说地，在诙谐风趣中领悟世事人生。看先生尽兴挥毫泼墨，与先生同观精巧玩具，多少次走出先生家门，或拜别先生之时，心中充满了温暖的亲情。先生书赠毕业学生的词句：'入学初识门庭，毕业非同学成，涉世或始今日，立身却在生平。'其深刻的寓意，深厚的情意，特别是最后一句，足以让人咀嚼、思考一生。"（《学习启功先生　发扬启功精神》）

"就在夏衍同志逝世的当天，一家刊物紧急约稿，力嘱一定要在很短时间内完成一篇超过万字的长稿，……执笔展纸，感慨万千，第一句话想了很久，最后落在纸上八个字：'哲人长逝，唯余德馨。'意在表述对夏公仙逝的深切缅怀与深长敬仰。写下后反复斟酌，'唯余'二字虽说表明哲人逝去，留下的是无尽的德馨，但还似不够分量；再换个说法，又恐不合规范，贻笑大方。于是，很自然地又到俞敏师家去请教。听我详细地阐述了想法及疑虑后，俞敏师笑着说：这'唯余'二字，不如换为'千载'，'千载德馨'，不就把你心中所想更好地表达出来了吗？这句指点，真个是举重若轻，又一次让我恍然大悟，又一次获得了遣词达意的飞跃。"（《力求新径　薪尽火传——悼俞敏师》）大师们给了黄教授一个高度，这不是每一个学子所能企及的。读着这些文字，我也如沐春风，被感染。

我曾去过黄山，登上过天都峰，天都峰上的松树，那种苍劲是令人感动的，就长在悬崖上，就长在石罅之中。我站在树下，浓荫蔽身，那是一个晴好的时日，脚下峰峦叠嶂，一道道山梁，一条条山谷，纵横交错，清清晰晰，都在俯视之下。读黄教授的文章，也有这样的感受。《民族化：中国电视艺术的现实与未来》、《反映人民心声，讴歌时代精神——纪念中国话剧诞生一百周年》，对我国的电视、话剧艺术，作了全方位的阐述，历史的、现实的、未来的，在理性与感性的把握中，理清了发展的脉络，揭示了发展的规律。《中国电影·中国梦》，站在大文化的高度，以文化自觉与自信的态度，独到地提出了"第三极电影文化"的全新概念，黄教授说："电影，是文化的载体和表征，同样也呈现出与当今世界文化格局相适应的分野。在世界多元文化格局中，禀赋着华夏文明数千年之传统，又阅尽百年沧桑而充沛着现代变革活力的中国电影文化，恰恰可以构成与欧洲电影文化、美国电影文化并肩而立的'第三极'电影文化。"说得何其好，新颖、深刻。

黄教授，本身也可以说，是我国当下艺术教育与艺术评论、创作界，特别是电影、电视与话剧界的一棵树——一棵站在艺术山峰的树，她是国家教育部艺术委员会委员，是一个名副其实的权威。她的奖项众多，比如《夏衍传》，曾获中国首届优秀话剧文学理论专著奖，《影视艺术教程》获1993年中国高等院校影视学会优秀学术成果一等奖，《中国现代话剧文学史略》获中国第二届优秀文学理论专著奖，《骄子传》获北京"五个一工程奖"。

山顶的树，视野开阔。一览众山小，大境界、大气魄。还不光如此，山顶上的风，来去都是清清爽爽，干干净净，吹在树上也是不同凡响。无论黄教授的作品，还是黄教授的为人，更是如此。黄教授的文字，不奢华，不深奥，高深的理论，深刻的道理，平平常常道出，饱满的情感蕴于淡朴的叙述之中。她还是一个作家、剧作家，因而，她的文章，即使是理性色彩的文章，也不板着脸，不以一副故作深沉、深奥的面目出现，而是以清新如山涧潺潺流水的特点行文，亲切、自然。黄教授的为人，尤为如此。后来，我有幸又有几次见到黄教授。前年，校友何泽慧去世，我们赴北京吊唁、遗体告别，黄教授那时已接过了苏州振华女校（苏州十中）北京校友会会长的重任，她领导、管理、服务着群体，是拥有杨绛、陆璀等名校友的群体，她说这一份工作，是她众多工作中，最为神圣的工作。她在北京接待我们，跑这跑那，安排吃住，细微如亲人。去年5月4日的《中国教育报》，以《黄会林：如戏人生2012年》为题，用整版的篇幅，报道持续一个月的大学生电影节，幕起幕落，闪转人生，恰似它的创始人的故事。读完该文，我异常兴奋，这是我们的骄傲——母校的骄傲，随即拨通了电话，向我们尊敬的黄教授表达由衷的敬意。

范小青

简介

范小青，女，出生于1955年，祖籍江苏南通，从小在苏州长大。曾担任江苏师范学院附中（江苏省苏州第十中学前身）实习教师。1978年初考入苏州大学中文系，1982年毕业留校任文艺理论教师，1985年调入江苏省作家协会从事专业创作。现为江苏省作家协会主席、党组书记，全国政协委员。

20世纪80年代起发表文学作品，以小说创作为主，著有长篇小说十八部，代表作有《女同志》、《赤脚医生万泉和》、《香火》等，中短篇小说三百余篇，代表作有《城乡简史》等，另有散文随笔、电视剧本等。共创作字数一千多万字。有多种小说被译成英、法、日、韩等文字。短篇小说《城乡简史》获第四届鲁迅文学奖，长篇小说《城市表情》获第十届全国"五个一工程奖"，获得第三届中国小说学会短篇小说大奖，另有《小说选刊》、《小说月报》、《中篇小说选刊》、《中华文学选刊》、《人民文学》、《北京文学》等奖项。

从母校门口走过 [1]

范小青

小时候，我住在同德里，从深深的同德里走出来，横穿过五卅路，斜对面，又有一条弄堂，叫草桥弄，草桥弄也是深深的，在深深的草桥弄的中段，有一座小学，叫草桥小学，这就是我的母校。

1.选自《请你马上就开花》，范小青著，辽宁人民出版社，2013年1月第1版，第1次印刷。

在长达六年的时间里，我每天往返数趟，来往于家与学校之间，对一个孩子来说，这段路程，是那么的漫长，漫长得甚至有些遥远，有些模糊，我每天需要穿越的那条五卅路的路面是那么的宽阔，我在那宽阔的石子路上摔过一跤，摔破了脑袋，哇哇大哭起来。

以后的许多年中，我离开苏州，又回来，离开苏州，又回来，终于有一天，我又来到了这个地方，放眼一看，惊讶得不敢相信，曾经宽宽的五卅路、曾经深深的同德里和深深的草桥弄，现在是多么的狭窄，多么的近切，狭窄到几乎双手一伸就能撑住两边街墙，近切到几乎一步就能跨越而去，才知道记忆中的那个漫漫的征程，中间只有几个门洞相隔而已。

所幸的是，除了距离上的"变化"，其他的一切基本依旧，一切都是那么的熟悉、亲切，弄堂还是那个弄堂，梧桐树还是那一排梧桐树，从前朝南的母校大门，依旧朝南，儿时的乐园苏州大公园的北门依旧正对着我们的学校。

这应该是最值得庆幸的，我还能在从前的地方找到我的母校、找到我的童年里最珍贵的六年记忆。不像我曾经在苏州住过的其他一些地方，比如干将路103号等等，后来都不复存在，永远找不见它们的身影，也找不见自己的脚印。

所以我庆幸，所以在以后的日子里，只要有机会，我都会经过五卅路或者公园路，往左或者往右折一下，穿过草桥弄，就从母校的门口走过去了，如果有人与我同行，我会告诉他们，这就是我的母校。有时候，明明走不到五卅路，走不到草桥弄，我哪怕舍近而求远地绕一点路，也要到那里去走一走，听一听母校的声音，感受一下母校的温暖的气氛。

六年的时光，留在记忆中的内容已经不多了，但有一件事情却是至今还记得很清楚，那是小学二年级，第一批加入少先队的名单里没有我，我很伤心，班主任蔡老师特意到我家来安慰我，并让我代表第一批没有入队的同学上台发言。时光流去了四十多年，当年走上台去发言的情形却依然在眼前。只是不知道如今蔡老师又在何方，一切可都安好。

还记得我上的那个班叫"文"班，这是草桥小学的一个特殊的传统，每一个班级都有自己的班号，比如我哥哥的班，就叫作"强"班。同班的同学从一年级一直同到六年级的，如今大多已经记不得了，后来和我有联系的有两个同学，一个叫曹小燕，一个叫李萍，但是李萍现在也不再来往了，只剩下一个曹小燕。其实我和她的来往也不算十分密切，但是每到节假日时，都会收到她的祝福短信，内心倍感温馨。短信多的时候，来不及一一回复，但是曹小燕的信我却是必定会回复的，毕竟，我和她，已经有了近半个世纪的缘分了啊。

这个缘分，是母校草桥小学赠给我们的。

听说最近母校设立了名人馆，4月底的庆典活动，我因为另有工作，没能赶上，但是在那一天，我的心绪却回到了母校，草桥小学，这座一百多年来始终稳健淡定地坐立在草桥弄的小学校，是我，也是许许多多学子的人生的起点，虽然那个时候，我们还不懂得什么叫人生，但是我们的人生之路，却是从草桥小学开始的。

昨天晚上，我在灯下写这篇文章，回想母校，思路竟是那么的顺畅，完全可以一气呵成写完它，但是行文至此，我忽然停下来，因为心里忽然涌起一股强烈的愿望。

今天中午，为了这个愿望，我特意绕道经过草桥弄，从草桥小学的大门口经过，我朝里张望时，又忽然想到，今天正是母亲节，母校也和母亲一样，一辈子呵护着我们，也是我们一辈子的永远的惦念。

苏州小巷 [1]

范小青

　　从前，有一个人在路上走着走着，他就走到苏州小巷这里来了。他站在小巷的这一头，朝着小巷的那一头张望。噢，这就是苏州小巷，是拿光滑灵透的鹅卵石砌出一条很狭窄很狭窄的街来，像古装戏里的长长细细的水袖，柔柔的，也有的时候有点弯，这弯，就弯得很有韵味，叫你一眼望不到边，感觉很深，很深。

　　他就跟着这种很深的感觉走了。有一辆人力车过来了，他要让它经过，他的身体就已经靠在路边的墙上了，等人力车过去，他可以正常走路，就看见他身体的一侧，左边或右边的肩膀那里，已经擦着了白色的墙灰，他是用平静的眼光看了看身上的墙灰，用轻轻的手势拍一拍，就继续往前走了。正如从前有一个人写道："不念出声咒骂，因为四周的沉寂使你不好意思高声地响起喉咙来。"

　　小巷深处是一片静谧的世界，如果长长的小路是它的依托，那么永远默默守立在两边的青砖、黛瓦、粉墙、褐檐，便是它忠诚的卫士了，老爹坐在门前喝茶，老太太在拣菜，婴儿在摇篮里牙牙学语，评弹的声音轻轻弥漫在小巷里，偶尔有摩托穿越，摩托过后，又有卖菜的过来，他们经过

1.选自《请你马上就开花》，范小青著，辽宁人民出版社，2013年1月第1版，第1次印刷。

之后，小巷更安静了，四周没有喧哗，没有吵闹，有远处运河上若隐若现的汽笛声。

这个人就走着走着，他呼吸着弥漫在小巷表面的生活的烟火气，他想，原来深深的小巷是肤浅的，是一览无余的呵。其实，其实什么也不用说了，因为这时候，他看到一扇半掩着的黑色的门，一种说不清的意图，让他去推这扇门，他的手触摸到了生锈的铜环，门柱在门臼中吱吱嘎嘎地响。

他不曾想到他推出了另一个世界。秋风渐渐地起来了，园子的树叶落了，叶子落在地上，铺出一层枯黄的色彩。他踩着树叶，听到松脆的声音，有一些乌青的砖，让脚下的小路绕过障目的假山和回廊，延伸到园子的深处，有一个亭子的亭柱剥剥落落，上面的楹联依稀可辨：

风风雨雨暖暖寒寒处处寻寻觅觅
莺莺燕燕花花叶叶卿卿暮暮朝朝

旧了的小园，是另一种风景，留得残荷听雨声，他想起了从前读过的句子。这是一个深藏着的精彩的天地，它是小巷的品格，结庐在人间，而无车马喧。

将它留在僻静的那里，他是要继续走路的，他又经过小巷里这一扇和那一扇简朴的石库门，他是不敢再轻视它们了。在这个简单的门和这个平白的墙背后，是有许多东西的。假如我是个诗人，我会写诗的，他想。

后来，他听到一个妇女在说话："喔哟哟，隔壁姆妈，长远不见哉。"

他是完全不能听懂她们的吴侬软语，但是从她们的神态里，他感受到家常的温馨。他真是一个聪明而敏感的人。

从前，在平常的日子里，一个人在苏州的小巷里随随便便地走走，真是一件很好的事情啊。

这边风景 [1]

范小青

一个深秋的下午，苏州十中校园，遍地金黄，瑞云峰一如既往无言无声地守候着时光，不远处的王鏊厅里，举行着一场简朴而又绚丽的诗歌朗诵会。

一首《风景》打动了我：

> 过去的我是一只不知疲倦的鸟／一朝醒来我突然变成了一棵树／一棵再也不走／再也不盼顾／再也不漂泊／再也不浪漫的树／从鸟变成树／是一种痛苦／一种失落／一种悔悟／是与天地的默契／也许我会天长地久站成一块化石／也许我会站成一道风景

一首诗打动了我。但打动我的，还不仅仅是这首诗，更是这首诗的作者柳袁照。他是十中的校长，一个在应试教育的舞台上表演得酣畅淋漓又疲软至极的重点中学校长，毫不犹豫地给了自己一个异度空间：写诗。而且，他不仅自己写诗，他还影响了他的学生也写诗，另一首在朗诵会上被选中的就是他的学生王禹的诗《涂鸦》：我有两只手／都一样消瘦／看着我的墙／用我的手在上面画上两只狗／他们也一样消瘦／是否？／还应该有一片黑沙漠／让他们一只向左／一只向右／独自走走／可是不能够／因为我消瘦的手／因为我只画下两只消瘦的狗／不是像墙一样厚实的骆驼／而

1.选自《请你马上就开花》，范小青著，辽宁人民出版社，2013 年 1 月第 1 版，第 1 次印刷。

是两只狗／都和我的手一样消瘦

就这样，校长和学生，他们的诗都上了台，都走进了每一个聆听者的心灵。

在这一时刻，在别的学校和别的教室，老师在板书 X＋Y，同学们在背诵 ABCD，而柳校长和他的学生，却恣意纵横地沉浸在诗情画意中，这里没有枯燥，没有乏味，没有呵欠连天，只有跃动的心律和从心底里流露出来的热爱。

那一天的十中校园里，有诗声回荡。朗诵会很快就结束了，明天也没有朗诵会了，后天也不会有。但是这一天的短短的朗诵会，却给了这个校园一个气场，一个大大的浓浓的气场，一个经久不散的气场。这个气场，这就是文化的氛围，这就是素质教育的环境。

我是这样想的，一个学校，有一位诗人校长，有一位校长诗人，对于他的数千名学生来说，肯定是一件好事情。

那一天我走出王鏊厅，看着校园里的秋天，真是风景这边独好啊。

不多天后，我看到了柳校长即将出版的一本新书，这是一本图文并茂的书，是他的摄影作品和散文的合集，就在那一瞬间，我又想起了风景，想起属于柳校长的这边风景。

对于我来说，其实与柳校长并不陌生，柳校长的文章也早有拜读，还看过一些他主编的书籍，但是当我读到这本新书，我还是有了再一次认识他的感觉，在这本书里，柳校长的文字大都是写的风景，有大自然的风景，有人生的风景，他把自己置身于风景之中，他是一位赏景人，乡村、山林、江南、北欧、母亲、兄弟、朋友，梦一般的西藏，都是他眼中和笔下的风景。

那么他自己呢？他早已经把自己融化在风景之中。一个人用心赏景，风景给予他的回报，就是熏陶和造就。于是，这一个赏景的人，就再也不是从前的那个赏景的人了。

我们心目中的中学校长，或者我们想象中的中学校长，大概总是被分数、被升学率压迫得焦头烂额，无处逃遁，而柳校长却能够在繁忙紧张的工作之余写诗、写书、拍照，这是因为他给了自己一个极为辽阔的空间，在这个空间，他的精神是自由的，他的思想是不会被禁锢的，也许他是一棵站定了不再漂泊移动的树，但是树的灵魂永远飞翔着。

日常生活的智慧审美

范小青是当代著名作家，在创作上先以小说著名，继而写散文。就散文创作来说，无论是在数量还是质量上，她都取得了惊人的成就，绝不只是参与似的客串。她的散文朴实无华，关注的多是百姓的寻常生活。她的散文不在于描摹生活，而在于通过自己的慧眼，将日常生活上升到审美的层面。

日常生活作为大众的普遍体验，本就司空见惯，很多人早已熟视无睹，而范小青却能透过现象看到本质，抓住生活中的灵魂，展开文章。比如《从母校门口走过》一文，文章回忆了自己念草桥小学的经历，回忆了当年学校周围的环境，回忆了当年的班主任，回忆了当年的同学，没有什么惊天动地的经历，有的只是曾触动作者心弦的一些小事。假如文章就这么结束了，那么该文就会流于平庸，与一般的文学爱好者写点回忆文章相差无几。"今天中午，为了这个愿望，我特意绕道经过草桥弄，从草桥小学的大门口经过，我朝里张望时，又忽然想到，今天正是母亲节，母校也和母亲一样，一辈子呵护着我们，也是我们一辈子的永远的惦念。"这就是文章的结尾，画龙点睛。那座已经破旧的学校，那些已经久远的师长与同学，为何还能在记忆深处不时浮现，就因为母校就像母亲一样，一辈子呵护着我们。所以，我们应该一辈子地惦念。范小青写的是她的母校——草桥小学，我们每个人对母校拥有的情感又何尝不是那样？这也是我们一次次从母校门口经过，有种要进去转转的冲动的原因。

苏州是一座文化名城，作为生于斯长于斯的苏州人，范小青笔下的"苏州元素"也有很多。其实以"苏州的园林"、"苏州的小巷"、"苏州的古桥"等入文的文章不胜枚举。但大多数苏州籍作者都有种"不识庐山真面目，只缘身在此山中"的困惑，或许距离太远了，看不清；太近了，亦看不分明。范小青在《苏州小巷》一文中，不用第一人称，而用第三人称，如此以一个旁观者眼光看苏州的小巷，她既熟悉这里的一切，又与这里的一切保持一段合理的距离。这样，范小青笔下的小巷，既能体现特点，又能展现人情。"左边或右边的肩膀那里，已经擦着了白色的墙灰"这句话可以看出小巷的狭窄逼仄；"风风雨雨暖暖寒寒处处寻寻觅觅，莺莺燕燕花花叶叶卿卿暮暮朝朝"这副对联可以看出小巷里大户人家的生活；"他听到一个妇女在说话：'喔哟哟，隔壁姆妈，长远不见哉。'"这句话可以看出吴侬软语的特点，也可看出苏州人家邻里之间的关切之情。只要曾经在小巷生活过的苏州人，我想都会被这篇文章打动的吧。寥寥数语，却活灵活现。那些已经化身为高楼大厦的小巷，又会在某个夜晚，悄然出现在读者的梦里。

不曾拜读过范小青的诗歌，但是她显然是位有诗性的作家。要不然，当她遇到一位写诗的校长时，怎会发现那里的风景特别好呢？在《这边风景》一文中，她写道："我是这样想的，一个学校，有一位诗人校长，有一位校长诗人，对于他的数千名学生来说，肯定是一件好事情。那一天我走出王鏊厅，看着校园里的秋天，真是风景这边独好啊。"在这个物欲横流的社会，读诗已成了一件奢侈的事。校园内，学生忙着应付考试，老师忙着准备教案；校园外，一部分人为着生计而奔波，还有一部分人忙着寻找一份可以糊口的工作。诗歌，还有什么作用呢？范小青给出了答案："一个人用心赏景，风景给予他的回报，就是熏陶和造就。于是，这一个赏景的人，就再也不是从前的那个赏景的人了。"也许，读过诗歌后，作业还要去做，考试还要去考；也许，读过诗歌后，珍馐还在饭店里，大衣仍在橱窗里，但是，那时我们的精神世界早已发生了变化。虽然躯壳离不开世俗生活，但是灵魂，却可以在天空自由飞翔。所以，十中的柳袁照校长向范小青展现了一片别样的风景："我们心目中的中学校长，或者我们想象中的中学校长，大概总是被分数、被升学率压迫得焦头烂额，无处逃遁，而柳校长却能够在繁忙紧张的工作之余写诗、写书、拍照，这是因为他给了自己一个极为辽阔的空间，在这个空间，他的精神是自由的，他的思想是不会被禁锢的，也许他是一棵站定了不再漂泊移动的树，但是树的灵魂永远飞翔着。"但愿我们都能自由地飞翔！

江南给予范小青那种天地交会、心生万象、游目寸土、神驰八方的写作灵气和惊人的创造力，使其创作一开始就具备了一种浓郁、深厚的地域个性和个体特色。范小青的乡园文字不是那种大开大合的历史人文，而是真切的生命记忆，是个人对于一座城市具体事物和生活经验的平实而富有诗意的展露。所有的一切，通过她的智慧阅读，都上升到了审美层面，通过她的生花妙笔，向我们展示了一道又一道独特而又丰富的风景。

（金泓）

柳袁照

简介

柳袁照，1957年2月出生，中国作家协会会员，江苏省苏州第十中学校长。作品见于《人民文学》、《诗刊》、《星星》、《钟山》、《雨花》、《扬子江诗刊》、《中西诗歌》以及《光明日报》、《文汇报》等报刊杂志。先后出版《旧雨来今雨亦来》、《感恩蔡元培》、《图像的独白》、《我在最中国的学校》、《在这个园子里，遇见你》等散文随笔专著以及《柳袁照诗选》、《星星降临》、《流连》等诗集。

我的母亲[1]

柳袁照

我想写一篇关于我母亲的文字，哪怕是一段文字也好。

母亲去世已经有四十多天了，现在我时时会想起她，眼前晃动她的影子，特别是她去世前躺在医院病床上，与我交流的眼神，尽管那时她已经不能开口说话了，但我明白她所有的意思。

母亲住院三十三天，这次入院再也没回家。住院的时候，她曾很固执地想回去，做子女的不忍心让她带病回家，现在想想母亲是知道自己不行了，想在自己的家里离去。

母亲出生在太湖西山，是一个山里人。对她的身世，我只是在她去世

1.选自《在这个园子里，遇见你》，柳袁照著，上海文艺出版社，2011年11月第1版。

以后，才更清楚地知道一些。总之，她是很倔强、固执，而又吃过许多苦的人。在她临终前的一个星期，是很痛苦的。但我没有看见她呻吟一声。坚强地几乎让我不敢相信。现在，回想起来，她的这种坚强贯穿了她的一生。这种乡下山里人的秉性，是一种本色，是一种本色人生。

我要感谢我的母亲。在她临去世前的一个月，还是给我了一个出访北欧的机会。教育部在今年暑期组织了一个中学校长团赴北欧，就在我临出行前的两天，母亲犯病住院，而且接到了她的病危通知书。按常理我不该也不能出去了，但我竟然决定还是随团而走。那天夜里我几乎没睡，早晨很早就赶到医院向母亲告别，她斜躺在床上，对我挥挥手。我对她说："我要去出差，你要等我回来。"她问我要多少时间，我说要一个星期。她像小孩一样地答应了。从离开她的这一刻起，我就开始担忧、就开始后悔、就开始在内心责备自己了，我反复地问自己：母亲能够等得到我回来吗？

我先后到了芬兰、瑞典、冰岛、挪威和丹麦五个国家。

北欧之行，我穿梭在人文与自然的境界之中，但我的心却始终悬着。孔子说：父母在，不远游。那时那刻我才有了切深的体会。手机始终开着，每隔几分钟就要把手机拿出看看有没有什么电话、有没有什么信息。既怕有电话来，又怕没有电话来。每天都在心里计算着还有几天就能回去了，甚至，心里还会计算着：假如此刻来了不幸的消息，我即刻返回将要多少时间？最难熬的是在冰岛，手机信号时有时无，有时几个小时没有信号。那天我接到从母亲病房打来的电话，说老人家又一次病危，当时的感受是任何人不亲身经历都不会感受到的。后来兄长又传来信息，母亲不时地问我何时能回来。看到信息时的一刹那的情感，只有远方的儿子，在远方心系母亲，又无能为力，而又可能面临从此永世诀别之时，才有的情感。

冰岛真是一个苍凉之地。那晚我几乎是含着眼泪，给我的兄长回复了如下的信息：告诉母亲，请她等我。我在从芬兰到斯德哥尔摩的海轮上，为她买了世界上最好的巧克力。

冰岛很原始，原始的火山口，随时随刻都会喷发岩浆，那一刻我想只要需要也会喷发我抑制不住的情感，这种情感是很原始、很本色的情感。我很自责我自己。

母亲从小被父母送到村上的人家去做童养媳，25 岁那年已经是一个有两个女儿的母亲了，家庭的变故，使她毅然出走来到苏州为人女佣。经人介绍认识了我父亲。当时我父亲刚丧偶不久，留下三个小孩，最小的只有三岁。母亲在这个新家庭，首先是以"后娘"的角色，承担起家庭的责任。试想一个母亲丢下自己亲生的儿女，却去抚养别人的小孩，是如何地让人酸楚。这其中必有让母亲横下心来的一个坚定不移的理由，我们后辈不必去刨根究底。现在有一些朋友，说我待人处世往往不按常理"出牌"，不知是不是我继承了母亲的这种秉性。母亲来到我们家，与父亲又生下我们五个子女。一生在家抚养小孩，支撑家庭。不识字，也没有出门工作过。我是最小的儿子，是母亲41岁那年生的，今年她91岁，而我正好是50岁。小时候家庭是很贫苦的，床没有床架，像那些橱柜之类一律没有，只是用几块木板钉了几个大箱子。但说真话我所过的日子并不太苦，我最小，一直被母亲和大家宠惯着。家里虽然清贫，但其乐融融很快乐。我从没饿过肚子、挨过冻，尽管衣服是补丁叠补丁。父亲一人工作养活全家，母亲承担起家庭的所有事务，一生的辛劳，堪与比维格兰雕塑中的人物相比，甚而有过之。

有一次聊天，朋友说我是一个在人生的每一个时期都被上苍宠爱的人。我说我小时候是一个受过苦的人。然后我对她讲了两件事。一次母亲带我到街上，给我买了一块"大饼"，在我咬了几口的时候，突然被一个"叫花子"抢去了，我站在街上直哭，大饼店的人看到这个情景，竟然又"赔"了我一个。当时我还不满六岁，正当60年代三年自然灾害的时候，一块大饼可能是几个月都轮不到一次的"大餐"，现在可以想象当时母亲在一旁的心情。与其说是我的哭声打动了店主，还不如说是母亲的悲哀感动了同样贫困的做小生意的人。我说的第二件事大致是这样的：我的两个兄长常常放学以后，站在桥下等待为拖蔬菜的大板车推车。板车过桥很困难，桥很高，拖车人表示谢意往往会给我兄长一根两根黄瓜，或一只两只番茄之类的瓜果。他们拿回家就给我吃。朋友听了我的叙说，连连摇头，说这哪是苦啊，这是爱，这就是上苍对你的眷顾。

数日以后，我返回了苏州。

母亲仍在医院。从北欧回来能够让我再见到母亲，这是上苍又一次对我的眷顾。回来的当天我就去了医院，给母亲带去了芬兰巧克力等北欧食品，她能轻轻地与我对话，神情似乎比我临去北欧前好一些。第二天夜里我值守陪伴她，她睡着，我的一位兄长也在凳椅上陪伴睡着，我坐在病房里，在电脑上做我自己的事情。夜深人静，全病区静悄悄好像整体都睡着了，母亲似乎睡得很深很香，只是在午夜下床小解了一次，我心大安。然后在边上空着的病床上迷蒙地合眼睡了一小时。第二天清晨，一切都很正常，我也正常地去学校上班。

　　这是母亲入院以来状态最好的一次，至少是我见到的最好的一次。从这天下午开始，母亲开始病情恶化，经常整天不吃喝一口。有时我匆匆上医院，喂她一口两口，像哄小孩一样。后来知道，那时她的口腔、食道，甚至肠胃都已经溃疡，她吞咽一口水、一口汤都要付出痛苦难忍的代价。她强忍着吞下或咽下的这一口水、一口汤，与其说是为自己，不如说是为了我们子女——为了不扫我们子女的兴，不拂我们子女的好意。

　　母亲住院的一段时间里，我的两位兄长夜里为了让母亲安心、不吵闹，竟陪她睡在身边，一位九十一岁的母亲、一位近六十岁的儿子，共枕一个枕头，亲情融融，我这位做弟弟的看了也为之动容。我兄长在母亲去世后告诉我，垂危的母亲半夜还会为儿子掖被子呢。

　　现在，母亲去世了，我想着记下这一段文字把它献给我的母亲——母亲在她最后的十多年的岁月中，从未说过骂过我一句，这大概是我们众多兄弟姐妹中唯一有此殊荣的人——我很惭愧。

2007 年 10 月 25 日

我的父亲 [1]

柳袁照

　　我想写写苏州的定慧寺巷。他是我少年和青年时代待过的地方。我写定慧寺巷，不是为我，而是为我的父亲。

　　十一岁那年我跟着父亲母亲从镇江来到苏州，就住在定慧寺巷的东头。父亲是1950年从上海到镇江的。退休以后把我们一家又带回了老家苏州。他一生很多时间都在火车站工作，以此养家糊口。

　　苏州老家没有老宅，我的姑母，即我父亲的同父异母的姐姐住在定慧寺巷，最初就借居在她家。那年正是1966年，来到苏州给我的第一个记忆是，许多人家都把瓷器、字画，还有佛像、神器等，拿到巷里，扔了、毁了、烧了，父亲带着我怔怔地看着。

　　定慧寺巷的东口，有一座古色古香的石板桥，叫吴王桥。走过桥是钟楼头，当时是很冷落的地方，还没有钟楼新村。定慧寺巷的西口，是甫桥西街。甫桥西街没有一家商业店铺，马路两旁种着女贞树，没有一点点喧闹，是很幽静的一条街，现在不一样了，改名叫凤凰街，街两旁开满了灯红酒绿的饭店酒家。

　　我来到苏州就在巷子里读小学，叫双塔小学，就是在巷子中间的现在叫双塔公园的地方。很简陋的房舍，双塔就在校园内。双塔的西面是操场，

---

1. 选自《在这个园子里，遇见你》，柳袁照著，上海文艺出版社，2011年11月第1版。

南面建起的一排平房就是我们的教室。双塔是被围墙圈在校园内的，里面一片荒芜。我现在才知道，那荒芜的园子，原是五代罗汉院大殿遗址，曾是香火旺盛的所在。

过了没有几个月，房管所给我们分了房子，一间正房一间厢房，很巧的是，这个住所，还在定慧寺巷。只是从东头搬到了西头，离甫桥西街只隔有一家门面。从此，我一直住到而立之年以后才离开。虽然，其间我下乡插队，上大学，离开了苏州多年，可我的家还在那里。

我还是说说我父亲吧。我父亲小时候不是在定慧寺巷长大的。只是六十岁以后一直生活在这里，直到他十八年以后去世。父亲六岁丧父。是母亲一手把他拉扯大的，还有他的两个同父异母的哥哥姐姐。既娇宠又吃过苦头，曾经做过小贩，却亏了本，给茶馆跑过堂，却会把茶水泼翻几次。他读过几年私塾，写得一手好毛笔字，挺拔而有力。但自理能力很差，直到去世，自己都不会洗一件衣服和烧一锅饭。

我父亲曾娶我大妈为妻，生两男两女。我大姐上世纪 60 年代初随夫去了香港定居，二姐一直在上海，我小时候的劳保福利就是跟着她的，大哥在他十九岁那年患病去世了，那时我还没出世，二哥在我出生那年去了青海，如今他在青海已经子孙满堂，在最近的十年中，我曾三次去青海看望他们，与其说侄女们把我当小叔叔看待，不如说把我当作大哥看待，因为我年龄实在比她们大不了多少。

大妈患病去世。后来父亲又娶了我母亲，我母亲又生了我们两女三男。父亲生我的时候已经五十一岁了。在我的印象中，与其说是父亲，不如说像祖父。

父亲是怀着落叶归根的心情回苏州的。1966 年及以后的几年，是特殊的几年。那几年父亲心里一定悲哀。大概 1945 年，父亲凭自己识几个字的原因吧，到了上海火车站工作，还加入了国民党。听父亲说，是集体加入的，解放战争时期，铁路部门是半军事单位，不参加意味着将失去饭碗。

就是这件事让父亲吃尽了苦。当时，我在双塔小学读四五年级，有时放学回家，就会看到几个人，坐在厢房里，与父亲谈话，气氛很紧张。母亲会偷偷地拉我到一旁，打发我到角落的厨房去。父亲是国民党，他写得一手好字，大该担任了文书什么的。为整人吧，所以不时会有一些单位的人来调查、取证一些"当权人"。那个年岁这是了不得的大事啊。居委会如临大敌,邻居戳戳点点。况且,我大姐又在香港,真是风寒交加。我常常躺在床上,在漆黑的夜,仰望着天花板,听父母在床上辗转反侧的声音。

有一件事,虽然已经过去了四十年了,我还清楚地记得当时的情景:我坐在五二班教室,在我的北面是双塔,从窗口望过去,斑驳而灰暗。是一节语文课吧,老师讲完课,还剩几分钟。他突然神情严肃地对大家说:我们这里的一个同学,他的父亲原来是国民党特务,这个同学同样也隐藏得很深。接下来这位老师说什么,我一句都没听见,只感觉五雷轰顶。我是如何的羞愧?我是如何的心冷?那窗外的双塔,扬起头,在我看来直刺云天,这位老师的两句话,更像两把刺刀插入我的心里。

那一天,我是流着泪,流着血,走回家的。回家我什么也没说,望着悲哀的父亲、悲哀的母亲,我什么也没说。一个月以后没说,一年以后没说,十年、二十年、三十年过去了,四十年以后,现在父亲去世二十多年、母亲去世两年了,今天我才第一次,从心里说出来。

1974 年,我从苏州十中高中毕业,我去了太仓乡下插队落户。父亲年近七十岁,与六十岁的母亲一起,从定慧寺巷的那个小屋,送我到了太仓靠近浏河的杨林河边,他们的脸上只有无奈和慈爱的神情。

在农村的几年,我不常回家。每次回来,都看到父亲格外高兴。他手臂上常佩戴着一只红袖章,坐在定慧寺巷中的苏公弄口值班。我心里知道他高兴的理由:那说明他政治上没问题。居委会让他值班,是对他的信任,他虔诚地认为,居委会对他信任,就是政府对他的信任。

苏公弄是因为苏轼曾在此居住,而留下了古迹。苏公弄南头是定慧寺,苏轼与寺院主持僧守钦友善,常往来定慧寺巷,寄寓寺中。当年父亲坐在弄口,注视来往行人,有何感想?其实,那时候他只有苦尽甘来的那种满足:感到可以直起腰杆做人,可以不再连累儿女了。哪有什么思古之情。

也许是少年时候的这段经历,我曾是很内敛的人,在人面前很少说话,在陌生人面前更不会说话。小学中学的时候,放学就在家里,不出门,我从不与巷子里的邻居小孩玩。母亲也不会让我干家里的活,我只是看书、读书。父亲也从没有问过我学习成绩好坏的事。但父亲是一个把荣誉看得比较重的一个人。我的去青海支边的二哥,是第一个为他挽回面子的人。

我二哥在青藏高原几十年，在上世纪 70 年代早期就加入了中国共产党，并成为盐区一个基层党组织的主要领导人。这件事，是父亲晚年重大的事件了。在父亲看来，二哥为我们这个一度压抑的家庭，光宗耀祖了。意义不仅限与此，他的子女都会有光明的前程了。以后的事实也是这样，我姐我哥从二哥开始，都相继先后入了党。父亲晚年是长长舒了一口气的，终于没有让他的历史问题影响子女。

我父亲和我们的家庭，是没有重男轻女的意识的。他对我一直在上海铁路部门工作的二姐最信赖，家里有重大事情都找她商量。小时候在我看来，二姐是家里最有办法的一个人，她在上海铁路局下属的一个单位做主要领导，几乎好像什么人都能见到，她也是父亲引以为自豪的人。许多年以后，我从农村中学调回苏州，就是她给我想办法解决的。

我香港的大姐是既给父亲带来灾难的人，也是给他带来好容颜的人。那个时代家有人在香港，说不定一个晚上就会给家庭带来莫大的灾祸，那个年月是如何让我们一家恐惧。国家形势好转以后，大姐回家探亲了。有港币，有大陆见不到的一些稀奇古怪的生活品带来，一时又让我们家成为巷子里左邻右舍聚焦的地方。大姐在香港是一个家庭妇女。也是很多年以后，我出差去香港看望她，她是如何的欣喜。现在她已经去世了，至今，我还清楚地记得她见到我笑眯眯的样子。当年大姐要回家探亲一次，要准备好几年，积攒下零用钱，为的是回家看看父亲和弟妹们。大姐用钱上是最像父亲的一个人。回家以后，给这个钱，给那个钱，好像她是银行家一样，见到我大姐是我父亲最高兴的时候。

父亲去世已经二十多年了，有一个形象定格在我心里：他把两手笼进袖管里，趴在厢房中的桌子上，不紧不慢地给我讲定慧寺巷中的故事。他说，定慧寺巷是读书人待的地方，双塔是两支笔，定慧寺巷东头，走过吴王桥，穿过钟楼头的那座方塔，是砚。读书人都要到定慧寺巷来赶考。当时我听了，感觉到父亲有些迂，很不相信。现在，我查阅资料，才知道，定慧寺巷曾经是苏州贡院所在地，在双塔之西，苏公弄之东的地方，是江苏巡抚李鸿章所建，可以坐千人，有县考的宏大的场面，是苏州的学子获取功名的必经之路。

1977 年那个春天，积压在社会上的十届高初中毕业生，像火山口流出的岩浆，赶赴恢复高考的第一个考场。我有幸是我们生产大队第一个也是唯一一个在第一次恢复高考中，考取大学的人。父亲人老了，步履蹒跚了，他把我的录取看作是人生的高峰。看到邻居会走过去，会说，我小儿子录取了，看到亲戚会走过去，会说，我小儿子录取了。因为我是我们这一代人中，第一个大学生。是我们家祖祖代代零的突破，怎能让父亲不欣喜和欣慰呢？

父亲的晚年是平静和宽心的。我的哥哥姐姐都成了家，生儿育女。他几乎是每天坐在客堂里的藤椅上，怀抱孙子或外孙女，阳光照在他身上。有时下午临近傍晚的时候，小外孙、孙女们放学回家，他会带着他们，小心翼翼地从家里走到巷里，再从巷子里，走到甫桥西街，再从甫桥西街走到濂溪坊的馄饨店，花七分钱，买一碗小馄饨。当时的濂溪坊如今已经成为干将路的一部分了，往事依稀，父亲就是这样走完了他的一生。

2009 年 12 月 2 日

清明 [1]

柳袁照

今天是清明，上午从家中出发，为父母扫墓。父亲的墓在华山，面对天平后山，朝东，略朝南，坐落在半山腰上。父亲是1983年去世的，二十多年来，我们每年都在清明前后爬上山路，给他祭奠。山上，特别是近山顶的地方，会有野生的杜鹃，白的居多，红的间杂其间，我每年都会爬向峭壁，采集一两束，献在父亲墓前。母亲去世三年了。她健在的时候，每年都随我们一起给父亲扫墓。为了这一天，她几乎会用一年的时间作准备，每天为父亲折"锡锭"，到这一天扫墓烧化给他。母亲是九十一岁去世的，去世的前三年还随我们上山，我们搀扶着她，一个一个台阶上，后来两年她实在爬不动山了，就坐在山脚，脸向上，看我们上山下山。

母亲是西山人。临终前却决意要回家，我们满足了她的愿望。去世以后，把她安葬在西山岛的最西端：朝南，面向浩淼的太湖。今天，我们扫墓，先去父亲的墓地，再去母亲的墓地，我从父亲的山上，采了一大束杜鹃花，越过太湖，把它们献在母亲的墓上。

我们家团圆的日子常常不是春节，而是清明。兄弟姐妹以及兄弟姐妹的全家，集中去为父亲，现在是为双亲扫墓。开始的时候，我们骑自行车

1.选自《在这个园子里，遇见你》，柳袁照著，上海文艺出版社，2011年11月第1版。

去，车后带着母亲，带着爱人，带着孩子，十几个人几乎是一个车队。后来墓地开通了扫墓专车，再后又开通了农村公共汽车，我们从十几个人发展到几十个人。现在我们兄弟姐妹的孩子都已经成家立业，孩子们开着自家车，带着他们的父母，为他们的祖辈扫墓祭奠。

生活中总有许多如意和不如意的事情，但父母总是我们心中永恒的记忆。昨夜我真切地梦见了我的母亲，还是在那间我们住了几十年的老房子里，梦见打水的细节，我还是十几岁的样子，我家住的地方没有自来水，要出门到巷中的公井去吊水，母亲每天要几十次地来回，我放学回家唯一能做的家务就是吊水提水，可我总推托作业多，能少去就少去，能不去就不去。梦中的母亲生气的神情，让我无所适从，我知道我是在梦中，梦中的我为已无力弥补我年少时的过失而难过，梦中的难过同样是真真切切的难过。

我家住了几十年的那两间房子，在90年代中期被拆迁了。母亲一度搬迁住在山塘街附近，她喜欢一个人住，自己料理自己。那个定慧寺巷口她曾住过的老房子，是她魂牵梦绕的地方，她一直想回来，在她八十六岁那年我租借了一小套房子，就在凤凰街上的一个小巷里，离定慧寺巷二三十米，把母亲安置在她早就想回归的地方，所有的一切都是她所熟悉的，了了她的心愿。

母亲居住的地方，虽然离我的学校很近，但我也不是每天都能去看望她。我的哥哥、姐姐、外甥等，每天去看望她、照料她。每周我会去一两次，每次去我都会带上许多小吃、零食、水果，我明白她在两三天内是吃不完的，但我需要她有一种满意和满足的感觉。小时候我是最任性的一个，不听话，常与她争吵。但到了母亲最后的十年我总是依着她、顺着她，她说什么总是听着，哪怕她的要求我办不到，也总是应承着。母亲在世的时候，我会藏一些零用钱在身边，母亲去世以后，一度很失落，感觉钱放在身上没有用处了。

每次我去看望母亲，总是匆匆忙忙，坐不上十分钟。但母亲盼望我去看她却会用许多时间，她会计算，估计我会去了，她就不出门了，怕走开了我来了见不着我。每次临走也总要送我。她住在二楼公寓，把我送下楼，走到楼梯口，再从楼梯口走进巷子里，再从巷子里走到马路上，看我离去。

我常常走几步回过头，见她还在望着我，向我挥挥手。我走了很远，回过头，她还在望我，还会向我挥挥手。最后一次，是她去世前三个月，她送我，走到马路边，坐在人行道的一家商店的台阶上，目送我远去，没几天她就住医院了，就再也没有出来。我现在每次走过、路过，总会向母亲坐过的那个台阶望过去，依稀还能看见母亲坐在那里目送我的样子，这个镜头定格了。

西山的记忆是与母亲联系在一起的。西山是太湖的一个岛，最近十多年才架设了太湖大桥，原是一个封闭的所在。打鱼捉蟹，花果茶树，艰苦而怡然自乐。西山人爱家，爱自己的小孩亲人，爱到可以不顾原则，哪怕缺点，我母亲就是这样。我小时候去西山要坐船，从胥门起程，就是为纪念伍子胥而建造的那个古城门。不大的客船，但有小小的船舱，够坐上几十个人。船离开码头，经过护城河，到横塘、到胥口，就进入了太湖。船在太湖中要行驶两三个小时，远远望得见西山了，从影子，到模糊，到清晰，我每次去都有上仙人岛、花果山的感觉。我外婆在我还没出生前就去世了，外公在我还没懂事的时候也去世了。我印象最深的是我大姨，大姨是一个比我母亲对我们更宠爱的人。大姨家住在山脚下，山上都是枇杷树、枣子树。果子熟了的季节，我与表哥、表妹们去山上割羊草。我一边割草，一边采果子吃，不停地采不停地吃。每个果林都有看守人，我常常被发现被抓，当他们发现我是我大姨的城里外甥，都会不骂我，反而采摘了更熟更甜的果子塞进我的衣兜里，装得满满的。

今天为母亲扫墓之后，我与妻子又驱车十多里地，来到那个山脚下，走进那熟悉的村巷。出了村子来到一片枇杷林中，走到大姨的墓前，绕墓一周，向姨父和大姨的合葬墓三鞠躬。往事依稀，二十多年前，我得悉大姨得了不治之症，那年我已大学毕业做老师，我请假去看望她，她看到我来了执意要陪我爬过一座小山坡，去看看一个亲戚家，说小孩不能怠慢老人。她告诉我许多事情，我母亲小时候的许多故事就是她告诉我的。她知道我将要结婚，知道我喜欢读书，让做木匠的儿子打了一口书柜，用的是西山产的原木，作为结婚礼物。那天我回苏州，大姨送我到门口，倚在门框上，我明白这一别将会是永别。我一步三回头，深深凝望着她。果真三个月以后大姨离开了人世。

四年前的一个傍晚，也就是我母亲去世的前一年，我驱车前往西山，顺着山路到达岛上的最西端，那一天全凭兴致所至。是一个秋天，天空的晚霞无限绚丽，伸入湖中的栈道挂满渔网，栈道尽头矗立着一座小屋，小屋笼罩在金黄金黄的霞光之中。我赶紧摄下了它，这是一幅难得的美景，如今这幅照片挂在我家墙上。后来，我发现母亲的安葬地，就在离这个地方不远处的山坡上。现在回想起，总感到是一种昭示。安葬母亲的时候，我们同时也为父亲准备了新墓穴。华山自古是苏州著名的山林，是名胜佳处，不宜为墓地，迟早要搬迁的。我们很快会选择又一个霞光满天、油菜花金黄的日子，让父亲跟随母亲而来。

江南的清明时节，是雨纷纷的时节。细雨中，桃红柳绿，但是这种桃红柳绿，是那种让人怀旧、让人伤感、让人情思绵绵的颜色。可是今天却没有往年的那种细雨，那种细雨下催动的伤怀情绪。晴天，阳光和煦，让人感受到天地间飘浮的只有感恩的气息。

2010 年 4 月 5 日

瑞芝里 [1]

柳袁照

今天，我又去了瑞芝里。瑞芝里坐落在镇江京畿路上，我生在那里，一直在那里生活，直至离开，整整十年。

离开以后，去过三次。

第一次，十五年以后，正当青年。我已大学毕业，经历过上山下乡，恢复高考上大学，然后又回到插队的太仓当中学语文老师。有一天，我决意要回去看看，看看那个我童年生活的地方。于是，我坐了火车，从火车站下车，再从火车站出来，一步三回头。因为，我的父亲曾在镇江火车站工作十七年，直至退休。那是与瑞芝里一样让我很怀念的地方。全家七八口，全靠父亲一人养活，我常随父亲去站台上、候车室玩耍，有时是陪母亲，或兄姐为父亲送饭，一个饭盒子，饭上放点菜，拎着晃着。从瑞芝里到火车站的马路，是我的乐园，长长的，好像总走不完。我是小学二年级开始暑假时，全家搬回苏州的，那年父亲退休，按政策可以带未成年的子女回原籍，就这样全家快快乐乐走了，瑞芝里在我的印象中是很模糊的。

第二次，三十年以后，我已是一个中年人。我也回到苏州，成家立业。在一所学校教书，还是教语文，后来调到教育行政机关，当公务员。一天，

---

1. 选自《苏州杂志》2012 年第 05 期。

去南京出差，是坐面包车去的，还有一位同事同行，我对他说，我要中道停留，要去镇江我曾经的住所看看。于是，办完了公事，转道到了瑞芝里。我下车，一个人进去，匆匆忙忙，一会儿出来，坐上车又回苏州。那年母亲八十岁，还健在，我告诉她，我去过镇江瑞芝里了，她很开心，一个劲问我瑞芝里的情况，东家如何，西家如何，不停地问，她三十三岁去镇江，直至五十岁离开，一直就和父亲带着我们生活在那里，在那里，还生下了我小哥、小姐和我三个人。母亲虽然是苏州太湖西山人，但对镇江有很深的感情，晚年曾多次请我带她回瑞芝里看看，我今天推明天，明天推后天，总推托忙，到母亲去世，都没有带她去。

第三次，四十五年后，就是这次。我从机关回到我的中学母校当校长，也已经十年了。国庆长假在家，写了一篇文章几首诗，连续两天头晕心里烦躁。晚上，做了一个梦，分分明明在瑞芝里。不仅梦见小时候的事情，真真实实现在还在那里生活。于是，我决意要再去瑞芝里。

汽车进城了，开过大市口，开过当年我记忆中最繁华的大西路，开到伯先路，在伯先公园门口停车，我虔诚地下车，走进了京畿路。那是我的童年路啊，在我看来，虽然破旧，但却是神圣。京畿路是一条东西向的马路，老火车站在西，伯先公园在东，它很有特点，不长，也只是不足千米，两边是山，南面是宝盖山，北面是云台山，它似在山沟里穿行。我几乎走一步停一步，仔细瞻望，仔细回想，竭力在记忆深处找出残存的印象，与眼前的小巷、街舍、店铺对比、吻合。京畿路北面的一面，已经被铁皮栅栏紧紧围住，不时地出现"拆"的字样。瑞芝里也在北面，我真的是忐忑地走完这段短短的路程，怕瑞芝里再也找不到了。

终于，我站定在了瑞芝里的入口了，那个镌刻着"瑞芝里"的碑石还在，那个进入瑞芝里的过街楼还在。这一次，我认真端详每一个细节：京畿路上沿街一幢西洋风格的楼房，楼下中间有个入口，那是过街楼，过街楼里就是石阶，沿石阶而上，就是瑞芝里。上来是一个山坡，东面山崖，北面、西面视野开阔，望得见金山寺宝塔。瑞芝里就像建在崖上。十几家人家，坐落在那里，大都是一层楼房屋。小时候，感觉瑞芝里很大，很幽长，也很神秘，有一两家的门总是关着，现在，站在瑞芝里的中央，却感觉这里很局促，也很狭小。四十多年前离开这里时的样子，模糊地残留在我的记忆深处。三十年前，第一次回去的情景，却是清晰地留在记忆中。那天，瑞芝里的老人知道我来，都从家里出来，围着我问长问短。我去看望我曾住过的家，也是一个过街楼，我家就在这个过街楼上。全是木质的，包括四周的墙壁，东面的窗开出去，手几乎就能触到山崖上的杂树、杂草。我家可能是瑞芝里最贫穷的人家，我记得到冬天，家里很冷，常常会结冰，木板墙处处是缝隙，冬天无论刮什么风，都会从木缝向里面吹。夏天暴烈的阳光，又会透过薄薄的木板、透过木缝直射进来，像火炉。十五年前第二次回去，却让我唏嘘不已了，许多人都不认识我了，里面搭建了许多杂屋，凌乱不堪，我在心里说，瑞芝里怎么成了这个样子。认识我的老人，有的已经搬走了，有的已经去世了。多了些陌生的面孔，那些小孩更是以迟疑的、好奇的眼光打量我。

我对童年的记忆很少，父亲在火车站工作，我在铁路子弟小学读书，学校离瑞芝里不远，要走一刻钟时间，记忆中，我从未一个人自己上学，有母亲送，或者由比我大的几个哥姐带着去，学校在铁道的对面，好像是开辟的一块荒地，在一个山坡下，操场的一边是山体，山体上还会露出一个、半个棺材。我的老师只记得一个，是我的班主任、语文老师，当年已是中年人，不高也不胖，女性，从不大声对我们说话，她叫陈月华。我记住的还有我的同桌，他读书没有我刻苦，但家里的条件比我家要好，人却善良而憨厚。要测验考试了，他就要我教他，如默生词啊、做算术竖式啊，然后会给我一张、两张白纸，他叫宋建设，是我一生中最早学习资助的人，我转学到苏州以后再也没有见过。往事依稀，那一次回瑞芝里，让我失落，我的家已经拆了，唯独我的家拆了。但是它的"骨骼"还在，那个颤巍巍的过街楼的木梁、木柱残留在哪里，孤零零的，我一步一回首。

今天，我有充分的思想准备。准备来到瑞芝里已一无所有，果然如此，到处是断垣残壁。我留意一堵墙壁上，还挂着当地文管部门的一块牌子，写着：优秀清末民初建筑。一眼望去，满地狼藉。但是，我们家的过街楼残柱残梁还在，还是我十五年前见到的样子。近邻的一家兀自耸立着，我左看右看。然后爬上我童年曾爬上爬下的木梯，那已是废墟。一个中年人出现了，一脸疑惑和严肃，问我，你在干什么？从哪里来？我告诉他，四十多年前我曾居住在这。交谈中得悉：他是最后一家拆迁户，因为安置费还没有谈妥，还僵持在这里。他是二十多年前搬入瑞芝里的，听说我是比他还老的住户，一低头，不做声了。也是天有照应，我返回汽车准备离开，一沉思，刚才没带相机，没有留下照片会是遗憾，返身拿起相机，又回到瑞芝里。左拍右拍，要留住最后的记忆。突然，又一位老先生站立我面前，也是很诧异地凝视我。我告诉他，我曾是这里的老住户，他神情为之一振，马上问我，你是哪家的？曾住哪一户？我开始一五一十告诉他，还没说几句话，他就叫出我哥姐及我的小名，说他与我的两个哥哥是小伙伴，当年经常打架，一打架，我母亲抱着我，去找他母亲告状，说了许多趣事，还叫得出我两个兄长的绰号，一个叫"小辫子"，一个叫"假妹妹"，叫得出我两个姐姐的小名，一个叫"大猫"，一个叫"小猫"。他两年前退休了，一个月以前，从这里搬走了，说趁这里还没拆为工地，隔三岔五，来看看，舍不得啊，生在这里，长在这里，老了竟然离开了。然后，饶有兴致地告诉我一些典故：他爷爷是一个当时很有实力的企业家，"瑞芝里"的"瑞芝"两字，就是他爷爷的"字"，瑞芝里沿街的门面楼，就是他爷爷建造的。瑞芝里早已破旧不堪，他们居住在这里早已怨声载道，但一朝离去，心情又是如何的复杂和不愿。

瑞芝里是我经常梦到的地方，几天前的梦境让我不能忘怀。我执意要专程来看看，何其幸运啊，一个月后，这里的废墟也将无存，随之而来的可能是全新的一排排整齐的公寓房。那个"童年"，真将一去不可复返。瑞芝里是个独特的山坡，老先生带我走向山坡的边缘，问我，你还记得荷花塘吗？那东荷塘和西荷塘一下从我记忆的深处跳出来，那无边无际的荷花，那铺天盖地的荷盖，是啊，如今在哪里？老先生手一指，就在我眼下的五百米处，可是，我见到的是一大片建筑工地，一幢幢大厦正拔地而起。老先生又问我，你还记得洋人坟吗？我说，我一点也不记得。他说，就在坡下，从西下坡下去，当年凡镇江的洋人死了都葬在那里，现在，早已是阳台上挂满红红绿绿衣服的居民小区了。

我记起了一个人，他家在我家的北面，最靠近他所说的洋人坟的地方，是比我家还贫困的人家，我家与他家常常互送食物，不管是我家还是他家，有一点好吃的，都要互送着给小孩子吃。瑞芝里真是一家烧肉，家家都香啊。他家是最矮的，几乎是倚靠在人家墙下搭建的一个简易房。他叫庆生，比我小三四岁，我几乎天天与他玩，他很会哭，唯有我与他玩的时候不哭。我小心翼翼问老先生：庆生你知道他吗？他家去哪了？老先生说，你还记得小庆生啊，他一直住在瑞芝里，也近五十岁了，上个月才搬走的。我又问，他母亲呢？印象中，她母亲是一个最柔弱、最善良的人，是一个把我看成是自己的一个孩子的人。岁月是最无情之物，我不该问，几乎所有我记忆中的长辈都不在人世了，三十年前见到的、十五年前见到的老人也大都不在了。

　　瑞芝里对于我意味着什么？意味着童年，意味着记忆，意味着历史。该离开了，有聚就有散，不必伤感。从瑞芝里到金山寺的路程，在我小时候的记忆里是漫长的，都是步行而往，今天汽车头一溜烟，三五分钟就到了，平坦的沥青大马路，我们朝未来走去，一定非要全部改造、搬迁、重建吗？非要"日新月异"吗？对有些事物为何不能"修旧如旧"呢？一个瑞芝里，不仅仅是几间房屋而已，它是一种文化，一种传统，在这里发生的琐琐碎碎的故事，虽然是平凡人的生活，但它却是历史的真实，更储存着几代人的情感。我们带给未来的，不能都是全新的东西，我们要时刻让自己记住，也要让未来的人们记住，前人曾经的痛苦和幸福。汽车越驰越远，瑞芝里又将成为一个梦，一个在现实中再也不能重温的梦，我们都终将远去。

2011 年 10 月 3 日，于扬州江都

毛家市 [1]

柳袁照

我在毛家市那里呆了五年，是 80 年代初，从 25 岁至 28 岁，是我最青春美好的一段时光。

毛家市，在太仓境内，我在那里的时候，已经不叫毛家市了。我是从当地老人那儿知道的，我在的时候叫新毛公社，以后叫新毛乡，现在没了，合并给了城厢镇。

我是去做老师的。我大学毕业被分配在那儿，说是分配还有点不准确，准确地说我是要求去那儿的。我是苏州知青，恢复高考第一年，就被录取了，毕业时分配的政策是：哪里来，再回哪里去。自然我又到了太仓，我插队的地方是岳王市，岳王市现在也没有了，并给了沙溪镇。我对组织上说，就让我去离苏州最近的一个公社吧，于是去了新毛公社。公社所在地有两条街，一新一旧，有供销社、邮局、信用社、卫生院、学校、理发店，以及几家小店小铺。我就在毛家市最东边的新毛中学，当了语文老师。

那样的生活再也不会有了，那是一段历史，无法复制。我所在的新毛中学，是一所农村集镇中学，为普及农村教育而办，先是初中，然后"戴帽子"又办高中，成为一所完中，后来为办学效益，又把高中撤并了。前

1.选自《苏州杂志》2011 年第 06 期。

几年，干脆初中也不办了，现在没了。

那是在乱坟堆里办起的学校。老师来自四面八方，有上海的、苏州的、无锡的以及远远近近其他公社的，知青老师居多。新毛中学的校舍，是三排平房，每排四间房子，有的做教室，有的做教师办公室，一件最大的办公室，在里面隔一小间，就是校长、教导主任办公室。每个年级两个班，最多的时候是三个班。学生都是本地的，大多是乡下的，少量是街上的居民子弟，都很淳朴，在那里我有了我的第一批学生，现在也都是四十多岁的人了。前几天，我接到一个电话，很陌生，那一头很激动，一再要我猜是谁，哈，原来是我最早的学生，近三十年啦，当时她还是十四五岁的人，现在对我说，女儿都工作了。

那五年我就住在校园。在三排校舍之后，最北边，是一条小河，河水清冽，两岸青草萋萋，岸上错落的杨树、柳树、榆树，倒挂在水面上，与桥影、云影相摩挲，很自然的景致，今天想想也是奢侈。河的这一边是五间茅草房，三间是我们外地老师的宿舍，两间是食堂，两个人一间。食堂是土灶，就是几十年前苏南农村常见到的烧稻秆麦秆的那种，中午当地的老师也在那里吃，大锅饭，一人一份，菜也是分好的，烧什么吃什么。用了农村妇女，烧饭烧菜，洗洗刷刷全归她。河对岸是农田，不久公社卫生院搬到那里。隔河不远处就是太平间，晚上漆黑一片，让人悚然。如星光满地，则是更为凄然。

我们那一批年轻老师，周一至周五的晚上是相聚的时间。食堂吃过简单的晚餐，三五一群，走出校门，走到田野上。春天小麦、野花，秋天稻谷、玉米，看农家袅袅的炊烟。或在办公室摆出"康乐球"桌子，你一枪，我一棒，边上围着一圈人观赏、起哄。我们那时候，很少喝酒、聚餐。

那时候电视机刚兴，大尺寸的更是少见，整个学校只有一台，在前面办公室。晚上，我们住校的以及住在学校附近的老师，会聚集在一起看电视，当年中国女排三连冠的几场关键比赛，都是在那里观看的，边观看还要边欢呼。刚去的头一两年，我是最小的，不经常回家，周日住在学校里，其他老师一般都会回家。偌大的校园就留我一个人了，遇到大黑天，就在茅屋里不敢出去，后来胆子大了，遇到有好节目，也要一个人从河边走到前面的办公室去，三步两步，像疾风一样。看完节目，回宿舍，虽然还沉浸在剧情里、戏情里，但一想起这里曾是乱坟堆，毛骨就会悚然，然我还是在周六、周日的夜里走来走去。我小时候，没有练过毛笔字，但这段时间，我几乎三天两天在晚上夜深人静的时候，写几页毛笔字。

发生的一些有趣的事还记忆犹新。毛老师，教体育，高大而英俊，是苏州人，曾为插青，我与他同住一间河边茅屋几年。长我七八岁，看他找到女朋友、结婚、生子。他儿子一岁多点的一个星期六，原本不准备回苏州了，但他思家心切，想想还是要回去，就骑了一辆自行车走了。傍晚，天黑了，一个妇女抱着一个小孩子，来到了学校。她是毛老师的妻子，想给毛老师一个惊喜，没想到两人走岔了。学校没有长途电话，更没有手机，我奔到街上的邮局，找到值班的人，打到毛老师的家，即山塘街上的一家小店的公用电话上，让店主传递消息。毛老师还没有到家，等到他回家，长途汽车早没有了，他旋即只能又骑上自行车回新毛，折腾下来，已是深夜。我一边安慰毛夫人，一边帮着抱孩子。后来，毛老师调回苏州，几年以后，我也调回苏州，再后来，他的小孩大学毕业，应聘到我们的学校当老师，我们成为同事。学的是音乐，还上过中央台《非常6+1》节目，常常为亲朋好友做新婚主持，帅气而引人发笑，在他现代而时髦的衣着、言语上，怎么也找不到他父亲当年的影子，但在我面前总是毕恭毕敬。顾老师，比我小几岁，后来分配来的，学中文，喜古文，少年老成，坐在我的对面，我们似乎棋逢对手，总是就某些文学典故舌战不止。有一天周末，他说不回城厢镇了，说有个同学要来，吞吞吐吐说是女同学，来了，两个人在田野星光下说个不停。我问他是谁？是不是女朋友？他说不是，是他大学最好的同学的女朋友，遇到一些问题，与他谈谈，让他协调。这事过去了许多年，我遇到顾老师，偶然提到此事，我问他，你男女同学的爱情最后被你协调得如何啦？他笑着取笑我，说，柳老师啊，你傻不傻啊，哪里是我同学的女朋友啊，是我的女朋友，她是过来问我还爱她不爱她，是最后一次分手前的约会。我们兄弟相称，做兄的被弟"欺负"竟那么多年。

那里的老师流动很快，外地老师一两年以后，都会想办法调走。调回城里，或老家。有几个人印象很深，一个金老师，当年也要近五十岁了，外地人，在当地成家生子快快乐乐。特正直，凡有不平总要说，也敢说，是学校正义的化身。据说"反右"的时候，或其他什么紧要关头犯了错误下放到了这里，一待十几年，突然有一天，他说要调到苏州去了，原来当年他的几个同事，都已经成了大官，帮他落实了政策，在苏州当了一个不大不小饭店的总经理。一个周老师，城厢镇人，家安在新毛镇，是语文教研组长，60年代初的大学生，有学识，是权威，对世事有自己的看法，但人极圆熟，遇事轻易不表态，表态也是点到即止。备课、批作业到了兴致处，人不是坐在椅子上，而是把自己整个人都搬到椅子上，蹲在上面办公做事，一边还会得意得哼着小调。不久也一半凭着自己的学识，调到县高中去当骨干了。一个陈老师，我曾与其住过一个房间，他是双凤公社人，与新毛相邻。犯过错误，可能是不该爱上了一位农村女孩，不给他做老师了，让他回到农村务农。多次上访后，同意他返回学校，但不能待在原地，必须异地安排。陈老师严重的肝硬化，不会上课了，在校办场打杂，晚上就与我聊农村的故事，话有时极多，有时极少，聊到高兴处，我问他自己的事，他就不做声了，不久，调回去了，死了。

对我们年轻老师来说，新毛中学是起步的地方。一个教书异常认真而憨厚的王老师，调到了当地公社，一个灵气十足而调皮的张老师，调到邻近的公社，现在都是很显眼的父母官。现在想想，现在农村一些干部，都是从那个时候的学校走出去的，从此给了他们新的天地，音容笑貌、言谈举止都与留在学校的老师大不一样了。蔡老师大学毕业也来这里，心软人慈，嫁给了一个局长的儿子，很快跳进了县城，我们都为她高兴。可是，好景不长，先生车祸，成为植物人，丈夫就这样闭着眼躺在家里很多年，她一个人带着儿子，平静而痛苦地生活着。

这里的许多人和事，留在我生命中了。有一个人，我是必定要写的，他是俞校长，沙溪人，只有十几里的路，但天天住校，有时星期天也不回去，周六晚上如回了，周日傍晚一定回校，1966年前的大专生，曾在机关搞人事，多事之秋，一阵风换了一阵风，他是有点发配到新毛中学性质的。与他搭档的书记是贫下中农，先是农宣队队长，后来就留在学校了，人还厚道，知道自己没文化，也不管事，就每周三下午领着我们读读报纸。学校大事小事都是俞校长管着，坚持上课，却不听我们的课。只在吃饭的时候，与我们聊几句天，大事小事他几乎都知道，心里明白，却不说出来。他对我们外地的老师最大的不满意，是每周要回去。要回去，周六的三点前必须离校了，回来，也总在周一上午的第二节课以后。他对我不错，"迟到早退"也不经常批评我，只是偶尔解题发挥，不轻不重说说而已。接到调令，我要走了，去向他告辞。我说，这几年真对不起学校，经常往苏州跑，来来去去，给校长带来麻烦了。回苏州以后，家庭安定了，我会把精力全部扑在工作上。没想到，临别前，他竟说了一句我一辈子不能忘怀的话，他先骂了一句，接着笑着说，估计你也不会好到哪里去了。听着我心头一愣。想想也有委屈，当年插队，全大队我们这批人，我第一个考取大学，离开农村，等我毕业，所有的知青都走了，留下我一人。从十八岁至二十八岁，除了读书那几年，都献给了农村。临走了，却得到这么一句逆耳的话。俞校长是一个长者，我不敢顶嘴，其实，他对我是信任的，他把儿子放在新毛读书，就选择放在我的班上，他说我的课活。临别前他对我说的那句话，对我产生了影响。回苏州以后，我做班主任，第二年的"创造杯"活动，就得了两个全国一等奖，还获得德育论文苏州大市一等奖，客观地说，这些与俞校长的"激将"不无关系。后来，他也调回家乡，当校长直至退休，我曾去沙溪看望他两次。

离开新毛以后，总是想着那里。回去过几次，有一次，我带着女儿，来到新毛中学。在那条河上，给她说打破冰层给她洗尿布的往事。那一年，她刚满月，她母亲裹抱着她，来住了三个月，我当年的学生几乎每天都要来宿舍门口张望，那些天真而恋恋的神情，现在我还清晰记得。走在我曾走过五年的毛家市的老街，告诉她：这里，曾驻足，在桥栏边，仰望天空，竟有一群群的鸡鸭游过；那里，楼下黝黑的店堂里，每月我都会坐在那把破旧的摇椅上，理发，桌上的录音机都会播放着邓丽君的歌曲。我告诉她：这个地方，虽然平常，平常得连今天任何的地图上都找不到；这个地方，虽然当年天天想离开，甚至有些怨恨，但是，多少年过去以后，回想起来，却是那么亲切，包括一草一木。我告诉她，那时候，每次回家，我都会带些大蒜头、蚕豆，大蒜是太仓出口的主打农产品之一，又大、又甜、又糯。蚕豆当地人叫牛踏扁，大大的，像牛脚一脚踩下去形成的形状，扁扁的，青白色，又甜、又粉。不用化肥，也没有大棚，更不需转基因，土生土长。现在，我们都吃不到了。

毛家市，那个时候是公路的尽头，每天只有几班农村公社与公社相连的公共汽车。长途车还不直达，只能坐到县际公路口，沿着一条简易路，再走进来，走半个小时。那时回苏州，返新毛是不敢多带行李的。新毛中学更在毛家市街衢的尽头，再走过去，都是田埂小道小路，只有白云、蓝天、河流，还有就是麦浪稻海、蚕豆棉花。今天已成我的梦乡，那种原生态的景象和生活在我的现实生活中已经消失。

2011 年 10 月 11 日

过年

柳袁照

　　我最早有记忆的过年，是在上世纪 60 年代早、中期。过年，是了不得的大事，我们小孩是这样盼望着、期待着，大人也无不是这样，还比小孩多一份虔诚。我记忆中的童年与少年，过的日子是漫长的，一天、一周、一个月，好像要很久很久。不像现在，时光飞快，感觉过了春天，马上就到了秋天。秋天一到，似乎冬天即将来临了。日子还没有来得及品味，就飞逝而过。成年以后，特别是现今的过年，更多的是感慨。

　　小时候的过年，才像是真正的过年。家里穷，兄弟姐妹多，吃粗喝稀的，但过年食物却丰盛有余。小年夜、大年夜特别忙，母亲准备菜肴，我们小孩就负责"炒货"。一只煤炉，一只铁锅，一把铁铲，不停地炒。炒蚕豆、炒黄豆、炒瓜子。家里弥漫着烟火混合着的各种豆香、瓜子香，要好几天散不开。我家炒葵花子很少，炒花生米就更少，价格贵，买不起。（西瓜子、南瓜子、冬瓜子，都是日常吃了西瓜、南瓜、冬瓜，瓜子被母亲留着、晒干，专供过年用。）门口来了爆米花的，我就央求母亲能够多舀几碗大米，也去爆炒米。看爆米花的一手转动着爆米锅，一手拉风箱，眼睛一眨不眨地，快爆了，赶紧掩住自己的两只耳朵，"嘭"的一声，一碗、两碗的白米，瞬间就爆成了一大袋白白的、脆脆的炒米，那几乎是我过年能吃到的最好的奢侈东西了。

　　我长大一点，大、小年夜会帮母亲做点"实事"，我最拿手的就是做蛋饺。把煤炉拎到客堂，挑拣一处有阳光的角落坐下，一坐就是几个小时。

做蛋饺火不能大，微火就行，一把勺，一块没有被熬制的生猪油。用猪油在勺子里一擦，舀一小调羹蛋液，在勺子里铺均匀，薄薄的一层，不能有气泡。然后，就舀上一点肉馅，把蛋皮翻转、微烤，一个蛋饺就做成了。做蛋饺，关键要把蛋皮做得金黄，不能烤焦，火候、炉上时间长短，都很有讲究。吃年夜饭时，大家围着一大桌，每当大家夹着我做的蛋饺时，我总把眼光对着母亲，启发她快告诉在外地工作回家过年的兄姐：那些像一个模子里出来的蛋饺，都是我做的。

过年是快乐的，除了能吃好的，还能玩好的。对放鞭炮之类，我家是玩不起的。但我能站在一边看邻居小朋友点鞭炮，同样是享受。我只是买过几张火药纸，火药纸上排满一颗颗火药籽，拿一块砖头，对着火药籽砸，砸一下，炸一声，也是其乐无穷。一分钱可以买几张火药纸，很便宜。可是，即使玩火药纸，我也是偶尔为之，为何不玩？啪啪几声，钱就被炸没有了，不舍得。到现在我都不喜欢点鞭炮、放烟花，更从不掏钱买这个、玩这个，就是小时候养成的习惯。放鞭炮，是过年的标志，除旧布新，除此之外，还有在门上贴春联。那时候的老人，毛笔字都很好，我父亲就写得一手好字，铺开红纸，毛笔饱蘸墨汁，很快一副对联就写好了，笔力遒劲，我感觉到比现在能卖钱的书法家的字好多了。那个时候家家户户的对联，都是"听毛主席话，跟共产党走"。

我盼过年，还有一个目的，能拿到"压岁钱"。家里虽然穷，但是，每年除夕，总会拿到"压岁钱"。钱不多，一角、两角，后来条件渐渐好了起来，我也能拿到一元、两元。我拿到的压岁钱都是新钞票，那是母亲想办法与做会计的邻居换的，她认为只有没有使用过的新钞票，才能给子女带来快乐和幸运。压岁钱，在我手里，我只有所有权，但没有使用权。派什么用处呢？开学交学费和书费，或交给母亲替我买新衣服，我很少有新衣服穿，兄姐多，都是穿他们穿剩下的衣服。现在，我衣着不讲究，也是从小养成的习惯。我的压岁钱，还有一个用处，就是放"高利贷"。每到月底，父亲都会出现"前吃后空"现象，领工资还不到时间，但身上已无分文，他就来向我"借贷"，许我"利息"，有时借我一元，要还我两元，借我两元，还我四元，我的一些新衣服或文具，就是靠此"挣得"的。

过年，是邻里情与亲情最荡漾的日子。大年初一，穿着新衣服，吃过汤圆，就去拜年，左邻右舍、大伯大叔、大姨大嫂，一个个喊下来，上衣袋里、下裤袋里，装满了好吃的。我家买不起的糖果、蜜饯、花生米等贵重吃货都会带回家。我有两个舅舅、一个姨妈在西山乡下，他们一年中养一两只猪、两三只羊，年底宰杀，每家都会送我们一个猪腿、一个羊腿。这样，过年我家就吃得上肉了。红烧肉，大块大块的，土豆烧肉、茨菰烧肉、笋干烧肉。过年时其实只能吃一小部分，大部分都会被母亲腌制起来，割成一块一块的，挂在屋檐下，风干，慢慢地节俭着吃，几乎要吃上一年。现在，我西山亲戚，猪羊早都不养了，可过年过节，还会送一些青菜、萝卜、南瓜、山芋等农作物，说是环保的、不用化肥，让我们吃着放心。但我心里明白，在有毒雾霾的空气里，这些蔬果如何能逃过一劫？

我小阿姨，住在阊门外上塘街附近的杨安里。每年初一，她都会来我家拜年，她从不坐汽车，几小时，都是走着来，她不能坐车，一坐车就头晕。每年都来，一年又一年，在我记忆中，几十年都是如此。母亲八九十岁的时候，小阿姨七八十岁，她在我家坐上一会，要回家了，母亲总是依依不舍，总要送她走一程，小阿姨不让，可又没有办法劝阻，就坚持再返送我母亲一程，来来往往，总要有几个回合。开始，母亲从定慧寺巷要送到察院场，慢慢体力不济，后来只能送到宫巷口，再后只能送到干将路口，最后只能送到家门口了。她要看着小阿姨离去，小阿姨也是一步三回头。现在，母亲已经去世多年，而小阿姨还健在。

小时候，我最大的遗憾是吃不到水果，往往过年也是如此。我曾经最大的期望之一，就是水果能降到与萝卜一个价格。小时候，天天吃胡萝卜、白萝卜，一年也吃不到几个苹果、几个梨、几个橘子。没有想到，真有我所期盼的这天，现在水果竟真比萝卜、蔬菜还要便宜，便宜到我常常觉得不可思议。现在，我仍有生吃白萝卜、胡萝卜的习惯，为此，常受到朋友们的"奚落"。写诗作文，是我如今的学习、工作与生活方式之一，常常有人问我：写作之时，抽不抽烟、喝不喝酒？我总这样回答：抽烟、喝酒的习惯没养成，但吃水果、吃生萝卜的习惯却养成了，不管写得高兴，还是写得苦闷，只要一只苹果、一只梨、一只萝卜，精神就会倍增，会让我"情思"汹涌。

如今，水果都是平常之物，鸡鸭鱼虾三天两头相见，天天都似过年，然而，过年也成平常之日，少能激起涟漪。过年，是记忆，也是现实；过年，是风俗，也是文化，一切都在变化。我对少儿时的过年，难以忘怀，是因为我怀旧的个性使然，社会在进步，一年比一年好，用不着怀疑。尽管如是，我还是要说，小时候过年，虽然物质贫乏，但所吃的黄豆、蚕豆、萝卜、蛋饺等，都是真正的不受丝毫污染的绿色之物，人与人之间简单、朴实，大家相互要求也不高，几乎没有奢望，以诚相待，民风淳朴，这一些，却是今日过年无法企及的。

2013 年 2 月 3 日

岳母杨荷芬 [1]

柳袁照

　　我想写岳母，已经有些年月了。但今天提笔，只是因为一周前，她给我看了他父亲写的一份《亡妻李氏事略》（原文并没有标题，为我阅读后所加）。这是一份复印件，写于 1937 年，一直藏在唐闸老家老书橱的一个抽屉底下。二十多年前，唐闸旧屋被拆迁，后人整理老旧物件，才被发现。岳母得悉后，回南通复印了一份，一直藏在身边。今年岳母九十一岁，三年前，她主动要求去敬老院，除了衣服、生活必需品之外，还带了它。我与女儿在养老院与她闲聊，聊到南通，聊到她的老家南通唐闸，张謇当年实业救国——举办大生纱厂，一个在地图上极不起眼的小镇，竟曾是响彻寰球的近代民族工业重镇。而我岳母就生于斯，长于斯。好奇心驱使，我向她打听她小时候的往事。于是，岳母从座位上站起，步履蹒跚，从衣橱中找出了她父亲的这份书札，交到我手上的时候，却很平静，只是说：许多事情已记不清了，你自己看吧。又说：你拿去吧，不要还我了。

　　这是怎样的一份材料呢？民国时的书信专用纸，从右到左，竖排，毛笔字，三页纸，仅一千两百字。拿到手里，粗略一翻，即知此是宝物。字如唐人小楷，我曾见过的唐人无名氏小楷六种似乎就是这样的字体，正楷为多，也有少许行书，或草书。阅读它如读明人小品，有如读沈三白《浮

1.选自《苏州杂志》2013 年第 02 期。

生六记》中的文字。还算通俗，没有句读，一下子就能读懂十之八九。此间，是我岳母的父亲，即我妻子的外公（以下称岳外公）于我妻子的外婆（以下称岳外婆）去世不到一个月内，所写的哀婉文字，极朴实、极简练。叙述了岳外婆从二十二岁嫁给岳外公，到四十一岁去世，十九年间的整个家庭生活往事。十九年间岳外婆孕育、哺育了六个子女，两男四女。我岳母为老二，长女，上有一个哥哥，下有一个弟弟、三个妹妹，岳外婆去世的时候，最小的妹子还在褓褓中。岳外公在一家面粉厂打工，专跑乡下收割小麦，当时叫作"外庄进麦"，用今天的话就是"供销科"，一年绝大部分时间在外，家内一切事务全由岳外婆料理。岳外婆去世前的三年，岳外公于唐闸数十里之外的白蒲镇开办了一家木行，全家随迁而去。岳外公虽为业主，但仍多做收购木材之事，行内、家内之事，全由岳外婆打理，她是一个极勤勉、极能干、极通达事理的人。至此，我方更明白，岳母的品性、品行极像岳外婆。

我最初见到岳母是在1979年春天，于今已有三十余年了。现在，我也到了她当年那个年龄。不是在苏州，是在常熟。我在常熟师范读书，即今天的常熟高专。我是于插队时考入大学的，我妻子当时也是插青。我离开农村以后，她也回城。作为朋友，还保持着往来，但还没有进入恋爱阶段，何时恋爱自己也说不清，也没有明确的界限。有一次，她告诉我，母亲出差在常熟，有半个月时间，可以去看看她。于是，在一个下午，上完课，一个人从学校出来，穿过几条小巷，在常熟城东南河沿处的一家小客栈里找到了她。我们讲了什么，我都不记得了。问问我读书的情况，问问伙食如何，就是聊聊家常。现在想想，好像很唐突，那时候我们就这样单纯。她给我最初的印象是，很精干的一个人，那年她已经五十多岁了，在苏州枫桥一家当时十分有名的造纸厂供销科工作——专在苏州内、外的乡下收购稻柴，看了岳外公的书札，突然明白，原来岳母与岳外公曾从事一样的工作——一个是"外庄进麦"，一个是"外庄进稻柴"。岳母的身上有岳外公的影子。我拜读岳外公的书札，除点句读、辨字句之外，更多的是体会其中的情感，想象当年他们一家的生活情形，我努力去了解、理解，那是我们的"根"之所在。

岳外公在书札中，极哀痛地叙述了岳外婆最后几年的生活。那是日寇大举入侵的年月，丁丑年，即1937年，是岳外公家多事之秋，岳外公去南京购置木材。期间战事发生了，木排在江中运回遭阻，岳外婆在家听到此消息，"既虑余不知阻在何处，又愁木排曾否开行。遂日夜不安，唯有背人饮泣。"岳外公想方设法才由内河绕道只身一人得以返行。回家以后，面临的是什么场景呢？"日机轰炸，声震屋宇"，"人心惶惶不已"。木材是军需品，也遭官厅征用。又逢当地流行瘟疫。岳外公书札中记叙了这样一段对话："余言：兵燹时疫接踵而至，人之生命蜉蝣不若矣。余妻即曰：人各有数，余家赖天佑之。"我可以想象两人对话时的心境与表情。岳外公又说："此时余妻之心中虽不语，余亦可见其碎矣。"仅仅过了一个月，岳外婆竟染上时疫（可能就是霍乱），二十四小时内即身亡。

岳母是长女，其兄杭州高级中学毕业，考入上海交通大学，料理这个家、看护弟妹的责任，从此就落在了一个十五六岁女孩的身上。我岳母的能干，与她的这段家庭经历是分不开的。她承继了我岳外公、岳外婆所有的优点，识大体、有韧劲。她嫁给我岳父以后，来到苏州。养育了六个子女，四女、两男。其中一个女儿在家庭最为困苦时，送给了一个富裕人家。她说，既然有人喜欢她，就给她一条生路吧。十年前，曾动过寻找这个送给人家的女儿的念头，无奈再也打听不到了，正像当年她母亲那样，心中虽不语，可想象其心碎之程度。几个子女的所有优点，她都具备，这是她的赋予。几十年来给我的感觉，她活着，就是为了子女而活着，她会为了子女做一切、忍受一切。我岳父应该也是一个有背景人家的公子，琴棋书画几乎都能，写得一手好字，曾收藏字画、喜欢花草，但在那个年代却在一个黄昏，全毁于一旦。我在他家曾见到半只重红釉葫芦花瓶，上端已毁，下端仍完好，切割以后，似是扁矮的宝瓶。釉色清丽而富贵，绝无一点烟火气。还曾见一只灰色碎瓷水仙小花盆，造型简朴，瓷纹自然、粗疏，整个器件洋溢野趣。那曾是岳父的珍藏，可惜岳父于1971年就去世了。从此家庭的重担落在我岳母的身上，还有三个小孩，一个十九岁，一个十七岁，一个是我妻子十四岁，都在读书，那是一个怎样的家庭重负？她几乎重走父母之路。我融入这个家庭重负的时候，他们已经走出了困难的日子。

很长一段时间，岳母一家住在景德路与养育巷交叉街口，那是一处有历史的老房子。原来肯定是大户人家，有许多"进"，有陪弄。后来，估计是公私合营以后，每"进"的客堂，都被封死，住上人家，整个院落至少住了十多家人家，岳母家就租借在第二进的客堂里。门厅、轿厅也都是人家，家家只能从"陪弄"出入。进入岳母家，先要走过天井，进入天井先要走过一道门，有门楣，门楣上有人物砖雕。屋内梁柱粗厚、粗实。可惜，上世纪90年代街坊改造，一夜之间，全被拆迁而拆毁了。

岳母是一个极勤快之人，做得一手好菜，每到时令季节，都会做出时令菜，现在是吃酱汁肉的季节，如岳母还没去敬老院的话，这时候我们不用到饭店，早就在家尝鲜了。春节前，腊月里，岳母炒的素什锦，会吃上十天半月，素什锦内黄豆芽、豆腐干丝、水芹、木耳、嫩扁尖、香菇、金针菇等等，精细素淡而有滋味。即使到现在，我还常常听到妻子在做菜时，打电话给她母亲，询问怎么做，怎么加佐料。我记得二十多年前，端午我随岳母一家到丹阳去玩。岳母的二女儿曾在丹阳工作，她是我女儿的二姨。岳母在家裹粽子，一张骨牌凳上放着一盆糯米，自己坐在小竹靠背上，脚下盆子、碗，装着黄豆、赤豆、绿豆、红枣，一篮绿粽叶。她什么样的粽子都会裹，小脚粽、三角粽。我家老相册里，还有一张老照片，岳母坐在那里裹粽子，我女儿在一边玩耍淘气。岳母裹的粽子，现在已经吃不到了，能吃到的是店里卖出来的，那不能算粽子，至多是粽叶包裹着的一团饭。特别是吃肉粽，软软地，用不上力，无滋无味。岳母裹出来的粽子，赤豆粽、绿豆粽、枣子粽等等，结实，厚重，棱是棱角是角，剥开粽叶，扑面就是清香，一口咬上去，软而硬，糯又不粘齿，吃在嘴里，醇厚、滑润，踏实在心里。

后来景德路拆迁，岳母搬迁到虎丘附近的小区去了。子女一个个成家立业，子女一个个也生儿育女，大多由她帮着带领。第三代也开始成人了，她却一天天老了。终于有一天，岳母提出要去敬老院。我们看了许多家敬老院，最后看上了城南这一家，舒适、整洁。我们送她去，心里有诸多不舍。敬老院再好，那不是自己真正的家，对老人来说，需要亲情，不能孤独。她一个人留在那里了，最初的日子几乎三天两天子女后辈们要去看望她。也与她说妥，不习惯就回家。第一、第二月我给她付了敬老院的生活费，第三个月她执意要自己付，用自己的退休工资付。现在，一切都已习惯，过年过节也不愿出来。我有时一个星期去看她一次，有的时候两三个星期才去一次。逾九十高龄的人，每天还在看报纸、书籍。今年春节前，我去看她，与她坐在窗前聊天。看到桌子上放着一本我的散文集《在这个园子里》，还在看我写的书。我有些歉意，书中我写了我的母亲，写了我的父亲，还有我家族里的其他亲人，可岳母家的人却还一字未写。惭愧之余，我在心里为岳母祝福，祈福她能一直保持如此清晰的头脑。我与她天山海经，有意与她再聊她过去的事情，特别是她小时候的事情。她对我说，人老了，记不清了。是真的记不清了？还是不愿再说？当一个老人能清晰地说自己记不清的时候，其实也许不是真的记不清了，或许是一种托词，委婉的托词。

因为岳母，我经常去敬老院。敬老院里老人多，老婆婆们更多，坐在走廊里，三三两两，看到哪家子女后辈来了，都会窃窃议论，都是羡慕的眼光。阳光照在他们身上的时候，我心里会好受些，那些寒冷的天，那些雨天、阴天，我的心里不舒畅。养老院无论怎样舒适，环境无论怎样优越，都无法与自己的家相比啊。岳母是一个"知趣"的人，自己老了，她不希望给子女后辈添麻烦。我以为，在敬老院里的每一个人都是孤独的，一种是情愿的，另一种是不情愿的。每当我走在敬老院的走廊里，我都会想，设置敬老院，是好事，但仍要当心，当心子女后辈由此而推卸日常与父母老人生活在一起的责任。建造敬老院地点一定要合适，不能太冷落、太偏僻。我总有一个愿望，在校园里办个敬老院，再办个幼儿园，对老人来说，特别需要那些天真无邪的孩子们与他们陪伴，而孩子们也更需要那些慈爱的老人给他们呵护。校园里最可贵的是要有生命的气息，对敬老院来说，也当如此。

岳母是一个外表刚毅，内心丰满的人，她从父母那里秉承了这一切。她父亲给她取名为杨荷芬，后来，在她生活最困难、最无助的时候，她改名为杨志坚。今天我写下了上述文字，无论用词遣句，还是内蕴情感，都不如我岳外公七十多年前留下文字的十之一二。我希望把它附录于下，以表我对前辈的敬意，特别是表达我对岳母的敬意。

2013 年 3 月 12 日

附录：亡妻李氏事略（杨丽泉）

余妻李氏，父成基公，母石氏之长女，年二十二，来归吾门。时余就食唐闸复新面粉厂，厂距家虽甚近，然余在厂系任外庄进麦之职，年必大半在外，在家至多三四月。余妻因余就食于人，不能尽子职侍晨昏。伊母家虽亦居本闸，并不常归宁，惟在家侍奉翁姑。自来归后次年冬己未，即生长男榕，自翁姑以下无不欣然，从此添一代后裔矣。是年，余在时埝分庄，得家书报平安，其乐可知。至壬戌六月，又生女荷芬，甲子冬腊月生男，弥月未育。至乙丑冬十一月生次女淑娟，丁卯冬十一月生次男桐，是年冬月廿一，遭余父之丧。至庚午冬十一月，生三女莲娟，至壬申二月，遭余母之丧，至癸酉秋，孕而流产。余亦于是年，因复新停顿，与厂脱离。

次年甲戌，余即择定白蒲中市，创设永生木行，春间开始营业。当年六月初一，余妻偕同子女迁居白蒲行内。内之屋少，不敷居住，本年底就行内余地，建屋三间，至乙亥春始告落成。后布置装修油漆，于六月朔移入新屋，行事、家庭始草草组织就绪。余初营木业，半营半习，除行事外，家事及教育子女等事，悉委诸余妻一人料理，各事无不井井有条。惟余性素躁急，遇不顺事辄盛怒，余妻必百般解释劝慰，未几，回思余妻之言，实属成理，旋余亦即没焉若忘耳。至丙子七月生四女畹兰，经营木业三年，勉为开支。俗云：千日方成店。从此不无稍奠基础。

丁丑春夏间，余偕涧奇内兄胡劲寒君，去南京办广木。留京半月，办就一万余元，余即于午节后返行，料理汇款等事。未几，中日战事发生，而我行所办之货，因时间赶做不及，战事在上海又复暴发。是时余正二次冒暑赴宁，设法备轮开排，不意排正待开，而长江之江阴口门正遭封锁。时余离京在轮，阻在镇江。余妻在家闻长江封锁消息，既虑余不知阻在何处，又愁木排曾否开行。遂日夜不安，唯有背人饮泣。后余于七月十一由内河绕道返行，余妻始稍释念。不意次日通城基督医院遭日机轰炸，声震屋宇，且日机逐日飞江北各处视察，人心惶惶不已，木植一物为军用所必需，我行存木为官厅查封征用，日必数起。既感生命之惊惶，又遭货物之损矣，且途中之货进退两难。余与余妻此时之忧思焦虑，可谓正逢沸点矣，加之此时白蒲又发生时疫甚厉。余言：兵燹时疫接踵而至，人之生命蜉蝣不若矣。余妻即曰：人各有数，余家赖天佑之。今夏，榕男由杭高毕业，在沪曾投考交通大学，归里后又染瘟疾。余感国事如此，商人首蒙其害，木业尤加一等，致心绪恶劣无常。所有行事、家事及看护子疾，端赖余妻一人照料，且四女畹兰尚在襁褓中，仍须哺乳。此两月来，余妻为余被阻在外及货物在途，行内存木被征，日机飞翔天空，看护子疾，哺乳小女……此时余妻之心中虽不语，余亦可见其碎矣！

而时疫尤为加甚，至八月十七晚，余与余妻各就东西房分寝。讵料余妻于半夜里水泻两次，并未注意，后连泻三小时。时余寝在西房亦未知之，后经长女荷芬喊余，告以情状。时值深夜三时，即服以十滴水等，泻亦断止。不意至四时又腹泻，且加添呕吐，手足厥冷，随请中西医生，针药并进，势仍转剧。随着用人去唐闸，告岳家及兄嫂。至十时即送临时医院，打针仍不效，至午后一时遂不省人事，延至三时气绝，别余而长逝矣！

余妻自来归吾门，上侍姑翁，下待子女，靡不顺从有方，对余敬爱尤笃。可谓孝媳、贤妇、慈母，或当无愧。窥诸近世，实什不及一。余最抱憾者，与余妻相处十九年，永别时未能道及一言，此终身之难忘也！

以上谨志大略，佩泉忆述，所书年月日均是夏历。

民国二十六年十月

又到杨林河 [1]

柳袁照

我曾在那个夕阳下的树林处，居住三年，昨天我又去了那里。下个月，那个地方将开挖成河。有一条河蜿蜒而来，又蜿蜒而去。流过岳王镇，再向东流几里，是一个偏僻的地方，当年办了窑厂。有土窑，有新窑。土窑是烧青砖的，新窑是烧红砖的，新窑像一个现代大厂房，有高高的烟囱，那烟囱就是当地的标志物，现在所有的厂房厂舍都不在了，只有一个高高的烟囱还在。窑厂对面，即河西岸，就是我当年插队落户的地方。

这条河叫杨林河，当地人叫杨林塘。我们插队落户的那个杨林西岸，叫新建知青点。对那儿的牵挂，随着年龄的增长，可以说是与日俱增。十九岁至二十一岁，是一个如何风华正茂的年龄。每个人只有一次的青春，我就献给那儿了。说着奇怪，离开以后三十年，才重返那里。有了第一次，很快也就有了第二次、第三次，每一次，都有感受。随我一起去的朋友，常常想不通，这么一个破败的地方，前不着村，后不着店，孤零零的几排老屋，也遇不见一个人，竟一而再、再而三地要回去。

我回去，是要看看那条杨林河。虽然，那已不是三十八年前那条杨林河了。知青点还没有安置在那儿的时候，杨林河是寂寞的。由于我们的到

---

1. 选自《苏州杂志》2013 年第 03 期。

来，一度喧闹了起来。那时，我们几十个从苏州去的知青，单纯，单纯到几乎无知，鲁莽，鲁莽到几乎粗野，一下子离开父母，从城里把自己扔在了原野，就在那儿安身，是如何地新奇与苦闷？如何地自由与孤独？那个杨林河西岸，就这样成了我们组成的一个荒野里的集市。

知识青年上山下乡，是中国社会发展史上的一件独特事件。我下乡已经到了后期了，既不同于早期的"插队"，那是知青直接下到生产队，在生产队里自立门户，融化在农民之中；也不同于下到农场、建设兵团，那虽然也是务农，但自成体系。我们的知青点，介于这两者之间，户口是下到生产队的，每年要参加生产队的口粮分配、收入分配，属于生产队的一分子。但平时，在知青点上做工。开始是在杨林河对岸的窑厂，后来，知青点上办了一间加工场，就在工场务工。农忙季节，还是必须回到生产队的。我的户口下在红星生产队，在知青点的西北方向，一年难得去几次。我的生产队是比较富裕的生产队，我每年的收入会比其他知青多，虽然平时我们在一起一样劳动，获得相同的"工分"，可"工分"返回到生产队，每个工分值就出现差异了。在这个生产队一个工分值可能是一角钱，在另一个生产队可能只有五分钱。

苏州的知青点，是城乡合作的产物。当年，市里的每个区、局所属的职工子女中学毕业以后，都要参与安排下乡务农。我父亲在镇江火车站退休，其子女就属地管理，我就成了沧浪区的子女。那年沧浪区在太仓协助建立了岳王、牌楼、茜径三个知青点，那三个知青点，就像三个弟兄，知青们往来，似在走亲戚。我们的工场，是由苏州沧浪区给予支持办起来的，成了以后风起云涌乡镇企业的先导。80年代，几乎所有知青都返城了，知青点却留在了那儿，不断发生着变化，曾成为火红的队办企业。我们居住的房屋，也曾成为车间。昨天，我再去的时候，正是傍晚，夕阳挂在天边，周遭一片血红，远远望去，我们那个旧址，就在那血红的晚霞下，一圈老围墙，凄婉地得让我惊讶。

岳王镇，当地人称为岳王市，称呼为市，也只不过是两条小街，一条东街，一条西街，都是窄窄的巷子，当年那可是当地最热闹的街市了。东街的最东头是粮库，是全公社最高大、最气派的房子。每年我们交公粮，交完公粮以后，走在东街上，舒畅地甩膀子。走完东街，进入西街，比东街繁华，街两边是店铺，买一点烟酒小吃，是很奢侈的事情。有一次，我竟用五元钱，请了几个路遇的其他知青点的知青，吃了一顿午餐，一度被称为"侠举"：那个时候，我每个月的生活费是五元钱，我把一个月的生活费请了客，那不是侠举还是什么？被我请了的知青，其中一个，后来成了我的夫人。

现在，走在东街、西街，无论是气息，还是我内心的感觉，都是寂冷与寂寞的。这个小房子，当年是极普通的街舍，曾经住过的人，都走了，有的走入城市，有的离开人世。多熟悉的天井，多熟悉的门窗、门框，曾经的日常生活，如今楼去人空，野草野花凄凄，竟成为了别人的风景。时光一瞬，相隔就是三十多年，我走的时候，那个早晨升起的太阳，还没有到达中天，现在这颗太阳的余晖，却正照在斑驳的墙上。

走出老街，沿着杨林河，我又到了我曾生活了三年的知青点。那一年，也是沿着杨林河，我父亲母亲把我送到这里。他们是随敲锣打鼓的汽车，把我送到这里的。上午从苏州出发，中午到达，汽车开得慢，要三四个小时。吃过午饭，父母走了，我独自留下。现在怀想起，才能体会到父母当时的心境：父亲那年已经七十二岁了，母亲也六十一岁了，他俩把八个子女中最小的一个，送到乡下去谋生，会是如何的不忍？父亲几乎是半月、一月就会给我写一封信，恭恭敬敬的楷书，饱满而有力。现在，满满地扎成一捆，我还藏着，对我来说，那是亲情与历史的记忆。

从窑厂到知青点，有一座桥，那时我们是天天必走的。夕阳的余晖中，我再一次走了上去。依着栏杆，相望不远处的知青点，感慨不尽。尽管早已面目全非，居住的房子，有的已拆除了，不过，我还分辨得出，这堵墙，那堵墙，曾是我居住的墙。要不了多久，连这些都要没有了。桥下油菜花开放的地方，当年是一片竹林，如今竹林也没有了，是如何让人沮丧。我曾无数次站在桥上，看河水从远处流来，又向远处流去。曾经多少次，在杨林河中洗澡、游泳，当时河里驳船很多，船沿就是我们的跳水台。有一次，戴着眼镜跳水，等我浮出水面，发现眼镜没有了，以后很长一段日子，睁眼瞎似的在农田里劳动了一阵子。很快这座我站着的桥，也将拆除，我再来到此处之时，又将何所凭依？

我的记忆是"知青"的记忆，是那个特定时代的知青，留在这个大地上仅有的记忆。知青是特殊时代的特殊产物，前无古人，后无来者。城里几乎家家户户都有知青，农村队队村村有知青，把原先城乡相互封闭的格局打破了，知青的生存状况，更具有历史的意义。他们在农村的生存方式与道德操守，很多方面冲击着农村大地。为何建立知青点？除了借助城里的力量改善知青的生存状态之外，还有便于管理知青的目的。当地的农民既喜好接近我们，也想远离我们。田里少了蔬菜，家里少了鸡鸭，往往都认定是知青干的，事实上，绝大多数也的确是知青干的。农民们对此，一般都给予极大的宽容，有的说都不会说，走的走过知青点，会骂骂咧咧，但也是一骂而过。我坚信要不了多久，我们的后辈，珍藏知青的遗迹，会如同保护远古人类画在山崖上的图腾，从中以获得特殊历史的真实的影子。

这次，我又来杨林河，是来太仓参加"三月三诗会"的。据说，杨林河下月就要开始两岸拓展与河床深挖工程了。是何等机缘难得！三月三诗会，也是有因缘的。开始于三百多年前的明朝，那一年，是1633年，首倡虎丘诗会，开成了虎丘大会，从江南，乃至全国各地来了一千多诗人。诗会由张溥发起，张溥是复社领袖，太仓人。历史悠悠，三月三诗会也不知何时消失了。直至九年前，一帮江南的诗人，再续三月三虎丘诗会，诗会地点每年一个地方，在江南轮转，今年到了太仓。每年的诗会，都要纪念一位历史上的诗人，今年纪念的是吴梅村。吴梅村是张溥的学生，也是太仓人。历史是何等有意思，张溥开启了三月三，三百七十多年以后，后人在太仓又以三月三的名义，纪念张溥的学生吴梅村。吴梅村是明末清初的一位顶尖诗人，他的《圆圆曲》，是可以与《长恨歌》、《琵琶行》相提并论的作品。诗会上，我做了发言，在我的故土参加诗会，在我的故土参加纪念我视为故乡先辈诗人的诗会，对我来说，意义是不一样的。我说，与其说在纪念吴梅村，不如说，我们还在纪念我们自己曾经的过去。

我们该如何对待历史的记忆和文化的记忆呢？吴梅村是文化的记忆，是诗与明末清初的社会记忆。我们现在需要重视它，保护它，而现代农村大地上许多有着历史记忆的社会现象，也都需要重视与保护。那个岳王市的东街、西街，也是文化，也不能就这样不明不白地消失。同样，现代的知青以及知青点，更是历史的记忆，我们如何处置它呢？民国的建筑与遗物，开始成为珍宝了，知青点的建筑与遗物，以后何尝不是呢？仅仅是属于人的个体的记忆吗？不是这样的，如同，今天的杨林河它已没有多少属于我们过去的东西。但是，当眼前的夕阳落下了地平线，当两岸我不熟悉的风景，开始静静地融入黑夜，这个时候，杨林河却突然真实地回来了：还是这条河，三十八年以后还是真实的，那曾是我生活中的真实，真实的生命中的流水，它还在向原有的方向，不知疲倦地流去。

2013 年 4 月 12 日

醋库巷 39 号 [1]

柳袁照

　　醋库巷是苏州的老巷，坐落在凤凰街与平直桥街之间，东西向。我曾有两个时期与该巷子朝夕相处。40 年前，我在苏州十中读中学，十中就在凤凰街东侧的孔付司巷，与醋库巷隔街相望。我有同学住在醋库巷，上学时，经常早晚结伴而行，醋库巷是我常去的地方。20 年前，我曾住醋库巷39 号，有两年多时间，与它朝夕相处。

　　我同学住在醋库巷 40 号，一个大的院子，进门是一间门厅，空空荡荡。门厅之后，是小天井，北侧一扇门，西侧一扇门。我同学家住在西侧，门内大大的天井，天井南是一排平屋，天井北是一进卧室、客堂，后面大约还有花园，我没有去过。我同学家是令我羡慕的家，那么大的地方，只住着两家，他伯父家，是个军人家庭。他父亲在某机关工作，为人干练，他母亲则是一脸温和。那时，我在他家经常一待就是几小时，高中毕业，我等待插队下乡，他等待留城分配工作。那一年，我们无所事事，几个同学几乎天天泡书店，书店的书也不多，在书店里磨磨蹭蹭，从这本书翻到那本书，一两个小时也能一晃而过。从书店出来，不是各自回家，而是先送这个，又送那个，醋库巷则是必走之地。

---

1. 选自《苏州杂志》2013 年第 04 期，节选自《柳袁照散文两题》。

我下乡了，我那同学进了医院做了医生。直到今日，遇到小病、小恙都是打个电话问他：吃什么药？去哪里就诊？我离开苏州十年之后，才回到苏州。20世纪90年代初，我就教的彩香中学，分配给我一间房子。恰巧就在醋库巷，恰巧又在40号的对门39号。人到中年，成家生子，生活与工作的压力，让人多了一份琐屑。每天进出醋库巷，从不注意它的历史现实。各家各户，走过路过，与我都是无动于衷。我住那的那段时间，对门40号，竟没有踏进去过。同学见了，也只是停下匆匆的脚步，闲聊几句，然后，各自归家。

那个时候的39号，是一处大杂院。进入大门，迎面就是一排平房，平房分两段，分列于大门东西两侧。两排平房几米远的前方，就是南林饭店，高高的围墙，挡住了这个院子所有的视线。东侧一排，有三家，西侧一排，也有三家，我家在最东头。我家的房子有十二三平方米，原不是卧室，是住在西侧另一头人家的厨房。那家人家是我学校的同事，华侨，50年代从海外回来。也够艰苦的，卧室在西头，厨房在东头，相隔几十米。学校给华侨老师分配新房，他的房子就又分给了两个教师：一位老教师，他的女儿要结婚，于是就获得了华侨老师的那间卧室，另一位青年教师，就是我，于是就获得了华侨老师的那间厨房。能够分到这么一间房子是多幸福的事情啊——从此，我有了一间自己的独立的住房。

仅仅一间十二三平方米的房子怎么能够正常生活呢？经房管所同意（没有打报告，只是去说了一声，他们也没有表态，不做声我即当成是默认），在这间厨房之外再搭建了厨房，四五个平方米，只有我一人高（我不弯腰能站直），里面可以放一只煤炉、一张小桌子、三只小凳子——那是我幸福之家的一部分。妻子早晚在里面做饭，全家三口早晚在里面用餐。而那间原本是厨房，却做了我家卧室的房间，最矮处，我站不直身，最高处，我挺直身子再向上伸手，还有空间余地。水泥地面，用油漆刷上一遍。一张床、一张桌子、三张椅子、一口衣橱，一家三口站在里面还绰绰有余，如果来了两三朋友，就济济一堂了。

搬进39号之前，女儿已经就读于彩香小学一年级了。她在幼儿园大、中、小班的时候，每天跟着我。我上班，她"上班"；我下班，她"下班"。进了小学，也是这样。搬进39号不久，我被调入教育局机关，单位就在城里，离醋库巷也只十多分钟自行车的距离。女儿必须转学，我找到了平直中心小学。与校长说明来意，校长热情地接待了我，并一口答应。临走之前，对我说：彩香中学有一家印刷厂吧？能不能给我们学校印制一千只信封呢？那时，择校还不盛行，做了一辈子老师的我，却是一个最早支付了变相择校费的人。女儿就近入学，每天只要沿着巷子向西，走到巷口，穿过马路，对面就是学校。39号大院还有两个女孩，一个比我女儿大一两岁，另一个比我女儿大两三岁，好比大姐姐、小姐姐，整天在一起玩，上学、放学都是结伴而行。小学放学早，我们下班晚，也不用担心，女儿放学以后都在邻居家玩。我们回家了，她还不回家，还在邻居家玩。妈妈烧好了饭菜，端在桌子上，摆好，再唤她回来，也是千呼万唤才出来。人出来了，心还没有出来，一步三回头的，那两个大姐姐、小姐姐有时也会跟着她一起来我家，站在旁边看我们吃饭，或者就在我家再玩一阵子。那个岁月，是我最放松的一段时光。

我的快乐，旁观者是不知道的，也不可理解。当时，我主要是搞文字的，那时还没有电脑，每天就趴在那小屋通宵地赶材料，其乐无穷。有一次，我与副局长顾祖峰出差，他也是搞材料的，是我师傅。回家的路上，聊家常，聊到房子。他问我：家住哪里？房子如何？我告诉他，我住在醋库巷，房子虽然不大，还是学校解决的呢！他执意要去我家看看，下车，他与我走进醋库巷，这么一个幽深绵长的巷子，他说感觉不错。可当他踏进39号，进入我家的时候，却惊呆了，一个五十多岁的局长，竟跳了起来，说：柳袁照，你竟住在这里！他望望东面，东面是南林饭店的围墙，他望望南面，南面是南林饭店的围墙。围墙三尺之外，就是南林饭店的大楼，我家几乎就像蜷缩在高墙下的狭小棚户。第二天，顾副局长直接去局长办公室。他说：你阿知道你秘书居住的房子就像"狗窝"？局长是一个既严厉又有热心肠的人，外表冷内心热。什么也没有说。很快，我分配到三元新村两室一厅的公寓，六楼顶层，对我来说，无疑是"天堂"了。我们搬到了城西，女儿又只能转学了，她又从平直小学转回了彩香小学，仍回到了她原来的班级，已经读三年级了。

走了，就走了，都忘了与之挥一挥手，弹指间又是20年过去了。现在，常在一天忙完之后，坐在椅子上，走神，回想往事。近20年间的前十年，我真一次也没有去过醋库巷，后十年，我又调到苏州十中，因为学校老教师桂秉权住在那里，竟然就是 39 号，我去过几次。桂秉权是我尊敬的人，一位文化老人，与梅兰芳、尚小云、荀慧生、孟小云等都曾有交往。跨入大门，面目全非，几幢四层公寓楼房建造在那儿，记忆中的一切都没有了，一棵高大的梧桐树也没有了，遍地的青苔也没有了，只是南林饭店的围墙还在，但围墙外的高楼，也不是 20 年前的高楼了，豪华代替了简朴。居民也不再生活在围墙外之一隅，公寓楼房同样与宾馆楼房隔墙并耸而立。

今天，才是我 20 年来的真正地旧地重游。走入旧巷，一步三回头，新式公寓排满醋库巷的两边，当年民居的斑驳与脱落没有了，如今"大路朝天"，阳光灿烂。我先去了 40 号，40 年前，三天两头踏入的庭院，同样显得陌生。门口多了一块牌子："顾麟士故居。"大门原来居中，现在旁移到了侧面。原来的门厅，隔成一户人家。侧斜而入，四个砖雕大字"西津别墅"仍在墙上，当年不解何意，现在恍然大悟："西津别墅"，是顾麟士的"别业之名"。顾麟士者，苏州怡园主人顾文彬的孙子。去年"拍卖过云楼藏书"，卖的就是他家的书。怡园及藏书楼，就是当年由顾麟士的儿子出面，代表顾氏家族捐赠于国家的。内院的门紧闭着，我同学的家早就搬走了。那个顾氏的家园——曾经又做过我同学之家的那个庭院，对我完全封闭了。顾氏家族的故事令我好奇，但对我更有引力的是我同学的家人。同学的父母，那时正当年，我们每次进去，都是和蔼地对待我们，他父亲站在天井里看着我们，他母亲一刻不停地做家务。几年前，我曾问我同学父母都好吗？他说：都去世了，相隔只有一年。先是父亲，后是母亲。我说：你母亲身体不是挺好的吗？他说：父亲死后，母亲是想父亲而死的。很平静的两句话，却让我心情沉重了好久。

我曾天天走过、路过的 38 号、42 号、44 号，也都是"文物"。38 号曾是王氏太原家祠。42 号是"刘园"，当年我所见到的只是一家极普通的民居，现在一派大户人家的样子，门楼、照壁都恢复了。"刘园"，是乾嘉时期刘大观的住所，刘大观曾与袁枚、吴兰雪等人在此雅集，留下一些文坛雅事。44 号是"柴园"，道光年间潘曾琦的宅院，庭院深深。没想到我曾居住过的醋库巷的底蕴，如此之深。现在，我还知道，巷西曾有一座"状元坊"，1181 年住在巷内的黄曲考中状元，他是北宋以来苏州出的第一位状元。孟母三迁，她如生活在我们这个时代，会不会带着儿子迁居于此？

醋库巷是我人生的一段记忆，39 号这个公寓大院，还有什么属于我的记忆呢？什么都没有了，什么都不是我期待重温的样式了。院子里有一棵高大的水杉，我竭力回想：它是不是当年的旧物？我只能摇头，它也不是。改造大院的时候，一切都铲除了，这棵树也是后种的，几十年的水杉，也已经根深叶茂了，面对这一切，我还能说什么呢？是遗憾，还是庆幸？

2013 年 6 月 20 日

瀹泉烹茶，一瓯香茗

—— 读柳袁照的怀旧散文

唐岚

有一少儿，被遗弃庙旁，龙盖寺禅师怜其孤弱，便抱回寺里养育。但每日诵经念佛，让他不堪其烦，于是逃出寺院去戏班，再后来到了李齐物、崔国辅两位刺史身边，但并未因此改变命运，因为"安史之乱"爆发了。

人生的转折点是他来到了妙喜寺，与寺院的主持结成"缁素忘年之交"，于是，开辟了顾渚茶园，那里成了他的实验基地（当然，也成了贡茶基地），他完成了中国茶业、茶学的千秋伟业——《茶经》。

此人，就是陆羽。

用这个楔子，我并不是想说柳袁照像陆羽，大彻大悟与人世纷扰之间，我想说的是柳袁照的散文，尤其是怀旧散文，如一盏素瓯香茗，茶气氤氲，宁静、清浅、淡定而包容。这盏茶是色泽浅浅的碧螺春，急火沸水不可烹煮，一口两口不能知其味，你须心怀从容，细细品啜，方知饮茶修道，茶佛一味。

酒有剑胆，茶有琴心。酒有豪情仗义的江湖气，茶，则有本色见深远的禅韵。

这"禅韵"是一种"文气"，饱满高涨在柳袁照散文的字里行间：

　　　　我的家已经拆了，唯独我的家拆了。但是它的"骨骼"还在，那

个颤巍巍的过街楼的木梁、木柱残留在哪里，孤零零的，我一步一回首。（《瑞芝里》）

　　院子里有一棵高大的水杉，我竭力回想：它是不是当年的旧物？我只能摇头，它也不是。改造大院的时候，一切都铲除了……面对这一切，我还能说什么呢？是遗憾，还是庆幸？（《醋库巷 39 号》）

低回的眷顾里有什么？仅仅是对故园的留恋吗？不，不是的，如果你读过他写的曹雪芹度过人生最后岁月的黄叶村：

　　时间到了，故居大门终于打开了。门口有威严的石狮子，穷困潦倒的曹家，还有此物？（《我去黄叶村》）

你会发现，揶揄的问句背后，是他想在钢筋水泥霓虹闪烁的废墟里还原一间草庐、还原一座历史的驿壁，在年年的春风里，让后人重温一段荒凉的记忆！这段记忆，不是"修旧如旧"，而是"修旧守旧"，正如作者所说："我坚信要不了多久，我们的后辈，珍藏知青的遗迹，会如同保护远古人类画在山崖上的图腾，从中以获得特殊历史的真实的影子。"（《又到杨林河》）这些记忆里，没有娱乐历史的矫饰，而只有被还原的岁月真实的刻痕，当我们面对的时候，会有凄于望帝的悲鸣，并肃然而立。

　　他写父亲：

　　他手臂上常佩戴着一只红袖章，坐在定慧寺巷中的苏公弄口值班。……居委会让他值班，是对他的信任，他虔诚地认为，居委会对他信任，就是政府对他的信任。（《我的父亲》）

这个情节，像极了当年八十岁高龄的金岳霖，为毛主席的一句话"你要接触接触社会"，便每天坐着平板三轮车到王府井一带转一大圈。在熙熙攘攘的人群里，他那东张西望的神情，和柳袁照笔下戴着红袖章、虔诚地坐在弄堂口值班的"父亲"，怎么读，都有一种令人泫然泣下的悲凉。

　　而青灯下读一位老父亲的喜悦与仓皇，我不知是为他悲，还是为那个壅蔽的岁月而悲？

　　故园，不仅是故园，父亲，也不仅仅是血脉意义上的父亲，作者用清浅的文字，揭开历史的伤疤，把他们标注成一个个时代的符号，题写在岁月的断壁残垣上，让人喟然长叹那份历史的兴亡。

当2008年的那场大雪将一座座城市覆盖的时候，柳袁照开始回归成一个诗人，但散文的创作从未间断，所以，我们有幸能在他的散文里读到诗的激情：

> 她送我，走到马路边，坐在人行道的一家商店的台阶上，目送我远去……我现在每次走过、路过，总会向母亲坐过的那个台阶望过去，依稀还能看见母亲坐在那里目送我的样子，这个镜头定格了。（《我的母亲》）

这份激情，在散文里沉淀着渊穆光华，沉静、含蓄、隐忍，但表达在诗中却汹涌着沸扬不可自抑的狂涛，你甚至能听到他雄浑坚实擂如祭鼓的心跳：

> 这个台阶／我与我母亲的故事／以及，四海朋友／星空下／走到台阶前／默默凝视的故事／我曾在一个／很大的场合上／说母爱／说每一个人／心里都有最柔软的地方／许多人／流出眼泪（《母亲的台阶》）

这样的诗文，不是让人去反复研究与笺注的，而是留给我们去悲喜、去感动、去沉溺。但空有展怀一抱的炽烈，而无悲悯淑世的禅心，再绝美的文字，也不过沦为一番表演，如同日本茶道繁缛的礼节和演示者忘我的虔诚，都透着太过浓重的戏剧性。

他希望自己的文字是一泓山泉潺湲而出，那是在山河的深处、在天地间所呈现的最自然的状态，平和有致，浅淡冲和。秦兆基先生也曾给出四个字的评价，叫做：月映万川。

但我总觉得山泉太过清洌，万川流月则太过壮烈，对我而言，他的文字更像是一盏清茶，充盈着青衣葛巾包裹的智慧，云淡风轻的生活禅意——清浅却醇厚。而这个瀹泉烹茶之人，自是高手。但他不是陆羽，陆羽闭门写书，有许多不切实际的观点，有个人就很酣畅淋漓地批评他："云山童子调金铛，楚人茶经虚得名。"真是爱之深，所以评之切！

谁又能对茶圣提出这样的批评？这世上唯有一人，他就是那个将落魄的陆羽迎进妙喜寺，为他辟一座茶园，让他潜心研究茶事、写作《茶经》的主持，他也是谢灵运的第十世孙、唐代赫赫有名的茶僧兼诗僧——皎然大师。

茶佛一味，饮茶即道，真是将现代美学发挥到了极致，但美学的最高境界何尝不是人学？能将一注流泉，烹制成茶，谈玄论道者自是风雅；但能为每一位风雪中行来的人布施一盏清茶的酽香与温热，则是有一颗悲悯淑世的禅心了。

柳袁照曾说自己羡慕云游僧人的洒脱与无羁，他能不能像僧人那样去云游我不知道，不过，西花园无论如何已是他的"顾渚茶园"了，这个园子（苏州十中校园）早已孕育了他的那一份禅心与情思。写作这类不加文饰的本色散文，它不像建造苏州园林，精雕细刻无济于事，需要如自然的山水，把灵魂赤裸裸地呈现到众人的视线里，供人品鉴。而一篇优作，那种赤诚与平常，总能在人最柔软的心的深处，发出一阵颤动。

陈雪春

简介

陈雪春，女，上世纪 60 年代中期出生于苏州，籍贯四川。1981 年毕业于苏州第十中学，深造于南京大学新闻传播学系。先后供职于《苏州日报》、《姑苏晚报》、古吴轩出版社、文汇出版社。著有《100 个中国孩子的家庭报告》（与人合作）、《100 个中国孩子的社会报告》、《中国脑死亡鉴证》、《越事杂说》、《山城晓雾》（主编）等，策划出版"经典柏杨系列"、"南怀瑾讲述系列"、《陆文夫文集》（五卷）、《周瘦鹃文集》（四卷）、"阿英旧藏金石拓片系列"等。

重庆，你好！[1]

陈雪春

十年前那个早春的深夜，我只是重庆街头一名匆匆过客。雾在淡紫色的路灯下跳舞，弥漫开来，我的眉发晶莹一片。据说雾有黑白之分，我不知道眼前的是"黑雾"还是"白雾"，只知道那就是我对于雾重庆的全部记忆，温湿的，迷茫的，神秘的，却不陌生。

我确信是前世注定的血缘把我带来这里。在一个雾绕漫山杜鹃的清晨，古老的大宅门内逃逸了一位少爷。当他重返故里，已是四十年后，乡音未改鬓毛衰。他是我的父亲。整整四十年没有离开小桥流水的姑苏城，但从

---

1. 2002 年 3 月为《山城晓雾》序。《山城晓雾》，主编陈雪春，百花文艺出版社 2003 年 1 月出版。

他的眸子里，我能看到奔涌的嘉陵江水、朝天门的落日、此起彼伏的山道和傍山而筑的人家，还有辣蓬蓬香喷喷的川味火锅，还有"醺醺而不醉"的沙坪渝酒。我总把当年的父亲想象成《家》里的觉慧，浅灰色的学生装，手提藤箱，步下冰冷的石阶，然后消失在雾中。还有我的外公，怀着和父亲一样的决绝告别了巴山蜀水，却和父亲一样的心情一遍遍阅读《红岩》里的山城，一遍遍倾听来自山城的消息。

乡愁，"心曲千万端，悲来却难说"！

我确信我的祖辈和父辈早把乡愁融进我的血液，让我对那个远隔重山复水的城市有一种与生俱来的喜欢，我能感觉源远流长的巴蜀文化里面深藏着无数令人激动的东西，渴望有幸亲睹汉代无名阙和大足的石刻珍品，走近寺、塔、楼、坊、明城墙、小峨眉、堤坎、飞泉，登枇杷山，览尽月光中的嘉陵江色，层山叠岸的万家灯火。

我极度羡慕巴中文人游士的悠然自得，黄裳说他在依山带水的狭长街里寻着一个茶馆，茶馆后面"可以看见一角瀑布，瀑布从远山上悬下来，好像几幅珠帘"，悬崖上面是几株黄桷树，石板下面有石礐，河边上几个女人跪在天然的砧石上洗衣服，"水实在是绿的，长长的水草摇动着，好像如云的鬓发在风中飘拂"。他简直是在欣赏一幅风景油画！张恨水于"密雾笼窗，寒窗酿雨"时分犹忆某次访友："门前朱户兽环，俨然世家，门启乃空洞无物，白云在望。俯视，则降二三级处为庭院。立于门首，视其瓦纹如指掌也，不亦趣乎？"多美，美得直叫人妒忌！梁实秋则住入最宜月夜的"雅舍"，地势较高，得月较先，"看山头吐月，红盘乍涌，一霎间，清光四射，天空皎洁，四野无声，微闻犬吠，坐客无不悄然！舍前有两株梨树，等到月升中天，清光从树间筛洒而下，此时尤为幽绝。……细雨蒙蒙之际，推窗展望，俨然米氏章法，若云若雾，一片弥漫"。梁老先生的"雅舍"啊，意味深长，让人如何不想她！

确切地说，更多的，我是在文人游士的笔墨中触摸到了重庆。黄裳、张恨水、梁实秋、茅盾、艾芜、朱自清、冰心、钱歌川、高绍聪、黄宗江、徐心馀、王了一……含烟惹雾每依依，却话巴山夜雨时！

那夜，在雾中，我仍无法看清山城全貌，甚至周而复始地迷路，迷路的时候我又周而复始地看到解放碑，这才真实地发现，我所喜欢的城市还携带着刻骨铭心的沧桑。

　　她曾为中国战时首都，屡遭日机轰炸，连续六个月或每天六小时的"疲劳轰炸"，炸碎了 1938 年至 1942 年的所有美好。读过萧红的《放火者》，亲身描绘震惊中外的 1939 年"五三"、"五四"事件："五三的中午，日本飞机二十六架飞到重庆的上空，在人口最稠密的街道上投下燃烧弹和炸弹，那一天就有三条街起了带着硫磺气的大火。五四的那天，日本飞机又带了多量的炸弹，投到他们上次没完全毁掉的街上和上次没可能毁掉的街道。大火后的十天以后，那些断墙之下，瓦砾堆中仍冒着烟。人们走在街上用手帕掩着鼻子或者挂着口罩，因为有一种奇怪的气味满街散布着。那怪味并不十分浓厚，但随时都觉得是吸得到，似乎每人都用过于细微的嗅觉存心嗅到那说不出的气味似的。就在十天以后发掘的人们，还在深厚的灰烬里寻出尸体来。"我想，那一刻，雾中的街道一定掩饰不住它的狂乱它的苍白它的绝望。《空袭的一晚》中，钱歌川叹道："多少和善的市民顿成了兽机下的冤鬼，我虽不死，然其间已不能容发，今后一息尚存，何能忘此。全国的人，莫不同此一心，要从抗战中去获得自由，从破坏中去实行建设。重庆是不能毁灭的……"

　　我想我所喜欢的重庆永远不会毁灭，你看，半个多世纪前，我们熟识的"缘缘堂"主就在"沙坪小屋的晚酌中，眼看抗战局势的好转"，他的"酒味越吃越美，酒量越吃越大，从每晚八两增加到一斤"，他认为"我们的胜利是有史以来的一大奇迹"，"我们的胜利的欢喜，是在沙坪小屋晚上吃酒吃出来的"。

　　到重庆的第二天，仍在雾中，我终于没有勇气光顾白公馆、渣滓洞之类。我只愿意记住我所喜欢的城市的美好。

　　人们啊，且撇下我太过私人的情绪，去用心读一读那些悲喜结集的文字吧！

　　今日有友自川地来，神侃重庆现代化的巨变，闻后大喜，更向往之。在此先行作声问候——

　　重庆，你好！

　　是为序。

一本好书从一段好人缘出发 [1]

陈雪春

"二十年前洛阳纸贵

二十年后再创经典

笔锋所指国人病症并未消失

柏杨首次授权大陆正式出版"

2004 年 8 月,《丑陋的中国人》[2] 戴着一个醒目的腰封和一个大大的感叹号回到阔别整整二十年的大陆,引得惊喜一片,排行榜全线飘红。有幸出版此书的古吴轩出版社在其后的一年半时间里连续加印十二次,目前为止,销售十八万册。作为责任编辑的我不但有幸,而且满心感激。我知道,我的出版人生活是从《丑陋的中国人》出发的;我也知道,我初来乍到的信心是在柏杨夫妇友善热情的目光里成长起来的。

昨天,柏杨太太在 MSN 上对我说:"雪春,让我们一起成长吧。"我的眼里立刻充满了泪水,说:"好的。"

和柏杨太太张香华女士相识,是在四年前福州那个热烘烘的秋天。那会儿我还在报社供职。一个出版界的朋友把我领进她的房间。她见到我就像见到了邻家女孩,她说宾馆的梳子不好使,问我有没有带梳子。

---

1. 2006 年 7 月刊登于《出版人》杂志。
2. 《丑陋的中国人》,古吴轩出版社 2004 年 9 月出版,责任编辑陈雪春。

就这样，我认识了柏杨太太，也就认识了柏杨。尽管，直到后来《丑陋的中国人》出版，我都不曾和这位伟大的作者谋面，但着实神交已久；因为柏杨太太每回飞来大陆都是替夫"出差"，怀揣着柏杨作品，并让它们落户大陆。似乎她更多的不是张香华，那个获得国际大奖的诗人，举手投足间满是柏杨的气息。

没想到，又过了两年，由于工作的需要，我从媒体调到了出版社。把这个消息告诉张香华的时候，她说我们好有缘。

于大陆读者而言，柏杨的鼎鼎大名，是源于那本平地炸雷般影响了"80年代人"的《丑陋的中国人》。"恨铁不成钢"的秉性令很多人想象他是一个怒目金刚式的人物。哪里啊，他简直就是一个老小孩，张香华称她自己"像一只忙碌的白老鼠"，每天跟在他后面"扫垃圾"。这个理性十足、笔锋犀利的人竟会穿着不同的袜子出门，拿自家的钥匙去开别人家的门。找眼镜、找图章之类的事常"闹得人满头大汗，气得快要发疯"。后来请了秘书，这位秘书很快也加入了找东西的行列。还有他的演讲，让她紧张得要命，"浓重的家乡口音"外加"天马行空，语无伦次"，好几次拼命举手催他"快点下台"。连1984年在美国爱荷华大学，那场震撼海峡两岸文化反思的题为"丑陋的中国人"的演讲，她都不愿在场，原因是"一个人丢人，比全家丢人好"。

千万不要学开车，那样会累死你的。张香华一直这样告诫我。

那回，她取道来到了我工作的城市苏州。她请我和柏杨通话，那头正朋友满屋热闹着。柏杨的声音一点没有八旬老人的老态，他告诉我他家的"熊熊"今天不高兴，"正在外头嗷嗷叫呢"。"熊熊"是柏杨养了二十年的老猫，被宠坏了。我说香华老师在苏州很开心，请他放心。他叹道："这就好，她在台北烦恼太多了。"我转达，她沉吟："哦，原来他也知道呀。"

我感觉到了她的有怨无悔。

至少二十五年前，她与柏杨相遇在朋友聚会上。看到彬彬有礼、睿智幽默的柏杨竟然不是"手持钢刀，吞吐利剑"的腔调，和很多人一样，意外极了。次日清晨，一封情书如期而至，是柏杨的亲笔。她说，"感谢上帝让我认识了你"之类滚烫的字眼真的把她"吓坏了"，难以想象一个刚刚脱离囚禁生活的人会有如此大的热情，热情得让她觉得自己倒像个被囚禁多年的人。

柏杨是热情的，正是他的热情的不设防的写作，把自己写进了火烧岛的牢里，一蹲就是九年零二十六天。他说同被拘捕的"只是一些天真的文化工作者，一群微不足道的早起的小虫，注定要被早起的鸟儿吃掉"。据火烧岛的农民讲，那里面关着一群"老天真"。

火烧岛就是那首《绿岛小夜曲》里的绿岛，早已成了脍炙人口的旅游地。前不久，张香华给我寄来了台湾远流为柏杨出版的新书《这个岛，这个人》，写柏杨寻访当年囚房"伤心窗外，潺潺苦雨又急"，《中国人史纲》等三部书稿完成于膝盖上的纸板："我从没怕过任何打击！"那时候，也正是这句话，让张香华深深爱上了这个从火烧岛归来的人，决定嫁给他。

柏杨的热情还表现在，常常摆出"两肋插刀"的样子，问人家"哪个为难你，我去找他干"，倒把当事人唬得不轻。有位出道不久的女作家的书被盗印，其父出面求助一家出版商，正好在场的柏杨"气得跳起来"，大叫着"我去找他算账"，结果女作家的父亲顾左右而言他，还批评他"太冲动"。而在 80 年代的大陆，《丑陋的中国人》风靡，柏杨既没有授权也没有得到一分钱稿费，却是稀里糊涂，一点没有冲动的意思。

转眼二十年，《丑陋的中国人》带着我的愿望和柏杨夫妇同样的热情，不谋而合地落到我的案头时，我的脑子也像被挨了平地炸雷，从上世纪 80 年代走过来的人都该明白这本名著的真正意义，我相信新一轮的读者群即将诞生。

最后的签约是在 2004 年 5 月的上海。我赶到的时候已过晚上八点，张香华着一身鹅黄衣裙，睫毛翻卷着画成猫脸，她和她的女伴正在一个庆祝宴会上表演猫舞。我静静坐着等候。她真的像猫，在家里，柏杨叫她"猫"，她叫柏杨"虎"，而那只真正的暹罗老猫却被叫作"熊熊"。《丑陋的中国人》之后，我又责编出版了张香华为纪念逝去的"熊熊"而作的《猫眼看人》，"雪春，见猫如见我。"张香华在扉页写下这样的赠语。她来了，她的猫脸笑得很妩媚。

记得我们是在凌晨三点半完成签约的。在她朋友的会所里，我们的聊天一直持续到彼此睁不开眼睛才作罢，聊得最多的还是柏杨。她答应出版社降低两万起印量的保守请求。第二天午后，和我一起，她再次来到苏州，来到同样根植于苏州文化的古吴轩出版社。遗憾的是，不久就接到电话说柏杨身体不好，便匆匆告别。第三次来苏州，则逢被注入了彩图诠解等诸多新元素的《丑陋的中国人》出版，张香华又请我和柏杨通话，我听到一个健康洪亮的声音在说："没想到能在大陆正式出版，二十年了，感谢苏州，感谢古吴轩出版社，感谢雪春!"就在那一瞬间，我恍然悟出，原来热情的动力是来自一颗感恩的心！

他在序中写道：这是我所盼望的日子，使我有更多的喜悦，感谢上苍！

而对于我来说，这也是我所盼望的日子，也有更多的喜悦，感谢柏杨，感谢张香华！

留一件事让她再管一管[1]

陈雪春

　　一年前，管阿姨把十一张软盘交给了我，她是忧伤的。我无言，坐在屋里，感觉陆老师只是逛街去了，一会儿就回来。

　　一年后，我把《陆文夫文集》[2]样书交给了管阿姨，看见她的泪滴无声滑落，依旧感觉陆老师只是逛街去了，一会儿就回来。

　　对亲近熟知的人的故去，总有这样的感觉。譬如我故去了十多年的父亲，在我梦里从来就没有死过。"世界这么大，只写苏州"的《陆文夫文集》五卷本，已落户同样沐浴苏州文化的古吴轩出版社。出版社编辑的《陆文夫文集》正是源自那十一张软盘，满满的。

　　软盘里面，是陆老师为自己作品再作整理、筛选、分类后的一百八十万文字。软盘的标签上，留着陆老师钢笔和铅笔的字迹。管阿姨说，那是他自己一个篇章一个篇章，一个字一个字，打进电脑的，陆陆续续耗了两三年的时间；但并未提出书、出文集之类的事，就是想"回过头去看一看"而已。

　　管阿姨交给我软盘的那天，是在9月间，仍然闷热。作家赵本夫说，陆文夫的过世，彻底结束了江苏文坛的一个时代。我无法估算"一个时代"

---

1. 2006年9月刊登于《中国新闻出版报》。
2.《陆文夫文集》（全五卷），古吴轩出版社2006年7月出版，策划陈雪春。

有多重，只是揣着软盘沉甸甸地走，走过陆家门前那条巷子，然后右拐出了巷口。没有遇见陆老师回家。

记忆中，陆老师和我没有说过话。碰面的时候，彼此点头，他清瘦清瘦，笑吟吟的。倒是管阿姨和我话多，还挤眉弄眼拍拍肩胛的。好几趟碰见他们老夫妻在"老苏州"吃饭，陆老师好像还咪咪老酒。夫妻俩同在报社工作过，在他们面前，我虽属小字辈分，却也为拥有这样杰出的同事荣耀不已。后来调到报社下属的古吴轩出版社，仍继续荣耀不已。

今年夏天，一位记者朋友自南京来拜访陆家，我再一次强调陆老师、管阿姨是我的同事，并给她看他们年轻时候的照片。那是管阿姨让我选用在文集里的照片。照片是在大公园拍的，当时的大公园和现在的大不一样了。冬天光景，在池水边，很甜蜜的样子，管阿姨两条长辫子，歪着脑袋。

陆老师经历了太多的磨难，无论辗转到哪里，管阿姨都不离寸步。下放苏北的那天，在火车站码头的大铁船上，陆老师对同船人自我介绍："我叫陆文夫，全家四口人。"而现在，陆老师和他的小女儿先后故去，四口人也变成两口人。可以读一读陆老师写在文集里的沧桑：

> 一个曾经想建设天堂的人，又被天堂放逐出去。我带着妻子和两个女儿来到了江苏北部的黄海之滨，那里当时是江苏最艰苦的地方，被下放者称之为江苏的西伯利亚。我在那里一住就是九年，造茅屋，种自留田，其余的时间便是和一起下放的老朋友喝酒聊天，纵论天下大事，把我们的经历，把国家和个人走过的道路都作了一些总结……

印象里，陆老师是坚强的，低调的，管阿姨也是。夫妻俩苦过来了，还是那样，静静淡淡地过日子。众读者面前，始终是一个享有声誉却极少在文坛上呼风唤雨的陆文夫。

常听老一辈的同事开玩笑，说那个老管啊，把陆文夫管得服服帖帖的。听后总觉得是管阿姨的"管"姓得好，陆老师真可爱。

记者朋友和我商量，要在报纸上选登文集里的《吃喝之道》。管阿姨在旁摇手："不要老说那些吃的喝的，老陆不是只会谈吃谈喝的，大家误解他了。"

我们点头，管阿姨"管"得有道理，她的意见肯定是最权威的。这样想来，出版《陆文夫文集》，也许是陆老师有意留在身后的一件事，很需要管阿姨再去管一管。

管阿姨最终选定了古吴轩出版社。请我和她在北京的大女儿通话的时候，那个来自北京的声音充满信任，说，阿婆的事就拜托给你了。

我知道，这是很多年很多年的同事之谊，也是作家和出版社同在苏州的缘。

陆老师还留有一个才写了两三个篇章的自传体小说，其中的内容，管阿姨坚持不让媒体曝光："仅仅开头老陆就写了好几个，你说哪一个才是他想要的？万一登了老陆不喜欢的怎么办？"原来，管阿姨的心里，陆老师从来就没有死过。

陆老师的书房还是那个样子，管阿姨没有舍得作一点点的改变。

脉脉此情谁诉

秦兆基

　　陈雪春踏进职场，先是报人，后来成了出版人，一直在媒体圈子里生活，写的文章说的也是媒体事、圈内事，不过光写这些，未免太专业化了些，一般读者不会感兴趣。于是，陈雪春是把圈内事和圈外事掺杂到一起来谈，化为人际关系来寻思，用一支蘸着绵绵情愫的笔来表现。

　　陈雪春所著录的是自己心灵史的一个片段：作为出版人的与作者及关系人共同打造某部精神产品的一段经历。即使是《重庆，你好》这类书序也突破了实用文体的范型，从个我身世因缘、亲历亲闻、他人的笔录等各个方面，写出山城重庆的过往与现今、世俗民风与文化底蕴，正是"含烟惹雾每依依，却话巴山夜雨时"，"写出了我所喜欢的城市还携带着刻骨铭心的沧桑"，把《山城晓雾》这本书的历史背景、主要内容、编辑意图含而不露地呈现出来了。

　　情溢于纸，或者说笔底带感情，既是源于作者的主观情思，又是基于作者调节、控制情思的能力，亦即艺术素养。《红楼梦》第二十九回回目有半联很有意思，"多情女情重愈斟情"，情重还要愈加懂得怎样斟酌去表情、述情。情重是缘于外部世界对作者主观世界作用的结果，往往是处于自然状态的，即所谓"情动于中"。表情、述情，就是形于言，就是驾驭文字的能力。陈雪春文章的表情、述情的手法，很有些可圈可点的地方。

　　陈雪春娴于以隐写显，有的情感活动是强烈的，抢天呼地，有的感情活动是阴潜的，但并不意味着没有深度或者力度。作者和苏州作家陆文夫虽说曾先后在同一单位工作过，但毕竟有年龄、辈分之分，彼此之间，不仅没有深谈过，就连我们常说的寒暄都少有。陈雪春虽在陆家穿房入户，熟悉的是忘年闺蜜管阿姨。她对去陆家见不到男主人陆文夫一事觉得是常情，尽管陆先生已经离世有年，但因为情境如昨，陈雪春重到陆家与管阿姨相见，拿材料，送样书，只觉得一切如昨。

> 一年前，管阿姨把十一张软盘交给了我，她是忧伤的。我无言，坐在屋里，感觉陆老师只是逛街去了，一会儿就回来。
> 一年后，我把《陆文夫文集》样书交给了管阿姨，看见她的泪滴无声滑落，依旧感觉陆老师只是逛街去了，一会儿就回来。

"陆老师只是逛街去了"，"我无言"，表面上看，未免显得冷漠，但是觉得主人依旧在，只不过暂时离开罢了，也是一种亲近感，灵魂深处的，表现出永久的忆念。正如作者谈自己对父亲的情思那样："对亲近熟知的人的故去，总有这样的感觉。譬如我故去了十多年的父亲，在我梦里从来就没有死过。"

陈雪春娴于以宾写主。她两次组织的重头稿件《丑陋的中国人》和《陆文夫文集》作者柏杨和陆文夫，都没有正面去写，她是透过这两位作者的夫人张香华女士和管阿姨去写的。《留一件事让她管一管》，写出了妻子对陆文夫的了解和尊重。管阿姨虽然不是什么文学评论家，但是她了解陆氏的灵魂深处的东西，当有人提出在报纸上选登文集里的《吃喝之道》时，她提出"不要老说那些吃的喝的，老陆不是只会谈吃谈喝的，大家误解他了"。陆文夫有个未完篇的小说，媒体希望发表，管阿姨坚持不让，她认为"仅仅开头老陆就写了好几个，你说哪一个才是他想要的？万一登了老陆不喜欢的怎么办？"陈雪春看来，在"管阿姨的心里，陆老师从来就没有死过"。"留一件事让她管一管"，其实这一件事，不只是一部《陆文夫文集》的出版事宜，还有着如何增进公众对"陆老师"理解的责任。

陈雪春是从柏杨夫人口中了解柏杨的，直到《丑陋的中国人》出版以后，她都没有见到过柏杨。但在她的笔下，柏杨一个"老小孩"性格的全部——自己生活都料理不好但又洞察历史世情，刚烈泼辣而又柔情万种——

跃然纸上；柏杨一个为民族前途锥心沥血作家的人生经历，也曲曲折折地道出来了。《一本好书从一段好人缘出发》，像是具体而微的《柏杨传》。

电视、电影，即使是一段短短的视频、微电影，镜头的选择、组接，都是经过摄影、导演的精心安排，浸透了他们的情思，表现出他们的价值判断，人们把镜头称作"第三只眼睛"。陈雪春避免了直接去表现，透过了"宾"去写"主"，就像是透过影视去了解一个人，在不知不觉之中受到情的感染。

陈雪春是记者出身，新闻是要用事实说话，是要交代新闻来源的，写作者尽管有自己的思想和感情倾向，但是要保持客观性。好了，我们在她的散文中嗅出了新闻味。诉情者，其谁?

范婉

简介

范婉，原名范红新，1967年出生，江苏苏州人。1986年毕业于苏州第十中学。银行从业人员。热爱文学与艺术，追求自由与梦想，近年来，先后在《中国文化报》、《新民晚报》、《苏州日报》、《雨花》、《中国作家》等报刊发表文章近百万字，内容涉及较广，其艺术类散文，得到苏浙沪一带读者的肯定与好评。有散文集《红樱桃 绿芭蕉》、《二十四节气的恋人》、《跟着美术大师漫步》。2010年获全国第四届冰心散文奖，2010年度获《中国作家》郭沫若散文奖。2012年发表长篇小说《锦城》。中国作家协会会员、中国金融作家协会会员、中国散文学会会员。

秋天，在拉市海看鸟 [1]

范婉

秋天，在丽江拉市海是看不到成群的飞鸟的。

那一天，我骑马穿过一片金黄色的向日葵田到拉市海。第一次看见拉市海这片幽蓝色水面时，我激动万分。它明朗又迷幻，散发着一种气息，清新，充沛，这是生命本身的气息。从前我见过许多更大更美的湖，但都不如那一天的拉市海让我激动。

从那天起，我爱上这片湖水，包括水边的山峦、草树、庄稼，还有村

1.原刊登于《新民晚报》，后汇编在散文集《二十四节气的恋人》，中国文联·大众文艺出版社2009年版。

庄。应当说，冬天才是拉市海看鸟的最佳季节。现在，正是初秋。但这并不妨碍我的心情。秋天的树叶与月亮，冬天的落雪与飞鸟，我真想把这些景色用诗描述出来。

我坐在船上，船夫把船慢慢划入湖中。极目远眺，青山连绵起伏，山的影子随着水波荡漾在蓝色的湖面上，透过层层山峦可以望见玉龙雪山闪耀着光芒的尖顶。湖水很清，淡紫色的海菜花寂寞地开放，银色的小鱼在水藻间若隐若现。我忧郁地看着近岸美丽的坡地，坡上绿树郁茂茁壮，牛羊悠闲地吃着青草。

合上眼，湖水和景色一起消失了，只剩下船轻轻摆动，像摇篮，或者其他与岁月有关的事物。幽蓝的湖水得不到大地的呼应，呼应它的只有天空——阴霾的天空。云色昏暗沉重，说不清在天上还是在水里。偶尔有一两处尚未遮蔽的云洞，露出明媚的蓝天，一束金色的阳光恰好由那里直射下来。很远的地方，几只白鹭展翅渡过这个蓝色的湖泊，它们要飞到哪里去？

这时，我听到一声鸟的鸣唤，婉转动听，像藤蔓般开遍湖岸的柔丽的海菜花。一只黑颈鹤轻盈优雅地落在水面上，体味着日渐稀薄的夏意。

我感到一阵喜悦。

我尽情亲吻着从湖面上吹来的湿润的风！

在无边的荒凉中，我有些莫名的感动。这片湖在鸟飞翔的高度，以其婀娜的身姿、激动的流水以及没被玷污的、源自久远的幽蓝，向万物证明它具有一种原始而强悍的生命力。

拉市海是充满希望的，它从不放弃水边的一株草、一棵树、一畦庄稼、一个村庄，它为此骄傲，认为完全值得，认为那在它浇灌下生长着的每个生命都是美好的，都是值得珍惜的。这片湖有着一颗母亲那样明亮的心。

鸟儿愿为一朵云，还是云愿为一只鸟。这是泰戈尔的诗。

最近我在看泰戈尔的诗。他的诗纯净、透明。他写诗像天真的小孩子说话，完全没有城府与戒心，信任面前所有的人。泰戈尔的诗里写过一只无家可归的小鸟。

在拉市海这片陌生的湖泊，我得到了安慰。当我再次念诵着"无家可归的小鸟"，心里晴朗了。感觉离天堂很近。我确信是有一片湖可以栖息的，是有了天空的方向的。

往回走的时候，对面驶过一艘船。香味扑鼻，戴草帽的船夫在烤鱼。他热情地招呼，问我要不要来一条。我摇了摇头。这些船夫，他们原来都是住在附近村子里的渔夫，时常骑马到山上那些孤寂而神秘的林子里跑得老远，直至茶马古道。

我用一种与世隔绝的目光欣赏着拉市海，这片宁静诱人的湖水。船夫用力地划着船，唱起了古老低沉的纳西歌曲。与开头唱的是一支同样的曲子。秋天的拉市海在我的记忆里，就成了那支曲子。曲子里有芦苇，有海菜花，还有美妙的鸟的叫声。

夜晚，我靠坐在束河古镇的小酒吧，与歌手合唱《神话》。灯火飘摇中，我仿佛看见冬天成千上万只候鸟从北方迁徙飞来，在湖面上翩翩起舞，景象壮观。拉市海是一个神话。

希腊宝藏 [1]

范婉

    站在桥上，俯视科林斯运河，有一艘船正缓慢地通过狭长的河道。这条世界上最深的人工运河，连接着伯罗奔尼撒半岛和希腊大陆。这里距迈锡尼不远。

    到希腊来时，我随身带着一本书，美国作家欧文·斯通所著《希腊宝藏》。我对导游王军说："我们去迈锡尼吧！我要去寻找希腊宝藏。"他欣然同意。

    1876 年，德国人亨利·施利曼发掘出迈锡尼遗址，轰动了考古界和历史学界，同当年发掘特洛伊一样，他把此前关于迈锡尼的传说变成了历史，而不再是神话。

    一路上，听导游王军介绍：如今的迈锡尼是一个以柑橘种植和旅游业为支柱的小村，古城遗址位于它东北 1 公里的地方。途中，我们经过一幢房屋，施利曼曾在此居住，现在叫做"施利曼之屋"。稍作停留，我围着屋子转了一圈，暗自感叹：这个人的运气真好呵！据我了解，在施利曼之前狮子门早已发掘出来了，但没有更多的发现。他完全根据直觉和对《荷马史诗》的准确理解，成功地找到了宝藏，证实了史诗中对"迈锡尼富藏黄金"的记述。

1.原刊登于《苏州日报》，后汇编在散文集《二十四节气的恋人》，中国文联·大众文艺出版社 2009 年版。

《伊利亚特》描写了迈锡尼强盛时期国王阿伽门农的故事，他带兵远征特洛伊，10年后，希腊联军以木马计取胜。他携带特洛伊公主卡桑德拉胜利归来，竟然被妻子克吕泰涅斯特拉和奸夫杀害在自己王宫里。通奸、谋杀和复仇的千古悲剧发生的地点就是迈锡尼的城堡。它是迈锡尼建筑最突出的成就之一，建于群山环绕的高岗上。沿着满布岩石和干灌木丛的崎岖斜坡走了一会，我们便看到了狮子门，上面刻着一对雄狮护柱的浮雕。进门后，王军指着右侧的圆形墓地说，当年施利曼正是在这儿发现了"阿伽门农黄金面具"，前面是阿伽门农的宫殿。看着堆满乱石块的荒地，我心生疑惑。但向前走了没几步，果然就到了山顶的宫殿遗址。岁月的尘土掩埋着断壁颓垣，好像在掩埋一个永远无法愈合的伤口。四周寂静。我站在阳光下，向北望去，群山葱翠，轮廓分明。浅蓝的天空，偶尔飘过几朵云彩，它们缓缓行走，在大地山川上投下了巨大的阴影。我想，在那已然消逝的遥远时光中，作为这片广阔而美丽的迈锡尼文明世界的统治者，集威严、权力于一身的国王阿伽门农，一定站在这里，骄傲地俯瞰过整个迈锡尼古城吧。

在古城遗址附近的阿特柔斯宝库，我们逗留的时间最长，我被这精巧的蜂窝般的建筑迷住了。宽敞的入口通向高大的洞穴，顶上是两块切割得整整齐齐、打磨得晶光锃亮的巨大石板。唯一的光亮从露天门道透进来。仰望穹顶，它是用坚硬的角砾岩块精心建成的，石块有规则地层层相叠，接合得分毫不差，且没有任何黏合材料。我猜想，施利曼肯定认为这样的建筑作为坟墓是大材小用了，所以才误把它当作宝库了吧。轻轻的，我的耳边传来一阵声音，侧耳细听——那是施利曼在发掘空隙朗读《荷马史诗》：

> 就像灿烂的阳光和皎洁的月光，慷慨的阿尔喀诺俄斯的巍峨宫殿崭新炫目；铜墙从大门门槛一直延伸到建筑的最里头；柱的顶部由青灰色的铁铸成。

当我置身于迈锡尼博物馆时，感觉一下子回到了千百年前，停在路边上的汽车好像根本不属于这个世界。我们一步一步地接近阿伽门农的迈锡尼，这些墓中发掘出来的光彩夺目的珍宝是施利曼的成就，也是他和他的希腊妻子索菲亚的成就。通过他们，世界才第一次知道迈锡尼人的生死，甚至还有一些他们最深处的秘密。我想：在那些发掘的日子里，荷马一定就坐在他们的身旁吧。我又想，索菲亚，也许是神特意安排到施利曼身边的。他的童年时代对《荷马史诗》的酷爱，可以对他的许多命运之谜做个回答。在艰苦的发掘过程中，索菲亚渐渐理解了施利曼。他是一个怀着浪漫和理论的兴趣、胆怯地翻动书本的每一页的文人，他更是一个在田野里挖掘、夹杂不安和失望、需要有胆量的决断、带着发现的狂喜的考古工作者。她常常惊叹他的直觉——指引他找到特洛伊普里阿摩斯的宫殿、宝藏、斯凯安门、向外通向特洛亚德的石面铺路的魔杖。在迈锡尼，施利曼的名字再一次与阿特柔斯、阿伽门农、克吕泰涅斯特拉并驾齐驱。

> 时光之长长的、不可测量的脉搏推动一切。
> 隐匿的东西都能使之重现，
> 了解的东西都会变成不了解的。
>
> —— 索福克勒斯《埃阿斯》

　　烈日当空。尘土，烂泥，刺眼的阳光，寸草不生。施利曼夫妇组织几十个工人一层一层地挖掘：首先出土的是饰有几何形的彩绘古陶、粗糙的女性和母牛形的赤陶赫拉偶；其次是包有厚厚金箔的木纽扣，上面刻着一个圆、一个三角和三把匕首；更多的雕饰石碑，其中最有趣的是表现一个站在战车上的裸体男孩；接着是刀、轮、矛、双刃短柄小斧、冻石、玛瑙和玛瑙宝石，饰有动物凹雕；还有金纽扣、金十字架、金王冠、黑曜岩战刀和青铜战刀、银杯、赤陶鼎；耀眼的金梳子、金珠和琥珀珠、金胸针、鱼纹饰金高脚杯、银瓶；直至闪烁着光芒的饰有两只金鸽的"涅斯托耳高脚杯"，引起了人们的惊呼。高潮当然是著名的"阿伽门农黄金面具"。再熟悉不过的面具！它的五官是希腊式的：有力的鼻、整齐的上髭、狭窄的脸和山羊胡子。看着这些不计其数的文物，我感觉周围的人、空气、景物都在慢慢失去控制，古希腊的时代风貌在一点一点地重现。

　　再读一遍《伊利亚特》和《奥德赛》，荷马的蓝本是稳定而具体的自然界，在他的诗歌中，我们觉得处处脚踏实地，站在现实之上。

　　带着与发掘者同样惊喜的情绪，我开始对古希腊历史一层一层地挖掘。

首先是，一切社会基础，制度、风俗、观念、种族、宗教。希腊人在民主自由和激烈竞争的环境中不仅发现、孕育和创造了美，而且也创造了神，在希腊人的心目中最完美的人就是神，因此希腊人把人提高到神的高度加以肯定；其次是，哲学、戏剧、诗歌、体育、科学、建筑。希腊人把强健的身体看成是一切善与美的本原，把希腊神话视为艺术的精神本源。至于哲学，那是在练身场上，在廊道下，在枫杨树间产生的，哲学家们一边散步一边谈话，众人跟在后面；最后是雕塑，它有着无所不包的和谐与规律性，还有庄严与静穆。希腊的神庙建筑舒展、伸张、挺立，嵌在三角楣上的浮雕，还有供在圣堂中的神像，用云石、象牙、黄金雕成，代表英雄与神明的身体。雕塑成为希腊的中心艺术，一切别的艺术都以雕塑为主。我认为，没有一种艺术可以把一个民族生活表现得这样充分，也没有一种艺术可以受到这样的培养，流传这样普遍。

凉爽的海风徐徐吹来，霎时驱走了暑热。在静谧迷人的纳夫普里昂，在这个以海神波塞冬儿子的名字命名的城市里，我仿佛听到了神的召唤。我的眼前呈现出一幅令人难以想象的诗意的景象——

一群曼妙多姿的女神站在湛蓝的海边，她们的头上戴着碧绿的橄榄枝叶编成的花冠。风把她们的长发、轻纱和衣裙吹向斜后方，波浪似的飘动着，远看就像一组雕塑。这些为人们带来春天的女神们啊！她们多么美丽、圣洁、神圣。

呼吸着希腊稀薄、透明、光亮的空气，我想，希腊人和中国人一样，是一个有着灿烂文明的古老民族，都有伟大的祖先，我们以此为荣。这样的崇拜，应该算是人类之爱，智慧之爱吧。

一直以来，对我最有影响力的人不是巴尔扎克、莎士比亚，而是荷马。这位古希腊盲诗人在诗中描述了：世界文明、战争、友谊、情爱、追求荣耀、欲望、发明以及生活的兴致等。我对希腊的喜爱，除了对这些心存信念，还有一种就是朴实的怀旧之情！

碧蓝的爱琴海，星罗棋布的小岛，岛上长着疏落的树林，有月桂，橄榄和葡萄。希罗多德说希腊"一出世就与贫穷为伍"。确实，伯罗奔尼撒半岛上山峦连绵起伏，土壤贫瘠单薄，但到处都建有神庙。走入神庙，在一座巍然的雕像前站定，我仰起头来，目光扫过赫耳墨斯和小酒神。伸手抚摸，石头的冷意浸透我的心。我想，再没有一种艺术比希腊的雕塑艺术更需要单纯的气质了，希腊人独有的气质——刚强的力，勇敢的精神，朴素高尚的气息，还有开朗乐观的心境。我坚信这才是真正的希腊宝藏。因为"这种气质使人把人生看作行乐。最严肃的思想与制度，在希腊人手中也变成愉快的东西；他的神明是'快乐而长生的神明'"。

离开希腊的时候，我忍不住对王军提起：在迈锡尼博物馆参观时，见到他与一位年轻女子在谈笑。他大方地说道，那个女子他颇为熟识，她是当地迈锡尼博物馆馆长的女儿，知识丰富，尤其对希腊历史感兴趣。真巧！她的名字也叫索菲亚。王军的语气里流露出对索菲亚的仰慕和欣赏。虽然，对索菲亚我只是惊鸿一瞥，但印象深刻。她是端庄典雅的。一位拥有典型希腊人气质的希腊女子。一位秀美飘逸的女神！她应该属于希腊宝藏的一部分吧。

云水谣 [1]

范婉

　　这是一段优美的云水谣。时间要追溯到上世纪初了。他是画家吴湖帆，她是闺秀潘静淑；他是清朝广东巡抚吴大澂的孙子，她是清朝军机大臣潘祖荫的侄女。再也没有比他们更门当户对的了，天造地设的一双璧人。

　　他的性格与才情，沾染了一些云气的高远与逍遥。她的清丽与温柔，流淌着水一般的娴静与婉约。

　　潘静淑从小与书画为伴。她的嫁妆中有宋拓欧阳询《化度寺塔铭》、《九成宫醴泉铭》、《皇甫诞碑》，与吴湖帆家传的欧阳询碑刻拓本《虞恭公碑》合而为四，汇于一室，称"四欧堂"。

　　潘静淑30岁生日时，她的父亲又将收藏的宋孤本《梅花喜神谱》二册作为礼物送给她，吴湖帆遂把画室命名为"梅景书屋"。

　　吴湖帆与潘静淑的生活，是令人艳羡的。琴瑟和谐，互磋画艺。这从他们拥有的十方象牙章中可见一斑，分别为"吴湖帆印"、"吴潘静淑"、"吴湖帆潘静淑所藏书画精品"、"潘静淑平生心爱之物"、"湖帆静淑金石图书"、"双修阁内史"、"湖帆读画"、"香阵卷温柔"、"吴氏四欧堂家藏书画"、"梅景书屋主人"。

　　她第一次看他作画，想替他磨墨，被他轻轻阻止了。他一向习惯自己磨墨。这样不但能掌握墨汁的浓淡，还能趁磨墨时构思。她善解人意地点

---

1. 选自《散文》（海外版）2009年第4期。

了点头。

梅景书屋里终年飘荡着梅花的清香。时间与人生的幽暗缓慢地在这里展开。蜡烛蹿红。屏风漾金。白色的宣纸平摊在桌上，青花瓷瓶里横斜着几枝铁骨红梅，华丽与惊艳依托清莹的月光，倒映在窗棂上，晃动。没多久，一幅青绿山水《春云烟柳》完成了。青山葱翠，白云缭绕。沟涧蜿蜒，流水潺潺。一片清新旖旎的春色。

早春时节，他们照例会从上海回故乡苏州，去"香雪海"赏梅。满山遍野的梅花，千花万蕊，香雪缤纷。烟波迷茫的太湖，云峦闲吟，春水独钓。微风、杨柳、芦苇、桨声、船影。大自然的云水谣。

午后，潘静淑坐在池塘边。庭院一角，红艳艳的蔷薇花热烈地开放着，一只彩蝶停栖在花瓣上，家里的大白猫懒洋洋地蜷伏在湖石上。她的心不由动了一下，回屋兴致勃勃地作《耄耋图》。她画白猫、蔷薇，还有蝴蝶，全神贯注。连吴湖帆进屋也没察觉。他笑嘻嘻地从她手中接过笔来，在纸上补上湖石、苔草。

此情此景，吴湖帆记忆犹新。今晚，窗外的月光照亮了那一瞬间。他默默地看着墨迹未干的画卷。烟云笼罩的山石峻岭，远峰一抹直入云中。山谷中飘浮着白云，成排的松杉覆盖着山坡，屋宇掩映在丛翠之中，溪流淙淙，水气与云雾氤氲一片……

他站在云端，吟诵水的歌谣；她坐在水边，默读云的倒影。云与水的对话，回响在天地间。云以缥缈的烟岚招呼，水回应以悠扬的笛声。

他独坐在画桌前，面对刚刚完成的这幅水墨《云海奇峰图》，沉思。云水微茫的天际，地老天荒的苍凉。

那年夏天，池塘里的红荷开得格外娇嫩多姿。吴湖帆即兴画了一幅扇面《凌波出尘图》，背后书录潘静淑的《浪淘沙》词。她看后连声说好，想临摹来着。未料，没几日却染病去世了。睹物思人，黯然神伤。自此，吴湖帆把扇子珍藏在行箧中，从不离身。孤独的扇子，残缺的美。他是一片飘浮的云，无力留住流逝的水。

他一直记得她。这段优美的云水谣不因她的早逝，而稍减其美或感动。她是他的记忆，只是他的记忆被打散了，一点点，一滴滴，融化在他的一幅幅画里。

翩翩 [1]

范婉

一

朋友从上海来,邀我去镇湖看苏绣。从苏州到镇湖开车半个多小时,一路上天高云淡,树木葱翠。我依恋的目光追随着这座太湖之滨的小村镇,几棵小树、一弯池塘、一座小山,都蕴涵着难以言说的妩媚。后面的一段路,春风拂面。远远的,我望见俏丽的少女挎着竹篮婀娜地走在湖边,水灵如草,清秀如花,篮子里一定放着丝缎、绷架、苏针、花线。

镇湖是苏绣的主要发源地之一。记得我在中学住读时,看管女生宿舍的阿姨就是镇湖人。我走出走进时,瞥见她总在绣花。特别是她劈线的姿态灵巧,我简直看呆了。寂静的黄昏,夕阳斜照雕花长窗。她坐在绣绷前,埋首,起针落针,收放自如。白缎上一朵一朵的杏花,粉红色,与窗外如云似霞的杏树呼应。媲美。凑近细看,清雅的质地,均密的针脚,水路(花瓣重叠、叶片交织、茎枝分歧时,露出一线空白的绣地,称为"水路"。)清晰。洁净,稍不留神,便往妩媚里去了。

镇上的人,对刺绣的情谊缠绵。在绣品街的任何一个小店,绣绷随意可见。红花绿叶在白绫上闪闪发光,柔美恬静;旁边是洁白的瓷瓶,插着灼红的玫瑰花。在中国刺绣艺术馆里,清丽的绣娘端坐水榭现场表演刺绣。

---

1. 选自《中国作家》2011 年第 9 期。

桃花灼灼盛开，绚烂中自有一分优雅，兀自风流。年轻的讲解员引我参观，介绍苏绣的历史，指点我观赏镇湖绣娘姚建萍、卢福英、姚惠芬、邹英姿的代表作。神仙画卷壮阔舒展，令人不胜唏嘘。但仔细分辨，仅仅是对古典的模仿，不难看出些许生硬的痕迹。反不如这些纤手中诞生的玫瑰花，农妇将她挂在帐幔间，孩子戴她在衣襟（香囊）上，文人雅士用她作扇坠，甚至枯萎了也被压在箱底。

镇湖看到的苏绣，只是个引子。在景德路的苏州刺绣研究所（设在苏州名园环秀山庄）内所见到的，才是丰富多彩，精美绝伦。任嘒閒的《齐白石像》，李娥英的《湘君》，周巽先的《竹叶熊猫》，顾文霞的《兰花》、《花猫戏蚱蜢》，周爱珍的《林间百鸟》……这些苏绣大师的名字连同她们的绣品对我如此熟悉。当我与它们相对时，时光静静地流过去了。可是，在绣面上，一切依然鲜活明丽。我感受到大师们对山水花草虫鱼的喜爱，对人世平和温暖的深爱。她们用色彩和丝线把内心的爱诚挚地记录下来。傍晚的稀薄的光穿过蔷薇花不开的庭院，穿过浓密的桂花树，映在墙上。《蛤蜊图》里的蛤蜊像青色碎瓷，面光的一半，莹润发亮，清冽如晨间露珠；另一半隐藏在暗淡中，低低如梦中呓语。我注视着沈寿的绣品，深情款款。我对苏绣的钟爱难以表达。

假山石边的银杏树骨瘦形销，残叶好像晚春的黄蝶，这里那里点缀着。两三只麻雀飞到地上觅食。树下，我发现了一只蝉蜕，薄薄的翅膀，淡黄色的。

沈寿继承传统并吸收日本绣法和西画、照片的明暗原理，注重物象的逼真和立体感，创"仿真绣"，也称"美术绣"。她在《雪宧绣谱》中自述："我针法非有所受也，少而学焉，长而习焉，旧法而已。既悟绣以象物，物自有真，当放真，既见欧人铅油之画，本于摄形，形生于光，光有阴阳，当辨阴阳，潜神凝虑，以新意运旧法，渐有得。"梦笔生花的过程，也许在日本考察期间，已埋下颖悟的种子。灵动的心在一双纤巧之手的牵引下突破传统针法的桎梏，走得更远。《耶稣受难像》、《意大利皇后爱丽娜像》、《女优倍克像》使沈寿蜚声海外。她的学生金静芬，曾任苏州刺绣研究所所长，在继承运针绣艺的基础上，又有新创。

《雪宧绣谱》决定了苏绣的美学内涵与走向。传统女红的审美趣味是纤弱的，沈寿将西画人像、静物画引入刺绣，可说是中国刺绣观念变革的先行。不仅极大开拓了苏绣的技法，而且使它成为东方艺术的一部分。

坐在石桥上，清风徐来，缠绕着凉亭的紫藤叶子轻轻地摇曳。绷架的影子在粉墙上，细细的，台阶在暗地里拉长。

读大学时，过生日同室赠我一方丝帕。图案是蝶恋花。她偷偷绣了好久。海棠花瓣用的是正抢针，蝴蝶翅膀是反抢针。栩栩如生。我爱不释手。同室是吴县甪直人，从小跟母亲学刺绣。她绣的双面绣，活泼泼的金鱼，毛茸茸的花猫。活灵活现。深夜的灯光下，我从抽屉里拿出丝帕，在手中摩挲。满树的海棠，开得悄无声息。片片花瓣，似蝴蝶纷飞，飘飘悠悠；又似少女的魂灵，小心、安静地铺满草地。

当时这位同室告诉我，她的母亲是苏绣大师任嘒閒的学生。由此，我想到吕凤子。作为画坛一代宗师，吕凤子先生在丹阳创办正则女校，开设刺绣科，进行艺术探索。他的学生杨守玉吸收西画素描的笔触与油画色彩丰富的特点创造了线条长短交叉，色彩分层重叠的"乱针绣"。任嘒閒于1931年在正则女校学习苏绣后，完善了"乱针绣"技法，独创双面异色异样绣。"乱针绣"为苏绣艺术添光溢彩。

折转月洞门，一抬头。一弯月亮挂在树梢。池塘的四边草枝摇摇，金鱼的扇尾被水藻合上了，水面飘浮几片凋零的红叶。寒露过后，接下来是深秋了。

清朝画家陈玫，他的《月漫清游图》册页以每月的气候变化为背景，描绘宫廷女子在庭院内外的游赏活动。我翻开其中的那幅"文阁刺绣"。11月，初冬时分，阳光和煦，惠风和畅，贵妇们精心绣制和欣赏喜爱的图案。这幅图景想来与露香园差不多。明朝松江士人顾名世，因家中女眷都精习绘事刺绣，遂有"露香园顾绣"。2007年春节，上海博物馆举办顾绣展。我专程赶往，一睹顾绣风采。

在刺绣技法上，顾名世的孙媳妇韩希孟充分吸取了宋朝以来闺阁绣的优秀传统，套针、缠针、滚针等多种绣法结合，娴熟于心，随时施用。《韩希孟绣花卉虫鱼册》仿佛一幅幅宋人的花鸟画：笔细细的，墨枯枯的，平淡而又明洁。《藻虾》一幅，以青灰色线套针绣，每层中用反抢针，虾壳薄而透明，虾须细而灵动。《松鼠葡萄》配色精妙：馋嘴的小松鼠，入秋的葡萄叶深绿带黄边，还有蓝色的累累葡萄。我到底相信了韩希孟。她是个能把日子里的记忆、天空下的景象、摸得着的万物、思绪间的飞翔都绣得出来的女子。

中国传统的绣花手艺，柔性的生命之力源远流长。作为纯欣赏性的画绣，顾绣对"四大名绣"（苏绣、湘绣、粤绣、蜀绣）的影响显而易见。尤其对苏绣影响深远。

在白绣球花滚滚的小巷拐弯处，新开了一家中式裁缝店。走进，衣架上挂着一件淡紫色素绉缎旗袍。左胸襟前绣着白梅，素雅。我也有过这样一件旗袍，新婚的嫁衣。现被我藏在衣橱里，每年夏天才取出晾晒一下。"独坐纱窗刺绣迟，紫荆花下啭黄鹂。欲知无限伤春意，尽在停针不语时。"刺绣在我的记忆里。

偶然看到徐姞的白描画《学刺绣》，亲切。江南天气潮湿，粉墙结了壳，有时会鼓圆，仿佛蚕宝宝上山，吐丝结茧。休息天，我和伙伴们每人搬一把竹椅，坐在天井里。阳光耀眼，还是散坐在竹林边，阴凉。我们拿的都是圆圆的手绷。墙角边，开着一丛丛白色的凤仙花、红色的凤仙花。把花掐了，染指甲。粉红的十指在白绫上穿针引线，好看。梅花、李花、梨花次第绽放，学刺绣的大凡从绣花卉入手。

我学刺绣最大的成就是给家里绣过一对墨绿色的枕套，白的菊花，黄的花蕊。密密的花蕊用的打子针。这种针法打出的花心一定要均匀、紧密，不能暴露绣地。夜晚，头靠绣花枕，听雨滴残荷。

一件好的苏绣艺术品是工艺性和艺术性的完美结合。图案的整体构思，做工的精细程度，色彩的处理方式，这些凝结的艺术效果成为鉴别苏绣工艺品和艺术品的重要标准。

前两年在北京出差，我顺道去工艺美术馆。偶遇《翩翩》。这幅双面绣华美传神，光彩夺目。《翩翩》绣稿由苏州刺绣设计家徐绍青设计。绣面以白孔雀为主体，红牡丹衬景。绣者运用一色白线十余个不同色级，接针、施针等针法表现层层覆盖的毛片，特别是毛丝的衔接与弯曲之处，产生丝绒特有的自然折射的光泽。白孔雀的每一根羽毛，都在风中拂动，飘逸，富于质感，表现出针法的严谨与细腻。羽片丰润的白孔雀亭亭玉立于娇艳的红牡丹前，昂首向阳，全身放射出炫目的光芒，高贵文静。仿佛白衣飘飘的仙女从云间翩然下凡。我在西双版纳的原始森林里看过白孔雀开屏，在舞台上看过杨丽萍的孔雀舞，但《翩翩》让我如痴如醉。一双纤手创造出的神奇。我看到了苏绣的翩翩风采。

二

里尔克说："艺术品都是源于无穷的寂寞，没有比批评更难望其边际的了。只有爱能够理解它们、把住它们，认识它们的价值。——面对每个这样的说明、评论或导言，你要相信你自己和你的感觉；万一你错误了，你内在的生命自然地成长会慢慢地随时使你认识你的错误，把你引到另外的一条路上。让你的判断力静静地发展，发展跟每个进步一样，是深深地从内心出来，既不能强迫，也不能催促。一切都是时至才能产生。让每个印象与一种情感的萌芽在自身里、在暗中、在不能言说、不知不觉、个人理解所不能达到的地方完成。以深深的谦虚与忍耐去期待一个新的豁然贯通的时刻：这才是艺术的生活，无论是理解或创造，都一样。"

我觉得里尔克的这段话，说的是沈寿。概括了她整个的艺术生涯。沈寿是第一个把西方绘画融入东方绣艺的人，被清末著名学者俞樾喻为"针神"。

沈寿于1874年出生在苏州阊门海红坊，原名沈云芝，字雪君，号雪宦，因绣斋名"天香阁"，故别号天香阁主人。自幼随父读书看画。受其姐沈立影响，7岁捻针学艺，14时绣名远播。后与浙江举人余觉成婚。1904年，慈禧七十寿辰，沈寿绣成一堂八幅的《八仙上寿图》和三幅《无量寿佛图》，慈禧大加赞赏，称为绝世珍品，亲笔书写"福"、"寿"两字，分赠余觉夫妇。沈云芝从此更名"沈寿"。

走过越城桥到渔庄，一座白墙黑瓦的庭院建筑，位于石湖东北渔家村。原名觉庵，又名石湖别墅，后改名"渔庄"。宋代田园诗人范成大辞官后隐居在此。余觉建于1932年至1934年，又称余庄。其时，沈寿已去世10年。有些失落。我一直以为，渔庄是沈寿的。

斜阳淡淡，我伫立渔庄，远眺上方山楞伽塔。行人稀少，湖水清得让人伤感。"福寿堂"后的庭院里，一株老石榴树，虬曲的树干已被白蚁蛀空，碧绿的枝叶间却跳动着朵朵火焰。她轻微的话语，隐没在流水的哗然中，犹如散碎的水珠。

我年少时，听上方山九十岁的老尼姑讲她亲眼所见的沈寿，脑子里充满了想象。

沈寿对一花一草一树，都倾注情感。她爱大自然，天光云影，波澜不惊。恩恩怨怨，爱恨情仇，原本纠结，谁解得开？她爱优美、缓慢、抒情的刺绣艺术！将平实、华丽、多彩融为一体，知识的渴求与情感的韵致融为一体，不牵强，不乏味，不做作，真大家手笔。君子温润如玉。苏绣，也是温润如玉。华丽却不失法度，优美却不空洞。海棠小鸟，湖石花猫，水藻金鱼，寻常小景闲闲道来，又轻灵滑开，衍生出无限风光。聪慧的沈寿独得苏绣之美。

这样的女子，注定孤独。生活是可以成为艺术的。我想，沈寿从小读诗看画，描绘各种诗境，却唯独钟情那种虚渺幽清的，大概与个人的际遇心境相符。

她是内敛的。但在苏绣艺术的推陈出新中坚韧忍耐，从不失去自己的思考。她的爱、悲悯与谦逊，平淡自处，贯穿生命之始终。

让我惋惜的是，陪她走完人生最后一天的，不是余觉，是张謇。

在张謇的帮助下，沈寿的艺术实践得到了升华。豪爽慕才的张状元深恐绝艺失传，请沈寿讲述绣技，自己记录。病妇倚床口授，衰翁榻前笔录。我深深感动。张謇为《雪宧绣谱》作序说："无一字不自謇出，实无一语不自寿出也。"全书分绣备、绣引、绣针、绣要、绣品、绣德、绣节、绣通八项。从线与色的运用，刺绣的要点到艺人应有的品德修养，以至保健卫生，都有比较完整的阐述。欣慰的是，沈寿生前，《雪宧绣谱》得以出版。我反复翻阅此书，感慨：世间难得有如此真诚质朴的刺绣心得。

初夏的骄阳，流淌的濠河，我在栏杆外踽踽独行。沈寿艺术馆建在南通女工传习所旧址上。穿过花木扶疏的院落，我站在门厅仰望着沈寿半塑像，面庞清秀，端庄大方。两盆素洁的兰花，映衬着她。从沈寿的生平照片和资料中，我得知，她不讲究穿戴。只是爱干净，常常把几件平平常常的衣服洗得干干净净，穿在身上，很与众不同。

沈寿在南通讲艺8年，孜孜不倦，身心交瘁。在教学中，她主张"外师造化"，培养学生仔细观察事物的能力。绣花卉，她摘一朵鲜花插在绷架上，一面看一面绣。绣人物，她要求把人的眼睛绣活，绣出人的精神。"色有定也，色之用无定。针法有定也，针法之用无定。"我对这句话体会颇深，它同样适用于其他的艺术创作。后几十年，江南的刺绣高手，大多出自沈寿门下。

二楼的展厅陈列着沈寿、沈立和学生们的绣品。里面稍许渗出颓唐的气息，年华与才华就荡了开去。《耶稣受难像》这幅绣品，沈寿根据耶稣面部的肌肉纹理，决定丝理走向，灵活地运用了自创的虚实针与旋针。特别之处，在于从任何角度观看，都不会因丝线反光而影响视线。如此精致周到的心思，人间有几个女子可及。

沈寿的黑白照：沉静。刺绣要的是心静。唐朝著名琴师董庭兰把他擅长的《胡笳》整改成琴曲，戎昱有诗《听杜山人弹胡笳》。诗中的杜山人，就是董庭兰的学生。沈寿的绣品在我看来是"琴声在音不在弦"。她绣的《马头》，有银子的光泽。闪亮、跳跃。幽雅的黄色绣地，白色的马头连着脖子，马的眼睛柔和、顺从。孤寂的白马。神采奕奕。"书有精神也，画有精神也，惟绣亦然。"我喜欢沈寿的《长眉罗汉》、《神指罗汉》、《执杖罗汉》、《长袖罗汉》。从容淡定。使我想到鸥鹭忘机的故事，它取材《列子》。有个渔翁在海上漫游，鸥鹭栖集在他的船上。有一次渔翁动了捉鸟念头，鸥鹭就高飞不下了。刺绣也是如此，不管用了多少针法，只要动了念头，总能被人看出。她绣出了乱世之中而能够坐怀不乱的一个人的品行、内心。

在展厅我看到了沈立绣的《观音大士像》，压抑不住内心的狂喜，我想我可以看到沈寿的《古观音》真迹了。它为观音第十九应身，乃一长者妇女形象，绣品根据明朝陈洪绶画本而绣，运针、配色皆有独到之处。失望。直至游狼山，我还是耿耿于怀。曲径通幽。没想到，在狼山东北麓的观音院，隔着一座曲桥，"赵绘沈绣之楼"在我眼前。张謇把杭州辨利院的观音像、南通女工传习所师生所制的观音绣像收藏楼中，还包括另外收集的石刻拓片和不同质地的观音雕像。藏品中以赵孟頫、赵雍父子所绘，沈立、沈寿姐妹所绣的观音像最为珍贵。故名。寂寥无人。站在楼中，四壁空荡荡的。我已释然。人生本来就充满了遗憾。

1921年6月18日，沈寿病逝于南通，终年48岁。她在弥留之际，依然"镜奁粉盏不去手，衾枕依倚之具，未尝乱尺寸，食饮汤药无纤污。……

生平性好，兹谓贯彻始终焉"。月色中，沈寿（雕像）一袭长衫，静坐在濠河边的花丛中。她是美的，风度翩翩。

　　问了许多人，我才在南通花卉世博园里找到沈寿墓。张謇按照沈寿的遗愿把她安葬在马鞍山南麓，面向长江。墓门石额上镌刻着张謇的亲笔楷书：世界美术家吴县沈女士之墓阙。墓后立碑，碑的正面有张謇撰写的《世界美术家吴县沈女士灵表》。我在墓前默拜。替仰慕她的苏州人默拜。我的心情可比罗子浮。罗子浮是蒲松龄《聊斋》中的人物。贫病交加时遇到仙女翩翩。翩翩带他到仙人洞府，以身相许，又剪下芭蕉叶给他做衣服，瞬时变成绫罗绣衣。罗子浮牵挂人间，翩翩剪叶为驴，让他回家。后来罗子浮思念翩翩，偕儿探访，则黄叶满径，洞口路迷，零涕而返。

　　1914年沈寿41岁时到南通。在绣谱的最后一章，她说道：余自笄龄，昼夜有作。尝过夜分，炷灯代烛。银针穿过薄如蝉翼的丝缎，发出"嘭嘭"的响声，清脆悦耳。我听到绣绷上弹起一滴少女热血。

　　拙政园、狮子林附近的旅游品商店也出售双面绣，每次经过，我不忍卒看。粗糙、媚俗，因为价廉，讨喜，外地游客喜欢。"如今世上雅风衰，若个深知此声好。世上爱筝不爱琴，则明此调难知音。"真正的苏绣艺术品曲高和寡。所谓风雅颂，清末刘熙载说："诗喻物情之微者，近风；明人治之大者，近雅；通天地鬼神之奥者，近颂。"沈寿的绣品，几乎是《颂》：惊天地，泣鬼神。一个艺术家用生命注解的清音。接近李白的两句诗："正声何微茫，哀怨起骚人。"沈寿不怨天尤人，她的境界是高尚的。"今朝促轸为君奏，不向俗流传此心。"艺术是正声之外的别调。

评论

飞举的轻盈

秦兆基

　　范婉的四篇散文，除了《秋天，在拉市海看鸟》是记游的以外，其余的三篇都是谈艺术的，一时想不出一个合适的名称来概括，姑名之为"艺术札记"。

　　这些作品承载内容很繁富，比如《翩翩》，介绍了苏绣近代发展的源流，一些名家名作，堪称苏绣史。《云水谣》写了苏州现代国画家吴湖帆的艺术人生，《希腊宝藏》从考古发掘中发现的历史留存窥见古希腊的人文精神，就是记游的那篇《秋天，在拉市海看鸟》，抒写乘物以游心，与天地山水飞鸟同一的襟怀，很大气。读这些作品以后，最先的，也是最重要的感觉，就是举重若轻，有类于芭蕾舞托举时瞬间所显示出的轻盈。

　　轻盈是来自范婉的艺术功力，也来自她文学创作上的刻苦自励。取得轻盈这样艺术效果的因素，大致有三：

　　第一，结构的考究。结构就是作品的骨架，架子搭好了，作品才立得起。一般的，人们只注意到"外结构"，即形之于外的段落层次的安排，而没有注意到"内结构"，即作者思绪的条理性。范婉在内结构的经营，很耗费了一些心力。比如《希腊宝藏》，从"外结构"上看是信马由缰，或者说移步换景，就是说随着作者游踪所及，展现出一个又一个的世界。但从内结构上看，采取的是一个套子式结构方式，德国诗人歌德称之为"中国式匣子"——大概中国人喜欢层层包装，大匣子套小匣子。看这篇作品内结构：旅游（在科林斯运河上）—去迈锡尼（因为《希腊宝藏》）—施利曼考古发现—遗址巡礼—古老的故事（阿伽门农）—理性的思考（考古成功的因素）—怀古（璀璨的古文明）。最后作者还忘不了匣子外加一张包装纸：博物馆长女儿索菲亚留下的迷思。历历写来，可说抚古今于须臾。

第二，截取现实人生最有意义的片断，构成完整的画面。文学是时间艺术，前情后果，可以借助于语言表现出来，但弄得不好，就会缺乏节制。绘画和其他的造型艺术是空间艺术，借助于有包孕的瞬间，来显示事件的历史——过去与未来。

范婉喜欢美术，很明白这点，她在写苏州画人吴湖帆的时候，就向造型艺术学习，截取吴氏人生的一段，来显示其人的精神追求。吴氏一生横跨了几个时代，从晚清到新中国成立以后，可以写成一个长篇。可是作者仅选了他与夫人潘静淑共同生活那段来写，又止于梅景书屋那个小圈子里。寥寥数事：四欧堂、梅花喜神谱、磨墨、十方象牙章、补画、题跋，温馨而有文化味。他为云，她为水，云水悠悠万古愁，逗人寻思。

第三，或是在密匝匝的述说中，穿插延宕，点染生情。或是在清风霁月之下，生发开去，萌生人天之思。

前者如《翩翩》。这是四篇中最长的，从镇湖镇到苏州刺绣博物馆，从石湖渔庄到南通沈寿艺术馆，再到狼山东北麓的观音院"赵绘沈绣之楼"，述及近现代、当代众多刺绣艺术大师以及他们的传世名品，刺绣艺术理论，普通绣娘的艺术活动，读起来多少会觉得有点闷。作者在叙事之余，常常腾出手来，穿插与自己有关的一点往事，如自己在中学读书时看照料宿舍的镇湖女子绣花、大学里同舍的女生赠送的绣品、自己绣的枕头等，舒缓了作品的节奏。还常常有点神来之笔，给作品带来诗情。比如渔庄小仁的一段描写：

> 一株老石榴树，虬曲的树干已被白蚁蛀空，碧绿的枝叶间却跳动着朵朵火焰。她轻微的话语，隐没在流水的哗然中，犹如散碎的水珠。

以景寄情，抒写了对于前辈艺人的追思与悬想。

后者如《秋天，在拉市海看鸟》，那个地方看鸟的最佳季节是冬天，秋天不是群鸟翔集的时节，作者见到的只是远处的白鹭与近处的一只黑颈鹤，但是在这静谧的环境里，作者什么都可以想，什么都可以不想，进入了物我两忘的禅境，终而有所悟。这使我想起了陶渊明的诗："结庐在人境，而无车马喧。问君何能尔？心远地自偏。"陶渊明先生有定力，可以"心远地自偏"，范女士却只能是"地偏心自远"，扁舟海上行，见鸟生情，

> 我再次念诵着"无家可归的小鸟"，心里晴朗了。感觉离天堂很近。我确信是有一片湖可以栖息的，是有了天空的方向的。

见到如此景色，她对于尘世种种，都了然于心，进入了化境了。

举重是举重若重的，运动员迸发了全身之力，打破纪录的场面，是可以振奋人心的，那是力的美；然而我更喜欢的却是举重若轻的舞蹈之美，轻盈之美。

朱文颖

简介

朱文颖，1970 年生于上海，1988 年毕业于江苏省苏州第十中学。著有长篇小说《莉莉姨妈的细小南方》、《戴女士与蓝》、《高跟鞋》、《水姻缘》，中短篇作品《繁华》、《浮生》、《重瞳》、《花杀》、《哈瓦那》等，有小说随笔集多部。小说入选多种选刊选本，并有部分英文、法文、日文、韩文、俄文、德文译本。曾获国内多种文学奖项。其作品在同辈作家中独树一帜，被中国评论界誉为"江南那古老绚烂精致纤细的文化气脉在她身上获得了新的延展"。现任苏州市作家协会副主席。

三言两语的江南才子 [1]

朱文颖

陶文瑜最好的随笔散文永远不长。千把来字，洋洋洒洒，里面却是才情、机锋、善意的聪明，十十足足的作料塞在里面。有个曾经挺红火的"游戏文学"网站，老陶几乎是最受欢迎的访客。老陶一出场，三言两语，一大片便败下阵来，没有不心服口服的。

《纸上的园林》和《清风甪直》，是老陶新近的作品，都是不太长的文字，配着画，都漂亮着。后一本要老实些，有点像老陶遇到一个正经场合的饭局。话说得也有趣，但略微收敛着，是另一种有趣了。前一本就不是，

1.选自《南方都市报》，2004 年 7 月 12 日。

三两好友，都是聪明的，又彼此投合着性情，适逢其会。

看看他写园林是如何开头的吧。"还是高二的时候，我约了一位女生，在拙政园与谁同坐轩碰头。女生迟到了半个多小时，坐定后就和我谈功课，这让我觉得很没趣了。在以后长大成人的过程中，我几乎没有再约过女生单独去园林。"

这是有趣的，也是有着人生意味的，但却是十分典型化的陶文瑜的人生意味。在他的文字里，你很少看到他下一些了断性的结论。他是解构的高手。或许可以这样进行猜测，凭借着阅历与聪明，人家早已把世界看了个底朝天的透彻，知道其实人生也就"不过如此"，犯不着真去伤筋动骨的……且慢，但它的局部与片断往往倒是精彩的。因为世界上本不存在一气呵成的人生，我们看到的他人和自己，其实都是自己和他人的片断。陶文瑜便是表现这种局部与片断的高手。

他不追问，知道追问下来是和自己过不去，也让别人下不了台。他呵呵一笑，说高中时候约女生去园林……哈，真够酸的。就此打发掉几十年的绵长光阴。但你也不要以为他真的昏头昏脑，过到哪里就是哪里。苏州人有句口头禅："你在说书。"漫无边际地说，天花乱坠地说，但讲到底，其中其实还是有骨子的。这骨子虽然带着些东方人的虚无与散漫，但生长在这片土地上的人，他们心里有数，他们懂。

老陶其实便是个心里有数、什么都懂的人。现在的文化圈都喜欢用刺猬和狐狸作一些比喻。我呢，我觉得自己对一只表里如一的刺猬敬重，但是略有畏惧。我对一只没有骨子的狐狸欣赏，但是防范。我的理想，是狐狸的皮毛，刺猬的心肠。

我觉得老陶大致是做到了，虽然有时候我也会胡思乱想，如果老陶是一个对人生有着更为猛烈追问的人，就像有些严肃的学者们说的："如果有一个基本的理性精神，顺着这个理性精神走下去，一定会遭遇一些重大的问题，就不会那么轻松地回避这些问题……"

结论还是简单的，首先，如果真是这样的话，那此人一定就不是老陶了，此其一。其二的话，看人挑担不吃力，这个写短文章精彩的江南才子，他面临的问题，又何尝不是我们大家所共同面临的呢？

君到姑苏见 [1]

朱文颖

苏州是个很像寓言的城市。这寓言边缘有些模糊，底子也是暧昧的。它有着极具炫惑力的外表：阴柔，温润；华丽，灵秀——既岁月静好、现世安稳，又繁花似锦、歌舞升平。

在苏州，有个叫做耦园的园林。不算最有名。耦园很小，然而僻静、清雅。在里面喝茶，十元以上的"龙井"、"碧螺春"，就可以去坐里间的雅室。"炒青"则委屈些，只好将就外间的藤椅木桌了。不过，好坏的界定也并非如此简单。因为雅室里放的是新漆小圆桌，亮，而且滑。油漆也是刚上的，红得太过，反不如外间斑驳的旧桌来得有茶味。但雅室外面有好几棵银桂。秋天一深，香气是让人惊艳的。这才突然让人觉得：有时候，钱毕竟也能买来好东西。

就是这种曲曲折折的小乐趣、小享受。波澜不惊的。在苏州，却是铺天盖地。像黄梅天的雨。而其中的好处，只有在这城市平心静气地住上一段日子，并且恰好逢上平心静气的心境，才能细细加以体会。

我们所熟悉的林语堂先生，应该是体会过的。他说："芸，我想，是中国文学中最可爱的女人。"这芸，就是芸娘。苏州人沈复所作《浮生六记》

1.选自《读城》，任欢迎、李光主编，清华大学出版社，2010 年 5 月第 1 版，第 1 次印刷。

中的女主角。并且也是个苏州女人。为什么可爱呢？林语堂先生设想了这样的情境：可以出入其家，可以不邀自来和她夫妇吃中饭。或者当她与丈夫促膝谈书画文学乳腐卤瓜之时，你打瞌睡，她可以来放一条毯把你的腿脚盖上。

站在芸娘曾经住过的苏州老街上，那些临水而筑的老房子常会让你恍然想起"尘埃落定"这四个字。一切都是笃定而殷实的。乍眼望去的朴实，与细节处不经意流露的精致审美观安然并存。临街老屋的门常常是开着的，门前坐着屋主，或者对面坐着邻居。树都是些老树，有着浓绿的阴影，而茶已经沏上很久了，不免清淡，倒与聊天的内容暗暗吻合——无非也就是家中山茶花蓓蕾的大小，棋艺的进展，以及饭菜的咸淡吧。

走在街上，你就能看到后两进厅堂小天井里种的花草与葱木。在这里，破门而入不再是件尴尬而失礼的事情，它让人联想到"僧敲月下门"、"来者都是客"之类的古意与禅风。在第一进或者第二进的小天井里，屋檐底下挂着自家用上好的鲜肉腌制的咸肉。上面则伸展开来，圈出一方或狭小或方正的蓝蓝天幕。有人指着檐下的几个铜环问："这是干什么用的？"

屋主便回答说："过去人家挂红灯笼的。"

这些现在已经很难见到的生活细节往往是引人联想的。比如说，这房屋的主人，或许在吃饭时即便是一块卤腐，也要用麻油白糖细细拌过的。萝卜要切得像头发丝一样细，还要放上葱末，等到浇上一勺热油时，轻而热烈的声响便滋拉拉地升起了。这些都是由江南人家对自然的亲和感，引申出来的精致的生活艺术；而天井深处某个角落里的一块木砧板，它散发出的木头与肉屑合成的潮腻的腥气，则暗示了老宅主人乐在其中的最平实的人际关系——他的最触手可及的快乐、烦恼与希冀，无不来自于此。

就在这样的老宅里面，有一年初夏时节，我给人请去吃花宴。吃饭的地方也特别，在一个老房子背后的小园子里，也就是后花园的意思吧。曲曲折折的长廊，黄昏时就点起了红灯笼。长廊走到尽头，是个小房间。但这小房间朝南方向有扇很大的漏窗。漏窗外面是绿得正好的芭蕉、竹子、和一块假山石。

吃的是玫瑰花樱桃豆腐。鸽子茉莉。香炸荷花。月季花烧大虾。吃到一半，就听到雨声了。芭蕉叶肥硕，阔大，在白墙上舞动着。像鬼影。突然红灯笼也晃动起来了。一个朝东，两个向西———一男一女。黑长衫和白旗袍。弦子与琵琶。穿过风声雨雾，走进来，幽灵似的。说要唱评弹给我们听。报了曲名，坐下来。就唱了。唱的还是《长生殿·絮阁争宠》。我们突然都有些目瞪口呆。目瞪口呆还算好的。其实是恍然，是寒意，还有些小小的惊悸。

很长时间了，一直记得那个晚上。雨雾，芭蕉，晃动的红色，和那句哀怨入云端的"一见龙颜泪盈眸，两年宫禁万千愁"。这样的晚上，或许也只有苏州会有。精致艳情的细节只是表面，至于底色，则是这个城市积聚了几千年的秘密。上天入地，几千年的孤魂，有时候，它们会突然发出骇人的亮光。以至于后来走出园子，重新回到车如流水的大街时，恍惚的感觉仍然这样深重——

如果说，在中国，很多城市都因自身的特点而具备了某种寓意，那么，苏州就是其中的一个。这城市，不肃杀，而无巨变。是古老东方精神的一个缩影。

一个梦回明清者的江南生涯 [1]

朱文颖

　　陈如冬很静。怎么个静法，我觉得有个朋友说得很好——我和几个人聊天，陈如冬悄无声息地走了进来，悄无声息地搬了把椅子，坐下，把伞搁在椅子边。下雨了？没有。天有点阴，地面有点泛潮。

　　这个情境我不在场，所以没有看到。但仿佛又确实可以想见，甚至就像真的看到的样子。事情肯定就是这样的——悄无声息地进来，悄无声息地坐下。然后，半开的窗外斜着一枝梅花，清香一滴两滴、三四滴。你说有雨也可以，泛潮自然也无妨。

　　当然了，这个情境其实更是个寓言。陈如冬常常是个有趣之人，但他的有趣却也是安静的。润物细无声，像是在冥想。

　　陈如冬笔下的动物大多也处在一种冥想状态。即便他那些虎虎生威的老虎，也奇怪地透着一种骨子里的安静。基本上不是这个时代的老虎。你站在画前，看一看画里的虎。这样一看，有一种蓄势待发的安静。再那样一瞧，却好像又是一副过来人的慵懒。如同常熟兴福寺外悬着的那副对联——"山中藏古寺，门外尽劳人。"陈如冬的老虎简直通透得很。像一只只出家的老虎。而陈如冬也仿佛倾向于选择这样的定格。当然了，至于后来的事情，那只虎有没有一跃而起，咬人一口或者被咬一口，则没

---

1. 选自《东方》文化周刊，2010 年 7 月 22 日。

有人知道。

在陈如冬这种沉静冥想的氛围里，有一件事情是我一直想不明白感到好奇的。在我身边的艺术家朋友里，几乎少有陈如冬这样善良、周全，在俗世里也堪称好人的人。艺术家是什么样的人呵，大部人都是病人，基本上都是病人。没病则哪有那么多由衷之语、肺腑之言。所以会有那么多疯子，那么多痴人……有道是佯狂本亦狂，痴狂亦须佯。不佯又不狂，如何哭悲凉？如何诉荒唐？

而在这里，陈如冬很显然地给我们留了白。

有人说，陈如冬的画有点像是古人画的。这至少说明了两个问题——

1. 陈如冬本身就有点像古人。这才使他的画"像是古人画的"。这好理解，是一对因为和所以的关系。

2. 陈如冬画出来的画比较古。而陈如冬主要是画动物的，那就是说陈如冬笔下的动物看起来比较像是古代的虎猴鸡狗，而且，它们也生活在看上去比较像是古代的一个环境里。

动物怎么叫古我说不大明白。而人物的古就更分明些。有人举过这样的例子。说人物怎么算是古？只要看看陈老莲的画就会知道。陈老莲的人物除了《水浒》博古叶子，大部分是些闲士雅客。他们宽袖大袍，长须美髯，悠然自得。他们都在做些什么呢？无非是赏梅、听琴、品茶……而周围的环境也大都以以下事物组合而成：茗碗、佛手、梅花、石几、古琴、茶炉，以及竹枝、老菊等等。

这些古人喜欢做的事情陈如冬显然做过，而且同样很喜欢。而那些组合成环境的小小颗粒也几乎就是陈如冬日常生活的组成部分。只有一个细微的差别。陈老莲有张《品茶图》，上面画着两个很古很古的古人。这两个古人都在喝茶，只是一位坐在石几上，另一位则坐在一张硕大无比的芭蕉叶上。

不知道为什么，我总觉得如果陈如冬画人物，他不太会让他的主人公坐在一张虚无缥缈的芭蕉叶上。

陈老莲的人物画里有着非常空旷的场景，在中国传统绘画中，这通常被称作留白。留白当然不是没有。而是在别处的一种有。有时候它甚至有点铺天盖地，以至于对现实的画面形成一种极具张力的紧张感。这在中国戏剧里其实也有很多类似的体现。比如《三岔口》。舞台上只有一束光，但那是给观众看的，黑暗中的两个人则完全不见。他们面对面了，刀在头顶划过——但他们就是无法看到对方。他们在虚拟的黑暗中交战。这是动态的留白。

还有静态的。中国京剧舞台布置只有简单的一桌一椅，至多一屏风。但这可以表现厅堂、书房、金銮殿，也可以做床、做山……千里寻夫、万里寻仇，也只是在舞台上远兜远转几圈……人物与空间存在着一种奇特而美妙的博弈关系。

古人或许是富于想象的。他们相信人世里有着很多的可能性。而这奇迹和灵异则是从现实的画面以外来、从空白的空间来。它是减法里的乘法和立方。他们相信天地之间自有大德，也有大的奇迹。人物则在画的里面冥想、等待。

所以古人的画其实单纯、天真烂漫。他们好像不太懂得焦虑这两个字。要么哭之、要么笑之、要么积郁、要么享乐、要么成佛、要么成癫。

而现在——则是波普似的混乱拼接的加法。相信成事需要不断累积的人力和嘈杂的机器声。

我一直以为，焦虑是和机器有关的一个词语。

陈如冬好像是不太焦虑的。他的老虎也不焦虑。它们肯定不是武松要打的那种虎。它们更像是古典中国的一种符号。

或许因为不焦虑，陈如冬的构图基本是稳定而均衡的。像一个固执而一意孤行的古典主义者。他的笔触细密、和谐，仿佛世界是可解的，它们被拆解为"崇山峻岭巨薮，幽幽流泉，长松巨木，细草幽花"。陈如冬的画里很少有非常神秘的空间和大片大片的墨团——我们很容易想见它们在中国绘画中可能代表的情感意义。

只是很少的时候，或许陈如冬自己都不太在意的时候，那些动物有了些细微的变化。它们好像在等待什么。眼神有些茫然。好像在聆听这世外的什么声音（它们的世界是画家陈如冬设定的）。

但它们只是在听，非常诚恳和无辜。它们拒绝外面那个混乱嘈杂的世界。它们漠然坚定、绝不妥协。

或许陈如冬也在拒绝着什么。或许他其实有很多想要说的，如鲠在喉。说出来自然是痛快的，但有时也是无礼粗俗的——陈如冬想了想。或许想了很多。他终究还是选择不说。

那位把人画在芭蕉叶上的陈老莲其实也有不想说的时候，他写了这样的诗："久坐梧桐中，久坐芰荷侧。小童来问吾，为何长默默？"

陈如冬家暂时没有小童，他家倒是有只老猫，秀气诡异而灵性。有时朋友们去陈如冬家坐坐，它就躲在一个角落里，静静地看，幽幽地瞧。像一只古代的猫，一只明清时候的老猫。

或许，这只猫它全知道。

苏州文化的女儿

有评论家把朱文颖称之为"苏州文化的女儿",盖因她的文章透露出一股浓浓的苏州文化气息,那里有古典有精致,有地方独特的文化符号。她的小说、散文无不如此。这里选取的她的三篇散文,一篇写苏州的风土人情,两篇写苏州的才子画家,都充溢着浓浓的苏州地方味。

俗话说"画龙画虎难画骨",如果仅仅将地方符号充入文章,苏州的神韵还难以体现。朱文颖是土生土长的苏州人,她以一个女性的细腻心态,将心中的苏州描摹得淋漓尽致。她能写出苏州的神韵,原因有三:

一、截取生活中典型场景

罗丹说过:"生活不是缺少美,而是缺少发现。"大千世界,包罗万象,很多人已经对一切熟视无睹了。苏州巷陌的寻常生活,在一般人眼里,稀松而平凡,然而,朱文颖的妙笔却能生花。比如在《君到姑苏见》一文中,她写道:"这些现在已经很难见到的生活细节往往是引人联想的。比如说,这房屋的主人,或许在吃饭时即便是一块卤腐,也要用麻油白糖细细拌过的。萝卜要切得像头发丝一样细,还要放上葱末,等到浇上一勺热油时,轻而热烈的声响便滋拉拉地升起了。"细腻的笔法,从视觉、听觉、嗅觉等,全方位铺开,向读者还原了老苏州们的精致生活。写苏州生活如此,写人也是如此,比如在《一个梦回明清者的江南生涯》中,她写道:"陈如冬很静。怎么个静法,我觉得有个朋友说得很好——我和几个人聊天,陈如冬悄无声息地走了进来，悄无声息地搬了把椅子，坐下，把伞搁在椅子边。下雨了？没有。天有点阴，地面有点泛潮。"这个典型的细节，就把陈如冬的静入木三分地表现出来了。

二、濡染苏州文化的蕴藉

朱文颖能写出那么多传神的文字，靠的不仅仅是一双慧眼，更是多年的文化积淀。比如写《君到姑苏见》，无论是藕园，还是老街，还是老宅，那里都有苏州文化的印记。朱文颖多年在苏州生活，她的童年已被深深刻上烙印。柯灵曾在《乡土情结》中写道："乡土的一山一水，一虫一鸟，一草一木，一星一月，一寒一暑，一时一俗，一丝一缕，一饮一啜，都溶化为童年生活的血肉，不可分割。"童年对一个作家的成长，具有深远的印象。亭台楼榭、花草虫鱼装扮的园林，上千年的士大夫情结沉淀其中；小桥流水毗邻、大红灯笼高挂的老街，上千年的市井文化徘徊其中；粉墙黛瓦、漏窗芭蕉的老屋，上千年的市民生活沉醉其中。这些有形的、无形的东西，都滋养着朱文颖的童年、青年；很多年过去了，那些东西，转化为文字，出现在她的书中。

三、拥有"芥子纳须弥"的博大

有人看不起苏州的作家，认为苏州人眼界太窄，只有头顶上一片精致的天空，不像有些作家，文字中充满了戈壁、草原、森林这些博大的东西。其实，苏州的作家们，并非仅仅关注家长里短、鸡毛蒜皮，他们更多地希望能通过一些细微的事物来表达一些博大的情怀。朱文颖便是其中的佼佼者。比如《君到姑苏见》一文的结尾，她写道："是古老东方精神的一个缩影。"她笔下描摹的仅仅是苏州的生活、苏州的文化吗？不！在熟悉了东方文化的精髓后，她真切地看到，这一切都是古老东方精神的体现，所以把苏州称为缩影，一点也不为过。这一句结尾，境界一下子上升了。又比如在《三言两语的江南才子》一文中，她说作家陶文瑜拥有狐狸的皮毛、刺猬的心肠。她看到老陶在说得天花乱坠的背后，还拥有一种东方人特有的虚无与散漫的骨子。还有，在《一个梦回明清者的江南生涯》一文中，她说陈如冬家的猫，像一只明清时代的老猫。这些，若非拥有一颗博大的心，又岂能透过生活光怪陆离的表层，看到人生清澈朴实的内核？也许，生活终究是细碎的、零散的，趋于平凡的，但是由于朱文颖的眼界与胸襟，笔下的人物、生活，都能以微知著。

朱文颖在回答记者的提问时，曾说她的小说肯定是和苏州有关的，苏州是她的"无底之底"。同样的，苏州也是她写散文的"无底之底"，这座有着2500多年悠久文化的城市，正等待着这位"苏州文化的女儿"，更多地用文字来发掘呢！

（金泓）

因为一个园子

柳袁照

西花园里有一小屋，叫"来今雨斋"。那是七十年前，临毕业的同学留给母校的纪念物。为何取名为"来今雨斋"，化用了杜甫的"旧雨来今雨不来"的典故，反训其意，表达了"旧雨来今雨亦来"的念想，情意深深。回想百年校庆前夕，受母校恩泽，我出的第一本教育散文集，亦用了"旧雨来今雨亦来"为书名，何其荣幸。

唐岚曾是我的学生（确切地说是"徒弟"），秦兆基是我的老师，今天他们与一群同道一起，编撰了一部文集，又以《西花园的雨》为书名，收集了我们学校自开办以来，校友的部分散文，包括校董、老师、同学的作品，跨度一百多年，其中有蔡元培、章太炎、叶楚伧、费孝通、杨绛等名人，这些名字即使在我们整个中华文化史上，都是熠熠生辉，永恒不灭的。其他一些人选，有的也很有知名度，或为全国、省的作协会员，按一般思维，都是不敢与前者的名字排在一起的。但是，因为这个园子，不分名声、职务、成就、贡献大小，平等相聚。在同一片天空，绽露自己生命的光彩，何不是既趣谈，又意味深长？

我于1974年高中毕业生，2002年回来当校长。这个园子孕育了我最初的诗情，也是这个园子唤醒了我一度沉睡的诗情。最初在这个园子里我写诗，离开这个园子，沉浮于俗务，始终竟未与文学触碰。从事写作，是因为百年校庆，在梳理学校历史中发现了那么多名校友：他们都是一些了不起的人，从这个园子走出以后，在人生的光彩中，为这个民族、这个国家，乃至整个人类文明的进步都作出了贡献。我不断地为他们所激动，为他们而骄傲，我急于要把这一切告诉大家，于是就伏案写作。先后写了蔡元培、胡适、杨荫榆、竺可桢、贝时璋、苏雪林、沈骊英、费孝通、杨绛、何泽慧、陆璀、彭子冈、李政道、沈君山、张羽、叶梅娟等校友。写他们与这个学校的关系，写他们与这个园子的故事。从此，一发不可收拾。从校友写到教育，从历史写到当下，从这个校园写到与这个校园有关的更多的人与事。还从教育随笔，写到散文、写到诗。十年中，先后加入了省作协、中国作协。诗文在《人民文学》、《诗刊》等杂志发表，并结集出版了三本诗集、一本散文集、四本教育随笔。假如，这点算文学的成绩的话，那么，我之所以有这么点文学情怀，则完全是因为这个园子。

西花园的雨，是天地之精灵，它滋润、滋养这个园子里的所有生命。我在这个园子里工作与学习，真实地感受到这一切。我喜欢西花园的雨，特别是蒙蒙的细雨，一个人在西花园走着，也不撑伞，雨丝滴在地上，也滴在我身上，悄无声息，晶莹一片。雨丝落在树叶上，积攒着，又化作一颗颗水珠，如有一条条白线，把它们穿起来，一一又抖落到地上，如何地美妙？西花园的梧桐树，春天是一片翠绿，秋天一片斑斓，雨中几多变化，或妩媚、或洒脱。这个园子，有了梧桐树，就有了灵气。古人说，凤凰非梧桐不栖，非醴泉不饮，梧桐与凤凰都是祥瑞之物，难怪从这个园子走出了那么多令人怀想的大家英才。

追溯历史，曹雪芹可能就生于这个园子，北京的曹雪芹纪念馆的墙上，就这样写着。今年9月22日，是曹雪芹逝世250周年，在北京香山黄叶村曹雪芹故居前举行纪念活动，胡德平、李希凡等红学、曹学研究大家到会。因为这个园子，我也应邀出席并作发言。我想把我的这个发言，作为本文的结束语抄录于下，以寄予对西花园的无限丰富的敬仰之情：

这个傍晚，是一个神圣的时刻。我从苏州织造署旧址来，即今天的江苏省苏州第十中学，因为曹雪芹、因为《红楼梦》，这个园子，于今年4月被国务院批准为全国重点文物保护单位。曹雪芹的祖父曹寅、舅公李煦都曾在苏州织造署当过织造。据有的红学曹学专家说，曹雪芹是生在这个园子里的，据红学曹学专家又说，林黛玉的原型，即曹雪芹的舅公李煦的孙女李香玉就是生在长在这个园子的。红楼梦，开始于苏州，这不需要研究考证，一部《红楼梦》就是这样写的。今天这个场合，是有重要文化象征意义的场合，我想，假如没有《红楼梦》，中华的古典小说，如何去占有世界文学史上的一席之地？即使有莫言，也是无济于事的。我是怀着一颗感激之心而来，来北京香山黄叶村参加曹雪芹逝世 250 纪念活动。以《红楼梦》为代表的中华优秀文化，恩泽与滋养着中华子孙，这样的恩泽与滋养还会一直延续下去，千秋万代，我们唯有感恩。

2013 年 10 月 7 日

图书在版编目（CIP）数据

西花园的雨／唐岚主编．—上海：文汇出版社，
2013.11
ISBN 978-7-5496-1023-5

Ⅰ．①西…　Ⅱ．①唐…　Ⅲ．①散文集—中国—现
代②散文集—中国—当代　Ⅳ．①I266

中国版本图书馆CIP数据核字（2013）第269993号

西花园的雨

主　编／唐　岚
责任编辑／吴　斐
装帧设计／周　丹

出版发行／**文匯**出版社
　　　　　上海市威海路755号
　　　　　（邮政编码200041）
印刷装订／苏州市大元印务有限公司
版　　次／2013年11月第1版
印　　次／2013年11月第1次印刷
开　　本／787×1092　1/16
印　　张／29.5
字　　数／300千

ISBN 978-7-5496-1023-5
定　　价／68.00元